Luca Di Fulvio

Dramaturge, Luca Di Fulvio est également auteur de romans, dont certains sont devenus des succès internationaux. En France, les ouvrages *Le Gang des rêves* (2016), *Les Enfants de Venise* (2017), *Le Soleil des rebelles* (2018) et *Les Prisonniers de la liberté* (2019) ont paru chez Slatkine & Cie. En 2020, il s'essaie pour la première fois à l'écriture d'un récit fantastique pour la jeunesse avec *Les Aventuriers de l'Autre Monde*. Son nouveau roman, *Mamma Roma*, a paru en 2021 chez le même éditeur. Luca Di Fulvio est décédé en mai 2023.

MAMMA ROMA

ÉGALEMENT CHEZ POCKET

Le Gang des rêves
Les Enfants de Venise
Le Soleil des rebelles
Les Prisonniers de la liberté
Mamma Roma

LUCA DI FULVIO

MAMMA ROMA

Traduit de l'italien
par Elsa Damien

Slatkine & Cie

Titre original allemand :
ES WAR EINMAL IN ITALIEN

Titre italien :
LA BALLATA DELLA CITTÀ ETERNA

ISBN : 978-2-266-32745-9
Dépôt légal : avril 2023

À ma femme Elisa

L'Histoire, c'est nous
Nous les pères et les fils
…
Et puis les gens
Parce que ce sont les gens qui font l'Histoire
Quand le moment vient de choisir et d'y aller
Tous les gens ont les yeux bien ouverts
Et savent parfaitement que faire

La Storia siamo noi, Francesco De Gregori

Les lucioles sont revenues à Rome
Dans les parcs du centre, l'été embaume
…
Ta vraie nature, la justice du monde,
Qui punit celui qui a des ailes et ne vole pas

Baciami ancora, Jovanotti

Première partie

1

5 mars 1870
Royaume d'Italie (Olengo, commune de Novare)

C'était une troupe misérable et crasseuse. Ils étaient maigres. Secs. Le teint blafard, couleur de cire. Sur leur visage, leurs mains et leurs chevilles, on voyait les marques rouges des piqûres des puces qui infestaient leurs lits de camp.

S'ils n'avaient pas été aussi jeunes, on les aurait traités d'épaves. Or, ils avaient entre quatre et dix-sept ans. Ils étaient tous vêtus de manière identique, avec sur le dos le même uniforme répugnant et rapiécé mille fois. Cent gamins misérables et crasseux alignés dans la cour boueuse du Regio Istituto di San Michele Arcangelo à Olengo, tremblant de froid et de faim, tremblant à cause de maladies respiratoires et aussi, en cette journée si particulière, sous le coup d'une émotion très spéciale. Le ciel bas, gris et tellement compact qu'il semblait pouvoir être coupé au couteau, pesait sur eux comme une malédiction. Comme un poids sur leurs épaules, dont ils ne se débarrasseraient jamais.

À part l'un d'entre eux si, ce jour-là, il rencontrait la chance de sa vie.

Voilà pourquoi ils remuaient tous imperceptiblement leurs lèvres gercées. Ils murmuraient tous à l'unisson, comme une rengaine sans espoir, comme un rosaire sans foi, avec la passion dénuée d'ardeur de ceux qui ont grandi dans un monde où le mot « chance » n'a jamais été écrit, en s'adressant au Dieu qui ne s'était jamais occupé d'eux : « Fais que ce soit moi… fais que ce soit moi… fais que ce soit moi… »

Fais que ce soit moi, celui qui aura ce destin exceptionnel.

Au fond, à l'entrée de la cour, là où flottait paresseusement le drapeau tricolore du tout nouveau royaume d'Italie, apparut une femme d'une trentaine d'années, très élégante. Nul n'ignorait qu'il s'agissait de la comtesse Silvia di Boccamara.

Les enfants cessèrent un instant de prier. Puis ils reprirent avec davantage de ferveur : « Fais que ce soit moi… »

Derrière la comtesse venait son mari, le richissime Ippolito Odìn, quarante ans depuis peu. Près de lui, dans une attitude servile, le directeur de l'institut. Suivaient trois silhouettes noires, des femmes grasses et repues : l'une d'elles était l'épouse du directeur, les deux autres appartenaient à la société féminine des Filles de la Charité de saint Vincent de Paul, rattachée à la basilique San Gaudenzio de Novare.

Les gamins se penchaient à qui mieux mieux pour apercevoir la comtesse qui avançait. Les maîtres avaient du mal à les faire tenir en rangs, et faisaient claquer en l'air leurs martinets en branches de saule pleureur.

Il n'y en avait qu'un qui ne se penchait pas. Il regardait droit devant lui, immobile, en serrant tellement fort les poings que ses doigts en étaient tout blancs, et il continuait à murmurer. Il avait presque seize ans, et sa prière différait de celle des autres. Car lui ne s'adressait pas à Dieu. Lui s'adressait directement à la comtesse, qui était la seule véritable déesse de cette journée si spéciale : « Choisis-moi… choisis-moi… choisis-moi… »

La comtesse, sans se soucier de crotter ses délicates chaussures de satin et le volant de sa robe mauve, avançait en passant en revue les orphelins. Elle les dévisageait, concentrée et expéditive. Elle les écartait vite et passait au suivant, continuant son chemin. Quand elle fut à quelques pas de lui, le garçon murmura, avec plus de force encore : « Choisis-moi… choisis-moi… choisis-moi… »

La comtesse fixa l'orphelin qui se trouvait juste devant ce jeune homme. Elle secoua imperceptiblement la tête et avança.

Un instant avant qu'elle ne le regarde, le garçon regretta de toutes ses forces de ne pas s'être coiffé, et il maudit la mèche blonde rebelle qui tombait, ébouriffée, sur son front. Il s'en voulut de ne pas s'être lavé le visage, mais ce matin-là encore l'eau était glacée, et il avait sur la joue gauche une balafre de boue, maintenant durcie comme une croûte. Il eut honte de sa veste et de son pantalon gris, informe et usé jusqu'à la corde, récupéré dans la flanelle d'une couverture de camp militaire. Et surtout, il se dit qu'il ne voulait pas être aussi grand et maigre, parce que c'était pour cela qu'il avait été écarté tant de fois : seuls les enfants costauds, utiles au travail des champs, étaient adoptés. Ils étaient de la main-d'œuvre, plus que des fils.

Puis la comtesse le regarda. Elle avait des yeux violets pénétrants, parfaitement en harmonie avec sa robe mauve.

Le temps s'arrêta. Le garçon sentit que son corps commençait à vibrer sous le coup de la tension. C'était comme un tremblement de terre intérieur.

Il se demandait s'il devait sourire ou rester sérieux. Rester raide comme un balai ou adopter une attitude détendue. Révéler le désir qui brûlait dans son regard, ou simplement s'efforcer de dissimuler la terreur qui rendait ses yeux comme du verre.

Choisis-moi…, pensa-t-il.

« Nous prenons celui-là », annonça alors la comtesse.

Le cœur du garçon s'arrêta. Sa maigre poitrine se serra, comme prise dans l'étau d'un forgeron. Et puis il éclata de rire. Juste un instant, un instant tellement bref que ce rire ressembla plutôt à un rot. Ensuite son cœur se remit à battre, mais avec des coups tellement rapides et puissants qu'on n'aurait plus dit le sien, mais celui d'un animal sauvage : ils faisaient craquer ses côtes, qui ne parvenaient plus à endiguer ses émotions. Seul un orphelin pouvait savoir ce que voulait dire passer toute sa vie en cage. Et seul quelqu'un ayant vécu dans une cage, sans famille, pouvait éprouver ce qu'il éprouvait à ce moment-là.

Des larmes chaudes, brûlantes, presque douloureuses, lui montèrent aux yeux, poussées par une extraordinaire pression qui venait du plus profond de lui. Mais il les refoula, fermant les paupières avec force et contractant les mâchoires.

Il aurait voulu hurler, courir ou rire, mais il était comme pétrifié par les quelques mots qu'il venait d'entendre. Parce que, ce que la comtesse avait dit, il l'avait désiré chaque soir, chaque matin. De tout son être.

L'aristocrate fit un pas en avant pour s'approcher de lui.

Il soutint son regard – bien que son cœur se fût à nouveau arrêté, avant de se remettre à battre à tout rompre –, parce qu'il était un garçon courageux et fier.

Cependant, il n'était pas encore un homme. Il n'avait que seize ans. Il sentit à nouveau les larmes lui monter aux yeux et il les refoula encore, obstinément. Et à nouveau, il eut envie de rire. Toutefois, il parvint à demeurer immobile.

La comtesse l'examinait en silence, comme s'il avait été un objet inanimé. Le garçon avait des yeux sombres mais lumineux. Un nez droit assez prononcé qui dénotait du caractère. Des lèvres charnues, un peu comme une fille, sans que cela ôte rien de sa virilité. Des mâchoires robustes. Des sourcils fournis et bien dessinés, noir de jais, qui contrastaient avec la mèche blonde tombant sur son front.

« Fais-moi entendre le son de ta voix, lui demanda-t-elle.

— Qu'est-ce que je dois dire ?

— Ça suffit comme ça », répondit-elle.

Sa voix n'avait pas totalement mué, elle avait ces légères fêlures caractéristiques de l'entre-deux-âges mais, à l'évidence, ce serait celle d'un baryton, ni trop aiguë ni trop grave.

« Montre-moi tes dents », demanda encore la comtesse.

Alors, la nature du garçon reprit soudain le dessus, sans que sa volonté puisse la contrôler. Il n'arrivait jamais à renoncer à une plaisanterie, à une occasion de rire.

« Comme un cheval ? » ne put-il s'empêcher de lancer. Il se dit aussitôt après : *Quel imbécile !* car il n'arrivait jamais à se taire. *Imbécile !* se répéta-t-il avec colère, car il avait le chic pour tout gâcher.

« Comment tu te permets ? » intervint un maître.

La comtesse ne perdit rien de sa contenance. « Oui, comme un cheval », répondit-elle. Et elle ajouta : « S'il te plaît. »

Le garçon savait qu'il ne devait pas poursuivre sur ce ton de défi. Mais il était comme ça : quand il commençait, il n'arrivait plus à s'arrêter. Comme un taureau charge un stupide chiffon rouge, sans raison aucune, sa langue bien pendue ne cessait de le fourrer dans le pétrin, que ce soit avec les maîtres ou avec quiconque croisait son chemin. Une partie de lui savait bien qu'il ne devait pas le faire. Mais, comme toujours, c'est l'autre partie qui l'emporta, et ainsi découvrit-il ses dents supérieures et inférieures, régulières et très blanches, et se mit-il à hennir. Fort et net.

Tous les orphelins se tordirent de rire.

« Silence ! » ordonna le directeur.

La comtesse pencha la tête sur le côté et fronça imperceptiblement les sourcils, signe qu'une pensée venait de lui traverser l'esprit.

« S'il ne convient pas, pouvons-nous le rendre ? » demanda-t-elle, sans détacher ses yeux violets du garçon.

Ses accompagnateurs demeurèrent silencieux, surpris non pas tant par sa question que par sa formulation si brutale.

« Bien sûr que non, très chère ! intervint son mari. Ce n'est pas un chiot du chenil municipal.

— C'est pourtant bien un chiot de l'orphelinat municipal », répondit-elle sans nullement se démonter.

Elle rit doucement de sa réplique, mettant dans ce rire un raffinement que le garçon n'aurait jamais pu imaginer.

Les dames de San Gaudenzio ne savaient comment réagir. Elles remuèrent leurs gros croupions sombres de droite à gauche, comme des dindes égarées dans une basse-cour inconnue. Le directeur rompit le silence.

« En effet, s'il devait vous poser de graves problèmes, que les punitions, y compris corporelles, ne parvenaient pas à résoudre, nous ne pourrions évidemment pas refuser de le reprendre.

— Et vous le remplaceriez par un autre plus… domestiqué ? » s'informa la comtesse, sans se départir de son air impassible.

Le garçon la regardait. Et il comprit parfaitement ce qu'elle disait – il était loin d'être stupide. Elle lui demandait s'il était capable d'être *domestiqué*. Et c'était à lui qu'elle le demandait, pas au directeur. À lui, un miséreux en uniforme de vilaine flanelle grise.

« Pardon… », bredouilla-t-il, la dévisageant de ses yeux écarquillés.

La comtesse l'examina en silence. « Je m'y connais en chevaux », dit-elle sans un sourire. Mais ensuite, avec un air vaguement satisfait, elle ajouta : « Et toi, tu es un poulain de race. » Elle se tourna vers le directeur et confirma : « Oui, nous prenons celui-là. »

Tu m'as choisi ! se dit le garçon, et cette phrase résonna en lui comme un violent coup de tonnerre.

Entre-temps, le directeur avait adressé un signe au maître le plus proche, qui accourut vivement, un registre à la main.

« 19/03 », annonça le maître après avoir repéré le numéro inscrit sur la pochette de veste du garçon. Il feuilleta le registre et s'éclaircit la gorge avant de lire : « 19/03. Seize ans… environ. Date de naissance incertaine. Aucune maladie. Maigre, mais bonne constitution. Caractère bien trempé. Intelligence aiguë, mais paresseux. Sait lire, écrire et compter. On le trouve parfois en train de lire des romans dans la bibliothèque, sans y être obligé ; toutefois, il choisit souvent ceux interdits pour son âge. » Il fit une pause. « Adaptabilité et respect des règles… » Sa voix trahit une hésitation. Il se tourna vers le directeur.

Celui-ci lui adressa un signe imperceptible afin qu'il augmente la note.

« Adaptabilité et respect des règles…, reprit le maître, quatre sur dix. »

Le directeur le foudroya du regard.

« Presque cinq, se corrigea le maître, enfin presque six.

— Ça va, arrêtez-vous là, interrompit la comtesse. Si vous continuez, vous arriverez vite à dix avec les félicitations du jury. »

Le maître baissa la tête.

Une des Filles de la Charité de San Gaudenzio intervint, à la manière insinuante des prêtres : « Madame la comtesse, sauf votre respect, puis-je vous demander ce qui vous incite à vouloir adopter une de ces malheureuses jeunes créatures ? »

La comtesse lui jeta un regard à la limite de l'impatience, lui faisant comprendre que répondre à cette question était pour elle une perte de temps. « Je ne peux pas avoir d'enfant. Je me contenterais d'un chien ou d'un chat, mais mon mari veut un bipède », lança-t-elle avec la brutalité qu'elle avait déjà abondamment manifestée, et qui scandalisait tellement ces bourgeoises grenouilles de bénitier. « Qu'il en soit ainsi, nous prendrons un bipède. L'important, c'est qu'il ait passé l'âge de ne pas retenir ses besoins corporels ou de ne pas comprendre ce qu'on lui dit. Il doit aussi être assez âgé pour qu'on puisse voir s'il sera bel homme. » Elle fit une grimace horrifiée. « Je ne supporterais pas d'avoir un laideron pour fils adoptif. »

De son air élégant et altier, elle laissa tomber son regard, comme par hasard, sur la jupe en étoffe épaisse de la dame de charité, de manière à mettre en relief l'irréductible distance qui les séparait, en commençant par l'enveloppe extérieure de cette femme. Enfin, elle observa à nouveau le jeune homme, tout en s'adressant à l'évidence au directeur.

« Et il a aussi un nom, le 19/03 ?

— Bien sûr ! s'exclama le directeur. Il s'appelle… heu… voilà, il s'appelle… »

Il jeta un regard désespéré au maître. Celui-ci se hâta de feuilleter le vieux registre puis, avec un sourire triomphant, comme s'il était venu à bout d'une entreprise titanesque, il annonça :

« Pietro Diotallevi. »

La comtesse acquiesça. « Ça sonne déjà mieux que 19/03, vous ne trouvez pas ? fit-elle en fixant la sœur de la Charité. Même les… Comment les avez-vous appelées, déjà ? Ah oui, même les *malheureuses jeunes créatures* devraient avoir droit à un nom, au lieu d'être réduites à un numéro. »

L'autre ne sut que répondre. Elle finit par bredouiller : « Le classement… » Elle haussa les épaules. « Les archives… » Les mots parurent s'embourber dans sa gorge, à l'image des talons de ses chaussures, enfoncés dans la fange de la cour.

L'aristocrate se tourna vers le jeune homme, dont les joues étaient striées des larmes qu'il ne parvenait plus à retenir.

« Tu es moins dur que tu ne voudrais le faire croire, n'est-ce pas, mon poulain ? lui dit-elle, avec un sourire à peine esquissé. Mais avant d'entrer dans ma maison, tu devras passer par la désinfection, je ne veux pas de puces chez moi.

— Bien volontiers, madame », acquiesça le garçon, essayant de retrouver son attitude bravache.

Peut-être qu'ainsi il arrêterait de pleurer. Peut-être qu'ainsi il parviendrait à ne pas se mettre à sauter en hurlant : *Tu m'as choisi ! Moi !* Peut-être qu'ainsi son cœur ne risquerait pas d'éclater en mille morceaux. « Vous m'appelez votre poulain, mais nous, ici, nous sommes plutôt comme les singes d'un zoo, tellement nous nous grattons ! »

À nouveau, les orphelins se tordirent de rire.

Le maître qui se trouvait à proximité fit mine de le fouetter avec le martinet de saule qu'il tenait à la main.

« Ne t'avise pas de faire ça ! » La comtesse le foudroya d'un regard menaçant. Elle lui arracha des mains le fouet, qu'elle brisa en deux et jeta à terre. Et puis elle ajouta, d'une voix sourde plus intimidante qu'un cri : « Celui-là, il est à moi. Ne t'avise pas de le toucher. »

Tandis que le maître reculait, tête baissée, comme si c'était lui qui avait reçu un coup de fouet, le garçon sentit ses jambes fléchir. Il était prêt à encaisser le coup du maître. Cela n'aurait certainement pas été le premier. Or, cette femme qui sentait si bon avait la force et le pouvoir de détruire le martinet.

Prenant une expression solennelle, la comtesse l'investit alors de son nouveau titre : « Dorénavant, tu t'appelleras Pietro Odìn. » Puis, d'un ton léger et mondain, elle ajouta en riant : « Et les filles seront folles de toi, avec cette mèche ! »

Le jeune homme la regarda tourner les talons et s'en aller d'un pas décidé. Il ressentit une forte pression dans sa poitrine, comme s'il manquait d'air, et il eut l'impression que la lumière du jour s'éteignait.

Alors, tandis que tout se faisait noir autour de lui, il tomba à terre, dans la boue, comme un paquet d'os.

Je ne suis plus orphelin fut sa dernière pensée avant de s'évanouir.

2

Début mars 1870
Royaume d'Italie (Nibbia, commune de Novare)

Dans le carrosse qui les ramenait à leur domaine de Nibbia, au nord-ouest de Novare, Ippolito Odìn croisa les jambes et regarda sa femme, assise à son côté.

« Pourquoi t'amuses-tu tellement à scandaliser ces pauvres femmes ? lui demanda-t-il.

— Ce ne sont pas du tout de pauvres femmes, répliqua la comtesse. Elles font tous ces prêchi-prêcha, et puis elles appellent ce garçon 19/03 ! C'est ça qui devrait les scandaliser.

— Tu sembles plus socialiste que comtesse, commenta son mari.

— Tu sais bien qu'avant de te rencontrer j'étais une comtesse sans le sou. Alors la vie m'a donné un saupoudrage de socialisme, si c'est ainsi qu'on appelle le fait de se rendre compte que certaines choses sont répugnantes, et que faire mine de ne pas les voir n'est qu'hypocrisie.

— Oui, je crois que cette façon de penser pourrait être appelée le socialisme, confirma Ippolito Odìn, en tout cas *à la manière de**[1] la comtesse Silvia di Boccamara.

— Quoi qu'il en soit, toi aussi, tu es un hypocrite. »

Son mari se redressa, inquiet. « Qu'ai-je fait ? »

La comtesse se tourna vers lui, souriant et fermant à demi ses yeux violets. Et pour la première fois depuis leur visite à l'orphelinat, de la douceur apparut sur son visage, ce qui lui rendit son humanité et révéla dans toute son ampleur son extraordinaire beauté. « Tu es un sacré hypocrite, parce que le premier à s'amuser, quand je fais un peu le spectacle avec ces odieuses grenouilles de bénitier, c'est justement toi ! »

Ippolito se détendit et sourit à son tour. « Tu es terrible », soupira-t-il. Puis il eut un petit rire et ajouta : « Tu as vu leurs têtes ? J'ai cru qu'elles allaient faire une syncope.

— Et leurs gros popotins ! » s'exclama son épouse. Le mari rit de plus belle, tout en secouant la tête.

« Je suis désolée de ne pas pouvoir te donner d'héritier, poursuivit la comtesse, avec de la peine retenue mais sincère dans la voix.

— Ne t'en fais pas, dit Ippolito Odìn. La seule chose que je ne comprends pas, c'est pourquoi tu t'es mis en tête d'aller le chercher dans un endroit aussi… aussi horrible.

— Car tu penses qu'il y a des orphelinats qui ne sont pas horribles ? fit-elle, une espèce de grimace sur le visage.

— Mais cet endroit, quand même… tu as vu comme c'était sale ? Comme les enfants étaient sales ? Et les maîtres, le directeur…

— Car tu imagines qu'il existe des orphelinats pour orphelins riches ? s'amusa la comtesse.

---

1. Les astérisques indiquent que c'est en français dans le texte.

— Non, bien sûr, mais je voulais dire… Pourquoi précisément celui-là ?

— Parce que j'ai fait un vœu à l'Archange Michel. Et cet orphelinat porte son nom. »

Ippolito Odìn dévisagea sa femme, stupéfait.

« Un vœu ? Mais tu n'es pas du tout pieuse ! Tous les dimanches, je sue sang et eau pour te traîner à la messe.

— La messe et la religion n'ont rien à voir là-dedans, rétorqua sa femme en haussant les épaules. J'ai fait un vœu à l'Archange Michel, un point c'est tout.

— Très bien. Mais pourquoi ? »

La comtesse leva sa main diaphane comme l'albâtre et caressa affectueusement la joue de son mari. « Parce que c'est comme ça. »

Il ne dit plus rien et, pour toute réplique, se contenta de sourire et de baiser la main de son épouse, sachant bien qu'il n'obtiendrait d'elle aucune autre explication.

« C'est un beau garçon, observa alors la comtesse, et intelligent, avec ça. » Elle eut un léger rire en repensant au hennissement que l'enfant n'avait pu retenir. « C'est un poulain qui a de l'esprit et du caractère. »

Ippolito Odìn la regarda. « Silvia, dit-il doucement, ne sois pas trop sévère avec lui.

— Jusque tout récemment, il était le 19/03, une nullité sans avenir, rétorqua la comtesse. Aujourd'hui, il a l'occasion de sa vie. Nous verrons s'il saura la saisir. Il devra quand même payer un certain prix pour se civiliser.

— Où est partie la socialiste de tout à l'heure ? sourit son mari.

— Parce que les socialistes sont forcément des hommes des cavernes ? »

Ippolito posa une main sur le genou de sa femme et le serra très légèrement, avec tendresse.

« Ne sois pas trop sévère, répéta-t-il.

— Je ne t'ai pas donné de fils avec mes entrailles, mais je te le donnerai avec mon travail quotidien », affirma sa femme.

Son ton était sec. Entre un mot ct l'autrc, il n'y avait aucune place pour les fioritures ou les embellissements. Les choses étaient exactement comme elle le disait. Tranchantes. Justes et dures comme une sentence.

Ils demeurèrent un moment silencieux tandis que le carrosse dévorait la route au milieu des rizières, qui appartenaient toutes, aussi loin que le regard pouvait porter, à Ippolito Odìn. D'ordinaire, à cette époque-là, les traverser était un plaisir. L'inondation des parcelles et le semis à la volée avaient eu lieu et tout le monde, maîtres et paysans, imaginait déjà les panicules fournies qui lutteraient entre elles pour prendre la lumière du soleil estival et mûrir. Mais depuis l'année précédente, tout était différent. Les grands carrés marécageux autour desquels circulaient les canaux d'inondation et d'évacuation étaient pratiquement vides. Au mois de septembre, seules quelques tiges, ici et là, avaient survécu à un parasite que les paysans n'avaient pas réussi à éliminer. La semence avait été maigre et le parasite devait encore être dans le sol. Pas une seule pousse n'apparaissait au-dessus du miroir d'eau stagnante, ridé de temps à autre par une grenouille faisant un bond pour essayer de fuir le héron au bec pointu et au cou en S qui se détendait comme un ressort. Cette année-là encore, ce serait la disette.

« Quel désastre ! » murmura Ippolito Odìn. La comtesse vit le regard de son mari s'assombrir.

« Tu es inquiet ?

— Bien des pauvres gens n'ont pas eu de riz à mettre sur leur table, dit-il, et ça va être la même chose cette année.

— On voit plus de drapeaux italiens que de tiges de riz, fit remarquer la comtesse d'un ton tranchant. Si les pauvres gens pouvaient manger les premiers, tout irait bien. »

Ippolito sentit de l'animosité dans les propos de sa femme.

« Qu'est-ce qu'il t'a fait, le royaume d'Italie ? C'est un rêve devenu réalité. Mon grand-père et mon père ont fait ce rêve sans jamais le voir réalisé, comme tous les martyrs morts pour cet idéal…

— Le royaume d'Italie ne m'a rien fait, à moi », l'interrompit sa femme.

Puis elle le fixa de son regard perçant. « Et à toi ? Qu'est-ce qu'il t'a fait ? » Ippolito ne put soutenir son regard et détourna la tête.

« Tu crois que je suis aveugle ? Stupide ? » insista-t-elle.

Il garda le silence.

« Tu crois que je ne sais pas que tu ne payes plus les domestiques ? Que je ne remarque pas tous les titres de propriété sur ton bureau ? Que je ne vois pas que tu passes tes nuits à écrire et réécrire des chiffres, en t'abîmant les yeux et l'âme ? Et tout ça parce que ton bien-aimé royaume d'Italie a commencé à envoyer des émissaires et des ministres parler avec toi. » Elle le dévisagea.

« Que me caches-tu ?

— Rien, dit Ippolito sans avoir le courage de croiser son regard.

— Quand tu ne te tais pas, tu mens. » La voix de la comtesse était glaciale.

« Il y a des nuages à l'horizon…, dit-il à voix basse.

— Et aussi des orages ? »

Ippolito ne dit mot.

« Et de la grêle ? »

À nouveau, aucune réponse.

« Que de silences ! commenta la comtesse. Ils font un bruit terrible.

— Tout va s'arranger… »

Elle observa les champs désolés.

« Quoi qu'il arrive, n'oublie jamais que je ne t'ai pas épousé pour ton argent.

— Je sais. »

Ippolito resta un moment silencieux, sans trouver le courage de prendre la main de son épouse. Puis il la prit et la serra. « Un de ces jours, il faudra que j'aille à Turin… »

La comtesse dégagea sa main.

Pendant ce temps, le carrosse avait atteint le petit pont du canale Cavour, là où commençait l'allée menant à leur résidence. De hauts peupliers, droits comme des I, semblaient créer un couloir de verdure, au bout duquel se profilait une belle et élégante construction en briques rouges, avec les fenêtres peintes en blanc, et flanquée de deux petites tours rondes et gracieuses. Le gravier crissait sous les roues du carrosse.

Les yeux violets de la comtesse restèrent immobiles, fixant la villa qui se rapprochait. Puis, sans attendre que le véhicule s'arrête, elle ouvrit la portière, posa un pied sur la marche, souleva le bas de sa robe mauve et sauta.

« Silvia ! » la réprimanda son mari. Mais il savait qu'elle s'amusait de cette imprudence, comme de tout ce qui allait contre les règles. Et il se dit que ce poulain rebelle serait pour elle un fils parfait.

En revanche, lui attendit patiemment que Paride, le cocher, tire le frein du carrosse, descende et lui ouvre la portière.

Dès qu'il fut sorti, il remarqua que le majordome l'attendait avec un air encore plus engoncé qu'à l'ordinaire, en haut des trois grandes marches de l'entrée, qui étaient encadrées de deux fines colonnes de marbre clair. Quand il comprit pourquoi, il sentit un poids se poser sur ses épaules, comme un oiseau de mauvais augure.

La comtesse passa le bras sous le sien et ils montèrent l'escalier ensemble.

Le majordome esquissa une révérence et fit un signe à son maître, mais c'était inutile.

« Tu n'as pas envie de faire ton habituelle promenade à cheval ? » demanda-t-il à sa femme.

La comtesse le dévisagea et lut aussitôt dans son regard.

« Pourquoi cherches-tu à m'éloigner ? »

Ippolito soupira. « Je crois comprendre que j'ai une visite plutôt confidentielle », dit-il. Se tournant vers le majordome :

« Est-ce le cas ? demanda-t-il.

— Oui, monsieur. Son Excellence le ministre Minghetti vous attend.

— Tu devais aller à Turin, fit la comtesse, or voilà que c'est Turin qui vient à toi. »

Elle eut un sourire sarcastique.

« Non, à l'évidence, il n'y a pas que des nuages. Et ce n'est pas un simple orage non plus. Là, c'est la grêle.

— Silvia… » Ippolito s'embrouilla. « Le Royaume a dépensé quarante-cinq millions pour construire le canale Cavour… et puis il y a eu la guerre pour reprendre la Vénétie et Venise… »

La comtesse continuait à le fixer. Il haussa les épaules.

« Ceux d'entre nous qui ont… Comment dire ? Qui ont un peu plus que les autres, enfin… Bref, nous nous sommes taxés nous-mêmes… et nous discutons la…

— La traite, j'ai compris.

— Les modalités.

— En secret.

— Oui, en secret.

— On se demande bien pourquoi une traite doit être faite en secret.

— Silvia, c'est compliqué… L'Italie est une nation très jeune.

— Et il faut bien que quelqu'un lui paye sa layette, à ce bébé. Et puis la petite aura besoin de lait. Et il faudra aussi lui nettoyer les… Enfin on s'est compris, n'est-ce pas ?

— Il faut que j'y aille…

— Ne te fatigue pas à saluer le ministre de ma part. Dis-lui que j'avais mieux à faire », siffla la comtesse, tournant les talons et se dirigeant d'un pas furieux vers les écuries pour faire seller Bersagliere, le cheval blanc qu'elle adorait.

Ippolito Odìn la regarda s'éloigner, fière et emportée. D'habitude, ces traits de caractère de son épouse le faisaient sourire, mais ce jour-là, il avait le cœur lourd. Très lourd.

Il fit une grimace censée passer pour un demi-sourire et tapa amicalement sur l'épaule de son majordome, se surprenant lui-même de ce geste plein de familiarité.

« Ils ne sont pas venus pour me fusiller, plaisanta-t-il, ne t'en fais pas. »

Mais le poids sur son cœur était là pour lui rappeler qu'il n'y avait pas de quoi plaisanter.

3

Début mars 1870
Royaume d'Italie (delta du Pô, Pomposa)

Dans le cirque Callari, il n'y avait pas de tigres, de lions ni d'éléphants, pas de femmes à barbe ni d'hommes à trois jambes. Il y avait des trapézistes, ça oui. Et aussi des acrobates, des clowns, des nains, des jongleurs, des illusionnistes, des lanceurs de couteaux et des cracheurs de feu… Mais ceux qui achetaient leurs billets savaient qu'ils allaient assister à d'extraordinaires numéros équestres. Parce que c'était la raison d'être du cirque Callari.

On venait y admirer les évolutions des petits chevaux arabes, légers comme des plumes et rapides comme des lièvres. Et les numéros des grandes races nordiques, avec leurs sabots couverts de longs poils, des animaux tellement puissants qu'ils pouvaient tirer une tonne comme si c'était une miette de pain. On venait voir les chevaux hongrois, avec leur crinière tressée, bien ordonnée, qui avançaient debout sur leurs jambes arrière, comme des gentilshommes en promenade, bras dessus bras dessous. Et aussi des chevaux tellement petits qu'on aurait dit de gros chiens, sautant sans hésitation à travers des cerceaux de feu. Si on désirait voir un cheval, quel qu'il soit, on le trouvait au cirque Callari.

Le cirque Callari semblait exister depuis toujours. Et depuis toujours, il vagabondait à travers la totalité de la péninsule italienne, même lorsque celle-ci était démembrée et dominée par de puissants tyrans européens. Les artistes du cirque Callari présentaient déjà leur spectacle dans le Piémont lorsque celui-ci appartenait à la maison de Savoie ; en Lombardie et Vénétie lorsque celles-ci étaient sous domination française ou autrichienne, au gré du vent ; en Toscane lorsqu'elle était encore un grand-duché ; en Ombrie, dans les Marches et le Latium lorsqu'ils appartenaient au pape et étaient contrôlés par les troupes de la famille Bonaparte ; dans les régions méridionales lorsqu'elles appartenaient aux Bourbons et qu'on y parlait plus espagnol qu'italien. Ils avaient planté leur chapiteau un peu partout, même lorsque le général Garibaldi remontait l'Italie, la conquérant morceau après morceau pour en faire une seule et même nation, et ensuite encore, lorsque les Savoie s'étaient déclarés souverains d'un royaume qui n'existait plus depuis la Rome antique.

La révolution en cours dans ce monde semblait ne jamais avoir touché la compagnie. Eux, ils étaient simplement le cirque Callari, une nation à part entière.

À présent, la longue caravane, avec ses roulottes aux couleurs vives, avait atteint une région devenue italienne depuis trois années seulement. Une terre plate et marécageuse, infestée par la malaria et les moustiques, près de laquelle coulait majestueusement le Pô, avec une lenteur qui laissait penser que le grand fleuve, qui coupait en deux toute l'Italie du Nord, d'ouest en est, prenait son temps avant d'arriver dans le delta où ses eaux douces épouseraient les flots salés de la mer Adriatique.

La caravane avançait tout aussi lentement.

Une jeune fille d'une quinzaine d'années à la beauté atypique, avec un nez légèrement trop prononcé et des lèvres rouges comme des cerises bien mûres, était assise sur le siège de la dernière roulotte.

Malgré la lenteur du convoi, elle s'agrippait de toutes ses forces à son siège. Pas par crainte d'être projetée à terre, mais à cause du séisme qui, depuis quelques jours, faisait rage en elle, et qu'elle ne parvenait ni à extérioriser ni à faire taire. Une révolution qu'elle ne savait comment affronter, qui remplissait son cœur de colère et de douleur mêlées, et qui laissait ses yeux à la fois secs et embués de larmes.

Elle s'appelait Marta, et l'unique personne en qui elle avait confiance était l'homme près duquel elle était assise.

Il avait soixante ans, mais en faisait beaucoup plus, car la vie s'était acharnée à le marquer, jour après jour, laissant sur son visage des rides tellement profondes qu'on aurait dit des cicatrices. Il tenait entre les lèvres un cigare éteint confectionné avec un tabac très fort, qui sentait tellement mauvais que même les moustiques de ces terres malsaines n'osaient s'approcher de lui. Il s'appelait Melo. Autrefois, dans sa jeunesse, le principal numéro équestre avait été le sien. On en parlait encore aujourd'hui, alors qu'il avait dû cesser à cause de l'âge, qui avait rendu ses genoux moins élastiques et ses jambes moins puissantes. Nul ne l'avait jamais égalé. Et c'était pour cela que, contrairement aux autres artistes, qui étaient peu à peu rétrogradés au rang de clowns, puis de vendeurs de bonbons parmi le public, avant de finir par pelleter le crottin, Melo avait été chargé de s'occuper des chevaux. Car, comme disait

Ascanio, le patron du cirque, un octogénaire qui avait encore l'activité solidement en main : « Parler aux chevaux, c'est facile et à la portée de n'importe qui. Par contre, se faire comprendre d'eux, seul Melo peut le faire. »

Marta regardait droit devant elle, les doigts crispés sur le bois du siège de la roulotte. À la fois combative et vaincue. Elle venait de comprendre quelque chose qui la dépassait… qui la dépassait totalement. Mais elle était seule avec ce terrible secret.

Du véhicule rouge et jaune devant eux leur parvenaient, noyés sous le bruit des roues qui broyaient les cailloux de la route, du grincement de l'essieu qui portait le poids de la roulotte, et du piétinement des sabots des chevaux s'enfonçant dans la boue, les pleurs d'une enfant.

Marta serra encore plus fort les mains sur son siège, tout en luttant contre les idées qui la bouleversaient.

À ce moment-là, un clocher apparut. C'était le signe qu'ils étaient arrivés à Pomposa, village uniquement connu pour son abbaye romane et pour l'odeur âcre, rance et nauséabonde qui provenait du traitement des betteraves, que l'on raffinait pour obtenir du sucre.

« Qu'est-ce que tu as, depuis quelques jours ? lui demanda Melo.

— Rien », lança Marta.

Le vieil homme se mit à tirer doucement sur les rênes des chevaux, pour qu'ils s'arrêtent auprès des autres roulottes. Ils se trouvaient dans un grand champ nu, où la compagnie allait camper et monter le chapiteau pour le spectacle.

« Tu es sûre ?

— Oui. Laisse tomber », bougonna-t-elle.

Elle descendit du véhicule d'un bond et partit donner un coup de main pour monter le campement.

En passant devant la roulotte jaune et rouge où, comme toujours, elle dormirait cette nuit-là avec les autres jeunes du cirque Callari, elle ralentit et tendit l'oreille. Elle entendit à nouveau les sanglots de la fillette.

« Ne pleure pas, dit une voix féminine à l'intérieur. Tu veux un biscuit ? »

Les lamentations cessèrent.

Marta se raidit et accéléra le pas, s'éloignant presque en courant et se bouchant les oreilles avec les mains. Puis elle se jeta à corps perdu dans son travail, en espérant chasser, ou en tout cas tenir à distance, ce qui la torturait.

Mais rien à faire. Heure après heure, jour après jour, une idée s'était enracinée dans son esprit, son cœur et son âme.

Quand le chapiteau fut monté, vers le milieu de l'après-midi, ils enfilèrent tous leur costume. Soudain, les couleurs fatiguées et ternes des vêtements ordinaires laissèrent place à celles, éclatantes, des tenues moulantes qui mettaient en valeur les muscles des hommes et la beauté des corps féminins, qui faisaient paraître les nains plus petits et les clowns plus drôles : ainsi, toute la communauté reprenait vie et s'éveillait dans l'attente du public qui, ce soir-là, allait accourir pour se laisser étonner et émerveiller, pour rire et vivre une expérience absolument extraordinaire.

Marta s'était essayée à tout, dans le cirque. Cependant, elle n'avait pas l'équilibre des acrobates. Ni la souplesse des contorsionnistes. Ni la coordination des jongleurs ou le sang-froid du lanceur de couteaux. Elle n'avait jamais compris non plus le langage des chevaux. Elle ne savait rien faire de spécial. Elle n'avait pas de don, de passion.

C'est ainsi qu'elle avait atterri à la baraque du chamboule-tout. Hors du chapiteau où se tenait le spectacle. À la marge. Comme un corps étranger à cette improbable communauté de gens pleins de talents. Tout ce qu'elle devait faire, c'était remettre en place les boîtes et passer les balles de chiffon aux clients, qui pouvaient effectuer trois lancers.

À nouveau, tandis qu'elle attendait, son regard se porta vers la roulotte jaune et rouge. Dans un élan de colère, elle lança une balle contre la pyramide de boîtes. Quelques-unes tombèrent. Elle les remit patiemment en place, cherchant à contenir sa rage. Mais non, il ne s'agissait pas tant de rage que de stupeur. De douleur. Et d'une grande confusion.

À vrai dire, elle n'avait jamais réussi à s'intégrer dans cette famille de nomades. Elle était toujours restée à l'écart dans ce monde qui n'était pas le sien. Et encore plus depuis qu'elle avait découvert ce terrible secret.

« Tu me donnes trois balles pour mon petit gars ? »

Marta regarda l'homme devant elle. Une quarantaine d'années, accompagné de deux enfants. Le garçon devait avoir douze ans. La petite, qui tenait la main de son père, pas encore quatre.

« Bien sûr, monsieur », dit-elle en tendant les balles de chiffon à l'enfant.

Celui-ci lança. Un tir faible et trop en biais qui ne fit tomber qu'une boîte.

« Vise bien », conseilla le père. Il lâcha la main de la petite et montra à son fils comment faire. « Comme ça, tu vois ? »

Le deuxième tir fut plus réussi.

« Bravo ! Mais il faut faire partir le tir de l'épaule. »

Brusquement, Marta se rendit compte que la petite s'était éloignée. Elle la vit disparaître entre les jambes des spectateurs, qui se pressaient sur l'esplanade, devant le chapiteau du cirque. D'un coup, le sang lui monta à la tête, et la panique la saisit à la gorge.

« Où est votre fille ? hurla-t-elle à l'homme. Où est-elle ? »

Il la fixa, étonné d'une telle fougue. Puis il jeta un coup d'œil autour de lui.

« Vous l'avez perdue ! poursuivit Marta, survoltée. Imbécile ! »

À ce moment-là, la fillette réapparut et rejoignit son père.

« Qu'est-ce qui t'arrive, jeune fille ? » interrogea l'homme. Mais Marta n'avait plus les idées claires.

« Il faut faire attention à votre enfant ! cria-t-elle. Et si elle se perd ? Si elle se fait enlever ?

— Mais qu'est-ce que tu racontes ? Elle est là…

— Il faut faire attention à vos enfants ! continua Marta, hors d'elle.

— Toutes mes excuses, monsieur, intervint un employé du cirque. Marta, qu'est-ce qui t'arrive ? Calme-toi. »

Elle avait les yeux exorbités. « C'est un idiot ! »

L'employé la saisit par le bras. « Va-t'en ! ordonna-t-il. Reviens quand tu seras calmée. » Il la poussa pour qu'elle s'écarte, avant de s'adresser à l'homme : « Je vous demande pardon, monsieur… Tenez, votre fils peut faire trois autres tirs *gratis*. C'est la maison qui offre. » Puis, s'apercevant que Marta était encore là, il lui lança durement : « Va-t'en ! »

Suffocante, Marta s'éloigna d'un pas furieux. Ses yeux étaient pleins de larmes. Cette enfant avait ravivé toute la peur qui l'habitait.

Presque sans le vouloir, elle arriva à la roulotte jaune et rouge, et elle espionna par la petite fenêtre la fillette qu'elle avait entendue pleurer toute la journée. La gosse était tapie dans un coin. Elle pleurnichait encore, la bave coulant sur son menton, et elle murmurait faiblement : « Maman… maman… »

Alors, tandis que sa tête explosait, que son cœur se déchirait, que ses poumons prenaient feu et que son âme se perdait dans un tourbillon noir et vaseux, Marta se décida à regarder son cauchemar en face. Elle aussi avait été enlevée.

4

Début mars 1870
Royaume d'Italie (Pomposa, Comacchio, Ravenne)

Marta l'avait compris depuis moins d'une semaine. Elle avait été enlevée, qui savait il y avait combien de temps, exactement comme cette enfant dans la roulotte. On lui avait ôté la possibilité d'avoir une famille. Une véritable famille, et non ce ramassis de gens bizarres qui constituaient le cirque. Elle avait dû avoir un père et une mère, des grands-parents peut-être encore vivants au moment de son enlèvement, et certainement des frères et sœurs avec qui elle jouait dans une cour pleine de poules et de cochons. Le soir, à table, ils riaient et plaisantaient ensemble.

Et puis un jour, elle s'était éloignée. Trop.

Elle ne connaissait pas les détails, mais la réalité était qu'on lui avait volé son destin.

Elle venait de le comprendre, précisément, grâce à cette enfant.

La scène s'était produite cinq ou six jours auparavant. Ils avaient traversé le Pô sur des bacs tirés d'une rive à l'autre par un système de cordes, et ils venaient d'arriver près d'un triste bourg qui, selon les années, s'appelait Contarina ou Porto Viro. Marta regardait le paysage tandis que la caravane avançait comme un énorme millepatte bruyant à travers la campagne écrasée par un ciel aussi bas que les plafonds chez les pauvres.

C'est à ce moment-là que ça s'était produit.

La gosse était là, au bord de la route. Elle devait avoir quatre ou cinq ans. Pieds nus dans la boue, malgré le froid. Elle ne portait qu'une petite robe grise, légère, et aussi sale que sa frimousse. Sous la crasse qui la recouvrait, on apercevait le teint jaunâtre de ses joues. Ses petites jambes étaient tellement maigres qu'on aurait dit qu'elle n'avait que la peau sur les os.

Et c'est alors que Marta avait soudain vu un bras musclé jaillir d'une roulotte et se saisir de la petite, la soulevant de terre et l'entraînant à l'intérieur.

Cela n'avait duré qu'un instant. Un bref instant. Rien de plus. Comme le faucon s'abattant sur un chiot. Une seconde plus tard, la gamine avait disparu.

Et Marta avait alors compris. Il lui était arrivé la même chose. Elle n'avait pas pu parler. Elle n'avait pas pu dire un mot.

Comme si, à l'intérieur d'elle, quelque chose s'était brisé.

Jusqu'à la veille. Le chamboule-tout, la gosse… et alors, elle avait explosé.

« C'est ce qui m'est arrivé aussi, c'est ça ? »

À l'aube, après une nuit tourmentée, Marta avait traversé la prairie en pleine activité, dont l'air se remplissait de l'arôme du café. Transie, elle avait rejoint Melo qui s'occupait de faire remonter les chevaux, pansés et nourris, dans leurs box.

« De quoi ? lança le vieux, sans la regarder.

— Tu le sais très bien. »

On entendit pleurer la fillette.

« C'est ce qui m'est arrivé à moi aussi, c'est ça ? »

Marta le fixa. Désormais, elle connaissait la réponse. Et elle se sentait idiote. C'était tellement évident. Comment avait-elle pu ne pas y penser plus tôt ? Au cirque, elle n'avait ni père ni mère. Ni grand-père ni grand-mère. C'était ce qui lui était arrivé à elle aussi. Mais elle avait besoin qu'on le lui dise.

« Réponds-moi. »

Melo demeura silencieux.

« D'où est-ce que je viens ? » demanda Marta avec une sourde sensation d'oppression dans la poitrine, de plus en plus douloureuse.

Melo fit la moue avant de grommeler :

« Je ne me souviens plus.

— J'avais quel âge ?

— Si même toi, tu ne te rappelles pas, c'est qu'à l'évidence tu étais toute petite.

— J'ai pleuré ? »

Pour la première fois, Melo se tourna et croisa son regard. « Jamais. Tu as toujours été forte », dit-il avec une fierté qui avait quelque chose de personnel, comme si cette histoire le touchait de près.

Marta sentit une espèce de colère croître en elle. Pourtant non, ce n'était pas vraiment de la colère. Plutôt de la confusion. Une confusion qui faisait mal. Comme si elle venait seulement de se rendre compte qu'on l'avait amputée d'un bras ; ou comme si une blessure pouvait commencer à saigner plusieurs années après avoir été infligée. « Ce n'est pas vrai, que tu ne t'en souviens pas ! »

Melo alluma un cigare. Une fumée bleuâtre troubla l'air. « C'est ici que tu es née, dit-il avec sérieux. Sur la route. En voyage. Comme nous tous. Tu n'appartiens à aucun lieu, tu es une fille du cirque. »

Marta secoua la tête. Avec force. « Non ! Moi, j'avais une maison ! »

Melo sourit, sans qu'il y ait aucune joie sur son visage ridé. « Et quand bien même tu y retournerais… qu'est-ce que tu ferais ? »

Marta n'était pas encore capable de répondre à cette question. Un frisson lui parcourut l'échine.

Et Melo, comme s'il avait perçu ce frisson, continua : « Le cirque, c'est comme la malaria. Quand tu l'as attrapée, tu ne peux plus t'en débarrasser. » Il remua un doigt en l'air. « Toi, tu n'as pas de maison. Tu n'as que la route. Et maintenant, tu ne t'arrêteras plus. Jamais plus.

— Des mensonges ! Ce ne sont que des mensonges ! » répliqua Marta.

Mais en son for intérieur, elle craignait que le vieil homme n'ait raison.

Pour ne pas le lui montrer, elle prit la fuite. Elle s'approcha à nouveau de la roulotte colorée et épia encore à l'intérieur. Plus elle l'observait, plus cette fillette devenait elle-même, et elle-même la fillette.

S'apercevant que la petite l'avait repérée, elle lui demanda alors : « Comment tu t'appelles ?

— Rosa », répondit l'autre d'un air renfrogné.

À cet instant, une femme monta dans le véhicule, une assiette fumante en main, et elle s'approcha de l'enfant avec tendresse. Elle s'appelait Armandina, surnommée la Bella, car autrefois elle était trapéziste et on racontait que c'était une véritable beauté, dont tous lorgnaient les fesses rondes et fermes. Aujourd'hui, il ne restait pas grand-chose de cette splendeur. Et du trapèze, elle était passée aux casseroles.

Dissimulée, Marta continua à observer la fillette qui mangeait avidement. Puis elle entendit la Bella s'exclamer : « C'est bien, Lidia ! »

Alors, comme une furie, Marta rejoignit à nouveau Melo.

« C'est quoi, mon vrai prénom ? interrogea-t-elle, agressive.

— Arabella, répondit-il.

— Arabella ?

— Non. Ginevra, se corrigea-t-il sans la regarder.

— Ginevra…

— Ou Sabrina. »

Melo se retourna et planta sur elle son regard voilé et fatigué, mais profond et perçant. Il lui demanda : « Et de ton côté, quand tu penses à toi, même maintenant, même quand tu imagines que l'un d'entre nous t'a saisie et entraînée dans une roulotte… toi, maintenant, qui es-tu ? »

Les yeux de la jeune fille s'embuèrent. « Marta », répondit-elle.

Le vieil homme la regarda en silence. Puis il aspira une nouvelle bouffée de cigare et fixa les volutes de fumée bleutée, nuages passagers ne cachant le ciel étoilé que l'espace d'une seconde.

« Oui, tu es Marta, déclara-t-il lentement.

— Et toi, tu es un vieux con. »

Quand, moins d'une heure plus tard, la caravane se mit en route, Marta monta sur le siège auprès de Melo. Mais elle ne dit rien. Renfermée sur elle-même, elle était silencieuse, en apparence.

Mais de terribles hurlements déchiraient son âme de l'intérieur.

Le cirque Callari se dirigeait vers Ravenne. Cependant, pendant le voyage, la roue d'un véhicule se brisa, ils durent la réparer. Ainsi, alors que l'après-midi était déjà bien avancé, ils étaient encore loin du but.

Ils se trouvaient dans les vallées de Comacchio. Partout alentour, des joncs et des roseaux et, en dessous, de l’eau. Ni de l’eau de mer ni de l’eau douce, mais de l’eau saumâtre, dans laquelle se dressaient de gros pilotis de bois recouverts d’algues, avec des pontons qui s’étendaient comme des bras. Au bout des pontons s’élevaient des espèces de grues rudimentaires, auxquelles étaient accrochés des filets carrés, que l’on plongeait dans l’eau et qu’on remontait afin de capturer la vie qui grouillait au fond. Des serpents d’eau, glissants, le dos noir et brillant, à la chair grasse. Des anguilles. Ce soir, eux aussi en mangeraient certainement, grillées, avec de la polenta cuite dans de grandes marmites de cuivre noircies par le feu.

Alors que l’odeur du poisson se répandait dans le campement, Marta, comme toujours, alla voir Melo.

« Tu ne te souviens peut-être pas où vous m’avez prise, attaqua-t-elle d’un ton de défi. Mais moi, je sais où vous l’avez prise, elle.

— Qui ça, elle ? demanda distraitement le vieux.

— Rosa.

— Et qui c’est, Rosa ?

— La nouvelle fillette, répondit-elle, irritée.

— Elle s’appelle Rosa ? fit-il de son air détaché, comme si rien ne lui importait. J’avais compris qu’elle s’appelait Lidia.

— Lidia, c’est le nom que vous lui avez donné…

— Mais qui ça, vous ? rit Melo.

— Mais vous, ceux du cirque !

— Et toi, tu ne fais pas partie du cirque ?

— Moi, je n’enlève pas les enfants ! »

Marta pinça les lèvres, narines dilatées, poings serrés. « Mais il ne lui arrivera pas ce qui m’est arrivé à moi, qui ne connais même pas mon vrai nom, dit-elle dans un souffle. Moi, je lui rappellerai tous les jours que son vrai nom, c’est Rosa. »

Melo la regarda avec sérieux. Puis acquiesça. « D'accord », lâcha-t-il enfin.

Cela déconcerta Marta.

« Tu ne te mets pas en colère ?

— Qu'est-ce que je devrais te dire ? »

Elle continua à le fixer. Mais sa surprise laissa bientôt la place à sa fureur initiale.

« De toute façon, je m'en fiche. Je veux le faire et je le ferai.

— Tu parles d'une nouveauté, sourit Melo. Tu as toujours fait ce que tu voulais.

— Et je le ferai !

— Oui, oui, j'ai compris. Pas besoin de crier. Je ne suis ni sourd ni idiot. »

Marta se tut.

« Il y a autre chose ? interrogea Melo. J'aimerais pisser tranquille. Alors s'il n'y a rien d'autre, j'irais bien derrière ce buisson, là-bas. »

Marta était allée trouver Melo pour une raison précise. Mais elle n'avait pas encore abordé le sujet.

« Encore une chose.

— Dépêche-toi. À mon âge, le robinet de la vessie ne marche plus trop.

— Pourrais-tu demander à Ascanio si je peux rester dans la roulotte de la fillette et m'occuper d'elle ? demanda-t-elle, le visage en feu.

— Là, il faut que tu m'expliques, dit alors Melo. Tu viens balancer que tu veux défier nos règles, et que tu estimes ne pas faire partie du cirque… et après, tu veux que je t'aide ? »

Marta planta son regard dans le sien.

« Tu m'aides toujours.

— Pas besoin de faire de la lèche. Tu sais que ça ne marche pas.

— Tu n'étais pas sur le point de te pisser dessus ? le pressa-t-elle. Alors ? Oui ou non ? »

Il se dirigea vers un buisson.

« Oui ou non ? » insista Marta.

Il disparut derrière les branchages.

« Oui ou non ? s'exclama-t-elle plus fort encore.

— Laisse-moi pisser tranquille ! »

Marta attendit en trépignant, se mordant la langue pour ne pas crier.

Au bout d'un moment, Melo sortit d'un buisson en refermant sa braguette. « Oui ou non ? » lança-t-elle alors, furibonde.

Il s'approcha calmement.

« Oui, répondit-il. Je t'en ai fait baver, hein, mademoiselle ?

— Va te faire foutre !

— Lave-toi la bouche au savon, sinon tu risques de passer pour une fille du cirque.

— Va te faire… Va au diable ! » se corrigea-t-elle, exaspérée.

Melo rit à nouveau, tellement fort qu'il manqua de s'étouffer.

Pourtant, comme promis, il alla parler à Ascanio. Ainsi Marta monta-t-elle dans la roulotte jaune et rouge.

Lorsque personne ne pouvait l'entendre, elle s'approchait de l'enfant et lui murmurait à l'oreille : « Rosa, rappelle-toi que ton vrai nom, c'est Rosa. Ne l'oublie jamais. »

La fillette, qui pleurait de plus en plus rarement et mangeait comme elle n'avait sûrement jamais mangé de sa vie, la regardait sans comprendre.

« Rosa », lui répétait Marta. Puis elle ajoutait : « Contarina. Tu vivais à Contarina, ou dans les environs. » Et chaque fois, elle avait l'impression de réécrire sa propre histoire. Sa véritable histoire.

« Il ne t'arrivera pas la même chose qu'à moi », lui dit-elle doucement alors qu'ils quittaient la via Romea pour remonter le long du canale Candiano, qui menait de l'Adriatique à Ravenne. Elle observa un moment les larges péniches toutes plates remplies de marchandises qui remontaient le courant vers la ville, traînées au moyen de longues et robustes cordes par de puissants chevaux, qui peinaient le long des chemins de halage. « Toi, tu n'oublieras pas que tu avais une autre vie, avant celle-ci. »

L'enfant, apeurée par la dureté de ce ton, se mit à pleurer.

« Imbécile ! Un jour, tu me remercieras, continua Marta, imperturbable. Il faut que tu sois forte. Plus forte que ton destin. »

La fillette cria, effrayée.

Survint alors Armandina la Bella, qui poussa Marta. Elle prit la petite dans ses bras et la berça avec la douceur d'une mère, avant de lui donner un sucre d'orge rayé blanc et rouge à suçoter.

L'enfant cessa ses pleurs.

« C'est bien, Lidia, murmura Armandina en l'embrassant sur la joue.

— Tu m'as servi de mère à moi aussi, quand on m'a enlevée ? » lui demanda Marta.

La Bella fronça les sourcils.

« Toi, on ne t'a pas prise, dit-elle en détournant le regard. Tu es née ici.

— Et qu'est-il arrivé à ma mère ?

— Elle est morte.

— Et mon père ?

— Pareil.

— Comment s'appelaient-ils ?

— Je ne m'en souviens pas. Nous sommes tellement nombreux.

— Et comment je m'appelais ?

— Marta.

— Et pourquoi elle, elle ne s'appelle plus Rosa mais Lidia, maintenant ? »

Armandina lui pinça la joue, jusqu'à lui faire mal. « Ne cherche pas les ennuis, jeune fille. » Puis, portant toujours la petite dans ses bras, elle rejoignit la porte de la roulotte, qu'elle ouvrit.

« Descends, dit-elle à Marta. Retourne dans ta roulotte. Je ne veux plus de toi ici.

— Mais c'est Ascanio qui m'a placée ici ! C'est lui qui commande, pas toi ! »

Armandina la Bella posa la fillette par terre, puis s'approcha de Marta et lui flanqua une gifle. « Prie pour que je ne raconte pas à Ascanio les conneries que tu t'es mises dans le crâne. Descends, et ne tourne pas autour de Lidia si tu ne veux pas que j'aille lui parler. C'est compris ? »

Marta, la joue brûlante, sauta du véhicule. Elle attendit celui où se trouvait Melo et monta sur le siège. Elle s'assit près du vieux, bras croisés, frémissant de rage.

Melo remarqua immédiatement sa joue rougie.

« Tu es vraiment nulle, fit-il. Tu n'as même pas tenu un jour.

— Me casse pas les pieds, maugréa Marta.

— À ton âge, tu devrais apprendre à te taire, de temps en temps.

— Je t'ai dit de ne pas me casser les pieds. »

Melo fit claquer son fouet en l'air et poussa un cri à l'adresse des deux chevaux qui tiraient la roulotte. Puis il demeura silencieux, le cigare entre ses lèvres irrémédiablement colorées par le tabac.

Ils firent quelques milles sans parler, puis Marta éclata : « Le cirque me dégoûte ! Vous êtes tous horribles. Vous volez les enfants. Les gens ont raison de vous traiter de gitans. »

Melo ne répliqua rien.

« Je pourrais le dire aux gendarmes. Ils la ramèneraient chez elle.

— Et tu crois que ses parents seraient contents ?

— Ce sont ses parents. »

Melo soupira.

« Tu ne sais rien de la vie, petite. Tu as vu dans quel état elle était quand nous l'avons ramassée ? Pieds nus, avec le froid qu'il fait. Affamée. Ils n'ont sans doute même pas signalé sa disparition. C'est une bouche de moins à nourrir. Tu ne sais pas quel monstre ça peut être, la pauvreté.

— Vous l'avez enlevée et je pourrais le dire aux gendarmes, répéta Marta.

— Tu trahirais les tiens ? lança Melo.

— Ce ne sont pas les miens.

— Ils t'ont élevée. Tu n'as jamais manqué de rien.

— Ma famille m'a manqué ! » s'écria Marta.

Melo ralluma son cigare, tandis que la caravane abandonnait le chemin de halage pour pénétrer dans un champ à l'extérieur de Ravenne, là où ils monteraient le chapiteau pour le spectacle.

« J'étais comme ça ? » demanda alors Marta, d'une voix plus fragile.

Melo ne dit mot.

« Moi aussi, j'étais comme ça ?

— Non.

— Non et rien d'autre ? insista-t-elle. J'étais comment ? »

Melo ménagea une longue pause.

« Pire.

— Ça veut dire quoi, pire ?

— Pire, ça veut dire pire », dit le vieux, tandis qu'il tirait les rênes et mettait le frein de la roulotte.

Ils étaient arrivés.

« Je vais m'en aller ! cria alors Marta. Ça me dégoûte, de rester avec vous ! »

Melo fit sortir les chevaux et les attacha. Plus tard, il les emmènerait se dégourdir les jambes, puis les bouchonnerait. Depuis toutes ces années, il se sentait important grâce aux chevaux. Il préférait leur compagnie à celle des femmes. Au cours de sa longue vie, personne ne l'avait fait se sentir aussi bien que les chevaux.

À l'exception de cette putain de gosse. Cette gosse, pour lui, avait quelque chose de spécial, bien qu'il ne le lui eût jamais dit. Une heure plus tard, tandis que les membres les plus jeunes et costauds de la troupe hissaient le mât central du chapiteau, avant de planter les poteaux de tour, donnant ainsi forme au théâtre de leurs aventures imminentes, Melo rejoignit Marta à bord d'une calèche.

« Monte, lui dit-il.

— Où va-t-on ?

— Monte », répéta-t-il.

Elle grimpa à bord.

Le vieux fit claquer son fouet en l'air et le cheval avança. Peu après, ils atteignirent Ravenne.

Marta n'avait jamais vu cette ville. Elle n'avait jamais rien vu.

Elle restait toujours au cirque.

« Voilà, dit Melo en arrêtant la calèche. Ça, c'est la place principale de Ravenne. C'est beau, non ? » Il indiqua les maisons anciennes qui ornaient la place, formant un cadre précieux.

« Très beau », confirma Marta, bouche bée. Elle se demandait bien pourquoi Melo l'avait amenée là. Il n'avait jamais fait cela auparavant.

« Ravenne est une ville pleine d'histoire, riche et florissante, dit-il. Les gens d'ici ont un caractère agréable et ouvert. » Il embrassa la place de son regard voilé. « Je me suis toujours dit que si un jour je devais repartir de zéro, je le ferais ici. »

Il avait une note de mélancolie dans la voix.

« Pourquoi tu me dis ça ? » interrogea Marta. Elle sentait que quelque chose n'allait pas.

« Descends, dit Melo.

— Pourquoi ?

— Descends ou je te flanque un coup de pied au cul ! »

Marta descendit. Tout à coup, un sentiment de malaise l'envahit.

Melo enfonça une main dans sa poche, d'où il sortit un rouleau de billets de banque, attachés par de la ficelle enroulée deux fois et nouée.

« Ce sont toutes mes économies. Qui sait ce que j'imaginais en faire ! Je mourrai au cirque. Ça ne me sert à rien. Prends-les.

— Pourquoi ? » La voix de Marta vibrait d'incertitude.

« Prends-les, bon Dieu ! » s'exclama-t-il.

Marta les prit.

« Voilà. Tu voulais t'en aller. Maintenant, tu peux le faire, dit-il alors. Tu as de l'argent et tu es loin du cirque. Je ne le dirai à personne. Va-t'en et vis la vie que tu veux. Tu es libre.

— Non…

— Bonne chance, petite.

— Non…

— Va-t'en ! » cria Melo.

Il fit faire demi-tour à la calèche et s'éloigna.

« Melo ! » s'exclama Marta derrière son dos.

Mais il ne s'arrêta pas.

« Melo ! » hurla-t-elle plus fort encore, effrayée. Il disparut dans une ruelle latérale.

Elle demeura immobile, serrant le rouleau de billets. Puis, lentement, elle baissa la tête et fixa le sol, parce qu'elle ne voulait pas voir cette place inconnue et parce qu'elle ne voulait pas croiser le regard des gens qui vivaient là ; elle ne savait pas qui ils étaient, ce qu'ils pensaient, comment ils vivaient. C'étaient des étrangers.

Elle fit alors un premier pas, très lentement. Et puis elle se retrouva bientôt à courir à perdre haleine.

Le soleil se couchait lorsqu'elle aperçut l'enseigne « Cirque Callari » avec ses énormes lettres et le chapiteau rouge et blanc aux cordes tendues, et puis les roulottes colorées, les feux, les odeurs de nourriture, les chants et la puanteur des animaux.

Elle ne se sentit plus perdue. Et en même temps, elle se sentit vaincue. Elle rejoignit Melo et le dévisagea.

« Tu savais que je reviendrais, hein ? Tu savais que… que j'aurais peur.

— Assieds-toi », dit le vieil homme.

Marta s'assit à terre près de lui, en silence. Melo ne dit rien non plus. Ni ne la regarda.

Ils étaient installés l'un près de l'autre, comme toujours. Comme si rien ne s'était passé. Comme s'il s'agissait d'une nuit comme toutes les autres.

« Ça veut dire quoi, que j'étais dans un état pire que celui de cette fillette ? » demanda enfin Marta.

Melo ralluma le cigare qu'il avait laissé s'éteindre. Mais il n'observa pas les volutes de fumée qui s'élevaient vers les étoiles. Il fixait l'obscurité devant lui, et revoyait une scène qui avait eu lieu des années auparavant.

« Tu portais une petite robe bleue, commença-t-il d'une voix aussi lointaine que le souvenir qu'il évoquait. Avec de minuscules fleurs blanches et rouges, liées entre elles par de fines tiges vert pâle… » Il s'arrêta pour déglutir. Il s'appuya contre le dossier de sa chaise, renversa la tête et poussa un soupir. Sa voix tremblait, et les rides de ses joues se remplissaient de larmes.

Marta détourna le regard, se disant que Melo ne voulait pas qu'elle le voie ainsi. Lui qui ne pleurait jamais.

« Tu avais des petits yeux… » Il avait du mal à parler. « Des petits yeux effrayés… le regard qui fuyait à droite et à gauche, en haut et en bas, comme affolé. Et pourtant, on aurait dit que tu ne voyais rien, à part… »

Il s'interrompit à nouveau.

Soudain, Marta eut peur d'écouter cette histoire.

Melo tendit la main et saisit le poignet droit de la jeune fille. Il passa son index sur une grosse cicatrice calleuse et violette, qu'elle avait là depuis toujours. « Je ne sais pas comment tu avais fait. Tu avais sans doute rongé tes liens. Je ne sais pas… mais la chair était entaillée jusqu'aux tendons et jusqu'à l'os. »

Marta sentit le froid l'envahir.

« Ils te gardaient attachée, poursuivit Melo, sans cesser de tenir le poignet de Marta. Une enfant attachée comme une bête… » Sa voix vibrait de douleur. « Bordel ! » Il lança avec colère son cigare, qui traça un sillage d'étincelles dans la nuit. « Pire qu'une bête… »

Marta n'avait pas même la force de respirer.

« Tu avais réussi à t'échapper, et moi je t'ai prise, reprit-il en passant mécaniquement le doigt sur la cicatrice du poignet. J'ai soigné ta blessure comme je l'aurais fait avec un cheval… Tu n'as jamais pleuré. Tu n'as jamais poussé le moindre gémissement. Tu n'as jamais dit le moindre mot. » Il lâcha son poignet. « Et puis un jour, tu as parlé. Tu m'as dit : “Ça ne fait plus mal.” » Melo retint un sanglot et, toujours sans la regarder, son visage ridé baigné de larmes, il lui caressa les cheveux. « Je n'ai pas eu le courage de te demander si tu parlais de ton poignet ou de ton cœur. »

Marta ne savait que dire. Ils demeurèrent longtemps silencieux, avec ce secret qui n'était plus un secret. Avec cette histoire terrible qu'elle était venue déterrer. Parce que autrement Melo ne la lui aurait jamais racontée. Si elle ne l'avait pas mis dos au mur, il aurait continué à la protéger par le silence.

« Je vais me coucher », dit le vieux en se levant.

Marta le suivit des yeux.

« Je n'ai jamais oublié où je t'ai trouvée, dit-il en plantant son regard dans le sien. Tu veux toujours le savoir ? »

Melo continuerait à la protéger. Comme il l'avait toujours fait. Mais le moment était venu pour elle d'apprendre à le faire toute seule.

« Non », répondit-elle d'une voix ténue mais déterminée, qui ressemblait peut-être à celle de la fillette qui avait été capable de ronger les cordes qui la tenaient prisonnière.

Le vieil homme acquiesça, sérieux. Puis il lui fila une chiquenaude.

« Petite, ne fais pas l'innocente avec moi.

— Qu'est-ce que tu veux dire ?

— Rends-moi mon argent, grosse maligne ! Ah ! vous, la vermine du cirque, vous êtes décidément pires que les gitans. Tous des voleurs et des escrocs ! »

5

Début mars 1870
Royaume d'Italie
(Olengo, commune de Novare ; Novare)

Quand il était revenu à lui, dans la boue de la cour, Pietro s'était rendu compte que tous les yeux étaient braqués sur lui. Ceux des orphelins, des maîtres, des deux dames de charité, du directeur et de sa femme. Et tous exprimaient un seul et unique sentiment : l'envie. Mais il n'y avait prêté aucune attention. Il avait croisé le regard de son ami Lino, le 20/08, de l'autre côté de la cour, et avait crié à son intention : « Elle m'a choisi ! »

Lino avait été le seul à lui sourire, heureux.

Le directeur, irrité, avait ordonné à un maître : « Occupe-toi de désinfecter le 19/03. » Puis il avait pincé un instant les lèvres, parce qu'il s'apprêtait à dire quelque chose qui lui faisait très mal : « Fais-lui prendre un bain… dans ma baignoire. Avec de l'eau chaude. Pour l'amour de Dieu, il ne faut pas qu'il tombe malade, sinon, la comtesse… » Il avait laissé sa phrase en suspens, mais ce qu'il voulait dire était évident. Puis il avait hurlé : « Malédiction ! Et vous autres, filez donc en classe, bons à rien ! », évacuant toute sa frustration sur les autres orphelins.

Ces derniers s'étaient mis en rang tête baissée, sans s'étonner que cela n'ait pas été leur tour, car eux, leur tour ne venait jamais, et ils s'étaient dirigés vers le bâtiment central comme un troupeau. Le directeur, sa femme et les deux dames de charité les avaient suivis.

Un maître avait accompagné Pietro non pas dans la petite construction latérale sur la gauche, là où se trouvaient les vestiaires et les douches glaciales, mais dans celle de droite, réservée aux enseignants. Aucun enfant n'y était jamais entré. Il y avait une pièce réservée au directeur, dotée d'une baignoire et d'un chauffe-eau à bois, toujours allumé.

Après s'être lavé et séché, le garçon avait enfilé un nouvel uniforme, moche lui aussi, mais du moins propre.

« S'il passe la nuit avec les autres dans le dortoir, il va encore attraper des puces », avait expliqué le maître au directeur.

Celui-ci, vert de rage, avait violemment frappé la table de la main. Puis il avait murmuré, les dents serrées : « Malédiction ! Installe-le chez moi pour dormir. »

Ainsi Pietro se trouvait-il à présent dans la pièce qui servait au directeur lorsqu'une urgence le retenait tard à l'institut. C'était une chambre chaude et accueillante, avec du parquet recouvert d'un tapis, des tableaux aux murs, et un lit bien rembourré, aux couvertures douillettes.

« Demain matin, M. et Mme Odìn enverront un carrosse pour venir te chercher », lui annonça le maître en refermant la porte derrière lui, comme s'il s'agissait là d'une information quelconque.

Quand Pietro s'étendit sur le lit, les ressorts grincèrent à peine. Le matelas était en laine cardée.

Mais il ne s'endormit pas en un éclair, comme d'habitude. D'habitude, il n'avait aucun projet en tête. Alors que le lendemain serait une journée spéciale.

« Très spéciale ! s'exclama-t-il en s'asseyant brusquement sur son lit. Non, plus que ça, très, très spéciale ! »

Là, il éclata de rire. Et il fut étonné de son propre rire. À l'institut, on riait d'un pet dans le dortoir, ou des rots avec lesquels les plus virtuoses parvenaient à rythmer : *Dirlo, va te faire foutre !* On riait d'un garçon qui glissait dans l'escalier, d'un autre qui avait la dysenterie et faisait dans son pantalon, ou de quelqu'un qui vomissait sa soupe. On riait d'un petit qui pleurait la nuit parce qu'on lui avait fait croire à l'existence d'un ogre, ou d'un grand surpris en train de se tirer sur la tige.

Mais aucun d'entre eux n'avait jamais ri parce que sa vie allait changer.

Or, lui, un avenir différent l'attendait. Il allait devenir l'un de ces garçons qui n'existaient que dans les contes. Il serait riche. Voilà pourquoi son rire, à ce moment, avait cette saveur inattendue, étrange et inconnue.

Il rit à nouveau. Comme pour se familiariser avec ce son. Mais il le trouva encore plus étrange.

Puis il se rendit compte qu'il était seul dans cette pièce. Et se dit que son rire était étrange parce que solitaire. Il résonnait contre les murs de la chambre, comme un écho. D'habitude, Pietro riait avec les autres. Avec ses voisins de dortoir. Et en particulier avec l'un d'eux.

Il se leva d'un bond et, dans la nuit noire, rejoignit le dortoir H, au deuxième étage du bâtiment central.

Là, il se glissa dans le lit du 20/08, son seul véritable ami.

« Qui c'est ? demanda ce dernier d'une voix ensommeillée.

— Tais-toi, Lino ! C'est moi. Dors, fais pas chier.

— Mais tu vas rechoper des puces !

— Rien à foutre. C'est le dirlo qui aura des emmerdes, pas moi ! »

Lino rit doucement, de son rire bizarre qui faisait penser à un sifflement. Parce qu'il souffrait d'une insuffisance respiratoire, avait expliqué le médecin de l'institut, qui passait une fois par semaine. C'était le lot de tous les tuberculeux.

Ils dormirent en s'étreignant, comme deux frères. L'aîné, Pietro, serrait fort dans ses bras le petit. Comme dans un adieu muet. Comme s'ils savaient qu'à leur âge tendre ils n'étaient pas capables de dire les mots qu'ils auraient voulu, ni de se dire au revoir comme ils auraient dû. Comme s'ils savaient qu'ils ne pouvaient être à la hauteur de cet adieu.

Ce n'est qu'à l'aube, avant que les maîtres n'arrivent, que Lino sortit de sous son matelas un couteau pliant, un modèle pour les pauvres, avec un manche en hêtre, et non en corne ou en os.

« Tiens, dit-il. Si tu as des ennuis, défends-toi. »

Pietro le prit, mais en hésitant. À l'institut, c'était quelque chose d'important, un couteau. Cela voulait dire pouvoir résister aux grands et à leurs abus. « Et toi ? » demanda-t-il.

Lino haussa les épaules. « Moi, les connards, je les bouffe tout crus ! » Il sourit avant d'être secoué par une quinte de toux.

Pietro regarda le couteau. C'était le plus beau cadeau que Lino pouvait lui faire. « Je ne m'en séparerai jamais », dit-il.

Et Lino, qui comprenait exactement ce que son ami voulait dire, fit semblant de croire qu'il parlait véritablement du couteau. « S'il le faut, tu leur crèves la panse ! » s'exclama-t-il. Tandis qu'il parlait, ses yeux brillaient comme les champs humides de rosée à l'aube.

Puis le coup de sifflet qui marquait le début de la journée pour les orphelins retentit. Une journée sans avenir, comme les précédentes.

À part pour l'un d'entre eux. Pietro.

« Mais qu'est-ce que tu fiches là ? s'exclama le maître en le découvrant dans le dortoir H. Le carrosse des Odìn t'attend. On ne te trouvait plus. »

Quand le maître les escorta dans la cour, tous les regards se braquèrent sur Pietro. Il monta dans un carrosse aux pourtours dorés, tiré par quatre chevaux à la robe noire impeccable, tandis que Paride, en frac et haut-de-forme, lui tenait la portière en esquissant une révérence respectueuse.

À nouveau, tout le monde l'enviait.

Pietro avait pris place sur une banquette en cuir cognac, et il y avait des rideaux aux fenêtres. Il entendait, devant, les quatre chevaux nerveux, dont les sabots frappaient les routes blanches au rythme de leur trot, en direction de sa nouvelle destination. Une seule journée s'était écoulée depuis qu'il s'était retrouvé en rang dans la cour de l'orphelinat et que la comtesse Silvia di Boccamara l'avait choisi. Mais pour lui, c'est toute une vie qui s'était écoulée.

Il était sur le point de devenir quelqu'un d'autre. Mais qui ?

Un garçon qui s'appellerait Pietro Odìn. Mais qu'est-ce que cela voulait dire ?

Et qu'est-ce que cela voulait dire, avoir une famille ?

Il se demanda qui il avait été jusqu'à ce jour. Le 19/03, Pietro Diotallevi : telle était la première réponse, évidente. Mais qui était ce Pietro Diotallevi, numéro 19/03 ? Qui était le nouveau-né abandonné par des parents qu'il n'avait jamais connus et qui n'avaient pas voulu de lui ? Son intelligence aiguë – malgré son jeune âge – formula une réponse plus dangereuse encore que la question, et plus angoissante : une larve. Il était une larve qui attendait de se métamorphoser, de déployer ses ailes.

À peine eut-il formulé cette image que l'air dans le carrosse vint à lui manquer. Il eut l'impression d'entendre à nouveau les mots du directeur de l'institut : « La vie de l'un d'entre vous va changer radicalement. »

Il ouvrit et referma la bouche, comme un poisson hors de l'eau. Il cherchait l'oxygène, devenu tout à coup insuffisant. Instinctivement, il ouvrit alors grand la portière du carrosse, en pleine course.

La voix de Paride résonna aussitôt :

« Refermez, monsieur Pietro ! C'est dangereux. »

Pietro referma la portière. Mais l'air continuait à lui manquer. Il se sentait faible, et pas à sa place.

Il ouvrit à nouveau la portière.

« Je vous l'ai déjà dit, monsieur Pietro, refermez ! répéta le cocher. C'est dangereux.

— Il faut que je descende », lâcha le garçon, gorge nouée.

Paride tira sur les rênes et les chevaux s'arrêtèrent, expirant des nuages d'air épais comme la vapeur des locomotives.

Pietro descendit avec la rapidité de quelqu'un qui s'échappe d'une cage. Il respira à pleins poumons, comme remontant à la surface après une profonde apnée. Et il sentit les larmes lui embuer la vue. Il se rendit compte qu'il avait peur. Une foutue peur. Peur de la chance. Peur de la liberté. Peur de ce qu'il n'avait jamais réussi à rêver.

Il continua à respirer profondément, comme s'il venait de courir. Il se plia en deux et porta les mains à sa bouche.

« Vous vous sentez bien, monsieur Pietro ? »

Il se tourna vers Paride, sans le voir.

« Vous allez bien ? » répéta le cocher.

Pietro le regarda. Et regarda le carrosse. S'il retournait là-dedans, il allait mourir asphyxié, c'était certain.

« Je peux m'asseoir près de toi ? » demanda-t-il.

Paride, fort étonné, demeura silencieux un instant. Puis il écarta les bras. « Vous faites ce que vous voulez, monsieur… »

Pietro n'en crut pas ses oreilles. Il grimpa sur la marche et s'assit sur le siège du cocher. Il respirait. C'était déjà un bon début.

« Comment t'appelles-tu ? demanda-t-il.

— Paride, monsieur, répondit-il.

— Arrête de m'appeler monsieur, Paride !

— L'étiquette ne me le permet pas », sourit le cocher.

Sa voix vibrait de sympathie pour ce garçon. Il imaginait la difficulté qu'il avait à accepter sa chance.

« Soyez heureux, monsieur, dit-il.

— Pourquoi ? » demanda Pietro avec une naïveté enfantine, espérant que quelqu'un lui expliquerait la vie et cet inconnu vers lequel il se dirigeait.

Paride le regarda avec affection. « Si vous me permettez, monsieur… ne vous torturez pas la cervelle. » Il sourit et répéta : « Soyez heureux. »

Pietro le dévisagea. Peu à peu, il sentit ses épaules se détendre, et la tension le quitter. Alors il se remit à rire. Un rire cristallin. Pur. Comme de l'eau de montagne.

« Vas-y, Paride ! Fais galoper tes canassons ! » s'exclama-t-il.

Le cocher fit claquer son fouet en l'air, et les quatre chevaux noirs et brillants recommencèrent aussitôt à tirer le carrosse.

Dès qu'il sentit l'air lui glacer les joues et le vent ébouriffer ses cheveux, Pietro éprouva une sensation qu'il n'avait jamais imaginée auparavant, et pourtant qu'il avait toujours rêvée. Comme si la larve qu'il avait été s'était transformée en papillon.

« J'ai des ailes, Paride ! » s'écria-t-il. Il prit le haut-de-forme du cocher et se l'enfonça sur le crâne. Il écarta ses bras maigres. « J'ai des ailes, je vole ! » rit-il comme il n'avait jamais ri de sa vie. Comme seuls riaient les papillons aux ailes toutes neuves.

6

Début mars 1870
Royaume d'Italie (Rimini)

Après Ravenne, le cirque Callari s'était remis en route et avait atteint la ville de Rimini. Les drapeaux tricolores du royaume d'Italie flottaient à de nombreuses fenêtres.

« La dernière fois que nous sommes passés ici, il n'y en avait pas, fit remarquer Marta.

— C'est parce qu'à l'époque cette ville appartenait encore au pape, expliqua Melo. Maintenant, elle est italienne.

— Et pourquoi sont-ils si contents ? Qu'est-ce que ça change ?

— L'Italie, pour ces gens, c'est comme le cirque pour nous, sourit Melo. Maintenant, ils ont le sentiment d'appartenir à quelque chose d'important.

— Et nous, nous sommes italiens ?

— Heinrich le trapéziste est autrichien. Andrej le lanceur de couteaux est polonais. Dimitri le clown est russe. Françoise la contorsionniste est française. Bernhard le jongleur est allemand… Le cirque Callari n'est pas italien. Il est… européen.

— Mais toi et moi, nous parlons italien », objecta Marta.

Melo rit. « Parce que nous deux, nous sommes italiens… en plus d'être européens. »

Marta ne comprenait pas bien les discours de Melo. Cependant, elle voyait que ces gens avaient un idéal. Elle regarda encore les drapeaux qui flottaient aux fenêtres. Et elle se dit que cela devait être beau, d'avoir un idéal.

Mais un instant plus tard, toutes ces pensées s'évaporèrent. Après avoir dépassé le centre de la petite ville, la caravane se retrouva sur une route d'où on voyait la plage et la mer.

Et pour Marta, il n'y avait rien de plus beau que la mer. Chaque fois qu'elle l'apercevait, son cœur battait d'émotion. Cependant, elle eut un mauvais pressentiment, et se raidit.

« Je ne veux rien savoir de précis. Dis-moi seulement oui ou non, lança-t-elle à Melo. Quand tu m'as trouvée… j'étais près de la mer ?

— Non. »

Elle se détendit. Son sentiment ne correspondait donc pas à un souvenir. Il ne venait pas de son passé, ce n'était pas de la nostalgie.

Elle fut alors gagnée d'une joie intense, d'une allégresse qui lui faisait une espèce de chatouillis dans le cœur, un peu comme une eau gazeuse. L'amour pour la mer était quelque chose à elle. Bien à elle.

Quand le camp fut installé, Marta gagna la porte de la roulotte où était gardée l'enfant enlevée, et elle frappa.

Armandina la Bella ouvrit la porte. Elle se crispa immédiatement.

Marta garda les yeux rivés au sol.

« Vas-y, parle ! dit l'ex-trapéziste d'un ton dur. Que veux-tu ? »

Marta aperçut la fillette derrière elle. En quelques jours à peine, ses joues avaient pris une saine couleur rose. Ses cheveux bien propres étaient tressés en deux nattes. Elle portait un justaucorps moulant en laine un peu élimé, qui révélait combien elle était menue, et des chaussons blancs à la pointe renforcée, comme ceux des danseuses.

Marta se mit à penser à elle-même. À ce qu'elle avait dû être. « Je m'excuse, pour l'autre jour », dit-elle à la Bella.

Armandina la regarda, méfiante. « Et pour quoi tu devrais t'excuser ? »

À ce moment-là, l'enfant s'approcha et s'agrippa à la jupe de la Bella, épiant Marta.

« Elle s'est déjà attachée à toi.

— Qui ça ? » demanda Armandina.

Marta comprit tout de suite ce qu'elle voulait dire. « Lidia », répondit-elle.

La Bella se détendit un peu.

Machinalement, tout en dévisageant la fillette qui s'appelait autrefois Rosa, Marta passa un doigt sur sa cicatrice violette.

« Elle se porte bien, hein ? dit Marta avec un sourire plein de larmes.

— Oui, elle se porte bien », confirma l'autre.

Puis elle remarqua que Marta touchait son poignet. « Elle a eu de la chance, elle. Cela n'a pas pris beaucoup de temps. »

Marta ne parvint plus à retenir ses larmes. « Je m'excuse », répéta-t-elle.

Armandina sortit de la roulotte. « Viens là », dit-elle, bras grands ouverts. Elle enlaça Marta et la serra fort contre elle. Elle se mit à se balancer doucement, comme si elle la berçait. « Tu avais toujours peur que quelqu'un veuille te faire du mal, murmura-t-elle d'une voix chaleureuse, comme n'importe quelle mère. On t'en avait tellement fait ! ajouta-t-elle en s'emportant. Seul Melo réussissait à t'apaiser. »

Marta s'abandonna un moment entre ces bras accueillants. Puis elle se dégagea et se dirigea vers le quartier où étaient gardés les chevaux.

Melo était occupé à étriller un poulain. Il sembla à peine lui accorder un regard, et pourtant il lui demanda bientôt :

« Pourquoi as-tu pleuré ?

— Je n'ai pas pleuré.

— Alors c'est que tu as de la rosée sur les joues. »

Marta éclata de rire.

« Qu'est-ce qu'il y a de drôle ?

— Tu es un vieil imbécile, c'est ça qui me fait rire.

— Un imbécile ? Tu parles d'une découverte ! »

Le silence tomba. Leur silence spécial. Ce silence qui les unissait depuis plus de dix ans. On n'entendait que le bruit de l'étrille sur la robe du cheval, de plus en plus brillante.

« Ça ne me plaît pas, de tenir la baraque du chamboule-tout, reprit-elle.

— Et qu'est-ce que tu aimerais faire ?

— Je ne sais pas.

— Et pourquoi tu me dis ça ? Ce n'est pas moi qui vais savoir ce qui te plaît. »

Elle riva les yeux au sol, maussade.

« Tu sais qu'on commence à t'appeler la Boudeuse ? On a vu mieux, comme surnom.

— Il s'est passé… quelque chose », dit lentement Marta.

Elle aurait voulu dire qu'elle ne savait plus qui elle était. Et qu'elle ne savait pas non plus qui elle voulait être.

« Comment ça ?

— Peut-être que… Enfin, le cirque… »

Mais parler était trop difficile.

« Je n'arrive pas à comprendre.

— Et qu'y a-t-il à comprendre ? »

Marta haussa les épaules.

« Tu es une sacrée casse-pieds, voilà ce que tu es. Le cirque, c'est simple. Il n'y a rien à comprendre. Il faut juste regarder et voir.

— Mais voir quoi ?

— La magie. »

Melo prit le visage de Marta entre ses mains. « La magie ! »

Marta le scruta, perplexe.

Puis il poussa un gros soupir et posa son étrille sur le tabouret.

« Fillette, coiffe-toi, passe-toi de l'eau sur la frimousse et enfile ta plus belle robe, ordonna-t-il avec sérieux. Ce soir, je t'emmène au cirque. »

Quand l'heure fut venue, Marta alla trouver Melo, qu'elle reconnut à peine.

Le vieil homme portait un costume marron à fines rayures bleues. Ce vêtement devait avoir de nombreuses années : les épaules étaient désormais un peu larges et les manches un peu longues, comme si la veste avait une taille de plus. Mais c'était en réalité le passage des ans qui avait rapetissé et fait se recroqueviller Melo.

Néanmoins, Marta devina combien cet homme avait dû être séduisant dans sa jeunesse. Elle le vit coiffé pour la première fois de sa vie, les cheveux lissés en arrière et luisants de brillantine. Ses joues étaient rasées de près. Ses mains – là aussi, c'était une première depuis qu'elle le connaissait – étaient propres, sans la moindre trace de crottin ou de terre sous les ongles.

Elle le fixa un moment bouche bée, jusqu'à ce qu'il s'approche d'elle, un ruban à la main. Un ruban rouge brillant comme de la soie.

« Tourne-toi », dit-il. Il attacha le ruban dans ses cheveux. Puis il la contempla, satisfait. « Voilà. Maintenant, nous pouvons aller au cirque. » Il cligna de l'œil et ajouta : « Comme tout un chacun. »

En marchant, Marta fut tentée de lui prendre la main. Mais cette idée la mit mal à l'aise. Les choses ne fonctionnaient pas ainsi entre Melo et elle. Chacun à sa place : telle était leur règle. Et c'était réconfortant.

« Tu sais ce que ça veut dire, “comme tout un chacun” ? » lui demanda le vieux tandis qu'ils se mettaient au bout de la longue file d'attente des spectateurs qui arrivaient de Rimini pour assister au spectacle. « Qu'il faudra regarder ce qui se passe comme si c'était la première fois. Comme si tu ne connaissais pas le nom des artistes qui se produisent, ce qu'ils mangent le soir, ou le son de leur voix. » Il lui tira délicatement les cheveux. « C'est compris ? »

Marta hocha la tête. Tout en se disant que cela n'avait aucun sens.

Un gamin dans la queue demanda à sa mère : « Il y a des lions ?

— Je ne sais pas, mon trésor.

— Et des éléphants ? »

La mère haussa les épaules. Puis elle croisa le regard de Melo.

« Vous savez s'il y a des lions et des éléphants ?

— Non, je ne sais pas, désolé, répondit-il. C'est la première fois que nous allons au cirque. »

Il se tourna vers Marta. « N'est-ce pas ? »

Elle acquiesça, sans rien comprendre. Mais qu'était donc ce jeu ?

Quand ils arrivèrent devant le guichetier – Marta savait qu'il se nommait Alberto –, le vieil écuyer au costume rayé tendit deux billets de banque à Marta. « Vas-y, paye. Un plein tarif et un tarif réduit. »

C'était une mascarade. Ils n'avaient pas besoin de payer pour entrer. Marta en fut presque irritée. Mais elle prit tout de même l'argent et, avec un filet de voix, dit au guichetier : « Un plein tarif et un tarif réduit. »

Alberto détacha un billet d'un carnet bleu, un autre d'un carnet jaune. Il prit l'argent de Marta et lui rendit trois pièces. « Bon spectacle ! » lui souhaita-t-il avec un aimable sourire.

Quelle crétinerie ! songea Marta.

À l'entrée, Melo lui dit de donner les billets à Gino, l'homme qui avait la tâche de les déchirer.

Gino, comme s'il ne les connaissait pas, prit les billets et glissa les souches dans une boîte munie d'une fente, une espèce de tirelire.

Marta savait qu'à la fin du spectacle Ascanio compterait les billets en séparant les bleus des jaunes, et vérifierait que l'argent en caisse correspondait bien à ses calculs. Mais Melo lui avait dit qu'elle devait faire semblant de ne rien savoir de tout ça, aussi s'efforça-t-elle de ne pas y penser. Cependant, c'était difficile.

Qu'est-ce que c'est bête ! se répétait-elle.

Ils pénétrèrent sous le chapiteau. Marta vit Melo s'arrêter pour admirer les lieux. Il observait la piste de sable entourée d'une barrière en bois peinte en bleu qui protégeait le public, le double rideau rouge carmin pailleté d'étoiles, par où entreraient les artistes, le mât et les poteaux de tour qui soutenaient la structure en toile cirée rayée rouge et blanche.

Melo se tourna vers elle. « C'est beau, hein? » fit-il, une expression sincèrement heureuse sur son visage ridé.

Marta se sentait mal à l'aise. Elle avait vu le cirque mille fois.

Il n'y avait rien de différent ce soir-là.

« Même vide, cet endroit est magique, tu ne trouves pas? » insista Melo.

Elle se mordit la langue pour ne pas répondre que tout ça, c'était des conneries.

Alors le vieil homme la prit par la main et la conduisit à leurs places, au milieu du premier rang des gradins.

Ils s'assirent. Melo fit signe à l'homme qui vendait des sucres d'orge. Marta savait qu'il s'appelait Lelio, qu'il couchait avec Armandina la Bella et qu'il avait tendance à un peu trop lever le coude.

« Vous voulez un sucre d'orge pour la petite, monsieur? » demanda Lelio, comme s'ils étaient des spectateurs quelconques.

Marta comprit que Melo avait tout organisé dans les moindres détails. Elle se répéta que ce numéro était vraiment une connerie. Elle en éprouvait presque de la colère. Et pourtant, ses yeux s'embuèrent. Ce qui ne fit qu'augmenter son irritation et son malaise. Melo essayait-il de la rouler? Qu'est-ce que c'était, cette histoire de magie?

Bientôt, le rideau rouge aux étoiles dorées s'ouvrit, et Ascanio apparut en queue-de-pie, avec une valise.

« Bienvenue, mesdames et messieurs! Et bienvenue à vous tous, les enfants! Le spectacle va commencer! Vous allez rire, trembler, être surpris et… »

Applaudir, j'espère! conclut Marta dans sa tête.

« Et applaudir, j'espère! dit en effet Ascanio. Voici l'univers où tout peut arriver! Où les acrobates volent comme des oiseaux de paradis, où les écuyers semblent des plumes sur le dos de leurs destriers, et où à chaque saut, on risque la mort. Et que dire de l'assistante du lanceur de couteaux ? Un infime tremblement de la main et… la pauvre femme est fichue. »

Un frémissement parcourut le public, titillé à ces perspectives.

Et Marta s'aperçut que Melo aussi écoutait dans un silence religieux, les yeux grands ouverts.

« Sous ce chapiteau, reprit Ascanio, vous devrez oublier la loi de la gravitation, et toutes les autres lois de la physique que vous connaissez. » Il posa sa valise à plat sur le sol, et ouvrit les deux serrures latérales en les faisant claquer. « Ici, il se passe des choses… extraordinaires ! » Il ouvrit la valise et souleva le couvercle, qui devint ainsi une espèce de paravent pour le public.

Cling ! pensa Marta en imitant le bruit d'un ressort.

À cet instant précis, une marionnette montée sur ressort jaillit.

Le public sursauta légèrement. C'était une petite surprise, modeste. Puis les spectateurs se détendirent et se calèrent dans leurs sièges. Une marionnette montée sur ressort : ce n'était pas grand-chose, comme magie.

Mais à ce moment-là, voilà qu'un gros python se mit à grimper sur la marionnette, s'enroulant autour d'elle.

« Mon Dieu ! » s'écria une femme.

« Il s'appelle Bongo », aurait voulu lui dire Marta.

À nouveau, tout le monde se redressa sur son siège.

« Mais qu'est-ce que tu fais là ? » fit mine de s'étonner Ascanio. Il prit le python par la tête et le souleva de terre. La bête faisait presque deux mètres de long. « Combien de fois faut-il te dire de ne pas te fourrer dans ma valise ? lui reprocha-t-il. Va-t'en ! » Il enroula le serpent comme il l'aurait fait avec une grosse corde et le lança vers le public.

Les gens des premiers rangs hurlèrent. Ceux qui étaient sur la trajectoire de l'atterrissage se levèrent d'un bond. Mais avant que le python ne leur tombe dessus, un clown que personne n'avait remarqué surgit de derrière la barrière en bois et l'attrapa au vol.

« Garde cet animal loin de ma valise ! » lui cria Ascanio.

Marta savait que c'était un truc éprouvé des dizaines et des dizaines de fois. Et Melo le savait aussi, bien sûr. Et pourtant, quand le serpent avait volé dans les airs, Melo lui avait serré l'avant-bras, comme s'il avait vraiment eu peur.

« C'est ridicule ! lâcha-t-elle.

— Tais-toi », rétorqua le vieux sans perdre le spectacle des yeux.

C'est ridicule, se répéta Marta.

« Je suis désolé, mais il n'arrête pas de s'échapper ! » plaida le clown. Il fit mine de sortir, mais le serpent se glissa entre ses jambes et le fit trébucher.

Tout le public éclata de rire, surtout les enfants. Melo aussi, près de Marta.

Et alors, même si elle connaissait le numéro par cœur, et même si elle ne voulait pas, Marta ne put s'empêcher de sourire.

Quand le clown eut disparu, Ascanio ouvrit grand les bras et s'exclama : « Profitez bien du spectacle ! » Il tenta alors de refermer la valise mais, malgré tous ses efforts, il n'y parvint pas.

On entendit alors une voix de femme protester : « Ça suffit ! J'en ai marre d'être là-dedans ! »

Françoise, se dit Marta.

Un instant plus tard, une femme vêtue d'un costume d'écailles surgit de la valise, à la façon d'un serpent. Elle était plus grande qu'Ascanio, et il était inimaginable qu'elle ait pu tenir dans cette valise.

Le public, surpris pour la troisième fois, applaudit à tout rompre. Melo aussi applaudissait, frappant ses grandes mains calleuses l'une contre l'autre comme un enfant. Ses yeux brillaient. Marta s'unit alors aux applaudissements.

« Mais c'est moi qui en ai marre ! se plaignit Ascanio. Le public est venu voir un spectacle, pas ces sottises ! »

Il la poussa de force vers le bas et, en un éclair, l'enfonça dans la valise, tandis qu'elle faisait mine de résister. Puis il referma le bagage, s'assit dessus et fit claquer les deux serrures en position fermée, tandis qu'on entendait les protestations étouffées de la femme serpent. Il fit alors une profonde révérence en direction du public : « Je vous demande humblement pardon pour ces malencontreux incidents, et je vous assure que dorénavant tout ira comme sur des roulettes. »

Il se dirigea vers le rideau étoilé avec la valise. À l'intérieur, la femme serpent remuait, donnait des coups et criait des insultes.

Les gens riaient et applaudissaient. Melo se mit même debout. Marta se tourna vers lui. À le voir, on aurait dit qu'il s'amusait sincèrement. Il semblait fasciné par les numéros, comme un gamin. Il jouait la comédie, bien entendu. Mais comment pouvait-il le faire si bien ?

Quand un des acrobates, en vol à plus de dix mètres de haut, rata sa prise d'une main, risquant de s'écraser à terre, et que son compagnon le saisit au dernier instant, les spectateurs poussèrent un cri d'effroi. Melo lui-même murmura : « Mon Dieu, non ! »

Marta savait que cette prise manquée faisait partie du numéro. C'était étudié, calculé. Toutefois, si quelque chose était allé de travers, l'acrobate serait mort, c'était sûr.

À sa grande surprise, elle eut elle-même un coup au cœur.

« Pourquoi font-ils ça ? » demanda-t-elle doucement à Melo.

Il la regarda étonné, comme s'il s'agissait d'une question idiote. « Parce que ce sont des acrobates. Parce qu'ils ne peuvent pas s'en passer. Tu sais ce que c'est, les acrobates ? Des êtres qui, dans une vie antérieure, avaient des ailes. »

Ce fut alors, à travers le regard de Melo, que Marta comprit ce qu'elle n'avait encore jamais compris sur le cirque. Les acrobates étaient autrefois des anges. Françoise, un serpent. Le cracheur de feu, un dragon. Et chacun portait la nostalgie de sa vie passée.

« C'est comme ça que tu as vu le cirque, la première fois ? » demanda Marta.

Melo sourit, plissant son visage ridé, et une expression enfantine apparut dans son vieux regard. « Je n'ai jamais cessé de le voir ainsi », répondit-il. Puis il se tourna vers la piste, où commençait le numéro équestre de Sireno, le petit-fils d'Ascanio, dont toutes les femmes du cirque étaient folles.

Mais à présent, Marta se sentait portée par cet endroit extraordinaire. Et elle ne vit pas Sireno, non, pas une seconde. Ce qu'elle vit, ce fut Melo jeune, avec un costume blanc et une cape argentée, voltigeant sur le dos de ses chevaux bien-aimés. Comme s'ils ne formaient plus qu'un seul être. Moitié cheval moitié homme.

« Et toi, qui étais-tu, dans ta vie antérieure ? lui demanda-t-elle rêveuse, songeant qu'elle aurait pu tomber amoureuse de lui. Un centaure ? »

Melo sourit. Et ses yeux voilés par la cataracte révélèrent toute la nostalgie que Marta commençait à comprendre.

« Tu étais bel homme, hein ? » le pressa-t-elle. Melo ne répondit rien.

Alors Marta sourit à son tour. Et elle se rendit compte que, jusqu'à ce jour, elle avait été aveugle. Elle posa tendrement la tête sur l'épaule de Melo.

Il s'écarta aussitôt. « Arrête ça ! lança-t-il avec sa rudesse habituelle. Pour moi, tu es comme un poulain, n'oublie jamais ça. »

Marta ne l'écouta pas.

« Les poulains posent leur museau sur ton épaule, je les ai vus.

— Tu es vraiment une gosse insupportable », bougonna-t-il. Marta souriait toujours, tandis qu'une sensation de douceur la gagnait. Elle n'éprouvait nulle gêne pour l'intimité de ce contact, qui n'était pourtant pas dans leurs règles.

Puis elle se laissa aller à imaginer toutes les lumières de ce chapiteau comme de petits soleils, et tous les artistes comme d'improbables créatures mythologiques, et elle rêva à des animaux qui pouvaient parler. Elle se serra plus fort contre Melo. Personne n'avait jamais fait quelque chose de ce genre pour elle. C'était bien ça, le plus extraordinaire, dans cette soirée hors du commun qu'elle était en train de vivre.

« Merci », dit-elle. Et elle ne parlait pas du cirque. Mais de lui. Et d'elle.

Pourtant, une espèce de mélancolie murmurait tout doucement en elle. Contrairement à tous les autres, elle ne savait pas qui elle avait été dans une vie antérieure. Elle n'avait été ni serpent, ni cheval, ni dragon, et elle n'avait pas eu d'ailes. Maintenant qu'elle comprenait la magie du cirque, elle voyait bien qu'elle ne faisait pas partie de cette magie. De cette famille.

À ce moment-là, le petit orchestre du cirque Callari entonna l'air introduisant le dernier numéro. Mais Marta était distraite par la sensation ambivalente qui l'avait saisie : comprendre le cirque ne voulait pas dire en faire partie. Et c'est avec ce léger malaise qu'elle se prépara à voir entrer en scène la bande de clowns frénétiques qui, avec leurs cris, leurs rires et leurs farces, allaient clore la soirée dans la gaieté.

Or, à sa grande surprise, les clameurs quc Marta s'apprêtait à entendre derrière le rideau résonnèrent brusquement, au contraire, derrière elle. *Ils ont modifié le numéro*, pensa-t-elle d'abord. Mais en se tournant vers le fond du chapiteau, elle comprit aussitôt que quelque chose ne se passait pas comme prévu. Ce n'étaient pas des cris de joie, des rires et des farces.

C'étaient des cris de révolte.

Et voilà qu'elle vit surgir une dizaine de jeunes gens, drapeaux tricolores attachés autour de la taille, qui clamaient : « Vive l'Italie ! Rome libre ! Rome capitale ! » Comme possédés, ils lancèrent des tracts à la volée, s'échappant aussitôt avant que les gendarmes qui surveillaient le spectacle ne puissent les arrêter. « Rome libre ! Rome capitale ! » entendit-on encore à l'extérieur du chapiteau.

« Qu'est-ce que ça veut dire, "Rome libre" ? interrogea Marta, encore stupéfaite de ce hors-programme.

— Que Rome appartient au pape, et que les Italiens veulent la récupérer, répondit Melo.

— Toi aussi, c'est ce que tu veux ?

— Moi, je m'en fiche complètement », coupa-t-il.

Cependant, Marta crut deviner une lumière dans son regard.

Et, en repensant aux jeunes gens qui avaient fait irruption, elle songea qu'eux aussi avaient les yeux brillants. Ou plutôt, brûlants. Alors, bien qu'elle ne sût pas lire, elle ramassa un des tracts.

Quand les spectateurs rentrèrent chez eux, elle salua Melo et, déboussolée par toutes ces émotions, elle alla faire un tour au bord de la mer. Elle avait besoin d'être seule. Elle avait besoin de sortir des limbes dans lesquelles elle avait vécu. Le moment était venu de découvrir quelle pouvait être sa véritable vie.

Elle ôta ses chaussures et enfonça les pieds dans le sable humide et froid. La demi-lune dans le ciel éclairait à peine les vaguelettes qui laissaient leur écume sur le rivage. Marta les observa longuement, comme hypnotisée. Comme si ces vagues effaçaient les dernières taches de sa vie passée. Elle alla plus près de l'eau. Là, le sable devenait plus sombre et plus dur. Elle se pencha et traça au hasard des signes dans le sable. Elle ne savait pas écrire, mais elle imagina que ces signes formaient un nom quelconque. De toute façon, elle ne le connaissait pas, son vrai nom.

Puis elle recula d'un pas. L'eau salée arriva et recouvrit l'inscription ; quand elle se retira, il n'y avait plus une trace. Marta retourna au bord de l'eau et attendit la prochaine vague. L'eau glacée lui baigna les pieds et monta jusqu'à ses chevilles.

Elle ne savait pas qui elle était. Mais elle savait par où commencer.

« Je te baptise Marta », déclara-t-elle alors d'un ton solennel.

L'eau se retira à nouveau.

« Et je te confie à ton père Melo, l'écuyer. »

Et puis, presque sans le vouloir, elle serra le tract. « Rome libre… », murmura-t-elle.

Peu lui importait de ne rien y comprendre. Elle ne savait pas lire, mais elle comprenait que ce bout de papier représentait un idéal. Et elle se dit que pour ces jeunes gens c'était comme une famille.

7

Mars 1870
Royaume d'Italie (Nibbia, commune de Novare)

La vie dans la merveilleuse villa qui allait devenir son chez-lui n'était pas du tout celle que Pietro avait imaginée.

« Tu es intelligent, mon poulain », commença la comtesse le premier matin, dans son petit salon personnel, assise dans un fauteuil en vieux velours rose.

Pietro se tenait debout devant elle. Il n'avait pas été invité à s'asseoir.

« Je suis certaine que tu comprends tout ce que je te dis, reprit-elle après l'avoir observé en silence. Mais je vais te donner deux conseils : apprends vite, et ne dépasse jamais les limites. Jamais. » Elle fit légèrement glisser ses longues mains d'albâtre le long des bras du fauteuil. « Et tu sais pourquoi ? Parce que, parmi tes points faibles, il y a la possibilité de redevenir le 19/03. »

Pietro fut heurté de plein fouet par cette menace, comme par une bourrasque violente et glaciale, de celles qui arrachent les ailes des papillons aussitôt qu'ils viennent d'éclore. Il sentit le souffle lui manquer.

« Avant tout, dit la comtesse en observant d'un air satisfait le costume marin bleu du garçon, que les débordements d'aujourd'hui ne se reproduisent plus. Anita a la marque de ta morsure sur le bras.

— Mais elle voulait enlever mon caleçon ! s'exclama Pietro.

— Et alors ? Qu'y a-t-il d'étrange à cela ? s'enquit-elle.

— C'est une femme !

— Et-a-lors ? répéta-t-elle en détachant les syllabes, et sans se départir de son calme.

— Je ne veux pas qu'une femme voie mon petit oiseau ! » répliqua-t-il, piquant un fard et secouant la tête, ce qui ébouriffa la mèche sur son front.

La comtesse sourit pour la première fois depuis qu'ils se trouvaient dans ce salon.

« Je t'assure que quand tu seras plus grand, tu renieras cette affirmation, mon poulain… Cependant, si cela peut t'aider à ne pas te comporter comme un homme des cavernes, tu peux être tranquille : Anita ne s'intéresse nullement à ton précieux petit oiseau.

— Mais c'est une femme !

— Non, imbécile. »

Son ton s'était fait tranchant. Cet « imbécile » atteignit Pietro comme un coup de rasoir en plein visage ; bien qu'il eût déjà essuyé des insultes beaucoup plus terribles que celle-là, il souffrit plus qu'après n'importe quel coup de fouet reçu par le passé.

« C'est une domestique, reprit-elle. Et, pour être précise, c'est *ta* gouvernante. Elle te laverait les fesses à mains nues sans hésiter.

— Pou… pourquoi ? interrogea-t-il, interdit.

— Simplement parce que c'est son devoir. »

Le visage de la comtesse avait une expression indéchiffrable.

Pietro baissa les yeux vers l'épais tapis.

« Regarde-moi ! » lui ordonna-t-elle.

Il eut du mal à relever la tête. Il sentait que cette femme pouvait le briser d'un doigt. Et il en avait peur.

« En revanche, poursuivit-elle, *ton* devoir à toi, c'est d'être à la hauteur de la mission qu'on t'a assignée en te choisissant. À savoir être digne du patronyme que tu vas porter. » Ses yeux violets exprimaient force et détermination. « Ai-je été claire ? »

Pietro déglutit, intimidé, et lutta pour ne pas baisser à nouveau le regard. « Oui, comtesse. »

Rien n'était tel qu'il l'avait imaginé. On ne faisait pas partie d'une famille comme cela, d'un claquement de doigts. Surtout si on ne connaissait pas le sens du mot « famille ».

« Très bien. Maintenant, va aux écuries. Demande à Paride de te montrer des chevaux correspondant à ta taille. Tu en choisis un, ce sera le tien. Tu devras le dresser à te suivre jusqu'en enfer. » Elle esquissa un infime sourire. Elle aurait voulu lui dire que c'était exactement ce qu'elle allait faire avec lui. Mais elle se tut.

Pietro la fixait, pétrifié. Il avait peur d'elle comme il n'avait jamais eu peur d'aucun maître ni d'aucun fouet. Et pourtant, il y avait quelque chose en elle, il n'aurait su dire quoi, qui lui plaisait. Comme s'il parvenait à percevoir de la douceur derrière cette cuirasse impénétrable – une intuition totalement absurde.

« Eh bien, tu dors ? lança-t-elle. Vas-y ! »

Pietro, comme se réveillant d'un songe, se dirigea vers la porte.

« Une dernière chose… »

Il se retourna et la regarda. À ce moment-là, il se rendit compte qu'il espérait un mot tendre, un geste d'affection.

« Je sais ce que tu ressens », lâcha-t-elle dans un souffle.

Pietro quitta la pièce, descendit l'escalier de marbre recouvert d'un épais tapis, et atteignit l'entrée. Le majordome le salua d'un mouvement de tête respectueux et lui ouvrit la porte.

Une porte qui s'ouvrait sur un monde nouveau. Impensable. Sans frontières. En la franchissant, Pietro se rendit compte du prix très élevé qu'exigeait la comtesse : ne plus être lui. Devenir un autre. Et il se demanda alors s'il y arriverait. Une sensation de panique lui coupa la respiration. La peur d'échouer le tétanisa. Cette terreur s'engouffra au plus profond de lui et se tapit là comme un serpent, lui empoisonnant l'âme.

La comtesse avait dit qu'elle savait ce qu'il ressentait. Mais c'était impossible. Il était impossible qu'elle connaisse ce malaise, ce sentiment de ne pas être à sa place. Elle était née riche, noble. Elle n'avait pas été obligée de devenir quelqu'un d'autre. Ses belles paroles n'étaient que des mots vides.

Ce matin-là, Anita, la gouvernante, une femme sèche et noueuse semblable à un sarment de vigne, l'avait lavé et habillé comme un gamin – parce que les nobles, lui avait-elle expliqué, devaient être plus propres que les pauvres –, et puis, persuadée qu'il ne l'entendait pas, elle avait bougonné à l'adresse d'une autre servante : « Mais qu'est-ce qui leur est passé par la tête, à ces gens-là ? » Elle avait secoué la tête. « Les chiens ne font pas des chats. On ne peut pas transformer en noble quelqu'un qui a été laissé sur une roue d'abandon. C'est sûrement le fils d'une prostituée et d'un ivrogne. Son sang doit être pourri. Sa mère avait peut-être la syphilis. Pff… faut pas chercher à les comprendre, ces aristos. »

C'était ainsi, avec ce viatique aussi lourd qu'une valise remplie de plomb, que Pietro s'était présenté devant la comtesse. Vaincu d'avance.

Elles ont raison, se dit-il. *Je n'y arriverai jamais.*

Parvenu aux écuries, il se dirigea vers Paride.

« Vous êtes très élégant, monsieur », s'exclama le cocher.

Mais Pietro l'entendit à peine.

« La comtesse a dit qu'il me fallait un cheval.

— Oui. Je vous attendais », sourit joyeusement Paride.

Un des étalons hennit, découvrant ses longues dents jaunes.

« Ils mordent ? interrogea Pietro, brusquement effrayé à l'idée d'avoir affaire personnellement à ces bêtes.

— Rarement, répondit le cocher, mais ça peut arriver. Il y a parmi le personnel une petite servante balafrée. Une morsure de cheval lui a emporté la moitié du visage. »

Pietro recula et se plaça derrière l'étalon.

Paride l'écarta rudement.

« Excusez-moi, monsieur, mais le vrai danger, ce sont les sabots. Un cheval peut vous tuer d'un coup de sabot. Et malheureusement, les animaux sentent la peur.

— Peut-être que… que les chevaux, ce n'est pas pour moi, dit lentement Pietro.

— Ça, la comtesse n'y consentira jamais, rit Paride. C'est une amazone extraordinaire. Elle monte mieux qu'un homme. Elle sera meilleur maître que moi. »

Prenant un air sérieux, il bomba le torse. « Et celui qui vous dit ça connaît tout des chevaux ! » Il haussa les épaules.

« Mais elle… c'est comme si elle parlait leur langue.

— Donne-moi un cheval bien tranquille, alors, le pria Pietro, soucieux.

— C'est-à-dire un cheval qui ne vous ressemble pas du tout ? » plaisanta Paride.

Le cocher le conduisit devant un cheval pie, déjà sellé et harnaché. « J'ai préparé Lapo. Il est du genre raisonnable. »

Pietro sentit à nouveau que la peur ne le lâchait pas et lui serrait le cœur. Il avait sur les épaules un poids qui l'écrasait.

« Si je n'apprends pas à monter, la comtesse me renverra à l'institut ?

— Vous apprendrez à monter. »

Paride sourit avec tendresse. Pietro le dévisagea.

« Tu n'as pas répondu à ma question.

— Travaillez dur, monsieur, et tout ira bien. »

Pietro jeta un coup d'œil autour de lui. Même cette écurie était plus belle que son orphelinat.

« Je ne veux pas retourner à l'institut... », murmura-t-il. Puis il monta sur le dos de Lapo.

Par la fenêtre, la comtesse vit Pietro sur la selle de son petit cheval, aussi rigide que s'il avait avalé un manche à balai, tandis que Paride le conduisait au pas. Pour une experte comme elle, il était évident que ce grand garçon maigre ne deviendrait jamais bon cavalier. Ce n'était pas quelque chose qu'il avait dans le sang. Mais il avait d'autres qualités. Et c'était justement pour ça qu'elle l'avait choisi. La lumière qu'il avait dans le regard prouvait qu'il ne s'était pas laissé vaincre par le malheur, contrairement à tous les autres orphelins qu'elle avait vus avant lui. Et puis, Pietro lui rappelait une fillette, il y avait des années de cela...

Elle sourit et s'écarta de la fenêtre pour aller rejoindre Ippolito dans son bureau.

Depuis la visite du ministre Minghetti, son mari s'était renfermé sur lui-même. Comme un hérisson. Pour la première fois de sa vie, elle n'avait pu percer sa carapace. Ce n'était pas bon signe.

Elle le trouva penché sur ses papiers. Elle savait de quoi il s'agissait. Elle les avait examinés en son absence. C'étaient les actes d'achat de toutes leurs propriétés. À côté, au crayon, une estimation approximative de la valeur de chaque lot. Et puis, sur une autre feuille encore, cette fois à l'encre, tous ces chiffres recopiés dans une longue colonne, sous laquelle Ippolito avait tracé une ligne horizontale. Et en dessous de cette ligne, son mari avait inscrit une somme folle. Des millions. Une fortune. Une fortune qui avait sidéré la comtesse. Comme si elle s'était rendu compte à ce moment-là seulement de son énormité.

La richesse d'Ippolito n'était pas d'origine aristocratique. Elle avait été bâtie par la sueur de deux paysans, ses grands-parents. Plus intelligents que les autres. Peut-être plus chanceux. Certainement plus roués. La comtesse ne savait pas tout de leurs opérations, mais elle comprenait que si les premières avaient résulté d'hypothèques placées sur le peu de choses qu'ils possédaient, et de paris sur leurs futures récoltes, les acquisitions suivantes avaient leur part d'ombre. Elles étaient trop nombreuses, et faites toutes en même temps. Le grand-père avait dû profiter de difficultés momentanées rencontrées par d'autres paysans. Peut-être avait-il exercé sur eux des pressions excessives. Peut-être avait-il pesé sur le cours du riz, en le faisant baisser une année pour mener ses concurrents au bord de la faillite. Bien des choses avaient pu se passer. Tout ce que la comtesse connaissait avec certitude, c'étaient les débuts, parce que son mari les lui avait racontés. Et ces débuts avaient mené les grands-parents, dans leurs vieux jours, à souffrir des mêmes problèmes que n'importe quel autre paysan : de l'arthrite et des os déformés par l'eau stagnante des rizières dans lesquelles ils se tenaient pendant des heures, le dos brisé à force de rester pliés en deux des journées entières. La richesse qu'ils avaient créée ne les avait pas préservés.

En revanche, le père d'Ippolito, lui, avait échappé à l'arthrite. C'était un propriétaire terrien. Et il avait doublé la fortune que son grand-père avait créée en partant de rien. Mais lui aussi avait payé cher son travail et ses efforts incessants. Un jour, son cœur avait explosé dans sa poitrine. C'était la maladie des hommes d'affaires. Et finalement, tout était revenu au sage Ippolito qui n'était certainement pas fait du même bois que son grand-père et son père.

Penché sur ses documents, il ne se rendit compte de la présence de sa femme que lorsque celle-ci lui adressa la parole.

Elle alla droit au but. « Pourquoi ne paies-tu plus les domestiques ? Nous n'avons plus d'argent ? »

Ippolito sursauta, tant il était absorbé dans ses sombres pensées. « Si, nous en avons… » Il agita les mains en l'air.

« Enfin, nous en aurions, mais… enfin, je dois faire face à une situation délicate…

— C'est lié au ministre, M. Minghetti, et au royaume d'Italie ?

— Silvia… écoute…, commença-t-il à bredouiller.

— Alors c'est ça ? coupa la comtesse, avec son franc-parler. Ta bien-aimée Italie t'a mis le dos au mur ? »

Ippolito secoua la tête. Soupira. « Silvia, tu sais bien que j'étais prêt à combattre, et même à mourir. Mais ils m'ont dit qu'ils n'avaient pas besoin d'un… enfin, je ne suis pas un soldat et… ils m'ont dit que j'aurais été un soldat… inutile… et que je pouvais faire autre chose pour la patrie… » Il regarda sa femme avec des yeux brillants, mais ce n'était pas de l'émotion, plutôt de la fièvre.

« Je voulais réaliser les rêves de mon grand-père et de mon père… j'ai grandi en entendant parler de l'Italie unie… et je voulais contribuer…

— Et la seule manière de le faire, ce n'était pas d'empoigner un fusil, mais d'offrir une caisse pleine d'or, c'est ça ? »

Le regard de la comtesse était plein de colère.

« Oui. M. Minghetti m'a dit quc cc n'était pas moins noble…

— Que sait-il de la noblesse, cet homme? éclata son épouse. Quand il était militaire, il a défié en duel Rattazzi, un avorton qui, sans lunettes, ne voit pas plus loin que le bout de son nez. Et il a même choisi l'arme ! Le sabre. Pour l'humilier. En France, tout le monde le méprise !

— Les Français ont leurs propres règles, pour les duels…

— Passons. Que t'a-t-il demandé, Minghetti ?

— J'ai signé un contrat… »

La voix d'Ippolito était faible, presque un souffle. Il tendit des documents à sa femme.

La comtesse les prit et les examina attentivement. « Article 3, alinéa B. Dans l'éventualité où, au moment du paiement, le soussigné Ippolito Odìn devait ne pas s'avérer solvable, celui-ci accepte de céder à Sa Majesté le roi d'Italie Victor-Emmanuel II de Savoie la part de ses propriétés nécessaires à rembourser, par leur vente, la somme promise par lui… », lut-elle d'une voix glaciale. Elle posa le contrat sur le bureau en regardant son mari, blanc comme un linge.

« Eh bien voilà, tu voulais donner ta vie pour l'Italie, maintenant l'Italie l'a prise. Ils vont te prendre tes propriétés, c'est ça ?

— Ces deux dernières années ont été catastrophiques… J'ai investi toutes nos liquidités dans des affaires qui n'ont pas marché… Quant aux récoltes…

— Tu es ruiné, conclut la comtesse puisqu'il n'y avait pas d'autre mot.

— *Nous sommes* ruinés, lui fit écho Ippolito.

— Ippolito… moi, ça ne m'intéresse pas… ça ne m'inquiète pas. »

Sa voix se fit plus douce.

« Je te l'ai déjà dit, je ne t'ai pas épousé pour ton argent.

— Mais qu'allons-nous faire ? » Il était bouleversé.

« Je voulais être comme mon grand-père et mon père… Eux, ils ont bâti un empire à partir de rien, et moi… moi…

— Mais heureusement que tu n'es pas comme eux ! éclata la comtesse. Eux, ils ont étranglé des gens en difficulté pour obtenir ce qu'ils voulaient. Alors que toi, tu as toujours aidé les personnes dans le besoin. Tu es bien meilleur qu'eux ! »

Elle l'enlaça.

« Je suis fière de toi.

— Silvia… » Les yeux d'Ippolito étaient remplis de larmes. « Tu ne comprends pas…

— Quoi ?

— Nous sommes ruinés ! s'exclama-t-il d'une voix brisée, en se dégageant de l'étreinte.

— Et alors ? »

Il parut soudain redevenu enfant. « Et alors… j'ai peur. »

La comtesse le regarda. Elle voyait ce qu'elle avait toujours su. Son mari était un homme bon. Gentil. C'était pour cela qu'elle l'avait épousé. Mais c'était aussi un homme faible.

« Tout ira bien », dit-elle tendrement. Elle lui prit la main, et sentit qu'elle était froide. « Nous nous en remettrons. Et je serai toujours à ton côté. »

Ippolito acquiesça. Mais il avait le regard vide. Au-delà de ce vide, il n'y avait que la peur.

« Je t'aiderai, poursuivit la comtesse. Ensemble, nous y arriverons. »

Ippolito sourit. Mais il n'était plus là. Il était à nouveau enfermé dans son cauchemar. Il baissa la tête, recommençant à feuilleter ses papiers et à écrire des chiffres.

Silvia di Boccamara le regarda encore un instant, puis elle sortit. Elle ne remarqua pas qu'une larme avait glissé le long de la joue de son mari pour tomber sur la feuille qui se trouvait devant lui, diluant l'encre de la faillite et formant une large tache. Noire. Aussi noire que sa vision de l'avenir.

Au coucher du soleil, la comtesse était de plus en plus angoissée pour lui. Elle ne savait comment l'aider. Elle sentait qu'il se laissait submerger par les événements sans avoir la force de résister. Et il refusait de s'appuyer sur elle, alors qu'elle aurait pu le soutenir de toutes ses forces. C'est avec cette angoisse au cœur qu'elle rejoignit Pietro dans la cuisine, où la table avait été dressée en grande pompe afin que le garçon apprenne les bonnes manières.

Pietro était assis là, tout raide.

La comtesse frappa dans ses mains. « Service ! » ordonna-t-elle.

Un serviteur arriva avec une soupière. « Consommé », annonça-t-il.

La comtesse acquiesça, toujours la tête ailleurs, et le serviteur versa deux louches dans la tasse en porcelaine de Sèvres.

Pietro prit la cuillère en argent, brillante comme un miroir. Il la plongea dans le bouillon et puis la porta à ses lèvres. Mais il était tellement nerveux que sa main trembla. Il renversa un peu de consommé sur son costume avant que la cuillère ne puisse atteindre sa bouche.

« Encore », ordonna la comtesse.

Pietro sentait tous les regards des domestiques braqués sur lui. Il savait qu'ils le détestaient. Et il percevait aussi l'humeur de la comtesse. Il trempa la cuillère dans le bouillon et sa main trembla à nouveau. Ses yeux se remplirent de larmes. Il resta un moment la cuillère suspendue en l'air, avant de la faire brusquement retomber dans la tasse qu'il ébrécha.

« Je n'y arrive pas ! éclata-t-il en se tournant vers la comtesse. Pour vous, c'est facile, vous avez grandi au milieu de la porcelaine ! Moi, j'ai grandi dans un orphelinat, au milieu des puces et des coups de fouet ! Qu'est-ce que vous pouvez en savoir ? Je n'y arrive pas !

— Fais des efforts, dit-elle froidement.

— Mais je fais des efforts !

— Alors fais-en davantage ! »

Elle saisit son menton et lui releva la tête, pour qu'il la regarde. « Ne t'accroche pas à des excuses pathétiques ! Tu devras être fort si tu ne veux pas retourner chez les orphelins, ces ratés ! » Sa violence l'étonna elle-même. Elle comprit qu'elle ne s'adressait pas véritablement à ce garçon. Cette réaction provenait du mal-être qu'elle avait couvé toute la journée. C'était la douleur d'avoir vu si clairement la faiblesse de son mari. Et la frustration devant sa propre impuissance. Mais maintenant, la colère s'était emparée d'elle. Elle se tourna vers le serviteur. « Débarrasse. Monsieur a fini de dîner pour aujourd'hui. » À l'adresse de la cuisinière, elle ajouta : « Pas la moindre croûte de fromage, ou tu es renvoyée. » Sur ce, elle quitta la cuisine d'un pas furieux.

Pendant un instant, le silence fut total.

Pietro se tenait tête baissée, le visage en feu. Il avait honte. Il avait peur. Il s'efforçait de ne pas pleurer.

« Que s'est-il passé ? » interrogea Paride en entrant dans la cuisine.

Pietro demeura immobile : une véritable statue de sel.

« Le gros nigaud en a encore fait une bien bonne », répondit la cuisinière avec une amertume à fairc tourner n'importe quelle mayonnaise. « Ce morveux mal élevé mérite de retourner là d'où il vient. Le sort qui lui est réservé est… injuste. »

Les autres domestiques opinèrent du chef. Ils le détestaient, avec cette haine injustifiée que l'on éprouve pour la chance des autres.

« Si tu es renvoyé à l'orphelinat, sache que cela ne fera de peine à aucun d'entre nous », conclut la cuisinière en se penchant vers Pietro.

À ce moment-là, l'immobilité du garçon cessa brusquement. Toute la colère et la peur emmagasinées en lui explosèrent. Comme un bouchon de champagne. D'un violent revers de main, il balaya tout ce qu'il y avait sur la table. D'un seul coup, le verre en cristal, la tasse de consommé, les couverts, l'assiette plate et la sous-assiette en Murano volèrent pour aller atterrir en morceaux sur le sol, dans un grand fracas.

Tous les domestiques firent instinctivement un léger pas en arrière.

Pietro se leva d'un bond, les veines du cou gonflées, agitant les poings. « Mais pourquoi voulez-vous tous que j'échoue ? hurla-t-il, la voix brisée par l'émotion. Je n'échouerai pas ! cria-t-il en les dévisageant, une fierté d'adulte sur le visage. Je n'échouerai pas ! Même si mon cœur devait exploser ! »

La cuisinière ricana, méprisante. « Tu es un bouseux et tu le resteras », lui lança-t-elle avec rancœur. Les autres domestiques rirent de concert. Avec ressentiment.

« Arrêtez ! » La voix de Paride résonna. « Les seuls bouseux ici, c'est vous ! Ce garçon n'a pas triché pour arriver là. Il y est, un point c'est tout. Il faut vous faire une raison. C'est un malheureux, comme nous tous. Vous devriez l'aider, plutôt que de l'entraîner dans votre boue ! »

Pietro le regarda, les yeux exorbités. Les domestiques se turent, surpris eux aussi.

Paride se dirigea vers le coin où il avait l'habitude de s'asseoir. « Venez, monsieur Pietro, dit-il. Faites-moi l'honneur de dîner avec moi. » Le garçon le rejoignit à pas lents.

« La comtesse a interdit qu'il mange, ricana la cuisinière.

— Et moi, je m'en fiche, gros laideron aigri », fit Paride.

Il regarda le serviteur et claqua des doigts. « Service ! Consommé pour M. Pietro. Avec porcelaine et cuillère en argent. Autrement, je vous ferai tâter du fouet de mes chevaux ! »

Le domestique mit à nouveau la table. Puis tout le monde regarda.

« Allez, c'est facile, murmura Paride. Regardez. Il suffit que vous ne fassiez pas comme moi, monsieur. » Il se pencha vers sa tasse, saisit la cuillère comme si c'était une houe et la plongea dans la soupe. Puis il aspira le bouillon avec un horrible bruit de gargouillis.

Pietro se redressa. Il prit délicatement sa cuillère entre le majeur, l'index et le pouce, la plongea avec tout autant de délicatesse dans le bouillon, sans la remplir à ras bord, et puis la porta à ses lèvres, en évitant de se pencher en avant. Il recommença une deuxième fois. Il ne fit pas tomber la moindre goutte de bouillon, et ne fit pas le moindre bruit avec sa bouche.

Les domestiques assistaient à la scène en silence. Et c'est dans ce silence qu'on entendit un léger claquement de talons.

Pietro se retourna et vit la comtesse approcher. Il continua à la fixer jusqu'à ce qu'elle soit près de lui. Et il ne baissa pas les yeux.

Alors, elle sourit. « Je suis fière de toi, mon poulain », dit-elle. Elle se tourna vers la cuisinière. « À partir de maintenant, donne à monsieur ce qu'il veut manger. Tout ce qu'il te demande, tu le lui donnes. » Elle la dévisagea avec sévérité. « Et ne te hasarde jamais plus à le traiter de gros nigaud. Cela vaut pour chacun d'entre vous. » Ses yeux violets se posèrent à nouveau sur ceux, noirs et stupéfaits, de Pietro. Et puis, pour la première fois depuis qu'il était entré dans cette maison, elle tendit le bras et le toucha, pour remettre en place cette mèche rebelle qu'elle aimait tant. Elle toisa les serviteurs. « Il s'appelle Pietro Odìn. C'est votre patron. »

Pietro en eut un coup au cœur.

« Quand tu auras fini de manger, dit alors la comtesse en continuant à lui sourire, va souhaiter la bonne nuit à ton père. » Et elle appuya volontairement sur ces deux derniers mots : « ton père ». « Tu le trouveras dans son bureau. » Elle tourna les talons et se retira.

Paride sourit, la tête baissée vers sa tasse. « Bon… on dirait que vous n'allez pas retourner à l'institut, monsieur », murmura-t-il avec satisfaction.

Pietro ne savait comment réagir. Il plongea soudain sa cuillère dans le consommé, en la tenant comme une houe, puis aspira le bouillon encore plus bruyamment que Paride. Et il éclata de rire.

Paride rit avec lui.

Après le dîner, Pietro se leva de table, le cœur gonflé de joie. « Merci, Paride. Sans toi, je n'y serais jamais arrivé. »

Paride haussa les épaules. « Vous avez tout fait seul, monsieur. »

Pietro se sentit envahi d'une extraordinaire légèreté. Il se mit à sautiller dans les couloirs sombres et élégants de la villa aux murs couverts d'étoffes précieuses et de tableaux aux immenses cadres dorés élégamment sculptés, en direction du bureau d'Ippolito Odìn.

« Ton père », avait dit la comtesse. En passant devant un miroir, Pietro put voir l'immense joie qui illuminait son visage. Il s'arrêta pour se regarder. « Salut… Pietro Odìn », se dit-il. Et il cligna de l'œil, comme il l'aurait fait avec un ami.

Il finit par arriver devant le bureau.

La porte était fermée.

Il hésita un instant avant de frapper. Il crut entendre des bruits étranges provenant de l'intérieur. Puis il se décida à frapper. Il attendit mais n'obtint aucune réponse. Il n'y avait que ces bruits bizarres, qui faiblissaient. Il frappa encore. Rien.

Il fut tenté de s'en aller, mais quelque chose le retint. Il entrouvrit la porte. « Monsieur… », dit-il timidement, coulant un regard vers l'intérieur.

Ippolito Odìn pendait d'une poutre du plafond, exactement au milieu de la pièce, attaché à une corde, un nœud coulant autour du cou. Sur le sol, une chaise renversée. Le corps bougeait encore légèrement. Les jambes semblaient parcourues par une décharge électrique. Ses yeux rouges grands ouverts sortaient presque de leurs orbites, et Pietro eut l'impression qu'ils le fixaient. Sa langue était violacée et gonflée. Puis ses jambes eurent une dernière secousse, se raidirent et, alors que son corps inerte se balançait à peine, un filet de liquide jaunâtre à la forte odeur âcre apparut sous le revers de son pantalon, s'arrêtant un instant sur les chaussures de cuir luisant avant de goutter sur le tapis.

Avant même de devenir fils, Pietro avait déjà perdu son père.

8

Mars 1870
Royaume d'Italie (Rimini)

« Qu'y a-t-il d'écrit ? »

Le jeune homme sursauta et se retourna vivement. Il découvrit devant lui, sur le front de mer de Rimini, une fille qu'il n'avait jamais vue auparavant. Jolie, avec de longs cheveux noirs et des lèvres si rouges qu'elles semblaient maquillées. Elle tenait un tract à la main.

Crispé, il jeta des coups d'œil méfiants autour de lui.

« Qui es-tu ?

— Je m'appelle Marta. »

Le garçon continua à l'examiner avec une expression circonspecte.

« Qu'y a-t-il d'écrit, là ? répéta-t-elle en lui montrant le papier.

— Qu'est-ce que j'en sais, moi ? lança-t-il tout en continuant à balayer les alentours du regard. Que veux-tu de moi ?

— Hier soir, tu étais au cirque, expliqua Marta. Je t'ai reconnu.

— Écoute, je ne sais pas de quoi tu parles… »

Marta comprit ce qui était évident depuis le début : le garçon était inquiet. « Je ne veux pas te causer d'ennuis, le rassura-t-elle. Hier, je t'ai vu lancer les tracts, et là tu es passé devant moi et je t'ai reconnu. Je voulais juste te demander ce qu'il y a d'écrit, là. » Elle regarda le papier et rougit. « Je… je ne sais pas lire. »

Le jeune homme se détendit un peu.

« C'est tout un bazar, commença-t-il d'un ton plus amical. Tu vois, nous sommes dans le royaume d'Italie, et le Royaume veut Rome… mais ensuite ils t'emmerdent si… Désolé, je ne voulais pas le dire comme ça… Bref, les autorités ne veulent pas que les Italiens manifestent trop ouvertement pour éviter les conflits… Elles ont peur que quelqu'un passe soudain à l'action, tu vois ce que je veux dire ?

— Non. »

Marta n'avait aucune idée de ce dont il parlait.

« Tu n'es pas des nôtres ? demanda-t-il.

— Qui ça, les nôtres ? »

Le jeune homme la regarda, étonné. Et resta silencieux.

« Qui ça, les nôtres ? » insista-t-elle.

Il secoua la tête.

« Tu ne fais pas partie du Comité de la jeunesse pour la libération de Rome ?

— N… non. »

Marta se sentait mal à l'aise. Elle était certainement en train de passer pour une imbécile.

« C'est quoi, le Comité de… enfin ce truc, là ? »

Le garçon inspecta à nouveau les alentours du regard. « Viens, lui dit-il. Allons nous asseoir là-derrière. » Il indiqua la plage. « Au moins, comme ça, on ne nous verra pas de la route. » Marta vit des dunes sur lesquelles poussait une maigre végétation de joncs et de plantes grasses, seuls capables de survivre au sel de mer. Elle se tourna vers le cirque, un peu plus loin.

Ils commençaient à démonter le chapiteau. Elle aurait dû être avec eux, les aider.

« D'accord », dit-elle.

Ils avancèrent en silence. Arrivé sur la plage, le jeune homme ôta ses chaussures et continua pieds nus. Marta l'imita. Quand ils eurent dépassé les dunes, il se laissa tomber sur le sable. Marta resta un instant debout avant de s'asseoir à son tour.

« Alors, dis-moi où tu en es, commença le garçon.

— Comment ça ? » Marta se sentait de plus en plus stupide.

« Qu'est-ce que tu sais ?

— Rien. »

Il la regarda, perplexe. « Le monde entier est en train de changer. Et tu dis que tu ne sais rien ? »

Elle baissa la tête.

« Il y a trois ans, on a repris la Vénétie, Mantoue et une partie des États pontificaux ! Nous avons chassé l'envahisseur autrichien ! Ça, tu le sais, quand même ? »

Marta retrouva dans les yeux de ce garçon la lumière qu'elle avait vue la veille au soir. Elle acquiesça, malgré son incompréhension.

« Maintenant, il faut reprendre Rome ! » Il agita un poing en l'air, un geste à mi-chemin entre joie et colère.

« Rome libre..., murmura Marta.

— Exactement ! Rome libre ! » s'exclama-t-il en souriant.

Puis il secoua la tête. « Mais pour le moment, ils ne font que bavarder. Des négociations politiques avec Napoléon III, qui est à la fois un peu de notre côté et un peu de celui du pape, la peur de ceci, la peur de cela... Mais nous, du Comité, nous disons : allons reprendre Rome, un point c'est tout ! Sans toutes ces palabres, et sans implorer la permission d'avoir ce qui nous revient de droit ! »

Marta le regardait s'animer pour quelque chose qu'elle ne comprenait pas encore. Mais elle se disait que cela devait être magnifique, d'avoir ainsi tant de passion, tant d'enthousiasme. Tant de vitalité chevillée au corps.

Le garçon secoua à nouveau la tête. « C'est pour ça qu'au début je t'ai regardée avec méfiance. Nous sommes les vrais patriotes. Les plus convaincus. Chacun d'entre nous est prêt à verser son sang pour la patrie… Mais les autorités nationales ont été chargées de tenir à l'écart les gens comme nous, parce qu'elles ont peur que nous ruinions toutes leurs… leurs négociations hypocrites ! Comme si l'unité de l'Italie était une affaire d'avocats et d'hommes politiques… » Il la fixa avec un regard enfiévré. « Tu me comprends, n'est-ce pas ? »

Marta le dévisageait sans répondre. Mais il s'en aperçut à peine. Il remua l'index en l'air.

« Tu comprends, le roi Victor-Emmanuel II, son gouvernement de fantoches… et Garibaldi lui-même, je te dis ! Et Mazzini qui est en exil…

— C'est qui, Garibaldi ? Et Mazzini ? »

Il s'arrêta net. La passion qui enflammait son regard fit place à une surprise incrédule. « Quand tu dis que tu ne sais rien… tu veux dire que tu ne sais vraiment rien ? C'est bien ça ? »

Marta rougit.

« Mais… où est-ce que tu vis ? interrogea-t-il.

— Au cirque », répondit-elle naïvement.

Il l'examina en silence. Il n'arrivait pas à y croire. « Alors vous, au cirque… » Il agita les mains en l'air, puis haussa les épaules.

« Vous… vous ne parlez jamais de l'Italie ? De Rome ?

— Non.

— Mais vous venez d'où ?

— Nous faisons le tour du monde…, dit lentement Marta.

— Mais ce n'est pas le monde ! éclata-t-il. C'est l'Italie !

— Oui…

— Qu'elle soit aux mains des Français, des Autrichiens, des Espagnols… »

Il ferma les poings et pinça les lèvres, l'air rageur.

« Vous, vous n'en avez rien à faire ! Il suffit que les gens viennent voir votre spectacle ! Il suffit qu'ils payent le billet ! C'est ça ? Vous vous en foutez, si on est opprimés ! »

Marta aurait voulu se lever et fuir. Mais elle ne bougea pas. Elle enfonça juste les mains dans le sable, jusqu'au poignet. Mais c'est sa tête tout entière qu'elle aurait voulu y cacher.

Le garçon frémissait de rage et de stupeur. Plein de mépris, il reprit : « Vous êtes pires que des ennemis. » Il la foudroya du regard. « Vous êtes… les *indifférents*. » Et il prononça ce mot avec emphase, comme si c'était la pire des insultes.

Marta rougit de honte et craignit de se mettre à pleurer.

Il s'en rendit compte. Et comprit qu'il avait exagéré. « Excuse-moi… », dit-il. Mais dans sa voix vibrait encore un écho de la colère qu'il n'avait pu réprimer. Il joignit les mains, comme les maîtres irascibles expliquant quelque chose qui leur semble élémentaire. « Mais comment peut-on être italien et ne pas avoir à cœur l'Italie que nous sommes en train de créer ? »

Marta retira ses mains du sable et fixa le tract froissé. « Moi, je ne sais même pas si je suis italienne… », fit-elle à voix basse. Elle aurait voulu lui dire qu'elle ne savait même pas qui elle était. Ou qui elle avait été. Mais elle ajouta seulement : « Je ne sais pas où je suis née.

— Où que tu sois née, enchaîna-t-il, quand tout cela a commencé, tu n'étais pas italienne, mais esclave des Autrichiens, des Français, des Espagnols… comme moi, qui suis né ici. Esclave du pape. Comme nous tous. L'Italie, en tant que nation, n'a jamais existé. Nous la créons en ce moment. »

Il la saisit par les épaules mais sans violence, uniquement pour lui transmettre son idée avec davantage de force. « Mais même lorsque nous étions dominés par les étrangers, nous étions italiens à l'intérieur, dans le sang et dans le cœur. C'est pour ça que nous devons lutter. Pour que nos enfants soient non seulement des Italiens, mais des Italiens libres. Tu comprends ? »

Elle acquiesça.

« Et ne pourrais-tu pas donner ta vie pour quelque chose d'aussi grand ? »

Marta se dit que ce garçon avait de la chance d'avoir une cause pour laquelle il était prêt à sacrifier sa vie. Et quand il lâcha ses épaules, souriant, elle se rendit compte que, pendant qu'il la tenait, elle s'était sentie plus forte.

Elle lui tendit le tract. « Tu me dis ce qu'il y a d'écrit ? »

Il s'allongea sur le sable. Les yeux plongés dans le ciel bleu. Au loin, on entendait les murmures du ressac. Il n'eut pas besoin de lire. Il connaissait le texte par cœur : « Comité de la jeunesse pour la libération de Rome, commença-t-il à déclamer. Au nom des jeunes gens de Rimini… les Italiens sont tous… des frères ! »

« Frères… », murmura Marta, frappée par l'émotion sincère avec laquelle il avait prononcé ce mot.

« Le moment est venu de donner le dernier coup de boutoir pour mettre fin à l'oppression que nous subissons depuis des siècles. Le moment est venu de nous opposer au dernier tyran qui nie notre liberté, qui nous tient enchaînés, et qui accapare ce qui nous appartient par naissance et par droit. »

Marta écoutait et commençait à comprendre. Les oppresseurs dont parlait ce garçon étaient un peu comme son passé à elle, qui l'avait tyrannisée et ne l'avait jamais laissée libre de vivre. Ces patriotes, comme elle-même, cherchaient le moyen d'avoir une vraie vie. Mais la grosse différence, c'était qu'ils luttaient ensemble, unis. « Des frères ». Tandis qu'elle, elle était seule.

Eux formaient une famille. Une famille unie profondément, par un sang commun.

« Il faut nous battre de toute notre âme ! » avait repris le jeune homme, le regard toujours tourné vers le ciel, comme s'il y voyait l'avenir. « Nous sommes tous *la chair de l'Italie* ! Nous allons reprendre Rome ! Vive Rome libre ! Vive l'Italie ! » Et puis il avait souri. Comme si ces mots lui avaient déjà offert un peu de ce pour quoi il luttait avec tant d'ardeur.

Marta ne savait toujours rien ou presque, et pourtant elle était déjà conquise. Elle s'allongea à son tour sur le sable et fixa le ciel, cherchant à voir ce qu'il y voyait.

Ils demeurèrent ainsi silencieux l'un près de l'autre, comme suspendus, et emportés dans les airs par ce rêve.

Puis le garçon reprit la parole et ils furent soudain comme jetés à nouveau sur le sable, leurs corps retrouvant un poids. « Je te reverrai ? » demanda-t-il.

Marta se tourna vers le chapiteau du cirque qui, à ce moment-là, s'affaissait comme une montgolfière piquée par une épingle. « Non. Nous partons. »

Le garçon se redressa sur un coude et la regarda. « Je m'appelle Livio Rivalta. » Il continua à la dévisager en silence, avant de lui demander : « Comment m'as-tu reconnu ? » Mais au moment même où il formulait cette question, il détourna le regard, gêné. « Ah oui, bien sûr… », murmura-t-il. Et sa main alla à la tache de vin sur sa joue gauche. « Quelle question idiote ! »

Marta aurait voulu lui fournir une autre réponse, que c'était à cause de ses yeux, ou autre chose de ce genre. Mais c'était à cause de cette marque qu'elle l'avait reconnu. Une idée lui vint alors brusquement à l'esprit. « N'importe quel gendarme ou ennemi peut te reconnaître », fit-elle remarquer.

Livio haussa les épaules, avec cette arrogance typique de la jeunesse.

« Je n'ai peur ni de la prison ni de la mort.

— Mais pourquoi les risquer inutilement ? demanda Marta. C'est idiot.

— Et qu'est-ce que je peux y faire ? Me couper la tête ? » répliqua-t-il, piqué.

Mais aussitôt après, il rit. « J'en ai besoin pour voir où je vais ! »

Cependant, Marta poursuivait son idée.

« Tu as d'autres tracts comme celui-là ?

— Oui, pourquoi ?

— Donne-m'en quelques-uns. Nous nous promenons partout. Je les ferai circuler, dit-elle avec détermination.

— Je n'en ai pas sur moi… il faudrait que j'aille les chercher…

— Et il te faut combien de temps ?

— Une demi-heure. »

Marta se leva. « Alors on se voit ici dans une demi-heure, d'accord ? »

Livio se leva à son tour. « D'accord. »

Ils se regardèrent un instant. Puis chacun partit de son côté.

Une demi-heure plus tard, Livio revint essoufflé. Il tenait à la main un paquet rectangulaire de papier marron fermé par une ficelle.

Marta l'attendait déjà depuis un petit moment.

Livio lui tendit le paquet. « Fais attention », dit-il.

Marta hocha la tête et le prit. Puis elle lui tendit un tube clair, couleur chair, enveloppé dans du papier rayé bleu et jaune.

« Qu'est-ce que c'est ? demanda Livio.

— Du fard, répondit-elle.

— Du fard ? »

Marta se mit à rire. « Alors maintenant, c'est toi qui ne sais rien. » Elle lui montra la cicatrice violette qu'elle avait sur le poignet. Et passa dessus un peu de fard. Le violet disparut et la cicatrice devint de la couleur de la peau. « Comme ça, personne ne pourra te reconnaître. » Elle sourit. « Au moins, tu ne risqueras pas la prison ou la mort comme un crétin. »

Livio sourit à son tour.

« Au cirque, tout le monde en met, des acrobates aux clowns.

— Je n'ai pas envie de faire le clown », protesta-t-il avec fierté.

Marta le regarda, sérieuse. « Mais tu n'es pas un clown. »

Le silence tomba. Les yeux de l'un plongeaient dans ceux de l'autre.

« Pourquoi tu fais ça pour moi ? demanda Livio.

— Parce que toi, tu as fait beaucoup plus encore pour moi. »

Le silence tomba à nouveau.

« Te reverrai-je un jour ? demanda Livio.

— Je ne crois pas. »

Derrière eux, on entendait le fracas des roulottes du cirque Callari qui se préparaient à reprendre la route.

« Il faut que j'y aille, lâcha Marta.

— Attends ! » dit Livio avec un empressement soudain, comme s'il réalisait alors seulement qu'il allait la perdre.

Il demeura un moment immobile, avant de la saisir par les épaules. Pas avec la fougue du patriote, mais bien comme n'importe quel jeune homme. Il l'attira à lui et l'embrassa sur les lèvres, avec délicatesse.

« Adieu », dit-il ensuite en s'écartant. Il partit en courant.

Marta resta sur la plage. Trop longtemps. Un tourbillon d'émotions se déchaînait en elle.

Quand elle s'aperçut que la caravane avait démarré sans elle, elle se précipita sur la route et grimpa au vol sur la roulotte de Melo.

« Mais où étais-tu donc fourrée ? » s'exclama l'écuyer.

Marta ne répondit rien. Elle était hors d'haleine. Pas à cause de la course. Elle sentait encore le fourmillement du baiser de Livio sur ses lèvres.

Elle serra le paquet de tracts. Et sourit. Parce que pour elle ce baiser n'avait rien à voir avec l'amour. C'était plutôt le baiser d'un *frère*.

9

Mars 1870
Royaume d'Italie (Novare ;
Nibbia, commune de Novare)

Ippolito Odìn, bien qu'ayant contrevenu aux règles de l'Église, fut enterré avec tous les honneurs.

La comtesse resta impassible pendant toute la cérémonie.

Pietro ne la quittait pas des yeux, sidéré. Quand le garçon avait donné l'alerte, après avoir découvert le suicide, il avait imaginé qu'à la vue de son mari pendu la comtesse hurlerait et porterait les mains à ses cheveux, que ses yeux se rempliraient de larmes, et qu'elle tomberait à genoux en sanglotant.

Or, la comtesse avait observé un instant le cadavre d'Ippolito Odìn, après quoi elle avait ordonné au majordome, d'une voix glaciale : « Descendez-le, mettez-lui son plus beau costume, allongez-le sur le lit, et puis allez chercher le prêtre et le croque-mort. » Là, elle avait tourné les talons pour s'en aller.

Mais elle n'avait fait que deux pas avant de s'arrêter. Elle s'était retournée et avait vu Pietro qui, tétanisé, observait le cadavre. « Ôte-toi de là, mon poulain.

Tout de suite », avait-elle dit. Et Pietro l'avait suivie, comme un automate, tandis que le majordome vomissait sur le tapis déjà souillé par l'urine d'Ippolito Odìn.

À la fin de la cérémonie, un fonctionnaire de Sa Majesté le roi d'Italie Victor-Emmanuel II de Savoie remit à la veuve, vêtue strictement de noir, avec une voilette qui dissimulait ses yeux violets, un drapeau du Royaume plié selon les usages militaires et une médaille d'honneur.

La comtesse les reçut sans le moindre signe de gratitude. Pietro ressentit une répulsion immédiate envers ce fonctionnaire. Une nuée de pellicules recouvrait les épaules de son costume sombre. Il n'avait que quelques cheveux sur la tête, noirs, comme les plumes d'un corbeau atteint de la teigne, et la peau grasse de son crâne était parsemée de plaques rouges. Il avait des épaules étroites, un ventre proéminent comme celui d'une femme enceinte, et des jambes courtes. Ses lèvres fines étaient imperceptiblement retroussées en un sourire qui était peut-être l'élément le plus répugnant de son aspect.

La comtesse monta dans son carrosse, suivie de Pietro, tandis que Paride tenait la portière ouverte. Puis le cocher grimpa sur son siège et fit partir les quatre chevaux, harnachés eux aussi pour le deuil.

À peine furent-ils arrivés dans la campagne que la comtesse ouvrit la fenêtre, laissant le vent froisser sa voilette noire. Elle prit le drapeau et la médaille qu'elle tenait sur les genoux et, d'un geste sec, exempt d'emphase ou de colère mais plein de mépris, elle les jeta dehors en disant : « Vive l'Italie ! »

Le drapeau tricolore avec le blason doré des Savoie vola maladroitement sur quelques mètres avant d'atterrir dans un fossé, où il se noya dans l'eau vaseuse.

Paride dut s'en apercevoir.

« Vous avez perdu quelque chose, comtesse ? demanda-t-il.

— Non », répondit-elle.

Elle demeura silencieuse, tandis que la campagne défilait dans le cadre de la fenêtre.

« Arrête-toi », ordonna-t-elle à un moment donné.

Elle descendit et contempla les étendues d'eau d'où s'élevaient, aussi loin que portait le regard, les maigres tiges de riz qui avaient causé leur ruine.

Pietro était toujours assis dans le carrosse, silencieux et mal à l'aise. Il vit les domestiques de la maison qui, rentrant à la propriété, les dépassaient. Et puis il vit un carrosse dont les portières étaient ornées des armoiries royales. Il crut reconnaître à l'intérieur l'individu répugnant qui avait remis à la comtesse la médaille et le drapeau.

Comme un naufragé s'accrochant à une bouée, la main de Pietro serra le couteau offert par son ami Lino. « Tu es avec moi », murmura-t-il.

Peu après, la comtesse regagna sa place, en face de lui. Et ce n'est qu'à ce moment-là qu'elle parut s'apercevoir de sa présence. Soulevant sa voilette, elle découvrit son visage diaphane, où ses yeux étaient enchâssés comme deux améthystes.

Pietro croisa son regard. Elle se rendit alors compte que le garçon, incroyablement pâle, avait les traits déformés par l'angoisse.

« Qu'est-ce qui t'arrive ? interrogea-t-elle d'une voix glaciale. Tu ne le connaissais même pas. »

Pietro se sentit humilié.

« Rien, répondit-il.

— Mon poulain, reprit-elle d'une voix plus douce, je vis un moment compliqué. Dis-moi ce qu'il y a, sans y aller par quatre chemins.

— J'ai peur… », fit-il.

Elle l'examina en silence.

« De quoi ? finit-elle par demander.

— De ses yeux, murmura-t-il. Ils me fixent… ils n'arrêtent pas de me fixer…

— Approche ton visage », dit-elle.

Pietro se pencha en avant.

Sans crier gare, elle lui asséna une gifle. Le garçon recula d'un bond, surpris. Sa joue lui brûlait.

« C'est toi qui fixes ces yeux, corrigea la comtesse. Un mort ne peut fixer personne. »

Il sentit que quelque chose changeait en lui. Comme si cette claque et ces paroles l'avaient réveillé d'un cauchemar.

« Arrête de fixer ces yeux », ordonna-t-elle.

Il acquiesça.

« Et qu'est-ce que tu vois, maintenant ?

— Vous…

— Voilà. Ça, c'est la réalité. »

La comtesse tapa sur le toit. « À la maison, Paride. »

Le carrosse se remit aussitôt en route.

Pietro la regarda.

« Mais vous… ça ne vous fait pas de peine ? s'entendit-il dire.

— Ce ne sont pas tes affaires », rétorqua-t-elle.

Elle baissa la voilette sur ses yeux. « Et maintenant, tais-toi. » Lorsqu'ils regagnèrent la cour de leur demeure, ils découvrirent les domestiques alignés comme un comité d'accueil. Mais en fait, dès que la comtesse eut posé le pied à terre, le majordome, se faisant le porte-parole des autres, lui demanda : « Madame, sauf votre respect, quand avez-vous l'intention de payer nos salaires ? »

Elle le dévisagea un instant avec froideur. Puis elle se tourna vers Pietro, qui l'avait rejointe, et elle lui dit avec un sourire sarcastique : « Voilà, apprends. Les parasites font toujours la course pour être les premiers à quitter le cadavre qui les a maintenus en vie.

— Comtesse…, se défendit le majordome, gêné.

— Ne vous inquiétez pas, l'interrompit-elle avant d'indiquer l'escalier de la demeure, où le fonctionnaire répugnant l'attendait. L'huissier de justice réglera ce qui vous est dû, au centime près. »

Elle dévisagea le majordome sans ajouter un mot, jusqu'à ce que celui-ci soit obligé de s'écarter pour la laisser passer.

« Retournez tous à vos occupations », lança-t-elle aux autres domestiques en montant l'escalier. Puis elle s'adressa à l'huissier : « Je présume que vous m'attendez, monsieur. »

L'homme esquissa une révérence, par pure formalité.

« Je suis Leone Pompei, agent du Royaume, et j'ai le devoir de vous communiquer les conditions…

— Entrons, coupa la comtesse. Inutile de nous donner en spectacle. »

Elle pénétra d'un pas décidé à l'intérieur. « Viens, Pietro. »

Le garçon la suivit dans son petit salon personnel.

Leone Pompei fermait la marche.

La comtesse ne l'invita pas à s'asseoir. Elle se contenta de le fixer et d'attendre. Alors, en un instant, brutalement, elle fut mise face à ce qu'elle savait déjà. Elle ne possédait plus rien à cause de ce contrat inconsidéré que son mari avait signé avec le royaume d'Italie. Tout son patrimoine, les terrains, les machines, les tapis, les tableaux, l'argenterie, les bijoux, et même les objets qui n'avaient d'autre valeur que celle, sentimentale, du souvenir, appartenait désormais au roi Victor-Emmanuel II. Tout serait mis en vente, et les recettes payeraient leur longue portion du canale

Cavour. Telle était la condamnation à mort du patriote Ippolito Odìn.

« Je vous donnerai le temps de quitter tranquillement les lieux, conclut Leone Pompei. Dans les limites de la décence », rit-il.

Tu ris comme un crétin, pensa Pietro.

Leone Pompei fit un pas vers la comtesse. Il avait un comportement sournois mais aussi hésitant, comme s'il avançait en terrain mouvant. « Naturellement, c'est moi qui m'occuperai personnellement de gérer cette opération, et tout ce qu'elle implique », dit-il d'une voix basse et mielleuse. Même le ton de sa voix mêlait le visqueux à l'incertain. « Ce qui signifie que j'ai une certaine liberté d'action… » Là, il prit une profonde respiration, comme pour se donner de l'aplomb avant de conclure : « Si vous voyez ce que cela veut dire… pour vous. »

Pietro remarqua qu'il devenait rouge et avait du mal à déglutir, comme s'il obéissait à un instinct primordial qu'en même temps il redoutait. Son corps disgracieux tout entier exprimait la lutte intérieure qu'il se forçait à ne pas perdre. Son souffle se faisait court. Il avait peur, se dit Pietro. Mais ce n'est pas pour cela qu'il allait renoncer, annonçait son regard fiévreux. Le fonctionnaire baissa les yeux vers le décolleté de la comtesse, avec une lubricité qui le faisait chanceler intérieurement, comme une personne souffrant de vertige attirée par le vide. « Désormais, vous êtes une femme seule… jeune et… très… très attirante… » À ce mot, sa voix se brisa légèrement, mais il n'en avança pas moins la main, dans un geste à la fois vulgaire et indécis. Comme si ce qu'il se proposait de faire l'effrayait lui-même.

Et alors, comme cela lui arrivait toujours sans qu'il puisse rien y faire, tel un taureau devant un bout de tissu rouge, Pietro perdit la tête et bondit. Il attrapa le poignet de Leone Pompei et, une seconde plus tard, il avait déjà fourré la main dans sa poche et sorti son couteau, qu'il pointait contre le gros ventre du type.

« Ne fais plus jamais ça, connard, ou je te crève.

— Comment te permets-tu ? » aboya le fonctionnaire.

Sa voix vibrait d'une note stridente de surprise. En un éclair, ce gosse s'était transformé en homme dangereux. « Et vous, n'avez-vous rien à dire ? » lança-t-il à la comtesse. Il semblait plus effrayé qu'indigné.

« En effet, répondit-elle avec cette élégance qui lui donnait l'air de tout maîtriser.

— Ah, j'espère bien ! » Leone Pompei essayait de se donner une contenance. « Je vous écoute.

— Vous m'avez traitée comme une catin, poursuivit-elle. Et vous vous êtes comporté comme un porc. Peut-être que je devrais lui dire de vous *crever* pour de bon. »

Puis elle se tourna vers Pietro. « Laisse-le. »

Le garçon bouillonnait de rage, et son souffle gonflait ses poumons avec force. Toutefois, il obtempéra.

« Vous le regretterez ! dit alors le fonctionnaire, puisant au fond de son âme quelque chose qui ressemblait à de l'arrogance et de la fermeté. Je vous tomberai dessus comme un aigle.

— Comme un vautour, peut-être, corrigea la comtesse. Mais vous l'auriez fait de toute façon. Maintenant, partez.

— Je reviendrai ! »

La voix de Leone Pompei tremblait, et il y avait dans sa menace la note hystérique de celui qui tente de se ressaisir après une frayeur.

« Oui, pour dévorer le cadavre, je sais. C'est précisément cela, la différence entre un vautour et un aigle. »

Une fois sur le pas de la porte, désormais assez loin pour être en sécurité, Leone Pompei pointa son index vers elle. « Après-demain, nous devons faire l'inventaire de vos biens. Arrangez-vous pour que rien ne disparaisse. » Là il afficha, du mieux qu'il pouvait, un sourire cruel. « Parce que plus rien n'est à vous. »

Dès qu'ils se retrouvèrent seuls, la comtesse dit à Pietro : « Va dans ta chambre. » Avant d'ajouter : « Merci. » Rien d'autre.

Pietro ne dormit pas de la nuit. Malgré la claque assénée par la comtesse, chaque fois qu'il cédait au sommeil, il avait l'impression que le cadavre d'Ippolito Odìn le fixait de ses yeux injectés de sang.

Pour se détacher de cette vision cauchemardesque, il se leva et alla se poster à la fenêtre. C'est alors qu'il aperçut une ombre se déplacer furtivement dans la cour. Elle portait une cape noire comme la nuit et un capuchon sur la tête. Néanmoins, Pietro fut certain qu'il s'agissait de la comtesse. Puis il vit également Paride, qui sortait des écuries et prenait un paquet que l'aristocrate lui tendait. Aussitôt après, le cocher disparut à nouveau dans les écuries et la femme regagna la maison. Que faisaient-ils ? Pietro se recoucha et cette pensée, enfin, l'éloigna des yeux de l'homme qui aurait dû être son père et qui n'avait pas eu le temps de le devenir.

Le lendemain matin, quand il descendit, la comtesse était déjà assise dans la cuisine, vêtue de la tenue d'amazone qu'elle mettait pour faire du cheval. Elle fit signe à la cuisinière de servir le petit déjeuner.

Dès qu'ils eurent fini, la comtesse tendit à Pietro un petit sac en velours avec des anses en cuir, et elle lui dit de le remplir avec deux ou trois vêtements de rechange.

Quand le garçon la rejoignit dehors, elle parlait au majordome. « Ne m'attendez pas pour le déjeuner, je vais faire une longue promenade à cheval. »

Paride avait déjà sorti le carrosse dans la cour et l'avait attelé à quatre chevaux. Derrière, il avait attaché par la bride Bersagliere, le cheval adoré de la comtesse.

À ce moment-là, la cuisinière sortit du poulailler avec quelques œufs dans la poche de son tablier et elle s'arrêta, intriguée.

« Mais d'abord, je ramène monsieur à l'institut, poursuivit la comtesse. Je ne peux pas me permettre de le maintenir. »

Pietro sentit le sang se glacer dans ses veines. Sa main tenant le sac s'ouvrit, et celui-ci tomba à terre.

La cuisinière ricana.

« Non… », murmura Pietro.

La comtesse se tourna vers lui.

« Allez, monte.

— Non… » Ses yeux s'embuaient de larmes.

« Ne fais pas d'histoires. Monte, je t'ai dit.

— Non ! hurla Pietro.

— Paride ! » commanda la comtesse.

Le cocher s'avança.

Pietro tenta de s'échapper, à reculons. Mais il se retrouva entre les bras gras et puissants de la cuisinière qui, sans se soucier de faire tomber ses œufs à terre, le retint le temps qu'il fallut à Paride pour le rejoindre et le saisir par le poignet.

« Non ! Je ne veux pas y retourner ! » cria encore Pietro, désespéré, en se débattant.

Mais la prise du cocher était ferme.

« Je te l'avais dit… gros nigaud, ricana la cuisinière. Bien fait pour toi.

— Non ! Non ! » hurlait le garçon en tapant du pied, tandis que Paride le traînait sans hésitation vers le carrosse.

En passant près du sac ouvert, le cocher le ramassa, puis il poussa Pietro à l'intérieur du véhicule où la comtesse était déjà assise, impassible. Il ferma la portière, qu'il verrouilla de l'extérieur. Il grimpa sur son siège et sollicita ses chevaux d'un claquement de fouet en l'air. Obéissants, ils avancèrent aussitôt.

« Je ne veux pas retourner à l'institut ! cria encore Pietro, cherchant inutilement à forcer la portière.

— Arrête ta scène, dit la comtesse. Essaie d'avoir un peu de dignité.

— Non ! Je n'y retournerai pas ! » Les yeux de Pietro étaient pleins de larmes et de colère. « Je m'échapperai !

— Arrête.

— Vous ne pouvez pas me ramener !

— Arrête ! »

Pietro sentait les roues du carrosse broyer les gravillons de la route. Et il sentait que tout était fini. Son corps se vida de toute tension. Il leva ses yeux noirs vers la comtesse, sa mèche blonde en bataille sur son front. Ses joues étaient striées de larmes.

« Je vous en prie…

— Mon poulain, écoute-moi. Je suis désolée mais…, commença la comtesse.

— Je vous en prie…

— Mon poulain, écoute-moi, répéta-t-elle. Je suis vraiment désolée. Mais pour qu'ils y croient, il fallait que tu ne connaisses pas mon plan à l'avance. »

Pietro ne comprenait pas.

« Je ne te ramène pas à l'institut, poursuivit-elle avec une certaine douceur dans la voix, comme si elle soignait une blessure qu'elle avait fait saigner inutilement. Nous fuyons.

— Nous fuyons ?… »

La tête de Pietro bourdonnait. Peut-être avait-il aussi envie de vomir.

« Vous… vous ne me ramenez pas à l'institut ?

— Non, sourit la comtesse, secouant la tête avec son inimitable élégance. Cette nuit, Paride m'a aidée à dissimuler des bijoux et des vêtements au fond du carrosse. Et maintenant, nous fuyons. Pendant un moment, ils croiront tous qu'on t'a ramené à l'institut, et puis, imaginant que je fais une promenade à cheval, ils ne se soucieront pas de moi avant le soir. Quand ils commenceront à avoir des doutes… il sera tard. Nous aurons un jour d'avance. Ce n'est pas beaucoup, mais nous ferons en sorte que cela suffise. » Pietro était bouche bée. Ses larmes séchaient et lui tiraient la peau des joues. Le bourdonnement augmentait dans sa tête. Mais peut-être n'était-ce que le bruit des sabots des chevaux qui recouvrait tout, même les pensées qu'il n'arrivait pas à formuler.

« Et… où allons-nous ? demanda-t-il enfin.

— À Rome, répondit-elle.

— C'est loin ?

— Assez. Mais surtout, c'est un autre État. Ce qui signifie que la police italienne ne peut pas y entrer et nous arrêter.

— C'est quoi, comme État ? »

Pietro posait des questions un peu machinalement. Cela maintenait vivante la sensation de liberté qui s'était emparée de lui, après qu'il avait craint de retourner en cage.

« Les États pontificaux, ignorant.

— Rome n'est pas en Italie ?

— Bien sûr que non. Rome, c'est la ville du pape. »

Pietro continuait à fixer la comtesse.

« Et qu'est-ce qu'on va faire ?

— Je ne sais pas, répondit-elle, sérieuse. Nous devrons nous inventer une autre vie. Nous devrons repartir d'en bas. Et ce ne sera pas une partie de plaisir. »

Le silence tomba.

Les yeux violets de la comtesse examinaient le garçon. Elle lut la peur et l'incertitude sur ses jeunes traits.

« Ce sera dur. Tu veux retourner à l'institut ? demanda-t-elle. Il est encore temps.

— Non ! s'exclama-t-il.

— Alors, prépare-toi. Dieu n'envoie pas toujours le froid en fonction des vêtements que portent les gens.

— Que… qu'est-ce que ça veut dire ? »

Pietro était en pleine confusion. Sa tête lui tournait. Le souffle lui manquait.

« Que tu devras être prêt à supporter énormément de choses, bien plus que ce dont tu te crois capable. »

Pietro sentit un frisson lui parcourir l'échine. Mais le moment était venu de fanfaronner un peu, autrement il se serait mis à pleurer comme un gosse.

« Moi, je suis fort, déclara-t-il.

— J'ai vu des taureaux mourir à cause d'une tempête de neige, alors que des veaux survivaient. Ce n'est pas une question de force, mais de volonté. »

Le garçon la regarda encore. Même maintenant qu'elle lui disait qu'ils étaient des fuyards et que la vie qui les attendait était une énorme inconnue, même devant cet ouragan, elle ne perdait rien de sa contenance, de cette élégance inimitable et absolue qui était son essence même. Alors, il lui dit spontanément : « Mais vous êtes une comtesse ! Comment pourrez-vous vous habituer à être pauvre ? Je veux dire… je ne crois pas que vous sachiez ce que c'est… la vraie vie. »

La comtesse rit doucement, avec un certain plaisir. « Tu as encore beaucoup à apprendre, même si tu te crois très malin. J'aimais sincèrement mon mari, mais je lui ai menti en lui racontant que j'étais une aristocrate ruinée. Il m'a crue… ou a fait semblant de me croire, je ne sais pas… et sa richesse était telle que personne n'a eu de soupçons. Rassure-toi, je ne sais que trop bien ce que c'est, la vraie vie. »

Pietro n'y comprenait rien.

« Que voulez-vous dire ?

— Que je suis comme toi, imbécile.

— Comme moi ?

— Je suis orpheline moi aussi, rit la comtesse.

— Or… orpheline, balbutia Pietro, incapable de dire autre chose, les yeux écarquillés par la surprise.

— Oui, j'ai grandi dans un orphelinat », expliqua-t-elle avec fierté.

Puis elle rit à nouveau. Avec élégance. Comme une vraie comtesse.

10

Mars 1870
Royaume d'Italie (Apennins)
et États pontificaux (Civitavecchia, Rome)

Dès qu'elle s'était retrouvée seule, Marta avait ouvert le paquet donné par Livio, et elle avait contemplé les tracts.

« Comité de la jeunesse pour la libération de Rome… », murmurait-elle dans son lit, en pleine nuit, après qu'ils avaient dressé le camp au pied des Apennins. « Au nom des jeunes de Rimini… les Italiens sont tous… des frères ! » Chaque fois qu'elle prononçait ce dernier mot, elle souriait, et son cœur se serrait. « Des frères… », répéta-t-elle.

Melo insistait pour dire que sa famille, c'était le cirque. Or, bien qu'elle ait vu la magie, bien qu'elle ait deviné que tous ces artistes avaient été anges, serpents, centaures ou dragons, elle savait qu'elle n'avait jamais appartenu à cette espèce folle, et elle ne s'était jamais identifiée à eux. En revanche, avec ses quelques paroles passionnées, Livio lui avait révélé la possibilité d'avoir une famille dans laquelle se reconnaître. Rien ne pouvait rivaliser avec le regard, la détermination et le courage de ce jeune homme, prêt à se sacrifier pour une cause.

« Nous sommes tous *la chair de l'Italie* ! » murmura-t-elle tout bas. Quelle expression magnifique ! pensa-t-elle.

« Nous sommes tous *la chair de l'Italie* ! répéta-t-elle. Moi aussi.

— Qu'est-ce que tu marmonnes ? demanda la Bella en s'approchant. Tu vas bien ?

— Oui.

— Tu rêvais ? »

Marta ne put retenir un sourire, qui illumina son visage. « Oui. Je rêvais. »

Armandina vit scintiller les dents blanches de Marta dans l'obscurité de la roulotte. « C'est beau de te voir sourire ! » Elle s'assit près d'elle, au bord du lit. Elle passa une main dans ses cheveux, et Marta la laissa faire. « Qu'est-ce que j'aurais aimé te faire des caresses aussi, quand tu étais petite… »

Marta sentit tout l'amour qu'il y avait dans ce geste, et elle s'y abandonna.

« Et de quoi rêvais-tu ? » demanda Armandina.

Marta la regarda et, ainsi dans la pénombre, devina pour la première fois à quoi avait dû ressembler cette femme autrefois. « La beauté ne t'intéressait pas, ou je me trompe ? » s'entendit-elle lui dire.

L'ex-trapéziste haussa les épaules. « Il vaut mieux être belle que moche, non ? rit-elle doucement. Mais dans un cas comme dans l'autre, la plupart des gens finissent par ne voir que l'enveloppe. Or, ce qui compte, c'est ce qu'il y a là-dedans », et elle se toucha la poitrine, au niveau du cœur.

Marta hocha lentement la tête. « Et toi, qu'est-ce que tu avais dans le cœur ? »

Le regard d'Armandina se troubla légèrement. C'était une mélancolie pleine de dignité, signe des caractères forts.

« Être mère, répondit-elle doucement. Mettre au monde un enfant rien qu'à moi.

— C'est pour ça que tu t'occupes de nous tous ? » demanda Marta.

La Bella rit.

« De *presque* tous. Avec toi, je n'y suis jamais arrivée.

— Je suis désolée. Excuse-moi.

— Ne t'excuse pas. C'était un désir égoïste de ma part. Tu avais besoin de Melo…

— Pourquoi ?

— Parce que Melo est le seul qui sait parler aux poulains, sourit la Bella. Et toi, tu étais… Tu avais été réduite à un petit animal. Tu n'étais pas prête à accepter l'amour tel qu'il est. Tu avais besoin de mains rugueuses, pas de caresses. Tu avais besoin de devenir forte et de te construire une carapace, parce que tu n'avais pas de peau. L'amour que j'aurais pu te donner t'aurait affaiblie. Or, cet ours mal léché… »

Marta rit. Oui, Melo était vraiment un ours. Grognon et protecteur.

« Maintenant je sais, avoua-t-elle alors à Armandina. Tout.

— C'est ce que je pensais. »

Elle passa une main douce sur sa joue.

« C'est à cause de Lidia, c'est ça ?

— Oui… Lidia… Et puis Melo… même s'il ne voulait pas… mais je…

— Mais tu l'as mis le dos au mur, s'amusa la Bella. Lui, c'est un ours. Mais toi, tu es une mule. Et de la pire espèce. »

Elles rirent ensemble, doucement, pour ne pas réveiller les autres.

« Et toi, pourquoi tu n'as jamais eu d'enfant? demanda Marta.

— Les enfants ne viennent pas simplement parce qu'on les désire. À l'évidence, il y a quelque chose en moi qui ne va pas.

— Mais tu as eu… un mari ? »

Armandina rit à nouveau.

« Je n'ai jamais eu de mari. Mais j'ai eu beaucoup d'hommes, je t'assure. Et presque toujours dans le seul but de tomber enceinte. Si tu as un seul homme, ça peut être sa faute. Mais si tu en as autant que j'en ai eu, moi… eh bien, il faut que tu te fasses une raison.

— Tu as été une mère vraiment spéciale pour de nombreux enfants du cirque, dit Marta. Et tu le seras aussi pour Lidia.

— Je ne me suis jamais souciée de faire la trapéziste. Ici, beaucoup voient l'avancée de la vieillesse comme un drame qui t'éloigne de ta vie, de ton art, de ta passion… mais pour moi, ça a été le contraire. L'âge m'a écartée du trapèze et m'a conduite à jouer le rôle de mère, et c'est ce que je désirais le plus au monde. »

Elle regarda Marta. « Et toi ? Tu ne m'as pas répondu, tout à l'heure. De quoi rêves-tu ? »

Marta la dévisagea, hésitante. « Si je te révèle un secret, tu le garderas pour toi ? » Armandina acquiesça.

La jeune fille sortit alors de sous la couverture un des tracts.

« Qu'est-ce que c'est? demanda la Bella. Je ne sais pas lire. »

Marta passa son index sur l'en-tête.

« Comité de la jeunesse pour la libération de Rome, dit-elle.

— Tu sais lire? interrogea Armandina, surprise.

— Non. Je l'ai appris par cœur », dit fièrement Marta.

La Bella la contempla longuement.

« Tu es tombée amoureuse d'un des jeunes qui sont entrés dans le cirque, l'autre soir ?

— Je suis tombée amoureuse de leur idéal, répondit-elle pompeusement. Ils veulent tous être italiens. Et frères. »

Armandina la scruta avec sérieux, frappée par ces paroles. Puis elle hocha lentement la tête, elle comprenait déjà mieux que Marta elle-même. « Et tu cherches des frères. » Elle acquiesça à nouveau. « Nous, les gens du cirque, nous n'avons jamais réussi à devenir ta famille, c'est ça ? »

Marta détourna le regard.

Armandina sourit et lui fit à nouveau une caresse. « Il n'y a rien de mal à ça, lui dit-elle avec une immense douceur. Je sais bien ce que tu éprouves. J'éprouve la même chose. Je me suis occupée de vous tous comme une mère. Mais aucun d'entre vous n'est… véritablement mon enfant. »

Marta sentit ses yeux se remplir de larmes, tant elle était émue. Armandina avait raison : sa véritable beauté était à l'intérieur, dans son cœur. Marta la serra dans ses bras. Elles n'avaient pas que le secret de la jeune fille en commun. Elles avaient aussi en commun de souffrir d'un manque.

« Je ne pourrai plus jamais être mère, lui murmura la Bella à l'oreille. Mais toi, si c'est ce que tu veux… tu pourras avoir des frères. »

Le lendemain, la caravane du cirque Callari commença à gravir les Apennins, pour traverser l'Italie de l'Adriatique à la mer Tyrrhénienne. Par endroits, les roulottes s'enfonçaient dans la neige, qui avait commencé à tomber en abondance, se mêlant à la boue formée par les pluies des jours précédents. Les hommes descendaient des véhicules et poussaient pour aider les chevaux.

Tous ensemble, se dit Marta, s'unissant à leurs efforts et imaginant un peuple entier partant à la reconquête d'une ville.

À chaque étape, dans les différents villages où ils s'arrêtaient, elle apprenait quelque chose de plus sur cette histoire qui la passionnait. Chaque fois, une nouvelle tesselle s'ajoutait à la mosaïque. Alors que les gens du cirque en savaient très peu sur l'histoire de l'Italie, nombre de spectateurs s'arrêtant à la baraque du chamboule-tout répondaient avec enthousiasme à ses questions. Beaucoup utilisaient cette expression qu'elle aimait tant : « Nous sommes tous la chair de l'Italie. » Chacun d'entre eux était potentiellement un frère.

Ainsi, tandis qu'ils approchaient de la frontière des États pontificaux, désormais réduits au seul Latium, elle avait compris que l'Italie avait peiné pendant des siècles et des siècles pour s'unifier. Et, terrible constante, la péninsule avait toujours été dominée par des puissances étrangères, par des tyrans qui avaient réprimé toute tentative de révolte dans le sang.

À présent, le tableau était plus net, et c'était un tableau taché de rouge : le sang de tant de patriotes tels que Livio, qui n'avaient pas hésité un instant à donner leur vie pour leurs frères. Pour leur famille.

Seule Rome manquait.

Rome libre! se dit Marta quand le cirque Callari atteignit la frontière des États pontificaux et qu'ils furent arrêtés par les contingents français qui défendaient ces terres au nom du pape. Le soir, en entrant dans Civitavecchia, elle se rendit compte qu'il n'y avait pas de drapeaux tricolores aux fenêtres. Ni sur la façade de la mairie. Les seuls rares étendards que l'on apercevait étaient ceux du pape. Et des Français. Quiconque chantait les louanges de l'Italie risquait la prison et la guillotine.

Mais désormais, Marta s'était totalement identifiée à ce rôle de patriote. Elle s'était gavée de discours révolutionnaires. Elle se disait qu'elle était devenue absolument italienne. Qu'elle était entrée dans la famille. Elle devait donc avoir le courage de se battre.

Ce soir-là, quand ce fut l'heure du spectacle et que les gens de Civitavecchia commencèrent à arriver au cirque, elle apporta dans sa baraque les tracts qui lui restaient. Au fur et à mesure que les spectateurs approchaient, surtout les jeunes, elle hasardait quelque allusion à l'Italie et à Rome. S'il lui semblait deviner une quelconque réaction positive, malgré la grande prudence dont tous faisaient usage, elle sortait de sous un tréteau un tract en disant très vite, mais avec passion : « Fais circuler… frère. »

Il ne fallut pas plus d'une demi-heure pour que les gardes du pape, aux ordres d'un lieutenant, viennent l'attraper, réquisitionnent les tracts restants et la traînent dans la roulotte d'Ascanio.

La nouvelle fit le tour du camp en un éclair et, un instant plus tard, Melo entrait à son tour chez Ascanio, sans même y avoir été invité.

« Nous avons toujours considéré que vous étiez neutres, commença le lieutenant d'une voix dure, en jetant les tracts sur la table du directeur. Et nous vous avons même traités comme des amis. Et voilà que… »

Ascanio prit une des feuilles et la lut. C'était un des seuls, dans le cirque, à savoir lire et compter. Quand il eut fini, il la tendit à Melo.

« Tu sais très bien que je ne sais pas lire », dit l'écuyer. Dans sa voix, l'inquiétude le disputait à la colère.

Ascanio, malgré ses quatre-vingts ans, asséna un violent coup sur le bureau, écrasant le tract. « Vive Rome libre ! hurla-t-il écarlate, les veines du cou gonflées. Donnons le dernier coup de boutoir et mettons fin à l'oppression ! Chassons le tyran qui nous tient enchaînés ! Allons prendre Rome ! Vive l'Italie ! » D'un geste théâtral, il mordit un bout du tract, puis cracha à terre un mélange de salive et de papier. « Voilà ce qu'il y a d'écrit ! Voilà les conneries qui sont écrites là-dedans ! » Il regarda Melo, furieux.

« C'est ta filleule. Qu'est-ce que tu as à dire ?

— Pendez-la », répondit Melo.

Tout le monde se tourna vers lui. Bouche bée.

Marta n'en croyait pas ses oreilles.

« Qu'est-ce que vous avez à me regarder ? Et toi, Ascanio, qu'est-ce que tu veux de moi ? poursuivit le vieux. Elle met notre vie à tous en danger. Elle peut détruire le cirque d'un coup d'un seul… comme ça. » Il claqua des doigts. Puis il s'immobilisa et pointa son index tordu comme une branche d'olivier vers Marta, dont les yeux s'étaient remplis de larmes, et, derrière les larmes, de peur. « Si vous estimez que cette gamine est une dangereuse révolutionnaire… » Il écarta les bras. « … Alors pendez-la, comme elle le mérite ! »

Personne n'était préparé à ce discours. Au contraire, tout le monde s'attendait à ce qu'il plaide la grâce de la jeune fille, qu'il tente de l'excuser.

« Essayons de considérer et d'analyser les faits tels qu'ils sont vraiment…, commença le lieutenant d'une voix posée.

— Et ça ne vous suffit pas, ça ? » l'interrompit Melo. D'un bond, il s'empara des tracts et les jeta dans le poêle. « Ce ne sont que des détritus ! Qui même maintenant, en brûlant, empestent l'air ! » Il fit un pas vers Marta et lui flanqua une claque retentissante.

Le nez de la jeune fille se mit aussitôt à saigner.

« Pendez-la ! » répéta Melo.

Le lieutenant se jeta sur lui et le poussa contre la paroi de la roulotte. « Calmez-vous, monsieur ! » s'exclama-t-il avec toute l'autorité dont il était capable, bien qu'il fût totalement abasourdi par le tour inattendu pris par les événements. « Je connais M. Ascanio Callari depuis dix ans. Et je sais qu'il n'aurait jamais permis une chose de ce genre, s'il avait été au courant. » Il lâcha Melo, tout en continuant à le fixer droit dans les yeux. « Vous avez dit que c'était une gamine. Une gamine idiote, ajouterai-je. Tellement idiote qu'elle ne sait pas ce qu'elle fait, ni ce qu'elle risque et vous fait risquer à tous. » Il se retourna. « Mais il ne m'est jamais passé par l'esprit que cette gamine pouvait être une révolutionnaire. Et encore moins dangereuse. » Il regarda Ascanio. « Je voulais simplement vous avertir. Mais que cela ne se reproduise pas. Tenez-la à l'œil. Vous ou bien… cet énergumène », conclut-il en indiquant Melo. Puis il fit signe à ses hommes de le suivre et quitta le véhicule.

Le silence qui s'ensuivit fut plus épais qu'un plat de polenta.

« Emmène-la », lâcha Ascanio, retenant sa colère.

Melo saisit Marta par le bras et l'entraîna hors de la roulotte. Dès qu'ils furent dehors, il lui tendit un mouchoir. « Essuie-toi le nez. »

Ils marchèrent en silence jusqu'au quartier des chevaux. Là, le vieil homme alluma son bout de cigare et, comme toujours, s'assit en observant les volutes de fumée bleutée. « Petite, la prochaine fois que ça te prendra de faire une connerie, consulte d'abord le vieux couillon, qui pourra peut-être t'expliquer la vie. »

La joue de Marta lui brûlait encore à cause de la gifle. Elle eut un rire.

« Tout ça, c'était une mise en scène, pas vrai ?

— Il n'y a pas de quoi rire. Heureusement, ce lieutenant n'était pas idiot. Et heureusement, la mise en scène a produit son effet », dit-il sombrement.

Marta continua à rire.

« Si j'étais toi, je ne rirais pas, je te le répète. Il n'y a pas de quoi fanfaronner. Tu as failli faire dans ta culotte tellement tu avais peur. »

Elle se frotta la joue, se tamponna le nez. Ce que disait Melo était vrai. Elle avait eu une peur bleue. Mais elle ne voulait pas le montrer. « La fausse baffe, c'était génial », dit-elle.

Melo se leva calmement et s'approcha d'elle. Et là, il lui flanqua une claque encore plus forte que la première.

« Voilà. Celle-là, par contre, c'est une vraie. Ce n'est plus du théâtre.

— Je suis italienne ! s'exclama Marta, essayant de ne pas pleurer.

— Ne dis pas de bêtises, fillette ! grommela Melo en retournant s'asseoir. Il y a quelques jours de ça, tu ne savais même pas que ça existait, cette connerie d'Italie !

— Je suis italienne, répéta-t-elle, têtue.

— Bien, fit Melo d'un ton indifférent.

— Et fière de l'être.

— Bien.

— Et toi aussi ! s'écria Marta. Je l'ai lu dans tes yeux, à Rimini.

— Et depuis quand tu as appris à lire ? demanda-t-il, sans daigner lui accorder un regard.

— Tu n'es qu'un ours mal léché », maugréa-t-elle.

Puis elle capitula et s'en alla, vaincue.

Cette nuit-là, Armandina la Bella soigna son nez, et elle lui fit des compresses de mélisse pour apaiser ses joues rougies.

Le lendemain, ils quittèrent Civitavecchia, et Marta n'adressa pas la parole à Melo de tout le trajet. Même chose pour Melo.

Enfin, parcourant l'antique via Aurelia, ils parvinrent à la Ville éternelle. Rome.

L'expression bougonne de Marta changea brusquement. Elle n'avait jamais vu cette ville, qu'elle imaginait pourtant libérer. Elle ouvrit grand les yeux, grand la bouche.

Melo s'en aperçut, et ce fut à son tour de rire. Mais Marta ne l'entendait pas. Tous ses sens étaient captivés par un univers qu'elle n'avait jamais imaginé.

Dès les faubourgs, on saisissait l'immensité de la ville. Les bâtiments rivalisaient en hauteur, tels des arbres dans la jungle. À chaque coin de rue, une église somptueuse faisait résonner ses cloches. Les voies, souvent pavées, étaient encombrées de véhicules. Et puis, ici et là, éparpillées sans aucun sens apparent, surgissaient les traces du plus vaste empire ayant jamais existé, et au milieu desquelles paissaient librement les moutons.

Marta fut intimidée par tant de grandeur. Par tant de splendeur.

Et elle en eut presque peur.

On installa le camp et le chapiteau dans un vaste terrain inculte envahi par les orties, d'où on voyait, dans le lointain, une gigantesque ruine circulaire avec trois rangées d'arcs, à moitié écroulée. Le soir, les rayons du soleil mourant se glissèrent entre les arcs et les colorèrent de rouge, comme s'ils prenaient feu.

Melo, debout, regardait dans cette direction, en mâchant ce qu'il restait de son cigare au tabac très fort.

Marta s'approcha de lui et se laissa, elle aussi, ravir par ce spectacle extraordinaire. Elle avait encore des tampons dans le nez.

« Qu'est-ce que c'est ? interrogea-t-elle.

— Le Colisée, répondit Melo. Le plus grand cirque du monde. »

Ils restèrent ainsi debout, immobiles et silencieux.

« Tu es né au cirque ? lui demanda Marta au bout d'un moment.

— Nous sommes tous nés au cirque.

— Tu sais ce que je veux dire. Tu es comme moi ?

— Non.

— Non ?

— Non. Je suis un homme.

— Ne me fais pas rire.

— Je n'essaie pas de te faire rire. La plupart des hommes sont arrivés ici parce qu'ils fuyaient leur domicile, en quête d'aventures et de liberté.

— C'était ton cas ?

— Oui.

— Tu avais quel âge ?

— Treize ans. »

Marta le regarda. Il ne semblait plus fixer le Colisée, mais un point un peu sur la droite.

« Ta famille ne t'a jamais manqué ?

— Ma mère, si. Énormément. Aujourd'hui encore, elle me manque. C'était une femme vraiment spéciale.

— Et alors, pourquoi tu l'as quittée ? »

Melo baissa la tête. Il n'aimait pas parler. Mais ce soir-là, c'était différent. Lui-même se sentait différent, il n'aurait pas su dire pourquoi. Peut-être parce qu'il avait fait tout le trajet sans entendre la voix de Marta, contrairement à leur habitude. Peut-être parce que la veille il avait eu plus peur qu'elle : il avait eu peur de la perdre. Mais peut-être simplement parce que ce soir-là il avait besoin de raconter quelque chose de lui.

« Elle était mourante, expliqua-t-il lentement. Elle m'a pris la main et a murmuré : "Va-t'en tout de suite. J'ai vu comment tu regardais le chapiteau du cirque. Si tu attends que je meure, il ne passera peut-être plus un autre cirque qui te plaise autant. Ils ont des chevaux, pas vrai ? Tu es bon, avec les chevaux. Fais comme si j'étais déjà morte. Va-t'en et ne te retourne pas."

— Et… tu es parti ?

— Non. Je ne pouvais pas l'abandonner. »

Melo eut un sourire plein de mélancolie.

« Elle m'a regardé avec tellement d'amour. Je ne pourrai jamais l'oublier. Et puis, pendant que je dînais avec mon père et mon frère, qui se disputaient parce qu'ils étaient saouls, comme d'habitude… on a entendu un râle terrifiant provenir du lit de ma mère. Comme si la mort avait enfoncé ses griffes dans sa gorge et lui avait arraché la vie. Mon père et mon frère ont arrêté de brailler. Le silence qui est tombé puait le vin aigre. J'ai regardé ma mère et, entre mes larmes, j'ai vu son visage contracté dans une horrible grimace. On aurait dit un masque en carton-pâte. Bouche tordue, filet de bave, doigts agrippés à la couverture. De toute ma vie, je n'ai jamais vu de cadavre aussi horrible.

— Et… et alors ?

— Alors, tandis que la douleur aidait mon père et mon frère à dessaouler, et que le silence était interrompu par leurs cris désespérés, j'ai regardé ma mère pour la dernière fois, et j'ai quitté la maison. J'ai rejoint le cirque. Ce cirque. Ils avaient démonté le camp et s'apprêtaient à partir. Ascanio m'a accueilli… et depuis ce jour, c'est devenu chez moi. »

Ce récit laissait Marta bouche bée. « Ta mère… c'est comme si… comme si elle était morte… pour te donner ta liberté. »

Le vieux acquiesça.

« Non, pas *comme si*. Elle savait que je ne partirais jamais tant qu'elle était vivante.

— C'est incroyable…

— Non, pas du tout.

— Comment ça ?

— Au début, la douleur que j'ai éprouvée à sa mort m'a tétanisé. Je n'arrivais même plus à penser. Mais ensuite, j'ai compris.

— Quoi ?

— Je te l'ai dit : de toute ma vie, je n'ai plus jamais vu de cadavre aussi horrible que celui-là. Il était *trop* horrible. C'était exagéré. »

Marta le regarda sans comprendre.

« Tu sais quel était le métier de ma mère ?

— Non… »

Melo se mit à rire. Un rire plein de douceur.

« Actrice.

— Ça veut dire que… ? »

Il rit à nouveau. Et à ce rire se mêlèrent les larmes, qui se mirent à glisser dans ses rides. « Sa dernière représentation. Magistrale. Pour un seul spectateur. Et par amour. »

Marta n'arrivait pas à y croire.

« Comment peux-tu en être sûr ?

— L'année suivante, nous avons planté le chapiteau au même endroit. Je suis allé chez moi, mais il n'y avait plus trace ni de mon père ni de mon frère. La voisine m'a reconnu, elle est venue me voir et m'a embrassé sur le front en me tenant par les oreilles, comme le faisait ma mère. Ensuite, elle m'a dit : "Elle savait que tu reviendrais. Et elle m'a demandé de t'embrasser de la même façon qu'elle, pour que tu sois certain que c'est bien elle qui parle à travers ma bouche. Elle a dit qu'il fallait que tu sois heureux et que tu aies un numéro rien qu'à toi, avec des chevaux. Et puis, elle voulait que tu saches qu'elle était morte heureuse, parce qu'elle t'avait bien roulé, et aussi qu'elle n'avait jamais autant aimé un rôle que celui de ce soir-là, même pas Cléopâtre. Elle disait que Dieu lui avait fait faire l'actrice rien que pour ce moment-là, rien que pour te persuader de t'enfuir. Rien que pour te donner ta liberté. Et puis, elle m'a recommandé de te dire que tu n'étais qu'un idiot sentimental, et le meilleur fils du monde." Elle avait mis presque un mois à mourir. Mais, malgré la douleur, elle n'avait pas cessé un instant de sourire à l'idée que j'aurais un numéro rien qu'à moi, avec des chevaux. »

Le silence se fit. Comme toujours lorsqu'il se passe quelque chose d'extraordinaire. Et cette incroyable histoire d'amour était là, entre eux, flottant dans l'air.

Puis Ernestina, une jument pour laquelle Melo avait un faible – un sentiment spécial qui avait toujours intrigué Marta –, s'approcha et poussa l'épaule du vieil homme avec ses naseaux.

« Arrête ça, lança Melo à la jument.

— Et comment s'appelait-elle, ta mère ? » demanda Marta.

Melo sourit et, les yeux pleins d'amour, il prit sa jument par les oreilles et l'embrassa sur le front.

« C'est pas vrai ! s'exclama Marta. Ernestina ? »

Melo rit, avant de se diriger vers sa roulotte.

« Bonne nuit, petite fouineuse.

— Attends. Où habitais-tu ? »

Melo tendit son index. « Là. Tu vois ? »

Pendant tout ce temps, ce n'était pas le Colisée qu'il avait regardé, mais une bicoque, légèrement sur la droite. « Là, répéta-t-il. C'était chez moi. »

11

Mars 1870
Royaume d'Italie (Olengo, commune de Novare ; routes d'Italie) et États pontificaux (Rome)

« Adieu », dit la comtesse en regardant la campagne défiler par la fenêtre.

Pietro comprit ce qu'elle voulait dire.

Et alors, Lino lui vint naturellement à l'esprit. Pour la première fois, il accepta l'idée que son ami allait mourir. Et qu'il ne le reverrait jamais plus. « Numéro 20/08, profite de tes dix derniers mois, si tu as la chance de les avoir », avait dit le docteur de l'institut à Lino, avec une brusquerie qu'on ne devrait pas avoir même avec un adulte. Sa tuberculose avait atteint un stade qui ne laissait pas d'échappatoire. Pietro et Lino le savaient tous les deux, mais ils avaient fait mine de rien. Ils avaient passé tout le temps qui leur restait à rire et à jouer, toujours ensemble. Puis la comtesse était arrivée, et elle avait emporté Pietro.

Tandis que le carrosse filait à travers la plaine, cherchant à mettre le plus de milles possible entre Leone Pompei et eux, Pietro accepta pleinement, de tout son être, l'idée que Lino allait mourir. Et mourir seul. Sans que lui-même soit à son côté.

Ses yeux se remplirent de larmes. Il serra le couteau pliant de son ami, et puis dit à son tour, en s'adressant à un point imprécis de la campagne, où il imaginait que se trouvait le petit lit de l'orphelin 20/08 : « Adieu. »

La comtesse se tourna vers lui. Ses yeux violets paraissaient toujours froids comme deux améthystes. Mais Pietro, le regard embué de larmes, parvint à pénétrer la cuirasse précieuse et dure de cette femme, et à se glisser dans la douceur qu'elle dissimulait.

« Pourquoi m'avez-vous choisi ? » demanda-t-il.

Elle eut un sourire mélancolique.

« Parce que tu étais le seul à être vivant, là-dedans.

— Comment pouvez-vous en être sûre ? »

Sans s'en rendre compte, Pietro cherchait à se rassurer. Il avait besoin d'être rassuré pour rester debout et ne pas s'effondrer.

« Comme toi, j'ai grandi dans un orphelinat, tu as déjà oublié ? lança-t-elle en esquissant à nouveau ce sourire lointain et plein de mélancolie. J'ai grandi au milieu d'enfants qui étaient morts avant même d'être nés. Et qui continuaient à chahuter et à se chamailler dans la cour, tout en étant morts. Telles des marionnettes manipulées par un montreur. Puis ils sortaient de l'institut, le marionnettiste coupait les fils et… ils s'écroulaient à terre. Parce que c'est dehors que l'on voit ceux qui ont la force, et ceux qui ne l'ont pas. C'est dehors que la vie est vraiment dure. »

Pietro demeura un moment silencieux.

« Et moi, je suis fort ? » demanda-t-il d'une petite voix enfantine.

Il rougit.

« Il n'y a pas longtemps, tu as dit que tu l'étais.

— Je faisais le fanfaron. J'ai… j'ai la force ?

— Oui, répondit-elle avec simplicité.

— Comment pouvez-vous le savoir ?

— Parce que je le sais. Tu te rappelles, quand tu as brisé toute cette porcelaine dans la cuisine, en hurlant que tu préférais que ton cœur explose, plutôt que d'échouer ? Tu parlais sérieusement. Ça, c'est de la force. »

Elle regarda par la fenêtre. « Je suis au courant, pour ton ami », finit-elle par dire doucement.

Pietro sortit le couteau de sa poche et le lui montra. « C'est tout ce qu'il avait… et pourtant, il me l'a offert. » Il plongea son regard profond dans celui de la comtesse. « Si vous êtes vraiment orpheline, vous savez combien c'est précieux, un couteau, dans un institut. »

La comtesse hocha la tête, rien de plus. Les mots auraient été vains. Même les poètes ont rapetissé l'amitié et l'amour, quand ils ont voulu en parler.

Le carrosse fila encore à vive allure à travers la plaine du Pô en direction du sud, vers la côte tyrrhénienne, pendant plus d'une heure.

Ce n'est qu'après cette longue interruption, comme s'il avait dû reprendre son souffle, que Pietro demanda : « Quand vous m'avez choisi… vous saviez déjà qu'il allait se passer tout ça ?

— Je savais que des jours difficiles allaient venir. »

Et puis, à grand-peine, elle ajouta : « Mais pas ça. » Elle le regarda.

« Autrement, je t'aurais laissé où tu étais.

— Alors, je suis content que vous ne l'ayez pas su. »

Puis le silence tomba à nouveau. Mais, quelque part, leurs cuirasses respectives s'étaient fêlées. Peut-être était-ce la conscience de leur solitude à tous les deux. Ou bien était-ce le fait d'avoir concédé quelque chose à l'autre en lui révélant une part secrète de soi. Mais peut-être que deux êtres humains, enfermés dans une caisse en bois lancée à vive allure sur une route, n'ont simplement pas d'autre choix que celui d'entrer en contact. Enfin, peut-être commençaient-ils peu à peu, avec prudence et circonspection, à se choisir véritablement.

Tassé sur son siège, Pietro se sentait presque étourdi, ivre de toutes les pensées qu'ils avaient échangées pendant ce nouveau silence. Des pensées qu'il n'avait jamais exprimées et jamais entendues. S'il avait été en mesure de formuler une idée aussi complexe, il aurait expliqué que ces pensées l'avaient fait se sentir, pour la première fois, un être humain.

Quand le carrosse commença à grimper, s'engageant dans les virages qui menaient vers la crête nord des Apennins au milieu de bois épais, le garçon poussa un cri d'émerveillement. « Regardez ! » s'exclama-t-il. Ses yeux devinrent aussi verts que les arbres. Et sa bouche s'ouvrit comme s'il cherchait à avaler cette forêt. « C'est magnifique… », murmura-t-il, le souffle coupé.

La comtesse regarda ses yeux étincelants. C'était de la joie pure. Tellement intense et irrépressible qu'elle remplissait tout l'habitacle. L'aristocrate sentit son cœur se serrer. Elle savait parfaitement ce qu'éprouvait Pietro. Elle le savait parce qu'elle aussi, un jour, était sortie de sa prison. Et elle aussi avait vécu pendant longtemps ainsi, les yeux écarquillés. *C'était dans une autre vie*, se dit-elle. Une vie tellement lointaine que, sans Pietro, elle aurait peut-être continué à faire mine de ne jamais l'avoir vécue.

Lorsqu'ils franchirent le col, l'horizon s'ouvrit. C'était une journée froide et limpide, et le regard se perdait jusqu'au bout de l'univers.

« Qu'est-ce que c'est, cette bande bleue ? interrogea Pietro.

— La mer.

— La mer… », répéta-t-il.

Il sourit. « J'ai vu la mer… » Il se tourna vers la comtesse. Par moments, il paraissait déjà un homme – comme lorsqu'il avait affronté Leone Pompei couteau en main –, et à d'autres, c'était un vrai gamin, malgré sa grande taille. Là, comme un gosse, il fit remarquer : « J'ai toujours entendu parler de la mer. »

La comtesse sourit.

« Tu veux la toucher ?

— Oui !

— D'accord. Tu vas la toucher. »

Il était déjà collé à nouveau à la vitre, scrutant l'horizon, là où le bleu de la mer se fondait dans l'azur du ciel.

La comtesse demanda à Paride de s'arrêter sur une plage dans les environs de La Spezia.

Pietro descendit, bouche bée.

« Je peux toucher ?

— Bien sûr », dit-elle.

Il plongea la main dans l'eau, se mouillant les chaussures. Puis il porta la main à sa bouche.

« C'est salé, fit-il.

— Oui, confirma la comtesse.

— C'est grand…

— Oui.

— C'est… drôle… », lâcha-t-il.

La comtesse se mit à rire. Quelle joie, de voir la joie de ce garçon ! Elle avait l'impression de revivre ce même bonheur.

Ils remontèrent en carrosse.

Comme si Pietro avait deviné sa pensée, dès qu'ils se furent remis en route, il demanda : « Quelle est la première chose que vous avez découverte quand vous êtes sortie de l'orphelinat ?

— La faim.

— Et après ? insista le garçon, désireux de trouver une correspondance entre ses émotions et celles de la femme.

— Le désespoir. »

Mais il voulait aller jusqu'au bout des choses. « Et après ? »

Le regard de la comtesse s'adoucit. « Et après, à l'intérieur d'un carrosse comme celui-ci, la liberté. Même si au début, cela me faisait peur. »

Pietro sourit. Il reconnaissait parfaitement cette émotion.

« Alors, pour la première fois de ma vie, j'ai réussi à voir la beauté du monde, ajouta-t-elle doucement, regardant par la fenêtre comme si elle était retournée à cette époque.

— C'était avec votre mari ? hasarda Pietro.

— Oui. Avec Ippolito. »

Il resta pensif quelques instants. Pourtant, sa tête était traversée de mille questions.

« Et après ? Comment avez-vous fait ? Avez-vous… enterré votre vie passée ?

— Oui, dit-elle. Je l'ai enterrée vive. »

Pietro fronça les sourcils. Cette réponse était trop difficile à comprendre. « Qu'est-ce que ça veut dire ? »

L'aristocrate ne laissa pas voir que le souffle lui manquait. Ni que son cœur s'était arrêté une seconde. Elle répondit, sérieuse :

« Je vais bientôt le découvrir. »

À nouveau, le silence tomba entre eux. Mais toujours plus familier.

Après d'autres milles encore, la comtesse frappa contre le toit du carrosse.

Paride ouvrit.

« Oui, madame la comtesse ?

— Tu dois être épuisé.

— Pas plus que vous.

— Je vais faire semblant de te croire, sourit-elle. Cherchons un endroit où dormir. Comme dirait le petit monsieur mal élevé ici à mon côté : “J’ai pas envie de me geler le croupion.” »

Pietro rit.

Paride sourit aussi, avant d’ajouter : « Mais il n’est peut-être pas prudent de laisser des traces pour nos poursuivants. »

La comtesse acquiesça. « Tu as raison. Évitons les routes principales et passons par des chemins moins fréquentés. Choisissons une auberge où personne n’aurait l’idée de nous chercher. »

Paride referma le toit, puis, alors que le coucher du soleil commençait à s’annoncer, il tourna dans une petite route de campagne, étroite et rocailleuse, avec une bande d’herbe au milieu dont la hauteur suggérait qu’il ne devait pas y passer grand monde.

Le chemin se mit à monter de plus en plus, serpentant entre des vignes ordonnées en terrasses, avec des murets en pierre sèche. Après une bonne demi-heure, le carrosse s’arrêta devant une enseigne décolorée et de guingois qui indiquait : « Locanda del Riccio ».

C’était une ferme basse, avec un seul étage au-dessus des étables, d’où provenait, outre la chaleur, une forte odeur de fumier.

La comtesse descendit, regarda le bâtiment et huma l’air. « Tu m’as prise au pied de la lettre, Paride », rit-elle.

L’hôte, si l’on pouvait appeler ainsi le paysan rustre qui arrondissait ses fins de mois en louant à Dieu sait qui deux pièces répugnantes, dont une seule disposait d’une cheminée, leur ouvrit le chemin sur la coursive de bois grinçante. Il leur montra la pièce : une natte en raphia par terre, deux pots de chambre, une carafe d’eau, une table avec quatre chaises en paille et deux lits d'une dimension imprécise, trop étroits pour deux et trop larges pour une personne. Il alluma le feu dans la cheminée avec des bouses séchées, auxquelles il ajouta quelques maigres bûches. Enfin, il annonça que le dîner n'était pas compris dans le prix, mais que contre un petit supplément il pourrait leur donner une partie de son repas, à base de minestrone et de haricots avec de la couenne de cochon. Et, naturellement toujours contre un modeste supplément, il remplirait pour eux une carafe de vin rouge.

« À force de suppléments, on finira par payer ce taudis comme un grand hôtel », commenta la comtesse dès qu'ils se retrouvèrent seuls devant leur dîner.

Paride sourit et s'apprêta à emporter son repas.

« Asseyez-vous avec nous, l'interrompit la comtesse.

— Je ne voudrais pas…

— Asseyez-vous, Paride », répéta-t-elle de son ton élégant, toujours en équilibre entre la gentillesse et l'ordre.

Il s'assit avec eux en rougissant.

« En venant avec nous, tu prends des risques, fit-elle observer tandis qu'ils mangeaient. Si on est arrêtés, tu seras considéré comme notre complice.

— Je *suis* votre complice, comtesse », répondit le cocher.

À la fin du repas, au cours duquel il n'avait pas touché à la moindre goutte de vin afin de rester lucide, Paride prit congé, expliquant qu'il préférait dormir dans le carrosse. Il n'avait aucune confiance en leur hôte. « Je ne voudrais pas que notre dernier supplément, ce soit la disparition du carrosse ou des chevaux », plaisanta-t-il.

C'est ainsi que, restés seuls, après avoir ravivé le maigre feu de leur cheminée avec un peu de bouse séchée et quelques rameaux de hêtre, la comtesse dit à Pietro : « Va te coucher, tu meurs de sommeil. »

Pietro sautilla jusqu'à son lit et s'y glissa tout habillé. Les vieux ressorts grincèrent puis cédèrent, le lit prenant la forme d'un hamac. Mais le garçon ne s'en rendit même pas compte. Peu après, il dormait profondément.

La comtesse contempla la mèche ébouriffée sur son front. Et elle crut se souvenir d'une époque où elle aussi avait dormi ainsi, totalement inconsciente du monde, de l'avenir et de la vie. Comme si on pouvait vraiment s'éteindre comme une lampe à huile, simplement en soufflant sur une mèche.

Or, plus que jamais, elle sentait un poids terrible sur ses épaules.

Elle se versa un verre de ce vin rouge aigre. Elle le but. D'un trait, en entier. Comme de l'huile de ricin. Puis elle s'en versa un autre verre. Et avant de réaliser que sa tête lui tournait, elle en but un troisième.

Enfin, elle ressentit les effets de l'alcool. L'image d'un château de sable lui vint à l'esprit : apparemment solide, dès que le ressac vient l'effleurer, il commence à s'effriter, miné à la base, avant de s'écrouler.

Mais elle ne s'arrêta pas et but un quatrième verre, finissant la carafe.

Et puis elle resta là, assise à table, la pièce chavirant paresseusement autour d'elle, tandis que le contour des choses devenait flou et que tous les angles s'arrondissaient, disparaissaient. Plongée dans une espèce de douceur artificielle qu'elle n'avait pas éprouvée depuis fort longtemps. Sans défense.

« Un jour, une vieille femme m'a dit : "Parfois, la douleur est tellement atroce qu'on a l'impression de mourir. Mais on ne peut vivre vraiment que si, d'abord, on est un peu mort" », murmura-t-elle, parlant toute seule, d'une voix un peu traînante. Et puis, tandis que ses cristaux d'améthyste se mouillaient un peu, elle secoua la tête et ajouta : « Mais ce n'est pas vrai. »

En un éclair, elle se perdit dans des souvenirs qui remontaient d'un lointain passé, comme si elle se noyait dans un tourbillon ou était attirée par le vide, et elle était surprise qu'ils soient restés aussi vifs, bien qu'elle les ait ensevelis très profondément en elle afin de devenir ce qu'elle était devenue. Une autre. La comtesse.

Elle se retrouva dans une rue sombre. Elle portait une robe tape-à-l'œil, à la limite du vulgaire. Elle sentit, comme alors, l'air froid qui caressait son décolleté généreux, la marchandise qu'elle s'était mis en tête d'offrir. Elle se souvint du désespoir qui l'avait poussée à décider de vendre son corps. Elle sentit la honte de l'avoir simplement pensé. Elle se revit en train de se couvrir d'un châle et d'accélérer le pas. Non, elle n'y arriverait jamais. « Vous êtes égarée, madame ? » Une voix masculine la poursuivait.

« J'aurais pu être une putain… », bredouilla-t-elle alors que le vin lui montait de plus en plus à la tête. « Et pourtant… »

Cet homme ne voulait pas son corps. C'était un Piémontais naïf qui s'inquiétait pour une femme surprise hors de chez elle par la nuit.

« Tu étais tellement gentil… », dit-elle doucement. Une immense nostalgie dans la voix. Et à ce moment précis, elle se sentit désespérée. Elle se laissa aller, les bras et la tête sur la table.

Improvisant, elle lui avait menti. Pas pour le tromper, mais pour cacher sa propre honte. Elle lui avait menti pour se donner un peu de dignité.

Elle lui avait raconté qu'elle était une comtesse ruinée, sans le sou. Et lui, avec grâce, sans la moindre vulgarité, l'avait accompagnée dans un restaurant et avait dîné avec elle. Il l'avait nourrie. Il avait nourri son corps et son âme.

« Ippolito…, dit-elle doucement, en commençant à pleurer sur la manche de sa robe. Ippolito… tu étais tout ce que j'avais… Comment as-tu pu t'enfuir comme ça ? »

Lentement, ses larmes devinrent des sanglots retenus. Le château s'effondra sur lui-même, et il n'y eut bientôt plus qu'un petit tas de sable. Elle glissa de sa chaise et se retrouva à terre. Tressautant, la comtesse, ou ce qui en restait, se recroquevilla sur elle-même, en boule sur le sol. Sans la moindre retenue. Sans pudeur. Sans élégance. Ses pleurs étaient désagréables, presque des cris étouffés. Son visage était bouleversé, déformé, grimaçant. Il n'y avait plus trace de sa beauté. Elle-même n'était presque plus là. Il n'y avait que la douleur. Une douleur qui n'avait rien d'humain, tellement elle était violente. Une douleur féroce comme une bête, cruelle comme un assassin.

Elle leva un instant la tête hors du désordre dans lequel elle s'était emprisonnée toute seule, comme après une apnée sous l'eau.

Elle craignit d'avoir réveillé Pietro. Elle le regarda. Il dormait profondément, serrant dans la main le couteau de son ami.

Elle se sentit tellement seule qu'elle crut vraiment qu'elle allait mourir de douleur, là, par terre.

Alors, au prix de grands efforts, elle se leva, ou plutôt se traîna, et rejoignit le lit du garçon. Elle se hissa doucement sur le matelas, essayant de ne pas faire grincer les ressorts, et s'allongea à son côté.

Et elle resta là. Immobile.

Puis elle sentit que Pietro bougeait lentement.

Elle sentit le bras du jeune garçon lui toucher l'épaule, puis l'enlacer. Il l'accueillait tout près de lui. Avec douceur. Chaleur. Sans un mot.

La comtesse, sans dire un mot non plus, s'abandonna à cette étreinte inattendue et précieuse.

Elle recommença à respirer. À se sentir moins seule. Moins désespérée.

Elle eut l'impression que ce petit bras maigre et presque inconnu avait la force de la faire tenir en un seul morceau.

Le lendemain, quand Pietro se réveilla, l'aristocrate n'avait plus rien de ce tas de chair qu'elle avait été la veille au soir. Elle le regarda, lissa sa jupe et dit simplement : « C'est l'heure d'y aller. »

Ils rejoignirent le carrosse où Paride les attendait. Comme si rien ne s'était passé. Ou comme si tout s'était passé.

« En route, Paride. Nous avons encore beaucoup de chemin à faire, dit-elle avec un sourire lointain. Fais galoper ces hongres. Voyons s'ils valent ce qu'ils nous ont coûté. »

Pendant le trajet, aucun des deux ne parla. Ils évitèrent même de se regarder. Si cela leur arrivait, ils détournaient vite la tête et baissaient aussitôt les yeux, comme s'ils avaient honte. Ou peut-être avaient-ils peur de se dire quelque chose qu'ils ne pouvaient pas encore se dire.

Ils arrivèrent en Toscane, aussi verdoyante et luxuriante que la Ligurie avait été âpre et dure. Puis ils continuèrent vers le sud, vers les étangs de la Maremme.

Au bout d'une longue journée, ils parvinrent dans le Latium. Ils franchirent les contrôles à la frontière des États pontificaux. La campagne romaine, rustique et paysanne, défilait dans l'encadrement de leurs fenêtres.

« Nous serons bientôt à Rome », annonça la comtesse avec une note d'émotion. C'était la première fois qu'ils parlaient depuis cette fameuse nuit. Il y avait aussi de la gêne dans sa voix. On aurait dit qu'elle faisait là simplement un essai, avant de dire quelque chose de plus important.

Enfin, alors qu'ils se trouvaient sur la via Flaminia et franchissaient l'antique ponte Milvio, les murs de Rome désormais en vue, la comtesse, qui avait retrouvé toute sa maîtrise, déclara : « Tu es à nouveau sans famille. Et moi aussi. »

Il la fixa droit dans ses yeux violets. Ils étaient redevenus deux orphelins. À part que maintenant ils étaient libres. Libres de choisir. Elle esquissa un sourire, tellement léger qu'il aurait pu passer pour un simple pli des lèvres. Mais c'était comme si elle sentait encore l'étreinte de Pietro, la nuit précédente. « Si je ne veux pas être seule au monde, je devrai me contenter de toi, mon poulain, fit-elle. Et toi, tu devras te contenter de moi. »

Pietro éprouva une puissante émotion, comme le jour où cette femme l'avait choisi à l'orphelinat. « D'accord », répondit-il. Rien d'autre.

Soudain, le carrosse ralentit.

La comtesse et Pietro, par leur fenêtre respective, aperçurent la Porta del Popolo, qui s'ouvrait dans le mur d'Aurélien et conduisait à une vaste place avec un grand obélisque tout fin au milieu, au fond de laquelle s'élevaient deux églises jumelles, de forme ronde.

« Arrête-toi, Paride », ordonna la comtesse dès qu'ils eurent passé la porte.

Pietro eut l'impression que sa voix n'était pas aussi ferme que d'ordinaire.

Le cocher siffla à l'adresse des quatre chevaux et tira avec détermination sur les rênes. Ils s'arrêtèrent en s'ébrouant.

« Je veux être seule », lança-t-elle sèchement en ouvrant la portière.

Dès qu'elle mit pied à terre, elle sentit un frisson la parcourir. Elle fit lentement quelques pas, dépassant le carrosse et les chevaux. Elle regardait droit devant elle. Intensément. Le moment était venu de régler ses comptes avec la vie.

« Me voilà », dit-elle comme si elle s'adressait à la ville tout entière. Et puis, avec une douceur effrayée dans la voix, elle ajouta : « Voilà, je suis rentrée à la maison. »

Elle contempla encore la cité, comme si son regard pouvait traverser palais et églises. Enfin, avec la voix de l'enfant qu'elle avait été, elle murmura : « Ne me fais pas trop mal. »

Deuxième partie

12

Mars 1870
Royaume d'Italie (Novare)

L'huissier de justice Leone Pompei n'aurait pu dire depuis combien de temps il était assis là, immobile, sur ce banc du parc des vieux bastions de Novare, en train de fixer les genoux de son pantalon, qui n'étaient plus noirs mais gris, à cause de la poussière.

Il examinait ces deux taches claires, et il n'arrivait à penser à rien d'autre qu'au moment où elles étaient survenues. Le moment où il s'était laissé tomber à genoux dans la cour de la mairie, devant le préfet, et où, pleurnichant, il lui avait pris la main, essayant de la baiser.

Il n'entendait pas, autour de lui, le bruit des véhicules ni celui des vendeurs de grenouilles, il ne remarquait pas les passants ni les oiseaux qui bavardaient entre eux sur les branches des platanes séculaires. Il n'entendait qu'une chose, encore et encore, en boucle, c'était sa propre voix geignarde qui implorait : « Je vous en prie, monsieur le préfet ! Ne causez pas ma perte ! Je vous demande pardon ! Je vous en prie… pardon, monsieur le préfet ! » Il était tellement tétanisé par le désespoir dans lequel il venait de sombrer qu'il ne broncha pas lorsqu'un coup de tonnerre fit vibrer le ciel et qu'il se mit à pleuvoir.

« Tout va bien, monsieur ? » demanda un homme en queue-de-pie qui pressait le pas pour se réfugier sous les arcades.

Leone Pompei leva péniblement la tête et croisa le regard du passant, mais sans véritablement prendre conscience de sa présence.

« Il pleut », poursuivit l'homme.

Leone opina lentement du chef, sans bien voir qui parlait.

« Oui... »

Le passant disparut rapidement. Leone baissa la tête et recommença à scruter les taches claires de ses genoux.

Ce n'est que lorsque la pluie, toujours plus insistante, finit par laver la poussière de son pantalon, que Leone se leva. Il regarda alentour, revenant à la réalité, et puis se dirigea d'un pas traînant vers chez lui, lentement, tête basse, tel l'âne rentrant à l'étable.

Tout en marchant, il glissa une main dans sa poche, où il sentit les deux feuilles de papier pliées en quatre que le préfet l'avait obligé à prendre, afin qu'il n'oublie pas. Sa poitrine était tellement oppressée qu'il fut obligé de s'arrêter au milieu de la rue, aussi essoufflé que s'il avait couru.

Il sortit les feuillets. Le préfet les avait fait recopier par son secrétaire exprès pour lui. Il les déplia. La pluie noya aussitôt l'encre, la transformant en une rosée bleu nuit dans laquelle les mots se perdaient lentement. Mais Leone était capable de lire chacune de ces taches. Parce que sa vie elle-même n'était désormais plus qu'une grosse tache indélébile qui recouvrait son âme.

« Au secours... », murmura-t-il.

En dépit de son aspect répugnant – des croûtes dans ses rares cheveux, une nuée de pellicules sur ses épaules, effacée en partie par la pluie, un ventre rond proéminent qui tirait sur les boutons de son gilet, des mains sans force aux ongles coupés en pointe –, cet homme ignoble aurait inspiré un soupçon de pitié à quiconque aurait pris le temps de l'observer, et aurait entendu le désespoir qui colorait sa voix.

La phrase avec laquelle le préfet l'avait accueilli résonna dans sa tête : « Lisez ça, imbécile ! »

Quand les domestiques de la villa Odìn avaient signalé la disparition de la comtesse, la gendarmerie avait accompagné Leone pour faire l'état des lieux et l'inventaire des biens. Et en cette occasion, deux faits très graves avaient été mis en lumière. Des faits dont le préfet avait tenu Leone Pompei pour responsable. Et non sans raison. En particulier, ils avaient recueilli deux témoignages : l'un de la jeune servante qui s'occupait du rez-de-chaussée, et un autre de la femme de chambre de la comtesse.

« Le gros monsieur, avait raconté la petite servante d'en bas, était dans le salon privé avec la comtesse et son fils adoptif, et il lui a expliqué qu'elle pourrait libérer les lieux tranquillement, car c'était lui qui commandait, et il pouvait faire ce qu'il voulait. Il a laissé entendre que si elle couchait avec lui, comme elle était jeune et belle, il pourrait lui faire quelques faveurs… »

Leone ferma les yeux et contracta les mâchoires. Tout était vrai. C'était exactement ce qu'il avait fait. Il revit la comtesse et son décolleté provocant. Et il sentit à nouveau cette pulsion maladive qui l'avait poussé à l'action. Devant la beauté séductrice de la comtesse et son attitude hautaine, quelque chose l'avait fait chuter. Il s'était vu dans les yeux de cette femme qui, même ruinée, continuait à le regarder avec mépris, comme si elle lui disait qu'il ne serait jamais à la hauteur, et qu'un pauvre type insignifiant de son espèce ne devrait même pas imaginer la toucher. C'est alors qu'il avait cru pouvoir posséder la comtesse. Et l'humilier comme elle l'humiliait. Il avait cédé à cette pulsion.

« Le garçon a défendu sa mère adoptive et a menacé le gros monsieur avec un couteau. Le gros monsieur a eu peur et il est parti en les menaçant tous les deux, pendant que la comtesse l'insultait », concluait le témoignage de la servante.

Le préfet l'avait toisé du regard. Puis, d'une voix de stentor, afin que tout le monde l'entende, il avait ajouté : « Vous avez pris la fuite devant un gosse et une femme. Vous n'êtes qu'un misérable, espèce de gros porc malhonnête ! »

Tous les gendarmes avaient éclaté de rire.

Leone répéta à voix basse la sentence du préfet : « Abus de pouvoir… corruption… fraude au détriment du Royaume… »

Leone avait mis les pieds dans la boue, sans se rendre compte qu'il s'agissait de sables mouvants. Et maintenant, irrémédiablement, il s'enfonçait.

« Vous avez subordonné les intérêts du Royaume à votre méprisable luxure ! Vous avez mis au second plan Sa Majesté le roi en promettant des faveurs illicites ! » lui avait hurlé au visage le préfet. Puis il avait saisi la liste des biens de la villa Odìn. Il l'avait agitée en l'air, avec un mépris rageur, avant de lire la déclaration de la femme de chambre de la comtesse : « Parmi les bijoux, il manque au moins quatre bagues : une avec une émeraude aussi grosse qu'un scarabée, une avec un rubis gros comme un haricot blanc, et deux avec des diamants tellement brillants qu'ils pouvaient éclairer une pièce. »

Leone laissa tomber à terre les lambeaux de papier où ces deux témoignages le condamnaient, le clouaient au pilori.

Et pour la seconde fois, il murmura : « Au secours... »

« Vous ne vous occuperez plus du dossier Odìn, avait décrété le préfet d'une voix tellement neutre que, s'il s'était agi d'une couleur, on l'aurait qualifiée de transparente. Vous ne faites plus partie du personnel judiciaire du Royaume. Vous êtes assigné à la recherche de la fugitive Mme la comtesse Silvia di Boccamara. Et vous serez avec le capitaine Lonigro, que vous suivrez jusqu'en enfer si nécessaire. Le capitaine a pour mission d'arrêter la comtesse et de la remettre à la justice, et vous ferez tout ce qu'il faut pour l'aider. » Le préfet l'avait fixé avec une sévérité frôlant la férocité. « Votre salaire est réduit à zéro. Vous aurez de quoi dormir et manger, rien de plus. Quand cette affaire sera conclue, vous serez licencié avec la perte de tous les honneurs, et avec l'interdiction à vie de tout emploi public. Maintenant allez-vous-en, et présentez-vous à la caserne demain à onze heures. »

C'est alors que Leone était tombé à genoux et avait commencé à implorer le préfet, en cherchant à lui baiser la main.

Le préfet lui avait lancé, plein de mépris : « Estimez-vous heureux. Vous auriez préféré être accusé de haute trahison ? »

Leone porta une main à sa poitrine, où son cœur battait à grands coups.

Puis il se dirigea vers chez lui. Vers son épouse.

Chemin faisant, tout en laissant derrière lui un sillage d'eau qui ne diluait ni ses fautes ni ses souffrances, il s'efforçait de mettre sur pied une histoire plausible afin d'expliquer à sa femme ce qui s'était produit. Mais qu'y avait-il à expliquer ? Qu'il avait voulu coucher avec la comtesse ? Et que c'était pour ça qu'il était radié ? Qu'il ne serait plus en mesure de subvenir à leurs besoins ?

Comment lui annoncer qu'ils étaient ruinés à cause de lui ? Comment la regarder en face ?

Mais il se rendit compte qu'il serait incapable d'inventer quelque chose de plausible. Et qu'en cet instant tragique il devait au moins un peu d'honnêteté à son épouse.

« Grand Dieu ! Tu es trempé ! s'exclama-t-elle quand elle le vit entrer dans leur modeste appartement. Qu'est-ce qui t'est arrivé ?

— Assieds-toi », dit Leone.

La femme, comme toutes celles qui savent d'instinct quand un malheur est sur le point de s'abattre sur elles, s'exécuta.

Leone, en revanche, resta debout devant elle, toujours dégoulinant de pluie.

« Il faut que tu ailles habiter chez ton frère à Omegna, commença-t-il. Et que tu vendes l'appartement. »

Elle ne demanda pas d'explications. Elle se contenta de l'examiner. Il était laid, distant et borné, il mentait sans arrêt, et elle l'avait toujours soupçonné d'être malhonnête. Cependant, elle n'avait trouvé personne d'autre qui accepte de l'épouser. Et qui ne lui en veuille pas de ne pas lui donner d'héritier. Ce n'était ni un bon parti ni un bon mari. Mais il était tout ce qu'elle avait.

La flaque d'eau aux pieds de Leone continuait à s'agrandir sur les tomettes.

« Je vais essuyer ça, dit-elle machinalement.

— Reste assise et écoute », coupa Leone.

Il revit le visage angélique de la comtesse. Et puis il fixa les traits disgracieux de son épouse, bâclés et grossièrement esquissés, comme si le Créateur avait eu mieux à faire au moment où elle avait vu le jour. Mais au lieu de s'en prendre au Créateur, il fut saisi de rancœur envers cette femme laide, qui n'était que le miroir de lui-même.

« Nous sommes ruinés », lança-t-il à brûle-pourpoint.

Son épouse se figea. Ses mains noueuses agrippèrent les bras du fauteuil élimé où elle avait pris place. Mais elle ne dit mot.

C'est une bonne épouse, songea Leone.

Et alors, d'abord hésitant, puis avec une franchise croissante, il se mit à tout lui raconter. Même plus qu'il n'aurait voulu. Plus qu'il ne l'aurait imaginé. En disant plus que lui-même n'en savait. Il lui expliqua – et ce faisant, il se l'expliquait à lui-même – combien il était frustré, combien il détestait sa vie misérable, et combien il aurait voulu revenir en arrière et emprunter un autre chemin, n'importe lequel, mais en aucun cas celui-là. Il déversa sur elle tout le mal-être qu'il couvait en lui sans même en avoir conscience. Il les décrivit, elle et lui, comme des misérables, des déchets humains, des gens qui n'avaient pas le droit de s'asseoir à la table des chanceux.

Et pour finir, après avoir vomi tout cela, il se tut, tête baissée.

Haletant de rage et de douleur.

« Regarde-moi », lui ordonna alors sa femme.

Il ne broncha pas.

« Regarde-moi… espèce de lâche », fit-elle.

Il redressa brusquement la tête. Il la dévisagea, stupéfait. Sa femme ne parlait pas beaucoup. Et le peu qu'elle disait, c'était toujours avec respect.

Elle se leva, et ils restèrent quelques instants silencieux, face à face. Deux corps disgracieux que la nature avait châtiés avec trop de sévérité.

Puis, soudain, sa femme lui asséna une claque.

« Espèce de lâche, répéta-t-elle. C'est vrai, tu es un raté… et je l'ai toujours su. Je le sais et tu le sais aussi…, commença-t-elle d'une voix sombre qu'il n'avait jamais entendue auparavant.

— Tais-toi…

— Et moi aussi, je suis une ratée…

— Tais-toi, te dis-je…

— Mais j'ai toujours été à ton côté… »

Le visage de la femme était encore plus laid, maintenant que la haine lui jaillissait des yeux.

« Et tu sais pourquoi ? Tu ne t'es jamais posé la question ?

— Je t'en prie, tais-toi !

— Parce que je ne pouvais rien avoir de mieux qu'un type comme toi…

— Tais-toi !

— J'ai supporté ton corps à l'intérieur du mien alors que ça me retournait les tripes… parce que je savais que ma vue aussi te retournait les tripes…

— Tu ferais mieux de te taire !

— Et maintenant, tu viens me dire que tu n'aurais pas voulu de cette vie… que tu n'aurais pas voulu de moi… qu'un misérable comme toi aurait pu avoir quelque chose de mieux ?

— Pour la dernière fois, s'exclama Leone, écarlate et serrant les poings, je t'ordonne de te taire !

— Tu n'es qu'un déchet humain… exactement comme moi…

— Tais-toi ! hurla alors Leone, et il la saisit par le cou, serrant de toutes ses forces et grinçant des dents.

— Tu… me… dé… goûtes…

— Je t'en prie… tais-toi… »

Leone serra avec plus de violence encore. Et il se mit à la secouer, tout en pressant les mains autour de son cou et en la regardant devenir écarlate. « Tais-toi… »

Et puis, à un moment donné, ses bras cédèrent sous le poids. Il retira brusquement ses mains, comme s'il se rendait compte seulement alors de ce qu'il avait fait.

La femme s'affaissa, sans vie. Ses genoux heurtèrent le sol, elle roula sur elle-même, puis sa tête cogna contre le carrelage, avec un bruit sourd.

Leone resta immobile, regardant son épouse vilainement tordue par terre, à ses pieds. Puis, après un temps qui aurait pu être infini, il se pencha vers elle, l'attrapa par les aisselles et la porta sur le fauteuil. Avec délicatesse. Il l'installa dans une bonne position assise, lui calant un coussin en macramé derrière le dos, de façon à soutenir sa tête.

Ensuite, il se retourna et passa à table. Il consomma en silence le repas qu'elle lui avait préparé, comme chaque soir. Le silence régnait aussi dans sa tête. Il n'avait pas la moindre pensée.

Puis, après avoir étendu ses vêtements trempés près du poêle, il se coucha. Mais il ne dormit pas. De toute la nuit, il ne put fermer les yeux, car il avait peur de ne plus jamais les rouvrir. Il avait peur de mourir lui aussi. Car il avait l'impression d'avoir pris la mort par la main. Et il était persuadé que, s'il ne restait pas éveillé, elle l'emporterait.

Le lendemain matin, il se leva de bonne heure.

Allant dans le salon pour récupérer ses vêtements maintenant secs, il remarqua que le fauteuil dans lequel il avait installé sa femme était mouillé : un liquide avait dû sortir d'entre ses jambes et passer à travers la jupe. Il reconnut l'odeur âcre de la vieille urine.

Il se mit alors à ouvrir systématiquement les tiroirs des meubles, à les vider par terre, et à se remplir les poches de ce qu'un voleur aurait emporté. Il mit sens dessus dessous tout l'appartement. Puis il prit la corde à linge et ligota le cadavre au fauteuil. Enfin, il ouvrit les fenêtres pour atténuer le plus longtemps possible la puanteur de la décomposition.

« Adieu, Luigia », lança-t-il à son épouse, rigide et spectrale, au moment de sortir.

Puis il jeta dans un buisson le butin du cambriolage de son logis, avant de gagner la caserne que le préfet lui avait indiquée.

Il se présenta au capitaine Lonigro, un de ces gros bras que le nouveau royaume d'Italie envoyait çà et là pour résoudre tant bien que mal les situations les plus compliquées. C'était un homme débrouillard, rude et agressif – le Royaume ne pouvait se permettre les tergiversations.

Le capitaine Lonigro examina Leone et lâcha : « Ah, alors c'est toi, le couillon ?

— Oui, répondit Leone. C'est moi, le couillon. »

13

Fin mars 1870
États pontificaux (Rome)

« Mon vrai nom, c'est Nella Beltrame », annonça la comtesse, debout et droite comme un I, au milieu de la piazza del Popolo.

Pietro et Paride étaient descendus du carrosse et se tenaient près d'elle.

« Et à partir de maintenant, je redeviens Nella Beltrame. »

Pietro, fasciné, contemplait l'obélisque, les deux églises jumelles et les trois rues, une au milieu et deux de chaque côté, légèrement obliques, comme les rayons d'un soleil.

« Bienvenue à Rome ! dit Nella en bonne maîtresse de maison. Respectez-la. Mais ne vous attendez pas à ce qu'elle, elle vous respecte. » Elle sourit, avec une espèce de douceur. « C'est une ville magnifique. Mais aussi une putain. » Puis elle redevint sérieuse. « Vous verrez les ruines du plus grand empire ayant jamais existé. Mais ce ne sont que des ruines. Des merveilles, mais mortes. Ce n'est plus la ville des Romains de l'Antiquité. C'est la ville du pape. Et faites attention à lui aussi. Le pape a vite fait d'oublier qu'il est saint et qu'il est père. »

Ce premier contact avec la splendeur laissait Pietro bouche bée.

« C'est une belle place, pas vrai, mon poulain ? dit Nella.

— Merveilleuse…, murmura-t-il.

— C'est ici qu'ont lieu presque toutes les exécutions », lui apprit-elle d'un ton léger.

Pietro se figea.

Nella se mit à rire. « Je te l'ai dit : il faut toujours te méfier de Rome. » Puis elle fit demi-tour et remonta dans le carrosse.

« Allons chercher un logement qui ne soit pas trop coûteux. Mais monte à l'avant.

— Pourquoi ? demanda Pietro.

— Allez, monte à l'avant », répéta-t-elle.

Puis elle indiqua à Paride la route à suivre, avant de tirer les rideaux des fenêtres.

Le carrosse s'engagea dans la rue la plus à droite, la via di Ripetta, et la parcourut jusqu'à une sorte de place où le mausolée d'Auguste résistait au temps, abandonné à l'incurie, dévoré par les mauvaises herbes et élu comme royaume par une colonie de chats errants. Alors qu'il longeait le porto di Ripetta, où étaient amarrées les embarcations à voiles latines de marchands et de pêcheurs, le carrosse dut s'immobiliser, coincé par un gros chargement de cordages et de tissus que l'on débarquait sur la berge et plaçait dans une série de charrettes.

Quand la voie fut libre, ils repartirent, suivant toujours les consignes de Nella, jusqu'à ce qu'ils aperçoivent un pont au-delà duquel se dressait le Castel Sant'Angelo.

« Nous sommes arrivés », annonça alors Paride en arrêtant les chevaux.

La portière du carrosse s'ouvrit et Nella descendit, vêtue d'une robe élimée d'une couleur indéfinissable, quelque part entre le gris et le marron.

À sa vue, Paride et Pietro écarquillèrent les yeux.

Mais elle ne dit mot et regarda, sur sa gauche, une ruelle étroite qui partait en diagonale et faisait un coude sur la gauche, dans la direction opposée à celle du pont.

Pietro lut : « Via di Panìco ».

Des immeubles à l'air vétuste et mal en point étaient tassés les uns contre les autres. Ça puait l'humain qui n'a pas de quoi se laver, la nourriture pourrie, et les ordures abandonnées au milieu de la rue.

Nella indiqua d'autres maisons, encore plus sur la gauche. « Là, c'est le quartier de Tor di Nona, où ça coûte encore moins cher, dit-elle. Mais ce serait mieux de trouver ici. » Sans attendre sa réaction, elle fit signe à Pietro de la suivre et entra dans une taverne, au coin de la petite place. Elle se renseigna sur les logements à louer et apprit que, deux bâtiments plus loin, un vieillard nommé Turacciolo cherchait un locataire.

Pietro était encore surpris par l'accoutrement de la comtesse.

On aurait dit une servante.

« Arrête de me regarder comme ça ! » lui lança Nella sans avoir besoin de se retourner. Puis elle se planta devant lui et le dévisagea. « Au cas où tu ne l'aurais pas compris, nous sommes deux fuyards, mon poulain. Grâce à Dieu, je n'aurai plus à porter ce nom ridicule de roman-feuilleton que je m'étais inventé. Je suis redevenue celle que j'étais : Nella Beltrame. Et par conséquent, toi, tu es Pietro Beltrame. C'est compris ? »

Pietro hocha la tête. Sa vie se révélait décidément compliquée.

« Et on dira que ton père est mort.

— Co… comment ?
— Exactement comme il est mort.
— P… pendu ? » balbutia Pietro.
Le regard de Nella se durcit.
« Non, répliqua-t-elle. Écrasé par les engrenages d'une meule servant à moudre le blé.
— Mais il… il n'est pas… mort comme ça…
— Si, coupa-t-elle, une lumière féroce dans ses yeux améthyste. Il a été broyé par le maudit royaume d'Italie ! »
Pietro baissa la tête. Comme si c'était la colère de la comtesse qui l'y forçait.
Nella poussa un profond soupir, saisit Pietro par les épaules et le fit se tourner vers le Tibre et le Castel Sant'Angelo. Elle indiqua une coupole, à gauche de la forteresse, qui s'élevait majestueusement derrière le toit des immeubles. « Ça, c'est Saint-Pierre », dit-elle avec une voix exempte de colère. Elle sourit. « Tu portes un nom important, pour Rome. » Puis elle descendit vers la porte fissurée d'un sous-sol, sur le mur duquel était peint un ex-voto rudimentaire consacré à la Vierge.
Elle frappa avec détermination.
L'homme qui vint ouvrir devait avoir une soixantaine d'années, mais il les portait très mal. Doigts déformés par l'arthrite, dos voûté, jambes chancelantes, il ne lui restait plus que quelques dents.
« C'est vous, Turacciolo ? demanda Nella, tout en sachant bien qu'il s'agissait d'un surnom, presque tous les Romains ayant coutume d'en porter un.
— Et vous, vous êtes… ?
— Vous louez ce garni ? »
Le vieux se tourna vers l'intérieur et, quand il fit à nouveau face à Nella, ses yeux étaient voilés de mélancolie. « Oui, répondit-il simplement, immobile sur le seuil, comme le bastion d'un château fort.
— Et pourquoi ? demanda Nella.

— C'esse un bel appart'[1] », dit le vieil homme avec un geste d'orgueil.

Nella comprit aussitôt qu'il aimait cet endroit. Elle se dit qu'il y était peut-être né, que ses parents y étaient peut-être morts. Ou bien il l'avait acheté au prix de Dieu sait quels sacrifices. Et elle éprouva immédiatement de la sympathie pour Turacciolo. « Je le vois dans votre regard, que c'est un bel appartement, sans même que vous ayez besoin de me le montrer », dit-elle.

Cette phrase frappa Turacciolo, qui baissa totalement la garde et se mit de côté pour les laisser entrer.

Ce n'était pas un bel appartement. Ce n'était qu'un misérable sous-sol sombre. La lumière entrait à grand-peine par deux minuscules fenêtres au niveau de la rue. Pietro se dit qu'à part la lumière seul un chat aurait réussi à se glisser par ces étroites ouvertures. Il n'y avait qu'une seule pièce au sol en tomettes ébréchées, rongées par le temps. Au fond, une petite porte menait sans doute aux latrines qui, c'était sûr, donnaient directement au-dessus des égouts, comme le laissait supposer l'odeur qui flottait dans l'air. Le plafond était particulièrement bas parce qu'on avait construit une soupente, avec deux grosses poutres de châtaignier placées un peu au-dessus des fenêtres, à laquelle on accédait par un escalier.

Turacciolo indiqua la soupente. « Avec l'âge, monter et descendre c'te truc, c'esse d'v'nu com' filer mes g'noux au boucher pour qu'y fass' du bouillon avec, dit-il en secouant la tête. Ma pauv' dame et moi, on a déménagé dans les faubourgs, près de l'arc de Titus, où on a pris un genre d'cabane… mô au moins, y a pas d'marches. »

Nella hocha la tête.

---

1. Personnage parlant un mélange d'italien et de *romanesco* (note de la traductrice).

« Vous ne pouviez pas mettre le lit en bas ? » interrogea Pietro.

Turacciolo s'apprêtait à répondre, mais Nella le devança. « Les jeunes ne savent jamais se taire, même quand ils ignorent tout de ce dont ils parlent », dit-elle au vieux d'un ton complice. Puis elle montra à Pietro une bande de moisi sur le mur, juste en dessous des fenêtres.

« Z'êtes de Rome, vous, hein ? fit Turacciolo. Et d'où qu'vous z'êtes, exactement ?

— De San Michele a Ripa », répondit Nella, presque d'un ton de défi.

Pourtant, elle fut parcourue d'un frisson. Le vieux se raidit.

« Vous voulez dire… l'*albergo* ?

— Oui, c'est ça, l'hospice. »

Turacciolo la regarda, puis regarda Pietro.

« Alors vous étiez une… ?

— Vous me croyez donc si vieille que ça ? rit la comtesse. Non, je suis orpheline.

— J'suis désolé.

— Ce n'est pas vrai, vous êtes content, corrigea Nella, toujours souriante.

— Ben oui, enfin… j'aime autant que vous fassiez pas le *métier*.

— Quel métier ? » demanda Pietro.

Le vieillard, montrant la ligne de moisi, répondit à la première question de Pietro en éludant la seconde : « Quand l'Tibre pisse en dehors des chiottes, vaut mieux savoir grimper.

— Hein ? Mais quelles chiottes ?

— Oh là, c'esse qu'y est pas d'Rome, çui-là ! » s'exclama Turacciolo à l'adresse de Nella.

Tous deux se mirent à rire.

« Quand il y a une crue, l'eau entre dans les maisons qui sont en sous-sol. À moins d'être une grenouille, tu as intérêt à dormir au sec », expliqua Nella à Pietro. Elle regarda le propriétaire.

« Il faut que vous baissiez le loyer.

— À cause du Tibre ? demanda Turacciolo, sceptique.

— Non, à cause de mon porte-monnaie, répondit Nella sans aucune honte. Je ne sais pas s'il sera jamais assez rempli. »

Le vieillard l'examina.

« Réponse dangereuse. Pourquoi devrais-je faire ça ?

— Parce que vous êtes un brave homme, et que vous n'avez pas le regard rapace. »

Turacciolo esquissa un sourire, flatté.

« Et vous, vous êtes assez honnête pour dire la vérité. Cela vous fait honneur. Mais si vous ne payez pas ?

— Je paierai. Quitte à m'ôter le pain de la bouche.

— D'accord, je vous crois. Mais c'esse qu'tout le monde va m'traiter d'couillon, vous savez ça, pas vrai, *bella mia* ? »

Nella sourit.

« Oui, je sais… *bello mio.*

— Et quand voulez-vous emménager ?

— Tout de suite. »

Nella le fixa droit dans les yeux. « Mais je ne vais pas pouvoir vous payer avant deux ou trois jours. »

Turacciolo rit en frappant sa cuisse de sa main pleine d'arthrite.

« Vous savez ce qu'on dit, à Rome, dans des situations comme ça ?

— Oui, répondit-elle en souriant. Et c'esse qu'tu veux pas aussi un'tranche d'mon cul avec ? »

Turacciolo éclata de rire, plus fort encore.

« Je suis vraiment un vieil imbécile, il n'y a pas d'autre explication, dit-il, fourrant une main dans sa poche puis lui remettant deux clefs du logis. Il y en a une pour votre fils.

— Merci », dit Nella.

Tandis que le vieux Turacciolo fournissait à Nella les quelques détails concernant l'habitation, Pietro jeta un coup d'œil alentour. La pauvreté ne le gênait pas. Un sourire lui monta aux lèvres, et il passa la tête dans la via di Panìco.

Des jeunes gens, une bande de loqueteux, s'amusaient à tirer à la fronde sur des pots cassés, qui finissaient par se briser encore davantage. Pietro s'imagina en leur compagnie, en train de parcourir les rues de cette ville immense, majestueuse, mais aussi humaine et peuplée de gens comme lui.

Un des jeunes le remarqua.

« Comment tu t'appelles ? lui demanda-t-il d'un air gentil.

— Pietro…

— Rien-na-fout' ! » s'exclamèrent en chœur tous les autres, hilares, avant de s'enfuir en s'éparpillant dans les ruelles.

Pietro sourit. Ça, c'était un monde qui ne lui faisait pas peur. Un monde dans lequel il fallait savoir lutter. Et lui, il savait lutter. Il l'avait toujours fait. C'était une liberté faite d'affrontements physiques et sociaux. Évidemment, il ne se laisserait pas faire par une bande de vauriens. Cela ne pouvait pas être pire que le dortoir d'un orphelinat. Il les retrouverait. Sa main glissa vers le couteau de Lino. Et alors, il éclata de rire, se disant que lui aussi jouerait un jour le même tour à un nouvel arrivant. « Rien-na-fout' ! » s'écria-t-il.

« Ils t'ont fait la blague du *novice*, c'est ça ? » rit Turacciolo en s'avançant sur le pas de la porte avec Nella. Et voyant que Pietro riait aussi, il ajouta : « C'esse qu't'as l'air d'un malin, toi. Mô c'esse vrai qu'ta mère c'esse une finaude, elle pouvait pô donner une cloche, hein. Tu connais l'proverbe ? La pomme tombe jamais très loin du pommier. »

Nella et Pietro le regardèrent s'éloigner, instable sur ses jambes, et pourtant avançant d'un pas sûr, comme s'il connaissait par cœur chaque irrégularité de la ruelle.

« Quitter cette maison lui fait plus mal au cœur qu'aux genoux, murmura Nella. Allez, retournons auprès de Paride. » Et elle se dirigea vers le carrosse.

« J'ai moins peur de me battre avec ces garçons que d'utiliser une fourchette en argent, plaisanta Pietro.

— Tu ne te battras pas », dit Nella, sérieuse.

Pietro se tendit. « Parfois, quand vous parlez, je me dis que ce n'est pas vrai que vous avez été élevée dans un orphelinat, dit-il avec ressentiment, cherchant à la blesser. C'est comme ça qu'on obtient le respect. »

Nella ne se départit pas de son calme mais répliqua d'un ton tranchant, en l'imitant : « Parfois, quand tu parles, je me dis que tu es devenu idiot, à l'orphelinat. » Elle le fixa. « Toi, tu te feras respecter par ton intelligence, pas en devenant un voyou de bas étage. » Après avoir vérifié que Turacciolo n'était plus en vue, elle rejoignit le carrosse. Elle prit ses quelques affaires et celles de Pietro, puis elle s'approcha de Paride, qui attendait en caressant les chevaux de l'attelage. Elle lui indiqua le carrosse.

« Il est à toi, maintenant. Tu l'as bien mérité…

— Mais non, comtesse ! Je ne peux pas accepter ! protesta le cocher.

— Paride, ne faisons pas traîner les choses. De toute façon, comment pourrais-je justifier la possession d'un monstre de ce genre ? » Nella coupa court, comme à son habitude. « Mais fais-le repeindre. Et si tu as la possibilité d'échanger ces chevaux contre d'autres, sans trop y perdre… alors fais-le. »

Elle sourit avec son élégance habituelle, que la misérable robe qu'elle portait n'altérait en rien. « De toute façon, je t'offre quelque chose qui ne m'appartient pas. Arrange-toi pour qu'on ne te prenne pas pour un voleur. » Elle regarda Bersagliere.

« Pour le moment, il faudra aussi que tu t'occupes de lui.

— Bien sûr, comtesse, fit Paride en baissant la tête, comme le fidèle serviteur qu'il était. Je vais chercher un logement.

— Toutefois, j'ai encore besoin d'un dernier service demain, reprit Nella. Mais ne nous voyons pas ici. Retrouvons-nous de l'autre côté du pont.

— À vos ordres. À quelle heure ?

— Quand il fera presque noir. Disons à six heures.

— J'y serai », dit Paride, dont l'émotion était visible.

Il se tourna vers Pietro. « N'oubliez jamais comment mangent les personnes bien élevées, monsieur », lui dit-il en clignant de l'œil.

Pietro n'avait pas compris qu'ils allaient se séparer. Il s'immobilisa un instant avant de serrer Paride dans ses bras, pressant la tête contre sa poitrine.

Paride resta figé, tandis que Nella s'éloignait en souriant.

Dès qu'ils furent rentrés dans le garni, Pietro se souvint des mots du vieux propriétaire et demanda à Nella : « De quel métier parlait Turacciolo ?

— Du tapin, répondit-elle tranquillement.

— Et pourquoi ?

— Parce qu'à l'hospice de San Michele a Ripa, où j'ai grandi, on loge les filles abandonnées, les vieilles sans le sou, les mendiantes et… les anciennes prostituées.

— Et il croyait que… ? »

Nella ne l'écoutait pas. Le frisson qu'elle avait ressenti un peu plus tôt, quand elle avait mentionné l'orphelinat, la parcourut à nouveau. C'était là-bas que tout avait commencé. C'était là-bas que quelqu'un l'avait fait devenir ce qu'elle était. Et c'était de cette personne qu'elle devait repartir. Mais cette idée la terrorisait. Elle n'avait pas le courage de chercher à savoir si cette personne était morte, ni celui de lui parler si elle était encore vivante. Elle n'était pas prête à y retourner, pas encore.

« Turacciolo croyait que vous étiez prostituée ? » insista Pietro.

Nella le regarda, retournant à la réalité.

« Les femmes sont obligées de faire toutes sortes d'horreurs pour manger ou donner à manger à leurs enfants.

— Mais on voit très bien que vous n'êtes pas une… une de celles-là.

— Ne les appelle pas "celles-là". Arrête de juger », trancha Nella avec le ton de celle qui en avait trop vu, et qui en avait trop fait pour tout oublier.

Voilà pourquoi elle n'était pas prête à revenir au début. Parce qu'elle devrait alors regarder à nouveau tout ce qu'elle avait voulu effacer. Parce qu'elle ne pourrait plus se cacher derrière la cuirasse d'acier qu'elle s'était construite. Parce qu'elle devrait redevenir comme Pietro. Une orpheline effrayée et sans défense.

« Il va falloir qu'on apprenne à lutter, mon poulain. Et découvrir si nous en avons la force. »

Un profond silence tomba.

Puis Nella monta l'escalier menant à la soupente, et elle ouvrit le premier tiroir d'un vilain meuble mal en point. Elle y glissa ce qu'il y avait dans son sac : une robe élégante – celle avec laquelle elle était partie – et trois misérables vêtements usés jusqu'à la corde.

« Mais ce sont des affaires… de servante ! s'exclama Pietro. De pauvresse !

— Et nous sommes quoi, d'après toi ? rétorqua-t-elle avec calme. De pauvres gens. »

Elle remit en place la mèche folle du garçon, d'un geste tendre. « Je t'avais prévenu que notre nouvelle vie ne serait pas facile. » Elle sourit. Le moment était venu de réagir. « Mais je sais coudre. J'ai appris à l'orphelinat, et j'ai toujours aimé ça. Je cousais même quand j'étais comtesse. Je m'amusais à créer des modèles que je portais, ce qui scandalisait les domestiques. Alors pour le moment, je ferai de la couture, des retouches. » Elle arrangea ses robes dans le tiroir. « Et ce sont les seuls effets que je puisse me permettre. » Elle prit dans son sac quatre bagues, qu'elle dissimula sous les vêtements.

« Mais nous ne sommes pas pauvres ! s'écria Pietro en les voyant. Ça vaut un tas d'argent, ça !

— Ça vaut *la moitié* d'un tas d'argent, rectifia Nella. Je ne peux pas les vendre à un bijoutier. On nous repérerait en un clin d'œil. Il va falloir que je trouve un receleur, et il me prendra à la gorge. »

Pietro, sourcils froncés, réfléchit.

« Mais même la moitié d'un tas d'argent, ça fait toujours beaucoup d'argent, non ?

— Bien sûr, confirma Nella. Et cela servira à payer tes études dans le meilleur établissement de Rome.

— Mes études ?

— Évidemment. »

En le regardant, Nella se voyait réfléchie en lui. « Tu deviendras avocat ou médecin. Tu seras riche. » Elle devait être forte, et se battre aussi pour ce garçon. Ce n'était pas le moment de penser à elle. Ou peut-être qu'elle avait simplement peur de le faire. Un léger sourire lui échappa.

« Et quand mes doigts ne pourront plus tenir une aiguille, alors tu m'entretiendras aussi !

— Mais pourquoi faites-vous ça pour moi ? » demanda Pietro stupéfait, car personne ne s'était jamais occupé de lui auparavant.

Nella lui tourna le dos et continua à ranger ses affaires dans le tiroir. Ce gamin ne pouvait pas comprendre. Il ne pouvait pas comprendre que c'était peut-être elle qui aurait dû le remercier. « Range tes affaires aussi, n'imagine pas que je vais être ta boniche, grommela-t-elle d'un ton bourru.

— Le jour où je suis arrivé à la villa, j'avais peur, dit alors Pietro, comme si la règle du silence était révolue et comme si, dans leur nouvelle vie, ils pouvaient se dire des choses jusqu'alors interdites. J'avais tellement peur que j'en avais du mal à respirer.

— Pourquoi tu me racontes ça ?

— Parce que aujourd'hui j'ai moins peur que ce jour-là, expliqua Pietro, qui avait le souffle un peu court, parce qu'il courait à la rencontre de sa nouvelle liberté. C'est vous qui me faites avoir moins…

— Arrête ! » l'interrompit brusquement Nella.

La personne qui l'attendait à l'hospice aussi l'avait aidée à ne pas avoir peur. Ou moins peur. Mais elle n'était pas encore prête à aller la voir.

Pietro avait un regard sérieux. Celui d'un enfant qui était aussi un adulte. Comme tous les orphelins. « Personne n'a jamais fait quoi que ce soit pour moi », lâcha-t-il. Et puis, incapable de se retenir, il éclata en sanglots.

Nella ne dit mot. Elle n'en avait pas la force. Tous ces sentiments, c'était encore trop pour elle. Surtout en ce moment. Pourtant, elle sentait encore la chaleur de ce bras maigre, qui avait réussi à la faire tenir en un seul morceau, la nuit où elle s'était brisée.

Elle se retourna pour laisser une rapide larme d'émotion rouler sur sa joue.

14

Fin mars 1870
États pontificaux (Rome)

Armandina la Bella entra dans la roulotte d'Ascanio.

« Il faut que je te présente quelqu'un, annonça-t-elle sans y aller par quatre chemins.

— Qui ça ? demanda le directeur, occupé à compter la recette plutôt maigre de la veille au soir.

— Quelqu'un que tu vas embaucher. »

Ascanio secoua la tête en indiquant la modique somme sur la table.

« Ce n'est vraiment pas le moment d'embaucher.

— Au contraire, c'est précisément pour ça que tu dois le faire. Tu as besoin d'une nouvelle attraction.

— Qui ça ? répéta-t-il.

— Passe chez moi avec Melo.

— Et pourquoi Melo ?

— Tu observeras l'artiste faire son numéro devant Melo, expliqua la Bella. Un jeune tomberait tout de suite dans le panneau. Melo, lui, c'est un malin. »

Elle partit sans attendre de réponse.

Quelques minutes plus tard, la porte de la roulotte d'Armandina s'ouvrit, Ascanio et Melo entrèrent.

« Je vous présente Alina », dit Armandina en montrant une vieille femme.

Cette dernière se leva péniblement, en s'appuyant sur une canne. Elle avait une robe absurde à rayures multicolores, et un capuchon sur la tête. Son visage était couvert d'une voilette couleur chair, à travers laquelle on apercevait un long nez fin, ainsi que des cicatrices violacées qui ne laissaient pas de place au doute : elle avait survécu à la variole. Ses mains noueuses étaient cachées sous des gants clairs. Mais ce qui frappait le plus chez cette vieille, c'était son corps difforme. Ses seins énormes tombaient jusqu'au ventre qu'elle avait tellement gros et flasque qu'il dégringolait presque jusqu'aux genoux.

Ascanio et Melo l'observèrent un instant en silence.

« Alina travaillait au cirque Petrescu, annonça Armandina.

— Le cirque Petrescu ? s'étonna Ascanio, car il s'agissait d'un des cirques les plus riches et célèbres d'Europe.

— C'est ça, confirma Armandina.

— *Ravda skijante*, grommela la femme.

— Qu'est-ce qu'elle dit ? interrogea Ascanio.

— Pas la moindre idée, répondit la Bella. Mais je ne pense pas que ce soit très gentil. Elle est tombée malade, les gars du Petrescu ont cru qu'elle allait mourir et ils sont repartis sans elle.

— Mais moi pas morte ! intervint la vieille d'une voix rauque et acrimonieuse. Moi pas morte. Et moi pas retourne chez fils de pute Petrescu.

— C'est une voyante, expliqua la Bella. La meilleure. » Ascanio secoua la tête.

« Je te l'ai dit, Armandina…

— Vous père et fils ? coupa la vieille, indiquant Melo.

— Non, répondit Melo. Elle n'est pas terrible, comme voyante », ricana-t-il.

La femme haussa les épaules.

« Vous père et fils. Moi trompe ?

— Oui, tu te trompes, répliqua Melo.

— Tu te trompes… seulement jusqu'à un certain point », sourit Ascanio.

Melo se tut. Il était arrivé au cirque quelques mois après la mort du fils d'Ascanio qui s'était brisé la nuque pendant le numéro équestre. Melo avait pris sa place et Ascanio lui avait appris tout ce qu'il savait. Comme à un fils.

« Pourquoi tu ne regardes pas ce qu'elle sait faire, Ascanio ? Qu'est-ce que ça te coûte ? Au pire, tu perds cinq minutes, c'est tout », intervint Armandina.

Ascanio acquiesça.

Armandina fit signe à la voyante de s'asseoir. Elle avait préparé une petite table et deux chaises, face à face.

La vieille s'assit avec grande difficulté. « Qui est chef, ici ? Père ? » demanda-t-elle. Sa voix n'était pas seulement rauque mais franchement désagréable, sans le moindre soupçon de douceur.

« Alors fils, assis.

— Mais je ne suis pas son fils ! Tu vas le comprendre, à la fin ? râla Melo.

— Assis, ordonna la vieille.

— Assieds-toi », confirma Ascanio.

Melo s'exécuta en poussant un gros soupir.

« Montre-moi mains, lui ordonna-t-elle.

— Qu'est-ce que c'est que ces âneries ? » bougonna Melo.

Mais il présenta ses mains. Alors la vieille ôta brusquement les siennes.

« Non, non, non, s'exclama-t-elle, déterminée. Moi pas touche mains sales.

— J'étais en train de graisser des selles, veuillez m'excuser, chère madame, répliqua Melo d'un ton acide.

— Moi alors consulte cartes. »

Elle prit un paquet de cartes dans la poche de sa robe absurde et le posa sur la table, entre Melo et elle. « Toi prendre carte, homme cheval. »

Melo éclata d'un rire forcé et se tourna vers Ascanio.

« Quelqu'un lui a raconté que je m'occupais des chevaux, et maintenant cette vieille veut nous faire croire qu'elle sait qui je suis. C'est ça, Ascanio ?

— Imbécile ! cracha la femme en haussant le ton. Toi avoir dit graisser selles. Selles être pour cheval. »

Elle pointa vers lui un doigt difforme. « Moi vois très rarement avenir et présent. Mais dans mon numéro, moi observe et écoute gens. Moi pas avoir deviné. Toi avoir dit ! » Elle secoua la tête. « *Raptake shilova sj resha !* »

Melo prit une carte.

« Une autre. »

Melo piocha une deuxième carte.

La vieille l'examina en silence. Elle hocha la tête, puis regarda Melo.

« Approche visage », exigea-t-elle.

Il se pencha en avant, agacé.

Elle scruta son œil gauche. « Il y a nuage dans ton œil, dit-elle gravement. Mais moi vois pas bien… trouble… semble nuage d'amour… mais aussi d'argent… ou de trahison… »

Melo éclata. « Mais ça suffit, ces conneries, Ascanio ! » Il se tourna vers le directeur.

« Tu ne vois pas que c'est du charlatanisme !

— Moi pas charlatan ! protesta la femme. Moi avoir talent. Et talent veut dire tromper un peu. »

Elle poussa un soupir et s'adressa à Ascanio.

« Moi avoir dit : vois pas toujours avenir ou présent… mais gens payent pour entendre moi. Et gens viennent pour entendre choses qu'eux veulent entendre. Qui va chez voyants ? Femmes. Aussi hommes jeunes, un peu. Et quoi eux veulent entendre ? Amour. Et argent. » Elle regarda Melo. « Toi veux savoir qui toi être vraiment ? Toi vieux qui sais pas parler aux gens. Toi vieux qui sais pas dire belles choses. Moi parie que toi parler aux chevaux ! Car chevaux jamais répondre, et pas faire peur à toi. » Elle fit une pause. « Mais moi vois ça, car moi observe. Moi pas devine. Mais toi payes pour entendre choses de merde ? Non. Toi payes pour entendre choses belles… » Elle prit les deux cartes. « Moi vois rien dans ces deux cartes, et vois rien non plus dans ton œil. Mais si moi dis ce que avoir dit, toi réponds amour, par exemple… Et alors moi dis oui, nuage dans ton œil, c'est amour. Et puis fais commentaire et, sans faire exprès, toi dis à moi ce que toi veux que moi dis à toi. Et toi payes heureux. Et toi t'en vas heureux.

— Chez moi, ça s'appelle du charlatanisme, commenta Melo avec un sourire satisfait.

— Imbécile, homme cheval… Ici, vous avoir numéro avec lapin dans chapeau ? Ou numéro avec femme coupée en deux ? l'agressa la vieille. Vous pas couper femme en deux. Ça aussi, c'est tromperie. Mais tromper bien ou mal, ça fait différence. Et faire rêver gens, ça fait différence. »

Ascanio fit la moue.

« C'est vrai, mais…

— Attends, père, l'interrompit la voyante. Moi avoir dit que moi vois des fois. Là, moi avoir vu. Pioche carte, homme cheval. »

Melo était sur le point de se lever, mais Ascanio l'arrêta en lui posant la main sur l'épaule. Melo prit une carte.

La vieille l'examina.

« Ça, mauvaise nouvelle. Toi veux savoir ?

— Dis ce que tu veux, de toute façon ce ne sont que des conneries, gronda Melo.

— Cette carte vouloir dire lettre M. Toi connais personne M ?

— Merde de cheval, ça oui, je connais, rit Melo.

— Merde, non. Personne.

— Je ne connais personne qui s'appelle M. Voilà, tu es contente ?

— Comment ça ? intervint Armandina. Et Marta, alors ?

— Qui être Marta ? Toi bien connais elle ?

— Assez.

— Bien sûr qu'il la connaît ! s'exclama Ascanio. Cette gamine est collée à ses basques du matin au soir. »

La femme observa Melo en silence.

« Désolée... » Sa voix se fit plus rauque encore. « Toi pas bien connais gamine Marta.

— Mais je la connais mieux que ma poche, vieille sorcière !

— Cette carte dit que toi pas bien connais elle.

— Conneries !

— Cette carte dit que gamine Marta pas heureuse, poursuivit-elle. Elle fait quoi ? Chevaux, comme toi ?

— Elle est à la baraque du chamboule-tout. Tu vois ? Tu ne sais rien !

— Mais si, moi sais. »

Elle se pencha vers lui.

« Elle déteste chamboule-tout. Et toi pas bien connais elle.

— Putain de merde ! » Melo se leva d'un bond.

« Je la connais mieux que personne !

— Pas vrai ! » répliqua-t-elle.

Puis, avec une agilité inattendue, elle se leva, ôta sa voilette et arracha son long nez.

« Si tu la connaissais bien, tu l'aurais reconnue, homme cheval ! » Marta éclata de rire.

« Toi ?! » s'exclama Melo.

Armandina se mit à rire. « Elle t'a roulé, vieux couillon ! »

Melo ouvrit grand la bouche. « Mais bordel de merde… »

La Bella se tourna vers Ascanio. « Tu vois ? Tu n'as même pas à l'embaucher, elle travaille déjà chez toi. Et une voyante, c'est mieux qu'un chamboule-tout. »

Ascanio sourit à Marta.

« Gamine, je t'en veux encore pour cette histoire de tracts. Mais je dois avouer que tu es douée. Et si tu as réussi à rouler Melo… » Il ricana. « Ça veut dire que tu peux entuber n'importe qui. Tu es engagée. Mais c'est toi qui t'occupes de repeindre la baraque du chamboule-tout. Je veux pas m'emmerder avec ça.

— Merci ! » minauda Marta.

Puis elle se retourna et prit Armandina dans ses bras.

Enfin, Melo aussi se mit à rire.

« Mais c'était quoi, cette langue que tu parlais ?

— Je ne sais pas, s'amusa Marta. C'étaient juste des sons au hasard. »

Puis elle défit sa robe rayée, ôta les deux gros sacs accrochés autour de son cou qui faisaient office de seins tombants, et détacha son faux ventre. Enfin, elle retira aussi ses gants, rembourrés pour donner l'impression qu'elle avait de l'arthrite.

Armandina l'aida à enlever ses pustules de variole.

« Ça fait trois jours que nous faisons des essais. On vous a bien eus, hein ?

— Je ne me suis douté de rien du tout…, dit Melo en secouant la tête.

— Oui, on tient un bon numéro, confirma Ascanio. Il était temps que tu remplisses un peu les caisses du cirque, gamine. Et ça prouve que ce qu'on dit est vrai. Tout le monde a un talent. Il suffit de le trouver.

— Et le talent de Marta, c'est de dire des conneries, rit Melo.

— Qu'avalent les vieux couillons ! » compléta Armandina en riant plus fort encore.

15

Fin mars 1870
États pontificaux (Rome)

« Attends-moi là. Ne traîne pas et ne va pas chercher les ennuis », dit Nella à Pietro quand il fut presque cinq heures, tandis qu'elle se préparait pour son rendez-vous avec Paride, de l'autre côté du pont. Elle finit de lacer la robe élégante avec laquelle elle avait fui puis, pour la dissimuler aux yeux des gens du quartier, elle enfila par-dessus une vieille cape qui lui tombait jusqu'aux pieds. Elle mit le capuchon sur sa tête et sortit de leur nouvelle maison.

Pietro se posta sur le seuil et regarda Nella s'en aller d'un pas rapide dans la via di Panìco, en direction du ponte Sant'Angelo. Il savait où elle allait. Et il savait pourquoi elle le faisait. Pour lui. Pour lui donner un avenir. Il ne comprenait pas encore bien ce qui la poussait à faire ça. Il savait bien qu'il n'avait certainement rien fait pour le mériter. Et il fut à nouveau saisi par cette émotion bouleversante qu'il avait éprouvée la veille.

Quand il la vit monter vers les berges du Tibre et s'engager sur le ponte Sant'Angelo, se fondant parmi les pauvres gens du quartier, dans la pénombre du soir,

Pietro se mit à regarder alentour. « Ne traîne pas et ne va pas chercher les ennuis », lui avait-elle recommandé. Mais ces ruelles, et ce monde tout entier, étaient bien trop attirants. Comme un énorme gâteau auquel il était impossible de résister.

« Tu es libre », scanda-t-il lentement.

Et cette liberté, cela voulait dire pouvoir choisir, et voler de ses propres ailes pour la première fois de sa vie.

Il observa à nouveau les mystérieuses ruelles de Rome. Le moment était venu de comprendre qui il voulait être. Et au moment où il allait franchir le pas de la porte, il comprit qu'il ne pouvait pas laisser à la comtesse le soin de décider pour lui. Le labyrinthe qui s'ouvrait devant lui était trop énigmatique.

Et trop tentant.

Il fit un autre pas en avant.

Le moment de rêver était arrivé.

Alors qu'il avançait sans plus aucune hésitation, il murmura : « Je suis désolé, comtesse, mais ne pas traîner et ne pas chercher les ennuis, ça, ça m'est vraiment impossible. »

Pour se donner du courage, il fourra la main dans sa poche et serra le couteau offert par Lino. Il ne savait pas s'il était vraiment possible de se faire respecter uniquement par son intelligence, comme le lui avait dit la comtesse, mais il était certain qu'il pourrait le faire avec cette lame.

« Ah, voilà le nouveau ! » s'exclama une voix sur sa droite.

Pietro serra le couteau plus fort et se retourna.

Les jeunes qui s'étaient moqués de lui la veille étaient assis sur un vilain muret fissuré et couvert de mousse. Ils le fixaient avec l'air de vouloir en découdre.

Pietro soutint leur regard, sans aucune crainte. Les derniers temps, il avait découvert qu'il avait peur de beaucoup de choses. Il avait eu peur de rester à l'intérieur d'un carrosse luxueux, il avait eu peur des chevaux, des couverts en argent. Mais les garçons de son âge, il était sûr qu'il n'en avait pas peur. Il resta là, bien droit, torse bombé, sans reculer d'un centimètre. Il planta son regard dans celui du garçon qui avait l'air d'être le chef et lui lança : « Et toi, comment tu t'appelles ? »

Le jeune se leva, mains dans les poches. « Remo », répondit-il.

Pietro sourit et rétorqua : « Rien-na-fout' ! » Mais sans agressivité, comme s'il s'agissait d'un mot de passe. Ou d'un signal de reconnaissance.

L'autre, instinctivement, se raidit.

Pietro ne broncha pas.

Puis, soudain, Remo éclata de rire. Aussitôt, les autres rirent de concert.

Alors, Pietro aussi se mit à rire, et il fit un pas vers eux.

Remo lui tendit la main.

« Tu as dit que tu t'appelais comment ?

— Pietro. »

Pietro lui serra la main.

Au même instant, Remo le tira vers lui et sortit la main gauche de sa poche. Il ouvrit un couteau pliable dont il pressa la lame contre le ventre de Pietro. « Je suis gaucher, *sellerone* », ricana-t-il.

Mais il n'avait pas encore fini de parler qu'il sentit la lame du couteau de Pietro contre ses côtes.

« Moi aussi, je suis gaucher », sourit Pietro.

Nella traversait le pont d'un pas rapide. Devant elle se dressait le Castel Sant'Angelo, la forteresse que des dizaines de papes avaient utilisée pour échapper à la fureur de leurs ennemis, que ceux-ci soient étrangers ou qu'il s'agisse de leur propre peuple. La terrible forteresse où étaient enfermés et torturés tous ceux qui s'opposaient au royaume du Christ sur terre.

Elle frissonna en regardant les créneaux d'où surgissaient les canons. Elle baissa la tête et pressa le pas. Elle apercevait déjà, de l'autre côté, le carrosse et Paride, qui l'attendait debout.

Elle glissa la main dans une poche cachée de sa robe et tâta le petit sac en cuir qu'elle avait pris à l'appartement. Elle sentit à l'intérieur la bague qu'Ippolito lui avait offerte pour leurs fiançailles. Elle l'avait tournée et retournée dans sa main toute la journée. Comme pour lui dire adieu. Elle avait passé les doigts sur les deux feuilles d'or finement ciselées et gravées en relief, dans lesquelles était sertie la grande émeraude. « Je suis désolée, Ippolito », murmura-t-elle pour une énième fois.

Quand elle rejoignit le cocher, celui-ci s'inclina pour la saluer.

« Pas maintenant, Paride, dit Nella. Gardons ces simagrées pour le spectacle. » Elle monta rapidement en carrosse et dit, portière ouverte : « Traverse le pont et tourne à gauche. Quand tu vois une large rue sur ta droite, tu la prends. Après, je te dirai. » Elle referma la portière. « Et quand nous serons arrivés, là tu pourras faire toutes les simagrées dont tu es capable », ajouta-t-elle en souriant.

Mais Paride remarqua qu'elle était tendue. Il hocha la tête et grimpa sur son siège.

« Voilà, maintenant tu tournes encore à droite, dans la via dei Coronari, lui dit Nella, avant d'arriver à la piazza Navona. Puis arrête-toi sur la gauche, à la hauteur du vicolo della Volpe. »

Le cocher s'exécuta, arrêta le carrosse, descendit et ouvrit obséquieusement la porte, s'inclinant presque jusqu'à terre.

Quand Nella apparut, elle était redevenue comtesse. Elle avait enlevé la cape qui la camouflait, et elle brillait maintenant de mille feux dans sa précieuse robe. Elle accepta la main que Paride lui tendait pour l'aider à descendre et elle chuchota, en lui faisant un clin d'œil : « Donne-moi ton bras, comme si je n'étais pas capable de marcher seule. Quand nous arriverons à la boutique que je t'indiquerai, ouvre la porte, incline-toi et dis : "Je vous en prie, madame la comtesse." Entre avec moi et, quand je t'ordonnerai de sortir, hésite un peu avant de t'en aller, en disant : "Je reste à l'extérieur, madame la comtesse." » Elle lui tendit un pistolet.

Paride écarquilla les yeux.

Nella sourit. « Il est déchargé. Ne t'en fais pas, il ne servira pas. Mais mets-le à ta ceinture, et fais en sorte qu'il se voie. »

Paride acquiesça et puis, raide comme un mannequin, escorta Nella jusqu'à une vilaine échoppe qui prétendait sans doute être celle d'un antiquaire, mais qui tenait plutôt de la misérable brocante, tant les meubles et les objets exposés étaient dénués de valeur. Il n'y avait aucune enseigne qui permettait de l'identifier. Il ouvrit la porte, à laquelle était reliée une cloche. « Je vous en prie, madame la comtesse », dit-il au moment précis où un homme surgissait d'une petite porte.

Nella poussa un profond soupir.

Les Romains adoraient bavarder, dispenser dictons et conseils, et jouer à ceux qui savaient tout de la vie et du monde. C'était dans leur culture. Ainsi Nella n'avait-elle eu aucun mal à découvrir ce qu'elle cherchait. Le matin, elle s'était présentée en tant que couturière auprès de ses voisins et des marchands de la via di Panìco, et elle avait fait mine de discuter de tout et de rien. Après avoir glané toutes sortes d'informations inutiles et de commérages, elle avait fini par arriver là où elle voulait. La seule personne du quartier dont il fallait absolument se méfier, c'était un *malacarne*, autrement dit un scélérat, que l'on surnommait l'Albanese, l'« Albanais », non pas parce qu'il venait d'Albanie, mais parce qu'il était aussi féroce que l'était ce peuple selon les croyances populaires.

Nella dévisagea l'homme de l'échoppe, qui la fixait en silence. Son air paresseux ne dissimulait en rien la cruauté de ses yeux noirs. Sa mâchoire carrée était couverte d'une barbe épaisse et sombre dans laquelle ressortaient des bandes de peau glabre épaissie par de nombreuses cicatrices, qui faisaient ressembler son visage à un champ labouré.

On l'avait mise en garde. C'était la seule personne qu'il fallait soigneusement éviter.

« Vous êtes M… Albanese ? »

Pietro et Remo étaient restés un instant immobiles, leurs couteaux respectifs pointés l'un vers l'autre, se fixant droit dans les yeux, un peu comme si c'était une compétition à qui détournerait les yeux le premier. Et, visiblement, aucun des deux n'avait envie d'être celui-là.

Les autres garçons de la bande assistaient à la scène dans un silence religieux.

Puis Remo fit un pas en arrière et abaissa son couteau.

Pietro fit de même.

Ils se dévisagèrent encore un peu, mais sans défi. Un sourire commençait même à affleurer sur leurs lèvres.

« Ça veut dire quoi, *sellerone* ? interrogea Pietro.

— À Rome, le *sellerone*, c'est le céleri. Long et mince comme toi, rit Remo. Je t'avais sous-estimé. Tu veux venir te balader avec nous ?

— Et qu'est-ce qu'on fait ? »

Remo haussa les épaules. « On improvise. »

Pietro savait bien qu'il ne devait pas s'éloigner de chez lui. Mais ce gâteau lui faisait beaucoup trop envie. « D'accord, on improvise », approuva-t-il.

Remo fit signe à sa bande et ils se mirent en route, remontant la via di Panìco.

Avant de tourner dans l'étroit vicolo della Campanella, Pietro se retourna pour regarder les marches qui menaient au sous-sol où la comtesse lui avait recommandé de rester. Il s'arrêta quelques secondes, hésitant.

« Qu'est-ce que tu fais ? Tu dors ? » lui lança Remo.

La liberté, cela voulait dire faire des choix, songea Pietro. C'était l'indépendance. Et lui, il avait faim de vivre. « On y va ! » décida-t-il. Et il se joignit à eux.

Au fond de la ruelle, la bande tourna à gauche, prenant la via dei Banchi Nuovi. Pietro ne savait où donner de la tête, étourdi par le nombre d'échoppes et par la foule qui animait la rue.

Les membres de la bande sifflaient chaque fille qui passait.

Arrivé devant une boulangerie, Remo fit signe à l'un des siens. Celui-ci passa la tête dans l'échoppe et s'écria : « Il y a une souris ! »

Le boulanger se tourna vivement vers l'endroit indiqué par le jeune homme, mais il se rendit compte tout de suite que celui-ci se moquait de lui. Il fit volte-face juste à temps pour apercevoir Remo qui saisissait un pain de Lariano, sombre et bien cuit. « Au voleur ! » gronda-t-il.

« C'est lui qui paye ! » lança Remo en montrant Pietro. Et il prit la fuite avec ses compagnons hilares.

Pietro, pris au dépourvu, resta pétrifié, fixant le boulanger qui se précipitait vers lui. Puis, un instant avant que les mains enfarinées de l'homme ne s'abattent sur lui, il s'échappa. Le cœur battant à tout rompre, il descendit la rue en courant à perdre haleine, jusqu'à ce qu'une main le saisisse par la veste et le tire dans une ruelle malodorante.

En voyant son expression, Remo et les autres garçons rirent à gorge déployée. « Tu en as fait dans ton froc, *sellerone* ! » s'exclama Remo. Puis il rompit la miche de pain et en distribua un peu à tout le monde, y compris à Pietro.

Pietro avait le souffle court. C'est vrai, il avait eu peur. Il rit avec les autres, mais d'un rire forcé. Et il se rendit compte que les murs de l'orphelinat, bien que remplis de petits tyrans contre qui il avait été capable de se défendre, l'avaient protégé de la vraie vie. Il avait tellement de choses à apprendre. Ces garçons connaissaient la rue et la liberté depuis beaucoup plus de temps que lui. Il devait faire attention. Son couteau ne suffirait pas.

« Cherchons un pigeon, annonça Remo quand le pain fut terminé.

— Pourquoi ? demanda Pietro sans réfléchir.

— Qu'est-ce que tu veux faire dans la vie ? T'as pas l'intention de bosser, quand même ? »

Remo lança soudain à ses compagnons : « En voilà un ! »

Tous se tournèrent vers le bout de la rue, d'où avait surgi un vieil homme, vêtu convenablement.

Les jeunes gens se divisèrent en deux groupes, suivant une stratégie qu'ils connaissaient par cœur. Ils firent mine d'être occupés à discuter entre eux, un groupe se tenant à l'avant et un autre à l'arrière. Enfin, un garçon se posta à chaque extrémité de la ruelle.

« Qu'est-ce qui se passe ? demanda Pietro à Remo.

— Tais-toi, *sellerone*. C'est pas le moment de faire des conneries. Tiens-toi tranquille et regarde », rétorqua l'autre.

Ses yeux brillaient d'une lumière sombre. Le garçon de tout à l'heure avait laissé place à un adulte. Dur et déterminé.

Pietro devina que la liberté n'était pas une affaire aussi simple qu'il l'avait imaginé. Ce n'était pas un jeu.

Le vieillard avançait lentement, une grimace sur son visage ridé. À l'évidence, ses chaussures lui faisaient mal. Il s'arrêta et s'appuya contre un mur, soulevant un pied.

« Eh oh, l'vioc, tu t'magnes… », murmura Remo.

Le vieux reprit son chemin et dépassa le premier groupe qui, en apparence, ne lui accorda pas un regard.

Pietro remarqua que Remo regardait en direction du garçon posté en haut de la ruelle, là d'où était venu le vieil homme. Ce jeune fit un signe. Remo hocha la tête et observa leur compagnon qui se trouvait à l'autre extrémité de la ruelle. Celui-ci fit le même signe.

« La voie est libre », dit Remo. Il se baissa pour ramasser une pierre en porphyre. Et puis il s'élança vers le vieillard.

Au même instant, les jeunes de l'autre groupe se mirent en travers de la rue.

Pietro vit Remo brandir la pierre en l'air. Une seconde avant qu'elle ne s'abatte sur la tête de l'homme, il se jeta instinctivement sur le garçon en criant : « Non ! »

Poussé par Pietro, Remo perdit l'équilibre, et son coup rata la tête de sa victime pour la toucher à l'épaule.

Le vieux poussa un cri, tandis que ses jambes se dérobaient sous lui.

« Putain, tu fais quoi ? » hurla Remo furieux, les yeux injectés de sang, en se tournant vers Pietro.

« Au secours ! se mit à hurler l'homme à terre. Au secours ! » Remo lui flanqua un coup de poing sur la bouche, avant de se mettre à le fouiller à la hauteur de la ceinture, à la recherche d'une bourse.

« Non ! » cria à nouveau Pietro, essayant de l'en empêcher.

« Débarrassez-moi de lui ! » ordonna Remo, sans cesser de fouiller le malheureux, qui avait recommencé à réclamer de l'aide à pleins poumons.

Un gars de la bande ramassa la pierre et frappa Pietro en plein visage.

Pietro ressentit une vive douleur au nez, et il y eut un bruit d'os brisé. Il tomba en arrière, et sa vue s'obscurcit.

Le garçon au bout de la ruelle siffla à deux reprises.

« On s'en va, on s'en va ! » hurla Remo. Il arracha violemment la bourse en cuir qu'il avait trouvée sur l'homme et se mit à fuir avec ses compagnons. Sans cesser de courir, il se tourna vers Pietro et lui cria : « Quand j'te chop', ça va êt' ta fête, *fijo de 'na mignotta* ! *Mortacci tua*[1] ! » Puis il disparut avec les autres.

Pietro sentait le sang couler de son nez, et une douleur aiguë irradiait dans sa tête. « Vous allez bien, monsieur ? » demanda-t-il au vieillard, tendant la main pour l'aider à se relever.

Sonné, l'homme le fixa, les yeux plissés. Et puis, voyant des gens accourir à son secours, il pointa un doigt tremblant vers Pietro et s'écria : « Au voleur ! Saisissez-le ! C'est un voleur ! »

« Il n'y a pas de monsieur, ici. Je suis l'Albanese, un point c'est tout. »

Nella feignit la gêne et riva les yeux au sol.

« En quoi puis-je vous être utile, belle dame ? »

Nella se tourna vers Paride. « Laisse-nous seuls », lui dit-elle.

---

1. Classiques insultes en *romanesco*, équivalents de « fils de pute » et « enculé de tes morts » en français.

Paride examina l'Albanese, puis Nella, puis à nouveau l'Albanese. Il fit en sorte qu'un pan de sa veste s'ouvre, laissant apercevoir la crosse du pistolet à sa ceinture, avant de dire enfin : « Je reste à l'extérieur, madame la comtesse. » Il sortit et se posta devant l'échoppe.

L'Albanese répéta : « En quoi puis-je vous être utile ? »

Nella sortit le petit sac de sa poche cachée, et elle s'apprêta à l'ouvrir.

Il l'interrompit : « Pas ici. Je n'aime pas que les gens se mêlent de mes affaires. Et puis, vous avez vu tous les soldats français qui patrouillent dans les rues ? » Il se dirigea vers la petite porte par laquelle il était apparu.

Nella se tourna vers Paride, qui revint aussitôt dans la boutique.

« Reste là », ordonna-t-elle.

« Avoir confiance c'est bien, mais ne pas avoir confiance c'est mieux, pas vrai ? » rit l'Albanese.

Nella ne répondit rien et le suivit de l'autre côté de la porte, dans une pièce aussi misérable que le reste de l'échoppe, mais munie d'un coffre-fort.

Il referma la porte. « Il y a dans ce sac quelque chose dont vous souhaitez vous libérer ? » demanda-t-il.

Nella sortit la bague et la lui tendit.

Il leva les mains en l'air. « Madame, je ne fais pas dans les pierres précieuses. Pour ça, il faut vous adresser à un bijoutier. » Nella resta la bague tendue vers l'Albanese, feignant le désarroi.

« Pourtant, on m'avait dit…

— Qui ça ? coupa-t-il.

— Quelqu'un dont je préfère taire le nom, mais qui a fait affaire avec vous… »

Il eut un sourire sournois.

« Je doute que vous et moi ayons les mêmes fréquentations, madame la comtesse.

— Cette personne m'a assuré… que vous étiez un homme discret… » Nella faisait exprès de bredouiller. « Car moi, dans ma position… je ne peux pas aller chez un bijoutier… autrement le Tout-Rome… je ne peux pas me permettre un scandale… »

Elle s'interrompit et porta deux doigts à ses paupières closes, comme pour tenter d'arrêter ses larmes.

« Laissez-moi jeter un œil », reprit l'Albanese. Il saisit la bague. « Voyons si je peux faire quelque chose pour vous. » Il sortit une loupe de bijoutier d'un tiroir et examina l'émeraude. Quand il releva les yeux, son regard disait qu'il voyait rarement des pierres aussi grosses et aussi belles. « Je ne sais pas, lâcha-t-il en haussant les épaules. Elle est grosse, oui, mais elle n'est pas pure… il y a des imperfections… et puis la facture du chaton… » Il secoua la tête, comme si l'affaire ne l'intéressait guère. « Je peux vous en donner… mille ducats, peut-être. »

« Mille ? » La voix de Nella se brisa. Elle porta une main à sa poitrine. Elle regarda autour d'elle, et vit une chaise sur laquelle elle se laissa tomber. Elle enfouit son visage entre ses mains et ses épaules tressaillirent légèrement, comme secouées par un sanglot. « Je croyais… je croyais qu'elle valait au moins cinq ou six fois plus… », dit-elle d'une voix ouatée par ses gants. Elle releva la tête. Ses yeux violets exprimaient un désespoir infini. Tout en elle évoquait une femme faible, incapable d'affronter la vie seule. « Je… » Elle serra les lèvres. « Non… pas comme ça… », dit-elle, et elle tendit la main vers l'Albanese pour reprendre sa bague.

Il ne fit pas un geste pour la lui rendre.

« Je crois comprendre que vous êtes en difficulté.

— Vous ne pouvez même pas imaginer ! » Nella se mordit la lèvre inférieure.

« De combien auriez-vous besoin ? demanda l'Albanese. Mais pas cinq ou six fois mon offre, quand même.

— Pour le moment, deux mille ducats me suffiraient…

— Bon, je peux peut-être aller jusqu'à deux mille, dit l'Albanese. Même si je ne sais vraiment pas pourquoi je fais ça. Par contre, davantage…

— Non, non, ça me suffit…, confirma-t-elle. Que Dieu vous bénisse ! »

L'Albanese la dévisagea. Les riches étaient vraiment des crétins, pensa-t-il. Il revendrait la bague le double. Sans se fatiguer. Il alla à son coffre-fort, l'ouvrit et compta deux mille ducats.

Nella prit l'argent et s'en alla tête basse. Humiliée comme devait l'être une véritable comtesse qui en arrivait là. Elle donna le bras à Paride et accéléra le pas pour rejoindre le carrosse.

L'Albanese la suivit hors de l'échoppe. Puis il lança un coup d'œil dans la ruelle. Il fit signe à un type dont la lèvre inférieure était barrée d'une cicatrice violacée. Une marque de vieille date, vu qu'elle était sombre et calleuse. Avec cette lèvre qui semblait tirée vers le bas, il faisait penser à un poisson qui, après avoir mordu à l'hameçon, aurait réussi à l'arracher de sa bouche, se faisant cette profonde blessure. Et en effet, l'Albanese l'avait surnommé Ghiozzetto, le « Goujon », un des poissons les plus laids et coriaces parmi ceux qu'attrapaient les pêcheurs du Tibre.

« Suis ce carrosse sans te faire remarquer, et repère dans quel palais descend la femme, lui ordonna l'Albanese avec un sourire mauvais. On pourra peut-être la faire chanter. »

Ghiozzetto qui, en dehors de sa lèvre, avait plutôt les traits et la célérité d'un gros rat, se mit à courir derrière le carrosse, que la foule ralentissait. Mais il n'eut pas à courir bien longtemps, puisqu'au bout de la via dei Coronari, le véhicule tourna à droite dans la via di Panìco, vers le fleuve, et s'arrêta aussitôt devant un misérable petit immeuble. La femme sortit, vêtue d'une cape de pauvresse, et s'engouffra rapidement dans un sous-sol.

« Comtesse d'mes deux, mouais », murmura Ghiozzetto. Puis il regagna l'échoppe de l'Albanese, un sourire fourbe tendant sa cicatrice, ce qui la rendait un peu moins voyante.

« Alors c'est une voleuse ! » s'exclama l'Albanese dès que Ghiozzetto l'eut mis au courant. « Bravo, elle nous a bien baisés », admit-il. Il riait, mais d'un rire qui ressemblait plus à un grognement. Et ses yeux n'annonçaient rien de bon. Au contraire, ils dévoilaient toute la férocité qui lui avait valu son surnom. Quand ce rire sinistre se fut éteint dans sa gorge, il lança avec une cruauté qui aurait fait frissonner Mastro Titta, le bourreau de Rome : « Et elle va nous le payer cher. Pas vrai, mon petit Ghiozzetto ? »

16

Fin mars 1870
États pontificaux (Rome)

« Comment tu as pu avoir une idée pareille ? demanda Melo à Marta, en référence à son numéro de voyante. Tu m'as bien roulé ! et il rit.

— Le mérite t'en revient entièrement, répondit Marta radieuse.

— À moi ? Comment ça ?

— Eh bien… voilà… » Mais Marta n'était pas sûre de devoir le lui dire.

« Je ne voudrais pas te blesser… enfin… je ne voudrais pas offenser la mémoire de…

— Gamine, arrête de tourner autour du pot, fit-il impatient. Va droit au but.

— Eh bien… tu te rappelles quand on est arrivés à Rome ? Le soir où on regardait le Colisée ?

— C'est ça, pour toi, aller droit au but ? Tu ne veux pas commencer par Adam et Ève, aussi ?

— Eh bien… j'ai été émue quand tu m'as raconté comment tu étais arrivé au cirque… c'est-à-dire, bref… la façon dont…

— Parle ! explosa-t-il. Mais qu'est-ce que tu peux baratiner ! »

Elle prit une profonde inspiration.

« Tu me promets de ne pas te vexer ?

— Parle, putain de merde !

— J'ai réfléchi à ce que tu m'avais raconté sur ta mère, voilà, lâcha-t-elle d'un trait.

— Ma mère ? » Il fronça les sourcils. « Quel rapport avec ma mère ?

— Je sais que ça peut sembler insultant…

— Je sens que je vais t'étrangler, là. Quel rapport avec ma mère ?

— C'était tellement émouvant et… bref, j'ai pensé à ta mère qui était actrice, dit-elle lentement, et à la manière dont elle t'avait dupé. » Elle fixa le sol. « C'est comme ça que j'ai eu l'idée d'un numéro de voyante… »

Cette réponse ébranla tellement Melo que ses yeux, un instant, s'embuèrent.

« Et pourquoi devrais-je me vexer ?

— Je ne sais pas. Peut-être… peut-être que tu ne trouves pas ça très respectueux… »

Melo saisit Marta par la peau du cou et la serra contre lui d'un geste brusque. Exactement comme il l'aurait fait avec un poulain. Parce qu'il ne savait pas faire autrement.

« Gamine, tu es un prodige.

— Pourquoi donc ? » s'étonna Marta.

Melo secoua la tête, gêné, comme s'il cherchait à se débarrasser d'une laisse.

« Je ne sais parler qu'aux chevaux, ta voyante a raison, sourit-il, les yeux brillants d'émotion. Et elle a aussi raison de dire que si je leur parle, c'est parce qu'ils ne répondent pas… » Il secoua la tête, à l'évidence il était touché. « Eh bien, moi, je sais pourquoi tu es un prodige. Alors fais pas chier. » Il la regarda un instant en silence, puis sourit. « Et moi aussi j'ai eu une idée. Va te laver et te coiffer.

— Tu veux me tromper à ton tour ? plaisanta Marta.

— Va te laver et te coiffer, répéta-t-il, sérieux. Après, reviens ici. Je veux te faire faire un tour à Rome.

— Où est-ce qu'on va ? demanda-t-elle, surexcitée.

— Je veux te montrer un endroit… s'il existe encore. »

Une demi-heure plus tard, ils traversaient les champs derrière le Colisée. Marta regarda la maison où était né Melo.

« Tu n'as jamais eu envie d'y retourner ? demanda-t-elle.

— Non. » Le vieux secoua la tête. « Il n'y a plus rien, là-dedans. Ce n'est plus qu'une coquille vide. »

Puis il continua son chemin, laissant sur la gauche l'énorme squelette du plus grand cirque du monde, et il s'engagea à droite, dans une ruelle qui contournait l'Oppius.

Marta le suivait en silence, tout en regardant plus bas, à gauche, le spectacle extraordinaire qui s'offrait à elle. L'énorme arc de Titus, les ruines du Forum, au milieu desquelles paissaient les moutons surveillés par des bergers et des chiens, les maisons et les baraques qui avaient poussé au milieu des colonnes millénaires, les auberges agrippées aux temples sacrés, devant lesquelles on entonnait des refrains paillards. En contemplant ces merveilles, pourtant un amas de ruines, Marta repensa au jeune homme de Rimini qui, avec ses *frères*, voulait libérer cette ville pour l'annexer au royaume d'Italie.

« Il faut que tu apprennes à reconnaître les choses vides », expliqua Melo comme s'il poursuivait leur conversation.

Marta se tourna vers l'ancienne maison de Melo.

« Je ne parle pas de ça, coupa-t-il. Par exemple… c'est quoi, pour toi, l'Italie ? Qu'est-ce que ça veut dire ? » demanda-t-il.

Électrisée, Marta se mit à sautiller à son côté. « C'est un idéal ! s'exclama-t-elle avec emphase. C'est le rêve d'une grande famille, dans laquelle nous sommes… nous sommes tous frères ! »

Melo ne s'arrêta pas, mais sa voix se fit sévère.

« Gamine, il n'y a pas longtemps encore, tu ne savais même pas que ça existait, l'Italie. » Il secoua la tête. « Et maintenant, c'est ton grand idéal ?

— J'en sais beaucoup plus que tu ne crois, lança-t-elle vexée. Je sais qui est Mazzini… et aussi Garibaldi…

— Mais laisse tomber ! » Il poussa un soupir. « Un jour, n'importe qui saura ces trucs-là, il suffira d'ouvrir un livre d'histoire. Moi, je te parle de la vraie vie. Tu ne fais que bavasser…

— Et toi, qu'est-ce que tu peux bien savoir sur l'Italie ? » Elle s'enflamma, tandis qu'ils entraient dans le quartier Monti, avec son entrelacs de ruelles étroites. « Tu veux me donner une leçon sur l'Italie ? Toi ? »

Melo ne dit rien. Il tourna à droite, sur une petite place carrée où se dressaient une église et une taverne.

Marta le suivait, poings serrés. La colère lui fit encore revenir à l'esprit le garçon de Rimini. « Tu veux vraiment me donner une leçon sur ce qu'est un idéal ? Ou sur l'Italie ? Ou sur la lutte pour libérer Rome ? » Et tout en marchant, elle agitait les poings en l'air.

« Baisse le ton, conseilla-t-il.

— Pourquoi ? » réagit-elle, piquée au vif.

Elle fit un effort pour se remémorer les mots exacts employés par le jeune homme de Rimini quand il les avait décrits, elle et les autres membres du cirque. « Vous, vous n'en avez rien à faire ! Il suffit que les gens viennent voir votre spectacle ! Il suffit qu'ils payent le billet ! C'est ça ? Vous vous en foutez, si on est opprimés ! » Elle reprit son souffle. Puis elle ajouta, avec tout le mépris dont elle était capable : « Vous êtes pires que des ennemis. Vous êtes… les *indifférents.* »

Melo s'arrêta, la fixant droit dans les yeux. « Arrête avec tous ces bavardages, lança-t-il sur un ton de reproche. Je viens de te le dire : apprends à reconnaître les choses vides. »

Marta était cramoisie.

Il gagna la porte de la taverne.

« Viens, dit-il.

— Où ça ? demanda-t-elle, encore pleine de cette rage exagérée.

— Viens », répéta-t-il avant d'entrer.

La taverne sordide puait le vin aigre. Le plancher était fatigué et couvert de taches. Il n'y avait que quelques tables. Une seule était occupée, au fond, par deux hommes mal rasés et à l'aspect miséreux, avec des vestes trouées et rapiécées mille fois. Ils jouaient aux cartes mais, lorsque la porte s'ouvrit, ils levèrent les yeux et scrutèrent les nouveaux venus d'un air méfiant, malgré leurs regards voilés par l'excès de mauvais vin.

Melo s'approcha pour leur demander : « C'est ici qu'on donne *I Puritani* de Bellini ? »

Les deux hommes se dévisagèrent l'un l'autre, perplexes.

Marta n'arrivait pas à comprendre le sens de cette question absurde.

« Le mot de passe a changé… celui-là est très vieux », finit par répondre un des deux gars, d'un air hébété.

Melo ouvrit grand les bras, affligé.

« Comme ça, tu admets qu'il y a un mot de passe ! s'exclama-t-il. Mais d'où tu sors ? Et comment tu peux être aussi couillon ? dit-il, secouant la tête et les dépassant.

— Où tu vas ? intervint l'homme.

— Ne te dérange pas, trancha Melo sans se retourner et en se dirigeant droit vers des rayonnages où étaient empilées des bouteilles de vin. Je connais le chemin. » Il posa une main sur le montant de l'étagère et poussa. « Viens, Marta.

— Mais tu ne peux pas ! » cria le gars en essayant de le rejoindre.

Son compagnon se leva à son tour. « Alerte ! » cria-t-il dans l'escalier raide et sombre que Melo avait découvert en faisant tourner le meuble.

Marta se serra contre Melo. Elle commençait à ne plus être seulement surprise, mais aussi apeurée. Elle descendit l'escalier juste derrière lui, tandis qu'il faisait claquer ses talons sur les marches.

« Alerte ! » cria encore l'un des hommes.

On entendit en bas de l'escalier un remue-ménage de chaises et un bruit d'acier. On sortait des couteaux.

Marta aurait voulu faire demi-tour, mais la retraite était bloquée par les deux gars en haut de l'escalier.

Quand Melo eut descendu la dernière marche, il s'arrêta. Marta se cacha derrière lui. Tout à coup, on aurait pu entendre une mouche voler.

Ils se trouvaient dans une cave humide et basse de plafond qui sentait le vin, le cigare et le moisi. On apercevait les jambes d'une dizaine de personnes mais pas leur visage, parce que l'air était tellement saturé de fumée qu'un épais nuage s'était formé et restait suspendu, comme ces nuages qui coiffent le sommet des montagnes.

« Qui es-tu ? demanda une voix agressive dans le brouillard.

— Que cherches-tu ? » lança une autre.

Marta perçut l'éclat de lames de couteaux sous la chape de fumée.

Melo ne répondit pas immédiatement. Puis, d'une voix sourde, il murmura : « Meute de Loups galeux… Montrez-vous, putain de merde ! »

La scène qui suivit fut presque comique. Des dizaines de mains s'agitaient en l'air, essayant de dissiper la fumée. Dès qu'il y eut un minimum de visibilité, le visage de tous les hommes présents dans la cave, sans exception, s'illumina, comme devant un mirage. « C'est toi, capitaine ? s'exclamèrent-ils. Tu es revenu ! »

Marta écarquilla les yeux, stupéfaite.

Tous les hommes se précipitèrent vers Melo pour lui donner l'accolade.

« Tu es revenu ! Tu es revenu ! » ne cessaient-ils de répéter.

L'un d'eux enfin, qui arborait une barbe typique du Risorgimento, se dirigea vers le fond de la cave, et il se mit à enlever des briques du mur. Quand le trou fut assez large, il sortit un sac en toile cirée grisâtre, râpé et poussiéreux.

« On te l'a gardé », dit-il en le tendant à Melo.

Le vieil homme le prit et le pressa contre son cœur.

Les autres applaudirent et s'exclamèrent : « À notre capitaine ! »

Marta fixait Melo et elle n'en croyait pas ses yeux.

Melo, comme sentant ce regard sur lui, se tourna vers la jeune fille en souriant. « Voilà, ça c'est la vraie vie », lui dit-il avec douceur. Et il lui tendit le sac en toile cirée.

Marta, abasourdie, le prit.

« Ouvre », ordonna Melo.

Marta défit le nœud qui le fermait et mit la main à l'intérieur. Elle sentit un tissu rêche, à la texture grossière. Elle le sortit. Ses mains tenaient un rouleau qui se défit : un drapeau tricolore apparut. Vert, blanc et rouge. Avec des lettres dorées cousues en relief sur le blanc. « Qu'est-ce qui est écrit ? demanda-t-elle avec un filet de voix.

— République romaine, 1849, répondit un des hommes qui se pressait contre Melo, son capitaine.

— Nous venons tous de là, expliqua Melo à Marta en caressant le drapeau. Nous… » Il fit une brève pause. « Et toi aussi. »

Marta avait du mal à respirer.

« La baraque où je suis né est une coquille vide, lui dit Melo à voix basse. Ta voyante a raison : c'est vrai que je ne sais pas dire des mots gentils, mais… bref, aujourd'hui, tu… tu as fait revivre ma mère. » Il sourit avec tendresse. « Et ça, ce n'est pas une coquille vide. » Il secoua légèrement la tête, gêné. « Merci. » Il prit le drapeau. « Et ça non plus, ce n'est pas une coquille vide. » Il le posa sur les épaules de Marta, comme la cape d'une prêtresse.

Une profonde émotion envahit Marta.

« À partir de maintenant, il est à toi, annonça Melo. Fais-lui honneur, gamine. »

17

Fin mars 1870
États pontificaux (Rome)

« Au voleur ! Au voleur ! » hurlait toujours le vieil homme, par terre au milieu de la ruelle.

Pietro se releva. Comment avait-il pu se retrouver dans un pétrin pareil ? Il se maudit de ne pas avoir écouté la comtesse et de ne pas être resté chez lui. « Mais non ! Je l'ai sauvé ! » protesta-t-il en tendant les bras vers les gens qui accouraient. Il se tourna vers le vieux et essaya à nouveau. « Je vous ai sauvé ! Dites-leur ! »

« Au voleur ! Au voleur ! » continua au contraire à crier le vieux, imperturbable.

Pietro vit un colosse se précipiter vers lui. Et il comprit qu'on ne le croirait jamais. Alors il fit demi-tour et tenta de s'enfuir.

Mais le gaillard se saisit de lui. « Tu crois que tu vas où comme ça, fils de pute ? » Et il lui asséna un coup de poing terrible entre les omoplates.

Pietro hurla et s'effondra au sol.

« Appelez les gardes ! » s'exclama l'homme, qui le maintenait à terre en appuyant un pied sur son dos.

« Pendons-le ! » hurla une femme, le regard enfiévré.

Pietro avait le visage pressé contre le pavé. Il avait du mal à respirer avec ce pied qui l'écrasait. Et il avait peur. Une peur terrible. Il aurait dû écouter la comtesse. Il aurait dû rester chez lui.

Voilà, maintenant tu sais qui tu es, se dit-il. *Un couillon !*

« Appelez les gardes ! répéta le malabar. Ici, personne ne pend personne.

— Et pourquoi ? insista la femme, les veines du cou gonflées. Ce mois-ci, je me suis déjà fait détrousser trois fois ! Débarrassons-nous de ces rats d'égout qui infestent nos rues !

— Oui ! Pendons-le ! » éructèrent les autres.

La misère poussait énormément de gens à voler. Tous les jours, il y avait plus de voyous. Qui dévalisaient leurs semblables. La foule se rapprocha, toujours plus menaçante.

« Reculez ! gronda le colosse.

— Non ! Pendons-le ! » s'écrièrent les badauds qui s'amassaient de plus en plus nombreux dans la ruelle.

La colère et la frustration agissaient comme un poison. Elles les rendaient aussi inhumains que les voyous.

Pietro était gagné par la panique.

Tout à coup, le malabar le souleva de terre. « Fuis le plus vite possible, fils de pute », murmura-t-il. Puis il le lâcha, avant de se planter au milieu de la ruelle, bras écartés pour arrêter la foule en furie.

Pietro ne se le fit pas dire deux fois. Il se mit à courir. Il glissa sur le pavé humide et tomba violemment sur un genou, mais se releva aussitôt et reprit sa course. Derrière lui, il entendait les gens hurler. Juste avant de s'engager dans une large rue, il se retourna un instant. Il aperçut le colosse qui se faisait renverser par les autres, et un tas de gens qui se lançaient à sa poursuite, rejoints par un petit groupe de zouaves français que les cris avaient alertés. La peur lui serra la gorge, presque jusqu'à l'étouffer, mais elle insuffla aussi à ses jambes une énergie nouvelle.

Il courut à perdre haleine, sans plus se retourner.

Peu à peu, les voix qui le pourchassaient devinrent plus lointaines, jusqu'à disparaître.

Quand il atteignit les berges du Tibre, il s'y laissa glisser, épuisé, et roula jusqu'en bas de la pente boueuse. Là, il s'enfonça dans un buisson de ronces, tellement terrorisé qu'il ne sentit pas la piqûre des épines qui s'enfonçaient dans sa peau. Il ne respirait plus. Il vomit un liquide verdâtre. Il tenta de haleter le moins possible et de faire le minimum de bruit, il pria pour devenir invisible. Et pendant ce temps, il versait des larmes plus amères que la bile qu'il avait vomie.

Il resta là, comme un animal traqué, tandis qu'une obscurité de plus en plus profonde enveloppait Rome.

Quand elle rentra chez elle, Nella ne trouva pas Pietro.

Elle pesta : « Imbécile ! »

Elle mit une de ses robes ordinaires, alluma une lampe à huile et, peu après, elle entendit qu'on trafiquait la porte. Certaine qu'il s'agissait de Pietro, elle s'approcha, furieuse : « Qu'est-ce que je t'avais dit ? »

Un coup de pied fit sauter la serrure, puis quelqu'un poussa Nella avec une telle violence qu'elle tomba à la renverse.

« Qu'est-ce que tu m'avais dit… comtesse ? » L'Albanese entra, d'un pas lent et menaçant.

Ghiozzetto le suivit, jeta un coup d'œil dehors et tenta de refermer la porte. « Elle est cassée », ricana-t-il. Il fit glisser le verrou et laissa la porte entrebâillée.

Nella sentit le sang se glacer dans ses veines.

« Albanese…

— Dis-moi tout, comtesse, dit-il avec un rictus féroce.

— Essaie de comprendre… » Elle ne savait pas quoi inventer. « Si je t'avais dit que…

— Que tu étais une voleuse ? l'interrompit l'Albanese. Ça aurait été mieux. Parce que là, tu m'as baisé. Et malheureusement, j'ai un caractère de merde. »

Ghiozzetto eut un petit rire et porta la main à son entrejambe, commençant à se palper.

Nella paniquait.

« Je ne suis pas une voleuse…

— Tu n'es pas une voleuse ? rit l'Albanese.

— Je les ai trouvés, je te jure ! Je ne les ai pas volés… »

Au moment même où elle prononçait ces mots, Nella se rendit compte de son erreur.

Étincelle de surprise dans les yeux de l'Albanese. Aussitôt suivie par une lueur d'avidité.

« Tu les as trouvés ? Tu les as volés ? Alors il n'y en a pas qu'un. Il y en a d'autres.

— Non ! »

Nella savait qu'il n'y aurait pas moyen de revenir en arrière. Mais elle tenta quand même.

« Je l'ai trouvé… Je voulais dire : je l'ai trouvé !

— Mais tu as dit "je les ai trouvés". »

L'Albanese s'approcha d'elle avec un rictus terrifiant.

« Et si tu me disais où sont les autres, comtesse ? Hein ? Et si tu me le disais sans que je me fatigue ?

— Il n'y a pas d'au… »

Sa phrase fut coupée net par le coup de pied dans le ventre que lui flanqua l'Albanese.

« Bon, d'accord, tu veux que je me fatigue.

— Je… te jure… Alb… »

Le deuxième coup de pied l'atteignit en plein visage. Nella sentit une de ses dents se casser. Sa lèvre se fendre. Et elle sentit le goût douceâtre du sang dans sa bouche.

L'Albanese la tira par les cheveux et se retourna vers son compagnon. « Tu as déjà baisé une comtesse, Ghiozzetto ? »

Ghiozzetto s'approcha et fourra une main sous la robe de Nella.

« La viande est un peu dure, fit-il.

— Alors on va l'attendrir », dit l'Albanese.

Avec une cruauté froide, il asséna un coup de poing dans l'estomac de Nella. Il la maintint debout et la frappa au menton. Puis à la pommette.

Quand il la lâcha, Nella s'affaissa à terre comme un sac vide. L'Albanese lui donna un coup de pied. « Ça, comtesse, c'est ce que je t'aurais donné de toute façon pour m'avoir baisé, grogna-t-il. Maintenant, passons à ce que je vais te filer pour que tu me dises où sont les autres bijoux que tu as volés… ah non, trouvés, excuse-moi. » Un autre coup de pied atterrit dans ses côtes. « Parce que, au cas où tu ne l'aurais pas compris, j'ai décidé que ces bijoux étaient à moi. » Il saisit Ghiozzetto par le cou et le fit se baisser jusqu'à la hauteur de Nella. « Et toi, tu es à lui. Regarde un peu comme il bave… »

Ghiozzetto se mit à rire et, obscène, se toucha entre les jambes.

L'Albanese le repoussa. « Commence à fouiller la maison, ordonna-t-il. Pendant ce temps, moi je m'amuse. » Et tandis que son complice s'éloignait, il flanqua une claque à Nella.

Ghiozzetto jeta un coup d'œil au garni. L'ameublement était miteux. Il n'y avait pas beaucoup d'endroits où cacher quelque chose. Il ouvrit les tiroirs d'un bureau près de l'entrée, qu'il renversa sur le sol. Mais il n'y avait que des aiguilles, du fil et des bouts de tissu.

« C'est une couturière ! s'exclama-t-il.

— Cherche, idiot ! » cria l'Albanese.

Ghiozzetto monta sur la soupente et se mit à fouiller la commode. « Les voilà ! » s'exclama-t-il un instant après. Il descendit, les trois bagues dans la main.

L'Albanese les regarda avec admiration. « Magnifiques ! commenta-t-il. Elles sont encore plus belles que la première. » Il sourit et fila un autre coup de pied à Nella. « Merci, comtesse », fit-il en les fourrant dans sa poche.

Ghiozzetto tira la langue et la remua, comme un animal en rut.

« Maintenant elle est à moi, patron ?

— Non. Cette marchandise a trop de valeur, elle brûle sûrement les doigts. Il vaut mieux s'en aller vite fait. »

Il saisit Nella par les cheveux et attira son visage tuméfié vers le sien. « Mais d'abord, la comtesse doit me rendre mes deux mille ducats, n'est-ce pas ? »

Nella secoua la tête. « Je ne peux pas… je te jure…, articula-t-elle à grand-peine, des bulles de sang se formant avec ses paroles. Je ne… les ai… plus. Je les ai donnés au cocher… »

L'Albanese la frappa au visage.

« Je te jure ! dit-elle. Tu peux chercher… ils ne sont pas là. J'avais des problèmes, et un homme m'a forcée… Autrement… il m'aurait tuée…

— Comme moi, je vais le faire ? grogna le scélérat à quelques centimètres seulement de son visage.

— Je te jure… » Nella était à bout de souffle, et se sentait sur le point de s'évanouir. « C'est… le cocher du cardinal… Orsini… »

À ce nom, l'Albanese se raidit. Il fixa Nella droit dans les yeux, qu'elle avait déjà gonflés. « Bon, je veux bien te croire », conclut-il. Même un truand comme lui n'aurait pas risqué de se mettre à dos un cardinal. En particulier de la famille Orsini. Il la lâcha. « On y va », lança-t-il à Ghiozzetto. Puis il pointa un doigt vers Nella.

« Qui t'a arrangée ainsi ? demanda-t-il.

— P… personne, balbutia-t-elle.

— Bravo, comtesse », sourit l'Albanese.

Puis, en un éclair, Ghiozzetto et lui disparurent du sous-sol.

Quand l'obscurité fut totale, Pietro se faufila hors de sa cachette. Le sang avait séché sur son visage. Il alla au bord du Tibre, où il se lava tant bien que mal. Il se demandait ce qu'il allait raconter à la comtesse. Mais il savait qu'elle ne serait pas tendre. Et, vu le pétrin dans lequel il s'était fourré, elle aurait tout à fait raison.

L'espace d'un instant, il songea même à ne pas rentrer. Mais il regarda autour de lui et prit peur.

Alors il remonta en haut de la berge et reconnut, sur sa gauche, de l'autre côté du fleuve, la silhouette du Castel Sant'Angelo. Il marcha dans cette direction. Quand il aperçut des gardes pontificaux qui patrouillaient dans le quartier, il se glissa sous une porte cochère entrouverte. Il y avait des soldats partout. Il ne comprenait pas pourquoi.

Quand la patrouille fut passée, il ressortit dans la rue, hâta le pas jusqu'à la hauteur du pont et tourna à droite, dans la via di Panìco.

Il parcourut les derniers mètres avec une lenteur exaspérante. Il avait peur de rester seul dans ces ruelles, qui désormais lui paraissaient menaçantes, mais il avait aussi peur d'affronter la comtesse.

Il finit quand même par arriver aux marches conduisant à leur sous-sol.

La porte du garni était grande ouverte. L'intérieur était éclairé par la lueur tremblante d'une lampe à huile. La comtesse devait être furieuse. La porte laissée ouverte, c'était un message pour lui.

Il prit une profonde inspiration et entra, prêt à se faire passer un savon.

Mais dès qu'il fut à l'intérieur, il écarquilla les yeux.

« Comtesse ! » cria-t-il en se précipitant sur le corps privé de sens de Nella, étendue misérablement sur le sol. Arrivé près d'elle, il s'arrêta, épouvanté. Le visage de Nella était gonflé, tuméfié et couvert de sang. Il y avait aussi du sang par terre, autour d'elle.

Nella ouvrit alors un œil, à grand-peine.

« Comtesse ! répéta Pietro, d'un ton chargé d'angoisse. Qu'est-ce qui vous est arrivé ? » Sa voix était brisée et altérée. Une violente émotion le ravageait.

Nella le regarda à travers ses paupières gonflées. Elle tendit une main vers son visage.

« Qu'est-ce… que tu… as fait ?

— Rien, rien, répondit Pietro, qui ne sentait plus la douleur. Venez. » Il mit une main derrière son dos et l'aida à se lever. « Venez… allez vous coucher », continua-t-il, les yeux pleins de larmes.

Nella avait du mal à se tenir debout. Elle eut besoin de Pietro pour monter l'escalier de la soupente, et ensuite elle se laissa tomber sur le lit, à bout de souffle après tant d'efforts.

« Ne bougez pas. » Pietro redescendit à toute vitesse. Il prit un chiffon et une bassine d'eau. Il remonta, mouilla le linge et se mit à nettoyer le visage massacré de Nella. Comme un adulte. Il prit soin d'elle. Comme il l'avait fait pendant cette nuit de voyage lorsque, avec son bras maigre, il avait évité qu'elle ne se brise en mille morceaux.

Nella le dévisageait, émue. « Où… étais-tu… fourré… mon poulain ? »

Pietro évita son regard. « Pardon… », dit-il doucement. Et puis, continuant à tamponner à l'eau froide ses ecchymoses qui devenaient violacées, il lui demanda à nouveau : « Qu'est-ce qui vous est arrivé ?

— Rien…, dit-elle lentement. Rien…

— Pardon…, répéta-t-il. Si j'avais été là… » Une note de colère vibra dans sa voix, et il serra les poings.

« Tu n'aurais rien pu faire…, assura Nella. Ce ne sont pas des gens… » Elle remua légèrement la tête. « Le monde est féroce, mon poulain. Et Rome est plus féroce encore… »

Pietro hocha imperceptiblement la tête.

« Et toi, que t'est-il arrivé ? interrogea-t-elle.

— Rien… », marmonna-t-il.

Nella esquissa un petit rire. Puis elle grimaça, tant sa lèvre lui faisait mal. « Pour deux personnes à qui il n'est rien arrivé… on est plutôt mal arrangés, tu ne trouves pas ? »

Pietro rit à son tour.

Elle lui toucha le visage. « On a cassé ton joli petit nez. »

Il ferma les yeux à demi, goûtant cette caresse.

« Je peux vous poser une question ? Vous ne vous mettrez pas en colère ? finit-il par oser demander.

— Si tu arrêtes de me vouvoyer… oui.

— D'accord… », dit-il, rouge de honte.

Elle sourit. « Que voulais-tu me demander ? »

Il devint écarlate. « Je peux m'allonger près de… de toi ? »

Elle écarta un bras.

Il s'allongea près d'elle.

Elle l'enlaça et commença à caresser sa mèche rebelle.

Il ferma les yeux.

« Il faut que je te dise quelque chose, mon poulain, murmura-t-elle peu après. Maintenant, nous sommes pauvres pour de bon. »

18

Fin mars 1870
États pontificaux (Rome)

Marta n'aurait jamais imaginé qu'un drapeau puisse peser si lourd sur les épaules. Le geste de Melo était un passage de témoin. Une espèce de petit couronnement.

Tandis que les hommes dans la cave se pressaient autour de leur capitaine, elle se sentit idiote en repensant à ce qu'elle avait dit à Melo avant d'arriver à la taverne. Elle lui avait jeté au visage que les gens comme lui étaient pires que des ennemis, elle l'avait traité d'indifférent. Or, il venait de lui révéler quelque chose de totalement inimaginable.

Quelque chose d'énorme.

« Tu sais ce qu'a fait notre capitaine, un jour ? lui lança l'homme qui était allé chercher le drapeau dans la cachette du mur.

— Mais arrête avec ces vieilles histoires, Verdi », protesta Melo.

Mais Verdi – surnommé ainsi à cause de sa barbe, qui le faisait ressembler au grand compositeur – n'avait nullement l'intention de se taire.

« Nous étions pris dans un étau… foutus, reprit-il d'un ton grandiloquent. C'est alors que le capitaine Melo est monté sur son cheval. Si tu le connais, tu sais comment il monte. Les troupes françaises étaient partout, elles nous avaient encerclés. Nous n'avions pas d'échappatoire. Lui, il a éperonné son cheval et l'a lancé contre la batterie de canons légers. Il a foncé droit vers leurs gueules…

— Je m'en souviens comme si c'était hier ! s'exclama l'un des vétérans.

— Et quand il les a rejoints, reprit Verdi, il est passé par-dessus d'un bond, tout en hurlant dans notre direction, exprès pour que tout le monde entende bien : “Je vais mettre ça en sûreté auprès de Mazzini !” En un clin d'œil, la moitié de la cavalerie française était à ses trousses. »

Il se mit à rire. Les autres aussi. « Ils avaient marché ! Il n'avait rien du tout pour Mazzini. Pourtant, la cavalerie s'est lancée à sa poursuite. Ce qui a créé une brèche. Alors nous, on a attaqué, on est passés, et on a pu se sauver. » Il regarda Melo.

« S'il n'avait pas fait ça, nous serions morts sur le champ de bataille, ou bien guillotinés sur la piazza del Popolo. Et à cette heure-ci, nous ne serions plus là…

— Mais arrête, râla Melo d'un ton bourru.

— Et ce n'est pas tout ! poursuivit au contraire Verdi. Il a entraîné les Français jusqu'au ponte Mollo, et là, il a fait faire à son cheval un saut impossible !

— Impossible ! répétèrent tous les autres en chœur.

— On aurait dit que son cheval et lui avaient des ailes, décrivit Verdi, encore incrédule. La moitié des cavaliers qui le poursuivaient ont sauté derrière lui… et se sont écrasés dans le ravin. L'autre moitié s'est arrêtée ou a été désarçonnée. Tu vois ce que ça veut dire ? Que cet homme, sans tirer un seul coup de feu, a éliminé douze ennemis ce jour-là. Tout seul. »

Les hommes regardaient Melo avec admiration.

Marta avait l'impression de découvrir un homme qu'elle ne connaissait pas. « Mais pourquoi est-ce que… vous combattiez ? » demanda-t-elle en rougissant.

Tous les regards se tournèrent vers elle, interloqués.

« Donnez-lui le temps, intervint Melo, elle apprend. C'est pour ça que je l'ai amenée ici. » Il posa une main sur l'épaule de Marta. « Mais cette gamine, même si elle a encore beaucoup à apprendre, a un cœur énorme. Elle a du cœur pour nous tous. Croyez-moi. »

Marta devint écarlate tandis que les hommes lui donnaient l'accolade.

Comme à une sœur, pensa-t-elle.

« Gamine, nous avons déjà libéré Rome et chassé le pape une fois, déclara fièrement Verdi. C'est nous qui avons fait la République romaine. Nous avons donné la démocratie à cette ville, même si cela n'a duré que quelques mois. Nous étions le bataillon des Loups. » Il se tourna vers Melo. « Et Giuseppe Mazzini en personne a remis à notre capitaine une médaille. » Marta regarda Melo. Pour elle, Mazzini n'était qu'un nom.

Mais le vieil écuyer le rendait réel.

« Allez, maintenant laissez tomber ces âneries, intervint Melo. Vous êtes tous là ? Et où sont les jeunes ? Rome et l'Italie ne peuvent pas compter uniquement sur des vieux comme nous.

— Nous serons toujours là, dit Verdi avec orgueil.

— Tu sais ce que je veux dire, Loup galeux, rétorqua Melo. Nous sommes les fondations, mais sommes-nous encore capables de faire une charge de cavalerie ? Éduquer les jeunes : c'est ça, notre champ de bataille, maintenant. »

Un instant, l'atmosphère s'assombrit.

« Ils nous ont écartés, bougonna un membre du groupe.

— Qu'est-ce que ça veut dire ? demanda Melo.

— Pas vraiment écartés, capitaine, précisa Verdi. Mais une partie des jeunes suivent quelques nobles et riches bourgeois, qui font plus de la politique que la révolution. Et d'autres se laissent entraîner par des gens qui… qui sont beaucoup plus des canailles que des révolutionnaires. Ils parlent de tuer des prêtres… de cambrioler les maisons de ceux qui soutiennent Pie IX… » Il secoua la tête. « Ce n'est plus comme en 49, capitaine.

— Un des lieux de rencontre est le Caffè Perilli, près de San Gallicano, dans le Trastevere, ajouta l'un des hommes. Nous y sommes allés deux ou trois fois, mais… il est évident que l'on ne veut pas de nous. Et de nos idées non plus. Elles sont devenues aussi vieilles que nous. »

Melo eut l'air pensif. Puis il ôta le drapeau des épaules de Marta et le glissa dans le sac en toile cirée, qu'il lui remit. « Allons-y », dit-il. Puis il s'adressa aux vétérans. « Je reviendrai. Mais je ne veux plus trouver de Loups transformés en agneaux. Et arrêtez avec le passé et les souvenirs », conclut-il sur le ton autoritaire du chef.

Pendant qu'ils rentraient au cirque, Marta avait la tête qui tournait. En un éclair, le monde s'était métamorphosé.

« Excuse-moi, lâcha-t-elle.

— Tu devrais savoir que je ne t'écoute jamais, sourit Melo. Alors, si je n'ai pas entendu ce que tu as dit, tu n'as aucune raison de t'excuser.

— Mais si, insista Marta, je suis bête.

— On est tous bêtes.

— Moi plus que les autres. »

Melo se mit à rire.

« Pourquoi dois-tu toujours être “plus” que tout le monde, quoi que tu fasses ? La plus maligne, la plus bête, la plus ceci, la plus cela…

— J’ai compris ce que tu disais, murmura Marta.

— Et qu’est-ce que je disais, déjà ?

— Que je devais apprendre à reconnaître les choses vides.

— Oui, il faut que tu l’apprennes, confirma Melo, sérieux. Mais parce que tu es jeune, pas parce que tu es bête. Et ton enthousiasme est précieux. Garde-le intact. Parce que c’est avec ça que tu rempliras les choses vides. Tu as vu ces hommes ? Autrefois, ils étaient comme toi. Moi aussi, j’étais comme toi. Mais maintenant, ils n’ont plus ton enthousiasme. Ils croient être les gardiens de la vérité absolue et ils passent leur temps dans une cave à ressasser, au lieu de lutter pour leurs principes et de transmettre leur expérience. Juste parce que les jeunes font la fine bouche. Je retournerai dans ce mausolée de souvenirs, parce que je veux qu’ils repartent au combat. On a besoin d’eux. Mais toi, va là où il y a du sang neuf. Si tu veux participer à cette lutte… va au Caffè Perilli. Écoute-les. Parle. Fais-toi une idée. Une idée rien qu’à toi. »

Marta le dévisagea.

« Tu es un héros, dit-elle, admirative.

— Mais laisse tomber ces âneries ! »

Melo fit un large geste du bras, comme pour chasser une mouche agaçante.

« C’est ça, le problème, avec les souvenirs. Quand tu es jeune, tu soulèves un grain de sable, et puis quand tu es vieux, tu racontes que tu as soulevé un rocher. Ce sont des conneries nostalgiques.

— Et la médaille que t’a donnée Mazzini, alors ? le pressa Marta.

— C'est de la politique, et il haussa les épaules.

— Je peux la voir ?

— Non. Je l'ai jetée dans le Tibre le jour même où il me l'a agrafée sur la poitrine.

— Pourquoi ? s'étonna Marta, yeux écarquillés.

— Parce que c'était une coquille vide. »

Marta le suivit, sans plus rien dire. Comprendre Melo n'était pas facile. Mais il n'en était pas moins exceptionnel.

« Marche normalement, souffla soudain le vieil homme, faisant un mouvement de tête en direction d'une patrouille de zouaves. Ne les regarde pas.

— Qu'est-ce qu'ils font ? demanda Marta.

— Ils cherchent des gens comme nous, répondit-il à voix basse. Ou quelqu'un qui crie "Rome libre" dans la rue. Rien de bien méchant, pour l'instant… mais ils savent que l'heure va bientôt sonner. »

Bien que Melo lui ait dit de ne pas le faire, Marta les observa. Ils étaient armés. Ils contrôlaient les papiers de deux jeunes gens.

« Commence par obéir aux ordres, si tu veux faire la révolution, la sermonna Melo. Ce n'est pas un jeu.

— Désolée », dit-elle en rougissant.

Ils poursuivirent leur chemin en silence, sans que la patrouille leur prête attention.

« Maintenant, occupe-toi de cacher le drapeau, lui conseilla Melo quand ils furent en vue du cirque. Évitons le bazar que tu as causé avec les tracts. »

Marta hocha la tête.

« Mais je ne sais pas où…

— Dans la roulotte où tu dors, coupa-t-il.

— Mais Armandina…

— C'est ça, bravo. Demande-lui où le cacher.

— Quoi ? » La surprise éclata dans la voix de Marta.

« Elle est des nôtres. » Il cligna de l'œil.

« Armandina ?

— Et Ascanio aussi, si tu veux savoir. »

Melo se mit à rire. « Tu crois qu'autrement il t'aurait permis de rester au cirque, après ta connerie avec les tracts ? » Il lui fila une petite tape. « C'est comme pour ta voyante. La vérité aime se cacher derrière un masque. Ne te fie jamais aux apparences. »

Quelques minutes plus tard, Armandina la Bella, seule avec Marta, souleva une latte du plancher de sa roulotte. « Voilà, mets-le là », dit-elle en indiquant le drapeau.

Marta glissa le sac de toile cirée dans la cachette. Elle était abasourdie. Elle n'avait rien compris. Le monde n'était pas du tout tel qu'elle l'avait toujours vu.

« Tu as combattu, toi aussi? demanda-t-elle à Armandina.

— On a tous été plus ou moins impliqués, nous les Italiens du cirque, répondit Armandina avec un doux sourire. Mais Melo plus que quiconque. C'était sa ville. Et tant que la République a duré, il est resté ici à Rome. Puis, quand le rêve a fait naufrage, il est revenu avec nous. Et Ascanio l'a accueilli à bras ouverts. » Elle fit une pause. « Melo raconte qu'il a arrêté son numéro parce qu'il était rouillé. Mais c'est un mensonge. Il n'est plus monté à cheval parce qu'il ne voulait plus penser au passé. Il est comme ça. C'est un ours. Pour lui, quand c'est fini, c'est fini. » Ses yeux s'embuèrent. « La vérité, c'est qu'il était détruit. Il n'a plus jamais été le même. » Elle lui caressa la joue. « En tout cas, jusqu'à ce qu'il commence à s'occuper de toi. »

Soudain, Marta pensa à une question à laquelle Melo n'avait jamais répondu.

« Je m'appelais comment, en réalité ?

— Je ne sais pas, mon trésor. Crois-moi, je te le dirais, mais tu ne parlais pas. Pendant des mois, tu n'as pas dit un mot. »

Armandina la Bella décocha un de ses sourires chaleureux.

« C'est Melo qui a choisi ton prénom.

— Et pourquoi m'a-t-il appelée Marta ?

— Ça, je ne sais pas non plus. Je suis désolée. »

Marta hocha la tête.

« Bon, je vais au chamboule-tout, c'est l'heure.

— Demain on repeint ta baraque, d'accord ? proposa Armandina d'un ton joyeux. Alina la Voyante va faire un carton ! »

Marta secoua la tête.

« Non, demain, je ne peux pas.

— Ah, qu'est-ce que tu fais ? demanda la Bella en fronçant les sourcils.

— Je vais dans le Trastevere ! » sourit Marta, avant de se diriger vers le chamboule-tout.

Quand le spectacle s'acheva et que la nuit descendit sur le camp, Marta s'allongea sur son petit lit, dans un coin de la roulotte, avec les autres jeunes du cirque Callari. Garçons et filles étaient ensemble, dans une promiscuité totale. Ils étaient plus de dix, entassés sur des lits de camp que l'on repliait et rangeait le matin. Lorsqu'elle était petite, Marta avait joué avec certains d'entre eux, mais sans jamais se lier d'amitié avec personne.

Elle s'endormit rapidement, mais son sommeil fut agité.

Le lendemain matin, dès qu'elle fut levée, elle courut dans le quartier des chevaux. Surexcitée et nerveuse, elle se mit à sautiller autour de Melo.

« Qu'est-ce qui t'arrive, gamine ? demanda le vieux.

— Que dois-je faire en attendant… la guerre ? »

Melo sourit.

« Et si, par exemple, tu lavais ta jolie frimousse et démêlais cette tignasse que tu as sur la tête ? Comme ça, je pourrais te montrer où se trouve le Caffè Perilli.

— J'y vais ! » s'exclama Marta, électrisée, en disparaissant aussitôt.

Moins d'une heure plus tard, ils parcouraient les rues de Rome. Marta observait tout bouche bée, tant cette ville la surprenait. Pas uniquement par sa beauté. Mais par l'excès qu'il y avait en toute chose. On voyait une quantité invraisemblable d'ordures dans les rues, que nul ne nettoyait. Et l'atmosphère vibrait en permanence des volées de cloches de mille églises. Il y en avait tellement qu'elles assourdissaient la ville entière et que les gens, pour s'entendre, devaient glisser leurs mots entre un carillon et un autre. Et puis il y avait les chats. Des chats partout. Encore plus nombreux que les prêtres. Paresseusement roulés en boule dans le moindre rayon de soleil. Les oreilles entaillées à la suite de leurs nombreuses batailles amoureuses. Les canines longues et acérées afin de pouvoir lutter à pied d'égalité contre les énormes rats, presque aussi gros qu'eux, dont on voyait traîner les queues nues répugnantes, tels des serpents sans écailles. Elle n'avait jamais vu de ville à la fois aussi belle et aussi laide.

Au coin d'une avenue qui conduisait dans le quartier du Trastevere, ils croisèrent une patrouille de gardes armés.

« Rien ne bouge, et pourtant on sent que la bombe va exploser, pas vrai ? » chuchota Melo.

Marta hocha la tête. Elle remarqua des gosses qui se mettaient à lancer des cailloux vers les militaires. Aussitôt, deux soldats avancèrent vers eux pour les faire cesser et les disperser. Mais ils n'avaient fait que quelques pas lorsque trois hommes du peuple leur barrèrent la route. Les militaires s'arrêtèrent. « À bas le pape ! » braillèrent les gamins. Les trois premiers hommes avaient été rejoints par d'autres habitants du quartier, hommes et femmes, qui faisaient face aux soldats. Pour éviter une rixe, le sergent de la patrouille les rappela. Les hommes du peuple firent signe aux enfants de s'en aller.

Tout prit fin en un éclair. Mais la tension était palpable.

« C'est toujours ainsi que ça se passe. Tout a l'air calme et puis, pour un rien, ça explose », commenta Melo.

Marta regarda encore la patrouille. C'étaient des jeunes gens ordinaires, mis à part l'uniforme. Mais désormais, pour les Romains, c'étaient des ennemis.

« Voilà, c'est là », dit Melo en montrant un café.

Tout à coup, Marta perdit confiance.

« Tu ne viens pas ?

— Non, il faut que tu y ailles seule, répondit le vieux.

— Pourquoi ?

— Il ne faut pas qu'ils te voient comme un bébé accompagné par son grand-père. »

Melo la fixa. « Écoute-moi. Le monde est plein de vioques casse-bonbons qui veulent t'apprendre ce qu'est la vie. Quand j'étais jeune, ils me faisaient chier, rien de plus. Mais maintenant que le vieux, c'est moi, je me rends compte qu'à notre âge enseigner la vie aux autres, c'est plus facile que de la vivre. » Il lui sourit. « Vas-y. »

Marta regarda le Caffè Perilli, puis Melo. Elle hocha la tête. Et se décida à bouger.

Quand elle ouvrit la porte de l'établissement, elle sentit les battements de son cœur s'accélérer. Elle jeta un regard vers la rue. Mais Melo était déjà parti. Elle prit une profonde respiration. Oui, elle devait tout faire seule.

« Que veux-tu ? lui demanda un homme avec un tablier noir.

— Je… on m'a dit… enfin…

— Qu'est-ce qu'on t'a dit ? » la pressa l'homme.

Marta entendit la porte s'ouvrir derrière elle. Elle se retourna et vit entrer un jeune homme de belle allure, épaules larges, vêtements élégants.

« Alors ? insista l'homme au tablier, agressif. Qu'est-ce qu'on t'a dit ? Et à qui tu as parlé ? »

Marta enfonça la tête dans les épaules.

« Est-ce une manière de s'adresser à une demoiselle ? intervint le nouveau venu.

— Elle se plante là et bafouille des trucs bizarres…

— Peut-être parce que tu es un rustre mal élevé, lança l'autre.

— Monsieur le prince… » L'homme avait perdu son arrogance.

« Combien de fois t'ai-je dit de ne pas m'appeler ainsi ? » éclata le jeune homme, qui avait un tempérament colérique.

Puis, se maîtrisant, il s'adressa à Marta. « Dites-moi, mademoiselle.

— Je… »

Marta était toujours aussi gênée. Elle ne fréquentait que les gens du cirque. Elle ne savait comment se comporter.

« J'ai entendu que… qu'ici… » Elle regarda vers la sortie et fit mine de partir.

« Dites-moi ce que vous avez entendu, l'interrompit le jeune homme. Que cherchez-vous ? »

Alors, Marta explosa d'un coup. Mains sur les hanches, elle lâcha : « J'ai entendu dire qu'ici on organisait des réunions de patriotes ! Mais je ne connais pas le mot de passe, et je ne sais pas comment on fait !

Pourtant je suis italienne ! Et je veux participer à la libération de Rome ! »

Le jeune homme et l'homme au tablier la fixaient en silence.

Puis le premier éclata de rire. « Je dois dire que quand tu arrêtes d'être timide… eh bien, tu n'es plus timide du tout ! » Il rit encore, découvrant ses dents blanches et régulières. Il tendit sa main droite. « Bienvenue… ma sœur, dit-il. Je m'appelle Ludovico. »

Marta éprouva une vive émotion en s'entendant appeler « sœur ». Elle serra la main du jeune homme. « Marta », dit-elle avec un sourire radieux, qui la rendit encore plus belle.

Ludovico lui sourit en retour. Il n'avait que dix-sept ans, mais on lui en aurait donné presque vingt. « Il n'y a pas beaucoup de femmes qui vont sur le terrain », observa-t-il avec une admiration sincère. Il la dévisagea avec intensité, et son regard s'illumina. « Bienvenue. »

Marta et Ludovico restèrent face à face, les yeux dans les yeux, comme s'il n'y avait plus rien autour d'eux.

Puis Marta éprouva une sensation étrange, et elle sentit qu'elle allait rougir. Alors elle détourna la tête et embrassa la salle du regard. Mais cette étrange sensation ne la quittait plus, et elle ne voyait pas vraiment les stucs, les tables de marbre, les chaises Thonet en bois courbé et en paille de Vienne, ni les grands miroirs aux cadres dorés. Quand elle posa à nouveau les yeux sur Ludovico, il la fixait encore, sourire aux lèvres.

« Viens, justement une réunion va bientôt commencer, dit-il, comme si lui aussi se réveillait après cet instant suspendu. C'est par là, suis-moi. » Il se dirigea vers un petit salon, d'où provenaient des voix.

Les murs de cette pièce étaient couverts de boiseries laquées, jusqu'à hauteur de tête. Comme dans la première salle, il y avait des petites tables en marbre avec des pieds en fonte. Tout n'était qu'élégance.

Marta pensa que cet endroit était bien différent de la cave où Melo l'avait emmenée. Il ne régnait pas cette atmosphère de secret qu'elle avait respirée dans la tanière des Loups.

« Messieurs, un moment d'attention ! » réclama Ludovico à un large groupe d'hommes, tous entre quinze et trente ans. Il était l'un des plus jeunes, mais il avait le charisme du chef. « Accueillons notre sœur Marta, qui nous rejoint. »

Les autres cessèrent de discuter et se tournèrent vers elle. Ils portaient tous des vêtements de bonne facture.

« Il n'y a que des hommes, murmura Marta à Ludovico.

— Je te l'ai dit : peu de femmes vont sur le terrain. » Ludovico regarda ses compagnons.

« Et alors ?

— Bienvenue, Marta ! » s'exclamèrent les jeunes gens, se remettant de leur surprise.

Ludovico gagna le centre de la petite pièce et fit signe à Marta.

« Raconte : comment as-tu entendu parler de nous ? Tu es de Rome ?

— Non, répondit-elle, un peu mal à l'aise devant tous ces regards. Je suis… » Elle s'arrêta, n'ayant aucune idée de son lieu de naissance. « Je suis de Rimini. »

Et elle pensa que ce n'était pas vraiment un mensonge. Au fond, c'était là qu'elle était née comme patriote. « Je faisais partie… du Comité de la jeunesse pour la libération de Rome », ajouta-t-elle.

Les jeunes gens la regardèrent avec admiration. Marta se rengorgea.

« Et qui t'a parlé de nous ? demanda quelqu'un.

— Les Loups », répondit-elle avec fierté.

« Ah, ces vieux », grogna un autre. « Ces nostalgiques », fit un troisième, une grimace de mépris sur le visage. « Les morts, ricana un autre. Ces vieux machins finis et enterrés. »

Marta se tourna vers Ludovico. Sur son visage aussi, elle découvrit une moue de suffisance.

« Ils vivent de souvenirs, dit-il en haussant les épaules. Le monde a changé, et ils ne s'en sont pas rendu compte.

— Ils pensent encore en termes de révolution, ajouta un autre.

— Ils veulent exhumer leurs petits fusils tout rouillés ! rit un autre.

— Ils ont fait la République romaine, eux ! réagit Marta, qui ressentait ce mépris comme une offense personnelle à Melo.

— Oui. Et combien de temps elle a duré ? ricana un jeune homme.

— Quand beaucoup d'entre nous n'étaient même pas nés, eux étaient déjà prêts à mourir pour que nous naissions italiens ! s'enflamma Marta, les toisant d'un air de défi. Combien d'entre vous seraient prêts à en faire autant ? »

Un mélange d'agacement et de gêne circula parmi les jeunes gens.

« Écoute, Marta, intervint l'un d'eux. Tu viens juste d'arriver, et tu veux déjà nous faire la leçon ? Tu n'es même pas de Rome. Qu'est-ce que tu peux savoir ?

— Mais arrêtez ! éclata Ludovico. Ça ne sert à rien, de se disputer ! Nous sommes tous du même côté, non ? »

Les jeunes gens acquiescèrent à contrecœur. Que ce soit à cause de sa classe sociale, clairement supérieure à celle des autres, ou de son physique imposant, en tout cas ils l'écoutaient. Ou le craignaient.

Aussi rapidement qu'il s'était emporté, Ludovico recouvra son calme. Il se tourna vers Marta et expliqua : « À part les Loups, il y a deux autres factions à Rome. L'une d'elles croit aux solutions politiques, et ne fera la guerre que si nécessaire. Ça, c'est nous. » Il la fixa avec orgueil. « Et je t'assure que nous sommes prêts à donner notre vie. »

Les autres serrèrent les poings et approuvèrent avec vigueur.

« Et puis il y a des… » Ludovico fit une pause, cherchant ses mots. « Eh bien, il y a des voyous, inutile de tourner autour du pot. De la vermine qui fomente la révolution uniquement pour pouvoir profiter de la situation. Ce sont des pillards, pas des patriotes. » Il ménagea une autre pause. « Moi, je comprends ce que tu penses des Loups et de tous ceux de 49. On leur a parlé. Mais ils vivent vraiment dans le passé… »

Marta se souvint que Melo avait dit la même chose.

« Et surtout… » Ludovico écarta les bras. « Eh bien, ils pensent qu'il n'y a qu'une façon de faire les choses : la leur. Nous avons essayé de discuter avec eux, crois-moi. Mais pour eux, nous ne sommes que des gamins. Nous les avons écoutés… mais eux, ils n'ont pas écouté un mot de ce que nous avons dit. »

Marta le scruta. Il avait l'air sincère. Et ce n'était pas un imbécile présomptueux. Elle l'imagina à la tête de ses hommes, fusil en main, malgré son jeune âge. Et elle pensa que Melo avait peut-être été ainsi.

Ludovico planta son regard dans celui de Marta.

Et, à nouveau, tout ce qui était autour d'eux sembla disparaître.

19

Début avril 1870
Royaume d'Italie (Toscane – Orbetello)

« Chère épouse adorée…, commença à lire à haute voix Leone Pompei, à la lueur d'une lampe à huile, assis à la table de l'auberge où ils passaient la nuit. Depuis mon départ, je n'ai aucune nouvelle de toi. J'espérais recevoir une lettre pendant les trois jours où nous avons été basés à Pavie, à la recherche des traces de la comtesse de Boccamara. Fais-moi signe, je t'en prie. Dis-moi si tu as déménagé chez ton frère, comme je te l'avais conseillé. Actuellement, nous nous trouvons dans un endroit horrible, à la limite entre la Ligurie et la Toscane, perdu dans la campagne et éloigné des grands axes. Les fuyards ont dormi ici. Ils ont été assez astucieux pour chercher une auberge loin de tout, mais, avec un carrosse luxueux comme le leur, pas un paysan n'a manqué de les remarquer. Ils se dirigent vers le sud. Le capitaine Lonigro suppose qu'ils essaient de trouver refuge dans les États pontificaux, à l'abri de la justice du Royaume. Demain nous nous remettrons en route et, si son hypothèse se confirme, nous nous arrêterons à la frontière. Le capitaine sait qu'il est possible de rencontrer des émissaires du gouvernement à Orbetello, et nous attendrons là les instructions. Écris-moi à la Locanda del Passatore. Dans l'attente inquiète de tes nouvelles, je t'embrasse. Ton fidèle mari Leone. PS : Je fais une copie de cette lettre afin d'en envoyer un exemplaire à notre domicile à Novare (même si j'espère que tu l'as quitté) et un autre à l'adresse de ton frère à Omegna. »

Leone Pompei ôta ses lunettes de lecture.

« Ça va, commenta le capitaine Lonigro qui, pendant tout ce temps, était resté debout derrière lui, vérifiant que les mots écrits correspondaient bien à ce que Leone lisait. Tu peux l'envoyer. »

Leone plia les deux exemplaires identiques de sa lettre. Il secoua la tête. « Tout cela est humiliant, dit-il. Sachant que vous lisez ce que j'écris, je ne peux pas m'abandonner à des propos intimes. » Mais en réalité, il était reconnaissant envers le capitaine. La brimade que constituait la lecture de ses missives l'aidait à se fabriquer un alibi inattaquable. La fenêtre ouverte conserverait le cadavre de sa femme assez longtemps pour qu'on pense à un cambriolage survenu après son départ.

Lonigro s'allongea sur un des deux lits de la chambre. « La seule raison pour laquelle tu n'es pas en taule, c'est parce que tu connais le visage de la comtesse, et moi pas. N'oublie jamais ça. » Il croisa les bras derrière la tête. « Va voir l'aubergiste et amène-moi une carafe de vin rouge. Dépêche-toi. »

Leone obéit. Il parcourut le couloir de l'auberge, envahie par l'odeur désagréable et âcre de l'étable en dessous. Il ouvrit une porte et dit : « Le capitaine veut une carafe de vin rouge. »

Le visage avide de l'hôte s'illumina.

« Mais il y a un petit supplément.

— Vous ne faites que répéter ça, grommela Leone.
— Vous voulez du vin, oui ou non ? »

Leone revint dans la chambre avec un seul verre. Lui, il ne voulait pas boire. Le vin entraîne le sommeil. Or, il ne voulait pas dormir.

Depuis le soir du meurtre, il avait découvert qu'il n'était pas l'homme qu'il avait toujours cru être. En tuant sa femme, il s'était révélé être une bête féroce. Mais il continuait à penser qu'à ce moment-là il avait serré la main de la mort. Et il savait que la mort ne le lâcherait plus.

Il se coucha.

« Faites de beaux rêves, dit-il au capitaine.
— Je ne suis pas ta femme, lavette, grogna Lonigro.
— Pardon, mon capitaine », fit Leone.

L'autre ne daigna pas répondre.

Leone l'écouta s'endormir. Il ne le haïssait pas, malgré le mépris avec lequel il était traité. Le capitaine lui donnait une raison de vivre. Sans cette mission, il se serait peut-être laissé aller. Il aurait peut-être fermé les yeux. Et alors, il redoutait de ne plus jamais les rouvrir. La mort le prendrait dans son sommeil. Oui, se dit-il, Lonigro l'aidait à rester en vie.

Le seul problème, c'était que le capitaine était déterminé, s'ils recevaient la confirmation que les fuyards s'étaient réfugiés à Rome, à ne pas franchir la frontière des États pontificaux. Or, se venger de la comtesse et de l'orphelin était une autre arme pour combattre la mort. La haine le tiendrait éveillé.

Cela faisait maintenant des jours qu'il ne dormait pratiquement pas. De temps à autre, il cédait au sommeil, mais cela ne durait qu'un instant. Il se réveillait bouche grande ouverte, comme remontant à la surface après une apnée. Et chaque fois, il s'étonnait d'être encore en vie. Il était miné par une fatigue qui le consumait.

Ses yeux lui brûlaient. Ses pensées devenaient confuses. Mais il résistait.

Le matin après le petit déjeuner – lui aussi servi contre un « petit supplément » –, Lonigro sortit de l'auberge pour aller atteler deux chevaux à la calèche. L'hôte ne le quittait pas d'une semelle.

Quand tout fut prêt, le capitaine donna une tape sur l'épaule du paysan et lui lança : « Brave homme, au nom du roi d'Italie, je te remercie d'avoir collaboré à cette importante mission. » Puis il pinça sa joue mal rasée, en la saisissant fortement entre le pouce et l'index. « Mais si tu veux que mon ordonnance te fasse un reçu, il y a un petit supplément à payer. » Il monta dans la calèche. Leone et lui partirent.

« Gouvernement de voleurs ! » entendirent-ils crier derrière eux.

Tous deux éclatèrent de rire. Ils se dirigeaient vers le sud, en direction de la frontière des États pontificaux, s'arrêtant de temps en temps dans les petits centres habités pour recueillir des renseignements sur le carrosse trop voyant. Leur hypothèse était régulièrement confirmée.

Ils passèrent Livourne et Grosseto, avant d'atteindre Orbetello, près de la frontière, où ils descendirent dans la Locanda del Passatore.

Ils y laissèrent leurs bagages, puis se remirent aussitôt en route.

Arrivé à la frontière, le capitaine Lonigro, après s'être présenté, demanda à contrôler le registre des entrées.

Leone chaussa ses lunettes et commença à parcourir la liste des noms inscrits. Mais aucune trace de la comtesse de Boccamara.

« Comment est-ce possible ? » lâcha Lonigro, décontenancé.

Cependant, inspectant à nouveau le registre, et malgré la fatigue qui troublait son esprit, Leone remarqua un nom : « Paride Oriani ! s'exclama-t-il. C'est le cocher. Je me souviens bien de son nom, dans la liste des serviteurs. »

Lonigro se dit qu'il était étrange qu'il y ait trace de l'entrée du cocher et pas de celle de la comtesse. « Qui était de service, ce jour-là ? » demanda-t-il aux gardes-frontière.

Ceux-ci répondirent que leur collègue serait là le lendemain.

Lonigro et Leone remontèrent en calèche et rentrèrent à la Locanda del Passatore.

« Demain matin, va interroger les gardes », ordonna Lonigro. Leone acquiesça. Pourtant, il n'avait pas besoin d'y retourner.

Il n'y avait que deux noms inscrits à la même heure d'entrée que le cocher : Nella et Pietro Beltrame. Or, il apparaissait que Nella Beltrame était née à Rome le 20 août 1841. L'âge correspondait. Pietro Beltrame était présenté comme son fils. Et l'orphelin s'appelait justement Pietro. Là non plus, il ne pouvait pas s'agir d'une simple coïncidence. La seule chose qui laissait Leone perplexe, c'était comment une comtesse en fuite avait pu se procurer de faux papiers d'identité.

Le lendemain, à la frontière, il eut la confirmation de ce qu'il savait déjà. Mais il ne fit pas part au capitaine de ses hypothèses.

« D'une manière ou d'une autre, elle doit être passée, dit Lonigro. Ces gardes ont certainement été corrompus.

— Vous croyez ? fit Leone.

— Couillon, répondit l'autre, plein de mépris. Tu crois être la seule vermine perfide et malhonnête de ce monde ?

— Vous êtes certain que la comtesse est passée ? interrogea Leone, faisant semblant de ne pas avoir entendu.

— Plus que certain. Pourquoi serait-elle venue jusqu'ici, autrement ?

— Et maintenant, que faisons-nous ?

— Moi, je vais rester ici et attendre les ordres du préfet. Je ne franchirai pas la frontière d'un État souverain. Je n'ai aucune autorité dans les territoires du pape. Alors je vais informer le préfet qu'à partir de maintenant la capture de la comtesse dépend de la diplomatie. »

Lonigro fixa Leone avec une expression mauvaise.

« Toi, par contre, tu as fini. Cherche un travail. Rentre à pied chez toi, auprès de ta femme. Fais ce que tu veux. Je m'en moque. Surtout, je n'ai plus besoin de toi.

— Mais… et cette nuit ? »

Leone n'avait pas imaginé que la situation puisse basculer si rapidement. « Va-t'en, lança durement Lonigro, fous le camp. »

En descendant l'escalier de l'auberge, Leone se sentit comme le jour où le préfet l'avait humilié. Son souffle se bloqua dans sa gorge. Son cœur se mit à battre à tout rompre, et ses jambes à trembler. Craignant de tomber, il se retint à la rampe.

« Je sors », dit-il à une femme de chambre, comme s'il allait revenir.

Il se dirigea vers la lagune. Un terre-plein artificiel la séparait en deux, reliant Orbetello à Porto Santo Stefano. Afin d'empêcher que l'eau ne l'érode, on avait renforcé les côtés du terre-plein avec des rochers.

Leone s'assit. Il n'avait qu'une pensée en tête : s'il laissait faire Lonigro, il n'aurait plus rien à quoi se raccrocher. Et il s'endormirait. Et alors, la mort le prendrait. Et cette pensée lui suggéra un plan.

Il attendit que la nuit tombe et regagna l'auberge. Il trouva un prétexte pour se faufiler dans la cuisine, puis alla frapper à la porte de la chambre du capitaine.

« Qu'est-ce que tu fais encore ici ? lança Lonigro en le voyant.

— Nous nous sommes trompés, annonça Leone.

— À quel propos ?

— À propos de la comtesse. »

Lonigro se leva de son lit.

« Qu'est-ce que tu dis ?

— Elle nous a roulés, affirma-t-il. Elle est aussi maligne que le démon.

— Explique-toi, dit le capitaine d'une voix sombre.

— Sauf votre respect, je trouvais qu'il y avait quelque chose de peu convaincant dans votre explication, commença-t-il. Je me suis mis à poser quelques questions et… eh bien, je dois reconnaître que c'est une femme intelligente.

— Viens-en au fait ! s'écria Lonigro.

— Elle n'est jamais entrée dans les États pontificaux. Elle y a envoyé son cocher en comptant sur le fait que nous penserions… que nous penserions à la corruption ou à quelque chose de ce genre.

— Alors que… ? » Lonigro n'en revenait pas.

« Alors qu'elle est partie ailleurs, poursuivit-il. Si j'ai bien compris, elle a pris une calèche et s'est dirigée vers les Marches, mais… » Il s'interrompit. « Elle a acheté cette calèche à un pêcheur qui parle tellement mal que je ne comprends pas la moitié de ce qu'il dit.

— Mais tu es un vrai couillon ! » éclata Lonigro.

Leone était prêt pour ce qui allait suivre. Mais il laisserait le capitaine faire le premier pas. Ce n'était certainement pas à lui de le faire.

« Il est où, ce pêcheur ? demanda en effet Lonigro. Conduis-moi près de lui.

— Venez », répondit-il.

Et il lui ouvrit le chemin.

Quand ils passèrent devant le comptoir à l'entrée, l'aubergiste tendit une lettre à Leone.

« On vient de la recevoir.

— Ça doit être ma femme, commenta-t-il, faisant un geste pour l'ouvrir.

— Plus tard ! gronda Lonigro. Avance ! »

Ils sortirent de l'auberge et suivirent la rue principale d'Orbetello, atteignant le terre-plein entre les deux lagunes.

« Où est-il ?

— Plus loin. »

Maintenant il faisait nuit noire, et on avait du mal à distinguer quoi que ce soit, malgré la lune qui se reflétait dans les eaux saumâtres, renvoyant une faible lumière.

« Alors ? Où est-il ? » répéta Lonigro, rageur.

Leone s'arrêta. « Ici. »

À cette heure-là, il n'y avait personne. Ils étaient seuls sur le terre-plein.

« Mais qu'est-ce que tu racontes, couillon ? dit le capitaine, agressif.

— Je suis désolé, fit Leone.

— De quoi ? »

Leone se sentait affaibli par la fatigue. Il regarda Lonigro, presque avec affection.

« Je ne veux pas mourir, murmura-t-il.

— Et alors ? lança le capitaine, avec âpreté.

— Alors c'est vous qui devez mourir », répliqua Leone, les yeux voilés de larmes.

Il sortit le grand couteau qu'il avait volé dans la cuisine et le planta avec force dans l'abdomen du capitaine.

Le cri de Lonigro parut exprimer la surprise plus que la douleur.

Leone retira le couteau et l'enfonça à nouveau, cette fois en visant le cœur. Quand la lame pénétra dans le corps, il la sentit heurter les côtes, dévier, et enfin trouver son chemin dans des organes mous et accueillants.

Lonigro avait les yeux exorbités.

En le regardant s'effondrer à terre, Leone répéta : « Je suis désolé. »

Il fixa le reflet de la lune qui tremblait sur les eaux saumâtres. Et, comme cela lui était arrivé avec sa femme, un silence réconfortant envahit son esprit.

Il traîna le cadavre du capitaine et le poussa dans un trou profond entre deux des rochers qui soutenaient la berge. Puis il descendit pour coincer le cadavre, afin que la marée ne le ramène pas à la surface.

Après quoi, il retourna à l'auberge. Et garda le couteau.

« Le capitaine est parti pour une mission secrète. Par conséquent, en attendant son retour, j'occuperai sa chambre. Cela ne pose pas de problème ? demanda-t-il à l'hôte.

— Pourvu que quelqu'un paye…, répondit celui-ci.

— Faites-moi apporter dans la chambre du papier, une plume et un encrier. »

Quand la femme de chambre lui eut apporté ce qu'il avait demandé, Leone décacheta la lettre remise par l'aubergiste.

> J'ai le regret de vous informer que votre épouse a été victime d'un cruel assassinat, commis sans l'ombre d'un doute par un cambrioleur. Ayant senti une odeur nauséabonde, des voisins sont entrés dans votre appartement. Ils ont découvert votre femme dans un état de décomposition avancé. Le corps a été inhumé au cimetière. En vous adressant mes condoléances, je vous invite à n'interrompre

sous aucun prétexte votre mission au service du capitaine Lonigro, sous peine de voir formuler officiellement contre vous une accusation de haute trahison.

Recevez l'assurance de mes sentiments distingués,

Monsieur le Préfet Antonio Fornara

Leone jeta la lettre dans la cheminée et la regarda brûler. Il prit la plume et une feuille et, imitant l'écriture disgracieuse de Lonigro, écrivit :

Monsieur le Préfet,

J'ai découvert que Mme la comtesse Silvia di Boccamara a franchi la frontière. La prudence suggère que je vous remette mon mandat et que ce dossier passe à la diplomatie ; toutefois, je me permets de vous recommander une autre solution. Des sources sûres m'ont fourni toutes les indications permettant de la capturer avec la diligence nécessaire. J'insiste sur le terme « diligence » car, comme vous le savez mieux que moi, s'il est vrai que notre Royaume aspire à remettre une voleuse à la justice, il aspire certainement encore davantage à récupérer les précieux bijoux dérobés. Si nous nous en remettions aux longueurs diplomatiques, ces bijoux seraient perdus. C'est pourquoi, quitte à mettre ma propre sécurité en danger, je suis prêt à entrer dans les États pontificaux sous une fausse identité, en vous donnant l'assurance que, si j'étais découvert, je ne mettrais jamais en cause ni vous ni notre roi bien-aimé. Pour ce faire, j'ai besoin de nouveaux papiers, afin de me faire passer pour quelque marchand. Naturellement, je suis obligé d'emmener avec moi le traître Leone Pompei, qui est le seul à connaître le visage de la comtesse. Et donc une nouvelle identité sera nécessaire pour lui aussi. Enfin, j'ai absolument besoin d'argent afin de financer cette entreprise.

Votre dévoué capitaine Lonigro

PS : Pompei a reçu votre lettre lui annonçant la mort de sa femme. Bien que ce soit un être méprisable, j'ai éprouvé de la peine pour lui. Maintenant, il n'a vraiment plus rien qui le relie au monde. Il est seul.

Peu après, la femme de chambre lui apporta un merveilleux jarret de porc aux poires et une carafe de vin rouge dense et corsé.

Une fois seul, Leone scruta la nourriture, se demandant si les crabes et les rats avaient commencé à grignoter le cadavre de Lonigro.

Il ne put rien manger. Et il ne but pas.

Parce que autrement le sommeil, qui était la main de la mort, aurait gagné.

20

Avril 1870
États pontificaux (Rome)

« Comment allez-vous ? Enfin… comment vas-tu ? »

Cela faisait des heures que Nella était penchée sur les premières modestes tâches que lui avaient confiées les habitants du quartier. Une robe à élargir et une autre à ajuster, suivant que l'on avait beaucoup ou peu à manger ; un pantalon ou une jupe à rallonger, pour des enfants qui grandissaient trop vite ou pour une bourse qui, au contraire, ne se remplissait pas assez rapidement ; et de nombreux bas de laine à raccommoder, parce que la laine était trop chaude et précieuse pour être jetée.

Elle savait que chaque pièce était une mise à l'épreuve. Elle devait bien travailler et pour pas cher. Elle ne confectionnerait jamais des robes pour de grandes dames, comme elle s'amusait à le faire par le passé. Quand ils étaient arrivés à Rome, son projet était de vivre de l'argent que lui rapporterait la vente des bagues. Mais maintenant, les bijoux n'étaient plus là, et la scolarité de Pietro coûtait une fortune. Paride avait versé l'intégralité des deux mille ducats au directeur.

Il fallait serrer les dents, se dit-elle. Ensuite, elle trouverait bien quelque chose. Mais pour le moment, elle n'était qu'une couturière pauvre dans un quartier pauvre. Et elle devait apprendre à s'en sortir avec le peu qu'elle parviendrait à grappiller.

Elle se tourna vers Pietro, le visage marqué par les terribles blessures infligées par l'Albanese. Moins d'une semaine s'était écoulée.

« Comment veux-tu que j'aille ? Bien, répondit-elle avec un sourire forcé.

— Ce n'est pas vrai, lança Pietro. Tu craches du sang, je le sais. Je vois bien que tu as mal dès que tu bouges, et que tu souffres, pliée en deux sur ta couture…

— Mais non… n'exagère pas…

— Et quand tu dors, tu gémis chaque fois que tu changes de position.

— Ça va passer, finit par lâcher Nella, cédant aux pressions de Pietro.

— Pourquoi tu ne portes pas plainte ? demanda-t-il d'un ton rageur, pour une énième fois.

— Pour de nombreuses raisons.

— Lesquelles ? Tu ne réponds jamais.

— Tout d'abord, si l'Albanese prospère depuis si longtemps, c'est certainement aussi parce qu'il corrompt des policiers. En cas de plainte, il ne serait pas inquiété et viendrait me trancher la gorge. Ça te suffit ? »

Elle le regarda droit dans les yeux. « Tu vois, j'aimerais autant continuer à vivre. »

Il baissa la tête.

« La seconde raison, il faut qu'elle t'entre dans le crâne une bonne fois pour toutes, reprit-elle avec une note de fatigue dans la voix. Je suis recherchée. Je suis une voleuse. Comment expliquerais-je que j'avais ces bijoux ?

— Alors, je vais le tuer », grogna Pietro.

Nella se leva d'un bond. Elle gémit sous le coup de la douleur, mais elle n'en saisit pas moins Pietro par les épaules. « Regarde-moi ! »

Pietro la fixa, frémissant de rage.

« N'y songe même pas. Les gars comme toi, l'Albanese les croque à son petit déjeuner. Tu comprends ? Il est passé sur le cadavre de je ne sais combien de gens. Et il n'en a pas perdu le sommeil. C'est un *malacarne*. Si tout le monde le craint comme la peste, comment peux-tu avoir l'arrogance de penser que tu vas régler le problème avec ton petit couteau ? »

Pietro secoua la tête.

« Ce n'est pas juste !

— En effet. Ce n'est pas juste. Mais c'est comme ça. » Nella continuait à le tenir par les épaules, tout en luttant contre sa propre douleur. « Ce n'est pas juste qu'Ippolito ait été ruiné et poussé au suicide. Ce n'est pas juste que tu aies été abandonné dans un orphelinat. Ce n'est pas juste qu'il me soit arrivé la même chose… » Elle remit en place sa mèche rebelle. « Mais avoir volé ces bijoux n'était pas juste non plus… »

Elle lui caressa la joue.

« Nous aussi, nous commettons des injustices…

— Mais ce salaud…

— … est vraiment dégueulasse. Oui, je sais. »

Elle haussa les épaules. « Mais la vie est comme ça. Surtout pour des miséreux comme nous. Alors, choisis. Tu peux pleurer sur ton sort, ou bien te retrousser les manches. Tu es à un carrefour. Ou éternelle victime, ou acteur de ton destin. »

Ces dernières paroles firent mouche.

« Regarde le verre à moitié plein », suggéra-t-elle.

Pietro chercha à se dégager.

« Doucement ! gémit-elle. Tu me fais mal. »

Il s'immobilisa. « Il n'y a pas de verre à moitié plein. »

Nella se mit à frapper la poitrine de Pietro de son index. « Si je n'avais pas donné immédiatement l'argent à Paride pour payer tes cours, l'Albanese m'aurait volé ça aussi. Et tu aurais grandi dans la rue. Tu ne crois pas que c'est un verre à moitié plein, ça ? À moins que tu imagines que je puisse gagner deux mille ducats en raccommodant des culottes et des chaussettes ? »

Il dodelina de la tête.

« Alors, fais ton devoir. Va en cours, puisque nous avons investi tout ce que nous avions. Et travaille bien. » Nella le regarda droit dans les yeux en répétant : « Ou éternelle victime, ou acteur de ton destin. »

Il tourna les talons et se dirigea vers la porte du garni.

« Mon poulain, l'interrompit Nella, je vais guérir. Je suis forte. »

Il fit un nouveau mouvement vers la sortie.

« Mais… je te remercie pour l'intention », ajouta-t-elle en souriant, ce qui arracha un léger sourire au garçon aussi. « Vas-y, ne sois pas en retard. »

Puis, dès que Pietro fut parti, Nella s'écroula sur sa chaise, le visage déformé par la souffrance qu'elle n'était plus obligée de cacher. Elle toussa, crachant un caillot de sang noir dans le chiffon qu'elle avait dans sa poche. Elle ferma les yeux et demeura un moment immobile, tête rejetée en arrière, haletante.

Dans la rue, Pietro marcha tête baissée, comme s'il avançait contre un vent impétueux. Mais c'était en lui que la tempête faisait rage. Il parcourut la via dei Coronari presque jusqu'au bout mais, à la hauteur du vicolo della Volpe, ses jambes s'arrêtèrent d'elles-mêmes, sans qu'il l'ait décidé. Il se tourna vers l'échoppe de l'Albanese.

Le scélérat était là, fumant le cigare, mollement appuyé contre le mur de l'immeuble. Il discutait avec un gars à l'air patibulaire, la lèvre inférieure déformée par une horrible cicatrice.

Pietro le fixa un instant en frémissant, poings serrés.

« Qu'est-ce que tu regardes ? aboya l'Albanese quand il s'en rendit compte. Décampe ! »

Or Pietro, comme s'il ne commandait plus ses jambes, fit un pas en avant. Il enfonça la main dans sa poche, saisissant le couteau offert par Lino.

L'Albanese jeta son cigare à terre et fit un mouvement dans sa direction.

Pietro s'immobilisa.

L'Albanese le rejoignit et l'examina en silence. Puis, rapide comme un serpent, il lui asséna une puissante claque.

« Quand je dis à un morpion de débarrasser le plancher, dit-il d'une voix basse et calme, il vaut mieux que le morpion s'exécute. »

Pietro n'avait jamais vu d'yeux aussi inexpressifs. On aurait dit des pierres peintes. Et il comprit que la comtesse avait raison : l'Albanese ne ferait de lui qu'une bouchée.

Il rentra la tête dans les épaules, fit volte-face et partit.

Il entendit la crapule se racler la gorge et cracher. Il sentit le mollard glaireux l'atteindre entre les omoplates. Puis il entendit l'Albanese rire avec son acolyte.

Il poursuivit jusqu'à la via Agonale qui, sur la droite, menait à la piazza Navona. Il s'arrêta pour regarder. Quelle place magnifique ! Les trois derniers jours, en allant en classe, il avait pris l'habitude de faire un petit détour pour l'admirer. Elle regorgeait de carrosses, de badauds et d'étals colorés où on vendait de tout. C'est la comtesse qui la lui avait montrée, le premier jour, quand elle lui avait indiqué le chemin. Et Pietro était resté bouche bée devant tant de splendeur.

La comtesse avait aussi murmuré, comme si elle parlait directement à la place : « Je ne me souvenais pas que tu étais aussi belle. »

Mais ce matin-là, Pietro se contenta de l'admirer de loin, car ses accès étaient gardés par des soldats. Il nettoya le crachat de l'Albanese sur sa veste. « Je te le ferai payer, je le jure », gronda-t-il. C'était une veste en velours bleu, qui faisait partie d'un des costumes pris à la villa Odìn. Un costume d'aristocrate.

Car il avait été inscrit dans un établissement pour fils d'aristocrates.

Il prit la via di Sant'Agostino, poursuivit tout droit dans la via della Coppelle, puis s'engagea dans un entrelacs de ruelles jusqu'à un autre lieu magique : la fontaine de Trevi. Mais ce jour-là, même l'imposante statue du dieu Océan conduisant son char marin ne put atténuer la colère et la frustration qui couvaient en lui.

L'école était située dans le palazzo Conti di Poli, juste derrière la fontaine, et l'entrée se trouvait dans la rue latérale. En approchant, Pietro ralentit. Les autres élèves arrivaient peu à peu. Ils descendaient d'élégants carrosses, et les cochers leur ouvraient la portière. Car le collegio Poli était le plus prestigieux de Rome. D'*école française** destinée à l'origine aux fils des militaires haut gradés et à ceux des diplomates français en poste dans les États pontificaux, elle était vite devenue l'école pour les rejetons des grandes familles romaines.

Une petite patrouille de zouaves stationnait devant le palais, à l'évidence pour protéger les élèves français.

Tête baissée, Pietro gravit l'escalier grouillant de jeunes gens, en espérant que personne ne lui adresserait la parole. Il parvint dans sa salle de classe – il y en avait presque quarante – et s'assit à une table en bois avec l'encrier incrusté, toujours sans lever la tête, en fixant son bureau.

Quand le professeur Lamorgue arriva, il se leva et salua, comme tous les autres élèves : « *Bonjour**. »

Le professeur, un petit homme avec une veste démodée élimée aux coudes, chaussa ses lunettes et ouvrit son registre avant de donner aux garçons la permission de s'asseoir. Quand il leva la tête du registre, ses petits yeux méchants allèrent droit sur Pietro. « *Alors, comment ça se passe, monsieur* Beltrame* *?* » demanda-t-il.

Pietro sentit le sang se glacer dans ses veines. « Hein ? » lâcha-t-il d'un air ahuri.

La classe ricana en douce.

« *Vous ne comprenez pas, monsieur* Beltrame* *?* insista le professeur, un rictus sarcastique sur le visage.

— N… non, je ne comprends pas… », balbutia Pietro, gêné. Encore quelques ricanements çà et là.

« *Oh, quel dommage** *!* » fit Lamorgue, avec une expression encore plus odieuse. Puis, s'adressant aux autres élèves : « *Monsieur* Beltrame *ne comprend pas des mots que même mon singe comprend**. »

Cette fois, la classe partit d'un éclat de rire sonore.

Le professeur était furieux. « Pour votre information, *singe** signifie "scimmia", monsieur Beltrame. Et je viens de vous dire que mon singe savant parle mieux le français que vous. »

La classe explosa de nouveau de rire.

Pietro était écarlate.

« Il va falloir rattraper votre retard, autrement vous serez recalé. » Puis, après une pause : « Si vous avez besoin d'aide, je peux vous mettre dans la cage de mon petit singe, qui pourra vous apprendre quelque chose. »

La classe se tordit de rire.

Le professeur rétablit le silence et commença son cours.

Pietro resta la tête baissée pendant les trois premières heures.

Humiliation et colère continuaient à lui empoisonner le sang. L'Albanese, M. Lamorgue, ses camarades.

Quand la cloche sonna, annonçant la récréation dans la cour intérieure, il aurait voulu rester dans la salle. Mais les règles de l'établissement ne le permettaient pas.

Dès qu'il fut dehors, Pietro rasa le mur du palais et chercha un coin à l'écart.

Mais l'histoire avec M. Lamorgue avait déjà fait le tour des élèves.

Il se retrouva encerclé par un groupe de garçons qui ricanaient. Nombre d'entre eux se mirent à sauter autour de lui, dos voûté et bras ballants, en poussant des cris de singe. « Qu'est-ce que tu es ? Un macaque ou un chimpanzé ? » s'exclamaient-ils en riant.

L'un d'eux, rendu courageux par la meute, poussa Pietro. Puis le poussa encore. Et encore.

À ce moment-là, Pietro réagit. Il le poussa en retour. « Va te faire foutre, connard ! » Il avait grandi dans un orphelinat et il savait bien comment cela marchait. Si tu ne réagis pas, tu es condamné.

Le garçon s'élança sur lui, encouragé par les autres. Mais Pietro était prêt. Il le saisit par la veste, mit un pied entre ses jambes et le fit rouler à terre. Ce crétin ne s'était sans doute jamais battu de sa vie, pensa-t-il. « Ne m'approche plus si tu ne veux pas que je te flanque vraiment une raclée », cracha-t-il, tout en le maintenant à terre.

C'est alors qu'il se sentit littéralement soulever dans les airs.

Un garçon gros et fort qui devait avoir deux ans de plus que lui, avec des épaules de lutteur, se planta devant lui. « Ça suffit », ordonna-t-il. Puis il ajouta : « Toi comprendre moi, singe ?

— Fiche-moi la paix, toi aussi, imbécile ! éclata Pietro.

— Qui c'est, l'imbécile ?

— Il n'y a qu'un imbécile devant moi », répliqua Pietro, qui n'arrivait plus à contenir toute la frustration qu'il avait accumulée. Il le toisa. « Mais comme c'est un idiot, il ne le sait pas. »

Le gros garçon vit rouge et bondit, comme s'il était monté sur ressort. Il saisit Pietro et le tira vers lui, grinçant des dents et brandissant un poing en l'air, prêt à le frapper.

Mais, plus rapide encore que son agresseur, Pietro sortit son couteau et le pressa contre le cou du jeune homme.

Tous les autres se turent.

Le gros garçon s'immobilisa. Mais, dans son élan, la lame lui avait égratigné la peau. Une goutte de sang coula de la blessure, jusqu'au col blanc amidonné de sa chemise.

21

Avril 1870
États pontificaux (Rome)

« Vive l'Italie ! »

Marta retint un rire. L'enfant qui avait prononcé ces mots était campé devant elle, poings sur les hanches. Il avait dix ans et ne devait guère faire plus de soixante centimètres, comme un gamin de quatre ans. Il avait une grosse tête, et des jambes courtes et tordues.

« Il est né en 1860, l'année où l'Italie est devenue une nation, venait d'expliquer son père à Marta. C'est pour ça que nous l'avons appelé Italo. C'est le premier véritable Italien de la famille. »

Italo était le plus jeune des Musumeci, une famille de nains à laquelle Marta n'avait jamais prêté attention. Car les nains, dans son esprit, n'étaient rien d'autre que des nains. D'étranges créatures qui caracolaient sur la piste du cirque, trébuchant et faisant rire les enfants avec leurs corps difformes. Des malheureux qui devaient grimper sur un tabouret pour attraper ce que n'importe qui atteignait facilement.

À présent, Marta se sentait idiote et superficielle. Car ces nains étaient des patriotes. Et depuis bien plus longtemps qu'elle. Comme tant d'autres qu'elle n'avait jamais regardés, au cirque.

« Armandina m'a dit que tu avais le drapeau du capitaine Melo », continua Musumeci père, qui tenait sa femme par la main.

Marta l'avait toujours entendu appeler Melo « capitaine », mais pour elle c'était seulement une façon de parler, comme s'il l'avait appelé « professeur », « chef », ou de tout autre surnom. Or, il l'appelait « capitaine » parce qu'il savait.

Jour après jour, elle découvrait que le cirque Callari n'était pas du tout constitué d'indifférents comme, dans sa présomption, elle l'avait cru. Au contraire, il regorgeait de personnes qui aimaient l'idée d'une nation les réunissant tous ensemble, et croyaient dans la dignité de s'appeler officiellement Italiens.

« Je peux le voir ? » lui demanda Musumeci.

Marta hocha la tête, et les amena à la roulotte d'Armandina. Elle souleva la latte du plancher, prit le sac de toile cirée, l'ouvrit et sortit le drapeau, qu'elle tendit à Musumeci.

Le nain le toucha délicatement, presque avec une caresse.

Sa femme aussi le toucha, et ses yeux s'embuèrent. Elle se tourna vers sa fille aînée, âgée de vingt ans, et qui avait la taille d'une fillette de dix. « Viens ici, Romana », dit-elle. Elle pressa le drapeau contre son visage, avec amour.

« C'est pour cette raison qu'elle s'appelle Romana, expliqua encore le chef de famille à Marta. Elle est née pendant la République, et son parrain, c'est le capitaine Melo. » Il sourit à ce souvenir. « Le curé ne voulait pas, il disait que c'était un sacrilège. Mais le capitaine n'en avait rien à faire. Il a enveloppé le bébé dans le drapeau et a dit au curé que s'il ne le baptisait pas comme ça, il lui fracasserait la tête. »

Reniflant le drapeau, sa femme fit une grimace, comme si elle avait senti quelque chose de désagréable. « J'ai l'impression qu'il y a encore ton odeur », dit-elle à sa fille, avant de se mettre à rire.

Alors tous – le père, la mère et les cinq enfants – rirent à l'unisson.

Sachant que Marta ne pouvait comprendre, le père expliqua : « Elle a pissé dedans ! » Et il rit plus fort encore, agitant dans les airs ses petits bras épais. Puis il lui rendit le drapeau.

« Merci de nous l'avoir montré, dit-il avec un voile d'émotion dans les yeux. Maintenant, range-le. À l'époque, c'étaient des fusils, qu'on cachait là-dessous.

— Des fusils ? » s'étonna Marta.

Musumeci secoua sa tête au front large et saillant et son petit nez camus expulsa un peu d'air. « Tu crois qu'on fait la révolution avec des frondes ? » Il sourit. Enfin, il fit signe aux membres de sa famille de le suivre, et tous sortirent de la roulotte.

Marta les observa pendant qu'ils affrontaient péniblement ces marches qui, pour elle, étaient une broutille. Ils étaient tous semblables, comme sortis du même moule. Elle n'avait encore rien fait pour l'Italie, tandis que ces êtres disgracieux et maladroits avaient combattu avec courage. En les regardant, elle éprouva pour eux une admiration forte et sincère.

Le drapeau toujours dans sa main, elle alla retrouver Melo.

« Mais ne te promène pas avec ça ! lui reprocha aussitôt le vieil écuyer. Ce n'est pas une putain de robe de poupée.

— Non, je…

— Si un soldat français arrivait maintenant, ce serait comme avoir une arme à la main. Ça ne t'a pas suffi, le bazar que tu as causé avec tes tracts ? Et tu n'as pas vu tous les soldats qu'il y a en ville ?

— Désolée… », lâcha Marta, honteuse, faisant disparaître le drapeau sous son tricot. Elle attendit un instant avant de demander : « Pourquoi tu ne m'as jamais rien dit ?

— Parce que tu parles trop, ronchonna Melo.

— Ah bon ? » fit-elle, déçue.

Melo soupira et esquissa une grimace. « Non, reprit-il d'un ton bourru. C'est parce que je ne voulais pas t'influencer. Si je t'en avais parlé avant, tu n'aurais jamais su si ce sentiment venait de toi, ou si c'était le mien. Comme ça, tu l'as découvert toute seule, et tu ne peux avoir aucun doute. C'est pour ça que je t'ai offert le drapeau. Tu l'as conquis sans l'aide de personne. »

Marta sentit sa poitrine se gonfler d'orgueil.

« Merci.

— Ne sortons pas les violons, gamine, grommela Melo. J'ai de la merde à pelleter, je n'ai pas le temps pour ça. »

Il tourna le dos et prit sa pelle.

« Tu ne veux même pas savoir comment ça s'est passé, au Caffè Perilli ? »

Melo la regarda.

« Je suis la seule femme », commença Marta.

Il poussa un soupir, agacé. « Ce n'est pas la faute des femmes, mais des hommes. Même quand ils se présentent comme des révolutionnaires, au fond, à bien des égards, ce sont des conservateurs. À l'époque, j'ai connu des femmes qui, seules, valaient autant que dix hommes. »

Marta sourit. Melo arrivait toujours à la surprendre. « Ils disent qu'ils ont rencontré tes Loups, mais que ceux-ci ne les ont même pas écoutés. Ils les considèrent comme des gosses, un point c'est tout. »

L'irritation se lisait clairement sur le visage de Melo. « Beaucoup de Loups ont oublié qu'à cette époque eux aussi étaient des gosses. Et pourtant, ils ont réussi à conquérir une ville. C'est pour ça que je vais retourner les voir. Pour leur rappeler que certaines nuits, pendant leur sommeil, ils pleuraient en appelant leur mère, tellement ils étaient jeunes. » Il planta sa pelle dans un tas de crottin. « Les jeunes d'aujourd'hui font sans doute une meilleure lecture de la situation que les anciens. Mais ça, les Loups ne peuvent pas l'accepter. Ils sont restés en 1849, ils n'ont pas évolué. » Il regarda Marta. « Et ils t'ont fait quelle impression ? »

Marta réfléchit.

« Ils semblaient en colère contre les Loups, et blessés, répondit-elle.

— Ils ont été déçus, confirma Melo. Au lieu d'être des pères ou des amis, les Loups les ont abandonnés au milieu de la tempête, et ces jeunes doivent tout faire seuls. »

Il agita un poing en l'air. « Ils vont m'entendre ! Putain de merde, ils vont m'entendre ! » Et puis, encore frémissant de rage, il se mit à jeter le crottin dans la carriole.

Marta le fixait avec un regard plein d'admiration.

« Il y a un chef ? demanda soudain le vieux.

— Je ne sais pas si c'est vraiment le chef, répondit-elle en rougissant, parce que depuis ce jour-là elle ne faisait que penser à Ludovico. Mais il y en a un qu'ils écoutent.

— Il a quel âge ?

— Dix-sept ans. Je crois que c'est le fils d'un prince. »

Melo eut un petit rire. « Courageux, le garçon ! s'exclama-t-il. Il fait ça en cachette, c'est sûr. Je ne crois pas que son noble papounet serait très content. »

Marta rougit davantage, comme si le compliment s'adressait à elle.

« Je veux lui parler, décida-t-il. Tu peux organiser ça ?

— Oui… »

Melo hocha la tête et se remit à pelleter la merde. C'était le plus humble des écuyers, mais Marta le voyait désormais uniquement comme l'héroïque capitaine des Loups. Et à nouveau, elle se prit à penser, malgré elle, que Ludovico était un peu comme lui.

« Il faut que j'y aille », lança-t-elle avec un empressement soudain.

Melo ne répondit même pas.

Elle rejoignit la roulotte où elle dormait, en espérant qu'Armandina serait rentrée. Elle n'avait personne d'autre à qui parler.

En ouvrant la porte, elle découvrit avec soulagement que la Bella était là, en compagnie de la petite Lidia, toujours collée à elle comme un poussin à sa mère. Elle replia le drapeau et le rangea.

« Ne te balade pas avec, commença Armandina, ce n'est pas…

— Une putain de robe de poupée », conclut Marta à sa place.

Armandina se mit à rire.

« On dirait que tu as vu Melo.

— Oui, en effet », et Marta rit à son tour.

Puis elle devint sérieuse.

Armandina le devina aussitôt. « Tu as quelque chose à me dire ? Vas-y. »

Marta rougit. « Comment on choisit… un homme ? » Ayant réussi à prononcer ces mots, elle baissa la tête, la respiration coupée. Elle aurait voulu fuir.

Mais, quand il le fallait, l'âme d'Armandina pouvait être la plus délicate que le Créateur ait jamais conçue. Elle ne sourit pas de sa maladresse. Elle ne fit ni plaisanterie ni commentaire. Ne posa aucune question. Elle s'approcha seulement, attira Marta dans ses bras et la serra contre elle.

« En prenant des risques, murmura-t-elle.

— C'est… c'est tout ? interrogea Marta.

— Et en écoutant ses tripes », ajouta-t-elle.

Marta enfonça avec une telle vigueur son visage dans la poitrine d'Armandina qu'elle en avait du mal à respirer. Elle était troublée. Elle n'arrivait pas à comprendre ce qui lui arrivait, elle n'avait jamais éprouvé de telles émotions auparavant. Peut-être simplement parce que avant elle avait toujours fait en sorte que rien ne la touche, rien ne l'affecte. Peut-être parce qu'elle cherchait quelque chose qui compense tout le vide de sa vie passée. Peut-être parce qu'elle n'avait pas trouvé sa famille dans le cirque, comme l'avait espéré Melo. Peut-être parce que, justement, elle avait soudain cessé d'être une gamine, et devenait femme. Mais sa seule certitude, c'était que sa vie changeait. Et trop vite.

Le visage toujours pressé contre la poitrine d'Armandina, elle tenta de dire quelque chose.

La Bella prit sa tête entre ses mains et l'écarta légèrement. Elle sourit. « Si tu parles la tête coincée entre mes nichons, je ne peux rien comprendre. »

Marta était écarlate.

« Allez… parle.

— Et qu'est-ce qu'on sent, dans ses tripes ? »

22

Avril 1870
États pontificaux (Rome)

Quand Nella entra au collegio Poli, dans le bureau du directeur, monsignor De Zotti, escortée par l'employé qui était venu la chercher chez elle, elle était à bout de souffle. La douleur ne lui laissait aucun répit.

Dès qu'elle aperçut Pietro, elle demanda, inquiète : « Tu vas bien ? »

Pietro riva les yeux au sol.

L'employé l'avait tellement pressée, et surtout tellement angoissée, qu'elle ne s'était pas changée, et portait encore une de ses misérables guenilles. Elle remarqua immédiatement la surprise de monsignor De Zotti devant cet accoutrement et devant les traces de coups qu'elle avait au visage.

Bien qu'elle fût pliée en deux par la douleur, elle lança d'un ton sarcastique, en montrant ses blessures : « J'ai fait une chute de cheval pendant la chasse à courre. Et je me suis aussi cassé quelques côtes. J'espère que la raison pour laquelle vous m'avez convoquée est importante. »

Dès qu'il fut revenu de sa surprise, le directeur acquiesça. « Oui, c'est important. Votre fils a blessé le fils du prince Chiodetti da Fibreno. »

Nella fixa Pietro, toujours tête basse. « C'est vrai ? »

Pietro haussa les épaules, sans lever les yeux.

« Regarde-moi, lança Nella d'un ton impérieux. C'est vrai ? »

Pietro croisa son regard et opina du chef.

« Qu'est-ce qui t'est passé par la tête ? »

À nouveau, Pietro haussa les épaules.

« De toute façon, il ne me croit pas.

— Donne-moi une explication, insista Nella, et qu'elle soit bonne.

— Le professeur Lamorgue a dit que j'étais pire qu'un singe parce que je ne comprenais pas encore le français, commença Pietro en serrant les poings, comme si cela l'aidait à retenir sa colère. Après, dans la cour, tout le monde s'est moqué de moi. Puis quelqu'un m'a poussé, et moi, j'ai réagi. Alors le fils du prince est intervenu. Lui aussi m'a traité de singe, moi je lui ai dit qu'il était idiot, et là il a essayé de me donner un coup de poing sur le nez. Je n'ai fait que me défendre…

— Ça suffit, coupa Nella. Maintenant, laisse-moi seule avec le directeur. »

Monsignor De Zotti se raidit. « C'est à moi qu'il reviendrait de dire cela… madame. »

Nella le regarda droit dans les yeux. « Alors dites-le. »

Monsignor De Zotti était stupéfait devant cette femme vêtue comme une servante et altière comme une aristocrate.

« Laisse-moi seul avec ta mère, finit-il par ordonner à Pietro.

— Merci, monsieur le directeur, fit Nella dès qu'ils se retrouvèrent seuls.

— Cela ne veut pas dire que votre fils ne risque pas d'être renvoyé », reprit monsignor De Zotti.

Nella l'examina attentivement. Il avait des traits disgracieux, comme si son visage avait été taillé à la serpe. Une peau rugueuse, des lèvres fines et un nez aquilin le faisaient ressembler à une tortue. Mais il y avait de la bonté dans son regard.

« Il s'est défendu, dit-elle. Vous avez entendu.

— Sauf votre respect… madame, ici, nous ne sommes pas dans les faubourgs.

— Si je n'étais pas vêtue de manière misérable, vous n'utiliseriez pas ce ton-là, rétorqua Nella avec orgueil. Et pour évacuer d'emblée les questions qui vous distraient du problème principal : c'est vrai, je ne suis pas noble. Je suis une humble couturière. Mais j'ai mis assez d'argent de côté pour garantir à Pietro une bonne éducation. Y a-t-il autre chose ?

— Il reste le fait que…

— Que si ces vauriens n'étaient ni nobles ni riches, l'interrompit Nella, ce sont leurs mères qui seraient ici à ma place. Et ce seraient elles qui risqueraient de voir exclure leurs enfants. En particulier celle de ce prince qui voulait lui donner un coup de poing. »

Monsignor De Zotti ne répondit rien. Et il détourna le regard.

« J'apprécie votre silence, reprit Nella avec calme. Vous êtes un homme juste, ce qui nous permet d'avoir une conversation franche. Faites en sorte que ce gorille titré se tienne loin de Pietro. De mon côté, je passerai à mon fils un savon dont il se souviendra. Et je lui interdirai évidemment de venir armé à l'école. Car vous avez raison, ici nous ne sommes pas dans les faubourgs. Même si les méthodes de ce professeur me paraissent des méthodes de faubourgs. Et je serais vraiment navrée d'en arriver à penser que, dans votre établissement, seuls les frais de scolarité sont d'un niveau élevé. »

Monsignor De Zotti, piqué au vif, détourna à nouveau le regard.

« Cette question mise de côté, si vous acceptiez de perdre quelques minutes de votre précieux temps pour observer Pietro à l'heure du repas, vous découvririez qu'il sait tenir sa fourchette et son couteau beaucoup mieux que de nombreux rejetons de la noblesse. »

Monsignor De Zotti en restait coi. Il ne lui était jamais arrivé une chose pareille.

« Vous n'êtes pas une simple couturière, finit-il par dire, d'un ton très respectueux. Qui êtes-vous donc ?

— Je suis ce que je suis aujourd'hui, répondit Nella. Qui j'étais et qui je serai, c'est sans importance.

— Je suis sincèrement très admiratif, *madame**, dit monsignor De Zotti, se levant et s'inclinant légèrement.

— Les couturières ne peuvent perdre leur temps en mondanités, sourit Nella avec élégance. Les clients qui me permettent de régler les frais de scolarité vont frapper à ma porte ce soir pour récupérer leurs vêtements. Par conséquent, veuillez m'excuser si j'abrège cette conversation. »

Sur ces mots, elle quitta le bureau du directeur. Avec toute la fierté que lui permettait la douleur qui la brisait.

Monsignor De Zotti resta encore quelques instants abasourdi. Puis il sentit la fureur bouillir dans ses veines. Il ouvrit la porte et cria à pleins poumons, faisant fi de toute bienséance : « Où est cet idiot de Lamorgue ? Allez me le chercher ! Tout de suite ! »

« Qu'est-ce que tu as dans le crâne ? lança la comtesse à Pietro dès qu'il fut rentré chez eux, après les cours. Tu veux te faire renvoyer ? »

Le visage de Pietro était sombre, et son corps encore frémissant de colère.

« J'ai déjà pris trop de coups à l'orphelinat. Et j'ai appris qu'il n'y a qu'un moyen de les éviter : faire savoir aux autres qu'on est plus fort qu'eux.

— Tu es plus fort parce que tu gagnes une bataille dans la cour ? lança Nella avec sévérité. Lui, c'est un prince. Toi, un miséreux. Ton unique victoire, ce sera de ne plus être un miséreux.

— Excusez-moi, murmura Pietro dans un filet de voix. Enfin… excuse-moi.

— Arrête de te comporter comme un petit voyou, et travaille dur. »

Pietro, fébrile, se balançait d'un pied sur l'autre.

« Je ne suis pas sûr de vouloir encore étudier », finit-il par lâcher.

Nella le dévisagea.

« Tu as peur ?

— N… non. » Pietro se recroquevilla.

« Si, tu as peur de ces gosses, trancha-t-elle. Vrai ou faux ? »

Il ne put soutenir son regard.

« Tu veux capituler parce qu'ils sont riches et que tu es un crève-la-faim ? s'exclama-t-elle. Ça ne te ressemble pas. Ce n'est pas ce que j'ai lu dans ton regard, à l'orphelinat. Moi, j'ai vu que tu n'étais pas un perdant. Et je sais que je ne me trompe pas. Tu es un garçon capable de rêver. »

Il continuait à fixer le sol, sans répondre.

« Viens ! » Nella l'entraîna dans la rue. « Regarde autour de toi, ordonna-t-elle, regarde la misère, avec toutes ses difficultés. Tu les vois ? »

De nombreux habitants du quartier empruntaient la via di Panìco. Chaussures trouées, pantalons et jupes rapiécés. Une odeur de légumes pourris flottait dans l'air.

« Remercie Dieu d'être ici, reprit-elle. Et tu sais pourquoi ? Parce que dans un monde aussi moche il est plus facile de rêver. Tu n'as rien d'autre. » Elle baissa la voix. « Mais si tu cesses de rêver, si tu laisses tomber… alors, tu es fichu. » Elle indiqua certains passants. « Presque tous ceux qui vieillissent ici sont des gens qui ont cessé de rêver. Tu vois comme ils traînent les pieds ? Ils attendent la mort, résignés. En revanche, ceux qui ont lutté pour leurs rêves, ils ne sont plus là. Ils sont partis. » Elle repéra un vieil homme parmi la foule. « Mais regarde celui-là, par exemple. Tu vois ce petit sourire à peine esquissé ? Pourquoi sourit-il, s'il est encore ici ? Moi, je sais. Je parie que ce vieux monsieur a rêvé pour son fils. Et son fils n'est plus là. Alors pour cet homme, c'est comme si lui-même s'en était sorti. » Elle prit la tête de Pietro entre ses mains. « Tu as compris ? Tu fais partie de ceux qui vont s'en sortir, crois-moi. Mais il faut que tu rêves. » Elle sourit.

« Tu vas partir, même quitte à me laisser derrière toi.

— Je ne te laisserai jamais ! s'écria Pietro.

— Je sais que tu ne me laisseras pas, mon poulain, sourit-elle. C'est en ça que tu es si spécial. Mais si c'était nécessaire, tu le ferais…

— Non !

— Si c'était nécessaire, je t'y obligerais à grands coups de pied dans le derrière ! »

Nella serra la main de Pietro dans la sienne. Puis elle indiqua à nouveau le vieil homme. « Mais ne t'en fais pas… si cela devait se produire, je ne serais pas comme lui. Je ne resterais pas là. Je ferais tout pour m'en aller moi aussi. Je me battrais jusqu'au bout. Parce que je suis comme toi. Je sais rêver, et je sais lutter. Et je n'arrêterai jamais de le faire. »

Pietro secoua la tête.

« Je ne veux pas que nous soyons séparés !

— D'accord, d'accord, rit Nella, tu as la tête dure. Mais maintenant, travaille ! Et rêve ! »

Le lendemain, à la fin des cours, monsignor De Zotti fit appeler Pietro dans son bureau. Un homme en frac se trouvait avec lui.

« Le prince Stefano Chiodetti da Fibreno veut vous voir, monsieur Beltrame. » Puis, indiquant l'homme en frac : « Il a envoyé un carrosse pour vous conduire à son palais. »

Pietro se fit tout petit. Visiblement, les ennuis n'étaient pas terminés.

Il suivit le cocher, monta dans le carrosse et s'efforça de maîtriser son angoisse pendant tout le trajet.

À l'évidence, cette convocation n'annonçait rien de bon. Arrivé dans la via dell'Orso, au coin de la via dei Gigli d'Oro, le carrosse franchit une large porte cochère qui menait à une cour pavée de travertin blanc et gris sombre, disposé en rose des vents. Le cocher lui ouvrit la portière et l'invita à descendre. Tout autour de la cour, à environ deux mètres des murs, des orangers étaient plantés.

Pietro avait à peine mis pied à terre qu'un majordome l'invitait à le suivre, d'un ton suffisant.

Il fut conduit dans une pièce tapissée de rouge cardinal, avec des meubles tellement sombres qu'ils paraissaient noirs. Deux canapés recouverts de satin turquoise ressortaient dans cette élégante obscurité, disposés autour d'une table basse en onyx jaune, dont les veines dessinaient de parfaites formes géométriques.

Sur l'un des canapés était assis son agresseur de la veille, le fils du prince. Quand Pietro entra, l'autre leva la tête et le fixa d'un air hargneux, sans dire bonjour.

« Salut », fit Pietro timidement.

Le gros garçon l'ignora, dédaigneux.

Pietro resta debout, mal à l'aise.

Peu après, ils entendirent des pas feutrés, et le prince Stefano Chiodetti da Fibreno fit son apparition dans le salon. Il était plus grand que la moyenne, et certainement encore plus fort que son fils, avec des bras qui paraissaient presque des cuisses et un ventre imposant. Et pourtant, il se déplaçait avec une grâce incroyable. Il portait des chaussures à glands avec des semelles rouges, et marchait avec une telle légèreté qu'il ne faisait aucun bruit, comme s'il avait du feutre à la place des semelles. Il portait un costume de soie moirée bleue, aussi simple qu'élégant, dont la teinte fluctuait au gré des reflets de la lumière sur l'étoffe précieuse. Le bleu contrastait avec son gilet rayé jaune et rouge. Ses cheveux lisses et épais lui arrivaient presque aux épaules, et il avait un visage lumineux et charismatique. Un visage, se dit Pietro, capable de passer en une seconde de la plus grande bienveillance à la plus grande fureur. Et au milieu de ce visage si complexe était planté un petit nez fin et délicat, presque parfait.

Passant près de Pietro, le prince lui donna une tape dans le dos, qui lui fit perdre l'équilibre. Le garçon ne put saisir s'il s'agissait d'un chaleureux signe de bienvenue ou plutôt d'une intimidation, histoire de lui donner un avant-goût de sa force.

« Alors y strov' qu'c'esse ti, j'dis vrai ou pôvti ? » lança le prince avec un sourire qui fit étinceler ses dents bien blanches.

« Hein ? » lâcha Pietro, qui n'avait rien compris.

Le prince éclata d'un rire sonore. Il s'assit près de son fils et, un doigt en l'air, expliqua : « Quand j'étais jeune, on aimait dire des trucs qui n'avaient aucun sens : alors les gens ne comprenaient pas, disaient "Hein ?" comme toi, et nous, on criait : "Merde à vous !" Ça nous amusait beaucoup. » Il rit à nouveau. « Et moi, je continue à le faire ! »

Pietro ne savait comment réagir. Il ébaucha un sourire.

Puis, en un clin d'œil, l'expression débonnaire du prince disparut, laissant place à un air sévère et dur.

« J'ai appris ce qui s'est passé hier, reprit-il gravement, en baissant la voix. Et cela ne m'a pas plu.

— Je..., commença Pietro.

— Toi, tu parles quand je te le dis, coupa le prince avec autorité. Ce qui s'est passé hier ne m'a pas plu, disais-je. »

Et il fixa le garçon en silence, sourcils froncés.

Pietro crut mourir. Il ne savait que faire.

Puis le prince, tournant brusquement le cou, et sans qu'aucun autre muscle bouge, dirigea le visage vers son fils.

Alors celui-ci tourna les yeux vers Pietro et dit : « Je suis désolé. »

Le prince Chiodetti continua à fixer son rejeton en silence. « Debout », exigea-t-il enfin.

Le jeune homme s'exécuta. Pietro devinait qu'il craignait son père et qu'il couvait aussi beaucoup de colère contre lui.

« J'attends », fit le prince avec une expression dure. Son visage auparavant radieux était à présent un masque de pierre.

« Je suis désolé, reprit le fils. J'ai fait une erreur et je vous prie de m'excuser. »

Le prince scruta Pietro. « As-tu l'intention d'accepter les excuses de mon fils Ludovico ? » demanda-t-il.

Pietro enfonça la tête dans les épaules.

« Bien sûr...

— Entendu. »

Désignant Ludovico, le noble commenta : « C'est lâche, de s'en prendre à plus faible que soi. Surtout quelqu'un d'une classe très inférieure. Cela rabaisse aussi l'agresseur. »

Pietro se dit que le prince humiliait trop sévèrement son fils. Et tout à coup, il comprit la colère de ce garçon. Sans réfléchir, il intervint alors. « C'est ma faute ! C'est moi qui ai eu le toupet de me mettre à la hauteur de votre fils. Lui, il voulait seulement m'enseigner les bonnes manières. »

Le visage sombre de Ludovico changea soudain d'expression, et il ne put dissimuler sa surprise.

Le prince Chiodetti lui-même écarquilla les yeux.

« Malheureusement, je ne suis qu'un bouseux », conclut Pietro. Revenu de sa surprise initiale, le prince partit d'un éclat de rire cyclopéen. « Ah, vous faites un beau duo ! s'exclama-t-il. Un cul-terreux et un arrogant ! »

Soudain, Pietro ne se sentit plus mal à l'aise. Au contraire, il se rendit compte qu'il s'amusait. La comtesse lui avait dit que l'intelligence était une arme plus efficace qu'un couteau. Et c'était vrai.

« Toutefois, il y a toujours un espoir, reprit-il, continuant à jouer.

— Lequel ? » interrogea le prince Chiodetti.

Pietro sourit, sûr de lui. « Eh bien, si je deviens moins péquenaud, votre fils ne sera plus obligé d'être aussi arrogant. »

Le prince fit un sourire qui découvrit toutes ses dents, et ses yeux brillèrent. Il se tourna vers Ludovico. « Tu réalises ce qui se passe ? rit-il. Un péquenaud vient de donner une bonne leçon à deux fats de la noblesse. » Il regarda Pietro. « Tu me plais, mon garçon. »

Pietro inclina légèrement la tête, en signe de respect.

« Vous êtes trop généreux, monsieur le prince, répondit-il.

— Non, je n'ai jamais été généreux, rectifia le prince. Mais, même si cela paraît étrange à beaucoup de monde, j'ai beau être noble, je suis aussi honnête. »

Et là, comme un défi à sa propre masse, il se leva avec une agilité insoupçonnable. « Attendez-moi là. Je reviens tout de suite », dit-il en s'éclipsant.

Pietro croisa le regard de Ludovico.

La colère avait quitté le visage de celui-ci. Il sourit à Pietro et lui dit : « Hier, j'ai juste pensé que tu avais du cran. Aujourd'hui, je découvre que tu as aussi du cœur. Je m'en souviendrai. On a exagéré, surtout ce couillon de fils du marquis de Gallipoli… C'est un… Bref, tu en aurais fait de la bouillie, c'est un avorton… alors, je me suis senti obligé… » Il sourit à nouveau.

« C'est pardonné ?

— Bien sûr, c'est pardonné », confirma Pietro.

Les deux garçons se serrèrent la main.

À cet instant, le prince revint avec une grande boîte en bois fixée sur un trépied et sur laquelle était accroché un tissu noir.

Pietro ne voyait pas du tout de quoi il s'agissait.

« C'est un appareil photographique, expliqua l'aristocrate, remarquant sa stupeur. Prenez la pose dans la lumière… oui, là », et il indiqua un endroit où le soleil pénétrait par une large fenêtre. « Elle aura pour titre : "L'arrogant et le cul-terreux". » Et il se mit à rire.

« Qu'est-ce qu'il faut faire ? demanda Pietro à Ludovico tandis que le prince disparaissait sous le tissu noir, derrière la boîte en bois.

— Suis ses consignes, il est obsédé par ce truc, murmura Ludovico d'un ton complice. Tu dois juste rester immobile et sourire comme un crétin.

— Souriez ! » fit le prince.

Les deux garçons obéirent.

On entendit un petit *clic*. Et ce fut tout.

« C'est fini », annonça Ludovico.

Le prince Chiodetti réapparut. « Reviens demain, mon garçon, dit-il avec entrain. Je te montrerai ta photographie. »

Le regard de Pietro indiquait clairement qu'il n'avait aucune idée de ce dont on parlait.

L'aristocrate s'approcha d'un meuble et l'ouvrit pour en sortir des plaques et des cartons. « Ça, ce sont des photographies », expliqua-t-il.

Pietro reconnut sur une plaque le visage de Ludovico, mais plus jeune.

« Ce... ce n'est pas... un dessin ? demanda-t-il, bouche bée.

— Bien sûr que non ! Ça, c'est la réalité !

— La réalité..., murmura-t-il, fasciné, en manipulant plaques et cartons. La réalité, répéta-t-il, comme si tout était dans ce mot.

— Ça te plaît ? » demanda le prince.

Le regard que Pietro lui adressa fut plus qu'éloquent. Mais il ajouta tout de même : « C'est extraordinaire ! Merveilleux ! Fantastique ! »

Le prince fut frappé par l'enthousiasme de Pietro. Il se tourna vers son fils. « Tu as entendu ? » Puis il dit à Pietro : « Ludovico pense que c'est un jeu idiot... Lui, il poursuit de grands idéaux. »

Pietro remarqua que le regard de Ludovico s'assombrissait à nouveau.

Le prince Chiodetti lui posa une main sur l'épaule.

« Reviens demain. Si je vois que tu as des dispositions... je pourrai t'apprendre.

— Vraiment ? s'exclama Pietro.

— Bien sûr ! Mais c'esse qu't'avions pigé droit tout'suit', pô vrai ?

— Hein ? fit Pietro.

— Merde à toi ! » lança le prince en se tordant de rire.

23

Avril 1870
États pontificaux (Rome)

Marta tourna et retourna dans ses mains le morceau de papier que venait de lui remettre Melo. « Qu'est-ce que c'est ? » demanda-t-elle. Il y avait des mots qu'elle était incapable de lire, des chiffres, des tampons.

« Il faut toujours l'avoir sur toi, recommanda Melo.

— Qu'est-ce que c'est ? répéta-t-elle.

— Une carte d'identité. Ta carte d'identité. »

Marta regarda encore ce document. Il était plié en quatre. Et tout abîmé. Comme s'il était vieux.

« Tout le monde a une carte d'identité, expliqua Melo.

— Toi, tu en as une ? demanda-t-elle, ébahie.

— Oui, bien sûr.

— Et moi… pourquoi je n'en avais pas ?

— Parce que… » Melo haussa les épaules.

« Parce que je n'existais pas, comprit-elle d'un coup, et elle le dévisagea.

— Si c'est comme ça que tu le prends…

— Et comment je devrais le prendre ? s'exclama-t-elle, presque avec agressivité.

— On t'a emmenée avec nous…

— Et je n'existais pas ?

— Si, si, tu existais… bien sûr que tu existais… »

Melo se mit à agiter les mains. Mais ses gestes n'avaient aucun sens. « Tu faisais partie du cirque. Tu étais avec nous. Et… et personne ne nous aurait demandé ta carte d'identité. » Il devint tout rouge, prêt à exploser. « Bon Dieu de bon Dieu, quand je t'ai prise, tu n'étais qu'une fillette ! Tu ne pouvais évidemment pas avoir de carte d'identité ! » s'écria-t-il. Mais ce n'était pas de la colère. Plutôt de la gêne.

« Et pourquoi je devrais en avoir une, maintenant ? lui hurla Marta en plein visage. Pourquoi est-ce que maintenant je… je peux exister ?

— Mais tu existais ! Tu existais pour nous tous. Tu existais pour moi ! »

Marta eut envie de déchirer ce papier qu'elle continuait de tourner et retourner dans ses mains.

« Gamine…, fit Melo d'une voix plus calme, recouvrant la maîtrise de ses émotions. Il est important que, maintenant, tu aies une carte d'identité.

— Pourquoi ?

— Parce que nous sommes à Rome.

— Et alors ?

— Et alors… c'est le bazar. C'est une période difficile…

— Qu'est-ce qu'il y a d'écrit ?

— Quelque chose comme : "La Mairie de Contarina certifie…"

— Contarina ? l'interrompit aussitôt Marta.

— Oui, confirma Melo. C'est là que… bref, c'est là que tu as commencé à demander qui tu étais, d'où tu venais… quand tu nous as vus prendre la petite Lidia…

— Je suis vraiment née à Contarina ?

— Non. Tu veux savoir où je t'ai prise ? »

Marta se souvint avoir déjà répondu non à cette question, lors de jours désormais si lointains qu'ils semblaient appartenir à une autre vie. « Non, je ne veux pas le savoir. » Elle prit une profonde respiration.

« Et qu'est-ce qu'il y a encore d'écrit ? demanda-t-elle en lui tendant le papier.

— Moi non plus, je ne sais pas lire. Ou bien tu t'imagines que j'ai appris pendant la nuit ? »

Il voulut prendre Marta dans ses bras, mais elle se dégagea. « Je te l'ai fait faire par un des Loups qui... eh bien, qui a toujours fait des faux papiers. Regarde comme cette carte a bien vieilli. On dirait... une vraie. » Il tenta à nouveau de prendre Marta dans ses bras, et celle-ci tenta à nouveau de lui échapper. Mais cette fois, Melo l'attrapa fermement.

« Écoute-moi ! Je ne voudrais pas être un oiseau de mauvais augure. Mais maintenant, tu es dans cette histoire de libération de Rome jusqu'au cou. Tu as vu tous les soldats qui circulent en ville ? Si jamais ils t'arrêtent pour te contrôler, tu montres ta carte, et ils te laissent partir. C'est tout.

— C'est tout, répéta Marta.

— Mais oui, c'est tout.

— Et tu ne sais pas ce qu'il y a d'écrit ?

— Il est écrit que tu es née à Contarina. Le 5 mars 1853. Que tu fais un mètre soixante-cinq...

— 1853 ? Mais je n'ai pas dix-sept ans !

— Oh, tu fais plus que ton âge. Et puis, de toute façon, on ne sait pas quel âge tu as réellement.

— Eh non, fit Marta, sombre. On ne sait pas qui je suis.

— Ne joue pas à ça, dit Melo, sérieux.

— Ne joue pas à quoi ?

— Moi, je sais qui tu es. » Il la regarda droit dans les yeux. « Et tu le sais toi aussi. »

Marta tourna les talons et partit.

« Il faut toujours l'avoir sur toi ! » cria Melo derrière elle. Puis il flanqua un coup de pied dans un caillou. « Maudite gamine, elle a la tête dure », grommela-t-il.

« Ça, c'est moi… vraiment moi…, murmura pour une énième fois Pietro, incrédule, en passant le doigt sur la photo qui le montrait en train de poser avec Ludovico.

— Si tu frottes encore un peu ton doigt dessus, il faudra que tu dises "Ça c'*était* moi", parce que tu vas finir par effacer ta tête, rit le prince Stefano Chiodetti da Fibreno.

— C'est… un miracle, dit Pietro, sans parvenir à détacher les yeux de cette image.

— Ce n'est pas du tout un miracle ! s'exclama le prince, un doigt en l'air. Ça, c'est de la science !

— Mais… c'est quand même… » Et un sourire lumineux éclaira son visage. « C'est quand même… de la science miraculeuse ! » et il se mit à rire.

Le prince le regarda avec orgueil. « Ça te plaît vraiment, hein ? » Il eut un sourire radieux.

« Si tu savais le nombre de couillons que je connais qui disent "C'est bien", alors qu'à l'évidence ils n'en ont rien à faire !

— Vous m'avez dit que vous… que vous m'apprendriez », osa Pietro.

Le sourire de l'aristocrate devint encore plus éclatant. Il attira Pietro vers lui avec une vigueur telle que le garçon expulsa d'un coup tout l'air de ses poumons.

« Et comment ! Je te l'ai promis et je le ferai !

— Pass'qué vous vivois la prun' veill' », hasarda Pietro.

Le prince éclata de rire. « Ah, tu veux m'embobiner ? » Il rit à nouveau et lui flanqua une grande claque dans le dos, qui résonna comme un tambour. « Mais tu sais que le grommelot est une tradition de la maison ? Mon père me parlait ainsi quand j'avais ton âge. *Er nonno*[1] avait fait pareil avec lui, *et cetera*, *et cetera*, et on peut remonter jusqu'à Adam, *er primo*[2] de mes ancêtres, qui parlait toujours ainsi avec Caïn. » Il rit à nouveau. « Et c'est d'ailleurs pour ça qu'en grandissant il a fini par avoir les nerfs, Caïn. »

Pietro sourit.

« Et pourquoi parlez-vous de temps en temps… en romain ?

— On n'dit pas romain, mais *romanesco*, mon gaillard ! corrigea le prince Chiodetti. Essaie donc d'apprend'. Et si t'voulons piger pourquoi qu'j'te parl' *romanesco*, c'esse pass'qué c'tains trucs s'pouvons pas s'di' en italien. Pass'qué le *romanesco* t'vois… c'esse pô un' langue. C'est une manière de penser et de représenter le monde. Tu comprends ? »

Pietro approuva.

« Et alors, vous m'apprendrez vraiment à prendre des photographies ?

— Bien sûr. »

Le prince hocha la tête, sérieux, et fronça les sourcils comme si quelque chose le préoccupait.

« Mais promets t'moi de t'remett' à l'vent'.

— Hein ?

— Merde à toi ! rit le prince. Tu es vraiment un pigeon ! »

Il lui flanqua une nouvelle claque vigoureuse dans le dos.

---

1. Le grand-père, en *romanesco*.
2. Le premier, en *romanesco*.

« Mais pas aujourd'hui. J'ai un rendez-vous important. » Là, il frappa la photographie du doigt. « Celle-là, tu peux la garder. Je te l'offre.

— Merci », dit Pietro, recommençant à s'extasier sur ce prodige en noir et blanc.

Il n'entendit même pas le prince quitter la pièce.

« Il va sûrement au Circolo della Caccia », commenta Ludovico derrière lui. Pietro se retourna.

Ludovico se tenait sur le pas de la porte avec un air contrarié, les mains enfoncées dans les poches.

« C'est quoi, ce cercle ?

— Ils l'ont constitué il y a… six mois. En novembre dernier, répondit-il d'un ton plein de mépris.

— Qui ça ?

— L'aristocratie romaine. Tout ce qui les intéresse, c'est de pouvoir continuer leurs magouilles si nous réussissons à arracher Rome au pape.

— Si *nous* réussissons ? répéta Pietro, étonné de ce “nous”.

— Mon père pense que je suis un bon à rien et que mon histoire d'idéaux, c'est un enfantillage. Et moi, je ne perds pas mon temps à discuter avec lui. Il a décidé qu'il en était ainsi ? Eh bien, soit. Je ne m'intéresse à rien de ce qu'il pense. Et lui ne s'intéresse à rien de moi.

— Qu'est-ce que tu en sais ? demanda Pietro.

— Et toi, bordel, qu'est-ce que tu sais de moi et de ma famille ? s'emporta Ludovico.

— Je ne sais rien, c'est vrai », reconnut Pietro en haussant les épaules.

Ludovico ôta les mains de ses poches, gesticulant avec une passion croissante, au fur et à mesure qu'il parlait. « Mon père ne comprend rien. L'Italie unie est une idée extraordinaire. Les nobles comme lui ne pensent qu'à leurs affaires, ils ont peur de perdre leurs privilèges… mais ils ne comprennent pas que c'est un projet qui va bien au-delà de l'intérêt des individus. Nous avons été démembrés, dominés et humiliés pendant des siècles par les Autrichiens, les Espagnols, les Français, les Allemands… L'Italie était comme une putain. La putain de l'Europe. N'importe qui pouvait la baiser. » Pendant qu'il parlait, son regard s'enflammait. « Maintenant, nous avons l'occasion d'être une nation. Une vraie nation. Maintenant, chacun d'entre nous pourra utiliser le mot “patrie” ! Il ne manque que Rome. Un petit morceau, et pourtant tellement important, tellement symbolique. Moi, je n'en ai rien à foutre, de mes privilèges. Et je suis prêt à mourir pour ma cause. »

Pietro le contempla, surpris par tant de fougue.

Ludovico prit sa photographie.

« Laisse tomber ces conneries.

— Rends-la-moi ! » Pietro bondit et la récupéra. « Ce n'est pas une connerie. C'est quelque chose d'extraordinaire. »

Ludovico haussa les épaules.

« Tu veux vraiment voir quelque chose qui n'est pas une connerie ? Viens, je t'emmène quelque part.

— Où ça ?

— Là où je ne devrais pas être.

— Et alors, pourquoi tu y vas ?

— Parce que ce que je ne devrais pas faire… c'est précisément ce que devrait faire tout Romain qui se respecte, sourit Ludovico. Allez, viens. »

« Arrête-toi ! » lança un zouave à la hauteur de l'isola Tiberina.

Marta le regarda. C'était à elle qu'il en voulait. Elle se raidit. Que faire ? Fuir ? Mais il faisait partie d'une patrouille de sept soldats. Elle n'irait pas très loin. Elle s'arrêta.

« Où vas-tu ? » lui demanda le soldat.

Marta le fixa droit dans les yeux, s'efforçant de ne pas lui montrer sa nervosité et sa peur. « Je fais quelques pas, répondit-elle.

— Quelques pas ? » Le soldat avait un fort accent français. « Oui, c'est ça, quelques pas, répéta-t-elle en hochant la tête.

— Et où ça ?

— Dans Rome.

— Tes papiers », ordonna-t-il.

Marta sentit un coup au cœur tandis qu'elle glissait la main dans sa poche, d'où elle sortit le morceau de papier.

Le soldat le prit et l'examina.

« Et où ça se trouve, ce… Contarina ?

— Dans le Nord, répondit-elle. Près du delta du Pô. C'est… c'est un village. Un village sans intérêt… Vous ne pouvez pas connaître.

— Mais s'il a donné naissance à une jolie fille comme toi, sourit le soldat, alors il n'est pas si inintéressant que ça. Et qu'est-ce que tu faisais, à Contarina ?

— Rien… j'y suis née, c'est tout…

— Et… ?

— Et après, on a repris la route.

— Quelle route ? »

Marta remarqua que le soldat étudiait attentivement la carte d'identité.

« Je… je travaille dans un cirque. Le cirque Callari. Celui qui se trouve en ce moment derrière le Colisée…

— Tu es une gitane ? interrogea le soldat, dont le regard s'était brusquement durci.

— Non. Il n'y a pas de gitans, dans notre cirque. »

Le soldat sourit à nouveau.

« Tant mieux. Les gitans, ils me répugnent.

— Je ne suis pas gitane. »

Le soldat la scruta encore quelques instants avant de replier le papier, qu'il lui rendit.

« Il faut en prendre soin. Il est tout abîmé.

— Oui, vous avez raison… c'est que…

— Si tu n'avais pas eu tes papiers, je t'aurais emmenée à la caserne. Tu le sais, ça ? »

Marta le dévisagea un instant, sans broncher.

« Allez, c'est bon, vas-y », lâcha le soldat. Il fit demi-tour et rejoignit sa patrouille.

Marta s'éloigna en toute hâte. Puis elle s'arrêta pour regarder sa carte. *C'est peut-être vrai que tu portes malheur, horrible vieillard*, pensa-t-elle en se remémorant les mises en garde de Melo. *Mais que Dieu te bénisse !* Et elle éclata de rire. « J'existe ! J'existe ! »

Quand elle arriva au Caffè Perilli, il n'y avait pas encore trace de Ludovico.

Les autres jeunes patriotes parlaient de politique avec animation, ils se demandaient comment prendre contact avec le plus grand nombre possible de Romains et avec le royaume d'Italie. Toutefois, bien que ces discours la passionnent, Marta était distraite. Tout ce qu'elle voulait, c'était voir apparaître Ludovico, afin de vérifier ce qu'Armandina lui avait raconté.

Quand elle lui avait demandé des détails, la Bella lui avait dit que c'était comme avoir « des papillons dans le ventre ». Mais Marta ne comprenait pas. Comment c'était, d'avoir des papillons dans le ventre ? Alors, Armandina avait simplifié la chose, d'une manière fort peu romantique : « C'est comme quand tu manges trop de soupe aux fayots. Tu as les boyaux qui se tordent. »

Ainsi Marta, pendant le trajet du cirque au Caffè Perilli, n'avait fait que s'efforcer d'écouter son ventre. Elle s'était même arrêtée, yeux fermés, pour se concentrer sur le souvenir du visage de Ludovico. Mais son ventre se taisait. Elle se rappelait bien que, lorsqu'ils s'étaient regardés, quelque chose d'inattendu s'était produit. Elle avait eu l'impression que tout se taisait. Mais elle ne se rappelait rien qui ait à voir avec le ventre.

C'est des conneries, se dit-elle, assise dans un coin du salon privé. *Ce n'est pas parce que ça arrive à Armandina que ça doit forcément m'arriver aussi.*

À ce moment-là, saluant tout le monde d'une voix sonore, Ludovico fit son entrée.

Marta se leva, émue, et l'observa en souriant.

Dès que Ludovico croisa son regard, son visage s'illumina.

Mais c'est à cet instant même que se produisit l'imprévisible. Les yeux de Marta furent distraits par un garçon derrière Ludovico. Elle le regarda presque malgré elle. Sans imaginer qu'elle ne se contenterait pas d'un rapide coup d'œil dans sa direction. Sans savoir que ce jeune homme agirait sur elle comme un aimant. Qu'il lui couperait la respiration.

Elle eut un coup au cœur. Inexplicable. Inouï. Irrationnel.

Et là, elle sut ce que c'était, « les papillons dans le ventre ».

Elle tenta de reporter son regard sur Ludovico, sans y parvenir. Elle ne pouvait pas ne pas regarder ce garçon qui était avec lui. Oui, c'était comme un aimant. Elle en fut presque effrayée. Parce qu'à présent elle n'avait plus besoin des conseils d'Armandina pour savoir comment on choisissait un homme.

C'était la chose la plus simple et la plus idiote du monde, pensa-t-elle.

Elle l'avait vu, et son corps avait parlé pour elle. Le temps s'était arrêté. Le monde entier s'était arrêté.

Il était plus grand que Ludovico. Très grand. Et maigre. Un fil de fer. Et pourtant, il ne donnait pas une impression de fragilité. Au contraire. Ses yeux sombres scintillaient sous d'épais sourcils, noirs comme le charbon. Son nez était légèrement tordu, marqué par les restes d'un hématome maintenant presque résorbé, et il avait des lèvres charnues, quasi féminines, qui contrastaient avec sa mâchoire puissante. Mais ce qui la frappa le plus, ce fut sa mèche blonde rebelle qui retombait en bataille sur son front. Cette mèche acheva de la mettre à genoux.

Pietro parcourut la pièce des yeux. Il vit Marta, mais évita immédiatement de croiser son regard. Il n'avait pas l'habitude des femmes.

À ce moment-là, Marta éprouva une telle douleur physique qu'elle porta une main à ses côtes, certaine d'y trouver une lame enfoncée.

« J'espérais bien que tu reviendrais », fit Ludovico, la rejoignant.

Marta lui sourit sans vraiment sourire, comme une statuette de porcelaine. Ses yeux cherchèrent à nouveau ce garçon, derrière Ludovico.

« Ça, c'est Pietro, dit Ludovico. Viens par là ! » Et il l'appela.

Pietro s'approcha paresseusement, avec une démarche souple. Mais il donnait l'impression d'être prêt à bondir à n'importe quel moment. Ludovico fit les présentations : « Ça, c'est Marta. Elle est des nôtres.

— Ah…, lâcha Pietro avec une expression d'ennui.

— Toi aussi tu… tu es des nôtres ? interrogea Marta, en s'apercevant qu'elle avait du mal à parler.

— Non, répondit sèchement Pietro. Je m'en fiche totalement.

— Et alors, qu'est-ce que tu fais ici ? intervint avec agressivité l'un des jeunes gens du salon, qui avait entendu.

— C'est Ludovico qui m'a amené », répondit Pietro sans se démonter.

Et il fixa l'autre droit dans les yeux. Presque en le défiant.

« Comment tu peux dire que tu n'as rien à fiche du royaume d'Italie ? » demanda un autre garçon en approchant.

En un clin d'œil, tous les jeunes gens avaient encerclé Pietro.

« Restez calmes, recommanda Ludovico.

— Il n'y a pas de problème, ne t'en fais pas », sourit Pietro.

Il glissa les doigts dans sa mèche et, d'un geste fluide et très calme, la rabattit en arrière. Mais aussitôt, la mèche rebelle retomba sur son front.

Marta n'arrivait pas à le quitter des yeux, malgré ses propos qui allaient à l'encontre de ses propres idées. Mais elle n'arrivait pas à raisonner. Elle n'arrivait pas à penser. Elle ne sentait que cet aimant qui l'attirait.

« Alors ? insista un autre garçon. Comment tu peux dire que tu n'en as rien à faire ? »

Pietro s'avança vers lui. Trop près. L'autre fit un petit pas en arrière.

« Tu es déjà allé ailleurs ?

— Comment ça, ailleurs ? »

Le jeune homme tentait de lui tenir tête mais, ayant reculé, il avait déjà perdu.

Pietro l'abandonna pour s'adresser au premier garçon qui avait parlé.

« Et toi, tu as déjà quitté Rome ?

— Non. Et alors ?

— Vous vous trouvez là, dans votre belle Rome. Mais vous savez que dalle sur ce que c'est, le royaume d'Italie. »

Marta vit ses yeux noirs s'enflammer comme des tisons.

Il y eut un murmure de surprise.

« Qu'est-ce que vous connaissez ? reprit Pietro avec fougue. Le royaume d'Italie ! Les idéaux ! Ce n'est que de la merde, comme tout le reste. C'est ce qui a poussé mon père à… à se tuer. Après, ils ont donné à sa veuve une médaille en fer et l'ont jetée à la rue, sans plus se soucier d'elle. Ils ont pris tout son patrimoine. De vrais vautours. » Il les scruta les uns après les autres. « Voilà ce que c'est, votre royaume d'Italie ! »

Personne ne répondit.

Alors Pietro se tourna vers Ludovico, brandit en l'air sa photo et lança : « Merci, mais moi, je préfère ces conneries-là. On se voit en cours. » Et il se dirigea vers la sortie.

« Salut… », murmura Marta, presque sans le vouloir. Et à nouveau, elle ressentit ce violent élancement dans les côtes. Son cœur battait à tout rompre. Elle aurait voulu lui dire : *Arrête-toi. Regarde-moi.* Et en même temps, elle aurait voulu se rebeller contre cette sensation. Or, tout son être s'y abandonnait.

« Il finira par être des nôtres, assura Ludovico.

— Mais tu l'as entendu ? » ricana un des jeunes gens.

Ludovico se planta devant lui. « Moi oui, je l'ai très bien entendu. C'est toi qui ne l'as pas entendu, répliqua-t-il. Il a été blessé. Mais il est évident que c'est pour des motifs… économiques. N'importe quel gouvernement finit par faire des victimes innocentes. Et malheureusement, c'est ce qui lui est arrivé. » Il les regarda un à un. « Mais avez-vous perçu sa force ?

— Oui », chuchota Marta.

Ludovico se retourna, presque étonné. Mais ensuite, il approuva avec conviction.

Alors que les jeunes gens s'éparpillaient dans la salle, marmonnant et discutant, Marta ne pensait à rien d'autre qu'à la manière de revoir Pietro.

« Vous êtes amis ? » demanda-t-elle à Ludovico.

Celui-ci haussa les épaules.

« En réalité, nous avons commencé par être ennemis, rit-il. Ensuite, il m'a remis à ma place. Et pas une fois, mais deux ! » Il rit à nouveau. « Je ne sais pas ce que nous sommes, lui et moi. C'est un type bizarre. Je ne le comprends pas encore bien. Mais il est fort. Il me plaît.

— Oui… »

Il la regarda à nouveau, surpris.

« Oui quoi ?

— Oui… c'est… un type bizarre », reprit Marta.

Le garçon acquiesça, pensif. « S'il était de notre côté… »

C'est alors que Marta trouva la manière de le revoir.

« Tu ne sais rien de moi, commença-t-elle.

— Non, mais…

— Je fais partie d'un cirque.

— Un cirque ? » La surprise de Ludovico augmenta.

« Le cirque Callari.

— Comme c'est bizarre… enfin… c'est-à-dire…

— Et tu sais ce qu'il y a de plus bizarre ? poursuivit-elle. Dans le cirque, il y a un homme… qui peut paraître un homme ordinaire, mais qui… mais qui est un héros. »

Ludovico éclata de rire.

« Excuse-moi, Marta. Je ne voulais pas, mais…

— Tu as déjà entendu parler du capitaine Melo ? demanda-t-elle, piquée.

— Le capitaine… Melo ? » Il écarquilla les yeux.

« Ce capitaine Melo… là ? Le capitaine des Loups ? Celui qui ?

— Oui, lui, l'interrompit Marta, débordante de fierté. Il veut parler avec toi.

— Avec moi ? Et comment il me connaît ?

— C'est moi qui lui ai parlé de toi. Il m'a demandé qui était le chef de votre groupe et… bref, il veut faire la paix entre les Loups et vous.

— Incroyable ! »

Elle se mit à rire.

« Non, non, ce n'est pas du tout incroyable. Mais pour le moment, ne le dis pas aux autres. Parlez d'abord tous les deux.

— D'accord… c'est un honneur…

— Et viens avec Pietro, lança-t-elle.

— Pietro ? Et pourquoi donc ?

— S'il y a quelqu'un qui peut le convaincre d'être de notre côté, c'est certainement Melo. S'il n'y arrive pas, personne n'y arrivera. »

Ludovico approuva, tout en réfléchissant à ce qui allait lui arriver. « Le capitaine Melo ! » Il prit Marta dans ses bras.

« Et tout ça grâce à toi. Merci !

— Ne parle pas trop fort, conseilla-t-elle.

— Mais comment je vais faire, pour emmener Pietro ?

— Le cirque, ça plaît à tout le monde. Ne lui dis pas que ça a un rapport avec notre cause. Dis-lui que vous allez voir le spectacle, que tu as deux billets. Il y a un numéro équestre fantastique.

— Bonne idée. C'est vrai, le cirque plaît à tout le monde. » Mais la tête de Ludovico était tout à fait ailleurs. « Le capitaine Melo ! » chuchota-t-il.

Marta le salua et reprit le chemin du campement. Elle voulait rentrer vite mais, tous les deux pas, elle s'arrêtait pour se mirer dans tous les objets pouvant refléter son image. Pourquoi Pietro ne l'avait-il pas regardée ? Était-elle mal habillée ? Avait-elle les cheveux en bataille ? Était-elle laide ? Plus elle se posait ces questions, plus elle pensait que lui, en revanche, était irrésistible. Elle se sentait stupide. Mais en même temps elle riait, heureuse, parce qu'elle éprouvait quelque chose d'extraordinaire, bien que cela n'ait aucun sens, et bien qu'elle ne sache même pas qui était Pietro.

Elle finit par arriver à la roulotte d'Armandina, où elle grimpa comme une furie.

« Tout va bien ? demanda la Bella en la découvrant tellement fébrile.

— Qu'est-ce qui se passe, quand on tombe amoureux ? lança aussitôt Marta. À part les papillons dans le ventre, je veux dire. » Voyant bien que Marta ne pouvait attendre, Armandina lui répondit immédiatement. « Une sensation de joie mêlée de désespoir », expliqua-t-elle.

Marta songea que c'était exactement ce qu'elle ressentait. « Et pourquoi ? »

Armandina soupira. « Parce que nous sommes mal faits. »

24

Début mai 1870
États pontificaux (Rome)

« Viens, toi aussi », dit Pietro à Nella.

Ludovico était sur le pas de la porte. Il était passé chercher Pietro avec sa calèche.

« Mais non… sortez entre vous, protesta Nella.

— Il y a un numéro spécial avec des chevaux, sourit Pietro. Tu voudrais rater ça ? »

Les yeux de Nella disaient bien qu'elle en avait envie.

« Pietro a raison », intervint Ludovico qui découvrait, stupéfait, le taudis de la via di Panìco, et qui commençait à comprendre la colère de Pietro envers le royaume d'Italie. Ce qu'il n'arrivait pas à saisir, c'était comment ils avaient trouvé l'argent pour l'école. « Venez, madame. »

Nella réfléchit un instant, puis son visage, encore légèrement marqué par les coups de l'Albanese, s'illumina comme celui d'une fillette, et elle se leva trop précipitamment. Elle fit une grimace de douleur, qui cependant ne put assombrir la joie de son expression. « Très bien, allons-y ! » Chancelante, elle fit une pause.

« Mais combien ça coûte ?

— Nous sommes invités par quelqu'un qui travaille là-bas, répondit Ludovico. Nous n'avons pas à payer le billet. »

Le visage de Nella se détendit, et elle se dirigea vers les marches de leur logis.

La calèche était tirée par un seul petit cheval pie, à l'allure un peu comique.

Nella lui caressa le chanfrein, avant de grimper sur le marche-pied.

« *Permettez-moi de vous aider, madame** », dit machinalement Ludovico en lui tendant la main. Mais il se rendit compte qu'il avait parlé en français, comme c'était l'usage avec les femmes de son monde, et il se corrigea aussitôt : « Pardonnez-moi… laissez-moi vous aider.

— *Vous n'avez pas à vous excuser** », fit Nella, sans ciller. Elle s'appuya à la main qu'il lui tendait et monta dans la calèche. « *Merci beaucoup** », dit-elle en s'asseyant, avec ce sourire distingué qui contrastait tellement avec sa tenue.

Et alors, Ludovico comprit que le royaume d'Italie avait vraiment dû spolier cette famille.

Filant vers le cirque Callari, la calèche passa par le largo di Torre Argentina, où les vestiges archéologiques étaient devenus le domicile d'une immense tribu de chats.

« C'est là que Jules César a été assassiné, leur apprit Nella. Exactement là, où il y a maintenant le teatro Argentina. »

Ludovico était soufflé.

« Ah bon ? Je ne savais pas…

— C'est votre ville, vous devriez la connaître, le réprimanda Nella d'un ton léger.

— Oui… c'est vrai… »

Ludovico regarda Pietro. Il était tellement différent de sa mère ! Dans ses manières comme dans sa culture. Même le français qu'il parlait était rudimentaire, alors que celui de Nella était raffiné. Il y avait quelque chose d'étrange. Mais il ne trouvait pas d'explication.

À ce moment-là, ils aperçurent un groupe d'hommes en train d'insulter une patrouille qui faisait une ronde. On n'arrivait pas à comprendre ce qu'ils disaient, mais deux d'entre eux brandissaient des bâtons. Les militaires se jetèrent immédiatement sur eux et, en un éclair, les neutralisèrent. Mais avec brutalité. Une brutalité dictée par la tension et la peur, pensa Nella en regardant la scène. Certains réussirent à s'échapper, mais trois des agitateurs étaient à terre. Les militaires leur passèrent les menottes et continuèrent à les frapper. Puis ils les emmenèrent avec eux.

C'est une poudrière, pensa Nella. Et, inquiète, elle scruta Pietro. Elle aurait voulu lui dire de faire attention, mais elle ne pouvait pas le faire devant son ami. Cela aurait été gênant. Elle jeta un dernier coup d'œil aux militaires qui partaient avec les trois hommes. Et elle vit de la colère dans les yeux du jeune prince. Ils longèrent les majestueux forums romains, dont les marbres avaient été pillés par la curie et la noblesse afin de construire et décorer palais et églises, et qui servaient maintenant à la fois de décharge, de pâturage pour les moutons et de terrain de chasse nocturne pour les prostituées. Puis ils arrivèrent au Colisée et traversèrent les champs, au fond desquels on voyait le chapiteau à rayures blanches et rouges.

« Marta nous conseille de nous faire prédire l'avenir par une voyante qui se trouve à l'entrée, annonça Ludovico en riant.

— Pourquoi ça ? demanda Pietro.

— Parce que c'est amusant, rabat-joie ! sourit Nella. Bon, allez-y. Pendant ce temps, j'entre et je m'installe.

— Madame, dites au guichetier que nous sommes invités par Marta, précisa Ludovico. Voulez-vous que nous vous accompagnions ?

— Non, j'y arriverai, sourit Nella. Lentement, mais j'y arriverai.

— Je connais bien des aristocrates qui n'ont pas la classe de ta mère, dit Ludovico, fasciné, tout en observant Nella qui s'éloignait.

— Elle est où, ta voyante ? » demanda brusquement Pietro, car il n'aimait pas que l'on regarde la comtesse avec tant d'intérêt.

Ludovico repéra la baraque surmontée d'un écriteau : « Vous voulez savoir qui vous êtes et où vous allez ? Demandez à Alina. » Il rit en indiquant la diseuse de bonne aventure.

« C'est elle !

— Ça alors, qu'est-ce qu'elle est moche ! » Pietro rit aussi.

Sans cesser de se gausser, ils firent la queue derrière un couple de jeunes amoureux qui voulaient savoir quand ils allaient se marier.

La voyante empocha leur argent avant de demander aux fiancés : « Quoi empêcher mariage ?

— Rien, répondirent-ils.

— Alors, vous deux vous marier. »

Puis, apercevant Pietro et Ludovico, elle adressa un signe aux amoureux.

« Oust !

— Mais nous avons payé ! protesta le jeune homme.

— Et Alina avoir donné réponse, lança sèchement la voyante.

— Tu ne nous as même pas dit quand nous allions nous marier ! insista-t-il.

— Alina dit à toi, et après toi partir ?

— Oui », répondit la jeune femme en serrant anxieusement la main de son fiancé.

La diseuse de bonne aventure pointa son index vers le ciel. « Vous deux vous marier… le jour exact de vos noces. » Elle eut un nouveau geste d'impatience.

« Allez, oust, maintenant.

— Mais c'est une arnaque ! fit le jeune homme. Rends-nous notre argent !

— Toi poser question idiote, rétorqua la voyante. Et Alina donner réponse idiote. Toi vouloir vraie prophétie ? Toi couillon qui jette argent par fenêtre. Toi faire plus attention, sinon toi te faire toujours entuber.

— Mais je vais te casser…

— Toi, tu ne vas rien casser du tout, intervint Pietro en posant une main sur l'épaule du fiancé. File. »

Le garçon regarda Pietro et Ludovico. Ils étaient deux, grands et costauds.

Sa fiancée le prit par le bras. « Allons-y, mon amour. »

Alors la diseuse de bonne aventure se tourna vers Pietro – et à nouveau elle sentit des papillons dans le ventre – et Ludovico. « Venez, vous deux », dit-elle, un tremblement dans la voix.

« Marta a dit que nous devions venir te voir, commença Ludovico.

— Bien…, fit-elle en continuant à fixer Pietro derrière sa voilette. Et vous vouloir quoi ?

— Je ne sais pas, rit Ludovico.

— Alors moi dire ce que moi voir », fit-elle. Elle indiqua Ludovico. « Toi héros. Courageux. Importante cause dans ton cœur. » Regardant Pietro, elle tenta de ne pas laisser trembler sa voix. « Toi, amour dans ta vie. Pas un. Deux. Un est… Alina pas bien comprendre… Alina voir morceau papier… comme tableau… »

La photographie, pensa Pietro, mais sans rien dire.

« Et l’autre être fille, poursuivit la voyante, tandis que son cœur s’accélérait. Toi déjà vu fille. Et la revoir bientôt. »

Pietro haussa les épaules, les coins de la bouche tirés vers le bas.

« Il n’y a pas de fille dans ma vie, affirma-t-il, tu t’es trompée.

— Moi jamais me tromper. Toi regarder dans ton cœur, car elle être fille de ton destin, insista-t-elle, tandis qu’elle sentait à nouveau cet élancement douloureux dans ses côtes – “Joie et désespoir”, lui avait dit Armandina. Maintenant, oust. Moi fermer baraque.

— Nous te devons combien ? demanda Ludovico.

— Gratuit pour amis Marta. »

Tout en parlant, la diseuse de bonne aventure ferma son volet de bois, sortit de sa baraque colorée et, bossue et les jambes chancelantes, elle se dirigea vers les roulottes du cirque.

« C’est qui, cette fille ? » demanda Ludovico à Pietro.

À nouveau, Pietro haussa les épaules. « Je ne sais pas, je n’ai rencontré aucune fille. »

Pendant ce temps, dès qu’elle fut certaine de ne plus être vue, Marta courut jusqu’à la roulotte d’Armandina. Elle ôta son grimage et ses vêtements, arrangea ses cheveux en y nouant quelques rubans, enfila sa plus belle robe et mit un peu du rouge de la Bella sur ses lèvres. Puis elle retourna en courant vers l’entrée du cirque.

« Salut ! s’exclama-t-elle, feignant de tomber par hasard sur Pietro et Ludovico. Alors, vous êtes venus !

— Je n’aurais pas voulu manquer ça », répondit Ludovico.

À la façon dont ses yeux s’illuminèrent, Marta se dit qu’il ne parlait pas que de Melo. Et elle fut désolée pour lui.

Pietro lui adressa un signe distrait de la tête. Sa mèche blonde ondula sur son front.

Marta sentit ses jambes fléchir.

« Que vous a dit Alina ?

— Il paraît que Pietro a rencontré la femme de sa vie, plaisanta Ludovico en donnant un coup de coude à son ami. Mais il ne veut pas me dire qui c'est.

— Je n'ai personne, se récria Pietro, rougissant et tournant la tête pour que cela ne se voie pas. C'est des conneries pour les gogos. »

Marta le dévorait des yeux, avec ce papillonnement dans le ventre qui lui était désormais familier. *Joie et désespoir*, pensa-t-elle encore.

« Pourtant, moi, elle m'a dit quelque chose de juste, que j'avais une cause qui me tient à cœur. Elle parlait de Rome libre ! s'exclama Ludovico.

— Elle n'a pas parlé de Rome libre, rectifia Pietro. Elle a juste dit qu'une cause te tenait à cœur. Comme tout le monde. C'est du charlatanisme.

— Au contraire, elle est douée, intervint Marta, vexée.

— Elle est sûrement douée pour dire des conneries, rit Pietro. Je ne l'ai jamais rencontrée, la fille dont elle a parlé ! »

Elle est devant toi, songea Marta. *Je t'en prie, ouvre les yeux !*

« Et… le capitaine ? interrogea Ludovico. Où est-il ?

— Venez, dit Marta.

— Non, moi je vais retrouver ma mère, dit Pietro. Ces trucs-là, je n'en ai rien à faire.

— Viens, c'est un héros, insista Ludovico. Il arrivera peut-être à te convaincre que ce ne sont pas des conneries. »

Pietro poussa un gros soupir. Puis il hésita un moment avant de lâcher : « Bon, d'accord. »

Quand ils furent devant Melo, Marta lut clairement la déception dans le regard de Ludovico. Elle avait raconté à Melo que le jeune prince l'idolâtrait, or le vieil homme s'était présenté au rendez-vous en train de pelleter du crottin.

« Ce n'est pas vous, le capitaine Melo, n'est-ce pas ? » interrogea Ludovico.

Melo planta la pelle dans un tas de fumier et répondit : « Non. »

Le jeune homme sourit, soulagé.

« C'est bien ce que je pensais. Où est-il, alors ?

— Je vais le chercher », répondit Melo en montant dans sa roulotte.

Marta ne comprenait pas ce qui se passait.

Un instant plus tard, Melo réapparut dans son uniforme de capitaine. Bleu avec un col et des poignets rouges. Une fente nette dans la manche droite évoquait un coup de sabre. Cette tenue avait beau être ancienne et élimée, elle inspirait le respect.

Ludovico écarquilla les yeux.

« Je… je…, balbutia-t-il. Je ne…

— Assieds-toi, lui dit Melo en indiquant des bancs. Vous aussi, fit-il à Pietro et Marta, avant de prendre place lui-même.

— Capitaine, je… » Ludovico était gêné.

Melo porta l'index à ses lèvres, lui faisant signe de se taire. Rien d'agressif dans ce geste, juste de l'autorité.

« Je vais te raconter une petite histoire, commença Melo. Je peux te tutoyer ? Entre nous, on fait comme ça. Pas de mondanités.

— Ou… oui, bien sûr. »

Pietro sourit. Ce vieil homme commençait à lui plaire.

« Voici l'histoire, reprit Melo en allumant un bout de cigare au tabac très fort. Un célèbre gentilhomme avait été invité à un dîner dans le monde. Mais d'abord, il était allé à la chasse. Rentré trop tard pour pouvoir se changer, il s'est présenté à la porte du palais habillé comme il l'était, sale et crotté, mal rasé et décoiffé. Le portier et le majordome lui ont barré la route. Le noble leur a dit comment il s'appelait, mais les deux serviteurs, qui pourtant lui avaient fait la révérence bien des fois, se sont mis à rire et l'ont chassé. Le gentilhomme est rentré chez lui, s'est rasé, lavé, et a revêtu un de ses plus beaux habits. Puis il est retourné au palais et, aussitôt, les deux serviteurs se sont inclinés devant lui. Le majordome l'a escorté dans la salle à manger, l'a installé, et puis lui a apporté lui-même un bouillon dans une belle soupière. Le gentilhomme a pris la soupière et a renversé le bouillon sur lui. Quand le majordome, stupéfait, lui a demandé pourquoi il avait fait ça, le gentilhomme a répondu : "Ce n'est pas moi qui ai été invité, mais mon habit. Alors le bouillon est pour lui, pas pour moi." »

Pietro éclata de rire.

Ludovico piqua un fard.

« Je vous demande pardon, mon capitaine.

— Laisse tomber, coupa Melo. Les Loups vous ont fait exactement ce que tu m'as fait. Ils ont regardé votre date de naissance au lieu d'écouter vos paroles. Mais, comme tu vois… et sans vouloir les justifier… s'arrêter aux apparences, cela peut arriver à n'importe qui. À toi comme à eux. »

Pietro n'avait aucune idée de qui étaient ces Loups. Mais il savait une chose : ce vieux avait vraiment quelque chose de spécial.

Maintenant, Marta avait compris. Voilà pourquoi Melo s'était présenté en train de pelleter du crottin. Pour planter un décor qui fasse réfléchir Ludovico.

Melo se pencha vers le jeune prince.

« Je veux que vous travailliez ensemble.

— Mais eux, ils croient encore que…, s'enflamma Ludovico.

— Oui, je sais ! interrompit le vieux, agacé. Je t'ai dit que je veux que vous travailliez ensemble. Et c'est ce qui va se passer. Pour le bien de Rome. »

Pietro était ensorcelé par le charisme du vieil homme.

« Ici, on essaie de faire l'Italie… », reprit Melo à voix basse, tellement basse que Ludovico, Pietro et Marta durent se pencher vers lui. Tout à coup, on aurait dit qu'ils formaient un seul et unique organisme. « Et d'inclure Rome dans l'Italie. Et d'en faire la capitale. Je te le dis comme je vais le dire aux Loups : si votre orgueil personnel est plus grand que cet idéal, eh bien… laissez tomber. Tous autant que vous êtes. Vous ne servez ni à Rome ni à l'Italie. » Il fixa Ludovico. « Tu saisis le concept, soldat ? »

Ludovico se redressa sur son siège. « Oui, mon capitaine. »

Marta sentit une émotion intense l'envahir.

« Bien, conclut Melo en se levant. Quand j'aurai parlé aux Loups, Marta organisera une rencontre. Pour le moment, profitez du spectacle. » Il fit mine de partir. Puis il pointa son index vers Ludovico.

« Et la prochaine fois qu'on devra parler, laisse-moi pelleter la merde tranquillement.

— Oui, monsieur », fit Ludovico.

Melo tourna les yeux vers Pietro.

« Et toi, qui es-tu ? demanda-t-il.

— Personne », répondit Pietro.

Melo le dévisagea avant de sourire à sa façon bourrue. « À te voir, on ne dirait pas. » Il avait remarqué les œillades que lui lançait Marta. Il fit demi-tour et remonta dans sa roulotte pour se changer à nouveau.

« Je suis passé pour un sacré couillon ! s'exclama Ludovico.

— Parce que tu es un petit prince à la manque, rit Pietro.

— Oui, tu as raison. Je suis un petit prince à la manque, répéta humblement Ludovico. Mais je veux devenir un homme comme lui. »

Pietro lui flanqua une claque sur l'épaule. « Alors commence par pelleter de la merde », rit-il à nouveau. Et Marta rit de concert.

« Tu crois toujours que c'est des conneries, nos histoires ? questionna Ludovico.

— Combien il y en a, des hommes comme ce vieux ? lança Pietro.

— Pas beaucoup…

— Exactement. Dans sa bouche, ce ne sont pas des conneries. Mais dans la bouche d'un tas d'autres, ça devient d'énormes foutaises. »

Marta le regarda. Il avait exprimé la même idée que Melo, avec des mots différents. Les choses vides. Et les choses riches de sens. Quelque temps plus tôt, elle avait cru que Ludovico pouvait être un jeune Melo. Mais elle s'était trompée. C'était Pietro, le jeune Melo. Et les papillons voletèrent follement dans son ventre, avec une telle force qu'elle craignit qu'on ne puisse les entendre. Elle pressa une main sur son ventre et accéléra le pas. « Dépêchons-nous, le spectacle est déjà commencé. »

Ils entrèrent alors que le numéro des trapézistes s'achevait.

Balayant la foule du regard, Pietro repéra Nella. Elle leur avait gardé des places.

Les voyant, elle les appela. « Venez ! Le numéro équestre va débuter ! » ajouta-t-elle avec une excitation enfantine. Elle sourit à Marta. « J'imagine que c'est toi, notre bienfaitrice. Merci. »

Marta éprouva pour elle une sympathie immédiate. Tout en la trouvant un peu intimidante. Malgré ses habits modestes, cette femme ne semblait pas faire partie de leur monde. Elle avait une élégance innée, comme si elle était simplement *déguisée* en pauvre.

« Il est aussi bien qu'on le dit, ce numéro ? » demanda Nella en agitant le programme distribué à l'entrée. Elle savait même lire, se dit Marta.

« Oui…

— Et ce… » Nella vérifia un nom sur le tract. « Ce Sireno, c'est un grand cavalier ? »

Marta ne répondit pas tout de suite. Melo détestait Sireno. Il disait qu'il ne savait pas parler aux chevaux, mais uniquement leur flanquer des coups de fouet. « Oui… », dit-elle.

Nella haussa les sourcils. « Ton oui ressemble plutôt à un non, sourit-elle. Si tu n'apprends pas à mieux faire semblant, le patron du cirque va te passer un savon, plaisanta-t-elle d'un ton léger. Asseyez-vous donc. »

Pietro s'assit aussitôt près d'elle.

Marta s'apprêtait à se mettre à son côté, mais Pietro prit Ludovico par le bras et l'attira vers lui. « Allez, petit prince, qu'est-ce que tu attends ? »

Ainsi, à contrecœur, Marta fut obligée de s'asseoir près de Ludovico. *Il ne te regarde pas*, se dit-elle. *Il ne te voit même pas. Il faut te l'enlever de la tête*. Mais ce n'était certainement pas chose facile.

Annoncés par des roulements de tambours, quatre puissants chevaux, très grands et à la musculature impressionnante, firent leur entrée.

« Des frisons », murmura Nella à Pietro. Puis elle se concentra sur le numéro, à l'instant où entrait en scène Sireno, un homme au regard ténébreux et arrogant, vêtu d'un costume moulant qui mettait en valeur son physique avantageux. Il s'inclina devant le public, qui l'accueillit avec des applaudissements chaleureux.

Puis il fit claquer son long fouet en l'air et les quatre frisons se dressèrent sur leurs jambes arrière et restèrent en équilibre, immobiles.

Les spectateurs applaudirent.

Sireno fit à nouveau claquer son fouet et les frisons se mirent à avancer au pas, les uns à côté des autres, longeant la cloison qui séparait la piste du public. Un autre claquement, et les chevaux passèrent au trot. Un autre encore les fit partir au galop. Ils étaient tellement forts et lourds que les gradins vibraient sous les pieds des spectateurs.

« Ça ne me plaît pas, qu'il utilise le fouet. Il a aussi une cravache dans sa botte, murmura Nella à Pietro. Tu vois comme ils sont nerveux ? »

Pietro ne connaissait rien aux chevaux.

« Pas vraiment, non…

— Ils sont très nerveux, crois-moi. »

Sireno laissa le fouet au milieu de la piste et se plaça sur le périmètre que les frisons parcouraient à vive allure. Il se trouvait sur leur trajectoire, et une collision pouvait être fatale.

Le public retint son souffle.

Et là, au lieu de s'écarter, Sireno se mit à courir vers les chevaux, qui avançaient toujours, parfaitement alignés.

Tout le monde frémit. C'était du suicide.

Mais juste avant d'être renversé, Sireno bondit sur un petit trampoline que nul n'avait remarqué. Le trampoline le projeta dans les airs, par-dessus la tête des frisons, qu'il effleura. Il fit un saut périlleux et atterrit parfaitement en équilibre sur le dos du cheval qui foulait la partie la plus intérieure de la piste.

Le public éclata en un tonnerre d'applaudissements.

« En revanche, c'est un bon acrobate », admit Nella à l'adresse de Marta.

Celle-ci sourit et approuva, espérant que Pietro la regarderait. Mais non, rien.

Le numéro se poursuivait avec Sireno qui, en plein galop, sautait d'un dos à l'autre, dans l'enthousiasme général. Puis, pour se faire mousser davantage, il tira de sa botte la cravache que Nella avait tout de suite remarquée et il la brandit au-dessus de sa tête, comme une épée.

Effrayé, le cheval sur lequel il se tenait à ce moment-là fit un léger écart. Mais ce fut suffisant pour que Sireno perde l'équilibre. Il tenta de sauter sur le frison voisin mais celui-ci, nerveux, s'écarta également, et Sireno se retrouva projeté en l'air. Il était tellement agile qu'il transforma sa chute en une cabriole et qu'il se releva aussitôt : il n'avait rien, juste un costume sali par le sable de la piste.

La foule applaudit, mais le visage de Sireno exprimait la colère.

Pendant ce temps, perturbés par ce changement de programme, les frisons s'étaient arrêtés, et n'étaient plus alignés.

Sireno courut jusqu'au cheval qui l'avait fait tomber. « À genoux ! » hurla-t-il en brandissant sa cravache.

« Ne fais pas ça…, murmura Nella.

— Quoi ? » interrogea Pietro.

Elle ne répondit pas.

Le frison obéit à l'ordre, bien qu'avec réticence. Il plia les jambes avant et s'appuya sur les genoux.

À présent, même Pietro percevait la nervosité de l'animal.

Sireno contracta les mâchoires et découvrit ses dents. Et là, il asséna un violent coup de fouet sur l'encolure musclée du cheval.

« Imbécile ! » s'exclama Nella.

L'animal hennit de douleur.

Le public aperçut une ligne rouge se former sur le pelage noir luisant.

« Sireno ! » entendit-on hurler.

Pietro vit que c'était le vieux qui pelletait le crottin.

Mais Sireno n'était pas satisfait et, quand le cheval se redressa, ses naseaux dilatés expirant bruyamment de l'air, il le frappa à nouveau. Une autre ligne rouge tacha la robe de l'animal.

Le frison hennit plus fort, gagné par la peur. Il se cabra et, en atterrissant, manqua d'écraser Sireno, qui parvint cependant à sauter agilement sur le côté. Lorsque l'animal, pupilles dilatées, se retourna, le cavalier lui asséna sur la croupe un coup de fouet d'une brutalité inouïe.

Le cheval hennit encore, et rua de toutes ses forces.

Cette fois, Sireno ne se poussa pas assez rapidement, et un sabot le toucha à l'épaule – heureusement pour lui, pas à la poitrine –, ce qui suffit à le faire voler dans les airs et atterrir deux mètres plus loin.

Puis le frison, devenu fou, roulant les yeux et secouant sa tête puissante, s'élança au galop vers le public.

Les gens se mirent à crier. Les uns après les autres, tous se levèrent : le cheval avait l'air de les charger, aveuglé par la douleur et la frayeur.

Musumeci père, habillé en clown, tenta de freiner sa course. Malgré tout ce que ce moment avait de dramatique, il y avait quelque chose de ridicule à voir cet homme si petit s'interposer entre le public et cet animal gigantesque. Quand il comprit que le frison ne s'arrêterait pas, le nain se jeta à terre, protégeant sa tête avec ses mains.

Le cheval bondit par-dessus son corps avant de franchir la cloison de bois qui délimitait la piste, l'abattant avec ses jambes arrière.

Le public se précipita vers la sortie en criant.

Le frison se retrouva au milieu des gradins, qui commencèrent à céder sous son poids, et là, ralenti et entravé, il perdit totalement la tête. Il hennit et se cabra.

Les spectateurs en fuite tombaient, se faisant piétiner par ceux qui poussaient derrière, et les hurlements de panique emplissaient tout le chapiteau.

Tout en s'échappant, Ludovico et Marta s'écrièrent : « Sortez ! »

Pietro prit la main de Nella. « Partons ! » l'exhorta-t-il.

Mais Nella se libéra et se dirigea vers le cheval.

Melo, de l'autre côté du chapiteau, s'avança. Il devait faire quelque chose. Mais, alors qu'il commençait à traverser la piste, il aperçut une femme qui allait en direction inverse par rapport à ceux qui fuyaient. *Que fait-elle ?* se demanda-t-il. Et puis il remarqua, à quelques pas d'elle, grand et maigre comme un roseau, le garçon avec qui il avait parlé peu de temps avant, et qui était l'objet des œillades de Marta.

Pietro fixait Nella qui avançait vers le frison affolé, en se frayant un chemin parmi les spectateurs en fuite. Lui aussi était terrorisé, et n'avait pas le courage de la rejoindre. Mais il demeurait immobile, forçant ses jambes à ne pas se mettre à courir.

Melo vit le cheval se débattre et hennir, paniqué. Une de ses jambes était coincée dans les gradins, et risquait de se casser. La femme se trouvait maintenant à quelques pas de l'animal. Et elle ne s'arrêtait pas. *Il va te tuer*, se dit Melo.

Nella était à moins de deux mètres du cheval. Elle pouvait lire dans ses yeux la peur panique de sentir sa jambe prisonnière. Elle leva calmement la main droite, serrant les dents pour résister aux douleurs liées aux coups de l'Albanese. Mais elle savait qu'elle ne devait pas trembler ni faire de gestes brusques devant le cheval, autrement il perdrait encore davantage la tête.

Melo s'était arrêté. Il n'arriverait jamais à temps pour la sauver. Les hurlements des gens amassés à la sortie saturaient le chapiteau, et il ne put entendre ce que la femme disait, mais il vit qu'elle remuait les lèvres. *Elle lui parle*, se dit-il, étonné. Et il resta là à la regarder, fasciné.

Et c'est ce que fit également le public encore là, cessant de crier.

Et Pietro aussi, toujours immobile et terrorisé.

Et Marta et Ludovico.

Soudain, un silence absolu régna.

Nella parcourut lentement l'espace qui la séparait du cheval.

Il se calme, observa Melo. En effet, le cheval avait cessé de frémir. Melo vit que la femme le rejoignait. *Attention !* Mais elle ne s'arrêta pas. Elle sourit et, continuant à parler, tendit une main vers les naseaux du frison. *Il va te mordre !* pensa Melo.

Quand Nella posa la main sur le chanfrein de l'énorme animal noir, elle sentit ses veines palpiter sous sa peau, son cœur battre à tout rompre. « C'est fini, lui dit-elle avec douceur. Chhhh… »

Melo, stupéfait, vit le cheval baisser la tête. La femme fit un autre pas en avant, et passa un bras autour de la puissante encolure.

L'animal posa les naseaux sur son épaule. Nella sentait qu'à présent les battements de cœur du frison ralentissaient. « C'est bien », lui murmura-t-elle à l'oreille. Puis elle posa la main sur les deux blessures causées par la cravache. Nerveux, le cheval fit un petit écart. « Non… ne t’en fais pas… oui, je sais que ça fait mal… » Et il s’abandonna à ces caresses. « Chhhh… »

Melo n’en revenait pas. Il n’avait jamais vu une chose pareille. Il n’était pas sûr qu’il aurait pu en faire autant. Puis il vit que la femme, mains toujours posées sur le cheval, se mettait à bouger avec beaucoup de calme et de lenteur parmi les gradins détruits, poursuivant ses caresses le long de l’encolure et de l’épaule, puis sur le dos et les flancs, sur le ventre et enfin sur la cuisse. Il comprit tout de suite ce qu’elle voulait faire. *Non !*

Nella savait bien qu’à présent le frison pouvait l’atteindre d’un coup de sabot. Mais si elle ne tentait pas de le libérer, ce merveilleux animal finirait par se casser la jambe, et alors il faudrait l’abattre. « Chhhh… Tout doux… » Sans cesser de lui parler, elle dégagea des lattes de bois des gradins puis, d’une main ferme, saisit le jarret coincé. « Là, il faut que tu m’aides… », dit-elle avec calme.

Melo vit la femme saisir la jambe du frison et commençа à lui faire faire une rotation tout à fait contre nature. Il retint son souffle. Le cheval n’accepterait jamais qu’on le force à faire un mouvement aussi anormal. Or, il se laissa faire.

Quand la jambe fut libérée, Nella sentit que l’animal se vidait de toutes ses tensions. Elle se remit près du chanfrein. « Bravo, mon petit. » Elle sourit et le caressa. « Bon, on y va… », ajouta-t-elle. Alors elle souleva ses jupes, découvrant de manière scandaleuse ses belles jambes, et, d’un bond, elle fut sur le dos de l’animal.

Et Melo vit que le frison se laissait guider, docile.

Le public, qui avait observé en silence, éclata en longs applaudissements, admiratif et soulagé.

Pietro, resté immobile, se permit seulement alors de se mettre à trembler.

« Ta mère est incroyable ! » s'exclama Ludovico, qui le rejoignit avec Marta.

Pietro, raide, approuva de la tête.

Marta, en regardant son visage pâle comme un linge, comprit toute la peur qui avait dû être la sienne. Mais il était resté là. Parce que c'était sa mère.

Entre-temps, Nella avait atteint le centre de la piste, sous les applaudissements des spectateurs.

Melo caressa les naseaux du frison, sans cesser de contempler cette femme.

Nella, elle, ne regarda pas Melo mais Sireno, que l'on avait aidé à se relever et qui se tenait l'épaule, sans doute fracturée. Elle descendit du cheval avec agilité, et se couvrit les jambes. « C'est toi, la bête, pas lui, lança-t-elle à Sireno avec un regard plein de mépris. Avec le fouet, tu n'obtiendras que la peur, pas le respect. Tu es un lâche ! »

Melo vit que ses yeux violets semblaient lancer des flammes.

« Qu'est-ce que tu veux ? lâcha Sireno avec dédain. Ce cheval sera abattu. Il ne va pas pour le…

— C'est toi qui devrais être abattu ! grogna Melo en se plantant devant lui.

— Va te faire foutre, le vieux !

— Imbécile ! » Derrière eux, c'était la voix autoritaire d'Ascanio qui avait résonné. Il les rejoignit. « Ce cheval ne sera pas abattu. Ce n'est pas toi qui décides. Ici, c'est moi qui commande, n'oublie jamais ça, lança-t-il sévèrement à son petit-fils. Combien de fois Melo et moi t'avons dit de ne pas utiliser le fouet ? Mais tu as continué, comme si de rien n'était ! Tu t'en moques ! Parce que tu te crois intouchable ! Sous prétexte que tu es mon petit-fils, tu t'imagines déjà le patron du cirque ! Un imbécile, voilà ce que tu es ! Et voilà ce que ça a donné, ton fouet !

— Grand-père, je ne sais pas comment…

— Toi, tu ne sais rien de rien ! lui cracha Ascanio au visage. La preuve, c'est que si tu es encore vivant, c'est par miracle… mais maintenant, je n'ai plus qu'à rembourser tous les billets de la journée ! Et encore, Dieu merci, nos chevaux n'ont renversé personne ! » Il fixa son petit-fils avant de conclure gravement : « Tu me fais honte. »

Après quoi il s'éloigna, tête baissée, amer et furieux. Mais il s'arrêta pour se tourner vers Nella. « Merci, madame. Vous nous avez sauvés. »

Elle lui répondit d'un hochement de tête tandis que Pietro, Marta et Ludovico la retrouvaient sur la piste.

« Comment vas-tu ? demanda Pietro, inquiet.

— Il est temps que je rentre », répondit-elle d'une voix fatiguée, une grimace de douleur sur le visage.

Pietro vit un léger filet de sang au coin de sa bouche. « Attends », dit-il, et il le lui nettoya avec délicatesse.

Marta songea que c'était le fils le plus affectueux du monde.

Nella se tourna vers Melo. « C'est vous qui vous en occupez ? » demanda-t-elle en indiquant le frison.

Melo hocha la tête.

Elle passa une main sur les blessures de l'animal. « Mettez-lui…

— De l'huile de prêle et du calendula, oui, acheva Melo.

— Non.

— Non ? s'étonna-t-il.

— Non, sourit gracieusement Nella. Si j'étais vous, j'utiliserais le calendula pour calmer la douleur et l'inflammation mais, pour la cicatrisation, mieux vaut l'huile de la Saint-Jean. Et si vous ajoutez un peu d'extrait de *Serenoa repens*, le poil repoussera dru, et on ne verra pas la cicatrice. » Elle sourit à nouveau. « Excusez-moi si je me permets… »

Melo la contemplait, bouche bée.

Et à ce moment-là, Pietro comprit que cet homme tellement spécial venait de découvrir quelqu'un d'encore plus spécial que lui.

25

Début mai 1870
États pontificaux (Rome)

« Et pour finir, ça c'est l'obturateur, expliqua le prince Stefano Chiodetti da Fibreno. Il s'ouvre, laissant entrer l'image que tu veux fixer, et la plaque à l'intérieur… *s'en souvient*. La lumière “impressionne” la plaque, on dit comme ça. »

Il sourit à Pietro, satisfait d'avoir un élève aussi passionné. Il pouvait lire l'avenir de ce garçon dans ses yeux. Il ferait de la photographie. C'était de l'amour, pas un engouement passager.

« Tu saurais répéter ce que je t'ai appris ? lui demanda-t-il.

— Oui, mot pour mot, monsieur le prince », répondit Pietro. L'aristocrate le regarda. Ce n'était pas de l'esbroufe.

« Tu sais ce qui te manque, maintenant, pour être un vrai photographe ?

— Quoi ? »

Son fils Ludovico lui avait parlé des conditions misérables dans lesquelles sa mère et lui vivaient. « Ce qui te manque, c'est… de prendre des photos », conclut-il. Puis il s'occupa de détacher la grande boîte cubique du trépied qui la soutenait.

« On se revoit dans quelques jours. Et je veux de belles photos.

— Monsieur, je ne...

— Tu dis que tu adores la photographie et, quand je te donne des devoirs à faire, tu te mets à bredouiller des excuses ? lança le prince Chiodetti, fronçant les sourcils d'un air sévère.

— Monsieur... » Pietro était troublé et mortifié. « Je n'ai pas d'argent pour acheter un appareil photographique, dit-il en rougissant.

— Et pourquoi voudrais-tu en acheter un ? Tu l'as déjà, dit-il en tapant de la main sur l'appareil qu'il venait de démonter. Il est à toi, sourit-il. Et n'oublie pas le trépied et tout le nécessaire pour le développement. » Il indiqua un gros sac en cuir. « Là-dedans, il y a les plaques. Même si c'est lourd, il faut toujours l'avoir avec toi. Et quand tu auras fini les plaques, reviens ici et je t'en donnerai d'autres. »

Pietro demeura immobile, pétrifié, une véritable statue de sel. Son cœur battait tellement fort que sa poitrine semblait sur le point d'exploser, et il n'arrivait pas à dire un mot.

Le prince Chiodetti le regarda et éclata de rire. Il lui donna une chiquenaude sur la joue.

« Réveille-toi ! Quelqu'un t'a jeté un sort ?

— N... non, je... » Ses yeux commencèrent à s'embuer de larmes.

« Pas de pleurnicheries, sinon je le reprends ! » s'exclama le prince.

Pietro se mordit aussitôt les lèvres.

Le prince rit à nouveau.

« Je veux que tu prennes des photos et que tu les développes. Puis on verra ensemble si elles sont bonnes. D'accord ?

— Oui… monsieur…, bredouilla-t-il. Je… voulais… vous dire…

— Tu voulais me dire merci ?

— Ou… oui…

— Ben un peu, ouais ! rit le prince. Manqu'rait p'us qu'tu m'dises pô merci, hein !

— Merci… »

Le prince rit plus fort encore. Puis il laissa son rire s'éteindre et, l'écho de cette joie toujours sur son beau visage, il ajouta : « Tu deviendras photographe, Pietro. Et un bon. Je parierais là-dessus. » Et il donna une tape sur l'appareil photographique.

Marta raconta à Armandina que Pietro l'ignorait.

« Il t'accorde peu d'importance, ou il t'ignore carrément ?

— Il m'ignore carrément ! s'exclama Marta, accablée. Parfois, j'ai l'impression de lui être antipathique. Mais je ne sais pas pourquoi. »

La Bella éclata de rire.

« Qu'est-ce qu'il y a de drôle ? » interrogea Marta, vexée.

Armandina ne cessa pas de rire pour autant.

« Tes problèmes ne font que commencer ! prévint-elle, amusée.

— Qu'est-ce que tu veux dire ?

— Écoute-moi, et réponds sincèrement. »

Elle ne riait plus, pourtant on aurait dit que son rire résonnait encore dans son regard.

« Imagine : tu tombes sur un membre du cirque dont tu n'as rien à faire. Il te regarde, te sourit, te dit bonjour… Toi, qu'est-ce que tu fais ?

— Moi aussi, je dis bonjour et je souris.

— Parfait. Et maintenant un autre, dont tu n'as rien à faire non plus, te croise au milieu des roulottes à l'heure du déjeuner et, sachant que tu vas manger et lui aussi, te propose de faire le chemin avec lui… Alors toi, tu le plantes là, sans même lui répondre ? Ou bien vous faites le chemin ensemble, en échangeant quelques mots ?

— Je fais le chemin avec lui.

— Parfait. »

Marta fronça les sourcils.

« D'accord, mais… je ne vois pas le rapport.

— Vraiment, tu ne vois pas ? » Armandina la fixa en silence. « Ça alors, quelle oie blanche ! s'exclama-t-elle, avant de sourire avec douceur. Bon, réfléchis. Pense comme ça serait fatigant d'être désagréable avec ces deux gars du cirque dont tu n'as rien à faire… à moins d'être une connasse.

— C'est vrai, ça serait fatigant…

— Et ton Pietro… tu dirais que c'est un connard ?

— Non !

— Alors lui aussi, il doit trouver ça vachement fatigant, de t'ignorer, tu ne crois pas ?

— Mais…

— Tu es un peu lente, Marta ! Bon, je vais t'expliquer, rit Armandina. C'est évident, que tu lui plais ! Autrement, il ne ferait pas tous ces efforts pour t'ignorer.

— Mais pourquoi il fait ça, alors ? »

Le beau visage d'Armandina se fendit alors d'un sourire qui était aussi une grimace.

« Parce que c'est un homme.

— Et qu'est-ce qu'ils ont, les hommes ?

— Ce sont des couillons. » La Bella se mit à rire. « Surtout quand ils sont jeunes. Tu les as vus, quand ils sont entre eux ? Ils ne sont pas capables de s'étreindre. Alors qu'est-ce qu'ils font ? Ils se donnent des bourrades. Ils ne savent pas se dire : "Je t'aime." Alors ils se disent : "Va te faire foutre, ducon." Moi, je les aime, les hommes… mais ils sont inférieurs aux femmes. Surtout les jeunes. » Elle caressa la joue de Marta. « Tu vois ? Pour nous, faire une caresse ou la recevoir, c'est facile. Pas pour eux. » Elle poussa un soupir. « Parfois… quand ils ne me tapent pas sur les nerfs… je les trouve attendrissants. » Elle sourit. « Ce sont de petites bêtes craintives. Très craintives. »

Marta était plutôt déconcertée par ces propos. Elle n'arrivait pas à accepter l'idée qu'elle plaisait à Pietro. C'était une connerie. Pourtant, elle se rappelait quand Armandina lui avait parlé des papillons dans le ventre, et là aussi, elle avait cru que c'étaient des âneries, parce que cela ne lui était pas arrivé avec Ludovico. Et pourtant, ensuite, elle avait rencontré Pietro, et les papillons avaient commencé à voleter follement…

« Et qu'est-ce que ça veut dire, que mes ennuis ne font que commencer ?

— Qu'à un moment donné ton Roméo… surmontera sa peur.

— Et alors ? » Marta était suspendue aux paroles de la Bella.

Armandina se mit à rire.

« Oh, alors, tu verras bien toute seule. Tu crois que c'est marrant, si je te raconte toute l'histoire ? Vis-la, et découvre-la petit à petit.

— Mais…

— Oh, tu me casses les pieds, là, l'interrompit la Bella. Mais je veux te dire une dernière chose, que tu devras garder à l'esprit toute ta vie. Ne laisse jamais personne te faire douter de ta valeur ou de ta beauté. »

Marta ne s'attendait pas à ça. Elle haussa les épaules. « Je ne vaux pas grand-chose, et je ne suis pas belle », rétorqua-t-elle, bougonne.

Armandina lui donna une tape sur la tête. « Regarde-moi ! » lança-t-elle d'un ton autoritaire. Et, quand le regard de Marta croisa le sien, elle déclara : « Arrête de geindre comme une gosse. Il devrait y avoir une loi pour punir les gens comme toi, qui ont des ailes et qui ne volent pas ! »

À nouveau, Marta fut prise au dépourvu. « Moi j'ai… des ailes ?… »

Armandina l'examina intensément, avant de s'exclamer en riant : « Mais oui, imbécile ! »

« Fais de belles photos », lui avait dit le prince.

Et Pietro avait eu un moment de paralysie. Il avait regardé les maisons décrépies de son quartier, les monuments de Rome, le Tibre qui coulait paresseusement. Mais rien de tout cela ne l'avait frappé. Il ne voyait rien de vraiment spécial. Puis, tout à coup, la soirée au cirque lui était revenue à l'esprit. S'il avait eu son appareil à ce moment-là, il aurait photographié la comtesse en train de dompter le cheval devenu fou. Il aurait aussi photographié ses jambes, découvertes de manière scandaleuse, sourit-il amusé. Il aurait photographié les visages des spectateurs, médusés d'abord, admiratifs ensuite. Il comprit alors qu'un véritable photographe devait être prêt à saisir l'instant. Il devrait donc toujours porter son appareil avec lui. Parce que la vie ne prévient pas quand il va se passer quelque chose d'extraordinaire.

Mais maintenant, cet instant était passé. Il l'avait raté. Cependant, peut-être en restait-il quelque chose au cirque.

Une impression. Des personnages. L'atmosphère irréelle d'un lieu peuplé d'étranges créatures aux costumes bariolés.

Il n'avait qu'à y aller pour savoir si c'était vrai, se dit-il. Et pourtant, il hésitait. Sa seule manière d'accéder à ce monde qu'il souhaitait explorer, c'était Marta. Or, sans savoir pourquoi, il était gêné à l'idée de la voir. Il ne savait pas quoi lui dire. Ni comment se comporter avec elle. Autant il se sentait à l'aise avec les voyous, et avec les hommes en général, autant avec les femmes, il ne savait jamais par où commencer.

Pourtant, pour faire ces photos, il devait la voir et lui parler.

Il prit son équipement et se rendit au cirque.

« Et qu'est-ce que tu veux photographier ? » lui demanda Marta.

Cette visite l'embarrassait. Pietro était apparu soudain, totalement à l'improviste. Le cœur de Marta s'était mis à battre la chamade. Pourquoi voulait-il photographier le cirque ? Pour la revoir ? Mais, visiblement, il continuait à l'ignorer. Il évitait de croiser son regard.

« Alors ? Qu'est-ce que tu veux photographier ? » répéta-t-elle.

Pietro ne lui avait donné que quelques explications hâtives. Très mal à l'aise, il n'avait nulle envie de faire la conversation. Il voulait réduire au minimum les contacts avec Marta. Balayant les alentours du regard, il vit passer Musumeci père, en costume de clown.

« Ce nain, répondit-il.

— Ne l'appelle pas comme ça, le rabroua Marta.

— Et comment faut-il que je l'appelle ? »

Voilà, se dit Pietro, c'était exactement le genre de conversation qu'il souhaitait éviter.

« M. Musumeci.

— Très bien. Je veux photographier M. Musumeci, trancha-t-il.

— Seul ou avec toute sa famille ?

— Il y a d'autres nains ? Je veux dire, d'autres… Musumeci ? » Il n'en ratait pas une, pensa-t-il, embarrassé.

« Suis-moi », dit Marta.

Elle rejoignit Musumeci père et lui demanda s'il accepterait de poser avec toute sa famille pour une photo.

« Parce que nous sommes des nains ? » demanda-t-il directement à Pietro.

Le garçon le dévisagea un instant en silence.

« Oui », finit-il par lâcher.

Musumeci sourit. « C'était la seule bonne réponse. D'accord. »

Pietro se détendit. C'était ça, le problème, avec les femmes.

À l'orphelinat, les plus vieux le lui disaient souvent : elles foutent toujours le bordel, elles ont le chic pour rendre la moindre connerie compliquée. En revanche, avec Musumeci, tout s'était passé comme sur des roulettes. Aucun problème.

Mais côtoyer Marta le mettait particulièrement mal à l'aise, et ce, depuis le jour où il l'avait vue pour la première fois au Caffè Perilli. Il ne comprenait pas ce que c'était. Et n'avait pas la moindre envie d'y réfléchir.

Peu après, toute la famille Musumeci était alignée près d'une charrette, à côté d'une roue qu'aucun d'eux ne dépassait en taille.

« On ne bouge plus », recommanda Pietro. Et il appuya sur le bouton.

Après les Musumeci, ce fut au tour d'Armandina la Bella, la petite Lidia dans les bras, à l'intérieur de sa roulotte, près du poêle. Et puis ce fut au lanceur de couteaux, Andrej, qui prit la pose un poignard à la main, comme s'apprêtant à le lancer, en compagnie de son assistante, Irina, une dizaine de lames déjà enfoncées dans le panneau qui servait à leur numéro. Puis il photographia l'intérieur du cirque, pointant son objectif vers le haut pour cadrer les rayures du chapiteau, à travers lesquelles on percevait le brillant soleil de cette belle journée. Il photographia aussi Françoise, avec son costume de serpent en écailles, ratatinée à l'intérieur de la valise. Et Bernhard, le jongleur, qui faisait semblant de lancer une de ses massues. Et Volfango, le cracheur de feu, au moment où des flammes sortaient de sa bouche, tel un dragon.

Ensuite, il demanda à Melo s'il pouvait le prendre en photo.

« Non, répondit le vieil homme.

— Pourquoi ? demanda Pietro.

— Parce que je n'ai pas envie.

— Mais pourquoi ? »

Melo l'observa en silence, sans répondre.

« On s'en va », dit Marta à Pietro en le saisissant par le bras.

D'instinct, Pietro se dégagea. Presque agacé. Mais il s'aperçut que cela avait blessé la jeune fille.

« Excuse-moi… c'est que…

— Ce n'est rien », coupa Marta, humiliée.

Elle se dit qu'Armandina lui avait vraiment raconté des conneries. Pietro ne se contentait pas de l'ignorer. Il avait vraiment une dent contre elle. Elle se sentit gagnée par un sentiment de colère. *Pourquoi est-ce que tu es venu là, alors ?* eut-elle envie de lui crier. Mais elle craignait sa réponse : il était venu la voir parce qu'il ne connaissait personne d'autre au cirque. Et ça, elle ne voulait pas se l'entendre dire. Parce que plus elle le regardait, plus les papillons remuaient dans son ventre. « On y va », répéta-t-elle.

Pietro la suivit. Gêné. Il avait fait quelque chose de stupide. Et il avait été impoli. Mais il ne savait comment se rattraper.

« Tu as fini ou tu veux photographier autre chose ? » lui demanda Marta dès qu'ils se furent éloignés. Il y avait de la dureté dans sa voix.

Pietro se retourna et aperçut Melo en train de pelleter le crottin. Sans répondre, il installa son chevalet, camouflé par une charrette, et cadra.

« Qu'est-ce que tu fais ? interrogea Marta.

— Je le prends en photo.

— Il t'a dit qu'il ne voulait pas.

— Mais moi, je veux. C'est une bonne photo.

— Et tu t'en fiches tout le temps, de ce que veulent les autres ? lança-t-elle, irritée.

— Je suis photographe… », dit Pietro.

Et à ce moment-là, il crut découvrir une autre règle de la photographie. En tout cas, dans le sens où il l'entendait. Il fallait être prêt à saisir l'instant, certes, mais pour cela, il fallait aussi suivre son instinct. « Je suis désolé, mais je suis photographe », répéta-t-il en se glissant sous la pièce de tissu.

Marta se planta devant l'objectif. « Non », dit-elle, résolue.

Pietro sortit de sous le tissu. Il la fixa, mais seulement un instant. Puis il détourna les yeux. Il n'y arrivait pas. Chaque fois qu'il la regardait, il se sentait envahi d'un profond sentiment de gêne.

« Il ne s'en apercevra même pas. Il ne saura jamais.

— Mais moi, je le sais », rétorqua-t-elle.

Pietro eut un geste d'emportement. Il referma le chevalet, posa l'appareil sur son épaule et fit mine de partir. « Salut, lâcha-t-il. Merci. »

Marta resta un instant immobile. *Voilà, maintenant il n'a plus besoin de moi*, pensa-t-elle. « Attends ! » s'exclama-t-elle, une urgence soudaine dans la voix.

Pietro fit volte-face. À la vue de cette mèche qui ondulait, Marta eut le souffle coupé.

« Attends... », répéta-t-elle, sans savoir comment poursuivre. Pourtant, elle voulait le retenir encore un peu. Elle ne voulait pas qu'il parte. Il ne la regardait peut-être pas, mais elle, elle voulait le regarder, cela lui suffisait.

« Qu'est-ce qu'il y a ?

— Prends-moi aussi en photo », dit-elle spontanément.

Ces mots à peine prononcés, elle prit peur. Parce qu'elle se rendait compte qu'en réalité ce qu'elle demandait était autre chose : *Regarde-moi.*

Pietro était à présent encore plus mal à l'aise.

« Il faut que j'y aille...

— Je t'en prie », se surprit à dire Marta.

Cela ne lui ressemblait pas. Ce n'était pas possible, pensa-t-elle, elle n'avait pas pu dire une chose pareille. Non, elle n'aurait jamais dit ça. Et pourtant si.

Pietro la regarda. Secoua la tête.

Marta crut mourir. Mais ensuite, elle vit que Pietro installait son trépied. Et elle eut l'impression de mourir encore.

« Mets tes cheveux en arrière », lui ordonna Pietro.

Marta sentit le souffle lui manquer. Elle prit la pose, rigide, les yeux tout ronds.

« Plus naturelle. On dirait que tu es empaillée. »

Marta prit une profonde respiration. *Imbécile, il te regarde !* se dit-elle. Alors elle écarta les cheveux de son front, fit glisser une longue mèche sur son épaule, se mit légèrement de trois quarts et sourit. Un beau sourire rayonnant, car Pietro la regardait enfin.

Il passa sous le tissu. « Comme ça, ne bouge plus. » Il appuya sur le bouton. Mais ensuite il s'attarda, caché sous le tissu noir. Sans réussir à s'en aller. Parce qu'il lui était arrivé quelque chose d'étrange, en la regardant à travers l'objectif de l'appareil. Mais c'était une pensée trop dangereuse, qu'il chassa aussitôt.

Il sortit brusquement de sous le tissu, et saisit son appareil photo. « Salut », lança-t-il, tête basse. Et il partit en courant, avec son lourd sac en cuir rempli de plaques.

Il t'a regardée, se dit Marta. *Cela n'a duré qu'un instant, mais il t'a regardée.* Et elle rit, presque heureuse de cette misère.

Le prince Chiodetti da Fibreno regardait avec intérêt les photos que Pietro avait prises et développées. Il hochait la tête, satisfait. « Très bien, dit-il en observant le portrait de groupe de la famille Musumeci. Tu as un sens inné de la composition, bravo. » Puis il passa aux photos d'Armandina la Bella, du lanceur de couteaux accompagné de son assistante, du chapiteau à travers lequel filtrait la lumière du soleil – « Excellente idée ! » commenta-t-il –, de la contorsionniste dans la valise – qui le fit rire, ravi –, et du jongleur.

Quand il arriva à la photo du cracheur de feu, il fronça les sourcils et secoua la tête.

« Non, celle-ci ne va pas, dit-il. Regarde là… les flammes sont toutes floues. Tu vois ? On ne peut pas photographier les objets en mouvement.

— Moi, ça ne m'embête pas, qu'elles soient floues. On voit qu'elles sont vivantes.

— On ne peut pas photographier d'objets ou de personnes en mouvement ! affirma le prince, agacé. Il faut photographier en pose. C'est une règle qu'il faut respecter.

— Mais pourquoi ?

— Enfin, tu m'entends, quand je parle ? » Le prince perdait patience. « Il-faut-pho-to-gra-phi-er-en-po-se », scanda-t-il.

Pietro trépignait. Et il finit par éclater.

« Mais dans ce cas, un peintre a plus de possibilités de s'exprimer que moi ! La peinture n'est peut-être pas aussi réaliste, mais au moins, elle permet de montrer un homme qui court.

— La photographie, c'est comme ça, proclama le prince.

— Eh bien, moi, je la changerai ! soutint Pietro.

— Tu me fais rire, lâcha le prince, qui pourtant ne riait pas du tout. Tu es bien présomptueux.

— Peu importe, s'entêta Pietro. Moi, je ferai des photos floues. Je veux montrer l'action. »

Le prince eut un geste d'agacement, et jeta brusquement les photos sur son bureau. Les clichés s'éparpillèrent sur la table. Et à ce moment-là, son regard se posa sur la seule photo qu'il n'avait pas encore vue. Il la ramassa et la contempla avec attention. Il laissa échapper un long soupir et sourit, oubliant soudain leur dispute.

« Et celle-là, qui est-ce ?

— Ah… une fille du cirque, répondit Pietro. Marta.

— Elle est d'une beauté à couper le souffle !

— Ah bon ? fit le garçon en s'approchant.

— Et comment ! s'exclama le prince en lui tendant la photo. Pietro, cette fille me fait regretter de ne plus être jeune ! »

Pietro prit la photo et observa Marta. Et, en regardant cette image, il se souvint parfaitement de la première fois où il l'avait vue, au Caffè Perilli. Il avait senti ses yeux se poser sur lui, et il avait eu peur qu'elle ne se moque de lui parce qu'il était vêtu comme un crève-la-faim au milieu de tous ces jeunes richards. Il revit aussi le moment où ils s'étaient installés pour regarder le spectacle, et où il avait brusquement attiré Ludovico près de lui, car il avait eu peur qu'elle ne veuille s'asseoir à côté de lui. Et le souvenir de la journée précédente, au cirque, était encore frais dans son esprit. Mais ce n'était que maintenant qu'il comprenait pourquoi il évitait son regard, et pourquoi il n'arrivait pas à lui parler.

« Tu as eu besoin d'une photo pour découvrir qu'elle était belle comme le jour ? » rit le prince Chiodetti, déchiffrant son regard. Et il rit plus fort encore, frappant le bureau du plat de la main.

Mais Pietro ne l'écoutait pas. Parce qu'il venait de comprendre la sensation étrange qu'il avait éprouvée en prenant cette photo, et qui l'avait incité à rester sous le tissu.

« Tu es un sacré personnage, Pietro Beltrame ! Tu l'as devant toi en chair et en os, et tu ne t'en rends pas compte ? » Le prince se tordit de rire. « Je n'arrive pas à y croire ! »

Pietro comprit que, derrière l'objectif, là où il n'était pas vu, il se sentait protégé.

Car il avait peur de la vie.

Et il comprit pourquoi il n'avait jamais regardé Marta comme il la contemplait à présent sur cette photo.

Car il ne savait rien de l'amour.

26

Mai 1870
Royaume d'Italie (Toscane – Orbetello)
et États pontificaux (Rome)

On ne pouvait pas toujours tout calculer.

Leone Pompei s'en rendit compte le jour où l'émissaire du royaume d'Italie chargé de lui remettre les faux papiers et l'argent qu'il avait demandés par lettre au nom du capitaine Lonigro se présenta à la Locanda del Passatore à Orbetello.

« Où est mon ami Lonigro ? lui demanda le lieutenant Viviani, un homme d'une quarantaine d'années au regard lumineux et aux longues moustaches châtaines, les pointes recourbées vers le haut.

— Le capitaine Lonigro…, bredouilla Leone, dont le visage était marqué par la fatigue de toutes ces nuits passées à résister au sommeil, ou à se réveiller angoissé lorsqu'il y cédait. Le capitaine Lonigro… n'est pas là.

— Où est-il ? J'étais impatient de lui donner l'accolade.

— Eh bien… je crains que vous ne puissiez le faire…

— Et pourquoi ça ? se raidit Viviani.

— Parce qu'il est parti en mission, mon lieutenant », répondit-il.

Au cours des trois dernières semaines, personne n'avait encore découvert le cadavre. Leone y était passé à plusieurs reprises et, une fois certain que personne ne pouvait le voir, il avait scruté les rochers, là où il l'avait jeté. Il restait peu de chair. Le cadavre avait été dévoré par les crabes, mais aussi par des animaux plus gros. Des rats, sans doute. Et des renards. Certainement aussi par des mouettes et des corbeaux. Et la marée montante et descendante préservait le cadavre, d'une certaine manière, car la puanteur semblait à peine plus forte que celle des autres charognes que l'on pouvait sentir le long de la route.

« En mission ? » Viviani était sur la défensive. « Quelle mission ? Sa mission, ce n'est pas celle pour laquelle je suis chargé de lui remettre un pli tellement secret que l'on ne m'a même pas dit de quoi il s'agissait ?

— Oui… en effet… la mission dans laquelle il est impliqué en ce moment est directement liée à celle-ci. »

Leone avait cherché toutes les réponses possibles, mais le manque de sommeil lui embrumait l'esprit.

« Et quand revient-il ? interrogea le lieutenant, clairement contrarié. Je suis en poste à Pérouse, je ne peux pas rester ici à l'attendre.

— Sa mission actuelle concerne une piste… qu'il ne pouvait se permettre d'ignorer… La seule solution… c'est que vous me confiiez ce que vous avez à lui remettre…

— Hors de question. » Viviani était catégorique.

« Je comprends, mais… vous avez dit ignorer ce que vous devez lui remettre, tellement cette mission est secrète. Or, moi, je suis au courant, ce qui prouve que le capitaine a confiance en moi », sourit Leone.

Le militaire le dévisagea en silence. « Jouons cartes sur table, proposa-t-il ensuite, avec raideur. Je ne sais pas ce qu'il y a dans ce paquet parce qu'on m'a dit que la sécurité du capitaine Lonigro en dépendait. C'est un serviteur intègre et fidèle du Royaume. » Il fixa Leone. « En revanche, je suis au courant de votre rôle dans cette affaire, et de… qui vous êtes. Est-il encore nécessaire de vous expliquer pourquoi je ne vous le remettrai jamais ? »

La partie était finie, pensa Leone. Pourtant, dans le silence, sa tête continuait à travailler. Arrivé là, il n'y avait plus rien à faire. Il eut un sourire imperceptible. *Si, peut-être*, se dit-il.

« Je serai stationné à la caserne du régiment d'infanterie, juste à la sortie d'Orbetello, reprit Viviani. Deux jours, pas plus. Si le capitaine Lonigro revient, très bien. Autrement, je repars avec le tout.

— J'espère vivement que vous parviendrez à le rencontrer », assura Leone.

Viviani quitta l'auberge et s'éloigna à cheval.

Dans ce cas, vous serez bien obligé de le rencontrer, votre ami, pensa Leone. Il se rendit au restaurant où il commanda du poisson grillé, car c'était un mets qui ne pesait pas sur l'estomac et ne causait pas de somnolence.

Le lendemain, il fit parvenir un message au lieutenant Viviani : le capitaine reviendrait en début d'après-midi et lui demandait de le retrouver au coucher du soleil dans la pinède, derrière la plage de la Feniglia, dans la zone la plus proche de la terre ferme. Leone passa la journée à aiguiser le couteau que Lonigro avait laissé dans sa chambre. Puis il se rendit au rendez-vous muni d'une corde, d'allumettes et d'une bouteille de Centerbe. Il se posta dans le maquis, de façon à surveiller l'accès de la pinède et à pouvoir repérer l'arrivée de Viviani.

Et c'est ce qui se produisit.

Le lieutenant avançait d'un pas rapide. Il avait une démarche élastique et semblait presque rebondir sur le sol. À l'évidence, il était en excellente condition physique. Ce qui voulait dire que Leone devait le prendre par surprise. Et de préférence par-derrière.

Quand il passa près de lui, Leone sortit du maquis, et il ne lui fallut que trois pas pour le rejoindre, le couteau déjà prêt à atteindre sa cible.

Mais à cet instant, avec un mouvement de félin, Viviani roula au sol et asséna un coup de pied dans la cheville de Leone qui trébucha. En un éclair, le militaire se jeta sur son agresseur et le désarma. Il reconnut immédiatement le couteau d'ordonnance de son ami. « Où est-il ? s'écria Viviani en pressant la pointe de l'arme contre le cou tout mou de Leone. Que lui est-il arrivé ? Pourquoi as-tu son couteau ?

— Mon lieutenant, calmez-vous, je peux tout vous expliquer…

— M'expliquer quoi ? Que tu voulais me tuer ? Que tu voulais me poignarder dans le dos ? » Et pendant qu'il criait, la pointe du couteau pressait de plus en plus contre la peau de Leone, commençant à l'entailler.

« Mon lieutenant, je vous en prie…, pleurnicha Leone.

— Tu l'as tué ? » cria Viviani.

Il avait les yeux mi-clos et les lèvres serrées contre ses dents, comme celles d'un carnivore.

En le regardant, Leone éprouva pour lui une sincère admiration. Cet homme à l'air doux s'était transformé en véritable machine de guerre. Efficace et dangereuse. Très dangereuse. Leone se dit qu'il aurait aimé être ainsi.

« Je peux vous expliquer, répéta-t-il.

— Je t'écoute, haleta Viviani. Ensuite, je déciderai si je te tue ou si je te remets à la justice.

— Le capitaine Lonigro est mort…

— Salaud ! » Viviani appuya encore un peu davantage le couteau sur le cou de Leone.

« Non… », gémit-il en écarquillant ses yeux rougis.

Mais Leone jouait un rôle. Parce qu'il n'avait plus de cœur. Peut-être n'avait-il plus de vie non plus. Il l'avait perdue à l'instant même où sa femme avait cessé de respirer. Il s'était transformé en un être que lui-même n'aurait pu définir. « Il est mort…, reprit-il lentement, d'une voix pleurnicharde. Il a eu un infarctus. Vous savez qui je suis… La mort du capitaine, c'était la dernière chose que je pouvais désirer… » Et là, il prit une expression de désespoir total. « Tant qu'il était en vie… j'étais en vie moi aussi. Lui mort… je suis mort aussi… »

La pression du couteau se fit moins forte.

Il fallait continuer, c'était le moment. Ça marchait.

« Le capitaine a découvert que la femme que nous cherchons… s'est réfugiée à Rome…, expliqua-t-il. C'est une voleuse. Elle a dérobé des bijoux d'une valeur inestimable… et le capitaine a compris que s'il remettait toute l'affaire entre les mains de la diplomatie, la voleuse aurait le temps de se débarrasser de ce trésor avant d'être arrêtée. Vous comprenez ?

— Non », lâcha Viviani.

Toutefois, la pression du couteau diminua encore.

« Ce que vous deviez lui remettre, c'étaient de l'argent et de faux papiers pour lui et pour moi. Nous nous serions introduits dans les États pontificaux et l'aurions recherchée, comme deux espions… »

La pression du couteau se fit encore plus faible.

« J'ai commis une grave faute, je l'avoue, ajouta encore Leone en faisant semblant de pleurer. J'ai eu peur. Je savais que de l'argent et une nouvelle identité arrivaient. Je voulais les voler, aller à Rome et essayer de me refaire une vie. C'est ma seule faute, je le jure ! » Il sanglota. « J'ai même fait bénir la dépouille du capitaine par un prêtre, j'ai acheté un cercueil et je l'ai envoyé au cimetière d'Ansedonia. Je suis un être méprisable, je le sais ! Mais j'avais peur ! »

À ce moment-là, Viviani retira son couteau. Et relâcha sa prise sur Leone.

« Tu es vraiment une merde, dit-il, plein de mépris.

— Oui, je suis une merde…, répéta Leone, pleurant à chaudes larmes.

— Tu me dégoûtes, dit le militaire, et il se redressa en secouant la tête.

— Moi aussi, je me dégoûte. »

Leone se releva et prit à sa ceinture, derrière son dos, le grand couteau avec lequel il avait déjà tué le capitaine Lonigro. Viviani lui avait tourné le dos. La lame le frappa violemment sous l'omoplate gauche. « Je me dégoûte vraiment, ajouta-t-il. Mais je ne peux rien y faire… » Puis il se plaça devant le militaire et il planta le couteau dans son côté droit, juste sous les côtes. « “C'est dans ma nature”, dit le scorpion. » Et pour la première fois depuis qu'il avait tué sa femme, il eut un rire sonore, tout en frappant à l'abdomen le lieutenant qui le regardait avec une grimace de douleur.

Avec les dernières forces qui lui restaient, Viviani agita en l'air le couteau de Lonigro. Mais un instant plus tard, il s'effondra sur le terrain sableux couvert d'aiguilles de pin, et il poussa son dernier soupir.

« Amen », dit Leone avec sérieux. Puis il le fouilla, et trouva ce qu'il cherchait. Il ouvrit l'enveloppe et prit ses nouveaux papiers d'identité, un petit sac rempli de pièces d'or, et tout l'argent qu'il put dénicher dans les poches de feu le lieutenant Viviani. Il déchira la carte d'identité destinée à Lonigro et déshabilla Viviani. Il entassa du bois sec qu'il aspergea de Centerbe, et il y mit le feu. Il mouilla l'uniforme du militaire avec ce qui restait de la liqueur avant de le jeter dans les flammes qui, en un instant, s'élevèrent dans le ciel. Puis il traîna Viviani sur la plage, jusqu'à la mer. Il trouva des pierres qu'il attacha au corps nu avec la corde qu'il avait apportée. Il se dénuda à son tour et pénétra dans l'eau glacée. Il y avait peu de profondeur et Leone traîna le cadavre sur de nombreux mètres, tremblant comme une feuille.

Quand il perdit pied, il laissa le corps ainsi lesté couler, puis il regagna le rivage. Il courut vers le feu, qui crépitait encore, et se réchauffa du mieux qu'il put.

Puis il se rhabilla et rentra à l'auberge.

Il retourna dans sa chambre, prit du papier et une plume, et écrivit deux lettres.

La première était destinée au préfet.

Monsieur le Préfet,

J'ai reçu ce que je vous avais demandé des mains de mon cher ami le lieutenant Viviani. Je me permets de vous signaler, afin que vous fassiez de cette information ce que vous jugerez bon, et que vous décidiez s'il y a lieu de la communiquer à son supérieur à Pérouse, que le lieutenant m'a paru très anxieux, sans qu'il veuille me fournir aucune explication, souhaitant à l'évidence garder le secret. Mais à la façon dont il jetait des coups d'œil soupçonneux autour de lui, j'ai eu l'impression qu'il craignait pour sa vie. Naturellement, ceci n'est qu'une conjecture de ma part, puisque le lieutenant Viviani, quand je l'ai pressé de parler, a nié en bloc.

La seconde lettre était plus brève :

Lettre pour l'hôte de la Locanda del Passatore

Au nom du royaume d'Italie, mon assistant Leone Pompei n'ayant pas d'argent sur lui, et puisque je suis dans l'obligation de l'avoir à mon côté pour une enquête de la plus haute importance, je vous enjoins de le laisser partir sans aucune entrave. Les frais encourus seront couverts à mon retour, la semaine prochaine. Si des problèmes devaient survenir à cause de vous, je vous assure, au nom du roi, que vous le regretteriez.

Capitaine Primo Lonigro.

Ce soir-là, Leone Pompei dégusta une joue de bœuf accompagnée d'une sauce dense, sombre et savoureuse, obtenue par une longue cuisson dans un vin de la région, le Morellino di Scansano.

Puis il s'allongea sur son lit. Il était épuisé. Il pensa avec horreur que cette nuit, il n'arriverait pas à résister au sommeil. Il sentit son cœur ralentir. Son corps s'abandonner. Il ferma les yeux. Il fut happé par un tourbillon obscur. Et il sut qu'il allait mourir.

Or, quand il se réveilla, il était vivant. Ce qui l'étonna fort.

La première chose qui lui vint à l'esprit, ce fut le souvenir de ce rire qui était monté spontanément dans sa gorge au moment où il avait tué Viviani.

Peut-être que quelque chose avait changé, se dit-il. Peut-être que la mort n'était plus son ennemie. Mais une alliée.

Il fit ses bagages et remit à l'aubergiste la lettre qui lui était adressée. Il le regarda devenir écarlate de rage d'abord, et puis très pâle à la lecture des menaces. Enfin, il lui assura qu'ils reviendraient dans moins d'une semaine, et que le royaume d'Italie ne laissait jamais de comptes en suspens. Puis il se fit amener la calèche avec les deux chevaux.

Quand il atteignit la frontière des États pontificaux, il remarqua que le nombre de soldats avait augmenté. Et qu'ils étaient tous armés. Ils avaient l'air tendu.

Leone montra ses nouveaux papiers.

« Silverio Pepoli ? demanda l'officier de garde.

— Oui, monsieur, confirma Leone.

— Mais vous êtes de Cortone ! s'exclama l'officier, son visage s'illuminant. Moi aussi. Pourtant, je ne me souviens d'aucune famille Pepoli… »

Voilà une autre chose qu'on ne pouvait pas prévoir, se dit Leone, tout en sentant qu'il commençait à transpirer. Un couillon venant du même patelin pourri que celui indiqué sur sa carte d'identité. « Parce que je suis… né là par hasard, dit-il en espérant ne pas sonner trop faux. Ma famille était de passage quand ma mère m'a mis au monde… Vous voyez ? Comme ce bébé de Bethléem… »

L'officier se raidit.

« Faites attention à ce que vous dites, monsieur !

— Veuillez m'excuser, je ne voulais pas… »

L'officier se mit à rire. « Vous avez marché, hein ! » Il se frappa la cuisse de la main. « Ici, on est dans le royaume du pape. Le blasphème est de rigueur ! »

Leone rit avec lui, tout en se disant que c'était un sacré couillon. Il fit tamponner ses papiers. Ensuite il pressa ses deux petits chevaux, et le soir, alors que le soleil incendiait le ciel et traçait l'ombre de monuments, églises et palais à couper le souffle, il fit son entrée dans la Ville éternelle.

Arrivé en haut du Janicule, qui ne faisait pas partie des fameuses sept collines de Rome énumérées par Cicéron et Plutarque, il contempla la ville qui s'étalait sous ses yeux. Il observa les toits de tuiles rouges teintées de moisi et de fientes de pigeons.

Il ne craignait plus que la mort lui rende visite pendant son sommeil. Tout ça, c'était une invention de son cerveau. En revanche, la haine et le désir de vengeance qui l'avaient animé pour ne pas dormir, ça, c'étaient de véritables sentiments. Authentiques.

Maintenant qu'il avait évacué toute peur, il pouvait simplement être féroce.

« Tu es là, quelque part, comtesse. » Il sourit. « Et je te trouverai. »

Un vol d'oiseaux emplit un instant le ciel.

« Silvia di Boccamara…, chuchota Leone. À bientôt. »

27

Mai 1870
États pontificaux (Rome)

À la fin des cours, Ludovico rejoignit Pietro.

« J'ai appris que mon père t'avait offert un de ses appareils photo, dit-il en secouant la tête. Qu'est-ce qu'il aime jouer au grand seigneur ! laissa-t-il échapper, révélant sa jalousie.

— De toute façon, la photo, ça ne t'intéresse pas, hein ? dit Pietro. Tu sais, d'après moi, ça lui fait de la peine…

— Tu crois ? fit Ludovico sans pouvoir dissimuler un petit sourire.

— Bien sûr. »

Ludovico y réfléchit un instant. On voyait que ça lui faisait plaisir.

« Oh, de toute façon… » Il haussa les épaules. « Toi, tu sais ce qui m'intéresse. J'ai repensé à ce que disait le capitaine Melo, continua-t-il comme s'il poursuivait un discours déjà commencé dans sa tête et resté inachevé. Il a raison. Il faut mettre de côté les vanités personnelles au nom de la réussite de notre entreprise.

— Oui… bien sûr…, grommela distraitement Pietro.

— En attendant de rencontrer les Loups, j'ai décidé de parler aussi avec les artisans et... » Ludovico ne remarquait pas l'indifférence de Pietro. « Bref, avec ces voyous qui forment le troisième groupe de libération. Peut-être que nous nous sommes trompés à leur sujet. Tu viens avec nous ?

— Non, je...

— Allez ! s'exclama Ludovico. D'abord tu observes tout, et après tu décides si ce sont des conneries. Le capitaine Melo t'a plu, non ?

— Oui, mais...

— Tu viens ou pas ? insista-t-il.

— Bon, d'accord, lâcha Pietro.

— Alors on t'attend demain au Caffè Perilli. Après les cours. » Pietro soupira. Ça ne lui disait rien du tout. Ce qu'il voulait, c'était avoir du temps avec son appareil photo. Mais Ludovico était sympathique. Et puis, si ça se trouvait, Marta serait là. Même s'il ne savait pas quoi lui dire. Mais il voulait essayer de la regarder pour de vrai, et pas uniquement protégé par un objectif. À cette pensée, les battements de son cœur accélérèrent. Non, peut-être n'était-ce pas une bonne idée. Il se dirigea vers le sous-sol de la via di Panìco.

Le soir venu, Nella retira la casserole du feu pour la poser sur la table. C'était une simple soupe d'herbes sauvages, mais parfumée avec des têtes et des queues de poissons ramassées par terre, comme le faisaient autrefois les Juives du ghetto près de Sant'Angelo in Pescheria.

Elle plongea la louche pour les servir, Pietro et elle.

Pietro remarqua aussitôt qu'elle tenait à peine debout. « Je m'en occupe », dit-il en saisissant la casserole. Il la regarda. Elle était pâle comme un linge. « Tu n'es pas bien », lui dit-il.

Elle s'efforça de sourire.

« Quel casse-pieds ! Mange donc.

— Et toi, tu ne manges pas ?

— J'attends que ça refroidisse. C'est trop chaud. »

Mais il devinait qu'elle était à bout de souffle et avait besoin de récupérer après avoir fait ce simple effort de porter la casserole.

« Pour moi aussi, c'est trop chaud, lança-t-il alors. Je sors un instant.

— Où vas-tu ? demanda-t-elle avec un filet de voix.

— Je reviens tout de suite », répondit-il en sortant.

Dès qu'il se retrouva dans la rue, il serra les poings pour ne pas se mettre à pleurer. Il était inquiet. Il remonta la via di Panìco et tourna dans la première rue à droite, la via del Curato, car il savait que le docteur du quartier habitait là. Il frappa vigoureusement à la porte jusqu'à ce qu'une servante à l'air revêche vienne lui ouvrir.

« Qu'est-ce que tu veux, à cette heure-ci ?

— Ma mère est malade, dit Pietro. Il faut que le docteur vienne la voir.

— Qui est là ? » Une voix masculine résonna à l'intérieur.

Pietro se faufila dans la demeure sans attendre que la servante le laisse passer, et il courut en direction de cette voix. Il se retrouva dans la salle à manger. Le médecin, au visage aussi revêche que celui de sa servante, était attablé devant une pintade farcie aux pommes, aux oranges amères et aux châtaignes, accompagnée d'une miche de pain blanc. Sa carafe en étain était pleine à ras bord de vin rouge.

« Docteur, ma mère est malade », expliqua Pietro, anxieux. Le médecin le regarda tout en grignotant l'aile de la pintade.

Son menton était couvert de gras.

« À cette heure-ci ? Tu ne vois pas que je suis en train de dîner ?

— Elle est malade, répéta Pietro.

— Tu as l'argent pour payer ? demanda-t-il.

— Je le trouverai, je le jure, répondit Pietro, les yeux brillants.

— Il faudra faire plus que jurer, mon garçon. Il faudra d'abord trouver l'argent, et puis revenir. Si possible à une heure décente.

— Je vous en prie !

— Si tu ne t'en vas pas tout de suite, tu m'obligeras à appeler la police », prévint le médecin, tout en se jetant à nouveau sur sa pintade.

Pietro eut envie de renverser cette table dressée, mais il se retint. Tête basse, il gagna la sortie et rentra chez lui.

Nella était toujours assise à table, et toujours aussi pâle.

« Il faut que tu voies un docteur, dit Pietro en s'asseyant. Nous avons de l'argent ? »

Elle secoua la tête. « L'argent, on en a besoin pour manger. »

Il éloigna sa misérable assiette de soupe.

« Je n'ai pas faim, lâcha-t-il.

— Peu importe. » Nella émergea alors de sa torpeur. « Tu as besoin de forces », et elle poussa à nouveau l'assiette devant lui. « Et rappelle-toi que si nécessaire je te gaverai comme on le fait avec les oies. »

Il plongea sa cuillère dans la soupe et mangea un moment en silence, tête baissée.

« Tu fais tout ça pour moi ? finit-il par demander.

— Je fais ce qui doit être fait, coupa court Nella. Il faut que tu fasses des études et que tu partes d'ici. Je fais ce qu'il faut pour ça.

— Et tu ne penses jamais à toi ?

— Je penserai à moi après. Ne t'inquiète pas. Moi non plus, je ne resterai pas dans ce cloaque. »

Le regard que Pietro lui jeta alors aurait presque pu passer pour de la haine. « Et toi, ça te ferait plaisir, si quelqu'un se rendait malade pour toi ? »

Elle poussa un soupir. « Je vais très bien. Arrête ça. »

Puis, tandis qu'il expédiait frénétiquement sa soupe, elle s'endormit.

Quand Pietro s'en aperçut, il eut le cœur serré.

Il se leva, alla chercher son appareil photographique, le monta sur le trépied, installa le flash magnésique et prit une photo. Puis il prit Nella dans ses bras et la porta sur la soupente.

Elle s'en rendit à peine compte.

Ensuite, Pietro redescendit, ôta la plaque de l'appareil photo et commença à y travailler.

« C'est l'heure, lança Ludovico aux siens, devant le Caffè Perilli.

— Mais tu n'avais pas dit que Pietro viendrait aussi ? demanda Marta en regardant alentour, dans l'espoir de le voir apparaître.

— Il a dû changer d'avis. Tant pis pour lui, commenta Ludovico. On y va », insista-t-il avant de se mettre en route.

Déçue, Marta le suivit, les autres aussi.

« Je suis là ! Attendez-moi ! » cria une voix derrière eux.

Marta se retourna avec un coup au cœur, et elle vit Pietro arriver au pas de course. Sa mèche ondulait au vent, comme un merveilleux drapeau. Qu'est-ce qu'il était beau !

« Salut ! lui lança-t-elle avec enthousiasme.

— Salut », grommela Pietro.

Il la regarda et sentit à nouveau la gêne l'envahir. Alors il la dépassa et rejoignit Ludovico.

La journée au cirque n'avait servi à rien, pensa Marta. Il fallait qu'elle se mette à sa place. Elle ne l'intéressait pas, point final. *Pourquoi tu t'obstines ?* se demanda-t-elle. *Pourquoi aimes-tu tellement souffrir, crétine ?*

Elle avait déjà posé la question à Armandina. Et, du haut de son expérience, la Bella lui avait répondu que l'amour était comme une bête sauvage que l'on ne pouvait pas dompter. « Mais ça fait mal, très mal », avait ajouté Marta, les yeux pleins de larmes. Armandina avait hoché la tête. « Oui. La bête sauvage te dévore de l'intérieur. » Marta s'était dégagée avec colère. « Je ne veux pas éprouver cette douleur ! » s'était-elle écriée. Armandina avait attendu que la colère laisse place à l'amertume. Puis elle lui avait dit : « Dans ce cas, tu n'éprouveras jamais de joie non plus. Tu ne peux pas avoir l'un sans l'autre. Ça, c'est la règle. »

« Quelle règle pourrie ! grogna soudain Marta.

— Qu'est-ce que tu dis ? » réagit aussitôt Ludovico, toujours attentif à ce qu'elle disait ou faisait.

Cela agaça Marta, qui faillit le renvoyer à ses affaires. Toutefois, elle croyait comprendre que Ludovico éprouvait un sentiment semblable à celui qu'elle-même éprouvait pour Pietro. Et elle comprenait qu'elle ressentait pour Ludovico ce que Pietro ressentait pour elle, c'est-à-dire rien. Elle savait donc comment se sentait ce garçon.

« Rien, je parlais toute seule, comme les fous », répondit-elle avec un rire forcé.

Ludovico la regarda, les yeux brillants. Puis il retrouva son rôle de chef et annonça aux siens : « Par là. J'ai appris qu'ils se retrouvent dans l'atelier d'un forgeron de la via Margutta. »

Sur le chemin, Marta se dit que le nombre de militaires présents en ville semblait avoir augmenté. Mais ce n'était peut-être qu'une impression. Elle trouvait aussi que le regard des habitants, lorsqu'ils passaient près de ces patrouilles, exprimait à la fois la crainte et la haine. C'était peut-être vrai, que Rome était une poudrière. *Nous sommes nombreux*, pensa-t-elle.

Au bout d'une vingtaine de minutes, ils tournèrent dans la via Alibert, où ils furent accueillis par une violente odeur de fumier et d'urine, en plus d'une infecte puanteur d'égouts bouchés. Encore quelques pas, et ils trouvèrent sur leur gauche la via Margutta. C'était une rue étroite et boueuse, pleine de flaques dans lesquelles pataugeaient librement les cochons, déféquant n'importe où et dévorant tout ce qui pourrissait par terre.

« Quelle horreur ! s'exclama un des garçons.

— Tu as peur de salir tes chaussures ? » lança Ludovico en poursuivant son chemin.

Les autres le suivirent sans hésitation apparente. On voyait pourtant clairement qu'ils se forçaient à avancer.

Seuls Marta et Pietro marchaient d'un pas décontracté.

Ils s'arrêtèrent devant une grande porte vitrée en forme d'arc de cercle et dont la base en bois était pourrie. Ludovico voulut entrer, mais un homme – qui devait être un porcher, vu son odeur et son apparence – l'en empêcha.

« Mô où c'esse qu'tu vas duchnoc ? grogna-t-il. On n'ent' pô là, c'esse un truc à nous, un' réun' privée, t'vois ! »

Ludovico le regarda droit dans les yeux. « Ben c'esse qu'nous aussi on voulons particip' à c'te fête-là, hein ! Y a un 'blème ? » rétorqua-t-il sans se démonter.

Le porcher, pris de court, resta un instant coi, l'air un peu ahuri, avant de dire : « Bonben attends, hein ! »

Il passa la tête par la porte entrebâillée et cria : « He oh, c'esse qu'y a des goss' qu'voulons entrer, là !

— Eh bien, fais-les entrer », répondit une voix à l'intérieur.

Une voix calme et profonde, qui parut familière à Pietro. Et qui le mit sur ses gardes. Il eut envie de partir. Mais la porte avait été ouverte, et Ludovico et les autres étaient déjà à l'intérieur. Alors Pietro les suivit.

Les plafonds étaient voûtés, les murs de tuf noircis par la fumée. Tout baignait dans l'odeur de métal fondu et de feu typique des ateliers de forgerons. Il faisait très sombre. Les yeux devaient s'habituer.

« Alors, vous êtes qui ? Et vous voulez quoi ? » fit la même voix.

Pietro se figea. Bien sûr, qu'il connaissait cette voix. C'était celle de l'Albanese.

Le scélérat avait quitté la table autour de laquelle étaient assis une dizaine d'hommes, qui avaient tous l'air aussi peu recommandable que lui, et il rejoignit Ludovico et les autres, les examinant de pied en cap avec un sourire goguenard. Il puait le vin.

En croisant son regard, Pietro craignit d'être reconnu. Après tout, peu de temps s'était écoulé depuis le jour où l'Albanese lui avait dit de débarrasser le plancher, dans le vicolo della Volpe. Le jour où ce gars lui avait flanqué une claque et craché dessus.

Mais l'autre ne sembla pas le reconnaître.

« Nous sommes le Comité de la jeunesse pour la libération de Rome, qui se réunit au Caffè Perilli, commença Ludovico.

— Eh ben ça alors ! » ricana l'Albanese.

Sans céder à la provocation, Ludovico poursuivit : « Nous pensons que pour le bien commun il serait utile d'unir les forces de tous les patriotes romains. »

L'Albanese s'approcha de lui. Il prit entre le pouce et l'index le revers de la veste en velours bleu de Ludovico, dont il tâta la douceur. Quand il enleva sa main, il y avait une tache sur le vêtement.

« Mignon, ce costume, fit-il. Il coûte combien ?

— Je ne sais pas… », répondit Ludovico, soudain mal à l'aise. L'Albanese se tourna vers le porcher à l'entrée.

« Grugno[1], lança-t-il, elle t'a coûté combien, la veste en mouton que tu portes ?

— Je l'ai payée dix saucisses », répondit l'autre.

Regardant à nouveau Ludovico, l'Albanese se remit à tripoter le revers de sa veste, y laissant d'autres taches. « Grugno sait combien coûte sa veste merdique, et toi tu ne connais pas le prix de ton petit costume de tapette ? » Il le fixa en silence. « Tu vois comme vous êtes différents, Grugno et toi ? Et toi, tu voudrais… Comment tu dis, déjà ? » Il gloussa.

« Ah oui… unir les forces !

— Monsieur…, commença Ludovico.

— Bordel, comment tu peux m'appeler monsieur ? lui hurla-t-il en plein visage. Tu ne vois pas que je me balade avec un couteau à la ceinture ? Que je suis aussi sale que les cochons, là-dehors ? Que j'ai les yeux plus rouges et plus méchants que les rats qui nagent dans le Tibre ? Va dire "monsieur" à quelqu'un d'autre ! Moi, je n'ai pas un petit papa pour m'acheter mes costumes. Ni une petite maman pour me torcher le cul. » Il lui donna une bourrade. « Quelles forces tu veux unir ? Tu me donnes ton argent ? Je ne serais pas contre, tu sais ? Alors, tu me le donnes ?

— Non, nous…

1. « Groin » en italien.

— Non, que tu me le donnes pas ! Je sais bien que tu veux tout garder pour toi, fils à papa. »

L'Albanese devint plus agressif. Le vin lui voilait le regard et le faisait bafouiller. « Maintenant, je vais t'expliquer comment on fait la révolution, reprit-il. Pas comme vous, les damoiselles des cercles et des comités de mes deux… qui ne savez faire que de la politique. Et pas non plus comme ces nostalgiques de la République… ces vioques dont la queue ne se dresse même plus, et qui vivent en se souvenant de comment ils baisaient autrefois. » Il grinça des dents, telle une bête sauvage. « Non. Nous, la révolution, on la fait en égorgeant les prêtres et les riches ! Et en prenant tout leur pognon ! Notre révolution, on la fait en prenant Rome par la force. » Là, il poussa un cri féroce, et fit mine de mordre l'air avec ses crocs. « On l'arrachera avec les dents ! »

Les hommes de l'atelier applaudirent.

Pietro pensa à Nella qui souffrait depuis des semaines, et il sentit le sang lui monter à la tête. L'Albanese était un salaud. Pietro parla très vite, oubliant sa prudence.

« Et ta révolution, elle se fait aussi en frappant les femmes sans défense ? »

L'Albanese le regarda. Puis s'approcha lentement de lui.

Pietro ressentit un mélange de peur et de colère. Mais il se força à rester immobile et à ne pas reculer.

« Les femmes sans défense ? » Le scélérat se mit à rire. « Tu ne sais rien de la vie. Les femmes sont toutes des putains. C'est comme les prêtres, qui sont tous des pédés, et les riches, tous des usuriers. Écoute mon conseil : ne tourne jamais le dos à une femme parce que, même si elle n'a pas de pine, elle n'aura aucun mal à t'enculer. »

Ses hommes éclatèrent de rire.

« Et maintenant, partez. Les damoiselles, nous, on ne sait pas quoi en faire, jeta l'Albanese en tapant un doigt sur la poitrine de Pietro, presque jusqu'à lui faire mal. Nous, la révolution, on la fait pour bouffer, pas pour la gloire. Dehors ! »

Tous les jeunes gens sortirent dans la fétide via Margutta, tête basse. Nul ne savait que dire.

« Elle est jolie, ta révolution », lança Pietro à Ludovico. Il était furieux d'avoir revu l'Albanese et, encore une fois, de ne pas avoir trouvé le courage de le tuer, comme il le méritait. Il enfonça les mains dans ses poches et s'éloigna vers la piazza del Popolo.

Marta n'hésita qu'un instant. Puis elle le rejoignit en courant. « Où vas-tu ? demanda-t-elle. Je peux venir avec toi ? »

À l'idée de rester seul avec elle, Pietro eut presque plus peur que devant l'Albanese. « Rends-moi un service, lui dit Pietro. Laisse-moi tranquille. Toi et tous ces couillons. »

Marta s'arrêta net, comme si Pietro lui avait donné un coup de poing dans l'estomac. Elle se retourna et vit que Ludovico la regardait avec des yeux identiques à ceux qu'elle-même devait avoir au même instant. Elle se vit réfléchie en lui. Avec le même air de chien battu.

« Laissez-moi tranquille ! » hurla-t-elle rageuse, avant de s'en aller elle aussi par son propre chemin.

Le lendemain matin, toutes les cloches de Rome appelaient les fidèles à se rassembler pour la messe du dimanche.

Quand Nella se réveilla, Pietro avait préparé le petit déjeuner.

Un bol de bouillon et du pain rassis.

Elle le remercia d'un sourire.

Mais Pietro n'avait pas envie de sourire. Il prit son appareil photo et le posa devant elle, sur la table. « Tu sais ce que c'est, ça ? » Sans attendre sa réponse, il continua : « C'est un révélateur de vérité.

— Tu t'es levé du pied gauche, ce matin ? » interrogea Nella.

Il lui tendit un petit carton rectangulaire. « Regarde. Si tu ne connaissais pas cette femme et que je te montrais sa photo, qu'est-ce que tu penserais ? demanda-t-il d'un ton sombre. Qu'elle va bien ? »

Elle prit la photo. Elle découvrit le portrait impitoyable qu'il avait fait d'elle. Elle se vit, pâle, avec un filet de sang qui lui coulait de la bouche. Elle était affalée sur sa chaise, comme morte. Ses yeux se remplirent de larmes.

« C'est ta première photo ?

— Non. »

Une larme tomba sur le carton. « Je suis heureuse que ta première photo ne soit pas aussi… laide. » Elle baissa les yeux. « Écoute-moi, mon poulain. Je n'ai pas d'argent pour payer le docteur, murmura-t-elle. Nous en avons à peine assez pour manger et pour le loyer. » Elle se pencha par-dessus la table et prit la main de Pietro dans les siennes. « Je guérirai, dit-elle les yeux voilés de larmes. Je te le promets. »

Il retira sa main.

« Même toi, tu n'y crois pas, dit-il en cherchant à dissimuler la douleur qui l'écrasait. Je sors.

— Où vas-tu ? » demanda-t-elle.

Au seul endroit où je peux aller, pensa Pietro. Il tira la porte derrière lui et la fit claquer. Mais elle rebondit contre le chambranle. Alors il sortit rageusement la clef de sa poche et ferma la serrure jamais réparée.

En marchant vers la via Margutta, il se dit que la société était pourrie, exactement comme ce docteur.

Être pauvre, cela voulait dire être foutu. Et il se dit aussi qu'il était lâche. Il n'arrivait même pas à regarder dans les yeux la fille qui lui plaisait.

Mais à ce moment-là, ses problèmes étaient ailleurs. Il parvint devant l'atelier du forgeron où il s'était rendu la veille, en espérant que l'Albanese s'y trouverait.

Après avoir pris une profonde respiration, il ouvrit la porte.

Autour de la table, les hommes étaient déjà en train de boire. L'Albanese était là.

« Qu'est-ce que tu veux, damoiselle ? lui lança-t-il.

— Je veux entrer dans votre… association, répondit Pietro, la gorge nouée.

— Association ! » rit l'Albanese. Tous ses hommes rirent à l'unisson.

« Association ! répéta l'Albanese. Tu es vraiment une tapette. Allez, casse-toi. » Il s'adressa alors à un garçon d'une vingtaine d'années assis de l'autre côté de la table, le nez écrasé comme s'il avait reçu une plaque de four en plein visage. « Padella[1], fous-le dehors. »

Le jeune homme se leva. Il était petit et trapu. Costaud. Et il n'avait pas l'air très futé.

En le voyant approcher, Pietro eut un instant de peur. Mais aussitôt après, la colère l'emporta. Ainsi que le sentiment de nécessité qui l'avait poussé jusque-là.

Padella le saisit par la veste et le traîna vers la sortie. Quand ils furent arrivés à la porte, il le poussa avec force. Après, il se campa devant lui, l'empêchant de partir, bras croisés sur la poitrine, jambes écartées, et une expression agressive sur son visage de molosse.

À cet instant, Pietro n'eut plus aucun doute. Il n'avait rien à perdre. La comtesse était en train de mourir. Il se sentit alors invincible.

1. « Poêle », en italien.

« Tu te crois malin, planté là à faire le grand écart ? » lança-t-il.

Padella sourit. « Je fais ce que je veux.

— Et je t'en remercie, parce que tu es un couillon », dit Pietro. Au même instant, il lui envoya de toutes ses forces un grand coup de pied dans l'entrejambe. Padella se plia en deux, et Pietro lui asséna alors un violent coup de poing à la mâchoire, qui l'envoya instantanément à terre.

L'Albanese se leva brusquement, renversant sa chaise. Il rejoignit Pietro et s'arrêta devant lui, à moins d'un pas.

Pietro le dévisagea. Voilà, maintenant il ne savait pas ce qui allait se passer, mais il n'avait plus peur. « Je n'aime pas qu'on me touche », lâcha-t-il. Il espérait que c'était le genre de choses qu'il fallait dire.

L'Albanese demeura un instant silencieux, avant de faire une grimace qui devait être un sourire. « Pour une damoiselle, tu frappes fort », commenta-t-il, avant d'éclater de rire.

Padella était encore à terre, inconscient.

« Moi, je ne suis pas un fils à papa, déclara alors Pietro. Je suis un crève-la-faim. Et je suis désespéré.

— Et que veux-tu de moi ? demanda l'Albanese.

— Moi aussi, je veux gagner de l'argent avec la révolution, répondit Pietro en le fixant droit dans les yeux. Mets-moi à l'épreuve. »

28

Fin mai 1870
États pontificaux (Rome)

« C'est un révélateur de vérité », avait lancé Pietro à Nella quand il lui avait montré sa photographie avec le filet de sang.

Et maintenant, tandis qu'il tournait et retournait la photo de Marta dans ses mains, il se disait qu'en effet cet appareil était un révélateur de vérité.

Grâce au diaphragme, il arrivait à voir ce qu'il ne voyait jamais dans la vie de tous les jours, en vrai. Cette machine le protégeait. Et elle développait aussi sa capacité de voir. Une capacité dont il n'avait jamais été conscient.

Il pensa encore aux efforts qu'il devait faire pour regarder Marta dans les yeux. Des efforts inouïs. Et ridicules. Cette photographie l'avait mis face à la réalité.

« Tu as passé la matinée à la regarder », fit remarquer Nella. Son visage était d'une pâleur impressionnante.

Pietro se sentit honteux.

Nella rit, mais sans se moquer.

« Qu'est-ce que tu es beau ! s'exclama-t-elle.

— Ce n'est pas vrai.

— Oh si, que c'est vrai », dit-elle avec sérieux. Elle remit les cheveux du garçon en place. « Et avec cette mèche, tu es irrésistible. »

Pietro s'écarta, gêné. « Je ne sais pas comment faire… »

Nella sourit.

« Tu peux te demander s'il vaut mieux le dire à la photo ou parler directement avec elle. » Elle se mit à rire. « Je pense que la deuxième solution est la meilleure. Déjà, elle pourra te répondre.

— Et si elle dit… si elle dit qu'elle ne… ?

— Elle ne le dira pas, trancha Nella, sérieuse.

— Mais si elle le dit ?

— Elle ne le dira pas.

— Mais si elle le dit ? »

Nella garda le silence pendant un moment. « Tu sais qui sont les seules personnes qui ne risquent jamais d'être déçues ? »

Pietro secoua la tête, dans un non muet.

« Celles qui ne font rien. Qui ne s'exposent pas. Qui restent assises à fixer une photographie inanimée. »

Ou qui se cachent sous un tissu noir, derrière un objectif, pensa Pietro. Il baissa la tête. Puis regarda la photo.

« Va au cirque, le pressa Nella. Aujourd'hui tu n'as pas cours, tu peux faire ce que tu veux. Vas-y.

— Et qu'est-ce que je lui dis ?

— Dis-lui que tu as oublié quelque chose.

— Quoi ?

— Ton cœur.

— Tu es folle ? » Il écarquilla les yeux. « Je n'arrive même pas à lui dire bonjour et… »

Elle l'interrompit d'un éclat de rire.

« Je plaisante, imbécile. Ce genre d'expressions, les femmes les détestent. Elles les trouvent creuses et ampoulées. “Mais qu’as-tu à la place des yeux? Des étoiles?” » Elle rit à nouveau. « N’en fais jamais des tonnes, avec les femmes. Nous aimons la vérité, pas le théâtre.

— Et alors, qu’est-ce que je lui dis? » Pietro commençait à transpirer.

Elle haussa les épaules.

« Que voudrais-tu lui dire?

— Mais rien! » s’écria-t-il.

Nella rit à nouveau. « Mais quel comique tu fais! Et quel menteur! » Elle glissa encore les doigts dans sa mèche blonde, qu’elle adorait depuis le jour où elle l’avait vu pour la première fois, à l’orphelinat.

« Tu n’as jamais envisagé de lui dire la vérité?

— Quelle vérité? demanda-t-il sur la défensive, terrorisé à l’idée de parler d’amour, en admettant que ce qu’il éprouvait soit de l’amour.

— Que tu avais envie de la voir. Que tu n’as pas cours et que tu es passé bavarder un moment.

— C’est tout?

— C’est tout, ou bien… que tu meurs d’envie de pelleter un peu de crottin avec Melo, plaisanta Nella.

— Mais arrête! grommela Pietro. Pour toi, ça paraît facile, mais… »

Elle prit le visage de Pietro entre ses mains. Sérieuse. « Non, dit-elle. Je sais que ce n’est pas facile du tout. » Elle lui adressa un regard intense. « Mais pour toi, c’est facile d’aller dans une école pour les riches où on parle français? »

Pietro secoua lentement la tête.

« Non, tu vois. Pourtant, tu le fais. Et, même s’il aurait mieux valu éviter de le faire, quand le petit prince a voulu jouer au dur, tu l’as remis à sa place. Et après, tu as visiblement remis à sa place son père aussi, vu qu’il t’a même offert cette boîte magique. » Elle lui souleva le menton pour qu'il la regarde droit dans les yeux. « Non, aller parler à ta belle, ce n'est pas facile. » Elle sourit. « Mais ça en vaut la peine. Et tu le sais. »

Pietro la dévisagea. Quand elle l'avait choisi à l'orphelinat, il s'était dit qu'il avait de la chance parce qu'il allait manger chaque jour, prendre tous les bains chauds du monde et ne plus avoir de puces. À l'époque, il n'arrivait pas à voir grand-chose au-delà des besoins primaires. À l'époque, il ne savait rien de ce qu'étaient les émotions. Il était une larve, enfermée dans sa prison. Il n'avait aucune idée de ce qu'était la vie. Et si maintenant, il avait appris quelque chose, c'était grâce à cette femme.

« Pourquoi est-ce que tu as fait ça ? demanda-t-il.

— Quoi ?

— Pourquoi fais-tu tout ça pour moi ? » Il lui avait déjà posé la question, mais elle n'avait jamais répondu.

« Par égoïsme.

— Comment ça ?

— Quand j'étais une orpheline comme toi, à ton âge, personne ne l'a fait pour moi », dit Nella avec un regard qui se brouillait. Elle se revit errer dans les pièces de l'institut où elle avait grandi, sans but et sans avenir. « Mais peut-être que si quelqu'un l'avait fait, j'aurais été une autre.

— Mais tu es devenue une comtesse. Richissime.

— Et tu es sûr que c'était vraiment moi ? sourit-elle, mélancolique. Moi, je serais incapable de répondre. En tout cas, pas encore. Mais je crains que non. »

Pietro haussa les épaules.

« Tu sais qui c'était, tes parents ?

— Non.

— Moi non plus. » Il fit une pause. « Tu ne voudrais pas le savoir ?

— Non. Qu'ils aillent se faire foutre », dit Nella en riant.

Alors Pietro rit à son tour.

« Oui, qu'ils aillent se faire foutre !

— On est très bien aussi comme ça, tout seuls », poursuivit Nella.

Pietro la regarda.

« Moi, je ne suis plus seul.

— Merde alors, mon poulain ! éclata Nella. Mais pourquoi tu sors toujours des choses comme ça ? » Elle brandit le poing. « Arrête et va dire ces trucs-là à ta belle. » Elle le secoua par la veste. « Allez, file au cirque, et ne t'occupe pas de moi. Je n'aime pas ces mièvreries, tu le sais bien.

— Excuse-moi… », dit Pietro, mortifié.

Nella regretta aussitôt sa réaction. Toutefois, elle n'était pas encore prête à avoir un fils, ni à accepter que l'amour fasse irruption avec tant de force dans sa vie. « Allez, allez, va-t'en », râla-t-elle, bougonne. Là, elle se mit à tousser et se retourna vivement, pour ne pas lui montrer qu'elle essuyait le sang qui lui était monté à la bouche.

Mais Pietro s'en aperçut.

« Tu ne vas pas bien du tout…

— Va-t'en, tu m'angoisses », s'emporta Nella.

Pietro sortit. Il savait bien qu'elle n'était pas vraiment en colère contre lui. Il était inquiet. Mais d'une manière ou d'une autre, il résoudrait le problème. L'Albanese avait dit qu'il l'avertirait s'il y avait quelque chose à faire. Et dans ce cas, il aurait de l'argent pour le docteur.

Mais ensuite, Marta lui revint vite à l'esprit. Qu'allait-il lui dire ? *Salut, je passais par là, j'ai pensé venir te dire bonjour*, imagina-t-il. Quelle connerie ! Qui passait par hasard dans les champs derrière le Colisée ?

Il s'arrêta. Son cœur battait fort. Brusquement, il fit demi-tour et rentra chez lui en courant, pour récupérer les photographies qu'il avait prises au cirque. Puis il reprit à nouveau la route. C'est ça, il lui parlerait des photos. Il lui dirait qu'il voulait les lui montrer…

« Hé, le pou ! qu'est-ce que tu fais dans le quartier ? »

Pietro se retourna.

L'Albanese se trouvait sur la petite place près de la via di Panìco.

Pietro craignit qu'il ne l'ait vu sortir de chez lui. Là même où le scélérat était entré de force pour massacrer la comtesse.

L'homme l'examina en plissant les yeux, comme s'il avait soudain cru se rappeler quelque chose.

« On ne s'était pas déjà vus, avant ces deux fois à la via Margutta ?

— Non… », murmura Pietro.

Mais Ghiozzetto l'interrompit. « Bien sûr que si ! Tu as raison, patron ! s'exclama-t-il. C'est ce petit con qui te matait devant la boutique. Tu lui as dit de s'en aller et il ne bougeait pas, après tu lui as filé une claque et tu lui as craché dessus. Tu te rappelles ? »

L'Albanese acquiesça. « C'est peut-être ça… », murmura-t-il. Il observa Pietro, un soupçon dans le regard, parce que, pour un homme comme lui, il valait mieux penser mal inutilement que risquer de se faire entuber. « Alors ? C'est un hasard, si je tombe sur toi tout le temps, ces jours-ci ? »

À cet instant, Ghiozzetto aperçut Nella qui marchait dans la rue.

« Patron, regarde qui est là !

— La salope de voleuse ! » fit l'Albanese. Pietro fut saisi de panique.

« Suivons-la, rit l'Albanese. Si ça se trouve, elle va voler quelque chose, et nous on n'aura plus qu'à le lui prendre.

— Regarde comme elle boite, s'amusa Ghiozzetto. Tu lui as donné une bonne correction. »

Pietro sentit la colère lui monter à la tête. Il glissa la main dans son pantalon pour ouvrir son couteau, sans le sortir de sa poche.

Nella avait du mal à marcher. Elle se dirigea vers la mercerie de la place, où elle entra.

« Je t'avais dit que c'était une couturière, patron, rappela Ghiozzetto.

— Une couturière qui avait quatre bagues de princesse, murmura l'Albanese. Dans ce cas, moi aussi je suis un vrai antiquaire. C'est une couverture, espèce d'idiot. »

Pietro serrait convulsivement le petit couteau dans sa poche.

Peu après, Nella sortit de la mercerie et se dirigea vers chez elle.

« Tu veux lui en remettre une couche, patron ? » rit Ghiozzetto.

Pietro ne savait que faire. Il voyait que l'Albanese était tenté de rejoindre Nella. Simplement pour le plaisir. Par pure cruauté. Pietro devait faire quelque chose pour le distraire.

« Non, Albanese, ce n'est pas un hasard si… si on s'est déjà vus », finit-il par dire, la bouche sèche.

L'homme se tourna vers lui presque surpris, comme s'il avait oublié qu'il était là.

« Ce n'est pas un hasard si je me trouvais vicolo della Volpe, devant ta boutique, continua Pietro. Je…

— Tu… ? » L'Albanese le fixait, agressif.

« Je… Ce jour-là… je voulais déjà te demander si je pouvais faire partie de ta bande. Tu es célèbre, tout le monde te connaît. Mais après… je n'ai pas eu le courage. » Il s'efforça de sourire. « On m'avait dit que tu étais tellement cruel que… que j'en ai chié dans mon froc. »

L'autre éclata de rire.

« Mais maintenant, je fais partie de ta bande, c'est ça ?

— Oui, c'est ça. »

Pietro jeta un coup d'œil sur la via di Panìco. Nella était rentrée chez elle.

« Pour finir, j'ai réussi à vaincre la peur que j'avais de toi, sourit-il.

— Je ne te fais plus peur ? demanda l'Albanese.

— En fait, maintenant que je te connais, tu me fais encore plus peur, répondit-il tout en relâchant un peu son couteau. C'est pour ça que je suis content d'être dans ta bande. Il vaut mieux être du côté du plus fort, non ?

— Ghiozzetto, rit l'Albanese, regarde bien ce garçon. Dans deux ans tout au plus, il te roulera dans la farine comme si de rien n'était ! » Là, il se tourna à nouveau vers Pietro. « Tu me plais, tu as de l'étoffe. » Il lui posa une main sur l'épaule. « Bon, on doit rentrer à la boutique. »

Le garçon poussa un soupir de soulagement. La comtesse était sauve et l'Albanese avait gobé son histoire.

Le scélérat l'attira vers lui et serra un bras autour de son cou, avec force. Comme pour l'étrangler.

Mais Pietro avait compris qu'il s'agissait d'une forme d'accolade.

« Tu me plais, répéta l'homme. On fera de grandes choses ensemble, toi et moi. » Puis il emprunta la via dei Coronari.

« Je veux te donner ta chance. Présente-toi via Margutta vendredi.

— Pour… un coup ? demanda Pietro.

— Oui, pour un coup. » Il rit à sa manière cruelle. « Un gros coup. On va se faire un tas de pognon. »

Pietro était terrorisé à l'idée de commettre un délit. Pourtant, c'était le chemin le plus rapide pour obtenir de l'argent et faire soigner la comtesse.

« Moi aussi ? Je veux dire… moi aussi, je gagnerai quelque chose ?

— Oui, toi aussi. Tu auras ta part.

— Fantastique ! » s'exclama-t-il, feignant l'enthousiasme.

Mais il lui faudrait donc attendre jusqu'au vendredi. Entre-temps, qu'adviendrait-il de la comtesse ?

« Écoute… Je ne pourrais pas avoir une avance ? hasarda-t-il.

— Je ne suis pas une banque qui fait des prêts aux morveux ! » L'Albanese éclata de rire. « Le coup n'est pas encore fait. Et si ça se trouve, on se fera tous tuer. »

Pietro se rendit compte qu'il avait très peur. Mais c'était le moment de savoir s'il était vraiment fort. Il ne pouvait pas revenir en arrière.

Quand ils arrivèrent à la hauteur du vicolo della Volpe, l'Albanese remarqua que Pietro avait des photographies. Il les lui prit des mains.

« Et ça, c'est quoi ? demanda-t-il en les feuilletant.

— Des photos…

— Putain, merci, fit l'Albanese. Tu les as trouvées où ?

— C'est moi qui les ai faites. »

Le scélérat le regarda, surpris. « Toi ? » Puis il se tourna vers Ghiozzetto. « Je retire ce que j'ai dit tout à l'heure. Quand je lui aurai appris deux ou trois trucs, ce pou, dans moins d'une semaine, t'aura déjà roulé dans la farine ! Il sait prendre des photos ! Tu te rends compte ? »

Ghiozzetto grimaça.

« Et ça sert à quoi ?

— Toi, tu resteras toujours un idiot, rétorqua l'Albanese. Lui, contrairement à toi, il a une tête qui fonctionne. Et dans la vie, la tête, c'est tout. Ça vaut beaucoup plus que ton couteau, couillon.

— La tête ? Et pour faire quoi ? Me filer des coups avec ? » plaisanta Ghiozzetto.

L'Albanese se tourna vers Pietro. « Ignore-le. Lui, il fera toujours le chien de garde. Et il sera toujours en laisse. Toi, par contre… » Une idée lui vint à l'esprit. « Tu pourrais peut-être prendre des photos… que j'utiliserais pour expliquer à la bande qui ils doivent frapper, ce qu'ils doivent chercher, de qui il faut se méfier… » Il pointa son index vers lui, avec un air de satisfaction. « Oh oui, que tu vas m'être utile ! » s'exclama-t-il en riant. Puis, observant à nouveau les photos, il découvrit celle de Marta.

« Et celle-là, qui c'est ? Ta fiancée ?

— Non…

— Et qu'est-ce que tu attends pour te la faire ? s'amusa l'Albanese qui, obscène, se mit à frotter la photo contre son entrejambe. Fais-toi donc sucer par ces jolies lèvres, ricana-t-il.

— Rends-la-moi, dit Pietro en élevant un peu la voix.

— Ho ho ! s'écria l'Albanese en lui rendant la photo. Tu es sûr que ce n'est pas ta petite amie ? rit-il.

— Oui. C'est que si tu fais ça… tu l'abîmes… la photo, je veux dire.

— Oui, oui, bien sûr. » Il cligna de l'œil. « Si tu veux de l'argent, photographie-la toute nue. Ça oui, c'est une photo que j'achèterais. » Il rit tout en lui donnant une chiquenaude, aussi affectueusement que pouvait le faire un type comme lui. « Vendredi. Au coucher du soleil.

— J'y serai », confirma Pietro, enfonçant la tête dans les épaules et s'éloignant.

Il marcha à vive allure, courant presque. Il haïssait l'Albanese de toutes ses forces. Cet homme avait massacré Nella, risquant de la tuer. Et maintenant, il avait même sali Marta. Partout où il posait les mains, il mettait de la merde. Pietro prit la photo et l'essuya avec son mouchoir, comme si elle avait véritablement été souillée.

« Je vais te tuer, grogna-t-il à voix basse, sentant en lui une colère puissante comme une maladie. Aussi vrai que Dieu existe, je vais te tuer, fils de putain ! »

29

Fin mai 1870
États pontificaux (Rome)

Quand Pietro arriva au cirque, il était encore sous le coup de la colère, après ce que l'Albanese avait fait subir à la photo de Marta. Il était aussi angoissé à l'idée de devoir se préparer à commettre un délit, ce vendredi-là.

« Vous savez où je peux trouver Marta ?

— Comment va la comtesse ? demanda Melo au lieu de lui répondre.

— Ne l'appelez pas comme ça.

— Pourtant, c'est ainsi que tu l'appelles.

— Ne l'appelez pas comme ça, répéta-t-il.

— Comment va-t-elle ?

— Bien. »

Melo grimaça.

« À voir ta tête, on ne dirait pas.

— Ne vous inquiétez pas, lâcha Pietro, morose. Je m'en occupe. »

Melo acquiesça. Mais avec une expression de scepticisme sur le visage.

« Où est-ce que je peux trouver Marta ?

— Pourquoi tu la cherches ?

— Mais vous ne répondez jamais aux questions ?

— Seulement quand on a répondu aux miennes, mon garçon. » Pietro haussa les épaules.

« Je voulais lui montrer les photos que j'ai prises l'autre jour.

— Elle est allée au Caffè Perilli.

— Ah… il y avait une réunion ?

— Toi aussi, tu es un patriote ?

— Non. Je n'en ai rien à faire…

— Tu es un dur, hein ? »

Pietro poussa un gros soupir.

« C'est juste que… les autres patriotes ne sont pas comme vous.

— Merci », sourit Melo.

Pietro fit mine de s'en aller.

« Qu'est-ce qu'elle a… ta mère ? »

Pietro s'immobilisa et resta un instant le dos tourné. La fureur qu'avait fait naître en lui l'Albanese continuait à le dévorer.

« Si je vous le dis, vous le garderez pour vous ?

— Et pourquoi je devrais faire ça ? demanda Melo.

— Parce que autrement je ne vous le dirais pas. » Et pourtant, il éprouvait un besoin urgent de se confier à quelqu'un.

« Et qu'est-ce qui te garantit que je tiendrai parole ?

— Vous avez la tête de quelqu'un qui fait ce qu'il dit », affirma Pietro. Et puis il le fixa en silence avant d'éclater : « Elle a été quasiment tuée par un salaud.

— Et c'est qui, ce salaud ? demanda Melo, se raidissant.

— Ne vous en faites pas. Je m'en occupe. »

Melo expira un peu d'air par le nez, comme un petit rire, mais sans aucune joie. « Toi, tu t'occupes toujours de tout, pas vrai, mon garçon ? »

Pietro le regarda. Ce vieil homme aurait certainement les couilles d'affronter l'Albanese. Mais cela ne le regardait pas. Cette histoire devait rester entre lui et ce fils de morue. C'était une affaire personnelle. « Oui, quand je peux, je m'en occupe moi-même », répliqua-t-il. Et il s'en alla.

En le regardant s'éloigner de son pas souple, Melo se dit que ce garçon pourrait aller très loin. À condition de ne pas se perdre en route.

Pietro pressa le pas vers le Caffè Perilli. Il n'avait aucune envie de voir ces jeunes gens qui se gargarisaient du mot « Italie ». Au fond, il pensait que l'Albanese avait raison. C'étaient tous des fils à papa, le ventre plein de victuailles et les poches pleines d'argent.

Mais maintenant, il avait décidé de parler à Marta. De la regarder dans les yeux. De comprendre ce qu'il éprouvait vraiment. La vie n'avait pas été facile pour elle non plus. À présent, repousser cette rencontre lui faisait encore plus peur que la rencontre elle-même.

Le rendez-vous avec les Loups avait été fixé. Marta devait l'annoncer à Ludovico. C'était un tournant important. Dans lequel elle jouait un rôle.

C'est avec fierté qu'elle entra au Caffè Perilli.

« J'ai quelque chose à te dire, lança Ludovico dès qu'il l'aperçut. Mais pas ici. » Il la prit par le bras et l'entraîna dehors.

Marta remarqua qu'il était embarrassé. Et rouge comme une tomate.

« Je suis amoureux de toi », lui dit-il d'un trait.

Entre-temps, Pietro était arrivé au Caffè Perilli, hors d'haleine. Il avait couru du cirque au Trastevere sans jamais s'arrêter.

Mais là, il stoppa net. Comme s'il avait reçu un seau d'eau glacée.

Juste devant le café, il y avait Ludovico, les mains de Marta dans les siennes.

Pietro sentit le sang bouillir dans ses veines. *Imbécile*, se dit-il avec à la fois colère et douleur. Et soudain, avec une violence dévastatrice, les sentiments qu'il avait essayé de tenir à distance, tout ce qu'il avait tenté de nier jusqu'alors, explosa en lui. Sans qu'il puisse rien retenir. Et il sut qu'il était amoureux de Marta. Bien qu'il ne sache rien de l'amour.

Il resta là à les regarder. Lui riche, grand et fort, avec ses vêtements élégants. Elle d'une beauté à couper le souffle, maintenant qu'il parvenait à la regarder. Ensemble, ils étaient merveilleux. Parfaits. Une douleur brûlante lui déchira le cœur.

Comment as-tu pu être assez bête pour espérer qu'un prince ne serait pas plus intéressant qu'un crève-la-faim comme toi ?

Il fit demi-tour, flanqua un coup de pied dans un caillou et, tête basse, s'apprêta à rentrer chez lui.

« Pietro ! » Quelqu'un derrière lui l'appelait.

Il reconnut aussitôt la voix de Marta. Il essuya la larme qui avait commencé à rouler sur sa joue et se retourna.

Elle lui souriait et courait vers lui.

Pietro était immobile. Glacé par ce qu'il venait de voir.

« J'avais peur qu'on ne te revoie pas, après ce qui s'est passé la dernière fois via Margutta. »

Pietro la regarda sans baisser les yeux. Elle était radieuse. Puis il jeta un coup d'œil vers l'entrée du Caffè Perilli. Ludovico était là, droit comme un I, hautain. Ce n'était pas son rival, se dit-il, c'était le vainqueur. À nouveau, la colère lui monta à la tête. Il prit la photo qu'il avait faite de Marta et la lui tendit d'un geste brusque. « Tiens, je voulais juste te donner ça. » Il fit une grimace. « Je ne sais pas quoi en faire. »

Marta fut blessée par tant de grossièreté. Elle prit la photo et y jeta un regard rapide. Elle ne savait pas si elle était belle, mais elle se rappelait qu'à ce moment-là elle avait essayé de l'être. Pour lui.

« Offre-la à qui tu veux », reprit Pietro de ce même ton désagréable. Il fit un signe en direction de Ludovico. « Tiens, tu n'as qu'à la lui offrir », lança-t-il avec un rictus sarcastique, destiné à cacher sa colère et sa douleur.

Marta se tourna vers Ludovico. « À lui ? Et pourquoi donc ? »

Pietro poursuivit : « À propos… excuse-moi si je vous ai interrompus. »

Marta comprit qu'il les avait vus main dans la main. En effet, Ludovico avait pris sa main dans les siennes pour lui déclarer son amour. Mais pourquoi Pietro réagissait-il ainsi ? Était-ce… de la jalousie ? Cette seule pensée la fit rougir. Peut-être Armandina avait-elle raison, alors. Mais en même temps, à cette idée, elle fut prise de panique.

« Non, je…

— Je rentre. J'ai mieux à faire, coupa Pietro.

— Non ! » Elle le retint par le poignet. « Attends… »

Il la regarda, surpris.

« Viens avec nous, à l'intérieur…

— Je n'en ai rien à faire, de vos réunions », lança-t-il d'un ton glacial.

L'espace d'un instant, il avait eu l'impression de saisir quelque chose de différent chez Marta. Mais il s'était trompé. Elle ne voulait que lui parler de Rome libre et de toutes ces conneries. « Amusez-vous bien », dit-il en partant.

Marta demeura immobile, le cœur lourd. Maintenant, elle savait. Et pourtant, elle n'avait pas eu le courage de lui dire qu'entre Ludovico et elle il n'y avait rien. Et qu'il n'y aurait jamais rien. Elle le regarda s'éloigner, consciente qu'elle perdait une occasion. Peut-être la seule qu'elle aurait. *Arrête-le*, se dit-elle. Mais elle ne parvint pas à bouger. Quand elle le vit tourner au coin de la rue et disparaître, elle revint sur ses pas, ravalant ses larmes. Mais pourquoi tout cela devait-il être aussi compliqué ?

« C'est à cause de lui que tu m'as dit non ? » lui demanda Ludovico quand elle le rejoignit devant le Caffè Perilli. Il avait un sourire cynique sur le visage. Un air apparemment détaché. Mais ce n'était qu'une manière élégante de cacher sa déception. Contrairement à Pietro, lui ne serait jamais impoli. Il ne crierait jamais, ne pleurerait jamais. Il conserverait toujours ses manières raffinées, comme si rien ne pouvait l'égratigner. Parce que c'était ce qu'on attendait d'un noble. Ne pas être vulgaire.

« Alors, on entre ? » lui demanda Ludovico, comme si rien ne s'était passé.

Elle hocha la tête et franchit le seuil du café.

« Le capitaine Melo a organisé un rendez-vous avec les Loups, annonça-t-elle.

— C'est une nouvelle ère qui s'ouvre pour Rome », ajouta Ludovico.

Les jeunes gens du Comité pour la libération de Rome applaudirent.

« Mais tout d'abord, Marta veut nous montrer quelque chose, poursuivit Ludovico, et il se tourna vers elle en affichant un sourire tellement courtois qu'elle le crut sincère. Il s'agit de quelque chose de profondément symbolique… et de bon augure. » Il la regarda. « Je t'en prie », l'invita-t-il.

Marta avait la tête ailleurs. Elle se demandait où était Pietro en ce moment. Elle se demandait si elle le reverrait jamais. Et puis, tout en dégageant le sac en toile cirée de sous sa veste, elle décida qu'elle irait le chercher. Elle n'arrêtait pas de clamer qu'elle était prête à mourir pour libérer Rome… et elle était incapable de dire à Pietro ce qu'elle avait dans le cœur ? Et elle n'avait pas le courage de se battre par amour ?

Elle observa Ludovico. Non, elle ne deviendrait pas comme lui. Si nécessaire, elle crierait et s'arracherait les cheveux. Elle serait vulgaire.

« Alors, qu'est-ce que tu attends ? » la pressa Ludovico.

Elle ouvrit le sac et déroula le drapeau, qu'elle brandit dans le petit salon privé.

Pendant ce temps, à peine avait-il passé le coin de la rue, là où il était certain que Marta ne pouvait le voir, que Pietro s'était littéralement effondré. Il était tombé à genoux et s'était recroquevillé sur lui-même, comme pour retenir colère et douleur.

« Tout va bien, jeune homme ? lui demanda un passant.

— Occupe-toi de tes oignons ! » gronda Pietro.

Ainsi sa colère avait-elle fait irruption, tel un rot irrépressible, à cause de cet homme aimable qui s'était inquiété de son sort et qui l'observait maintenant, plus surpris qu'offensé. « Excusez-moi, monsieur », se reprit alors Pietro, alors que ses yeux se remplissaient de larmes. Voilà, maintenant, c'était la douleur qui faisait irruption aussi.

« Tu as besoin d'aide ? interrogea le passant.

— Non, monsieur », répondit Pietro en pleurant.

L'homme s'en alla.

Pietro respira profondément, cherchant à calmer la tempête qui se déchaînait en lui. Il se demandait comment il aurait réagi si Marta lui avait répondu qu'elle ne s'intéressait pas à lui – encore aurait-il fallu trouver le courage de lui parler. Cela aurait peut-être été la même chose. Il se serait peut-être également brisé en mille morceaux. Mais son jeune cœur inexpérimenté n'aurait jamais imaginé que la surprendre comme ça dans la rue, main dans la main avec Ludovico, pouvait le blesser aussi profondément. Il n'avait plus besoin d'écouter sa réponse. Le refus de Marta, il l'avait *vu*.

Tu n'es qu'un crève-la-faim d'orphelin, se dit-il en mettant dans ces mots tout le mépris qu'il pouvait. *Et malgré tous les airs qu'elle se donne, la comtesse ne sait rien de la vie !*

Machinalement, presque sans le vouloir, il se mit à frotter une main contre sa poitrine. Pas pour apaiser la douleur qui le ravageait. C'était plutôt, comprit-il, une manière de tenir à distance une pensée dangereuse, une envie de se faire encore plus mal qui bouillonnait dans son ventre, dans sa poitrine, et qui faisait pression pour accéder à sa conscience. *Fais-le*, lui soufflait cette pensée.

Il se leva. Il avait tort, et il le savait. Mais à ce moment-là, il se sentait comme attiré par la douleur. Comme si seule la douleur pouvait lui faire accepter la réalité.

Regarde-les. Épie leur bonheur. Souffre jusqu'au bout.

Pietro revint sur ses pas. Débouchant sur l'avenue, il découvrit que Marta et Ludovico ne flirtaient plus devant le Caffè Perilli. Ils devaient être entrés. Alors il avança. La petite salle avait une fenêtre qui donnait sur une ruelle latérale. C'est de là qu'il les espionnerait. Il verrait leurs yeux se chercher. Il les regarderait s'échanger des sourires. Et il boirait ce poison. Jusqu'à ce que Marta lui sorte de la tête. Ou jusqu'à en mourir.

Il évita l'entrée principale, rejoignit la ruelle latérale et scruta l'intérieur.

Marta et Ludovico se trouvaient au centre du cercle de jeunes gens. Ils souriaient. Et Marta brandissait un drapeau usé jusqu'à la corde.

Pietro trouva cette douleur amère qu'il recherchait.

Mais là, il fut distrait par un piétinement de sabots sur le pavé. Il alla jeter un coup d'œil dans la rue principale, où il découvrit une dizaine de soldats français en train de descendre de cheval. Ils étaient aux ordres d'un officier des zouaves qui ordonna : « *Allons-y* ! »

Les soldats arrivaient pour arrêter les jeunes gens du Comité.

Pietro agit sans réfléchir une seconde. D'instinct. C'était dans sa nature.

Il retourna à la fenêtre de la ruelle, brisa la vitre d'un coup de coude, passa un bras entre les éclats de verre et tourna la poignée de l'intérieur. Puis, sans la moindre hésitation, sans un instant de réflexion, il bondit à l'intérieur, tandis que parvenaient de l'entrée du café les éclats de voix du patron, de l'officier français, des clients et des soldats qui faisaient irruption, et alors que la panique gagnait déjà le petit salon des conspirateurs.

« Viens ! » lança Pietro à Marta, la saisissant par la taille et la soulevant de terre. Il ne pensait à rien d'autre qu'à la sauver. Il la porta jusqu'au rebord de la fenêtre. « Vas-y, saute ! » lui dit-il.

« Le drapeau ! » s'exclama Marta en tendant la main.

Pietro se retourna. Le drapeau était à terre, au milieu de la petite pièce. « Saute ! » cria-t-il encore à Marta. Puis il revint sur ses pas.

Cherchant à échapper aux soldats français, certains jeunes gens étaient tombés à terre, en en bousculant d'autres. Un militaire se battait avec Ludovico.

Pietro attrapa un pan du drapeau. Il le tira et tenta de fuir.

Mais à cet instant, une main puissante s'abattit sur son bras.

L'officier français le tenait fermement.

Pietro croisa son regard. L'homme avait les yeux bleus. Un regard déterminé mais pas agressif. Des cheveux très courts, et clairs comme le blé mûr.

« Tu vas où comme ça ? » fit l'officier, qui parlait italien sans rouler les « r ».

Pietro se baissa vers la main, qu'il mordit jusqu'au sang.

Le militaire poussa un cri et lâcha prise.

Pietro en profita pour s'échapper. Mais alors qu'il courait vers la fenêtre, il sentit qu'on le retenait.

L'officier avait saisi l'autre extrémité du drapeau. Pietro tira de toutes ses forces et sentit le tissu se déchirer. Puis, d'un bond, il sauta par la fenêtre, prit Marta par la main et se mit à courir, le plus vite possible.

Marta fuyait avec lui, sa main dans la sienne. À présent, on entendait aussi d'autres voix. Le peuple du Trastevere se répandait en invectives contre les Français. « Salauds ! » « Rome libre ! » « Laissez ces jeunes tranquilles ! » « Bande de lâches ! » Pietro et Marta prirent la via della Longaretta, zigzaguant entre les détritus que personne ne ramassait. Puis ils s'engouffrèrent dans une ruelle qui les conduisit sur la piazza di Santa Maria in Trastevere.

Ils étaient à bout de souffle.

Pietro jeta un coup d'œil alentour. Ils ne semblaient pas avoir été suivis. Toutefois, par prudence, il entraîna Marta vers la basilique donnant son nom à la place, et ils se cachèrent dans un coin de la colonnade, à l'entrée.

Ils se regardèrent, haletants, bouche ouverte, sans se lâcher la main.

Puis Pietro baissa les yeux vers le drapeau. Il montra à Marta qu'il en manquait un morceau. « Pardon… je suis désolé… »

C'est alors que Marta se pencha vers lui et l'embrassa.

Quand Pietro sentit les lèvres de Marta sur les siennes, et alors que son cœur semblait lui battre dans les tempes, il ne parvint à penser qu'à une chose : il n'avait jamais embrassé de fille auparavant. Mais cela ne dura qu'un instant. Ensuite, il cessa tout raisonnement et s'abandonna à ce baiser. Avec fougue. Avec passion. Parce que c'était un cadeau inattendu. Le plus beau qu'il aurait jamais pu imaginer.

30

Fin mai 1870
États pontificaux (Rome)

« *Monsieur* Beltrame*, êtes-vous avec nous ou non* ? » demanda le professeur Lamorgue sur un ton sarcastique.

Pietro regardait par la fenêtre, un sourire béat sur les lèvres, encore brûlantes des dizaines de baisers que Marta et lui s'étaient échangés, et les yeux encore éblouis par le souvenir de l'image radieuse de la jeune fille. Pris en faute, il se redressa et se donna un air sérieux. « *Oui, bien sûr, monsieur le professeur. Je suis là**, répondit-il.

— Votre français s'améliore, fit Lamorgue. Mais pas votre capacité à me faire croire à vos salades. Méfiez-vous.

— *Oui, monsieur le professeur** », dit Pietro. Mais dès que l'odieux enseignant reprit la leçon, sa tête retourna à Marta et à cette colonnade sombre de Santa Maria in Trastevere, là où tout avait commencé. Là où il avait découvert le paradis. Là où la vie était devenue incroyablement belle. En un éclair, le sourire béat et rêveur réapparut sur son visage, et son regard devint flou.

Ce qui lui arrivait était tellement beau qu'il avait moins peur de ce qu'il s'apprêtait à faire avec l'Albanese, ce vendredi-là. Et pourtant, en même temps, sa peur augmentait. Parce que maintenant il avait quelque chose à perdre.

Tout à coup – en tout cas, telle fut son impression –, la cloche annonçant la fin des cours retentit dans les salles de l'établissement. Tous les élèves se levèrent précipitamment, faisant grincer leurs chaises sur le sol.

« *Doucement, le bétail * !* » brailla le professeur Lamorgue.

Mais une grande partie de la classe se pressait déjà à la porte. Pietro, perdu dans ses pensées, fut l'un des derniers à se lever.

Avant qu'il ne quitte la salle, Lamorgue s'approcha de lui. « On dirait que vous avez des protections haut placées, lui dit-il à mi-voix. Ce qui me prive du plaisir de vous traiter de singe en public. » Il le saisit par le bras. « Néanmoins, je ne vous lâcherai pas d'une semelle. »

Pietro le regarda droit dans les yeux, sans crainte, avant de dire : « Ne me touchez pas. »

Le professeur Lamorgue devint rouge de colère, mais il ne put faire autrement que lui lâcher le bras. « Je ne vous aime pas, et je ne vous aimerai jamais. »

Moi non plus, je ne t'aimerai jamais, espèce de merdeux, songea Pietro. Il attendit quelques secondes avant de demander : « Je peux y aller ?

— Oui, sortez », jeta le professeur d'un ton agressif.

Quel con ! pensa Pietro en sortant de la salle. Mais ce ne fut qu'une pensée passagère, qui ne s'enracina pas en lui. Sa tête était déjà retournée à Marta. Ils s'étaient donné rendez-vous l'après-midi au Colisée. Ils entreraient dans l'arène, main dans la main. Mais surtout, se dit Pietro, ils s'embrasseraient à nouveau. Pour l'éternité.

« Salut », lança-t-il, souriant, à Ludovico devant l'école.

Ludovico se contenta d'un froid mouvement de tête, sans un sourire, avant de lui tourner le dos de façon ostensible, reprenant sa discussion avec un petit groupe de garçons qu'il retrouvait au Caffè Perilli. Évidemment, ils parlaient de l'irruption des soldats français. Cela avait été, pour ainsi dire, leur première action de guerre. Résultat : la majorité d'entre eux n'avaient pas fait preuve de beaucoup de dignité.

Mais Pietro savait que si Ludovico l'ignorait, ce n'était pas parce qu'il était trop pris par sa discussion. C'était plutôt pour une raison personnelle. Il avait compris, pour Marta et lui. Et Pietro se dit qu'à sa place il ferait sans doute la même chose. Marta lui avait expliqué pourquoi il les avait surpris main dans la main. Si Ludovico était vraiment amoureux d'elle, Pietro pouvait facilement imaginer ses sentiments. Il avait éprouvé les mêmes au moment où il les avait vus. À la différence près que, quelques instants plus tard, Marta et lui s'étaient embrassés. Mais pas Ludovico et elle. Il le regarda encore, espérant qu'il se retournerait. Mais rien.

Pietro se dit qu'il avait perdu un ami. Il prit le chemin de son logis, où il se laverait et se coifferait avant son rendez-vous avec Marta.

Il n'avait pas fait une vingtaine de mètres, sautillant joyeusement, qu'il tomba sur un officier français. Dès qu'il l'aperçut, il le reconnut et enfonça la tête dans les épaules. L'homme avait une main bandée. Pietro le dépassa, retenant son souffle, tête baissée. Ensuite, il accéléra le pas.

« Hé, toi ! » lança peu après la voix du militaire.

Pietro continua à avancer, accélérant encore.

« Arrête-toi, au nom de la loi ! »

Machinalement, Pietro se retourna.

La main bandée était levée dans sa direction. « Arrête-toi ! » lui cria l'officier.

Pietro se mit à courir et, en un éclair, se précipita vers une ruelle, le cœur battant à tout rompre. Juste avant de tourner, il vit du coin de l'œil que le Français s'était lancé à sa poursuite. « Merde ! » s'exclama-t-il.

Il s'engouffra dans la ruelle et courut le plus vite possible. Au coin de rue suivant, il vit que l'officier le suivait toujours. Le soldat ne gagnait pas de terrain, mais n'en perdait pas non plus. Pietro se faufila entre les étals d'un petit marché, zigzagua parmi la foule. Il poussa quelques personnes, renversa un panier de fruits, et un homme le saisit par le bras. Il aperçut le Français, qui se rapprochait. Il donna un coup de poing au gars qui le tenait et reprit sa course, sourd aux jurons qui s'élevaient sur son passage.

Malgré toutes ces clameurs, il avait l'impression d'entendre les pas de son poursuivant se rapprocher. S'il était pris, il était fichu.

« Arrêtez-le ! » entendit-il hurler.

Un marchand ambulant, grand et costaud, se planta devant lui, une caisse de pommes de terre entre les mains.

Pietro ne pouvait pas s'arrêter. Alors il chargea, tête basse. Mais une seconde avant l'impact, le marchand s'écarta. « Cours, mon garçon », lui dit-il.

Pietro le dépassa. En se retournant, il vit l'homme faire mine de trébucher au moment même où le Français arrivait, et renverser au sol toutes ses pommes de terre. L'officier tomba, puis se releva.

« Pourris de Français ! » s'exclama le marchand.

En un instant, toute une foule avait encerclé le militaire et s'était mise à lancer des invectives contre les forces d'occupation.

« Rome libre ! » s'écria quelqu'un.

Juste avant de quitter le marché, Pietro entendit un coup de feu résonner dans l'air et il vit l'attroupement se disperser. Pistolet en main, le soldat s'élançait à nouveau à sa poursuite.

Mais à présent, l'avantage de Pietro était considérable.

Il tourna dans une petite rue, puis dans une autre, et une autre encore. Quand il entendit les cascades de la fontaine de Trevi, il se rendit compte qu'il avait tourné en rond autour de l'école.

« Pris ! » lança une voix, tandis que quelqu'un soudain se saisissait de lui.

Pietro était aveuglé par la fatigue et par la sueur qui lui coulait dans les yeux. Il leva encore le poing, prêt à se battre.

« Ne bouge pas ! » dit une autre voix.

Il fut poussé sous une porte cochère.

« C'est moi ! dit Ludovico. Chut ! »

Pietro le regarda, stupéfait.

« Vous autres, dehors ! » ordonna Ludovico à deux garçons.

Pietro les reconnut. C'étaient des élèves de l'école, qui faisaient également partie du groupe se retrouvant au Caffè Perilli.

« Chut », répéta Ludovico, l'entraînant dans un coin alors qu'ils se tenaient tous les deux devant la porte et faisaient semblant de se bousculer, comme n'importe quels jeunes.

« Vous avez vu un garçon passer en courant ? » entendit Pietro. L'accent français et les « r » non roulés ne laissaient aucune place au doute.

« Qu'est-ce que vous dites, monsieur ?

— Un garçon… en fuite…

— Personne n'est passé par ici, répondit l'un des jeunes gens. »

Pietro entendait le soldat haleter.

« *Merde* !* s'exclama l'officier.

— On peut vous aider, monsieur ? demanda un des garçons.

— N… non », répondit le Français, qui avait du mal à reprendre son souffle. Puis il lâcha à nouveau : « *Merde* !* »

Ludovico se pencha et fit un signe à ses compagnons.

« Il s'en va, commenta l'un d'eux avant de lever la main, comme pour leur indiquer de ne pas bouger. Oh non, il est en train de parler… avec Lamorgue. »

Un silence tendu s'ensuivit.

« Il le décrit… il fait des mouvements…, continua à raconter le garçon. Grand… maigre… avec une mèche comme ça… »

À nouveau, le silence. Pietro, nerveux, avait du mal à respirer.

« Quelle vermine dégueulasse ! s'écria le garçon.

— Quoi ? demanda Ludovico.

— L'autre connard lui a fait signe que oui… » Et il donna un coup de pied dans un caillou. « Lamorgue le conduit à l'intérieur du bahut. »

Ludovico regarda Pietro. « Il t'a balancé », dit-il.

Pietro sentit la panique le saisir à la gorge.

« Ils sont entrés, dit l'un des deux garçons, la voie est libre ! »

Ludovico prit Pietro par le bras, ils sortirent de la porte cochère et, d'un pas rapide, s'éloignèrent de l'école.

Pietro ne disait rien. Il était foutu.

« Tu ne peux pas rentrer chez toi, lui dit Ludovico quand ils furent à une distance suffisante. Viens, tu vas te cacher à la maison. Je dirai à mon père que nous devons préparer un examen ensemble. »

Pietro le regarda, les yeux écarquillés.

« Pourquoi tu fais ça ?

— Parce que dans notre groupe ça marche comme ça, répondit Ludovico.

— Mais je ne suis pas des vôtres…

— Oh si, que tu l'es ! dit le jeune prince en esquissant un léger sourire. Ou peut-être qu'après ça tu le deviendras. » Et il lui donna une tape sur l'épaule. « Dépêche-toi, avant que le lieutenant Béras ne ressorte.

— Tu le connais ? » s'étonna Pietro.

Ludovico détourna les yeux, gêné. « Dépêche-toi. »

Pietro se mit en route, mais au bout de quelques pas, il s'arrêta.

« Ludovico… je… je ne pensais pas que… que tu…

— Je sais, interrompit Ludovico. Je ne t'en veux pas. » Et, prenant une profonde respiration, il ajouta : « Et je n'en veux pas à Marta non plus, mais…

— Mais ça fait mal, c'est sûr, compléta Pietro.

— Écoute, on va faire un pacte, dit alors Ludovico, agacé et gêné. C'est un sujet que j'aimerais autant éviter. Tu penses que tu peux y arriver ? »

Pietro rougit. « Oui… désolé… » Puis il se balança un instant d'un pied sur l'autre.

« Mais avant d'aller chez toi, il y a encore deux trucs que…

— Vas-y, accouche.

— Il faut que je prévienne ma mère.

— Je le ferai. En ce moment, tu ne peux pas rentrer chez toi.

— Et puis… aujourd'hui, je… enfin… on vient de dire qu'on ne devait pas en parler, mais… »

Pietro ne savait plus comment s'en sortir.

« J'ai compris, coupa Ludovico. Tu as rendez-vous avec Marta ? Eh bien, vas-y, et puis viens chez moi après. De toute façon, ils ne vont pas mettre ta tête à prix. Ils feront un tour chez toi, c'est tout. » Il avait l'air sûr de lui. « En revanche, je ne sais pas comment tu vas faire avec le bahut…

— Qu'il aille se faire foutre, le bahut ! s'écria Pietro, furibond. Moi, je n'en ai rien à foutre, de Rome et de l'Italie, et qu'est-ce qui se passe ?… Je me fais arrêter ! Ils peuvent aller se faire foutre.

— C'est justement ce monde que nous combattons, lança Ludovico. Alors maintenant, tu comprends ce que ça veut dire, de vivre sous le joug d'un dictateur comme le pape, avec une armée étrangère qui occupe ta ville ?

— Je m'en moque.

— Non, tu ne peux plus t'en moquer. Bon, on dîne à six heures et demie. Et ça énerve mon père si on n'est pas à l'heure.

— Merci… Tu es un ami, Ludovico.

— Non, trancha le jeune prince. Je suis un compagnon de lutte, un point c'est tout. Je le ferais pour n'importe qui. » Pietro saisit un éclair de dureté dans son regard. « Toi et moi, on n'est pas amis. C'est clair ? »

31

Fin mai 1870
États pontificaux (Rome)

Quand Nella entendit frapper avec autorité à la porte, elle savait déjà de quoi il s'agissait. Alors elle les fit attendre. Avant de finir par ouvrir.

« Nella Beltrame ? lança un officier français qui avait plus ou moins le même âge qu'elle.

— Et vous, qui êtes-vous ? lui demanda-t-elle, sans s'écarter de l'entrée.

— Henri Béras, lieutenant du régiment des zouaves au service de Sa Sainteté Pie IX, déclama l'officier, bien droit et raide comme un balai, parlant avec l'emphase typique des militaires. Laissez-nous entrer. »

Nella se poussa pour les laisser passer.

« Cherchez partout, ordonna le lieutenant aux deux soldats qui étaient avec lui.

— Pour que vos hommes ne se fatiguent pas inutilement, suggéra Nella, vous pourriez aussi me dire ce que vous cherchez… je pourrais peut-être vous aider.

— Où est votre fils, Pietro Beltrame ? interrogea Béras.

— Il n'est pas là, répondit-elle.

— C'est tout ?

— J'ai répondu à votre question.

— Madame Beltrame, expliqua-t-il alors, je sais que votre fils fréquente le collegio Poli. Pensez-vous que j'aurai du mal à le trouver, même si vous ne collaborez pas ?

— Je peux vous poser une question, lieutenant Béras ?

— Dites, *madame**.

— Deux questions, en fait. La première est la suivante : pourquoi devrais-je "collaborer" avec vous ? Vous êtes un soldat étranger qui défendez une ville sur laquelle, vous les Français, vous n'avez aucun droit. » Et Nella le défia du regard. « Et voici la seconde : ne pensez-vous pas qu'une mère devrait savoir pourquoi des soldats cherchent son fils avec autant de morgue ? »

Les yeux bleus de Béras s'assombrirent.

« Je ne répondrai qu'à la seconde question. Votre fils est recherché parce qu'il fait partie d'un groupe de révolutionnaires qui conspirent contre les États pontificaux. Je l'ai vu en personne au Caffè Perilli, et je l'aurais arrêté s'il n'avait pas réussi à m'échapper.

— Mon fils et moi ne nous intéressons ni aux États du pape, ni au royaume d'Italie, affirma Nella. Ce n'est pas un révolutionnaire.

— Il était présent à une réunion de révolutionnaires, insista Béras. Que devrais-je en conclure ?

— Qu'il était au mauvais endroit au mauvais moment. »

Le lieutenant lui montra sa main bandée. La partie inférieure du pansement était rougie par le sang.

« Regardez ce qu'il m'a fait, poursuivit-il. Si ce n'était pas un révolutionnaire, pourquoi m'aurait-il mordu ? Ne se serait-il pas plutôt laissé arrêter, certain de pouvoir prouver son innocence devant la justice ?

— Lieutenant, sourit-elle, s'il était stupide, il se serait laissé arrêter, c'est sûr. Et s'il était vraiment très stupide, il aurait aussi confiance en votre… justice.

— Comment vous permettez-vous de mettre en doute la justice des États pontificaux ? » protesta Béras, piqué.

Nella le regarda un instant sans rien dire. Puis, de but en blanc, elle lui demanda : « Avez-vous identifié d'autres dangereux révolutionnaires, dans ce café ?

— Non.

— Pas même des élèves du collegio Poli ? poursuivit-elle. Vous n'avez identifié que le fils d'une miséreuse comme moi ? » Ses yeux lançaient des éclairs, et elle entrevoyait les premiers signes de défaillance du soldat. « Aucun fils de personnalité ? Je ne sais pas… un prince, peut-être ?

— Non », répondit-il, mais sans conviction. Il vacillait.

« Évidemment. Et même si vous l'aviez identifié, non seulement vous ne l'auriez pas arrêté, mais vous ne seriez pas non plus allé en parler à son père, n'est-ce pas ? Parce que c'est un prince. »

Le lieutenant, pris en faute, était à l'évidence dans l'embarras.

« En revanche, s'en prendre à une femme qui compte pour du beurre, ça c'est facile, conclut-elle avec mépris. Alors, ne parlez pas de justice. »

Le lieutenant était devenu écarlate. Il se tourna vers ses soldats et leur lança en français une phrase qui les fit rire.

« Ah bon, vraiment ? Vous voudriez me coller en taule et me faire miauler comme une chatte pour une bonne raison, au lieu de m'écouter débiter mes conneries ? dit Nella, traduisant ce qu'il venait de dire en le fixant droit dans les yeux. Si je peux vous donner un conseil, *lieutenant** : ne tenez pas pour acquis qu'une humble couturière ne puisse pas comprendre le français. Mais surtout, ne souillez pas l'uniforme que vous portez. »

Le militaire aspira de l'air à pleins poumons, sans parvenir ensuite à l'expirer. Il était pétrifié. Alors il tenta de se rattraper. « Excusez-moi. C'était une espèce de… compliment à votre beauté, *madame**. »

Nella le dévisagea. « Pour continuer sur le même registre que vous… ce genre de compliment, vous pouvez vous le mettre au cul. Comme ça, c'est vous qui miaulerez. »

Bien qu'ils n'eût rien à leur reprocher, le lieutenant se tourna, furieux, vers ses hommes. « *Sortez de cette maison ! Vite** ! » Ses subalternes gagnèrent la sortie, et lui-même ferma la marche, dans une retraite qui manquait singulièrement de dignité.

Nella referma la porte, tirant la serrure défectueuse, toujours pas réparée après le coup de pied de l'Albanese. Puis elle se plia en deux, s'appuyant au mur pour ne pas tomber. Ce petit numéro lui avait coûté de terribles douleurs.

Elle s'était à peine reprise quand, moins d'un quart d'heure plus tard, on frappa à nouveau à la porte. Qui cela pouvait-il être ?

Elle ouvrit pour se retrouver devant le lieutenant Béras. « Que voulez-vous encore ? »

L'officier avait les yeux rivés au sol, mais il s'efforça de les relever. Il lui tendit un bouquet de fleurs. « Ce que j'ai dit était odieux, commença-t-il avec difficulté. Et, que vous me croyiez ou non, je ne m'exprime pas normalement comme ça, mais… »

Nella comprit qu'il faisait des efforts immenses.

« Mes soldats pensent que je suis faible… parce que je ne suis pas un fou de guerre. Et puis, je n'aime pas mon rôle, ici à Rome, expliqua-t-il d'un seul trait. Alors… j'essaie de changer l'idée qu'ils se font de moi. Mais de la mauvaise manière… cela me paraît évident… comme tout à l'heure, avec vous. »

Nella était totalement ébahie par ce petit discours. Et à ce moment-là, elle le vit, ou plutôt le regarda, comme elle ne l'avait pas fait auparavant. « Cette sincérité vaut bien plus que vos excuses ou vos fleurs », dit-elle, frappée par ses paroles. Qui était capable de se mettre ainsi à nu ?

« Je vous prie néanmoins d'accepter les excuses et les fleurs. »

Nella prit le bouquet, puis se mit sur le côté. « Entrez. »

Béras franchit le seuil.

C'est seulement alors qu'elle remarqua ses yeux bleus et ses cheveux couleur de blé mûr. Et, presque sans s'en rendre compte, elle se prit à penser qu'il était beau.

À ce moment, le lieutenant baissa la tête. Car il avait du mal à soutenir ce regard violet. « *Madame**… » Il s'éclaircit la gorge. « Je n'arrêterai pas votre fils, vous avez ma parole. »

Nella sentit sa tête lui tourner. Que lui arrivait-il ? Y avait-il un défaut dans sa cuirasse ? Et tout ça à cause d'un misérable bouquet de fleurs, ou d'une confession inattendue ? Craignant de s'avouer sa propre faiblesse, elle préféra se concentrer sur ce qu'il disait.

« Mais je voudrais vous mettre en garde, poursuivit-il. Ils sont nombreux, ceux qui commencent patriotes et se retrouvent terroristes. Les politiques et les voyous n'ont aucun scrupule à les manipuler pour leurs propres intérêts. Avec les jeunes gens, il n'y a rien de plus facile.

— Je vous remercie, lieutenant, fit Nella, le souffle court. Mais je garde mon fils aussi loin des partisans du pape que des larbins du royaume d'Italie. » Et elle conclut avec force : « Je les méprise tous.

— Italienne, vous n'êtes pas pour les Italiens. Chrétienne, vous n'êtes pas pour le pape. Pour qui êtes-vous donc ? demanda Béras.

— Vous voulez que je réponde que je suis pour moi seule ?

— Ma foi, il n'y a pas d'alternative. Vous êtes dans une impasse. »

Le lieutenant ne cessait de détourner le regard et puis, un instant après, de chercher à nouveau ces yeux violets, tellement intenses, qui l'attiraient comme un aimant.

« Mais non, ici, il n'y a qu'un lieutenant français qui est dans l'impasse, s'exclama Nella avec un emportement excessif, parce qu'elle sentait que Béras la mettait en position de faiblesse. Vous vous trompez dès le départ : les uns comme les autres sont tous italiens. Mais ça, vous ne pouvez pas le comprendre, vous et tous ces autres étrangers qui avez tyrannisé notre péninsule en pensant que c'était votre propriété. Et pourtant, ce n'est pas ce que je vous répondrai. Moi, si je ne tiens ni pour les Italiens de Rome ni pour les Italiens de l'extérieur, ce n'est pas parce que je m'occupe uniquement de mes affaires. C'est parce que je suis du parti de la justice. Or, en ce moment, celle-ci n'est ni d'un côté, ni de l'autre. »

Elle le regarda droit dans les yeux. Elle n'arrivait pas à ne pas se dire qu'il était beau. Alors, elle recommença à attaquer. « Et elle est encore moins de votre côté, l'étranger qui vient ici abuser de sa force. »

Alors, Béras chercha également à se cacher derrière des mots.

« Je pourrais vous arrêter pour de tels propos.

— Inutile d'en arriver là pour prouver que j'ai raison », répliqua Nella en s'efforçant d'afficher un sourire narquois, destiné à camoufler la surprise qu'elle éprouvait devant ses émotions.

Béras inclina la tête. Il avait du mal à la regarder sans sourire.

« Ah, voilà, ça c'est une manière plus civilisée de me donner raison », fit Nella.

Le lieutenant rougit. Cette femme était désarmante. Et il n'avait vraiment aucune envie de lutter avec elle. Au contraire. Il se dit qu'il devait s'en aller. Mais il reprit la parole. « Rien ne va, dans notre monde. Je voudrais vraiment qu'il soit différent. Et que nous ne soyons pas des pantins aux mains de quelques puissants. Mais ça, c'est ce qu'on appelle l'utopie. »

Nella se dit que peu de personnes au monde, en tout cas parmi celles qu'elle avait rencontrées jusqu'alors, auraient été capables d'une telle sincérité, et de ravaler ainsi leur orgueil. *Tu n'es pas du tout faible*, pensa-t-elle. Et elle éprouva pour lui une profonde admiration. *C'est incroyable, ce qui m'arrive*, se dit-elle, effrayée. C'était quelque chose qui se nichait dans son ventre. Elle fit un pas vers lui et posa une main sur le revers de son uniforme. « Enlevez votre veste. »

Béras écarquilla les yeux. Que faisait cette femme ? Elle voulait qu'il se déshabille ? Son regard se porta vers la bouche de Nella, tellement douce et attirante. Il fit un pas en avant, jusqu'à ce que ses lèvres soient à une vingtaine de centimètres de celles de Nella. Et il commença à se pencher.

Nella sentait son souffle chaud. Et son odeur agréable. Tabac aromatisé, cognac, vétiver. Elle eut un petit mouvement de recul, comme si elle s'était soudain retrouvée au bord d'un précipice. « L'écusson sur votre épaule se détache, dit-elle d'une voix un peu rauque. Puisque c'est mon métier, voulez-vous que je vous le recouse ? »

Béras rougit. *Qu'est-ce que tu avais imaginé, imbécile ?* se reprocha-t-il. « Oui… oui, bien sûr », dit-il en ôtant sa veste.

Nella s'assit à sa table de couture sur laquelle était en permanence allumée une lampe à huile, son garni étant trop sombre, et elle fit deux points rapides à l'écusson, espérant que Béras ne s'apercevrait pas que ses mains tremblaient.

« *Merci**…, fit l'officier en récupérant sa veste.

— Ça fera un ducat », dit-elle avec sérieux.

Béras rougit à nouveau et bredouilla quelque chose, tout en fouillant dans sa poche.

Nella éclata de rire. « Je plaisante ! » Elle le fixa. « J'espère que vous êtes moins timide quand vous vous battez. Autrement, je ne vous reverrai plus, se surprit-elle à dire.

— Vous voudriez me revoir ? » se surprit aussi à lui dire Béras.

À ces deux phrases, ainsi l'une après l'autre, Nella prit peur. « Vous êtes un bon soldat. Comme il y en a peu. »

Béras n'arrivait plus à la quitter des yeux. Ni à se taire. « Je ne voulais pas être soldat. Vous savez quoi ? Je voulais être éditeur. Mais je viens d'une famille de militaires. C'est une espèce de tradition. Ou… d'obligation. »

Nella perçut une note de tristesse dans sa voix.

« Ils sont tous morts ?

— Oui. »

Elle aussi était incapable de détacher les yeux de ce regard bleu, tellement limpide. Et comme lui, elle n'arrivait plus à se taire. « Essayez d'être une exception. »

Béras était mal à l'aise. Comment deux inconnus pouvaient-ils se dire des choses aussi intimes ?

« Pourrais-je vous revoir ? » Ces mots lui avaient échappé.

Nella se sentit défaillir. Elle devait réagir. Et la seule manière qu'elle connaissait, c'était le sarcasme. « Puisque vous avez le pouvoir de m'arrêter, pourquoi doutez-vous d'avoir aussi celui de me revoir ? Vous pouvez faire ce que bon vous semble. »

Béras se rendit compte qu'il avait franchi la limite au-delà de laquelle il n'était plus possible de s'arrêter.

« J'ai posé la mauvaise question, alors. Pourrais-je vous revoir avec l'espoir que vous le vouliez aussi ?

— Quand vous aurez besoin d'une couturière, vous savez où me trouver », se défendit Nella, qui aurait pourtant voulu répondre tout autre chose.

Béras mit la main dans sa poche et en sortit un bout de tissu, qu'il tendit à Nella.

« C'est à votre fils, dit-il.

— Qu'est-ce que c'est ?

— Le morceau d'un drapeau qu'il tenait à la main. Il s'est déchiré pendant sa fuite. »

Nella le prit.

Le silence tomba. Mais ils n'arrivaient pas à se quitter des yeux. « Il vaut mieux que je m'en aille, finit par dire Béras.

— Oui…

— Alors j'y vais…

— Oui… »

Avec un effort qui lui parut surhumain, Béras atteignit la porte et l'ouvrit. Avant de sortir, il se retourna. Il fallait qu'il regarde une fois encore les yeux violets de cette femme qui l'avait bouleversé. Puis il s'en alla, presque en courant. Presque en fuyant.

Nella resta une seconde immobile. Puis elle gagna la porte, restée ouverte, et elle scruta la rue, y cherchant le beau lieutenant qui lui avait soudain fait perdre ses moyens. Elle le vit s'éloigner à vive allure. Et s'arrêter brusquement. Il semblait reprendre son souffle. Et puis, elle le vit se retourner. Elle aurait voulu reculer, et pourtant elle demeura là. Elle le regardait et se laissait regarder.

Alors, Béras sourit.

Et elle sourit à son tour. Avant de rentrer précipitamment à l'intérieur, comme une gamine. En tremblant. Elle resta un moment sans bouger, les mains appuyées contre la porte. Elle avait l'impression qu'une tempête faisait rage dans sa tête. Et elle fut reconnaissante de ce vacarme, qui l'empêchait d'entendre les pensées qu'elle ne voulait pas se permettre d'avoir.

Quand elle sentit qu'on poussait la porte, elle s'écarta. Elle n'avait aucune idée du temps qui avait pu s'écouler.

« Comment vas-tu ? demanda Pietro, qui était accompagné de Marta.

— Très bien, dit Nella. Enfin… normalement, se corrigea-t-elle aussitôt.

— Je sais que je ne devrais pas être là, mais je voulais voir comment tu allais, se justifia Pietro en entrant.

— Bonsoir, madame, salua Marta.

— Bonsoir », dit Nella en souriant. Puis elle s'adressa à Pietro : « Tu n'as plus besoin de te cacher chez ton ami le prince, annonça-t-elle. Les poursuites… ont été abandonnées.

— Et comment ?

— D'une manière… inattendue, répondit-elle.

— Alors, il faut que j'aille prévenir Ludovico.

— Un instant, l'interrompit Nella en lui tendant le morceau de drapeau. C'est vrai que c'est à toi, ça ? »

Marta le lui arracha pratiquement des mains, comme s'il s'agissait d'un trésor. « Non ! C'est à moi !

s'exclama-t-elle, débordante d'enthousiasme. Merci, madame ! »

Nella sourit. Et pourtant, elle n'était pas vraiment là avec eux.

« Je vais passer chez Ludovico, dit Pietro.

— Oui… », murmura-t-elle.

Quand les deux jeunes gens furent sortis, elle se mit sur le pas de la porte. De là, elle les vit qui riaient, heureux, la main dans la main. Pietro lui avait tout raconté. « Elle me fait tourner la tête », avait-il dit à Nella.

« Comme vous êtes beaux ! » murmura-t-elle, le cœur rempli de joie.

Mais en réalité, au milieu de la rue, elle n'arrivait à voir rien d'autre que le lieutenant Henri Béras, qui se retournait et lui souriait.

Cela faisait bien longtemps qu'elle n'avait pas eu ainsi la tête qui lui tournait.

32

Début juin 1870
États pontificaux (Rome)

Depuis le jour où il avait assassiné Viviani, Leone Pompei vivait une nouvelle vie. Il avait dormi et il n'était pas mort. Et depuis, chaque nuit il dormait, et chaque matin il se réveillait. La mort le tenait toujours par la main. Mais pas pour l'attirer dans ses filets. Plutôt pour le guider. Comme une amie.

Cependant, ses recherches s'étaient révélées inutiles.

Il avait dépensé une bonne partie de son argent à corrompre plusieurs fonctionnaires des États pontificaux afin de consulter toutes les listes de noms possibles. Adresses des habitants, contrats de location, registres des auberges et hôtels… Mais rien.

Aucune trace de la comtesse Silvia di Boccamara.

Leone ne savait plus que faire. Et moins il savait que faire, plus sa frustration augmentait.

Entre les fonctionnaires corrompus et les prix exorbitants, Rome était en train de le mettre sur la paille.

Il avait déjà quitté l'hôtel où il était descendu en arrivant pour loger dans une auberge beaucoup plus modeste – en fait, tellement minable qu'elle n'avait même pas de nom.

Mais ce matin-là, en vérifiant ce qu'il avait en poche, il se rendit compte qu'il ne pourrait continuer beaucoup plus longtemps, même avec cette solution. Il fallait inventer quelque chose.

« Quelle ville pourrie ! » grogna-t-il.

Il se posta à la petite fenêtre de sa chambre, qui donnait sur une ruelle fétide et ignoble, ne serait-ce que par son nom, le vicolo del Buco – la « ruelle du Trou ». Il resta là à regarder le va-et-vient sans y prêter attention, absorbé par sa morosité.

Le Trastevere, le quartier où se trouvait l'auberge, était peut-être l'un des plus répugnants de Rome. Partout des crève-la-faim, des voleurs et des prostituées. Et des religieux, naturellement. Mais les religieux, à Rome, il y en avait partout.

Il cracha par la fenêtre. *Une ville de curés et d'églises*, pensa-t-il, plein de haine. Les Romains disaient qu'il y avait plus d'églises que de tavernes. Et ils avaient certainement raison.

Ce fut à ce moment précis qu'une idée lui vint.

Des curés et des églises, se répéta-t-il en ricanant.

Il fourra dans son sac les maigres effets qu'il possédait, et se prépara à abandonner l'auberge.

« On déménage ! » dit-il en riant.

Oui. Cela pouvait marcher. Et ainsi, il ne gâcherait plus son argent.

Il attendit le coucher du soleil. Le temps s'écoulait avec une infinie lenteur. Puis, quand la nuit tomba enfin, il se plaça à nouveau à la fenêtre. Le va-et-vient avait beaucoup diminué, mais trop de personnes circulaient encore.

Il s'allongea sur le lit et attendit.

Quand il entendit les cloches d'une église voisine sonner neuf heures, il se mit à la fenêtre pour la troisième fois. Maintenant, le vicolo del Buco était désert.

Il prit son sac, qu'il jeta par la fenêtre. Il eut l'impression qu'en touchant le sol le sac produisait un bruit terrible. Il observa un instant la ruelle, mais personne ne vint voir ce qui se passait.

Alors il descendit l'escalier, et salua la grosse femme qui tenait l'auberge.

« Où c'esse qu'tu vas, à c't'heur'-là ? grommela-t-elle.

— Je n'arrive pas à dormir », répondit Leone en gardant son calme. Il ne pouvait qu'espérer que personne ne passerait dans la ruelle, autrement il pourrait dire adieu à ses affaires. « Je vais faire quelques pas.

— Fais gaf' qu'tu vas t'faire piquer tes thunes. »

Leone ne supportait pas cette façon de parler, traînante, grossière et caverneuse.

« Je n'ai pas d'argent sur moi.

— Et où c'esse qu'tu les as laiss' ? Dans ta piaule ? »

Le visage de la femme trahissait ses intentions.

« Oui », confirma Leone, comprenant que cette réponse le débarrasserait de la grosse dondon. Dès qu'il sortirait, elle monterait certainement fouiller sa chambre. « Mais je les ai bien cachés.

— C'esse ben, approuva-t-elle, sachant qu'il n'y avait pas beaucoup d'endroits où cacher de l'argent. T'dépêches pô trop, hein, fais tes quèques pas, com' ça tu t'détends. Mais rent' pô trop tard quand mêm' hein, que j'voulons aller m'pieuter aussi.

— Un petit tour, mais pas trop petit non plus », la rassura-t-il. Puis il se dirigea vers la sortie.

« Hé ho ! elle le rappela. T'oublies pô qu'payer d'temps zen temps sa piaule, c'esse pô péché mortel, hein. » Sur quoi, elle rit à gorge déployée.

Leone fit mine de goûter la plaisanterie, puis il sortit dans la via della Luce. Ensuite il prit à gauche, et encore à gauche, dans le vicolo del Buco.

Son sac était là.

Mais voilà qu'un ivrogne approchait.

Leone se hâta de récupérer ses affaires.

« Voleur ! s'écria l'autre. Je l'ai vu avant toi ! »

Leone revint sur ses pas et prit la via dei Salumi.

« Hé ! *Fijio de 'na mignotta* ! » beugla l'ivrogne.

Leone poursuivit son chemin sans se retourner.

« Hé ! Salop'rie d'*fijio de 'na mignotta* ! » s'exclama la grosse femme de l'auberge derrière son dos. Les cris l'avaient attirée dehors et, voyant Leone avec son sac, elle avait tout compris.

« Attrap'le ! cria-t-elle à l'ivrogne. Attrap'c'te tireur !

— Mô comment qu'tu veux qu'j'courons, moâ ? » rétorqua l'autre.

Leone pressa le pas, il avait envie de rire.

« Mô va-t'fair'enc', salop'rie d'tireur ! » brailla encore la femme.

Mais il avait déjà tourné dans la via in Piscinula et, en un clin d'œil, sa trace fut perdue.

Quand il fut certain de ne pas être suivi, il s'arrêta, le souffle court. Il s'assit sur les marches d'une église et rit à s'en décrocher les mâchoires.

Jusqu'ici, son plan avait fonctionné.

Maintenant, il lui fallait trouver où dormir cette nuit-là. L'idée de coucher à la belle étoile ne l'effleura pas une seconde. C'était une ville de chacals, on lui prendrait jusqu'à son caleçon.

Il se remit en route et traversa le Tibre. Il était plus prudent de changer de quartier. Il marcha jusqu'à ce qu'il aperçoive les forums impériaux. Les colonnes en marbre et les arcs de triomphe se détachaient, tout blancs, sur le ciel étoilé. C'était un spectacle majestueux.

Maintenant, il était suffisamment loin. Il remarqua qu'il se trouvait dans la via della Consolazione, ce qui lui parut de bon augure.

Un peu plus loin, il y avait une taverne. Il y alla et entra.

C'était un petit établissement modeste, mais relativement propre.

« Bonsoir », lui lança l'homme derrière le comptoir. Il avait l'air avenant et le sourire franc.

« Vous savez où je peux trouver une chambre pour la nuit ? »

Le patron haussa les épaules.

« À cette heure-ci… » Il s'approcha de Leone. « Mais si vous n'êtes pas difficile, je peux vous proposer un coin où dormir.

— Je ne suis pas difficile. »

L'homme prit une clef dans sa poche. « Suivez-moi. » Il sortit de la taverne et fit deux pas vers la droite, atteignant une porte mal en point. Il mit la clef dans la serrure et ouvrit. Il prit une lampe à huile posée à terre, qu'il alluma.

La lumière tremblotante dévoila un antre humide, au plafond voûté. Dans un coin, il y avait un petit lit qui faisait plutôt penser à la couche d'un chien.

« Bon, je vous avais dit qu'il ne fallait pas être difficile, reprit l'hôte.

— Et je vous ai dit que je ne le serais pas.

— Par contre, vous pouvez entrer et sortir comme vous voulez, sourit l'hôte. Mais il faut payer à l'avance. Ce n'est pas que je me méfie, Dieu m'en garde.

— Ça me paraît juste », dit Leone. Il posa son sac près du lit.

« Et vous auriez quelque chose à manger ? »

Le patron haussa à nouveau les épaules.

« La taverne que je tiens… c'est ce qu'on appelle une *fraschetta*. Mais on voit que vous n'êtes pas romain. Dans une *fraschetta*, nous avons l'habitude que les gens apportent leurs propres victuailles et qu'ils viennent boire le vin nouveau. Mais si quelques tranches de saucisson, un peu de pecorino et un morceau de pain, ça vous va, alors…

— C'est parfait », dit Leone.

Le patron lui remit la clef, et ils ressortirent. « Fermez, ça vaut mieux », conseilla-t-il.

Leone aperçut des feux dans les forums.

« C'est quoi, ces lumières ?

— Les *mignotte*, sauf votre respect », répondit le patron en riant.

Ils rentrèrent dans la taverne et Leone prit place à une table sale et poisseuse.

Le patron revint avec un plat ébréché en céramique sur lequel il avait posé un demi-saucisson, un morceau de pecorino, une miche de pain et un couteau. Il passa un coup de torchon sur la table. « On a du vin de la maison. Vous en voulez combien ? » Et là, il expliqua le nom que les Romains donnaient aux différentes mesures. « Un *tubbo* c'est un litre, une *fojetta* un demi-litre, un *quartino* c'est indiqué dans le nom, un *chierichetto*, ce n'est pas grand-chose, et un *sospiro*. » Il prononça cette dernière mesure à voix basse. « Celui-là, on le dit tout doucement, parce que le *sospiro*, ou encore le *sottovoce*, comme d'autres l'appellent, ce n'est guère plus qu'une goutte, et ceux qui prennent ça, c'est qu'ils n'ont pas d'argent et ont honte d'être entendus. » Il se mit à rire.

« Une *foglietta*, alors, sourit Leone.

— *Fojetta*, corrigea le patron. Nous à Rome, on n'a pas le "gl". On économise sur les lettres. »

Il rit avant de revenir avec un demi-litre.

Leone se coupa du saucisson, du fromage et du pain. Le vin nouveau glissait dans le gosier, c'était un vrai régal. La *fojetta* fut finie en un éclair. Aussi Leone en commanda-t-il une autre. À son tour, celle-ci disparut aussi vite que de l'eau. Il adressa un autre signe au patron.

Celui-ci arriva en disant : « Puisque ça vous plaît, je peux vous apporter directement un *tubbo*. Qu'est-ce que vous en dites ?

— Je dis que vous avez raison. »

Leone avait la tête légère. Et il aimait l'euphorie que lui procurait le vin.

« Sans vouloir vous vexer, il ne faudrait pas oublier… enfin, il faudrait aussi régler. »

Leone paya la note, qui lui parut honnête, et continua à boire.

« Si ça ne vous embête pas, ça va être l'heure de fermer », annonça peu après le patron.

Leone dodelina un peu de la tête en signe de consentement et finit son verre.

En se levant, il s'aperçut qu'il ne tenait pas bien sur ses jambes. Il se retint à la table, retrouva son équilibre et, quand il se sentit plus stable, il sortit.

Dès qu'il se retrouva dehors, l'air frais le réveilla un peu. Son regard alla aux feux des forums impériaux. Il émit un ricanement hébété. Il regagna la chambre et fouilla son sac. Il y prit le poignard, qui lui donnait un sentiment de sécurité. Puis il ressortit en fermant à clef derrière lui, et se dirigea vers les feux.

La nuit, la promenade des forums se transformait en un marché à la chair féminine. Pendant la journée, des moutons y paissaient, et Leone sentait sous ses chaussures les reliques molles qu'ils y avaient laissées. En revanche, à cette heure-ci, c'étaient les « belles-de-nuit », comme disaient les Romains, qui fleurissaient.

« Salut, mon trésor », lui lança une prostituée.

Leone la regarda. Il voyait plutôt flou. Il devait avoir trop bu, se dit-il. Mais c'était une sensation agréable. Il eut l'impression que cette femme avait plus de maquillage que de visage. Il poursuivit son chemin.

« Qu'est-ce que t'es mignon, mon amour ! » roucoula une autre.

Leone vacilla sur ses jambes. Il plissa les yeux. Cette fille-là avait des nichons tellement énormes qu'il aurait risqué de mourir étouffé au milieu. Cette pensée le fit rire et il poursuivit son chemin.

Arrivé au bout de l'allée, une autre l'apostropha d'une voix désagréable et dédaigneuse : « Tu veux faire un tour, gros tas ? »

Ce surnom agaça aussitôt Leone.

« Hé, gros tas, la tienne, elle se dresse ou pas ? » gloussa-t-elle.

Leone s'efforça de la distinguer plus nettement. Il la détestait déjà. Elle se croyait supérieure, se dit-il. Au même instant, il sentit quelque chose bouger au niveau de son bas-ventre. Il s'approcha d'elle pour la voir de plus près.

Dès qu'elle sentit son haleine, la femme fit une grimace et se passa une main devant le nez, pour chasser l'air. « Mais qu'est-ce que t'as bu, gros tas ! » Elle lui éclata de rire au visage.

À nouveau, Leone sentit quelque chose frémir au niveau de son entrejambe. Comme un fourmillement.

« Mais casse-toi, on ne pourra rien faire avec toi », lança la prostituée en lui faisant signe de s'en aller, avant de lui tourner le dos.

Elle le méprisait, pensa Leone. Le fourmillement devint un gonflement. « Tu prends combien… comtesse ? » demanda-t-il d'un ton tranchant.

Ellc sc rctourna, surprise par le ton de sa voix.

« La totale ?

— La totale », confirma Leone.

Soudain, il ne ressentait plus les effets du vin. Il était lucide. Froid. Il porta une main à sa poche et y trouva une pièce de monnaie. Il la jeta au sol, près des pieds de la femme.

« Tu crois que je vais me baisser pour la ramasser, gros tas ? fit-elle, une grimace de dégoût sur le visage. Tu me la donnes poliment et tu remercies ta bonne étoile de pouvoir goûter à ma motte. »

Leone sentit le gonflement augmenter.

« Un gros tas triste comme toi n'a jamais vu une motte comme la mienne », reprit la prostituée qui, en bonne professionnelle, avait compris que Leone appréciait ce jeu. Un jeu qui lui coûtait bien peu, à elle. Au contraire, il lui permettait de dire ce qu'elle pensait réellement.

Leone se pencha et ramassa la pièce. Il la lui tendit.

La femme lui fit signe de la suivre derrière un arc qui avait été dépouillé de toutes ses plaques de marbre. Elle s'assit sur la base d'une colonne brisée par l'action du temps ou de l'Église, et là, elle souleva sa jupe et écarta les jambes, dévoilant sa nudité. « Viens, gros tas. » Leone s'approcha.

« Tu te crois mieux que moi, pas vrai, comtesse ?

— Allez, dépêche-toi, je n'ai pas toute la nuit, râla-t-elle.

— Réponds, fit-il d'une voix rauque. Tu te crois mieux que moi, comtesse ?

— Mais c'est qui, cette comtesse ?

— Réponds !

— Bien sûr, que je suis mieux que toi, répliqua-t-elle alors, persuadée qu'il s'agissait toujours du même jeu. N'importe qui vaut mieux que toi. »

Elle ne savait pas que Leone, lui, ne jouait pas.

Devant lui, il voyait la comtesse Silvia di Boccamara. Sans défense. Il sourit. Il mit les mains autour du cou de la femme, en la caressant. Et puis tout à coup, il serra. Avec violence.

La prostituée écarquilla les yeux, saisie par surprise.

Leone sentait son excitation augmenter encore. « Défais mon pantalon, comtesse », siffla-t-il.

La femme avait du mal à respirer. Elle avait peur. Mais elle défit tout de même le pantalon.

« Et maintenant, suce-moi, comtesse », ricana Leone.

Il lâcha le cou de la femme et sortit son poignard. Il le pointa contre elle. « Et pas de bêtises. »

Elle s'agenouilla et prit le membre dans sa bouche.

Ce contact chaud suffit à Leone pour atteindre l'orgasme. « Voilà… ce que… tu mérites… comtesse… », haleta-t-il en lui éjaculant dans la bouche. Puis il l'écarta d'un coup de pied.

La prostituée hésitait entre crier et fuir. Dans le doute, elle restait là, sous la menace du poignard.

« Si tu fais un bruit, je reviens et je te tranche la gorge, menaça Leone. C'est compris ? »

Elle hocha la tête. Elle savait distinguer les gars qui ne faisaient que discuter de ceux qui parlaient sérieusement.

« Rattache mon pantalon », ordonna Leone.

Elle s'exécuta.

Il se pencha vers son visage terrorisé. « Voilà ce que tu es, comtesse, chuchota-t-il d'un ton cruel. Une pute. Une ignoble pute. » Puis il partit, se fondant parmi les ombres millénaires de ces lieux.

Il dormit comme un enfant.

Et le lendemain, il se réveilla d'excellente humeur.

Le moment était venu de réaliser son plan.

La comtesse, la vraie, l'attendait quelque part.

Et maintenant, il allait la trouver.

Pour jouir par avance de la joie qu'il allait éprouver, et qu'il sentait désormais à portée de main, il décida de faire une promenade.

Passant par la piazza della Malva, il vit des soldats français faire irruption dans une taverne. Un grand tumulte s'ensuivit, puis il aperçut un homme qui se sauvait en courant. Un militaire le poursuivit dans la rue. Il s'agenouilla, visa avec son fusil et tira. Le fuyard s'écroula à terre.

Leone se cacha sous une porte cochère pour épier la scène.

On entendit un hurlement déchirant. Une femme se précipita sur le cadavre en pleurant et le prit dans ses bras, comme si elle cherchait à l'arracher à la mort. Mais la mort avait déjà fait son travail.

Leone sourit.

Puis la femme hurla à nouveau. Mais pas de douleur. Non, c'était un cri de guerre. Elle saisit un couteau à la ceinture de son homme assassiné et s'élança contre la patrouille qui, à ce moment-là, sortait de la taverne avec trois hommes menottés. Un militaire lui intima de s'arrêter. Mais la malheureuse était prise de folie. Le soldat sortit son pistolet et tira. La course de la femme continua encore sur quelques pas, mais au ralenti. Puis son couteau lui tomba des mains, et elle s'effondra à terre. Aux fenêtres, les gens du peuple se mirent à invectiver les Français et à lancer des objets. Un instant plus tard, la patrouille se retrouva encerclée par un groupe d'hommes armés et furieux. Il y eut une mêlée. Un autre coup de feu. Et puis des gémissements, des bruits de lutte, des jurons. Pour finir, cinq militaires réussirent à prendre la fuite. Les trois hommes arrêtés avaient été libérés.

Leone sortit de sa cachette et s'approcha de la taverne.

Sur le sol gisaient trois militaires français. Ils avaient été massacrés, déchiquetés. Un homme du peuple gisait aussi. Un trou dans le front.

Leone avança vers le cadavre de la femme, un peu plus loin. Il la regarda. Elle avait les yeux grands ouverts.

Encore quelques pas, et son homme était là. Le visage contre le sol.

Leone observa ainsi l'œuvre de la mort. Et tout ce sang. Et il ne ressentit pas la moindre émotion.

33

Juin 1870
États pontificaux (Rome)

Quand Melo la vit arriver sur le dos de Bersagliere, il en resta éberlué.

Nella peina à descendre de cheval. Ce n'était pas tant ses douleurs que sa faiblesse qui augmentait de jour en jour. Sa vue se troublait, le moindre mouvement lui coûtait d'immenses efforts, et elle était constamment en proie à une somnolence qui l'obligeait à fermer les yeux jusqu'à ce qu'elle sombre dans un état qui était plus une reddition que du sommeil.

Melo lui tendit la main. « Asseyez-vous. » Mais il n'arrivait pas à quitter des yeux ce splendide cheval blanc, tandis que Nella se laissait aller, épuisée, sur un banc.

« C'est le vôtre ? demanda-t-il.

— Il s'appelle Bersagliere, répondit-elle affectueusement.

— C'est l'un des plus beaux chevaux que j'aie jamais vus. »

Elle sourit avec fierté. Puis elle tendit la main vers Bersagliere et celui-ci, aussitôt, s'approcha docilement d'elle et chercha une caresse.

« J'ai entendu votre fils vous appeler "comtesse", dit Melo. Et en effet, seule une comtesse pourrait se permettre un tel cheval.

— Je ne suis pas comtesse, répliqua Nella. Le jour où nous sommes arrivés à Rome, des gosses ont traité Pietro de "*sellerone*". Et pourtant, je n'ai jamais pensé que Pietro était vraiment un céleri. »

Melo éclata de rire.

« Je suis ce dont j'ai l'air, reprit Nella. Une couturière. Pauvre. »

Le vieil homme sortit son cigare et le tourna et le retourna dans ses mains, en gardant le silence. Puis : « Une couturière qui parle aux chevaux. Et quels chevaux ! » Il eut un petit rire. « Les soins que vous m'avez conseillés pour le frison fonctionnent à merveille.

— Ça me fait plaisir. Et cet imbécile ? Il va reprendre le numéro ?

— Sireno ? Pour le moment, sûrement pas. Il a l'épaule fracturée.

— Et après ? »

Melo grimaça.

« Le cirque Callari est célèbre pour ses chevaux. Nous n'avons ni lions ni éléphants…

— Et avant, qui faisait le numéro ? »

Il ne répondit rien.

« Vous. J'en suis sûre », lança Nella.

Il continua à garder le silence.

« Pietro m'a raconté que vous étiez un héros de la République romaine, et l'idole du jeune prince.

— Vous utilisez des mots trop ronflants pour quelqu'un comme moi, répondit enfin Melo. Héros… idole… » Il secoua la tête en souriant.

« Il doit quand même y avoir quelque chose de vrai là-dedans.

— Quelque chose, cela veut dire juste une petite partie. »

Nella devint brusquement sérieuse.

« Je ne veux pas que Pietro se passionne pour ces histoires de Rome libre et autres idées patriotiques.

— Et quel rapport avec moi ? Pourquoi vous me dites ça ?

— Parce que Pietro aussi, vous le fascinez. Je ne sais pas ce que vous lui avez dit, mais…

— Madame, je n'ai parlé qu'avec le jeune prince, l'interrompit Melo. Je ne sais pas ce que vous avez contre Rome libre et… les "autres idées patriotiques", comme vous les appelez, dit-il sans agressivité aucune. Mais si cela peut vous tranquilliser, votre fils m'a dit qu'il n'en avait rien à faire.

— Vous l'avez vu ?

— Il cherchait Marta. »

Nella sourit. C'était bien, que Pietro soit amoureux pour la première fois. Et cette fille lui plaisait aussi. Mais aussitôt après, elle s'assombrit. « Je m'inquiète pour Pietro parce que le royaume d'Italie m'a déjà pris mon mari. » Et à la seconde même où elle disait cela, elle comprit qu'elle avait besoin d'en parler. Surtout maintenant, après avoir rencontré le lieutenant Béras. Et bien que ce vieil homme fût un parfait inconnu, il lui inspirait confiance. Elle n'aurait pas su dire pourquoi.

« Vous avez l'air fatigué, fit Melo. Qu'est-ce qui vous arrive ?

— Rien.

— On ne dirait pas.

— Rien, je vous dis.

— Comment allez-vous rentrer chez vous ? À pied ? Laissez-moi vous raccompagner.

— Paride va venir me chercher. C'était mon cocher, autrefois. »

Melo resta un moment silencieux. Puis il finit par demander : « Qu'est-il arrivé à votre mari ? C'était un combattant ?

— Oh, c'était tout sauf un combattant. Mais il est quand même mort à cause du royaume d'Italie, répondit-elle avec dureté. Et je ne veux pas que ces salauds me prennent aussi Pietro.

— Je comprends..., acquiesça Melo, tout en caressant le chanfrein blanc de Bersagliere.

— Non, vous ne pouvez pas comprendre », éclata-t-elle alors.

C'était ça : elle avait besoin d'en parler. Cette histoire était comme une tumeur nichée en elle. « Mon mari s'est suicidé », lâcha-t-elle d'un trait.

Melo la regardait sans parler. Mais on voyait qu'il écoutait.

Les yeux de Nella se troublèrent tandis qu'elle racontait. « Il avait promis au Royaume une somme énorme pour faire des travaux... c'était une folie... Le Royaume a fini par saisir tout son patrimoine, causant sa ruine. Et lui... le pauvre homme... ils l'ont mis le dos au mur... et il s'est pendu. »

Melo l'observait. Dans les magnifiques yeux violets de cette femme, il voyait quelque chose dont elle-même n'avait pas encore conscience.

« Vous n'avez rien à dire ? » lança-t-elle.

Il continua à sonder l'âme de la comtesse, avant de répondre : « Ce que je pense, il vaut mieux que je le garde pour moi.

— Pourquoi ? interrogea-t-elle, sur la défensive.

— Ça vaut mieux.

— Je veux savoir ce que vous pensez ! » fit-elle avec autorité.

Il cessa de caresser le chanfrein de Bersagliere. « Madame… moi, je vois une femme seule… et qui doit élever seule un enfant. »

Ces paroles avaient quelque chose de dangereux. Mais Nella n'arrivait pas à saisir en quoi.

« Et alors ? demanda-t-elle, poings serrés.

— Et alors, votre mari n'a pas été victime. Votre mari a été lâche.

— Comment vous permettez-vous ? » s'exclama-t-elle.

Mais au même instant, ses yeux violets se remplirent de larmes – des larmes de douleur et de rage mêlées. Elle épia le visage sérieux du vieil homme à travers cette brume, ce voile.

Voilà, la tumeur s'était déclarée. Cette pensée lui était déjà venue des dizaines de fois. Mais, des dizaines de fois, elle l'avait refoulée, faisant mine de ne jamais l'avoir formulée. Or, ce vieux l'avait articulée à haute voix. À présent, il était devenu impossible de faire mine de rien. Mais en plus de sa douleur, elle éprouvait aussi un genre de soulagement.

« J'aurais partagé cette pauvreté avec lui, sans aucun problème…, commença-t-elle doucement, tandis que ses larmes tombaient sur le sol poussiéreux. Je serais restée à son côté, sans me défiler, sans me plaindre… » Elle serra les dents avec rage, jusqu'à les faire grincer. « Mais lui, il a fui. » Ses narines se dilatèrent. Alors elle admit, surtout pour elle-même : « Oui, il a été lâche. »

Melo resta un instant silencieux.

« Je suis désolé, finit-il par dire.

— Moi aussi.

— Mais Pietro, lui, n'est pas un lâche, enchaîna-t-il. Ça se voit. »

Elle sourit. « Non, ça c'est sûr. »

Le silence tomba à nouveau. Un silence chargé d'émotion.

« Vous étiez venue me parler de lui ? »

Elle secoua la tête et se mit à rire, comme lorsqu'il n'y a rien d'amusant et que l'on se sent gêné. « Non… j'étais venue pour tout autre chose. Et je me suis retrouvée à déverser toute ma vie sur vous. Veuillez m'excuser… »

Melo laissa ces derniers propos se dissoudre dans l'air. C'était un homme de peu de mots. Mais il n'en éprouvait aucune culpabilité, car il devinait que cette femme était comme lui.

« Vous me voyez. Je suis pauvre », reprit-elle. Puis elle se tourna vers Bersagliere. « Un cheval a besoin de soins, d'attentions, de galoper, et… de quelqu'un qui lui parle à l'oreille. » Elle fixa Melo. « En ce moment, je ne peux rien lui donner de tout cela. » Elle ménagea une pause et prit une profonde respiration. « Monsieur Melo, je n'ai confiance qu'en vous. Même si je ne sais pas pourquoi. » Elle eut un petit rire, avec ce soupçon de désespoir qu'a toujours celui qui est obligé de demander de l'aide. « Vous voulez bien faire ça pour moi ? »

Melo lui adressa un regard qui était comme une accolade. « Ça doit être dur, en ce moment, d'affronter la vie seule », dit-il avec chaleur.

Nella savoura le plaisir que lui procuraient ces mots. Avec Melo, elle se sentait protégée.

« Je ne sais pas comment je pourrais justifier la présence d'un aussi beau cheval dans notre cirque, continua le vieux. Cependant, tout le monde a vu comment vous avez sauvé la situation, lors de l'accident, et, sauf votre respect, tout le monde a aussi vu vos jambes de toute beauté. Je pourrais peut-être dire… » Un petit sourire malicieux apparut sur son visage ridé « … Je pourrais peut-être dire que nous présenterons bientôt un nouveau numéro… plutôt osé… avec une amazone qui fait de la voltige sur son cheval blanc. » Il sourit. « Qu'est-ce que vous en dites ? »

Les yeux de Nella brillèrent.

« Non, dit-elle pourtant aussitôt. Non, non, non…

— Si vous répétez tellement ce mot, est-ce pour vous convaincre vous-même ?

— Je ne peux pas.

— Ça vous rapporterait plus que la couture. Et vous ne risqueriez plus de vous piquer avec des aiguilles. Seulement de vous casser le cou, c'est tout. »

Nella se mit à rire, mais sans cesser de secouer la tête.

« Réfléchissez, vous seriez une attraction majeure. Tout le monde viendrait vous voir.

— C'est bien pour ça que je ne peux pas… J'ai intérêt à rester dans mon caniveau un bon bout de temps. »

Melo devint sérieux.

« Je suis vraiment un vieil imbécile, dit-il en hochant la tête. Bon, je trouverai une autre excuse, ne vous en faites pas.

— Avec vous, je ne m'en fais pas. Pietro avait raison : vous êtes quelqu'un de spécial. » Elle sourit. « Vous êtes un homme qui en a vu de toutes les couleurs, n'est-ce pas ?

— Les aventures, c'est le sel de la vie.

— Et pelleter du crottin, c'est l'aventure ? demanda-t-elle, enjouée.

— Oh oui, vraiment, répondit-il avec une grimace comique. On risque à tout moment de tomber dedans. »

Nella éclata de rire.

« Mais vous aussi, vous avez eu une vie aventureuse, reprit alors Melo. Et aujourd'hui, raccommoder des caleçons, c'est l'aventure ?

— Bien sûr. On risque à tout moment de se piquer avec une aiguille. »

Ils rirent de concert. Comme s'ils se connaissaient depuis toujours.

« Et ce serait quoi, votre aventure, maintenant ? » poursuivit Melo.

Nella réfléchit un instant. Elle aurait pu dire que c'était Pietro. Et elle n'aurait pas menti. Ou que c'était le lieutenant Béras. Et là non plus, cela n'aurait pas été un mensonge. Pourtant, quelque chose venait d'abord. « Je cherche une fillette qui, il y a bien longtemps, vivait ici... à Rome... et puis qui s'est perdue. »

Melo la dévisagea. Quelque chose, dans les paroles de cette femme, le touchait lui aussi de près.

« Vous savez..., commença-t-il à voix basse, comme se parlant à lui-même. Parfois, je me demande si nous ne devrions pas faire comme les enquêteurs.

— C'est-à-dire ?

— Quand une personne disparaît, pour la retrouver, on commence par l'endroit où elle a été vue pour la dernière fois. » Il fut soudainement projeté dans son propre passé, un passé dont, avec entêtement, il tentait de ne jamais se souvenir. « Vous savez où vous avez vu cette fillette pour la dernière fois ?

— Oui. »

Bien sûr, qu'elle savait par où recommencer. Elle l'avait su au moment même où elle avait mis le pied à Rome. Il y avait quelqu'un, une femme, qu'elle devait voir. Avec qui elle devait parler. Cette femme était certainement très âgée, à présent. C'est seulement en la retrouvant qu'elle se retrouverait elle-même. « Oui, je le sais, répéta-t-elle. Mais j'ignore si j'ai le courage d'y retourner. »

Melo l'observa en silence. Lui non plus ne savait pas s'il avait le courage de retourner aussi loin en arrière.

34

Juin 1870
États pontificaux (Rome)

Le lendemain de sa conversation avec Melo, Nella était toujours sous le coup de l'émotion. Elle n'avait pas fermé l'œil de la nuit.

Certes, elle avait perdu son équilibre quand Henri Béras lui avait fait tourner la tête. Mais le coup de grâce, c'était Melo qui le lui avait donné. « Quand une personne disparaît, pour la retrouver, on commence par l'endroit où elle a été vue pour la dernière fois », avait-il dit.

Nella avait toujours su où elle devait aller.

Et maintenant, le moment était arrivé de le faire.

Mais tout d'abord, elle s'arrêta un moment sur le ponte Sant'Angelo. Elle contempla les coupoles des mille églises, les toits rouges des bâtiments, le fourmillement des carrosses et des charrettes dans les rues jonchées de détritus, et l'activité frénétique des embarcations sur le Tibre, qui ne méritait en rien son surnom antique de Tibre blond.

Rome était une ville répugnante, quand on la regardait comme ça. Et pourtant, tous les jours, le soleil se levait sur cette ville répugnante. Alors les rues boueuses, les ruines dévorées par les plantes grimpantes, les tricheries, les excréments, les mensonges, tout disparaissait. En fait, tout scintillait. Séduisant chaque jour Romains et étrangers. Les ensorcelant. Ainsi jour après jour, malgré elle, Rome recommençait à se faire pardonner. Et à se faire aimer.

Car il n'existait nulle part ailleurs une catin aussi extraordinaire que celle-ci. Et tous ceux qui la haïssaient le soir, la maudissant au moment de s'endormir, se réveillaient le lendemain résignés à l'aimer de nouveau, et à être trompés et trahis de nouveau.

Nella elle-même, dès son retour, avait été trompée. Parce qu'elle était là chez elle. Et c'était de là qu'elle devait repartir si elle voulait retrouver le fil de sa vie, qu'elle avait abandonné quand elle avait fui, en fermant les yeux et en se bouchant les oreilles.

« Je t'adore, grande putain », dit-elle, les coudes appuyés sur le parapet de travertin du ponte Sant'Angelo.

Oui, maintenant elle savait que faire et où aller, pensait-elle, traversant le pont pour rejoindre l'autre rive du Tibre. Puis elle continua son chemin, surmontant douleurs et fatigue, dans la même direction que les eaux paresseuses du fleuve.

Laissant l'imposante basilique Saint-Pierre sur sa droite, elle s'engagea dans le quartier du Borgo et longea l'Arcispedale di Santo Spirito in Saxia, qu'on disait le plus ancien hôpital d'Europe, et qui était la fierté de la papauté. Elle continua tout droit dans la via della Lungara et passa sous la Porta Settimiana qui conduisait dans le quartier du Trastevere, pauvre, sale et peuplé d'artisans et de voleurs qui s'arnaquaient à qui mieux mieux.

Les rues grouillaient de militaires. Quand ils passaient près d'eux, les gens du peuple les regardaient avec haine. Personne ne les insultait, personne ne criait : « Vive l'Italie ! » On ne voulait pas être arrêté. Mais hurler était inutile. Les regards en disaient long. Et ce silence faisait encore plus peur. Le feu couvait sous la braise, pensa Nella.

Puis, continuant sur la rive droite du fleuve, elle dépassa l'isola Tiberina, après laquelle elle aperçut les maigres ruines du ponte Sublicio, et arriva en vue du port de Ripa Grande, où on chargeait et déchargeait des tonnes de marchandises des plus variées.

Et de là, elle vit son objectif : l'Ospizio apostolico di San Michele a Ripa Grande.

Elle n'y était plus jamais retournée. Mais elle eut l'impression que rien n'avait changé. Et à ce moment-là, elle sourit, se souvenant du moment où Ippolito lui avait demandé pourquoi elle voulait adopter un orphelin qui venait, précisément, de l'Istituto di San Michele, à Olengo. Ce jour-là, elle lui avait répondu de manière évasive qu'elle avait fait un vœu à ce saint. Mais en réalité, elle avait choisi cet institut parce qu'il portait le même nom que l'orphelinat où elle avait grandi.

Elle prit son courage à deux mains et traversa la rue, se dirigeant vers l'une des nombreuses portes qui menaient dans cet immense ensemble de bâtiments historiques. C'était peut-être l'endroit le plus bizarre de Rome, pour ne pas dire du monde. À l'intérieur, il y avait une prison pour mineurs et une autre pour femmes, un hospice pour les vieilles miséreuses et un pour les anciennes prostituées, ainsi qu'un orphelinat pour les fillettes abandonnées. *C'était sûrement moins le foutoir dans Babel*, se dit Nella en souriant.

Elle franchit la porte menant à l'hospice et à l'orphelinat, et commença à gravir l'escalier. Les marches avaient été lustrées par tellement de chaussures qu'elles semblaient passées à la cire, tant elles brillaient.

Tandis qu'elle montait, tête baissée, elle se sentit aspirée par son passé. Elle eut presque l'impression de revoir l'enfant qu'elle avait été. Cette gosse qu'elle désirait chercher, comme elle l'avait dit à Melo. Parce que c'était de là qu'elle devait partir, pour retrouver le chemin qu'elle avait perdu. Et alors, elle eut l'impression de revoir ses petites jambes maigres, écorchées aux genoux par ses nombreuses chutes dans la cour, avec ses socquettes raccommodées tant de fois qu'il ne restait que quelques fils de la chaussette initiale, et ses petites chaussures rouges tachées, attachées par un lacet d'un côté et une épingle de l'autre.

Et au lieu d'éprouver l'angoisse attendue, elle se sentit réchauffée par une immense tendresse.

Tu te retrouves, se dit-elle émue, en parvenant au premier étage.

Comme autrefois, les dortoirs s'ouvraient sur un corridor intérieur. Sur les portes, il y avait des numéros, des lettres, et une liste écrite à la plume sur une feuille, où toutes les pensionnaires étaient inscrites. De temps en temps, un trait bien droit barrait un nom, qu'on remplaçait par un nouveau nom écrit en dessous, parfois avec une encre de couleur différente.

Retenant son souffle, Nella atteignit le dortoir D et parcourut la liste des yeux. Elle sourit, soulagée, et entra.

La salle était noyée dans une puanteur de corps en décomposition, de vin aigre et dans celle de soupes au *cavolo nero* ou au chou romanesco, qui bouillaient sans discontinuer sur deux cuisinières, à peine enrichies par un os de genou de vache ou par quelque autre chute de boucherie qu'on jetait dans ce bouillon.

On avait tendu entre les lits des cordes auxquelles on avait accroché des hardes, des morceaux de rideaux ou des tapis rongés par les mites, afin de donner à chacune l'illusion d'avoir une petite chambre à elle.

Nella observa les religieuses qui s'occupaient du service, mais ne demanda son chemin à aucune d'entre elles. Elle savait où aller. Là où elle était toujours allée, matin, après-midi et soir, aussi loin que remontaient ses souvenirs. Et ce, pendant des années.

Quand elle atteignit le lit de camp, elle ralentit. Elle eut l'impression d'entendre les pas de la gamine d'alors, qui venait toujours là en courant. Pour voir Mamma Lucia, la femme qui, en réalité, l'avait élevée. La clocharde cultivée et intelligente qui disait des tas de bizarreries. La seule personne qui lui avait permis de ne pas se sentir seule dans cet endroit répugnant.

La vieille femme était allongée dans son lit, les yeux clos. Nella eut l'impression qu'elle avait rapetissé. Elle était aussi ridée qu'un pruneau sec. Sa lèvre inférieure était mangée par sa lèvre supérieure, signe qu'il lui restait bien peu de dents. Les hardes qu'elle portait sentaient le rassis et le moisi, comme un fond de coffre.

En s'asseyant au bord du lit, Nella eut le cœur serré. « Mamma Lucia, c'est moi. » Elle lui prit la main. « C'est Nella. »

La vieille souleva les paupières, dévoilant des yeux aussi opaques que ceux d'un poisson bouilli. Elle était devenue aveugle. « Nella… », bredouilla-t-elle.

« Je suis revenue. Tu te souviens de moi ? Nella. »

La vieille aveugle regardait plus ou moins dans la direction de la voix. « Nella…, répéta-t-elle.

— Tu t'occupais de moi… Quand j'avais peur, tu me prenais avec toi dans ton lit. » Nella lui serra la main, réduite à des os maintenus ensemble par un fragile sachet de peau constellée de taches sombres.

« Nella…

— Tu te souviens ? Tu disais toujours…

— Ça suffit ! s'emporta la vieille. Bien sûr, que je me souviens ! Je suis aveugle, pas débile. Si je répète ton nom, c'est parce que je ne l'ai pas prononcé depuis tellement d'années ! »

Elle sourit, ne montrant que des gencives. « Nella… »

La jeune femme se mit à rire. « Salut, Mamma Lucia. »

Il y avait une forte odeur acide, d'urine. Nella souleva la couverture. Le matelas, si on pouvait l'appeler ainsi, était aussi humide qu'une éponge. Elle jeta un coup d'œil autour d'elle. « Comment pouvez-vous la laisser comme ça ? » protesta-t-elle à l'adresse d'une petite religieuse qui passait par là.

« Tu crois qu'on peut changer son matelas tous les jours ? dit l'autre. Je lui ai mis un pot de chambre, elle ne l'utilise pas. C'est son problème.

— Mais elle ne se rend même pas compte qu'elle se pisse dessus ! Vous le savez bien, ma sœur… » Et à ce moment-là, Nella reconnut ce visage fané et jaunâtre aux yeux porcins. « Mais tu es Alberta !

— Et toi, tu es celle qui est partie, et maintenant tu reviens faire la leçon à celles qui sont restées, rétorqua la religieuse avec amertume.

— Tu es devenue bonne sœur !

— J'ai toujours été laide, alors je ne pouvais pas faire la putain comme toi, lança sèchement sœur Alberta.

— Mais je n'ai pas fait la putain !

— Et je n'ai pas non plus épousé un riche. Tout le monde en a parlé, ici. Tu crois qu'on n'a pas su comme tu t'en étais tirée ? poursuivit Alberta, comme si elle ne l'avait pas entendue. Moi, je n'ai pas eu ta chance, mais il faut bien que je mange, comme tout le monde. Bonne sœur, c'est un métier comme un autre. »

Nella la dévisagea. Elles n'avaient jamais été amies. Elle s'en souvenait comme d'une fillette réservée, qui se tenait à l'écart. Elle se dit qu'elle s'était peut-être moquée d'elle. Toutes les orphelines le faisaient un peu. Mais maintenant, dans son regard, elle lisait rancune et méchanceté. Aucune trace de Dieu là-dedans.

« Qu'est-ce qui t'est arrivé ?

— Rien.

— Comment ça, rien ?

— Rien », répéta Alberta.

Et Nella comprit que c'était exactement ça. Il ne lui était rien arrivé. Rien de rien, pendant toute sa vie. « Je suis désolée », dit-elle.

La sœur secoua la tête. « J'ai à faire », lâcha-t-elle en s'en allant.

« Laisse tomber. Elle est en colère contre Dieu et elle a peut-être raison, intervint Mamma Lucia. Mais comme elle ne peut pas s'en prendre à Dieu, puisqu'il ne traîne certainement pas dans cette poubelle… alors, elle s'en prend à nous. C'est une pauvre malheureuse.

— Comment tu vas ? lui demanda alors Nella.

— Tu as toujours posé des questions idiotes ! rit Mamma Lucia. Dis-moi plutôt pourquoi tu es revenue. »

Nella resta un moment tête baissée, serrant la main de la vieille femme en silence.

« Ne compte pas sur moi pour te supplier de me raconter tes histoires », grommela la vieille.

Nella se mit à rire. « Le monde que je m'étais créé s'est écroulé sur moi. »

Mamma Lucia tourna ses globes cireux dans leurs orbites et poussa un gros soupir.

« Et qui es-tu, pour créer le monde ? Le Père éternel ?

— C'est toujours la même chose, dit Nella. Avec toi, on ne peut pas discuter.

— Hé ho, mô ferm' ton clapet ! s'exclama Lucia. Moi, ça me suffit que tu sois ici. Ça, ça me plaît. »

Elle sourit. Et, autant qu'elle le pouvait, elle lui serra la main. « Et si tu restes là silencieuse au lieu de débiter tes conneries, c'est encore mieux. »

Nella rit. Avec Mamma Lucia, elle ne gagnerait jamais.

Entre-temps, sœur Alberta s'était approchée avec une gamelle de soupe. « C'est l'heure de manger, dit-elle de mauvaise grâce. Allez, prends ça. »

Nella jeta un coup d'œil sur l'assiette de la voisine.

« Il y a de la viande, là.

— Jeudi c'est viande, confirma Alberta. Mais elle, elle n'a pas de dents.

— Donne-moi sa portion.

— Elle n'a pas de dents, répéta la religieuse, impatiente. Elle suce la viande et puis elle la recrache. Quand j'ai essayé de la lui faire avaler, elle s'est étranglée. »

Nella se leva et prit une assiette contenant un morceau de viande.

« Je la mâcherai pour elle, d'accord ?

— C'est dégueulasse, commenta Alberta.

— Et tu crois qu'elle, elle aimait t'essuyer les fesses, quand tu te chiais dessus ? éclata Nella. Tu as oublié ça ? »

Sœur Alberta la regarda avec aigreur. « Peut-être que c'est toi qui as oublié qu'elle n'essuyait que les tiennes ! » Elle tourna les talons et poursuivit sa tournée.

Mamma Lucia ricana. « Bienvenue au bercail, comtesse. »

Alors seulement, Nella se souvint que Mamma Lucia l'avait toujours appelée ainsi. Ce n'était donc pas elle qui avait inventé son titre de noblesse.

« Pourquoi m'avais-tu surnommée comtesse ?

— Parce que tu étais une sacrée conne, rit la vieille, comme tu l'es encore.

— Je parle sérieusement.

— Mais oui, tu étais *sérieusement* une sacrée conne. » Mamma Lucia agita sa main libre. « Allez, mastique cette viande, puisque tu t'es proposée. Ça doit faire deux ans que je n'en ai pas mangé. Dépêche-toi ! »

Nella mâcha un bout de viande, jusqu'à en faire de la bouillie. Puis elle le trempa dans la sauce, avant de le placer dans la bouche de Mamma Lucia.

La vieille femme gémit de plaisir. Elle garda longtemps la bouillie en bouche avant de lancer : « Même quand je baisais, je ne gémissais pas comme ça. »

Nella se mit à mâcher un autre morceau de viande.

« Je dois tout re... recommencer... depuis le dép... le départ...

— On ne parle pas la bouche pleine, coupa Mamma Lucia. De toute façon, je ne comprends rien. »

Nella continua à mâcher, tremper la bouillie dans le jus, et nourrir Mamma Lucia, et la vieille continua à gémir. Au bout de presque une demi-heure, elles avaient fini.

« Ah..., s'exclama Mamma Lucia, satisfaite. Que Dieu te bénisse... s'il existe, bien sûr. » Elle rit. « D'après moi, il n'y a nulle part autant d'athées que dans la seule cité du pape. »

C'était terrible, un cerveau aussi lucide prisonnier d'un corps aussi épuisé, pensa Nella. Qui sait combien de fois par jour cette femme pensait à la mort ?

« Jamais, fit Mamma Lucia.

— Quoi ? »

Mamma Lucia ne répondit rien. Elle savait ce que pensait Nella. Pas parce qu'elle avait des pouvoirs particuliers. Simplement parce que c'était l'idée qui serait venue à l'esprit de n'importe qui en la voyant.

« Qu'est-ce que tu racontais, tout à l'heure ?

— Je dois tout recommencer depuis le départ, répéta Nella. Qui étais-je ? Je ne m'en souviens pas. Aide-moi. »

La vieille femme soupira. « Et comment je peux savoir qui tu étais, comtesse ? dit-elle avec sérieux. Je pourrais te dire ce que tu étais pour moi. Mais ce n'est pas la même chose. »

Nella, par association d'idées, pensa à Pietro.

« J'ai adopté un garçon. Il est intelligent, sympathique, et il a un caractère de merde. Il s'enflamme pour un rien et il a la tête plus dure qu'une enclume.

— Voilà, sourit la vieille. C'est ça que tu étais, pour moi.

— Non. Lui, il ne sera pas comme moi, continua Nella d'un ton déterminé. Lui, il fera des études et sera médecin, avocat… ou ingénieur. Lui…

— Lui, il fera ce que toi, tu décides, c'est ça ? l'interrompit Mamma Lucia. Parce que tu sais ce qui est bon pour lui, pas vrai ? Ou peut-être que tu sais ce qui aurait été bon… pour toi. Dans ta petite tête fêlée. Et pourtant, tu viens me casser les pieds avec tes questions idiotes : "Qui suis-je ? Où vais-je ? Que fais-je ?" Mais va te faire foutre.

— Pourquoi tu prends la mouche comme ça ? dit Nella, vexée.

— Parce que la bêtise et l'égoïsme, ça me tape sur les nerfs », éclata l'autre, en dégageant sa main de celle de la jeune femme. Nella resta un long moment silencieuse. « Tu as raison », finit-elle par dire. Et ses yeux se remplirent de larmes.

Mamma Lucia chercha à nouveau sa main. Et la serra.

« Je suis idiote, dit Nella. Et lâche. La seule chose que j'ai su faire dans ma vie, cela a été de mentir à un homme bon et naïf, et de me faire passer pour ce que je n'étais pas. Et avec Pietro aussi… je suis lâche. Je fais semblant de vouloir ce qui est le mieux pour lui…

mais en réalité, je voudrais qu'il fasse ce que je n'ai jamais été capable de faire. Et maintenant… »

La vieille lâcha un pet particulièrement sonore.

Nella s'arrêta net.

« J'ai toujours de l'air qui se coince dans le ventre, quand j'écoute des discours pleurnichards et pathétiques. » Elle lâcha encore un pet. « Et celui-là, c'est pour mettre fin à tes conneries. »

Nella éclata de rire.

« Tu es une vieille malpolie et sans cœur. Je t'ai dit des choses importantes.

— D'accord. Mais si je ne t'avais pas interrompue, tu aurais continué. »

La jeune femme rit de plus belle. C'était comme ça qu'elle avait grandi. Pas de comédie.

« Et ce garçon, tu lui as dit que tu lui donneras tout le soutien dont il a besoin ? interrogea alors Mamma Lucia.

— Il le sait.

— *Quoi qu'il fasse* ? »

Elle ne répondit rien.

« Tu lui as dit ou pas ?

— Non…

— Eh bien, arrange-toi pour le lui dire. »

Nella hocha la tête. Prise d'une quinte de toux, elle sortit son mouchoir, qu'elle passa sur sa bouche. Elle y laissa une tache rouge.

« Qu'est-ce que tu as ?

— Rien.

— Je suis aveugle, mais mon nez fonctionne bien. Il y a une odeur de sang.

— Comment tu peux sentir ça ? » Elle eut un petit rire. « Il y a une puanteur de pisse qui recouvre tout.

— C'est du sang.

— Ce n'est rien.

— Va te faire foutre.

— Non. Toi, va te faire foutre. »

Elles demeurèrent un instant silencieuses, liées par ces insultes qui valaient plus que n'importe quelle déclaration d'amour.

Puis Nella reprit : « Pietro… Il s'appelle comme ça, mon garçon, Pietro. Il a rencontré une fille, et ils s'aiment. » Elle sourit, une ombre dans les yeux. « Je lui ai expliqué ce que c'était, l'amour, et comment se comporter… » Elle fit une pause, puis : « Mais moi-même, je ne sais pas ce que c'est, l'amour.

— Personne ne sait. »

Nella regarda la vieille femme. Elle avait de la chance de l'avoir trouvée encore vivante, après toutes ces années.

« J'ai rencontré un homme…

— Et… ?

— Il m'arrive un truc… bizarre.

— Bizarre ou normal ?

— Non, je ne sais vraiment pas ce qui m'arrive.

— Tu es vivante.

— C'est tout ? »

Mamma Lucia eut un sourire aveugle et édenté. « Et tu trouves que ce n'est pas grand-chose ? »

Nella se tut, tête baissée.

« Prends ton temps, dit Mamma Lucia. Tu as passé ta vie à faire des nœuds à une corde et tu crois que maintenant elle va se dénouer en une seconde ? »

Nella sentit l'immense courant d'amour qui la liait à cette vieille femme. C'était quelque chose de fort, d'intense. Comment avait-elle pu ne pas courir dans ses bras dès son arrivée à Rome ? Quelle peur absurde l'en avait empêchée ? La peur des sentiments ?

« Je peux t'embrasser ?

— Ah non ! s'exclama l'autre, se protégeant de sa main libre. Tu sais que ça me dégoûte.

— Ça ne te dégoûte pas que je mâche ta viande, mais un baiser, si ?

— Ça n'a rien à voir. »

Nella la regarda en souriant. C'était une scène qu'elles avaient jouée mille fois.

« T'as pas intérêt à essayer ! » s'écria Mamma Lucia.

Mais la jeune femme s'était déjà penchée et l'avait embrassée sur le front.

« Espèce de putain baveuse ! l'insulta Mamma Lucia en s'essuyant le front.

— Horrible vioque ! » rétorqua Nella, fidèle au scénario d'autrefois.

Puis elle regarda la vieille femme. Maintenant, elle savait d'où repartir. De là. De ces jeux. De cette profonde affection. Des rêves d'alors.

La fillette d'autrefois était là.

« Je reviendrai, lui dit-elle en se levant.

— Et moi je t'attendrai, comtesse », dit Mamma Lucia. Puis elle rit. « D'ailleurs, dans mon état, où est-ce que je pourrais aller ? »

Nella se dirigea vers la porte du dortoir.

« Comtesse ! » l'appela Mamma Lucia.

Nella fit demi-tour.

« Merci d'être venue, dit Mamma Lucia, enfreignant leurs règles. Tu es née sous l'étoile de l'amour. Ne l'oublie jamais.

— Tu parles de l'homme que j'ai rencontré ? demanda Nella.

— Non, grommela la vieille. Je parle de toi, idiote. »

Melo traversait d'un pas rapide le quartier Monti. Il avait appris que Marta avait été arrêtée par une patrouille. Il remerciait le ciel que le Typographe, comme l'appelaient les Loups, lui ait fait de faux papiers. Elle en était sortie indemne. Melo aussi avait été arrêté par une patrouille de zouaves qui avaient contrôlé ses papiers, sans motif apparent. *Ils essaient d'effrayer les gens pour les tenir à distance*, s'était-il dit. C'était une action préventive. Mais quand le moment viendrait, cela se révélerait inutile. Jour après jour, Rome et les Romains étaient de plus en plus prêts. Et surtout, Melo savait que, lorsque le peuple commençait à s'approprier une idée, celle-ci devenait difficile à extirper. Les Romains ne supportaient plus cette domination. Et de l'autre côté des frontières, il y avait le royaume d'Italie, dont ils étaient injustement exclus.

Melo atteignit la petite place où se trouvait la taverne dans laquelle il avait emmené Marta, dès leur arrivée à Rome. La tanière des Loups. Il y était déjà retourné une fois, après avoir parlé avec le jeune prince. Et il avait adressé un discours à ces vieux nostalgiques.

Il s'arrêta devant l'entrée de la taverne.

Le moment de fixer la rencontre était arrivé.

Et pourtant, quelque chose l'empêchait d'avancer. La conversation qu'il avait eue avec Nella la veille avait déplacé avec une facilité désarmante le rocher sous lequel il croyait avoir enterré son passé. Quelques petits mots stupides avaient suffi à provoquer en lui une révolution. Quand Nella était partie et qu'il s'était retrouvé seul, toute sa vie passée avait défilé devant ses yeux. Les émotions, les espoirs et les attentes de ces années glorieuses, rebelles et aventureuses.

C'était facile, de prêcher aux autres. La vérité, c'était qu'il était le plus lâche de tous. Après l'échec, il avait fui. Il avait rejoint le cirque et n'avait plus réussi à monter à cheval. Mais il n'avait pas uniquement fui Rome. Il y avait plus que ça. Et ce à quoi il avait renoncé l'avait amené à ne plus avoir de vie, ou celle-ci à ne plus avoir de sens. Il avait fermé les yeux, s'était bouché les oreilles, et avait cessé d'exister.

Même lorsque le cirque était passé devant une ferme où un minuscule être humain était attaché comme un animal, il n'avait pas fait ce qu'il aurait fait auparavant sans aucune hésitation. Pourtant, l'image de cette enfant attachée s'était mise à le tourmenter. Elle l'avait attaqué dans son indolence. Et en pleine nuit, il était reparti vers la ferme. Il ne savait pas ce qu'il voulait faire. Il savait juste qu'il devait au moins retourner voir. Or, voilà qu'il était tombé sur l'enfant, en pleine rue. Elle s'était libérée toute seule. Son poignet droit saignait. La blessure était tellement profonde qu'on voyait son os et ses tendons. La fillette l'avait regardé. Ses grands yeux étaient écarquillés sur l'horreur. C'était elle qui l'avait retrouvé, grâce à son courage.

« Comment tu t'appelles ? » lui avait-il demandé.

Elle n'avait rien répondu. Elle fermait la bouche. Avec force. Comme si elle cherchait à retenir un hurlement qui aurait été trop déchirant, y compris pour elle-même.

« Alors je t'appellerai… Marta », avait-il dit. Et le gros nœud qu'il avait dans la poitrine s'était défait.

Il lui avait tendu la main. L'enfant l'avait prise. Et dans la nuit noire, ils s'étaient dirigés vers les feux du cirque. Alors, un pas après l'autre, il avait retrouvé une raison pour être un homme.

Melo sourit. Et il se décida à entrer dans la taverne.

« Mot de passe, lança un des deux ivrognes habituels à la table.

— Va te faire foutre, l'insulta Melo en descendant dans le sous-sol enfumé.

— Voilà le capitaine ! » s'exclama l'un des Loups, enthousiaste. Tous les compagnons s'abandonnèrent à la joie de le revoir.

« Nous avons parlé, annonça Verdi. Tu as raison, comme toujours. On est des imbéciles. Mais on est prêts à changer et à rencontrer ces gosses… enfin, ces jeunes du Caffè Perilli. »

Melo hocha la tête. « C'est la bonne décision », dit-il avec sérieux.

Puis tous se dirigèrent vers l'escalier. En silence.

« Où allez-vous donc ? » demanda Melo. Personne ne répondit.

Alors, quand Melo se retrouva seul, une silhouette de femme se détacha dans le brouillard du sous-sol et vint se placer devant lui.

Melo sentit les battements de son cœur accélérer.

La femme le regardait. Elle se tenait très droite, fière et douce à la fois.

« C'est bien toi… », balbutia-t-il.

Elle sourit, découvrant ses dents blanches. Elle avait de belles lèvres charnues, rouges comme des cerises. Des sourcils fournis. Des cheveux noirs noués en chignon. Sur ses tempes apparaissaient les premiers fils blancs, comme après une légère chute de neige. « J'ai appris que tu étais revenu, et je voulais te voir, dit-elle d'une voix chaleureuse et rauque.

— Tu es toujours aussi belle, dit Melo alors que ses yeux se remplissaient de larmes, tant l'émotion était forte.

— Je me suis mariée », annonça-t-elle.

Il eut un coup au cœur.

Elle sourit à sa manière unique, à la fois douce et passionnée. Son regard n'avait absolument rien d'accusateur. « J'ai attendu deux ans », poursuivit-elle lentement. Elle sourit. « Puis j'ai compris que tu ne reviendrais jamais… »

Melo fixa le sol. « J'ai été lâche, je le sais, mais… pendant ces vingt années, pas un jour ne s'est écoulé sans que je pense à toi, et… »

Elle rit avec douceur, l'interrompant. « Arrête donc, dit-elle sans animosité aucune. Ne te mets pas à faire le chiot honteux. Nous n'avons plus l'âge pour ces bêtises. »

Melo la regarda à nouveau. Oui, elle était toujours aussi belle. Il ne savait pas quoi dire.

« Alors comme ça, tu t'es mariée…

— C'est un brave homme », acquiesça-t-elle.

Melo remarqua qu'elle n'avait pas dit qu'elle l'aimait.

« Nous avons même eu un fils, poursuivit-elle, et là ses yeux se voilèrent de tristesse. Mais il est mort du typhus quand il avait trois ans.

— Je suis désolé. »

Elle le dévisagea, plongeant ses yeux dans les siens.

« Melo…

— Oui ? Dis-moi. »

Elle secoua la tête. Et là, elle eut un sourire angélique, plein d'amour et de douleur. « Il s'appelait Melo », conclut-elle.

Melo sentit l'émotion lui serrer la gorge. Il aurait voulu se taire, comme d'habitude. Mais il y a des moments où il faut forcer sa nature. Des moments qui ne se présenteront pas une autre fois. Et lui avait déjà fui, vingt années auparavant. En silence.

« Moi aussi, j'ai toujours pensé que si j'avais une fille… je l'appellerais comme toi. »

Leurs mains, comme si elles ne faisaient pas vraiment partie de leurs corps, se rencontrèrent à mi-chemin. Elles s'effleurèrent. Leurs doigts s'entrelacèrent. Sans pudeur. Retrouvant, en un éclair, leur intimité d'autrefois.

« C'est inconvenant, pour une femme mariée, murmura-t-elle.

— Excuse-moi », dit Melo, sans parvenir à lâcher les mains de cette femme.

Elle ne les retira pas non plus.

Puis, comme s'il y avait eu une durée dictée par la nature, leurs mains se quittèrent. Toutes seules. Indépendamment des corps et des cœurs. De la même manière qu'elles s'étaient trouvées.

« Je suis heureuse d'être venue et de t'avoir vu », reprit la femme. Sa voix était plus rauque qu'un instant plus tôt.

« Moi aussi, je suis heureux que tu sois venue. »

Elle lui sourit une dernière fois.

« Adieu, Melo.

— Adieu… Marta. »

35

Fin juin 1870
États pontificaux (Rome)

Marta se serra contre Pietro. « Je veux rester comme ça pour toujours, murmura-t-elle.

— Oui… », dit Pietro. Mais il était distrait. Ses yeux ne cessaient d'aller vers le soleil qui commençait à descendre dans le ciel. Il aurait voulu arrêter sa course.

« Qu'est-ce que tu as ? demanda Marta.

— Rien.

— Menteur.

— Rien, je t'assure.

— Pourquoi regardes-tu le soleil tout le temps ?

— Je ne le regarde pas.

— Menteur. »

Pietro se dégagea de l'étreinte.

« Il faut que j'y aille, annonça-t-il.

— Où ça ? »

Il fixa le sol. Et se tut.

« Là où je n'ai pas envie d'aller, finit-il par répondre.

— Alors n'y va pas, rit Marta.

— Je ne peux pas.

— Pourquoi ? »

Pietro leva à nouveau les yeux vers le soleil, qui effleurait à présent les coupoles des églises.

« Tu ne comprendrais pas.

— Essaie de m'expliquer, suggéra Marta.

— Non, tu ne comprendrais pas, coupa sèchement Pietro. Il faut que j'y aille. »

Les yeux de Marta se plissèrent jusqu'à n'être plus que deux fentes. « Eh bien, va-t'en, alors », lâcha-t-elle en se levant. Et elle fut la première à partir.

Pietro aurait voulu la rappeler. L'arrêter. Mais il n'en fit rien.

Parce qu'il ne pouvait pas.

Parce que le soleil se couchait.

Parce qu'on était vendredi.

Et l'Albanese l'attendait.

Il prit le chemin de la forge de la via Margutta, le cœur lourd. Il aurait voulu rester avec Marta. « Pour toujours », comme elle venait de le dire. Il ne savait rien de ce qu'était la vie, et pourtant, avec Marta, il avait l'impression que la vie était…

« Complète », acheva-t-il à haute voix.

Comme s'il n'avait besoin de rien d'autre.

« Quand est-ce qu'on fera l'amour ? » lui avait-elle demandé ce jour-là, tandis qu'ils s'embrassaient dans un coin isolé du Colisée.

Alors qu'il parcourait la via dei Condotti, dans le quartier de Campo Marzio, cette question résonnait encore dans ses oreilles, vibrait encore dans son cœur.

« Quand est-ce qu'on fera l'amour ? »

Ces quelques mots pulsaient dans sa chair et la faisaient enfler.

Il arriva sur la piazza di Spagna, remplie de calèches, et, se retournant, il remarqua un grand écriteau en haut du deuxième palais de la via dei Condotti, qui indiquait : « Albergo d'Alemagna ». Mais il ne vit pratiquement rien de ce qu'il regardait, sa tête était avec Marta.

« Je n'ai jamais fait l'amour, lui avait-il répondu comme un crétin, tandis que son visage passait par toutes les couleurs.

— Moi non plus, avait enchaîné Marta, riant avec légèreté. Mais c'étaient aussi nos tout premiers baisers. » Il y avait un sourire rêveur sur ses lèvres rouges, dévorées par les baisers de Pietro. « Et pourtant, on ne s'en tire pas trop mal.

— Quand voudrais-tu le faire ? » lui avait-il demandé, un sourire béat sur le visage.

Il s'engagea dans la via del Babuino.

« Bientôt », avait-elle chuchoté.

Le cœur de Pietro palpita à nouveau dans ses tempes.

Mais ensuite, il prit la via Alibert. Quelques mètres plus loin, il allait tourner dans la via Margutta. L'angoisse le submergea à nouveau.

Tu fais ça pour la comtesse, se dit-il en arrivant dans cette rue fétide pleine de cochons, qui risquait de changer son destin. *Tu fais ça pour la comtesse*, se répéta-t-il pour se donner du courage.

Enfin, traînant péniblement les pieds, il parvint à l'atelier.

« Ah, le pou ! Je croyais que tu avais fait dans ton froc et que tu ne venais plus, fut l'accueil de l'Albanese.

— Eh non, me voilà », dit Pietro en plantant son regard dans le sien, et il sentit remonter du plus profond de lui toute la haine qu'il éprouvait pour ce fils de morue qui avait manqué de tuer la comtesse.

L'Albanese se plaça près de lui et, d'un bras, lui serra fortement le cou – la seule façon qu'il connaissait, rustre et bestiale, de manifester sa sympathie. « Voilà mon champion ! » annonça-t-il aux autres animaux de la bande.

Ceux-ci acquiescèrent sans enthousiasme.

« On y va », annonça l'Albanese en lui posant une main sur l'épaule. Puis il expliqua à ses sbires : « On se voit sur place. Ne restez pas en groupe. Il y a des putains de patrouilles partout. »

Ses hommes sortirent et s'éparpillèrent.

Pietro devinait combien ces scélérats le détestaient, ne serait-ce que par jalousie, l'Albanese les traitant tous sans aucun ménagement, avec des coups de pied aux fesses.

« Où allons-nous ? demanda Pietro.

— Tu verras », et l'Albanese cligna de l'œil.

Puis le truand sortit de sa poche un couteau pliant muni d'un manche en os. Jauni mais luisant. « Ça, c'était mon premier couteau. J'avais ton âge. » Il le lui tendit. « Prends-le. »

Mais que faisait donc l'Albanese ? Était-il possible que l'homme qu'il voulait tuer le traite comme une espèce de filleul ? Non, il n'arrivait pas à y croire. Le paradoxe était trop grand.

« Allez, prends-le, il est à toi. »

Pietro le saisit et fit jaillir la lame, qui devait faire presque vingt centimètres de long.

« Avec ça, c'est facile de zigouiller quelqu'un, plaisanta l'Albanese. Mais ne frappe pas au cœur. Tu risquerais d'abîmer la pointe sur les côtes. » Il rit à nouveau, comme si la mort n'était que matière à plaisanterie. « C'est là qu'il faut enfoncer. » Et il appuya un doigt sur le côté droit de Pietro. « Tu vises le foie. C'est compris ? »

Pietro hocha la tête. *Je m'en souviendrai quand je te tuerai*, pensa-t-il.

« Aujourd'hui, garde-le à portée de main », ajouta l'Albanese en s'arrêtant devant un petit palais de deux étages peint en rose, aux fenêtres ornées de stucs blancs. « C'est moi qui m'occupe de tout. Mais on ne sait jamais. Ça pourrait quand même te servir. » Ensuite il adressa un signe aux membres de la bande, arrivés en ordre dispersé.

Les scélérats passèrent aussitôt à l'action. Ils escaladèrent la grille en fer forgé du jardin latéral dans lequel poussaient, entre des allées bien entretenues, orangers et citronniers.

Dès qu'ils eurent disparu, aussi silencieux que des chats, l'Albanese sortit un crochet, jeta un coup d'œil alentour pour s'assurer qu'il n'y avait personne et, en un éclair, il força la serrure du portillon.

« Suis-moi et tais-toi », ordonna-t-il à Pietro à mi-voix, avant de se glisser dans la demeure.

Pietro sentit la peur lui tenailler la gorge. À partir de ce moment, il ne pouvait plus revenir en arrière. *Tu dois le faire pour la comtesse*, se répéta-t-il pour se donner du courage. Et il suivit l'Albanese.

Le truand sortit un couteau et se mit à avancer à pas feutrés, coulant des regards dans chaque pièce qu'il dépassait. Il traversa la demeure jusqu'à la cuisine. Là, il ouvrit la porte pour faire entrer ses hommes. « Rappelez-vous que nous sommes des patriotes », murmura-t-il. Mais sur un ton menaçant.

Pietro ne saisit pas ce qu'il voulait dire.

Mais les autres acquiescèrent, et sortirent leurs matraques.

« Qui êtes-vous ? » fit la voix d'un homme.

En un éclair, le domestique avait été assommé d'un coup de matraque, lié, bâillonné et abandonné sur le sol de la cuisine.

« Qu'est-ce qui se passe, Marcello ? » demanda une femme en arrivant.

Les hommes se placèrent des deux côtés de la porte tandis que l'Albanese traînait le corps du domestique derrière un comptoir, saisissait Pietro par le bras et lui disait : « Baisse-toi ! »

Pietro entendit la femme entrer dans la cuisine. Puis il y eut un gémissement étouffé, et rien d'autre. Un instant plus tard, elle aussi était liée et bâillonnée. Ces gars étaient d'une efficacité extraordinaire. Coordonnés comme une véritable troupe d'assaut.

L'Albanese leur adressa un signe, pouce pointé vers le haut.

Tous se mirent en mouvement. Ensemble.

Pietro était avec eux, comme une feuille portée par le vent.

Ils gravirent l'escalier en marbre, suivant le tapis de velours vert émeraude. Arrivés au premier étage, l'Albanese laissa un homme monter la garde, tandis que les autres continuaient jusqu'au deuxième. À cet endroit, le plafond était bas, et il n'y avait plus les stucs ni les fresques du premier étage. C'était le quartier des domestiques. Un couloir partait à droite, un autre à gauche.

L'Albanese fit signe à sa bande de se diviser en deux. Lui resta en haut de l'escalier, retenant Pietro près de lui.

Ses hommes parcouraient les couloirs en silence. Ils parvenaient à une porte, entraient vite, on entendait un gémissement et, un instant après, ils ressortaient, prêts à passer à la porte suivante.

« Il y en a combien ? demanda l'Albanese quand ses hommes furent revenus.

— Neuf, répondit un des bandits.

— Et deux en bas, ça fait onze, compta l'Albanese. Il en manque un. Il doit être de service. »

Il ricana en redescendant au premier étage.

Là, il n'y avait pas de couloir, juste une vaste antichambre de forme semi-circulaire sur laquelle s'ouvraient trois portes.

L'Albanese indiqua les deux portes latérales.

Les crapules jetèrent un rapide coup d'œil, faisant signe qu'il n'y avait personne.

L'Albanese appuya l'oreille contre la porte centrale. « Oui, le numéro douze est de service », ricana-t-il d'un air fourbe. Et là, il ouvrit violemment la porte.

Pietro, toujours à son côté, découvrit un jeune homme nu et musclé allongé à terre. Un vieux religieux faisait couler sur lui la cire brûlante d'une bougie, en répétant : « Satan ! Pourquoi me tentes-tu avec ta beauté ? Satan ! »

Au moment où la porte s'ouvrit en grand, l'ecclésiastique laissa tomber sa bougie sur le jeune homme nu, qui gémit plus fort. « Qui êtes-vous ? » s'exclama le prélat. Sa soutane, à la hauteur de l'entrejambe, révélait un léger gonflement.

S'il ne comprenait pas le sens de ce spectacle, Pietro le trouvait déplaisant.

Le jeune homme tout en muscles tenta de se relever. Mais les bandits, avant même qu'il puisse poser un genou à terre, l'avaient déjà assommé. Puis ils le bâillonnèrent et lui lièrent pieds et mains.

« Qui êtes-vous ? » répéta l'homme d'Église, tandis que le gonflement sous sa soutane disparaissait. Il avait un ton arrogant. Celui de qui a l'habitude de commander. Celui de qui a l'habitude de mépriser les inférieurs.

« Sortez le garçon », commanda l'Albanese.

Deux hommes exécutèrent ses ordres, avant de revenir aussitôt dans la pièce.

Le cœur de Pietro battait à tout rompre. Il suait et tremblait en même temps. Ses poings étaient tellement serrés que le sang n'y circulait plus.

« Que voulez-vous, canailles ? lança le prélat en faisant un pas vers l'Albanese, qu'il avait tout de suite identifié comme le chef. Vous le regretterez pendant tout le temps qu'il vous reste à vivre.

— Je suis désolé d'avoir gâché votre petit divertissement avec… Satan, c'est ça ? J'ai cru comprendre que c'était le nom de ce bel éphèbe. »

Le religieux ne se laissa nullement impressionner. Il avait l'arrogance des puissants. Rien ne pouvait l'atteindre.

« Je te présente Son Excellence Mgr Cola Mastronardi, dit l'Albanese à Pietro.

— Qui es-tu, espèce d'animal ? » dit l'évêque avec arrogance. L'Albanese le fixa en silence. Puis il lui asséna un coup de poing tellement puissant que l'évêque tomba à terre, le nez cassé.

« Comment oses-tu, chien ? » s'insurgea-t-il. Mais à présent, sa voix tremblait.

L'Albanese s'approcha lentement de lui et, plus lentement encore, se pencha jusqu'à ce que son visage se trouve à deux doigts du sien. « Ouaf ! » aboya-t-il soudain.

Le prélat écarquilla les yeux et se jeta en arrière, effrayé.

L'Albanese se mit à rire.

« Bravo. Il faut se méfier des chiens. Et aussi des gens qu'on traite de chiens.

— Au nom de Dieu, que veux-tu ? demanda l'évêque, désormais vaincu.

— Qu'est-ce qu'il sonne mal, le nom de Dieu, dans ta bouche… », commenta l'Albanese.

Il haussa les épaules et s'accroupit près de l'ecclésiastique. Il posa une main sur son épaule, comme s'ils étaient amis.

Pietro était de plus en plus tendu. Il sentait sa chemise, trempée de sueur, lui coller au dos.

« Que voulons-nous de toi ? Bonne question, commença l'Albanese. Parlons affaires et choses pratiques, dit-il en souriant. Où conserves-tu tout l'argent que tu voles aux confréries ?

— Je ne vole rien ! protesta l'autre. Je ne fais que collecter.

— Oui, nous savons que c'est toi qui collectes, confirma l'Albanese avec calme. Les confréries te confient l'argent à reverser aux pauvres. Mais toi, tu l'utilises pour te procurer toutes sortes de petits... Satan. Jeunes et beaux. Et puis des tableaux, des bijoux, des tapis et des vêtements de luxe. Et aussi un domaine à Ceri.

— Mensonges !

— Ça commence mal, soupira l'Albanese. Enlève une chaussure. »

Un de ses acolytes exécuta l'ordre aussitôt.

L'évêque tenta en vain de se rebeller.

Pietro éprouvait un mélange de dégoût et de pitié pour cet homme.

L'Albanese saisit le pied du prélat entre ses mains. « Qu'est-ce qu'il est blanc et délicat ! dit-il d'un ton admiratif. Si nous avions le temps, je te montrerais les miens, tout noirs à cause du froid et de mes chaussures merdiques. » Il sourit. « Mais nous n'avons pas le temps. » Il passa la lame de son couteau entre deux des orteils. « Tu as déjà remarqué ce que tu fais, quand tu manges du poulet ? Comment tu sépares la cuisse du bas de la patte ? Tu mets le couteau à la hauteur de l'articulation. Parce que c'est plus facile que de couper l'os. Tu vois ce que je veux dire ? » Il toucha le petit orteil, là où il était attaché au pied.

« Par exemple, ça, c'est une articulation, tu vois ? »

La voix de l'évêque s'éleva, stridente :

« Qu'est-ce que tu veux faire ? »

L'Albanese lui trancha le petit doigt de pied d'un coup sec.

Le religieux hurla tandis que son tortionnaire lui montrait l'orteil coupé.

« Alors maintenant, tu me dis où est l'argent ? » sourit l'Albanese. Et il jeta l'orteil avec la même désinvolture que s'il s'était débarrassé d'une miette de pain. « Je pense aussi que je risque de m'ennuyer vite, à te couper les dix orteils. Une fois qu'on en a coupé un, les autres, c'est pareil. Et alors, pour m'amuser, je pourrais passer à la cheville. Comme ça, je couperais le pied d'un seul coup. À moins que je fasse une oreille. Ou un œil. » Et il riait.

L'évêque s'était mis à pleurer, fixant le sang qui tachait son tapis clair, un aubusson.

« Je vais te le dire…

— Comme ça, tu me plais ! » s'exclama l'Albanese en se redressant d'un bond, avec l'agilité d'une bête sauvage.

Tremblant, l'homme indiqua un coffre-fort.

L'Albanese le rejoignit.

« Trente-quatre à droite… vingt-trois à gauche… onze à droite… »

La lourde porte s'ouvrit.

L'Albanese regarda à l'intérieur. Puis il fit signe à l'un de ses hommes, qui portait un sac de jute, de le remplir.

« Ça ne t'embête pas, si on prend aussi ces beaux machins en or, pas vrai ? » Et il rit.

« Dieu vous punira ! tempêta l'évêque, les larmes aux yeux.

— Si tu croyais à l'existence de Dieu, rétorqua l'Albanese d'une voix dure, tu n'aurais pas passé ta vie à voler et à tromper les crève-la-faim de cette cité. » Il s'agenouilla près de lui. « Mais s'il existe, tu vas bientôt le savoir. »

Pietro fut saisi de panique. Il y avait quelque chose de terrifiant dans ces dernières paroles. Et son regard était comme hypnotisé par cet orteil tranché sur le tapis.

D'un bras, l'Albanese attrapa l'évêque par le tronc, et il le serra contre lui. Puis il appuya la lame de son couteau contre la gorge de l'homme et, d'un mouvement fluide et rapide, il la trancha, le décapitant presque.

Pietro, terrorisé, regarda le sang gicler de la blessure, avec une violence qui allait diminuant, tandis que le criminel et ses acolytes riaient. Et soudain, il vomit.

La bande rit de plus belle en le voyant.

L'Albanese y compris. « Viens ici, champion », dit-il.

Pietro, pris de nausées, voulait fuir. Mais il était trop épouvanté, et il ne put qu'approcher.

Le scélérat le regarda. « Voilà, aujourd'hui c'était ton baptême. »

Pietro était sûr qu'il allait vomir à nouveau.

« Vive l'Italie ! s'écria l'Albanese en riant. Rome libre ! »

Un de ses sbires prit un drapeau tricolore et le jeta sur le cadavre.

Pendant qu'ils sortaient du palais, l'Albanese dit à Pietro : « Moi aussi ça m'est arrivé, la première fois. Ce n'est pas une honte.

— Pourquoi ? balbutia Pietro.

— Parce que tu n'as pas l'habitude.

— Non, pourquoi… pourquoi tu l'as tué ?

— Ah, ça ! s'exclama l'Albanese. Si on cambriole chez un curé et qu'on l'égorge, on nous traite juste de voleurs et d'assassins. Mais si ses domestiques, c'est-à-dire le peuple, sont sains et saufs, et si on laisse un drapeau sur le cadavre, alors nous sommes des patriotes, des révolutionnaires… et les gens sont de notre côté. On n'est ni dénoncés ni trahis.

— Mais ce n'est pas vrai.

— Bien sûr que non. Qu'est-ce que j'en ai à foutre de Rome libre ? » s'esclaffa-t-il.

Et tout à coup, ses yeux se mirent à briller. « Tu sais ce qui aurait été fantastique ? » Il sourit, fier de lui. « Si tu avais pris une photographie pendant que je l'exécutais ! Si Rome devenait italienne, tu imagines la valeur qu'auraient ces photos ? Elles démontreraient que je suis un héros. Le roi en personne me remettrait une décoration ! » Il lui donna une claque dans le dos. « La prochaine fois, tu prendras des photos, oui, monsieur ! » Et il rit de plus belle.

À cette idée, Pietro frissonna. Mais il ne dit rien. Il était totalement bouleversé. Plus encore par le regard de l'Albanese que par le meurtre. Un regard qui s'amusait de la mort. Il se disait que ce salaud était vraiment trop fort pour lui. Inutile de se faire des illusions. Il n'avait aucune chance de le tuer. Pas avec un couteau, en tout cas. Il devrait inventer autre chose.

Il marcha jusqu'à la forge de la via Margutta comme un fantôme, sans entendre un mot de ce que lui disait l'Albanese.

« Voilà, ça c'est pour toi », annonça le bandit quand ils furent à l'intérieur de l'atelier.

Pietro le regarda.

L'Albanese lui tendait de l'argent. « Tu l'as gagné. »

Pietro le prit. « Il faut que j'y aille », lâcha-t-il.

Le scélérat lui donna une claque bon enfant. « Je suis fier de toi. »

Pietro sortit et prit le chemin de chez lui.

Puis, brusquement, il fondit en sanglots. Les larmes coulaient sur l'argent qu'il tenait dans sa main. Une main qui tremblait.

Il se sentait assassin, lui aussi. Il se sentait sale.

Tandis qu'il était là, sanglotant au milieu de la rue, il repensa à ce que lui avait dit l'Albanese. Qu'il voulait être photographié.

C'est alors qu'une idée lui vint.

36

Fin juin 1870
États pontificaux (Rome)

Le lieutenant Henri Béras n'arrivait pas à s'enlever Nella Beltrame de la tête. Même lorsqu'il avait passé en revue son peloton, cette pensée l'avait distrait. Après avoir discuté avec cette femme forte et à l'intelligence aiguë, il s'était rendu compte qu'il se moquait de ce que les soldats sous ses ordres pensaient de lui. Ça aussi, c'était grâce à Nella.

Il s'était passé quelque chose d'incroyable. D'inexplicable.

Elle l'avait attaqué avec fierté pour défendre son fils. Elle l'avait placé dos au mur, en lui montrant combien la justice qu'il était censé appliquer était minable. Une justice qui ne méritait pas ce nom. Parce qu'elle n'en était pas une.

Et au lieu d'affirmer son pouvoir avec la morgue et les abus que ses supérieurs lui avaient enseignés, il était retourné la voir et lui avait parlé avec sincérité. Il avait tout admis. Il lui avait ouvert son cœur. Comme il ne l'avait jamais fait avec personne. Et il avait fait ça avec elle, une inconnue.

Et en lui ouvrant son cœur, il l'avait également ouvert à lui-même. Il avait regardé ce que, avec un entêtement obtus, il s'était toujours refusé à voir.

Il s'était avoué ce qu'il n'avait jamais voulu accepter auparavant. Parce que, s'il l'avait accepté, il aurait offensé la mémoire de son grand-père, transpercé par une baïonnette en 1799 à Saint-Jean-d'Acre pendant la campagne d'Égypte, sous les ordres de Napoléon Bonaparte. Et aussi la mémoire de son père, mort sur le champ de bataille pour Napoléon III pendant l'assaut de Sébastopol en 1854. Et celle de son frère, aussi tombé sous le feu ennemi, le jour du Nouvel An 1857 à Canton, pendant la seconde guerre de l'Opium.

Lui, le dernier mâle de sa lignée, orphelin à quatorze ans d'un père toujours engagé dans quelque guerre et qu'il n'avait pratiquement pas connu, lui n'avait jamais considéré la possibilité de ne pas être soldat aussi. Malgré sa haine de la guerre et des militaires. Il avait eu l'impression d'être mis dos au mur par ce mot « honneur », qui était peut-être vide. Il avait enfoui son rêve d'adolescent d'être éditeur, né après qu'il avait lu les œuvres de Victor Hugo, dont il n'avait jamais pu prononcer le nom en famille, parce que l'écrivain avait été banni pour avoir tenté d'organiser l'insurrection contre Louis Napoléon, le futur Napoléon III.

Or, cette femme avait fait rejaillir ce rêve. Mais peut-être celui-ci n'attendait-il que la bonne occasion pour rejaillir. Ou la bonne personne.

Henri Béras se rendit au mess des officiers. C'était l'heure du déjeuner.

« Comment est-ce possible ? laissa-t-il échapper à haute voix.

— Que dites-vous ? demanda un capitaine près de lui.

— Rien, mon capitaine.

— Si, je vous ai entendu, reprit l'autre. Nous, les officiers, nous devons avoir les nerfs solides. Il y a de la rébellion dans tous les coins. La foule s'enflamme pour un rien. Nous risquons de perdre le contrôle de la ville. Dites à vos hommes de ne tirer que si c'est indispensable. Ne faisons pas empirer la situation. Elle est déjà assez grave.

— Oui, mon capitaine », approuva Béras.

Puis il gagna rapidement la sortie de la villa Médicis, siège de l'Académie de France, sur la colline du Pincio, là où il résidait avec les officiers haut gradés. Il atteignit les escaliers de la Trinità dei Monti et, de ce point de vue qu'on disait le plus élevé de Rome, il contempla la défunte Ville éternelle, qu'il avait détestée dès le premier jour. À cause de la corruption, à cause de l'hypocrisie des prélats qui la gouvernaient au nom de Dieu, mais en s'occupant plus de leurs poches que de leur troupeau, dilapidant l'argent et ruinant la ville. Les diplomates français, bien informés, disaient Rome au bord de l'effondrement. En 1850, l'Administration avait déjà causé un gouffre de plus de deux millions de ducats. Et à présent, il détestait également la cité pour toute cette haine qui faisait tache d'huile. Et dont ils étaient responsables eux aussi, les étrangers armés.

Mais à cet instant, de là-haut, Béras ne pensait pas aux rébellions. Ses yeux se troublèrent en se posant sur le Tibre, vers là où se trouvait la via di Panìco.

Depuis le jour où il avait rencontré cette femme, il n'était plus le même. Il le sentait. Au plus profond de lui.

Puis, sans qu'il ait pourtant rien décidé, ses jambes commencèrent à descendre les cent trente-six marches du merveilleux escalier.

Et en un éclair, du moins c'est ce qui lui sembla, il se retrouva devant le misérable sous-sol où vivait Nella Beltrame.

« Et maintenant, que fais-tu ? » se demanda-t-il à haute voix.

Il commençait aussi à parler tout seul. *Comme les fous*, pensa-t-il.

Jetant un coup d'œil autour de lui, il remarqua une boulangerie. Il s'y rendit d'un pas vif.

En entrant, il vit un *pain au chocolat**. « J'en prends un ! » s'exclama-t-il, enthousiaste.

Puis il revint sur ses pas et, comme un adolescent, il sentit que son cœur battait la chamade tandis qu'il frappait à la porte du sous-sol.

La porte s'ouvrit après un laps de temps qui lui parut interminable.

En le découvrant, Nella fut submergée par la surprise et l'émotion.

« Je sais que… que je n'ai pas été invité, bredouilla Béras, mais…

— Mon fils n'est pas là, interrompit Nella. Vous avez changé d'avis, vous voulez l'arrêter ? »

Il secoua la tête, yeux écarquillés. « Mais non, *madame** ! »

Elle se mit à rire, ce qui lui valut un terrible élancement. « Les Français sont tous comme ça, ou c'est juste vous qui n'avez aucun sens de l'humour ? »

Béras rougit.

« Excusez-moi… Je suis un imbécile…

— Non, rit-elle à nouveau. C'est moi qui ne devrais pas plaisanter tout le temps. » Et là, elle laissa échapper : « Surtout quand je suis gênée.

— C'est à cause de moi, que vous êtes gênée ? » demanda-t-il, attristé.

Nella le regarda. Il était beau. Il avait un regard limpide et pur.

« Oui…

— Je suis désolé…

— Il ne faut pas. C'est une sensation… »

Elle s'apprêtait à dire que c'était une sensation agréable, mais elle se tut. Elle devait faire attention à ce qu'elle disait. C'était un étranger. Un parfait étranger. Même s'il lui faisait tourner la tête.

« Une sensation… ? »

Elle secoua la tête avec un geste vague de la main qui ne voulait rien dire, en espérant que le lieutenant y trouverait quelque signification. « Entrez donc », dit-elle ensuite en se plaçant sur le côté.

Béras entra, rigide et mal à l'aise.

Ils restèrent debout en silence. Ils se regardaient et aussitôt après détournaient les yeux. Comme deux gamins.

« On a plutôt l'air bête et coincé, non ? » plaisanta Nella.

Béras rit avec elle.

Mais ni l'un ni l'autre ne bougea.

Puis le lieutenant se souvint du petit sachet qu'il tenait en main.

« Je vous ai apporté quelque chose, dit-il, se raccrochant à ce maigre sujet de conversation.

— Merci, dit Nella. Qu'est-ce que c'est ?

— Une pâtisserie française que j'adorais quand j'étais petit », répondit-il.

Et c'est seulement à ce moment-là qu'il comprit pourquoi il l'avait choisie. C'était comme repartir d'une époque où il avait été heureux. Où il était encore lui-même. « Ma grand-mère m'en faisait. Et ma mère aussi », ajouta-t-il.

Nella prit le sachet. « Venez », dit-elle en se dirigeant vers la table. Elle eut honte des assiettes sales qu'elle n'avait pas débarrassées. Mais à vrai dire, c'était ce garni dans son ensemble, sombre, misérable et sentant le moisi, qui lui faisait honte.

« Asseyez-vous. » Elle ouvrit le sachet. Ses yeux s'illuminèrent.

« Oh, un *pain au chocolat** ! s'exclama-t-elle.

— Vous connaissez ? s'étonna Béras.

— Asseyez-vous, je vous en prie, répéta-t-elle, une grimace sur le visage. Je n'en peux plus, de rester debout.

— Vous êtes souffrante ?

— Ce n'est rien… »

Il la dévisagea. Il ne se souvenait vraiment que de ces yeux violets mais, à présent, il se dit qu'elle était plus pâle que la fois précédente.

« Vous êtes sûre que vous allez bien ? »

Nella changea de sujet.

« J'adore les *pains au chocolat**.

— Moi aussi…

— Je parie que votre grand-mère vous en faisait. Et votre mère aussi. »

Ils se regardèrent et éclatèrent de rire en même temps.

« J'ai de la conversation, vous ne trouvez pas ? » plaisanta Béras.

Elle le regarda. Il était désarmant. Il avait beau être un militaire de carrière, c'était un des seuls hommes de sa connaissance qui ne portait pas d'armure.

Il lui sourit, sans parvenir à dire quoi que ce soit.

« Vous en voulez un bout ? demanda-t-elle en approchant la pâtisserie.

— Après vous », dit-il toujours en souriant.

Elle sentit ce sourire illuminer les recoins les plus sombres de son être. Et elle se souvint de ce que lui avait dit Mamma Lucia. Elle se souvint qu'elle avait décidé de repartir de cette fillette qui s'était perdue. Alors, exactement comme une fillette l'aurait fait, elle prit le gâteau dans ses mains et en arracha un bout, sans le couper avec un couteau, sans respecter les bonnes manières. N'étant plus la comtesse. Et elle rit. « Vous faisiez comme ça, vous aussi ? »

Béras, pour toute réponse, détacha lui aussi un bout de pain au chocolat avec ses doigts. « Oui ! s'exclama-t-il. C'est bien meilleur ainsi. »

Ils rirent encore de concert. Avec légèreté. Comme cela ne leur était pas arrivé depuis très longtemps, à l'un comme à l'autre. Parce que tous deux, même au milieu d'une foule de gens, s'étaient toujours sentis seuls.

Ils étaient assis l'un près de l'autre. Leurs genoux se frôlaient.

« Vous avez une… Il y a… » Il indiqua un coin de la bouche de Nella.

« Du chocolat ? suggéra-t-elle.

— Oui. »

Il prit une serviette qui était sur la table. « Vous permettez ? » dit-il tout en approchant la serviette des lèvres de Nella.

Celle-ci était immobile. Et pourtant, elle avait l'impression de se pencher vers lui, vers cette main qui allait ôter la tache de chocolat, qui allait caresser ses lèvres.

« Non ! fit-elle en s'écartant brusquement.

— Pardonnez-moi », s'excusa-t-il, mortifié.

Il avait suivi son instinct. Comme un idiot mal élevé, se dit-il. Il avait éprouvé le désir de toucher ces lèvres si bien dessinées, et il s'apprêtait à réaliser ce désir. Pourtant, cela ne lui ressemblait pas. Ce n'était pas son genre, de manquer de contrôle. Au contraire, on l'accusait toujours d'être trop guindé, trop formaliste, peu enclin à la camaraderie et à l'empathie. Mais avec cette femme, il n'était plus lui-même. Ou du moins, il n'était plus celui qu'il avait construit et qui, seconde après seconde, se fissurait de plus en plus. « Veuillez me pardonner », insista-t-il, profondément honteux.

Nella se rendit compte qu'elle l'avait blessé. Mais à l'instant même où elle avait désiré sentir les doigts de cet homme sur ses lèvres, elle avait craint que le tissu ne se teinte de sang. « Non… », murmura-t-elle. Mais après, elle ne parvint plus à dire un mot. Elle sentit qu'elle risquait de lui parler d'elle. De lui expliquer pourquoi elle avait arrêté son geste. Elle sentit que ses yeux n'allaient pas tarder à se remplir de larmes. « Il faut que vous partiez, lieutenant », finit-elle par articuler d'un ton distant. Elle espérait que ce brutal changement de registre le troublerait suffisamment pour qu'il ne se rende pas compte qu'elle était sur le point de s'évanouir entre ses bras, tellement elle était faible. Pour qu'il ne voie pas que pour prononcer cette phrase elle avait mis tout l'oxygène qui lui restait dans les poumons. Pour qu'il ne s'aperçoive pas que ses mains tremblaient et que son cœur battait de plus en plus lentement, et ce, malgré sa présence.

Béras se leva brusquement, écarlate. Voilà quel était le résultat de son impolitesse. Il avait traité cette femme comme une putain. Comme si lui, en tant que soldat français, pouvait faire ce que bon lui semblait non seulement avec Rome, mais aussi avec les Romaines.

« Je… vous demande pardon… il n'était pas dans mes intentions… croyez-moi…

— Partez », interrompit Nella d'un ton pressant.

Béras prit ce sentiment d'urgence pour du mépris, ne pouvant imaginer qu'il était dû à son état de santé. Il se crut chassé. Et se dit qu'elle avait raison.

Nella vit qu'il était mortifié. Mais elle ne pouvait rien y faire. « Excusez-moi… si je ne vous raccompagne pas… à la porte… », lâcha-t-elle, le souffle court.

Parce qu'il l'avait offensée et perturbée, imagina le lieutenant. Elle était pâle comme un linge. Elle haletait, avait du mal à respirer. Une femme seule face à un maudit soldat débordant d'arrogance, se reprocha-t-il. Il avait tout fichu en l'air. Quel couillon ! Il baissa la tête en signe de respect, puis gagna rapidement la porte et disparut. La boule qu'il avait dans la gorge allait certainement l'étouffer.

« Je suis désolée… », murmura Nella, s'effondrant à terre. Ses yeux se troublèrent. Elle voyait la pièce à travers une espèce de filtre laiteux. Et elle était faible. Si faible. Mais avant de s'évanouir, elle imagina les doigts du lieutenant sur ses lèvres.

Alors elle sourit et chuchota : « Henri… »

Comme si elle le connaissait depuis toujours.

37

Fin juin 1870
États pontificaux (Rome)

Le matin suivant l'assassinat de l'évêque, Pietro frappa à la porte de la via del Curato.

« Qu'est-ce que tu veux ? demanda la domestique à l'air revêche.

— Il faut que je voie le docteur, dit Pietro.

— Il prend son petit déjeuner… », commença-t-elle.

Mais il ne la laissa pas finir. Il la repoussa, entra et fonça droit à la salle à manger. « J'ai l'argent », annonça-t-il au médecin.

Celui-ci lui lança un regard agacé.

« Tu ne vois pas que je mange ?

— Mais vous ne faites que ça ! » s'exclama Pietro.

Sa voix avait changé dans l'espace d'une seule nuit. Une nuit interminable, qu'il avait passée à revivre la scène du meurtre. À respirer l'odeur métallique du sang. Une nuit où il était tout à coup devenu homme. Et sa voix, à présent, était en effet celle d'un homme. « Ma mère est malade. Venez. »

Le docteur remarqua l'argent. Il s'essuya la bouche avec une serviette en lin, se leva et prit la trousse en cuir contenant son matériel médical.

Devant le sous-sol, Pietro lui remit la somme convenue.

« Ne dites pas que je vous ai payé. Faites semblant de le faire gratuitement.

— Pourquoi ? » s'étonna-t-il.

Pietro braqua son regard sur lui. Un regard qui, comme sa voix, était devenu dur dans l'espace d'une seule nuit. « Parce que comme ça vous ferez semblant d'être un bon médecin. »

L'homme ne prêta aucune attention à son ton sarcastique et empocha l'argent.

Puis ils entrèrent.

Nella cousait, penchée sur sa table de travail, à la lumière de la lampe à huile. Elle était pâle et ses mains tremblaient.

« Le docteur est là, annonça Pietro.

— Non, non… ce n'est pas la peine…, dit-elle d'une voix hachée. Et puis, je n'ai pas d'argent.

— Vous n'avez pas à me payer, madame, précisa le médecin avec naturel, visiblement habitué à mentir. Laissez-moi vous examiner.

— Gratuitement ?… s'étonna Nella.

— Nous sommes des êtres humains, pas des animaux sans cœur, dit le médecin en posant sa trousse. Votre fils me l'a demandé, et moi… »

Nella toussa dans son mouchoir, que le sang rougit.

Le docteur, nerveux, esquissa un léger mouvement de recul.

« Ce n'est pas la tuberculose », le rassura Nella.

Pietro poussa le médecin vers la comtesse. « Allez, examinez-la. »

L'homme demanda à Nella de se coucher sur la table et Pietro l'aida, le cœur en peine : jour après jour, elle était plus pâle.

Le docteur ouvrit sa trousse et en tira un instrument de forme conique. Il posa la partie la plus étroite sur la poitrine de Nella, puis colla son oreille à l'autre extrémité, plus large. « Respirez. » Nella inspira de l'air, ce qui provoqua une grimace de douleur.

« Les poumons fonctionnent bien. Le sang ne vient pas de là, commenta le médecin. Avez-vous mangé quelque chose qui aurait pu vous irriter l'estomac ?

— Elle ne mange presque rien, répondit Pietro à sa place.

— Alors il faut manger davantage, madame. Une alimentation insuffisante provoque des ulcères. Mangez de la viande, du foie et du pain, beaucoup de pain, parce que ça protège les parois de l'estomac.

— Ça n'a rien à voir avec ce qu'elle mange, elle…, commença Pietro.

— J'ai fait une chute, l'interrompit Nella. Dans l'escalier.

— Ah, voilà, une chute…, fit le docteur. Alors c'est normal… Reposez-vous. Le repos est le meilleur des remèdes.

— C'est tout ? s'étonna Pietro.

— Ta mère n'a rien, répondit-il en haussant les épaules. Elle doit rester alitée une semaine et ça passera.

— Alitée, je ne peux pas coudre, fit remarquer Nella.

— Alors ne cousez pas ! rit-il.

— Sans couture, on ne mange pas », répliqua-t-elle.

L'homme secoua la tête. « Que voulez-vous que je vous dise ? C'est ça, le remède. Si vous ne voulez pas le suivre, au lieu d'une semaine pour vous remettre, il vous en faudra deux. Soyez patiente. » Il ouvrit la porte et sortit.

Pietro resta un instant interdit. Puis il se précipita à sa suite.

Il le rejoignit dans la rue et se planta devant lui, pour lui barrer la route.

« Voleur ! Rendez-moi mon argent !

— Qu'est-ce que tu veux, mon garçon ? fit l'autre avec froideur. J'ai examiné ta mère. Qu'est-ce que tu imaginais ? Que j'avais une baguette magique ?

— Vous n'avez rien fait du tout et vous m'avez volé mon argent ! hurla le garçon.

— Qui est médecin, ici ? Toi ou moi ? répliqua l'autre. Va-t'en. » Là, Pietro perdit la tête. Il sortit le couteau de sa poche, fit jaillir la lame et menaça l'homme. « Rendez-moi mon argent. »

L'autre demeura totalement impassible. « Là, tu exagères. » Il le fixa avant d'ajouter : « Je suis le médecin de l'Albanese et de toute sa bande. » Il pointa son index devant le visage de Pietro. « Tu sais qui c'est, l'Albanese ? »

Pietro était sur le point de lui répondre qu'il le savait bien mieux que lui. Mais il se ravisa. Il imagina le docteur qui lui rendait son argent et puis allait se plaindre auprès de l'Albanese, et celui-ci qui l'interrogeait, lui demandant où vivait le garçon et qui était sa mère. Le truand découvrirait tout, et il les égorgerait, la comtesse et lui.

« Très bien, ricana le docteur, interprétant de travers l'hésitation de Pietro. Je vois que tu sais de qui je parle. Maintenant, baisse ce couteau. »

Pietro resta immobile.

« Police ! » s'exclama alors le médecin.

Pietro referma son couteau, qu'il fit disparaître dans sa poche.

Un garde qui passait par là s'approcha. « Bonjour, docteur », salua-t-il. Il regarda Pietro.

« Vous avez des problèmes avec ce petit voyou ?

— Non, répondit l'autre, je voulais juste savoir comment va ton épouse.

— Bien, docteur, merci. Mais dites-moi, vous êtes au courant, pour l'assassinat de l'évêque Cola Mastronardi ?

— Cette ville n'est plus ce qu'elle était », commenta-t-il en secouant la tête. Mais on voyait très bien qu'il n'en avait rien à faire.

« Vous parlez de révolutionnaires ! Ce ne sont que des criminels…

— Eh oui, soupira-t-il. Allez, au revoir ! » et il lui donna une tape sur l'épaule.

Il attendit que le policier se soit éloigné, et puis regarda Pietro. « Je suis médecin. Et toi, tu n'es rien. C'est clair, maintenant ? » Pietro cracha sur les chaussures de l'homme et s'en alla.

Quand il rentra chez lui, Nella gisait à terre. Il l'aida à se relever.

« Qu'est-ce qui s'est passé ? interrogea-t-il, inquiet.

— Je n'avais pas envie de passer la journée allongée sur la table, rit-elle comme si ce n'était rien du tout.

— Ce docteur est une raclure ! grogna Pietro tout en l'aidant à s'asseoir. Je lui souhaite de tomber malade et d'avoir affaire à un toubib aussi con que lui. »

Nella caressa sa mèche.

« Ne t'énerve pas, mon poulain, dit-elle avec douceur. À quoi tu t'attendais ? Il l'a fait gratuitement…

— Non ! Il ne l'a pas fait…, laissa-t-il échapper, avant de s'interrompre aussitôt.

— Il ne l'a pas fait… quoi ?

— Il ne l'a pas fait… comme il faut…, tenta-t-il de se rattraper. Même s'il le fait gratuitement… il devait le faire comme il faut, c'est tout ! »

Elle lui sourit à nouveau. Elle était tellement pâle qu'elle semblait de cire. Elle avait du mal à respirer mais essayait de ne pas le montrer.

« Je vais chercher à manger, annonça Pietro, lugubre.

— Nous n'avons pas d'argent pour la viande, le foie et…

— Je trouverai bien quelque chose », bougonna-t-il en sortant. Il alla chez le boucher et lui donna une des pièces qu'il avait « gagnées » la veille. Puis il se rendit à la boulangerie. Dix minutes plus tard, il était de retour. Il rapportait une miche de pain et un *involtino*.

« C'est du foie, dit-il.

— Comment tu as fait pour le payer ? demanda-t-elle, stupéfaite.

— Ne t'en fais pas », dit-il sombrement. Au moins, cette fange dans laquelle il s'était enfoncé servait à quelque chose.

« Tu l'as volé ? » Le visage de Nella devint grave.

« Non. Je ne l'ai pas volé.

— Jure-le !

— Calme-toi… calme-toi. »

Elle le scruta. « Qu'est-ce que tu me caches ? Tu n'arrives pas à me regarder dans les yeux. Je sais que tu me caches quelque chose. »

Pietro leva la tête. « Je vais travailler à la boucherie pendant quatre jours. Il faut que je nettoie… le sang. »

Les yeux de Nella se remplirent de larmes, tant ce geste l'émouvait. « Tu es un poulain vraiment spécial », murmura-t-elle.

Il évita à nouveau son regard. Non, il n'avait vraiment rien de spécial. Il avait juste appris à mentir. Et à traîner avec une bande d'assassins dont le chef avait failli la tuer elle aussi.

« Comment ça se fait cuire ? demanda-t-il.

— Je m'en occupe. »

Elle mit une poêle sur le feu avec un peu de saindoux. Le foie se mit à grésiller et, quand il fut prêt, elle le coupa en deux et le déposa dans deux assiettes. « À table ! » s'écria-t-elle joyeusement.

Pietro s'assit et mangea un minuscule morceau de sa portion. Il eut une exclamation de dégoût.

« Je n'aime pas ça, c'est dégueulasse.

— Mange, ça te fera du bien.

— Non, c'est dégueulasse. » Et il poussa son assiette vers la comtesse. « Tu n'as qu'à le manger, toi. »

Puis, avant qu'elle puisse répliquer quoi que ce soit, il se leva et courut à la porte. « Il faut que j'y aille », fit-il en disparaissant. Sachant la serrure défectueuse, il sortit la clef de sa poche et ferma la porte de l'extérieur.

Dès qu'elle se retrouva seule, Nella regarda le morceau de foie que Pietro lui avait donné. Elle savait très bien que ce n'était pas vrai, qu'il n'aimait pas.

Alors ses yeux se remplirent à nouveau de larmes.

Mais cette fois-ci elle était seule, et elle ne fut pas obligée de les retenir.

Marta avait l'impression que Pietro n'était pas le même que la veille. Dans ses yeux, il y avait une lumière qui lui semblait, pour ainsi dire, sombre. Quelque chose qui faisait penser à de la colère. Et à de la douleur. Un mélange de ces deux sentiments.

« Qu'est-ce que tu as ? lui demanda-t-elle.

— Ma mère est malade.

— Tu as appelé un docteur ?

— Oui, mais ça n'a servi à rien, répondit-il, le visage fermé.

— Qu'est-ce qu'elle a ?

— Rien…

— Elle est malade et elle n'a rien ? Tu veux m'en parler ou pas ? »

Pietro respirait comme un taureau prêt à charger. Il se passa une main sur le visage, comme s'il avait pu en arracher l'angoisse, tel un masque.

« J'ai expliqué la situation à Melo, lâcha-t-il.

— Quoi ? »

Il resta silencieux, fixant le sol.

« Tu l'as dit à Melo et moi, je ne peux pas le savoir ? » Elle était furieuse.

Il secoua la tête.

« Tu ne le répéteras à personne ?

— Pour qui tu me prends ? »

Marta réagissait impulsivement, elle était toujours prompte à s'emporter. Puis, un instant plus tard, elle réfléchissait. « Dis-le-moi », fit-elle avec douceur, en prenant sa main dans la sienne. Et elle l'embrassa avec tendresse.

« Un monstre a failli la tuer. À coups de pied… de poing… » Les yeux de Pietro se remplirent de larmes. « J'ai peur… qu'elle en meure. » Il secoua violemment la tête, comme un chien essayant de se libérer d'un collier. « Le truc dont je t'ai parlé et que je ne voulais pas faire… hier… j'ai fini par le faire… » Il haletait et les larmes coulaient en abondance sur ses joues, lavant cette lumière sombre que Marta avait vue quelques instants auparavant. Il serra les dents et agita son index en l'air.

« Ne me demande pas ce que c'est. Je ne te le dirai jamais.

— Un truc moche ?

— J'avais besoin d'argent pour le docteur…

— Tu l'as volé ?

— Je ne te le dirai jamais ! » cria-t-il.

Elle se leva et lui prit la main.

« Viens.

— Où ça ?

— Voir Melo », et elle l'entraîna avec elle.

Quand Melo les aperçut main dans la main, et Pietro les joues striées de larmes, il posa immédiatement l'étrille avec laquelle il pansait un lipizzan.

« Il faut que tu aides la mère de Pietro, expliqua Marta.

— Qu'est-ce qui lui arrive ?

— Je vous avais dit que je m'en occupais..., dit Pietro d'une voix brisée. Mais... je n'y arrive pas.

— C'est à cause de ce que tu m'as raconté ? »

Pietro hocha la tête, serrant la main de Marta jusqu'à lui faire mal.

« Attends-moi là, dit Melo. Je vais chercher quelques affaires. » Il attacha le lipizzan et entra dans sa roulotte, dont il ressortit peu après, un sac en cuir souple en bandoulière. « Allons-y », lança-t-il.

Quand ils arrivèrent à la via di Panìco et ouvrirent la porte, Nella gisait à terre, évanouie. Comme cela lui arrivait de plus en plus souvent.

Pietro s'agenouilla à côté d'elle et la secoua par l'épaule.

« Tout doux, mon garçon, pas comme ça, dit Melo. Aide-moi à la monter à l'étage et à l'installer sur le lit. »

Melo la prit par les aisselles, Pietro par les pieds. Ils la portèrent en haut et l'allongèrent sur la couche.

« Va me chercher un linge mouillé avec de l'eau froide », ordonna Melo.

Pietro redescendit en courant et, tandis qu'il s'affairait à la cuisine, il lança un rapide coup d'œil anxieux à Marta.

« Tout va bien se passer », assura-t-elle.

En remontant, il découvrit que Melo avait défait la robe de la comtesse et était en train de la lui enlever.

« Que faites-vous ?

— Ne t'en fais pas, mon garçon.

— Elle ne voudrait pas être vue ainsi !

— Mais c'est indispensable, répondit le vieux d'une voix ferme.

— Fais ce qu'il dit, intervint Marta. Aie confiance. »

Pietro tendit à Melo le linge humide.

« Pourquoi vous n'allez pas faire un tour, Marta et toi ?

— Où ça ? » demanda bêtement Pietro. Ses yeux étaient remplis de panique et d'angoisse. Et de peine.

« Sors donc, lui dit Melo. Marta, emmène-le quelque part. »

Marta hocha la tête.

« Viens, Pietro.

— Non ! Je reste.

— Mon garçon, reprit Melo, fais semblant de croire que je suis médecin. Tu as dit toi-même qu'elle ne voudrait pas être vue ainsi. Alors si tu restes, tu vas la mettre mal à l'aise. »

Pietro descendit lentement l'escalier.

Marta lui prit la main et l'emmena à l'extérieur. Avec douceur.

Et il la laissa faire. Il était comme un pantin sans vie. « Sauvez-la, je vous en prie… », dit-il seulement avant de refermer la porte.

Melo passa le linge frais sur les tempes et le cou de Nella.

Peu après, elle rouvrit les yeux. « Où suis-je ? » demanda-t-elle, l'air égaré. Puis elle se rendit compte qu'elle était en sous-vêtements. Elle porta une main à sa poitrine, pourtant couverte.

« Que s'est-il passé ?

— Ne vous en faites pas, dit Melo d'une voix calme. Je vous ai déshabillée parce qu'il faut vérifier comment vous allez.

— Je ne veux pas…

— Vous ne voulez pas que j'essaie de vous aider ? sourit-il. Nous sommes seuls, ajouta-t-il. J'ai envoyé

Pietro et Marta faire un tour. Vous n'avez aucune inquiétude à avoir. Il n'y a personne d'autre.

— Mais… je ne vous connais même pas…

— Bersagliere est en pleine forme, dit-il soudain. C'est un animal très intelligent. » Il lui passa le tissu sur le front. « Vous ne me connaissez pas, et pourtant vous m'avez confié ce que vous avez de plus cher au monde. Et vous m'avez raconté beaucoup de choses. » Il sourit. « Vous avez dit que vous aviez confiance en moi. » Il fit une pause. « Et l'autre jour, vous avez fait quelque chose de très spécial pour moi.

— Quoi ?

— Moi aussi, je cherchais quelqu'un. Comme vous.

— Et vous l'avez trouvé ? »

Il hocha la tête.

Nella déplaça lentement la main avec laquelle elle se couvrait la poitrine.

« Alors… commencez par me dire ce qui s'est passé.

— Je suis tombée… dans l'escalier, dit-elle, mais sans le regarder dans les yeux. Je suis tombée comme une andouille…

— Ce n'est pas vrai, dit Melo. Vous avez été battue. »

Elle fronça les sourcils.

« C'est Pietro qui vous l'a dit ?

— Non, mentit Melo.

— Alors comment le savez-vous ?

— J'ai vu les bleus. » Il la scruta. « C'est pour ça que je vous ai déshabillée. »

Elle ferma les yeux à demi.

« Ne le dites à personne, je vous en prie.

— Cela restera entre vous et moi, la rassura le vieil homme. Maintenant, décrivez-moi vos symptômes… aidez-moi à comprendre. Même si c'est évident.

— Quoi ?

— Je crois que vous le savez aussi…

— Je crache du sang…

— Sombre ?

— Sombre. » Elle parlait à grand-peine. « Tous les jours, je me sens plus faible… j'ai du mal à rester debout… ma vue se trouble… j'ai le souffle court… mon cœur bat faiblement… » Ses yeux se brouillèrent de larmes. « Je ne peux pas laisser Pietro seul… »

Et puis, l'espace d'un instant, elle se dit qu'elle voulait aussi revoir Henri Béras.

« Et quel serait votre diagnostic ? » lui demanda-t-il.

Elle le regarda, étonnée.

« Tout à l'heure, j'ai dit que je croyais que vous le saviez, sourit-il. Mais non. En réalité, je suis certain que vous le savez.

— Non…

— D'accord », enchaîna-t-il. Il lui prit la main. « Faisons mine que vous ne soyez pas vous-même, mais… un cheval. »

Sa main guida celle de Nella sur les côtes de la jeune femme. Tous deux se mirent à palper. « Qu'est-ce que vous en déduisez ? »

Elle gémit.

« Il y a une côte cassée.

— Non, deux », et Melo l'incita à toucher encore.

« Celle-là ne me fait pas mal, commenta Nella.

— Je vous ai dit qu'il ne s'agissait pas de vous, la réprimanda-t-il en souriant. Vous examinez le cheval. Vous écoutez de l'extérieur, pas de l'intérieur.

— Deux côtes cassées, reconnut-elle.

— Toussez. » Elle s'exécuta.

Melo lui fit glisser deux doigts dans sa bouche. « Du sang ? demanda-t-il ensuite en lui mettant ces doigts devant les yeux.

— Non. Le sang ne vient pas des poumons. Les côtes cassées n'ont pas perforé les poumons, observa-t-elle.

— Je suis d'accord, approuva-t-il. Maintenant, auscultez l'abdomen. Et pardonnez-moi si je le fais moi aussi… mais je vous l'ai dit, pour moi vous êtes un cheval, pas une femme.

— Je ne sais pas si c'est vraiment un compliment, tenta-t-elle de plaisanter.

— Dans ma bouche, c'en est un, sourit-il à son tour. Alors ?

— Il est dur. Gonflé. Tendu », décrivit-elle.

Melo déplaça les mains de Nella vers ses flancs, à droite et à gauche. Et plus bas, vers l'aine.

« C'est anormalement dur, dit Nella.

— Et ça fait mal ? Comme si vous aviez de l'air dans le ventre ?

— Non.

— Et pourquoi ?

— Les organes internes… des chevaux… ne…

— Exact, confirma-t-il. La vésicule biliaire, la rate et le foie ne perçoivent pas la douleur.

— Hémorragie interne, conclut-elle.

— Diagnostic parfait ! »

Elle le regarda. Ses yeux violets exprimaient la surprise.

« Ce n'était pourtant pas dur à comprendre, dit-elle en essayant de sourire, mais avec une expression tellement triste que ce ne fut rien d'autre qu'un plissement de lèvres. Alors pourquoi ne l'ai-je pas compris tout de suite ?

— Voir ce qu'il y a dans l'âme des autres est aisé, dit-il. La difficulté, c'est de voir ce que l'on a dans sa propre âme.

— Mais ça, c'est mon corps, pas mon âme, objecta-t-elle.

— Vous savez où finit l'un et où commence l'autre ? Si vous n'avez pas compris ce qui vous arrivait… il doit bien y avoir une raison.

— Ces jours-ci, on dirait qu'il y a trop de philosophes dans ma vie…, murmura-t-elle en pensant à Mamma Lucia. Et franchement, vous me cassez les pieds, avec vos conneries ! » Elle rit doucement.

Melo rit avec elle.

« Alors laissons tomber la philosophie, et passons aux choses pratiques. Quels remèdes conseilleriez-vous à ce cheval, pour arrêter l'hémorragie interne ?

— L'alchémille ? »

Il fouilla dans son sac, dont il sortit un flacon en verre sombre. « Concentré pur d'infusion d'alchémille, annonça-t-il en posant le flacon près du lit. En général, pour les vrais chevaux, on le mélange à l'avoine. Mais vous êtes un faux cheval, alors vous pouvez le boire avec un peu d'eau. Matin et soir. » Il prit une autre fiole, qu'il posa près de la première. « Et du fer pour soigner l'anémie. Ça, c'est un concentré de foie, d'épinards sauvages, de lentilles et d'huile d'amandes sèches. C'est franchement dégueulasse. Mais ça marche. »

Elle rit.

« Le cheval vous remercie.

— Vous arriverez à rester alitée pendant quelques jours ?

— Non…, répondit-elle. Il faut que je travaille.

— Vous ne pouvez pas coudre dans votre lit ? Pour éviter de monter et descendre l'escalier ? Ce n'est pas ce que vous prescririez à un cheval ?

— Si, mais…

— Mais le cheval, il suffit de l'attacher, c'est ça ? sourit-il. Alors que les êtres humains sont libres de choisir comment mourir. »

Nella devint brusquement sérieuse.

« Je ne vais pas mourir.

— Non, vous ne mourrez pas, confirma-t-il. Mais vous pourriez choisir de guérir rapidement. Et comme ça, ensuite, vous gagneriez plus. Vos mains tremblent. Je parie qu'en ce moment vos travaux de couture sont… merdiques.

— Vous êtes un homme insupportablement intelligent, sourit-elle.

— Non. J'ai l'esprit pratique.

— Vous êtes un homme insupportablement merveilleux, dit-elle, les yeux humides. Merci. »

Il haussa les épaules. « J'adore les chevaux. »

Marta n'avait pas lâché la main de Pietro un instant, tandis qu'ils marchaient d'un bon pas.

« Viens ! » lui avait-elle dit, et il l'avait suivie.

Ils arrivèrent au cirque.

« Melo va guérir ta mère, dit Marta. Tout ira bien.

— Oui… c'est sûr », fit Pietro.

Elle le regarda.

« Excuse-moi. C'est bête, de dire ça.

— Un peu, sourit-il.

— Non. Très bête. Excuse-moi.

— Ne t'en fais pas. Ce sont des expressions que les autres nous mettent dans la bouche. On finit par les répéter. » Il lui sourit avec tendresse. « Je sais bien que ça ne vient pas vraiment de toi. »

Marta serra fort la main de Pietro, et elle se glissa dans un des abris destinés aux chevaux. Elle atteignit le coin où la paille était amoncelée. Elle s'assit en entraînant Pietro près d'elle.

« Ici, dit-elle d'une voix rauque.

— Quoi ? » demanda-t-il, interloqué.

Elle le regarda. Elle sentait sa tête lui tourner. Ses lèvres, son visage, son corps tout entier prenait feu. Du moins, c'était son impression. Elle haletait, et son cœur battait la chamade. Sa main alla à cette mèche blonde qu'elle aimait tant. Elle s'en saisit avec force, comme si elle voulait l'arracher. Elle attira Pietro à elle et l'embrassa de tout son être, tentant de se fondre avec ce garçon qu'elle était certaine d'aimer.

« Maintenant ? demanda-t-il.

— Maintenant », souffla-t-elle.

L'espace d'un instant, Pietro eut l'impression de tomber dans le vide. Il étreignit Marta de toutes ses forces.

Une seconde plus tard, aucun des deux ne savait plus où étaient les mains de l'autre ni où allaient les siennes, parties explorer ce monde attirant et inconnu qu'était le corps mystérieux de l'être aimé. Et, comme leurs doigts, leurs lèvres aussi se mêlèrent, perdant leur identité, devenant un seul et même organisme, vivant, chaud et humide, qui mordait et caressait à la fois.

Puis, avec la même fougue, leurs vêtements disparurent pour dévoiler aux yeux ce que les mains avaient déjà découvert. Ils se regardèrent, pantelants. Yeux enfiévrés. Bouches affamées.

« Maintenant, répéta Pietro.

— Maintenant, lui fit écho Marta.

— Tu as peur ?

— Non. »

Et elle le guida là où une autre bouche, que personne n'avait jamais vue, s'entrouvrait pour lui.

Pietro la pénétra. Il sentit une résistance. Il s'arrêta.

« Non…, dit-elle. Pousse… »

Il perçut une espèce de déchirement. Et une chaleur intense.

Elle gémit.

« Je t'ai fait mal ?

— Tais-toi », haleta-t-elle.

Elle serra fort les jambes autour de la taille de Pietro, tandis qu'elle sentait un liquide épais, trouble et visqueux circuler à l'intérieur de tout son corps.

Pietro avait les yeux écarquillés. Comme terrorisé par le plaisir tyrannique qui avait pris possession de lui.

« Nous ne faisons plus qu'un… », murmura Marta, et elle s'abandonna à un spasme qui la fit vibrer tout entière, lui coupant le souffle.

Pietro écarquilla plus encore les yeux, tandis que le plaisir lui faisait arquer le dos et le faisait crier. Puis il s'effondra sur elle. Épuisé. Électrisé. Bouleversé.

Et Marta l'accueillit, le prenant dans ses bras et lui griffant doucement le dos. Elle écoutait à présent son corps fusionner avec celui de son amant dans cet état de plénitude, pendant que son cœur se calmait et qu'elle reprenait son souffle.

Maintenant, tu es une femme, pensa-t-elle.

Ils restèrent là, inertes, vidés. Libres.

Puis Pietro s'écarta d'elle. Son regard alla à la tanière chaleureuse qui l'avait accueilli.

« Je t'aime », dit Marta. Et elle avait une lumière spéciale dans les yeux.

Le visage de Pietro était devenu soudain sérieux.

« Qu'est-ce qu'il y a ? »

Il la contempla. Il venait de vivre le plus beau moment de sa vie. Mais il avait peur d'avoir sali Marta. Elle qui était si pure. Elle qui l'avait accueilli sans le connaître véritablement. Car, après ce qu'il avait fait avec l'Albanese, il se sentait irrémédiablement sale.

Et bientôt, il allait devoir se souiller à nouveau.

« Je t'aime », lui dit-il. Et il se hâta de cacher son visage dans la chevelure de la jeune fille. Afin qu'elle ne découvre pas qu'il ne la méritait pas.

38

Juillet 1870
États pontificaux (Rome)

« Un peu plus à droite, suggéra Pietro de sous le tissu noir de l'appareil photographique.

— Lui ou moi ?

— Lui », répondit Pietro. Il avait une voix tendue. Et faible.

L'Albanese agrippait par les cheveux un homme d'une cinquantaine d'années, qu'il maintenait agenouillé au sol. Il le tira vers la droite.

L'homme pleurait, désespéré, un long couteau pressé contre sa gorge.

« Comme ça ? demanda l'Albanese.

— Oui », répondit Pietro. Ses jambes tremblaient.

L'Albanese s'adressa à Ghiozzetto.

« Tout est comme il faut ?

— Oui.

— Il ne manque rien ?

— Non, patron. »

L'Albanese se tourna vers Pietro.

« Qu'est-ce qui manque, d'après toi ?

— Le drapeau tricolore…, répondit-il.

— Exactement ! Le drapeau tricolore, imbécile ! cria l'Albanese à Ghiozzetto. Bordel de merde ! Vous comprenez, oui ou non, qu'on est des patriotes ? Mais ce n'est pas possible qu'à vous tous, vous n'ayez même pas une miette de cervelle ! Vous êtes juste bons à massacrer les gars ! » Il montra Pietro. « Vous comprenez pourquoi c'est lui, mon champion ? » Il se frappa la tempe de l'index. « Parce qu'il en a, là-dedans ! »

Pietro était convaincu qu'un de ces jours les hommes de la bande allaient le poignarder dans le dos et jeter son cadavre dans le Tibre. Après lui avoir craché dessus.

Ghiozzetto plaça le drapeau sur les épaules du prisonnier.

« La pose est bonne ? » vérifia l'Albanese.

L'homme pleurait, de plus en plus désespéré.

« Oui. On ne bouge plus », dit Pietro en appuyant sur le bouton.

« Et maintenant adieu, chevalier De Vitis », dit l'Albanese en ricanant. Il regarda vers l'appareil photo. « Prêt ?

— Prêt… », répondit Pietro avec un filet de voix.

L'Albanese égorgea l'homme. Le sang gicla dans l'air.

Et on entendit le déclic de l'appareil photo.

Pietro attendit un peu avant de sortir de sous le tissu. Il n'avait pas vomi, comme pour l'évêque. Mais il pleurait. Il sécha ses larmes et contrôla sa respiration avant de sortir de sa cachette.

« Tu as pleuré ? demanda l'Albanese tandis qu'il laissait tomber à terre, comme un vulgaire sac, le corps du chevalier Andrea De Vitis, trésorier et conservateur des Opere pie dei Cavalieri di San Cosimato du Trastevere.

— Non… qu'est-ce que tu racontes…, fit Pietro, essayant de mentir le mieux possible. J'ai les yeux irrités… à force de rester longtemps collé à l'objectif.

— Partons », ordonna le scélérat.

Pietro chargea l'appareil photographique sur son dos.

« Tu n'as qu'à le porter, Due Ante[1], lança l'Albanese à l'un de ses hommes, qu'on appelait ainsi parce qu'il était aussi large qu'une armoire à glace.

— Non ! fit Pietro. Non, je... je préfère m'en occuper. »

Le chef approuva. « Je comprends, moi non plus je ne laisserais pas un imbécile porter quelque chose d'aussi précieux, chuchota-t-il d'un ton complice. Mais quand tu as besoin de soulever un coffre-fort, alors Due Ante est la personne qu'il te faut. » Il se mit à rire. Puis, comme chaque fois qu'ils rentraient d'un pas tranquille vers la via Margutta, il posa la main sur l'épaule de Pietro.

Ceux qui devaient courir, c'étaient ses sbires. C'étaient eux qui portaient le butin. Et c'étaient eux qui devaient craindre les gardes. Et du fait des troubles, il n'y en avait que trop dans les rues.

En moins d'une demi-heure, ils arrivèrent à la forge.

« Tu sais pourquoi on l'appelle Incudine – l'"Enclume" ? rit l'Albanese en désignant le forgeron, costaud mais bossu, et la tête toujours enfoncée dans les épaules, dans une attitude de soumission. Tu connais le dicton "Aujourd'hui enclume, demain marteau" ? Eh bien, lui, il se contente de prendre les coups. » La claque qu'il flanqua sur la nuque d'Incudine fut si puissante qu'elle résonna dans toute la forge. « Aujourd'hui comme demain, lui il est toujours enclume ! »

Le forgeron fit un sourire servile. « Toi par contre, tu es marteau tous les jours, patron. »

Tout le monde se mit à rire. Même Incudine.

Puis, tandis que ses hommes comptaient l'argent, l'Albanese prit Pietro à l'écart et le plaça face à trois

1. Deux Battants.

différents types de serrures. Puis il sortit un crochet et lui montra comment s'en servir. « Savoir utiliser un crochet, c'est fondamental. N'oublie jamais ça, dit-il. C'est plus important qu'un couteau. Le crochet non seulement te permet d'entrer, mais surtout, il te garantit de pouvoir t'échapper. Si tu sais t'en servir, aucune cage ne pourra te garder prisonnier. Tôt ou tard, tu t'échapperas. C'est pigé ? »

Pietro acquiesça.

« Allez, essaie », dit l'Albanese en refermant les serrures.

Pietro prit le crochet, qu'il glissa dans la première serrure. Il força, tourna. Rien.

« Doucement ! C'est comme une vulve, intervint alors le truand. Si tu veux qu'elle s'ouvre, tu dois la caresser avec délicatesse, et au bon endroit. Alors que toi, tu la violes, cette pauvre serrure ! » Il lui prit le crochet des mains. « Regarde. Et écoute ce qui se passe dans cette chatte de fer. » Il glissa le crochet. « Voilà, tu es arrivé au premier obstacle. Alors tu tournes un peu, mais pas trop, juste ce qu'il faut pour pouvoir continuer. » Il lui fit approcher l'oreille de la serrure. « Tu entends ? Il est passé. Maintenant, il arrive au cœur de la chatte. Tu entends ce doux bruit ? Il est à l'intérieur. Si tu essaies de l'en sortir, il ne viendra pas. Il est dans la tanière. Alors maintenant… baise-la, cette chatte ! Mais en douceur, sans l'effrayer. Tu l'as accrochée, ne la laisse pas tomber. Clic ! Et voilà ! » La serrure s'ouvrit. « Ah, ça c'était une bonne séance de baise ! » Il éclata de rire. Puis il referma la serrure. « Allez, essaie encore », fit-il d'un ton affectueux, en lui ébouriffant les cheveux.

Pietro avait des moments de malaise. Parfois, l'Albanese ne ressemblait plus au salaud qui avait massacré la comtesse ni au tueur sans émotion qui assassinait des gens en toute décontraction, comme il venait de le faire. C'était quelqu'un auprès de qui... on pouvait se sentir bien, pensa-t-il, déstabilisé. Un homme pour lequel on pouvait même éprouver de l'affection. Et puis, il était évident que l'Albanese avait un grand faible pour lui. Mais non, Pietro ne se prendrait pas d'affection pour ce scélérat. Au contraire, il aurait sa peau. Et ce qui ferait vraiment mal à cette ordure, ce serait de découvrir qu'il avait été trahi, justement, par son protégé. Cela ajouterait de la saveur à la vengeance que Pietro méditait.

Le garçon introduisit lentement le crochet. Il franchit le premier obstacle, atteignit l'engrenage principal, tourna, et la serrure s'ouvrit.

« Bravo, champion ! s'exclama l'Albanese avec fierté. On obtient plus avec la gentillesse qu'avec la violence. »

Et pourtant, se dit Pietro, il ne manifestait jamais la moindre gentillesse envers ses hommes.

Tandis que l'Albanese lui posait une main sur l'épaule, ses yeux se voilèrent d'un sentiment qui ressemblait à de la tristesse. Et peut-être à de la douleur. « C'est mon père qui m'a appris à me servir d'un crochet. À coups de poing et de pied, dit-il, une pointe de mélancolie dans la voix. Et tu sais comment je suis devenu ce que je suis ? Tu sais comment je suis devenu aussi dur ? » Il sourit. « En fuguant. Autrement, à force de torgnoles, mon père aurait fini par me tuer. Et comment est-ce que je me suis enfui ? » Il indiqua le crochet. « Avec ça ! Il m'enfermait dans un placard merdique. Mais il avait commis une grosse erreur : il m'avait appris à me servir d'un crochet. Alors, un jour où il m'avait cassé un bras... j'ai forcé la serrure de l'intérieur, et j'ai fui. Tu vois pourquoi un crochet vaut beaucoup plus qu'un couteau ? » Son regard se perdit un moment dans le passé. « J'avais ton âge. Et personne ne m'est venu en aide. Au contraire, la première nuit, des clochards m'ont détroussé. Je dormais sous le ponte Mollo. Et ensuite, des petits voyous m'ont cassé la gueule. Et pourtant, je suis entré dans leur bande. Et avec mes premiers sous, je me suis acheté un couteau, celui que je t'ai offert. C'est avec ce couteau que j'ai tué quelqu'un pour la première fois de ma vie. » Ses yeux recommencèrent à briller. « À la fin, j'étais devenu le chef de cette bande. J'étais devenu le plus dur de tous. »

Pietro avait écouté cette histoire en retenant son souffle. Maintenant, il le comprenait un peu plus.

Mais ça ne m'empêchera pas de te baiser, se força-t-il à penser. Le scélérat se tourna vers ses hommes. « Vous avez fini de faire les comptes ? » Il s'approcha de la table sur laquelle étaient amoncelés des petits tas de pièces. Le plus gros était le sien, les autres étaient tous identiques. Ses sbires effectuaient toujours le partage de manière scrupuleuse. L'Albanese enleva une pièce de chaque petit tas, et il les posa toutes sur une des piles, qui devint ainsi plus importante. Et il donna cet argent à Pietro. « Ça, c'est ta part », dit-il.

Ses hommes n'en revenaient pas.

C'est alors que Tortòre – le « Bâton » –, surnommé ainsi parce qu'on disait qu'il avait un pénis aussi gros qu'un bâton, rompit le silence : « Et comment ça se fait que le garçon a plus que nous ?

— Tu as quelque chose à redire ? » L'Albanese s'approcha, agressif.

« Je veux juste savoir pourquoi.

— Parce que lui, il prend les photographies. Qui coûtent cher. Ça te va ? »

Tortòre haussa les épaules.

À nouveau, Pietro se dit que ces gars allaient finir par le poignarder.

« Le garçon, qu'à partir de maintenant vous appellerez vous aussi Champion, est sous ma protection. S'il trébuche, tombe et s'écorche un genou, et que j'apprends que l'un d'entre vous était dans les parages à ce moment-là… ce mec est mort », avertit l'Albanese, comme s'il avait deviné les pensées de Pietro. Et il dévisagea ses hommes un à un.

Personne ne broncha.

« Bien. On se retrouve tous ici après-demain à l'aube. Le prochain *martyr du pape*, il faut le choper le matin de bonne heure. Le soir, il est protégé par une garnison entière.

— Qui c'est ? demanda Er Ciriola – c'était le nom que l'on donnait aux jeunes anguilles, mais aussi aux traîtres en puissance.

— Tu le sauras le moment venu. Comme ça, tu ne risqueras pas de lâcher le morceau. Maintenant, partez. »

Les hommes quittèrent l'atelier en ordre dispersé.

« N'oublie pas de développer les photos et de me les apporter à la boutique, recommanda l'Albanese à Pietro.

— Albanese…, dit Pietro. Après-demain, je ne peux pas venir.

— Et pourquoi ? » Le truand s'assombrit.

« J'ai… j'ai cours.

— Tu fais des études ? s'étonna l'Albanese.

— Oui…, rougit Pietro.

— Avec les tapettes qui sont venues ici la première fois ?

— Oui… »

L'Albanese éclata de rire. « Et tu crois que tu vas apprendre quoi ? Tu perds ton temps. » Il le secoua affectueusement. « La rue, c'est la seule véritable école. La rue, Champion ! » Il pointa un doigt vers son visage. Maintenant, il n'y avait plus rien d'amical dans son regard. « Après-demain, je te veux ici à l'aube. C'est compris ? »

Pietro hocha la tête.

« Et demain, je veux que tu m'apportes ces photos. » Son ton était dur. « Moi, je dis ce qu'il faut faire… et toi, tu le fais. »

Quand Pietro prit son appareil photo et sortit de l'atelier, il entendit l'Albanese se saisir de son tas de pièces.

Sur le chemin du retour, il aperçut un chat couvert de cicatrices, les oreilles abîmées par les bagarres, avec des touffes de poils arrachées, et la peau rougie et fendillée par la teigne, qui dévorait un énorme cadavre de rat, écrasé par la roue d'un carrosse.

Le chat regarda Pietro pendant qu'il installait son trépied et le prenait en photo, mais il ne bougea pas. Il était prêt à se battre pour ce repas putride, qui allait certainement l'empoisonner.

Pendant qu'il cadrait, Pietro se rendit compte encore une fois que, lorsqu'il prenait des photos, son regard était différent de celui qu'il avait habituellement. À travers l'appareil photo, il voyait l'essence de la vie.

Puis il reprit sa route et, peu après, tomba sur un clochard affalé par terre. Il avait l'air mort mais n'était qu'ivre mort. Ses hardes puaient autant qu'un tas d'ordures. Pietro installa son appareil et prit en photo un homme élégant, en queue-de-pie, qui enjambait ce clochard comme un obstacle quelconque.

Arrivé près de chez lui, il remarqua des gosses qui jouaient avec du crottin. Ils le ramassaient pour en faire des boules, qu'ils se jetaient dessus en riant. Il prit une troisième photo. Et à nouveau, il éprouva cette sensation enivrante d'avoir un accès privilégié à la vie et à son sens. Quand il entendait le « clic » de l'appareil photo, il avait la sensation d'avoir fixé sur la plaque l'âme des choses. Et il fut persuadé que c'était là son avenir. Parce que c'était ça, son talent. Son talent ou sa maladie, peu importe ce que c'était, il n'y avait peut-être pas de différence entre les deux.

Il acheta de la viande rouge et du pain frais, et il rentra chez lui.

« Combien de temps encore devras-tu travailler pour ce boucher, si tous les jours tu me rapportes ces merveilles ? lui demanda Nella avec un sourire ému.

— J'ai trouvé une autre boucherie, répondit Pietro. C'est loin, vers la via Margutta… Ses produits sont moins chers et il me fait travailler moins dur. »

Maintenant, il devenait doué en mensonges. Ce n'était évidemment pas le pire de ses péchés, mais c'était celui qui lui faisait le plus mal. Il détestait embobiner la comtesse, même si c'était pour son bien.

Puis il se mit à développer ses photos.

« Tu me les montres ? demanda Nella.

— Non.

— Et pourquoi donc ?

— Parce que… je veux te faire une surprise, mentit Pietro à nouveau, avec grand naturel. Tu les verras quand ce sera fini. »

Il se dit qu'il fallait qu'il développe la nuit, en cachette. Quand elle dormait. Et ensuite, il se dit que, même si son objectif était louable, fréquenter l'enfer était dangereux. Car jour après jour, tandis qu'il voyait la comtesse reprendre de la vigueur, il sentait qu'une part de lui mourait.

« Il y a des moments où tu me parais déjà un homme », sourit Nella.

Pietro lui sourit en retour. Oui, il fallait qu'il devienne un homme. Parce qu'un enfant ne survivrait pas à toute cette fange.

« Et les cours, ça va ?

— Très bien.

— *Et ton français* ?*

— *Il s'améliore**. » Nella se mit à rire.

« Mais ton accent est terrible !

— Petit à petit, il s'améliorera aussi.

— Je suis fière de toi, mon poulain. »

Pour Pietro, ce compliment fut comme un coup de fouet en plein visage. « J'ai besoin de me concentrer », lança-t-il rudement, se renfermant sur lui-même. Il n'y avait vraiment pas de quoi être fier.

Le lendemain matin, il arriva devant le collegio Poli. Mais quelque chose l'empêcha d'entrer. La nuit avait transformé sa honte en quelque chose d'autre. C'était un sentiment qui pressait en lui, à la fois pour sortir et pour camoufler sa culpabilité. Et alors, brusquement, il décida d'envoyer paître les études. Il n'avait pas envie de voir Lamorgue, d'entendre les conneries des fils à papa, ni de parler ce français débile. La colère faisait maintenant partie de lui. Comme si son être même était fait de cette matière.

Ainsi, il prit les photos qu'il avait faites et se rendit au vicolo della Volpe, au magasin d'antiquités que l'Albanese utilisait comme couverture.

Il le trouva avec Ghiozzetto, dans la petite pièce crasseuse qu'il appelait son bureau. Sur le fouillis de sa table, il y avait un journal.

« Fous le camp », lança l'Albanese à Ghiozzetto.

En sortant, celui-ci fusilla Pietro du regard.

« Lis ça », fit l'Albanese en lui tendant le journal.

Pietro avait déjà remarqué que l'Albanese savait lire. Il prit les feuillets. Le journal s'intitulait *L'Osservatore Romano*. Juste en dessous, on lisait : « 8 centimes. Journal quotidien – Publié le matin. »

« La deuxième page. En haut. »

Le titre indiquait : « Meurtres odieux. Des terroristes attaquent Rome. » Pietro lut à toute vitesse. L'article racontait les assassinats de l'évêque Mastronardi et du chevalier De Vitis. Il parlait d'une attaque de sympathisants du royaume d'Italie qui, à travers une violence indicible, infligeaient des coups au cœur des États pontificaux. Et on craignait qu'ils ne s'arrêtent pas là. Le journaliste était convaincu qu'il s'agissait d'actions politiques parce que le personnel de maison présent au moment de l'acte terroriste avait survécu. Il ne pouvait cacher non plus que les survivants, interrogés par les enquêteurs, n'avaient jamais utilisé le mot « criminels ». Bien qu'ils volent des sommes considérables, il était évident, toujours selon le journaliste, que les terroristes utilisaient cet argent pour financer des coups que l'on redoutait plus graves encore, comme des attentats à la nitroglycérine ou, de manière plus moderne, à la dynamite. L'inquiétude était à son comble. La situation dégénérait. Le peuple romain semblait sur le point de se soulever et de déclencher une révolution, comme cela s'était produit vingt ans auparavant. C'est pour cela que le secrétaire d'État en personne, le cardinal Giacomo Antonelli, avait mis en place une équipe d'enquêteurs pour s'occuper spécialement de ces affaires, le commandement en ayant été confié au lieutenant du corps des zouaves Henri Béras.

En lisant le nom du lieutenant qui avait tenté de l'arrêter, Pietro tressaillit légèrement.

L'article s'achevait en disant que les terroristes ne tarderaient pas à être dénichés, et qu'ils seraient aussitôt condamnés à mort.

Pietro reposa le journal. Il avait peur. Il regarda l'Albanese.

Celui-ci éclata de rire.

« Tu as vu ? Ça marche ! s'exclama-t-il. Ça marche à merveille !

— Qu… quoi ?

— Mon plan ! poursuivit l'autre. Encore mieux que ce que j'avais prévu. Nous sommes des patriotes, Champion. Pas des assassins. Des patriotes !

— Là, ils disent "terroristes"...

— Évidemment. Qu'est-ce qu'ils pourraient dire d'autre ? Cela dépend toujours du point de vue. Mais le royaume d'Italie nous appellera des patriotes ! » Il rit encore, en se frottant les mains. « Tu as les photos qui prouvent... mon patriotisme ? »

Pietro les lui tendit.

« Magnifiques ! Tu es un génie, Champion ! dit l'Albanese en les tournant et les retournant dans ses mains. Regarde, là ! On voit même le sang qui gicle ! » Il sourit d'un air satisfait. « Mais la prochaine fois, arrange-toi pour qu'il soit plus... Comment dit-on, déjà ? Plus net ? On dit comme ça ?... Bref, fais en sorte qu'on voie mieux le sang.

— C'est impossible, affirma Pietro.

— Tu veux dire que tu n'en es pas capable ?

— Est-ce que tout le reste est net ?

— Parfaitement.

— Parce que le reste était immobile. Ce qui bouge ne peut pas être rendu de façon nette.

— Je ressors bien, en photo, hein ? » s'amusa l'Albanese.

Puis il se leva pour aller à son coffre-fort.

Vingt-sept à gauche..., compta Pietro. Mais il ne vit rien d'autre.

Le scélérat ouvrit la porte. « Il vaut mieux les ranger là jusqu'à ce que nous devenions italiens, rit-il. Ce qui me vaudra une médaille demain... me vaudrait aujourd'hui une condamnation à mort », et il rit à nouveau.

Pietro, lorgnant à l'intérieur du coffre, aperçut les bijoux de la comtesse. À l'évidence, l'Albanese attendait pour les revendre, car ils étaient encore trop *brûlants*.

Salaud, se dit Pietro.

« Elles sont jolies, ces bagues. Où tu les as prises ?

— À une sale putain qui voulait me baiser, répondit l'autre sans se retourner. On l'a aperçue quand on était ensemble, il y a quelque temps. Elle marchait dans la rue, toute tordue. Tu ne te rappelles pas ?

— Non, ça ne me dit rien.

— Celle-là, je lui ai donné une leçon qu'elle n'oubliera jamais. »

Moi non plus, je n'oublierai jamais, pensa Pietro, frémissant de rage.

L'Albanese referma le coffre et se retourna. Il remarqua les autres photographies que Pietro tenait en main. « Et celles-là ? » Il y avait une note de soupçon dans sa voix. « Montre-moi ça », ordonna-t-il.

Pietro les lui passa.

« Et pourquoi tu les fais, celles-là ?

— Pour m'exercer. »

L'Albanese fit une grimace.

« Et aujourd'hui, tu ne vas pas en cours ?

— Non. Je n'en ai rien à foutre, répondit-il d'un ton dur.

— Ah, comme ça, tu me plais ! s'exclama l'autre.

— Maintenant, il faut que j'y aille.

— Mmmmm… Il y a une odeur de chatte dans l'air, ou je me trompe ? »

Pietro fit un petit sourire.

« Tout le monde a bien droit à un coup de trique. Allez, file ! »

Pietro se dirigea vers la sortie.

« Demain à l'aube », recommanda l'Albanese.

Le garçon acquiesça.

« Prends ton couteau. Cela pourrait être une journée compliquée.

— Je l'ai toujours sur moi. »

L'Albanese s'approcha de lui. La dureté avait disparu de son regard. Il lui donna une petite tape sur la joue. « Je commence à m'attacher à toi, Champion. Ne me déçois pas. »

Pietro acquiesça de nouveau avant de sortir.

Je ferai plus que te décevoir, se dit-il, dès qu'il fut à l'extérieur. Désormais, il connaissait le premier numéro de la combinaison du coffre-fort. Vingt-sept. *Je vais te baiser…*

Mais une partie de lui était mal à l'aise. L'Albanese lui avait dit quelque chose qu'il n'avait sans doute jamais dit à personne auparavant.

Trois jours plus tard, Pietro errait en ville, désespéré.

Ce matin-là, ils étaient encore passés à l'action. Avec l'Albanese et sa bande, ils s'étaient introduits dans une demeure. Mais ils étaient tombés sur trois soldats du pape. Qui s'étaient battus. L'un d'eux étant sur le point de le frapper, Pietro avait donné un coup de couteau au hasard. Un instant plus tard, le soldat s'était effondré à terre, mort. Ce n'était pas lui qui l'avait tué. C'était l'Albanese, d'un coup de poignard dans le dos. Mais Pietro l'avait blessé au bras. Et il s'était rendu compte que non seulement il aurait pu mourir, mais qu'il aurait aussi pu tuer un autre homme. Ensuite, les mains tremblantes, il avait photographié le énième égorgement.

Maintenant, il attendait simplement l'heure à laquelle les cours finissaient au collegio Poli. Puis il irait montrer ses *autres* photos au prince.

Quand l'heure fut venue, il se rendit via dell'Orso. Il entra dans la cour du palais du prince Chiodetti da Fibreno en même temps que Ludovico. Ils se saluèrent avec froideur.

« Je ne t'ai pas vu au bahut, aujourd'hui.

— Je ne me sentais pas bien.

— Tu ne m'as pas l'air bien malade.

— Je suis guéri.

— Il y a bientôt une réunion avec les Loups. Marta te l'a dit ?

— Oui.

— Tu viens ?

— Tu sais que je m'en fiche, de ces conneries », lâcha Pietro, agressif.

Il était encore sens dessus dessous. Encore plein de colère. Que savait Ludovico de la vraie vie ?

En le regardant, le jeune aristocrate se dit que Pietro n'était plus le gosse prompt à sortir son couteau qu'il s'était amusé à provoquer, il n'y avait pas si longtemps. Et il éprouva une forme de respect pour lui.

« Un gars comme toi, ça servirait à la cause.

— Mais quelle cause ? ricana l'autre. Après la descente des Français, aucun de vous n'a eu le moindre problème, alors que moi, j'ai failli être arrêté : c'est ça, votre cause ? Vous vous gargarisez de mots parce que, dans tous les cas, vos arrières sont assurés. »

À ce moment-là, le majordome apparut, et Pietro demanda à être annoncé au prince. La porte du petit salon s'ouvrit, et Pietro abandonna Ludovico sans lui laisser le temps de répliquer quoi que ce soit.

Le prince Chiodetti le reçut aussitôt dans son petit salon.

« Je me demandais où tu étais passé, s'exclama-t-il.

— Je bûche, je bûche, je bûche, expliqua Pietro.

— Et pas de photos ?

— Monsieur, la photographie, c'est ma plus grande passion. »

Il lui tendit ses clichés de la veille.

« Ah, très bien ! » dit le prince. Puis il examina la première photo. « Et ça, qu'est-ce que c'est ? grimaça-t-il.

— La photo d'un chat qui mange un rat mort.

— Oui, certes, et il secoua la tête avant de regarder la deuxième photo, puis la troisième. Un clochard et des gamins qui jouent avec du crottin ? Tu te moques de moi ?

— Absolument pas, monsieur.

— Je pense que si », fit l'aristocrate, piqué et irrité. Il agita les photos en l'air. « Ça, c'est n'importe quoi ! »

Pietro lui tint tête.

« Monsieur, ça c'est la vraie vie.

— Le but de l'art, c'est de montrer le beau !

— Monsieur, je ne sais pas si la photographie, c'est de l'art, répondit-il. Mais pour moi, cela doit montrer la réalité.

— Tu dois donner de l'espoir !

— Et la vérité ?

— Et d'après toi, c'est quoi, cette vérité ? » Le prince ne se maîtrisait plus.

« Vous, vous avez regardé le clochard, répliqua Pietro. Mais moi, ce que je vois, c'est l'homme en queue-de-pie. Un homme riche qui en enjambe un autre, misérable et désespéré, comme s'il n'existait pas.

— Ah, c'est donc le moment de la leçon de morale ! commenta l'autre en y mettant tout le sarcasme et le mépris possibles. Et le chat ? Et les gamins ? Ça nous enseigne quoi, comme morale ?

— Le chat, c'est le peuple affamé.

— Tiens donc ! »

Pietro était lui-même étonné de ce qu'il avait dit. Il n'avait pas pris la photo dans cette intention. Mais l'arrogance du prince, l'insolence de Ludovico qui pouvait jouer au révolutionnaire sans rien risquer, et surtout l'enfer dans lequel il vivait, tout cela avait ouvert un gouffre de rage dans son âme. Et cette rage lui avait ouvert les yeux. Et lui avait aussi mis un mot à la bouche : injustice.

« Et les gamins jouent avec du crottin pour une raison précise. » Pietro était à présent écarlate. « Ils apprennent à manipuler ce à quoi ils auront affaire pendant toute leur vie : la merde ! »

Il songea qu'il aurait voulu lui montrer la photo de l'Albanese en train d'égorger le chevalier De Vitis. Qui sait s'il aurait encore dit qu'on ne pouvait pas photographier les objets en mouvement. Il aurait bien voulu voir sa tête.

« Tu n'es qu'un imbécile et un présomptueux », jeta le prince.

Pietro se dit qu'une violence hors de proportion était apparue dans le regard de cet homme. Comme s'il avait totalement perdu le contrôle. Comme si une force irrépressible s'était emparée de son esprit.

« Vous qui naissez dans la fange… vous n'arrivez à rien voir d'autre ! poursuivit l'aristocrate avec une fougue croissante. Parce que vous-mêmes, vous êtes faits de fange !

— Ah ça oui, je suis fait de fange. Sur ce point au moins, vous avez raison. »

Le prince Chiodetti le fixa, visage cramoisi et poings serrés.

« Va-t'en ! Vouloir vous aider à vous élever, vous autres de la plèbe, c'est inutile ! Tu es ignorant et tu n'apprendras jamais rien !

— Je suis ignorant, reprit Pietro. Et pis c'esse qu'la main serr' t'jours l'sso, hein !

— Quoi ?

— Et merde à vous ! s'exclama Pietro avec fureur. Je vous ai pris à votre propre jeu idiot. Vous êtes tombé dans le panneau. Vous voyez que j'ai quand même appris quelque chose ! »

Et il partit en riant.

39

Juillet 1870
États pontificaux (Rome)

Dès sa sortie du palais, Pietro s'était retrouvé à marcher sans but, furieux.

Comment le prince pouvait-il être aussi obtus ? Mais non, il ne l'était pas, se dit-il. Il était de mauvaise foi. Comme tout le monde dans cette ville. Ceux qui faisaient de grands discours sur la patrie comme ceux qui étaient du côté du pape. Ils faisaient semblant de ne pas voir. Et pour une seule raison. Parce que c'était plus facile. Parce que ainsi ils n'étaient pas obligés de se salir les mains.

Il regarda à nouveau ses photos. Comment faisaient-ils pour nier l'évidence ?

Il sentit l'angoisse s'ancrer profondément dans sa poitrine. Et il se dit qu'il ne voulait pas rester seul avec ces pensées, cette colère, et tout ce sang qui poissait ses yeux et son âme.

Il se souvint que Ludovico avait parlé d'une réunion entre le Comité et les Loups. Il y trouverait Marta. Elle le comprenait, elle.

Il accéléra le pas pour atteindre la taverne où ils se retrouvaient. Marta lui avait expliqué où c'était. Mais l'angoisse l'assaillait encore.

Quand il entra, deux ivrognes lui lancèrent : « Mot de passe !

— Mais qu'est-ce que j'en sais, du mot de passe ! éclata Pietro.

— Si tu ne connais pas le mot de passe, tu ne peux pas..., commença l'un.

— Mais casse-toi ! » Pietro le poussa.

Pendant ce temps, l'autre homme avait couru jusqu'à un rayonnage, avait ouvert une porte dérobée, et avait crié en direction d'un trou noir d'où partait un escalier : « Y a quelqu'un qui connaît pas le mot de passe. Il peut descendre ?

— Toi aussi, casse-toi ! » s'écria Pietro.

Marta, dans le sous-sol avec les autres, reconnut aussitôt sa voix. Son cœur tressaillit. Il avait fini par venir.

Melo écarta les bras, découragé. « Laisse-le descendre ! » Puis il dit à l'un des Loups : « Quels imbéciles ! Mais pourquoi vous les laissez là-haut ? »

L'homme haussa les épaules. « Au moins comme ça, ils ne sont pas en bas. »

Et tout le monde se mit à rire.

Pietro descendit l'escalier d'un pas lourd.

Il avait l'air à la fois d'être fatigué et de chercher la bagarre, se dit Marta en le voyant. Elle le rejoignit et l'embrassa sur les lèvres. « Merci », dit-elle.

Pietro fit un mouvement de tête. Rien de plus. Il était complètement refermé sur lui-même.

« Bienvenue, mon garçon, l'accueillit Melo. Lui, c'est Pietro.

— Salut, Pietro, dit quelqu'un.

— Alors, qu'est-ce que tu disais ? lança Ludovico à un des Loups, un petit gars râblé.

— Je disais que j'ai lutté. Conspiré. Trahi. J'ai tout fait pour que Rome soit libre », reprit l'autre avec fougue.

Cette grandiloquence irrita Pietro. Non, il n'aurait pas dû venir.

« J'ai été considéré comme un criminel, plus que comme un patriote ou un rebelle, continua l'homme trapu, en s'enflammant. Et je ne vais pas m'arrêter maintenant, simplement parce qu'il y a ce que vous appelez la politique. Simplement parce que les ronds-de-cuir du Royaume veulent tout résoudre par de la paperasse. » Il dévisagea les jeunes qui se tenaient devant lui. « Nous avons grandi en luttant. Nous avons grandi dans l'illégalité. Moi, j'avais dix ans quand j'ai volé ma première caisse de fusils aux Français. Et maintenant, qu'est-ce qu'on me demande ? De m'asseoir et de regarder ? Je ne le ferai jamais. Moi, je sais seulement tirer des coups de feu et allumer des mèches. Je suis né pour ça. Et je suis aussi prêt à mourir pour ça », conclut-il, écarlate.

Tout ça c'est du vent, pensa Pietro, s'assombrissant toujours davantage.

Les garçons du groupe de Ludovico faisaient non de la tête. Quelques-uns s'approchèrent même de l'escalier, prêts à partir.

« Comme ça, on ne va nulle part ! intervint Marta.

— Moi, je ne connais aucune autre manière de faire les choses ! » s'exclama le gars râblé.

Alors Marta s'emporta, s'adressant à la fois aux Loups et aux jeunes. « Vous ne faites que répéter que nous sommes tous la chair de l'Italie ! Que nous sommes frères ! Mais on dirait que nous sommes des chiens et des chats. Vos mots sont vides de sens ! »

Oui, ils sont vides de sens, pensa Pietro.

« Je ne connais aucune autre manière ! » répéta l'homme.

Melo le regarda. Il attendait que l'écho de ses paroles s'éteigne.

« Tu viens de dire quelque chose de sacro-saint, commença-t-il ensuite.

— Ah, vous voyez ? » interrompit l'autre, satisfait.

Un murmure de contrariété parcourut le groupe des jeunes.

Marta baissa la tête, mortifiée.

« Excuse-moi, Melo…, dit-elle à voix basse. J'aurais dû me taire.

— Pourquoi tu t'excuses ? protesta Pietro. Tu as dit la seule chose juste que j'aie entendue depuis que je suis arrivé ici.

— Toi, tu es arrivé depuis trop peu de temps pour nous faire la leçon ! » éclata l'un des Loups.

Pietro se raidit, mais Marta lui prit la main et le retint.

Melo s'adressa à nouveau au gars trapu. « Tu as dit quelque chose de sacro-saint. *Toi, tu…* » Et il répéta, en insistant : « Oui, *toi, tu* ne connais pas d'autres manières de faire les choses. Alors, le moment est venu que *tu* écoutes, que *tu* ouvres ton esprit, parce qu'il y a peut-être une autre manière de faire, bordel de merde ! » Il finit presque dans un cri. Presque menaçant. « Si ta manière… ou plutôt si *notre* manière était la seule qui vaille… alors nous ne serions pas terrés dans ce trou, comme des rats ! » dit-il aussi à l'adresse des autres Loups. « Qui parmi nous a déjà parlé à un émissaire du Royaume ? » Il laissa errer son regard sur les Loups. « Personne ! » Il secoua la tête. « Eh bien, ces jeunes, ces patriotes qui ont le même idéal que nous, le même objectif que nous, eux, ils l'ont déjà fait. »

Les garçons acquiescèrent, satisfaits, tandis que les Loups se rembrunissaient.

Pietro écoutait, attentif mais agacé. Comment un homme aussi intelligent pouvait-il s'associer à de tels bouffons ?

Melo se tourna soudain vers les jeunes, avec une expression tout aussi autoritaire que celle qu'il avait eue avec ses hommes. « Et vous, vous commettez la même erreur ! Vous aussi, vous êtes persuadés que *votre* manière est la seule qui vaille ! » Il les fixa droit dans les yeux, l'un après l'autre. « Que savez-vous de la guerre ? Du combat ? De la stratégie militaire ? » Il frappa de son index la poitrine d'un rouquin avec des taches de rousseur.

« As-tu déjà chargé un fusil sous le feu ennemi ?

— Non… mon capitaine… »

Melo était le seul à avoir des couilles, là-dedans, se dit Pietro.

Melo passa au jeune suivant.

« Tu sais ce que tu ressens, quand un boulet de canon creuse un cratère à dix pas de toi ? Tu sais le boucan que ça fait ?

— Non, mon capitaine…

— Voilà, dit alors Melo en indiquant ses hommes. Eh bien eux, ils savent. Et vous ne pensez pas qu'ils peuvent vous être utiles ? Vous apprendre quelque chose ? » Il ménagea une pause avant de poursuivre. « Vous sauver la vie ? »

Les Loups sourirent. Mais les jeunes aussi, en s'échangeant quelques regards.

Il vous a bien baisés, pensa Pietro.

« Alors je veux que vous vous regardiez ! s'exclama Melo. Vous êtes des compagnons. Des frères ! Vous êtes… la chair de l'Italie ! » Il posa la main sur l'épaule de Marta. « Il n'y a qu'une femme, ici. Et c'est la seule qui ait dit quelque chose de sensé. Pietro a raison.

Vous l'avez entendue ? Quel genre de frères êtes-vous ? Pourquoi voulez-vous donc l'unifier, cette Italie ? »

Marta rougit. Melo lui avait donné raison. Mais il les avait aussi entraînés là où elle n'aurait jamais réussi à le faire. On ne devenait pas capitaine d'une révolution par hasard. Il fallait être comme lui.

« Allez, ça suffit, ne restez pas plantés là ! Serrez-vous les uns contre les autres ! ordonna Melo. Et ne vous alignez plus comme ça, un groupe face à l'autre. Je veux vous voir unis pour de vrai, mélangés. Je ne veux plus distinguer deux groupes ! » Il regarda le gars trapu. « Et toi, tu seras le premier à donner l'accolade à l'un de ces jeunes frères. Allez, vas-y ! »

Malgré son malaise, l'homme s'avança. On ne discutait pas les ordres du capitaine Melo. Il alla vers le rouquin et lui dit : « Je vais t'apprendre, moi, comment on charge un fusil. » Et il lui donna l'accolade.

Et alors, l'un après l'autre, tous les hommes se serrèrent la main.

Marta souriait. Elle avait apporté le drapeau. Armandina l'avait recousu.

« Embrassez-le ! dit Melo en le prenant. Voilà ce que nous sommes. » Il montra la couture qui unissait les deux morceaux arrachés. « Maintenant, nous sommes unis. Et nous avons besoin d'être unis pour former un drapeau. »

Pietro restait à l'écart, une expression sinistre sur le visage. Marta vit dans son regard que quelque chose n'allait pas.

Quelque chose qu'elle avait déjà lu dans ses yeux, les derniers jours. Ils avaient fait l'amour à nouveau. Et cela avait été magnifique. Mais à d'autres moments, Pietro… n'était plus son Pietro. À ces moments-là, on aurait dit qu'il n'était plus avec elle. Son regard se perdait dans le vide. Et se remplissait de quelque chose qui pouvait ressembler à de la peur. Mais c'était plus que cela. C'était de l'horreur, songeait Marta. Oui, il y avait de l'horreur dans son regard. Comme s'il voyait un fantôme. Ou s'il sombrait dans un cauchemar.

Elle avait interrogé Pietro, mais il esquivait toujours. Parfois, il se levait et partait. D'autres fois, il riait et plaisantait, comme si de rien n'était.

« Alors ? Tu es venu. Tu t'es décidé ? demanda Ludovico à Pietro.

— Et toi ? dit Pietro d'un ton sarcastique. Ça y est, tu as fait la révolution ? »

Ludovico se raidit.

« Ou bien tu dois vite rentrer à la maison pour ne pas contrarier papa ? » poursuivit Pietro.

Marta remarqua que Pietro avait une tache sur la manche gauche de sa chemise. Rouge. C'était du sang. Elle en fut troublée.

« Hé, le gosse, qu'est-ce que tu es venu faire ici ? » lança un des Loups, prenant immédiatement la défense de Ludovico. Ils formaient à présent un groupe, et en attaquer un membre, c'était comme tous les attaquer. « Tu cherches les ennuis ?

— Restez calmes… », intervint Melo.

Pietro sentait le sang bouillir dans ses veines. Ces moulins à paroles luttaient pour un idéal pourri. Pas pour la justice, pas pour le commun des mortels.

Marta vit qu'il avait ce regard qui lui faisait peur.

« Et toi, qui es-tu ? grogna Pietro. Ah oui, je vois. Un de ces vieux cons qui pensent faire la révolution non pas avec un fusil mais en sortant ses souvenirs de jeunesse ! »

Marta ne comprenait vraiment pas pourquoi il se comportait ainsi.

« Pietro, là tu exagères », dit Melo.

Mais l'autre Loup avait pris la mouche.

« Moi, un gosse comme toi, j'en fais mon petit déjeuner !

— Calmez-vous ! ordonna Melo.

— Je voudrais bien voir ça », ricana Pietro, méprisant.

L'homme lui envoya un coup de poing.

Pietro l'esquiva, saisit un bras de l'homme, sortit son couteau, en fit jaillir la lame et, un instant plus tard, il le pointait contre la gorge de son adversaire. « Si c'est comme ça que tu cuisines, tu vas mourir de faim, ducon », lui siffla-t-il à l'oreille.

Marta s'aperçut que la lame du couteau était souillée de sang.

« Arrêtez ! » cria Melo.

Marta était abasourdie. Non, ça ce n'était pas son Pietro.

Melo mit une main sur celle de Pietro. « Ça suffit, mon garçon, dit-il calmement. Ça suffit. »

Pietro abaissa son couteau, le referma et le fourra dans sa poche.

« Qu'est-ce que tu es venu faire là ? » lui demanda doucement le vieil homme en le prenant par les épaules, sans violence, et en le regardant dans les yeux.

Pietro serra les dents jusqu'à les faire grincer. Comment auraient-ils pu savoir ce qu'il venait de faire avec l'Albanese ? Comment auraient-ils pu savoir à quel point il se sentait sale ? Il avait l'impression d'avoir une poudrière en lui. De colère et de douleur.

Il se dégagea comme un animal échappant à un piège. Il balaya du regard ces gens bien, qui avaient un idéal. Qui n'avaient pas les mains horriblement souillées de sang, comme lui. Il entendit tinter dans sa poche les pièces de sa récompense. Il eut l'impression que sa tête était sur le point d'exploser.

« Vous ne savez rien de ce qu'est la vraie vie, là-dehors ! hurla-t-il, bavant et grinçant des dents. Vous ne savez rien de la merde qu'il y a, là-dehors ! » cria-t-il au visage de Melo. Ses yeux étaient pleins de larmes qui n'arrivaient pas à éteindre le feu qui le dévorait vif.

Melo fut certain que Pietro lui demandait de l'aide.

« Mon garçon…

— Pietro…, fit Marta.

— Allez tous vous faire foutre ! » s'écria Pietro.

Et il disparut comme une furie.

Il devait se calmer, se disait-il. Il ne savait pas où aller. Alors il rentra chez lui.

Quand il ouvrit la porte du sous-sol, il trouva Nella occupée à envelopper un petit paquet. Elle avait le sourire aux lèvres. Un sourire que Pietro aurait qualifié de « normal ». Comme cela ne lui était pas arrivé depuis bien longtemps. Elle allait beaucoup mieux. C'était incroyable combien les remèdes de Melo l'avaient revigorée.

Pietro fut réconforté par ce sourire, par cette normalité. Et il se dit qu'elle, elle le comprendrait. « Tu veux les voir ? demanda-t-il en indiquant ses photos.

— Bien sûr ! » s'exclama Nella en tendant la main. À ce moment-là, elle vit la manche tachée de sa chemise.

« Mais c'est du sang ! s'exclama-t-elle, inquiète. Tu es blessé ?

— Non… c'est à la boucherie… en lavant… »

Nella secoua la tête. « Le sang, c'est dur à laver. »

Oui, c'est ce que je découvre, songea Pietro. « Allez, regarde-les, dit-il en présentant ses photos. C'est ça que je veux faire dans la vie. Je serai photographe. Et je montrerai le monde tel qu'il est. »

Nella regarda le premier cliché et ne put retenir une légère grimace, en voyant le chat déchiqueter les chairs d'un rat.

« Tu aimes ? »

Elle ne dit rien et observa les autres. Le clochard et les gosses qui se jetaient des boules de crottin. Elle fronça les sourcils.

« Tu n'aimes pas ? lui demanda Pietro en remarquant son expression.

— Elles sont… crues, répondit-elle.

— Tu n'aimes pas ?

— Ce… ce n'est pas que je ne les aime pas, mais…

— Là-dehors, quand nous sommes arrivés… tu te rappelles ? l'interrompit Pietro avec fougue. C'est toi qui m'as montré le monde tel qu'il était. Les pauvres gens qui se traînaient comme morts dans les rues du quartier. »

Nella ne sut que dire. Ces photos étaient brutales. Repoussantes.

« C'est comme ça, là-dehors. Je veux le montrer à tout le monde, comme toi tu me l'as montré, dit Pietro enfiévré. Il faut que les gens voient. Il faut qu'ils *regardent*. Et même s'ils ne veulent pas… moi, je les obligerai à le faire ! »

Dans ses yeux, il y avait à la fois de la passion et du désespoir, se dit Nella.

« Au moins, toi… tu me comprends ? » demanda-t-il. Comme s'il la suppliait de dire oui.

Elle bougea lentement les mains, cherchant quoi dire.

« Au moins, toi…, répéta-t-il avec un filet de voix.

— Oui… », hésita-t-elle.

Pietro la regarda, une déception brûlante dans les yeux. « Ce n'est pas vrai », lâcha-t-il en tournant les talons. Et il partit.

Nella resta immobile, les photographies en main.

Non. Elle ne les comprenait pas. Et elle ne comprenait pas ce que voulait dire Pietro.

Poussant un soupir, elle les posa sur la table. Puis elle prit le paquet qu'elle venait de confectionner et une robe qu'elle avait raccommodée, et elle sortit.

Elle s'arrêta chez le boulanger et remit la robe à son épouse.

La femme vérifia le travail et hocha la tête, satisfaite. Elle prit une pièce, qu'elle lui tendit. « Ça t'suffit, pô vrai ? »

Nella regarda cette somme dérisoire, alors qu'elle avait trimé pendant des heures à la faible lueur de sa lampe. « Et je pourrais avoir aussi du pain ? »

« Erminio, fil' don' un'mich' à c'te couturière, lança la femme au boulanger. Allez, on va dir' un' mich' et d'mie. » Elle vit que Nella fixait la pièce.

« C'esse ou l'pain ou less ronds, ma bell'. C'esse pô la charité, ici !

— Bien sûr, dit Nella, mortifiée. Je passerai prendre le pain plus tard. »

Dès qu'elle fut sortie de l'échoppe, elle entendit la femme dire : « Et fais qu'un' p'tite moit', hein, Erminio ? C'esse pô à nous d'l'enrichi', cell'là ! »

Nella crut qu'elle allait mourir sur place.

Le chemin pour arriver à l'Ospizio apostolico di San Michele a Ripa Grande était toujours identique. Mais ce jour-là, Nella tenta de regarder les choses avec les yeux de Pietro. Certes, la crasse régnait en souveraine. Il y avait des détritus partout et d'énormes rats faisaient ripaille, sans jamais être dérangés, se mordant juste entre eux, de même que la misère conduisait les pauvres à voler les pauvres. Dans certains coins, l'odeur était insupportable. Les enfants se déplaçaient pieds nus, couverts de plaies et de pustules, affamés. Les prostituées exhibaient des corps qui se fanaient de jour en jour, s'enfonçant inexorablement dans des sables mouvants qui finiraient par les engloutir.

Les gens aisés marchaient, imperturbables, comme les chevaux des carrosses avec leurs œillères. C'était un monde coupé en deux. Mais n'en avait-il pas toujours été ainsi ? Et puis, pensait-elle en avançant, il y avait aussi tant de belles choses, à côté de toute cette merde ! Les églises, les palais, le ciel de Rome aussi limpide qu'une pierre précieuse, le vol rasant des hirondelles, le plongeon des cormorans qui pêchaient dans les eaux du Tibre. Le son des cloches aussi était beau. Pourquoi ne pas regarder ces choses extraordinaires ? La crasse, elle connaissait bien. Mais pourquoi Pietro s'obstinait-il tellement à ne montrer qu'un côté du monde ?

Quand elle atteignit le dortoir D, elle alla droit au lit de Mamma Lucia. En passant, elle salua sœur Alberta, son ancienne compagne.

Celle-ci ne lui répondit pas. Nella, malgré les revers de fortune qu'elle avait connus, avait l'air radieuse. La religieuse lui lança un regard chargé de rancune. Et une bouffée de jalousie l'étouffa.

« Bonjour, Mamma Lucia, lança Nella en s'asseyant au bord du lit.

— Bonjour, comtesse, sourit la vieille en découvrant ses gencives.

— Je t'ai apporté une *crostata* aux griottes, annonça la jeune femme en ouvrant son paquet. C'est onctueux, ça fond dans la bouche. »

Mamma Lucia gémit de plaisir en suçant la confiture bien sucrée.

« Voilà, comme ça, c'est plus facile de mourir, dit-elle en riant.

— Tu ne vas pas mourir.

— C'esse qu'on y pass' tous, hein, rétorqua Mamma Lucia. Et les vieux mal en point avant les autres.

— Ne pense pas à ces choses-là… » Nella s'interrompit. « J'aimerais tellement le faire, mais je ne peux pas te prendre chez moi », dit-elle d'un seul trait.

Pendant ce temps, sœur Alberta s'était approchée. Et, tout en refaisant le lit d'une femme qui tremblait comme une feuille, elle écoutait leur conversation, sans quitter des yeux le dos de Nella qui s'occupait de Mamma Lucia. C'était tellement facile d'être gentille, quand on avait de la chance, pensait-elle, pleine de fiel.

« J'habite dans un sous-sol de l'autre côté du Castel Sant'Angelo », reprit Nella.

S'apercevant que sœur Alberta la fixait, elle lui adressa un signe de la tête, comme pour lui demander ce qu'elle voulait.

La religieuse s'éloigna.

« Mais il n'y a pas assez de place pour que tu puisses habiter avec nous…

— Et qui c'esse qui veut v'ni' là ? fit Mamma Lucia. Je n'aime pas la vue qu'on a de là-bas. Ici, par contre, certains jours je me lève et je vois le port, avec les bateaux que l'on charge et décharge… C'est magnifique.

— Mamma Lucia… tu es aveugle. Comment tu peux voir ça ?

— Si tu t'arrêtes à ce détail… je ne peux pas non plus me lever ! rit la vieille femme. Mais ça m'amuse de l'imaginer. »

Nella caressa sa joue ridée.

« J'ai eu une belle vie, dit la vieille d'un ton rêveur.

— Oui, c'est vrai. Toujours sous les ponts, sans un centime en poche… Magnifique.

— Mais j'étais libre, et mes yeux marchaient. » Elle soupira. « Tu te souviens de tous les livres que j'avais ? »

Nella s'en souvenait bien. Quand Mamma Lucia était arrivée à l'hospice, tout le monde racontait son histoire. C'était une célébrité. Elle vivait sous le pont de l'isola Tiberina et passait ses journées à lire tous les livres qu'elle parvenait à récupérer. Et quand elle les avait lus, elle les revendait pour quelques sous. Pour ne pas demander l'aumône. Les gens du quartier s'étaient pris d'affection pour ce personnage étrange, et ils avaient commencé à lui apporter spontanément de vieux livres. Ils les lui offraient, et puis finissaient par les lui racheter.

« Tu en avais trop, rit Nella.

— Plus maintenant.

— J'ai vu ça.

— Je les ai donnés. Il était inutile de les garder. Ici c'esse tous qu'des 'nalphabèt' ! » Mamma Lucia haussa ses maigres épaules. « Et ceux qui savent lire… n'ont pas de temps pour moi.

— Moi, je peux lire ! s'exclama Nella. La prochaine fois que je viens, j'apporte un livre.

— J'en ai encore un, chuchota Mamma Lucia. Sous le lit. »

Nella se baissa.

« Mais il y a dix volumes !

— C'est un seul roman », sourit la vieille.

Nella tendit le bras sous le lit et attrapa le premier volume. *Les Misérables*, lut-elle sur la couverture.

« C'est parfait pour nous ! plaisanta-t-elle.

— C'est un écrivain français, expliqua Mamma Lucia. C'esse qu'les Françaiss sonss pas tous des merd', hein ! Seulement ceux qui sont ici à Rome et se croient tout permis. »

Les pensées de Nella volèrent vers Henri, qu'elle n'avait plus revu et n'avait pas le courage de chercher, bien qu'il ne fût pas difficile d'imaginer où il logeait. « Même ceux qui sont ici ne sont pas tous des cons. Moi j'en ai connu un… » Elle se tut sans finir sa phrase.

Mamma Lucia resta silencieuse quelques instants.

« Soit tu me racontes, soit tu lis.

— J'ai eu ma chance, commença Nella. Je t'avais dit que j'avais rencontré un homme. Un lieutenant français a fait battre mon cœur. Pour la première fois de ma vie. »

Elle pensa à son mari, Ippolito. Elle avait éprouvé de la tendresse pour lui, un sentiment qu'elle avait longtemps pris pour de l'amour. Mais depuis qu'elle avait rencontré Henri, elle avait compris l'immense différence. Le beau lieutenant avait ouvert une brèche dans son cœur. Elle s'était sentie poussée vers lui avec une violence qui l'avait bouleversée.

« Et pourquoi tu l'as laissé s'échapper ? demanda Mamma Lucia. Pourquoi tu ne l'as pas embrassé ?

— Parce que j'avais peur d'avoir mauvaise haleine, plaisanta Nella.

— S'en tirer avec une blague, c'esse un truc d'crétins », fit la vieille.

Nella soupira.

« Parce qu'à ce moment-là je ne pouvais pas.

— Fuir avec un mensonge, c'est bête aussi. »

Nella se tut.

« Va le chercher, dit Mamma Lucia.

— Et qu'est-ce que je lui dis ? » demanda Nella, effrayée.

Et elle se rendit compte qu'elle avait dit la même chose que Pietro, lorsqu'il était terrorisé à l'idée de parler de son amour à Marta.

Mamma Lucia poussa un gros soupir. « Allez, lis, ça vaut mieux. »

Alors que son cœur se serrait dans sa poitrine, Nella ouvrit le livre.

« Je commence par où ?

— Par le début. Tu veux commencer par quoi ?

— Même la préface ?

— À elle seule, la préface vaut tout le livre. »

Nella s'éclaircit la gorge. « "Tant qu'il existera, par le fait des lois et des mœurs…" » Elle s'interrompit. Elle n'arrivait pas à suivre ce qu'elle lisait.

« Va le voir, répéta Mamma Lucia. Allez, lis, maintenant ! »

Nella recommença. « "Tant qu'il existera, par le fait des lois et des mœurs, une damnation sociale créant artificiellement, en pleine civilisation, des enfers… et compliquant d'une fatalité humaine la destinée qui est divine ; tant que les trois problèmes du siècle, la dégradation de l'homme par le prolétariat, la déchéance de la femme par la faim, l'atrophie de l'enfant par la nuit, ne seront pas résolus ; tant que, dans certaines régions, l'asphyxie sociale sera possible ; en d'autres termes, et à un point de vue plus étendu encore, tant qu'il y aura sur la terre… ignorance… et misère…" »

Nella s'arrêta. Elle avait l'impression d'entendre Pietro. Elle avait l'impression que c'étaient les mêmes mots.

« Ne t'arrête pas, protesta Mamma Lucia.

— … "tant qu'il y aura sur la terre ignorance et misère, des livres comme celui-ci ne seront peut-être pas inutiles." »

Nella leva la tête. Et sourit. Maintenant, elle comprenait enfin ce que lui avait dit Pietro.

Tant qu'il y aura sur la terre ignorance et misère…, pensa-t-elle, *des* photographies *comme celles-ci ne seront peut-être pas inutiles.*

40

Début août 1870
États pontificaux (Rome)

Le moment était venu de mettre son plan en action.

Maintenant, il s'agissait juste de trouver le bon endroit pour commencer sa mise en scène.

Leone Pompei riait tout en parcourant les rues de Rome. Plus il rencontrait de religieux et plus il riait. Il était tellement heureux qu'il s'offrit même une visite du Colisée. Il contempla les forums impériaux de jour. Et il admira les reflets de l'opulence passée, qui n'était plus qu'un décor de théâtre et avait laissé place à une nouvelle opulence : celle de l'Église.

Le faste était incroyable. La richesse. La beauté.

Mais tout cela importait peu à Leone. Lui n'avait qu'un seul objectif.

Il se rendit dans le quartier du Borgo, pas loin de la basilique Saint-Pierre. Il y avait çà et là quelques artisans, mais c'était surtout un quartier où logeaient une quantité énorme, mais vraiment énorme, de serviteurs du clergé et de Sa Sainteté le pape. Le bourreau de l'Église, Mastro Titta, habitait là aussi. C'était une véritable célébrité, même si les Romains ne l'aimaient pas beaucoup. En effet, Mastro Titta devait être sur ses gardes quand il marchait dans les rues, et il ne quittait jamais le quartier. Du moins, presque jamais. Sauf, bien sûr, quand il y avait une exécution – mais là, il se déplaçait sous escorte –, car il devait alors se rendre à la piazza del Popolo, ou aux autres lieux prévus pour ça. Et c'est pour cela que les Romains, quand on annonçait une peine capitale, disaient : « Y faut qu'Mastro Titta pass'l'pont », c'est-à-dire le ponte Sant'Angelo.

Non, le pauvre bourreau n'était pas vraiment bien vu.

Pourtant, Leone Pompei aurait volontiers discuté un moment avec lui. Il se dit qu'ils auraient parlé de la mort. Pas de celle qu'envoyait Dieu, plus ou moins au hasard, mais de celle infligée par la main d'un homme.

Mais la raison pour laquelle il se trouvait au Borgo était tout autre. Il cherchait une boutique en particulier. Et il la trouverait.

Et en effet, dans la via del Mascherino, il dénicha un magasin d'habillement pour hommes d'Église.

« Je vous prie de m'excuser, dit-il au jeune religieux qui l'accueillit, mais mon oncle, frère Leone, est dans une situation plutôt délicate... » Il remarqua que le garçon se raidissait. C'était exactement ce qu'il voulait. C'était comme être magicien, il fallait créer une diversion, afin de distraire le spectateur de la réalité. « Eh oui... » Il retint un petit rire. Toujours déplacer l'attention. « C'est un homme corpulent... dans mon genre... vous voyez ce que je veux dire ?

— N... non, je ne comprends pas », dit le religieux, mal à l'aise. Il en avait déjà trop vu, pour son âge et pour sa vocation. « Que voulez-vous ?

— Il est tombé, expliqua alors Leone. Et sa robe... enfin je ne sais pas comment vous appelez ça... est toute déchirée. Il a le... enfin, il a le devant comme l'arrière à l'air ! » Et il rit à nouveau. « Excusez-moi, mais c'est vraiment ridicule. Bref, il m'a demandé de venir lui prendre une autre… Mais comment ça s'appelle ?

— À quel ordre appartient-il ? demanda le frère qui, après avoir imaginé le pire, ne faisait plus attention à l'étrangeté de la requête.

— Franciscain.

— Alors c'est une bure, précisa-t-il. La même taille que vous, c'est ça ?

— Oui… Et il aurait aussi besoin de… la corde, là, du rosaire, et des sandales. Il a eu un coup de colère et a tout jeté dans la cheminée. »

Le jeune homme revint peu après avec tout le nécessaire.

« Que Dieu vous bénisse », dit Leone en payant.

Puis il alla dans des latrines publiques, où il se soulagea et se changea.

Quand il en sortit, il était frère Leone. Un religieux parmi les religieux.

Après avoir frappé à la porte de quelques églises, il finit par trouver le prieur Franco, que seule sa bonne appelait Francesco. Celui-ci accepta de l'accueillir pour quelque temps dans leur hôtellerie, au moins jusqu'à ce qu'il ait trouvé le moyen d'être reçu par le cardinal Antonelli.

« Le secrétaire d'État en personne ! s'exclama le prieur.

— C'est pour des questions politiques, chuchota Leone. Et que cela reste entre nous. »

Le prieur, les yeux tout ronds, se fit une croix sur la bouche.

La chambre qui lui fut attribuée était l'endroit le plus luxueux où il ait logé depuis qu'il avait quitté Novare avec le capitaine Lonigro.

« Ils ne s'en font pas, ces moines », commenta-t-il avec satisfaction.

Mais cette nuit-là, les tourments l'assaillirent à nouveau. Comment allait-il retrouver cette maudite comtesse Silvia di Boccamara ? Il ne pouvait pas jouer au moine toute sa vie, bien que cette existence semblât très confortable pour quelqu'un qui n'avait plus ni avenir ni travail.

Et puis, le matin venu, il comprit enfin ce qu'il avait devant les yeux depuis le début. C'était tellement évident.

« Mais quel imbécile ! » s'écria-t-il.

Depuis qu'il avait retrouvé la trace du passage du cocher mais pas de la comtesse, à la frontière des États pontificaux, il n'avait fait que se demander : *Comment la comtesse a-t-elle pu se procurer de faux papiers en aussi peu de temps ?* La réponse était élémentaire. Elle n'avait pas du tout montré de faux papiers.

Il ne savait ni comment ni pourquoi, mais dans cette histoire, tout ce qu'il y avait de faux, c'était la comtesse Silvia di Boccamara.

La femme qu'il cherchait s'appelait véritablement Nella Beltrame. Et quand elle avait franchi la frontière des États du pape, elle avait montré ses vrais papiers. Alors, il *devait* y avoir une trace d'elle quelque part. Et si cette trace existait à Rome, les religieux seraient les premiers à le savoir.

« Comment puis-je retrouver une brebis égarée, pendant que j'attends la convocation du cardinal ? demanda-t-il au prieur Franco.

— Où est née cette brebis ?

— Ici », répondit-il au hasard.

S'il avait dit qu'il ne savait pas, le prieur aurait eu des soupçons. Et Leone aurait toujours le temps de suggérer qu'elle était peut-être enregistrée autre part.

« J'ai un ami à la chancellerie qui a un ami aux archives des naissances », lui dit alors le prieur.

Leone avait compris que cela marchait ainsi, à Rome. Tout le monde était ami de quelqu'un qui était ami de quelqu'un qui pouvait donner un coup de main.

« Et elle s'appelle comment ?

— Beltrame. Nella Beltrame. »

Le lendemain, Leone avait trouvé l'information qu'il cherchait.

Nella Beltrame était née à Rome, le 20 août 1841, et elle avait été abandonnée sur la roue de l'Ospizio apostolico di San Michele a Ripa Grande, où elle avait été élevée.

« C'est toujours aussi facile ? s'étonna Leone en secouant la tête.

— Mon frère, nous les hommes d'Église, nous sommes des gens ordonnés, répondit le prieur Franco d'un ton satisfait. Chaque berger doit savoir combien il a de brebis dans son troupeau. » Il rit de sa propre plaisanterie. « Vous ne faites pas pareil ?

— Bien sûr, sourit Leone en retour. C'est juste que tous les bergers ne comptent pas leurs brebis aussi rapidement. »

Dès que Leone interrogea la sœur gardienne de l'Ospizio apostolico di San Michele a Ripa Grande à propos de Nella Beltrame, la religieuse consulta un registre, et lui donna confirmation.

« Oui. Je me souviens d'elle. Une belle fille avec…

— Des yeux violets », conclut Leone à sa place.

La sœur eut l'air fort surprise.

« Mais non. Je voulais dire, avec un sens aigu de la courtoisie… » Le regard de la vieille femme retourna dans le passé. « Elle était toujours soignée, c'était la seule qui avait de bonnes manières à table, et elle faisait la révérence comme si elle était à la Cour… »

Elle rit. « Je me souviens qu'une clocharde l'appelait "princesse"… non, pas "princesse", elle l'appelait…

— Comtesse.

— Oui, c'est ça ! Bravo !

— Et elle est encore vivante, cette clocharde ?

— C'est une institution, à l'hospice, rit encore la sœur. Mamma Lucia. Une brave femme.

— Et où est-elle ? » Leone frémissait.

« Dortoir D. Premier étage. »

Leone, tenant sa bure à deux mains, monta les marches au pas de course.

« C'est qui, Mamma Lucia ? » demanda-t-il à une petite bonne sœur terne et laide, qui lui indiqua le lit de la clocharde.

Il la rejoignit en toute hâte. Il appela la vieille, qui avait les yeux clos.

« Mamma Lucia ! »

Elle ouvrit les paupières, lui révélant les globes de cire blanchâtres qu'elle avait à la place des yeux.

Leone sourit, satisfait. Il préférait ne pas être vu.

Pendant ce temps, la bonne sœur s'était approchée, intriguée, et elle s'affairait autour du lit voisin, faisant mine de travailler.

« Je m'appelle frère Leone. Je cherche Nella Beltrame.

— Vous êtes moine ? demanda Mamma Lucia.

— Oui, je suis un frère franciscain.

— Comment vous la connaissez ? demanda la vieille, sur le qui-vive.

— J'ai été son confesseur pendant des années… quand elle était à Novare.

— Et elle se confessait souvent ?

— Même trop souvent, cette chère femme », fit mine de rire Leone.

Mamma Lucia, depuis qu'elle était aveugle, repérait mieux les mensonges que lorsqu'elle voyait. Mais dans ce cas, le talent que lui avait apporté en dot son handicap ne lui fut même pas nécessaire. Nella n'avait jamais aimé ni les curés ni l'Église.

« Et qu'est-ce que vous me voulez ?

— Eh bien, je la cherche… et vous savez sans doute où elle se trouve… où elle loge, je veux dire… parce que je voudrais lui dire bonjour, et…

— Je n'ai aucune idée d'où elle est, l'interrompit Mamma Lucia.

— Vous n'êtes pas en relation ? interrogea Leone.

— Qui êtes-vous ? demanda alors la vieille, feignant un air hagard.

— Je suis frère Leone…

— Vous êtes ici pour l'extrême-onction ? marmonna-t-elle.

— Non, je cherche Nella Beltrame.

— Nella Beltrame…, répéta-t-elle. Vous la connaissez ?

— Oui… j'étais son confesseur, à Novare. »

C'était une démente, pensa Leone. Mais il ne capitulerait pas. Cette vioque de merde, à force de délirer, finirait peut-être quand même par lui dire ce qu'il voulait.

« Et elle se confessait souvent ?

— Oui. Où est-elle ?

— Dans la cour, elle joue.

— Qui ça ?

— Nella. Qui d'autre ? Vous êtes idiot ou quoi ? »

Leone baissa la tête. Il lui faudrait beaucoup de patience.

Mais à ce moment-là, la sœur qui l'avait accueilli à l'entrée du dortoir lui fit signe de la suivre.

Leone se leva et la rejoignit.

« Pourquoi cherchez-vous Nella ? lui demanda sœur Alberta. Je veux dire… pourquoi la cherchez-vous vraiment ?

— Je suis navré de vous le dire, ma sœur, mais c'est une voleuse, lui confia Leone à mi-voix. Mais je ne veux pas que ça se sache. »

Il avait parfaitement déchiffré le regard de cette religieuse. Elle était laide, malchanceuse et envieuse, comme lui. Frustrée, comme lui. Mise à l'écart par la vie, comme lui.

Sœur Alberta pensa à ses longues années passées enfermée dans cet endroit répugnant, qui lui avait pris toute sa vie. Qui lui avait tout volé sans jamais rien lui donner. Elle n'avait jamais supporté Nella. Par pure jalousie, rien d'autre. Parce que Nella était belle et pas elle. Parce que Nella avait de l'esprit et pas elle. Parce que Nella avait épousé un richard alors qu'elle, elle était restée emprisonnée là. Parce que tout le monde aimait Nella et l'ignorait, elle. Parce que Nella, malgré ses difficultés, continuait à la traiter comme si elle valait mieux qu'elle.

« Je sais où est Nella Beltrame, et elle fit signe au moine de la suivre. Venez… Allons parler là-bas. »

41

Août 1870
États pontificaux (Rome)

« Qu'est-ce que tu as ? » demanda Marta.

Pietro et elle étaient allongés sur la paille de l'écurie. Ils avaient fait l'amour, mais ce n'avait pas été comme les autres fois. Pas moins excitant, non. Au contraire, d'une certaine manière, cela l'avait été davantage. Mais il n'y avait pas eu de douceur. Pietro avait été plus fougueux. Presque violent.

Comme s'il luttait.

Mais contre quoi ? Quel démon combattait-il ?

Marta le regarda. Il était allongé sur le dos. Il fixait le plafond. En silence. Et elle était certaine qu'il n'était plus là. Qu'il était ailleurs.

« Qu'est-ce que tu as ? » répéta-t-elle.

Pietro se tourna et la dévisagea.

Il n'y avait plus de gentillesse. Plus d'innocence.

« Rien », répondit-il. Puis il se remit à fixer le plafond.

Marta repensa à ce que lui avait dit Melo, le lendemain de la réunion : « Sois à ses côtés. » Et quand elle lui avait demandé pourquoi, il avait ajouté : « Tiens-toi près de lui. Si tu n'y arrives pas, ça veut dire que ton amour est factice, comme un masque en carton-pâte qui se délite à la première averse. »

Marta avança la main pour caresser sa poitrine nue et maigre.

Pietro ne broncha pas.

Alors elle se blottit contre lui, posant la tête sur son épaule. « Reste avec moi », murmura-t-elle, tout en continuant à caresser sa poitrine et, plus bas, son abdomen lisse.

« Je suis là », dit Pietro.

Elle sentit sa voix vibrer dans sa cage thoracique.

« Non, tu n'es pas là.

— Je suis là. Tu ne me vois pas ?

— Et toi ? lança-t-elle. Tu me vois ?

— Qu'est-ce que c'est que cette conversation ? » La voix de Pietro était distante.

« Tu n'es pas ici avec moi, répéta Marta, le cœur en peine.

— Et je suis où, alors ?

— C'est à toi de me le dire.

— Je te le répète : je suis là. »

Marta resta un instant silencieuse. « Est-ce que tu te rends compte du nombre d'hommes qui semblent être quelqu'un au départ et qui se révèlent totalement différents quand on leur fait confiance ? » lui avait dit Armandina. Pourtant, Marta savait que ce n'était pas le cas de Pietro. Lui n'avait pas fait semblant d'être quelqu'un qu'il n'était pas. Mais à présent, quelque chose le possédait. En profondeur.

« Pourquoi es-tu venu à la réunion pour te comporter comme ça ? lui demanda-t-elle.

— Parce que je ne supporte pas les gens qui se gargarisent de conneries, répondit-il en commençant à s'emporter.

— Dès que tu as mis le pied dans la pièce, tu étais prêt à en découdre. Je l'ai vu à ta manière de descendre l'escalier, et de t'en prendre tout de suite à Ludovico…

— Tu défends ton petit prince ? fit Pietro d'un ton sarcastique.

— Ce n'est pas mon petit prince, répliqua-t-elle irritée. Et tu le sais très bien.

— Moi, je ne sais plus rien. »

Elle se redressa sur un coude et le scruta. « Regarde-moi dans les yeux, et dis-moi que tu n'es pas sûr que je t'aime. »

Pietro ne bougea pas.

« Regarde-moi et dis-le-moi ! »

Il tourna la tête.

Marta vit que ses yeux se voilaient légèrement de larmes. Elle vit la bataille qu'il menait. Et elle vit le démon se retirer dans son antre obscur.

« Dis-le-moi…

— Je t'aime…

— Non. Dis-moi que tu es sûr que je t'aime. »

Il acquiesça. Et sourit presque. « Je sais que tu m'aimes. »

Puis il se remit à contempler le plafond, et Marta comprit que ce bref instant était déjà du passé.

« Pourquoi es-tu venu à la réunion ?

— Parce que je voulais te voir…

— Tu ne m'as même pas dit bonjour.

— Et parce que je n'avais pas envie de rester seul.

— Pourtant, même au milieu de tous ces gens… tu étais seul. »

Pietro contracta les mâchoires. Il y avait une profonde douleur dans son regard, toujours rivé au plafond. De l'impuissance aussi. Et de la rage. « C'est vrai… », murmura-t-il.

Marta l'embrassa sur les lèvres.

Mais il ne répondit pas à son baiser. Ses lèvres étaient froides et inertes, comme celles d'un mort.

« Si tu me parles… je pourrai t'aider », dit Marta.

Pietro expulsa de l'air par le nez, dans un ricanement plein de mépris et de désespoir. Il l'imita :

« Je pourrai t'aider.

— Mais oui.

— Personne ne peut m'aider.

— Pourquoi ?

— Parce qu'il n'y a aucune raison de m'aider ! s'impatienta Pietro. Tout va bien, comment faut-il te le dire ?

— Mais regarde-toi ! » Marta éleva la voix à son tour.

« Regarde-toi !

— Donne-moi un miroir », railla-t-il.

Marta s'efforça de retenir la colère qui bouillait en elle.

« Ça sert à quoi, de jouer à l'imbécile ?

— À ressembler à un imbécile, continua-t-il pour la provoquer.

— Bravo, tu y réussis très bien ! »

Il se tourna vers elle et lui adressa un sourire ironique. « Je t'aime. »

Marta se leva et se rhabilla. Quand le tissu de sa robe lui toucha le corps, elle réalisa qu'elle sentait encore les caresses de Pietro sur sa peau. Et elle se rendit compte qu'elles lui manquaient déjà. Elle finit de se reboutonner.

Pietro se pencha pour ramasser ses vêtements.

Elle l'observa. Il était tellement beau. Sa mèche ondulait tandis qu'il enfilait son pantalon. Un ange. Un ange tyrannisé par un démon.

« Ce n'est pas vrai, que tu n'as rien.

— Tu peux penser ce que tu veux », lança-t-il en se reboutonnant.

Alors elle se planta devant lui. En le défiant. Ses yeux étaient enflammés par l'amour. Cet amour au nom duquel elle voulait se battre. Au nom duquel elle voulait l'aider. Le protéger. « Qu'est-ce que tu as ? »

Pietro eut l'impression d'être en cage. « Laisse-moi tranquille ! » explosa-t-il. Il fit un pas vers la droite pour sortir du coin où Marta l'avait acculé.

Mais elle fut plus rapide que lui, et le bloqua à nouveau.

Alors, Pietro perdit la tête. « Vous, vous savez que dalle ! » lui hurla-t-il au visage à pleins poumons, avec toute la colère et la violence qui l'empoisonnaient. « Vous savez que dalle ! »

Mais Marta ne recula pas d'un pouce. « Et alors dis-le-nous, ce que nous ne savons pas ! » Elle le poussa et plongea son regard dans le sien. Ses yeux lançaient des flammes. « Dis-le-moi ! »

Pietro découvrit ses dents dans une grimace qui le fit ressembler à un chien enragé. Il serra les poings et les brandit en l'air, les agitant devant le visage de Marta. « Laisse-moi tranquille ! » cria-t-il.

Elle l'examina en silence. Quand elle parla à nouveau, sa voix était calme. Terriblement calme. « D'accord, je te laisse tranquille. Et toi, laisse-moi tranquille aussi. » Elle tourna les talons et, s'en allant, lâcha sans plus lui accorder un regard : « Va te faire foutre, Pietro. Et ne remets jamais plus les pieds ici. »

Alors qu'il rentrait chez lui, Pietro tomba sur la bande de voyous avec laquelle il était sorti, lors de son premier jour à Rome.

« Hé, t'voilà, sacré *fijo de 'na mignotta*, s'exclama Remo, le chef de la bande. Je savais qu'un de ces jours je te reverrais.

— Fais pas chier, c'est pas le jour, coupa court Pietro.

— Sinon quoi ?

— Sinon je te crève. »

Pietro parlait à voix basse. Comme les vrais truands. Comme il n'avait appris que trop bien à le faire.

« On est un peu trop nombreux pour toi », fit remarquer Remo, qui avait néanmoins capté quelque chose de nouveau chez ce garçon qu'ils avaient charrié, l'autre fois.

Pietro ouvrit son couteau. La lame brilla. Mais il ne la pointa pas contre Remo. Il voulait juste qu'il la voie. Il regarda son adversaire droit dans les yeux. « Tu sais à qui c'était, avant ? lança-t-il. À l'Albanese. C'est lui qui me l'a offert. Je suis entré dans sa bande. » Il attendit que ces mots produisent leur effet. « Allez-vous-en, ou vous aurez affaire à lui. » Il lui cracha au visage.

« Mais je peux aussi m'occuper de toi tout de suite, si tu veux. »

D'instinct, Remo aurait voulu répliquer quelque chose. Mais il s'écarta.

« Voilà, bonne décision », lâcha Pietro, sans plus le regarder. Et il poursuivit sa route.

Il avait commencé en faisant semblant d'être un voyou, pensa-t-il, et en un rien de temps, il s'était transformé en véritable scélérat. Il éprouva une sensation de nausée en pensant à ce qu'il était devenu. On ne descendait pas en enfer sans se brûler les fesses.

Arrivé chez lui, il trouva la comtesse qui l'attendait. Elle avait le regard sombre.

« Ça fait presque une semaine que tu n'es pas allé en classe, dit-elle. Le professeur Lamorgue est venu me le dire en personne.

— Ah, ce couillon, maugréa Pietro.

— Ici, je dirais qu'il n'y a qu'un seul couillon, et c'est toi, coupa Nella. Pourquoi tu ne vas plus en cours ? »

Il haussa les épaules.

« Réponds !

— Mais qu'est-ce que vous voulez tous ? éclata Pietro, les nerfs encore à vif après sa discussion avec Marta et sa rencontre avec la bande de petits voyous.

— Que voulons-nous ? s'exclama Nella. Les autres, ce qu'ils veulent, je n'en ai rien à faire ! Mais *moi*, ce que je veux, c'est que tu ailles en classe. Et je veux aussi savoir pourquoi tu as cessé d'y aller. »

Pietro ne répondit rien.

« Que fais-tu de ta vie ? le pressa-t-elle. Pourquoi tu ne vas pas à l'institut ?

— Parce que ça ne sert à rien ! s'écria Pietro. Ça apprend juste à devenir des moutons ! La vraie vie, ce n'est pas là qu'on l'apprend.

— Qui t'a mis ces idées en tête ?

— Ce sont mes idées. Je vais suivre *mon* propre chemin ! Pas celui que tu décides, toi !

— Tu veux rester un pouilleux toute ta vie ? » Nella avait haussé le ton à son tour.

« Non ! Je te l'ai déjà dit ! Je vais devenir photographe ! »

Elle secoua la tête.

« Avec tout l'argent que j'ai dépensé..., murmura-t-elle.

— Et qui t'a demandé de le faire ? »

Pietro sentit la colère monter en lui, alimentée par son sentiment de culpabilité. Il mit une main dans sa poche et en sortit une poignée de pièces, qu'il jeta sur la table. « Tiens, dit-il avec rancœur, reprends-le, ton pognon. Et laisse-moi vivre ma vie. »

Nella n'en crut pas ses yeux. « Où est-ce que tu as trouvé ça ? »

Il vit la surprise et la douleur dans le regard de la comtesse. Et il ne put répondre quoi que ce soit. Il ne put expliquer que tout avait commencé pour elle.

Pour la venger. Non, il ne pouvait pas lui dire ça. Parce que maintenant il ne savait plus si c'était la vérité.

« Où est-ce que tu as pris tout cet argent ? » insista Nella, tandis que surprise et douleur se transformaient en fureur. « Qu'est-ce que tu fais ? Tu voles ? Tu escroques les gens ? » Elle n'arrivait plus à respirer. « Mais qui es-tu ? » lui jeta-t-elle.

Cette question frappa Pietro en plein cœur.

Nella ramassa les pièces et les lui lança dessus, comme folle. « Reprends ça ! hurla-t-elle. Ce n'est pas de l'argent, c'est de la merde ! » Elle le saisit par le bras et le poussa vers la porte. Elle se sentait trahie. Le monde entier s'écroulait sur elle. Elle ne raisonnait plus. « Va-t'en », dit-elle d'une voix rauque. Et puis, ses yeux violets plissés comme deux fissures, elle ajouta : « Va-t'en. Tu n'es plus mon fils. »

Pietro la regarda. Et il se vit reflété dans son mépris. Il se détesta de tout son cœur. Ce qui lui fit détester la comtesse aussi. « Je n'ai jamais été ton fils », siffla-t-il avec toute la cruauté qu'il avait en lui. Il crachait aussi le venin qui lui empoisonnait le sang.

Nella se sentit poignardée. Mais à ce moment-là, elle n'était plus elle-même. Son regard redevint de glace, comme il l'avait été autrefois, dans une autre vie. « Tu as raison. Tu n'as jamais été mon fils, dit-elle avec une froideur terrible. Alors ce sera plus facile pour toi de t'en aller. »

Pietro se prit à penser qu'il aurait voulu qu'elle le gifle. Alors, peut-être se serait-il réveillé de son cauchemar.

Mais elle ne faisait que le fixer de ses yeux de glace.

Alors il sut qu'il n'y avait rien d'autre à dire. Il tourna les talons et partit.

Cette nuit-là, il tombait une pluie drue, et il se réfugia sous le ponte Mollo.

Comme l'avait fait l'Albanese.

Et, comme cela était arrivé à l'Albanese, des clochards l'encerclèrent et tentèrent de le dépouiller. Mais Pietro sortit son couteau et les mit en fuite, blessant à la main un des malheureux qui l'avait agressé.

Cette nuit-là, c'était lui le plus fort.

C'était lui le plus dur de tous.

« Je n'ai plus rien, murmura-t-il. Je n'ai plus personne. »

La nuit était tellement sombre qu'il ne voyait même pas les eaux du Tibre.

« Je me suis perdu… »

Troisième partie

42

Août 1870
États pontificaux (Rome)

Qu'est-ce que j'ai fait ?

Après que Pietro avait claqué la porte, Nella avait eu l'impression d'être dans les limbes. Comme suspendue. Assommée par ce qui s'était produit. Par ce qu'elle lui avait dit. Et par ce qu'il avait répliqué.

Elle était restée là, à fixer les pièces qu'elle avait jetées sur lui, avec un immense mépris et une fureur qui l'avait elle-même surprise, et qui étaient toujours éparpillées sur le sol. Puis elle avait vu les photographies sur la table. Ces photos qu'elle n'avait pas comprises avant de lire la préface des *Misérables*. Elle ne lui en avait pas parlé. Elle n'avait pas eu le temps. Le sang lui était monté à la tête. Enfin, son regard s'était arrêté sur l'appareil photo appuyé contre le mur, dans un coin du sous-sol.

Tous ces objets parlaient de Pietro.

Tous ces objets hurlaient son absence.

« Qu'est-ce que j'ai fait ? » répéta-t-elle à haute voix.

C'est alors seulement qu'elle se précipita dans la rue. Il pleuvait.

« Pietro ! » appela-t-elle.

Mais elle avait laissé passer trop de temps. Pietro n'était plus là.

« Pietro ! » cria-t-elle encore, avant de s'élancer vers le ponte Sant'Angelo.

Là, elle s'agrippa au parapet. Elle regarda à droite, à gauche, sans se soucier de la pluie qui trempait ses vêtements et ses cheveux. Puis elle revint sur ses pas et descendit au niveau du fleuve.

« Avez-vous vu un grand garçon maigre, avec une mèche blonde ? » demanda-t-elle aux clochards qui dormaient sous le pont.

Ces hommes crasseux, aux barbes hirsutes pleines de croûtes, grimacèrent et s'esclaffèrent. Ça sentait le fauve, la pisse et le vin.

« Non, par contre, on voit une jolie femme ! » ricana l'un d'eux en s'approchant d'elle.

Nella s'enfuit. Elle remonta la berge et traversa le pont, gagnant l'autre rive du Tibre. « Pietro ! appelait-elle en accélérant le pas. Pietro ! »

Criant et courant, elle se retrouva devant l'entrée de l'Ospizio di San Michele. C'est seulement alors qu'elle comprit qu'elle ne cherchait pas Pietro, mais avait besoin de Mamma Lucia.

« Ce n'est pas l'heure des visites », lui dit la tourière en la voyant.

Nella ne répondit rien et poursuivit son chemin, toujours au pas de course. Elle monta l'escalier et rejoignit le dortoir D.

« Ce n'est pas l'heure des visites », lança sœur Alberta à son tour, en lui barrant la route.

Nella la repoussa et se précipita vers le lit au fond du dortoir.

Sœur Alberta sentit la frustration monter en elle. Nella l'avait traitée comme si elle n'était qu'un objet, se dit-elle avec aigreur. Maintenant, elle la haïssait. *Tu auras ce que tu mérites*, songea-t-elle en pensant à frère Leone. Il allait la trouver et la punir.

« Mamma Lucia… je l'ai perdu ! » haleta Nella, en se laissant tomber sur le bord du lit. Elle était à bout de souffle. Et elle avait froid. Ses vêtements étaient trempés.

« Perdu quoi ? demanda la vieille.

— Le garçon… » Nella reprenait un peu sa respiration.

« Quel garçon ? dit Mamma Lucia, faisant semblant de ne pas comprendre.

— Pietro.

— Ton fils ?

— Ce n'est pas mon fils », répliqua-t-elle.

Elle avait encore dans les oreilles ce qu'elle avait dit et ce qu'il avait répondu.

« Si ce n'est pas ton fils, alors que t'importe de l'avoir perdu ? maugréa la vieille en haussant les épaules. Tu peux aller dans n'importe quel orphelinat et en prendre un de rechange. Ou bien, si tu veux varier et prendre une fille, il suffit que tu traverses la cour et que tu ailles là où tu as grandi toi-même, là où tu attendais que quelqu'un te ramasse. » Sur ce, elle se tut et planta sur Nella les deux inutiles sphères de cire blanchâtre qu'elle avait dans les orbites. Ces globes avaient beau être opaques, morts, on aurait dit qu'ils fixaient la jeune femme.

Nella sentit tout le poids de ces mots. Ses yeux se remplirent de larmes. Les premières qu'elle versait, depuis la dispute. Depuis ce terrible moment. « J'ai perdu… mon fils », dit-elle en éclatant en sanglots.

Mamma Lucia eut un imperceptible sourire.

« Voilà. Maintenant, tu vas peut-être le retrouver.

— Et pourquoi ? demanda Nella surprise, essuyant ses larmes sur la manche de sa robe.

— Parce que tu es devenue sa mère. »

Nella sentit l'irritation lui contracter l'estomac.

« Tu dis toujours des trucs absurdes ! s'exclama-t-elle.

— Tu en es sûre ? poursuivit la vieille femme d'un ton sévère. Tu es venue pleurnicher ici. Pour être consolée. Pour être plainte. Tu dis que tu l'as perdu comme s'il s'agissait d'une chose, d'un objet, mais la vérité, c'est que tu as peur de t'être perdue toi-même. Tu ne penses qu'à toi. »

Elle fit une pause. Puis : « Une vraie mère n'aurait pas le temps de penser à elle. Pas dans un moment pareil. » Elle toucha le lit jusqu'à ce qu'elle trouve le corps de Nella. Elle fit remonter sa main jusqu'à la poitrine de la jeune femme et lui frappa le sternum de son index squelettique. « Alors… si c'est vraiment ton fils… comporte-toi comme une mère, et ne viens pas me casser les pieds ici. » Elle la repoussa. « Allez ! Cherche-le ! Et ne lâche pas l'affaire jusqu'à ce que tu le trouves. Après, si tu veux, reviens ici, et tu pourras alors pleurer ou rire tant que tu voudras. »

Nella ne broncha pas.

« "Baigné de soleil un moment, vous serez brisé sur les récifs l'instant d'après. Ce qui fait de vous un homme, c'est votre réponse à cette tempête", récita Mamma Lucia. C'est plus ou moins ce que dit Dumas dans le *Comte de Monte-Cristo.* »

Les paroles de la vieille se frayaient un chemin dans l'esprit de Nella.

« Va-t'en ! s'écria Mamma Lucia. Affronte la tempête ! »

Nella sortit de sa torpeur. D'un coup, d'un seul. Comme si elle avait reçu une gifle en plein visage. Elle se leva d'un bond. Et jeta un dernier regard vers la vieille femme, avant de partir en courant.

Maintenant, elle savait ce qu'elle devait faire.

Elle devait chercher son fils. Réellement.

Elle quitta l'hospice et traversa à nouveau le Tibre.

Se dirigeant vers la piazza di Torre Argentina, elle était maintenant parfaitement lucide. Elle savait.

Tout cela, c'était à cause de sa dureté. Sa maudite dureté. Sa maudite et sempiternelle cuirasse.

Elle traversa la place envahie de soldats qui contrôlaient les papiers de quiconque avait l'air suspect, et elle prit la direction des forums impériaux. Elle manqua de finir sous un carrosse, mais ne s'arrêta pas pour autant. Elle ne prêta aucune attention aux insultes proférées par le cocher, parce que sa tête allait encore plus vite que ses jambes. Maintenant, elle avait un but.

Les pavés inégaux des forums ralentissaient sa course, mais, là au fond, elle voyait se profiler la silhouette majestueuse du Colisée. Elle était presque arrivée à destination. Lorsqu'elle contourna le Colisée, ses poumons lui brûlaient sous l'effort.

Et puis elle s'arrêta net. Ce qu'elle s'apprêtait à s'avouer à elle-même lui coupait les jambes.

Elle avait considéré Pietro comme n'importe quelle autre propriété. Exactement comme un… poulain.

Elle serra les poings si fort que ses doigts devinrent tout blancs.

Sa dureté. Sa maudite dureté.

« Tu te prends pour qui ? » s'écria-t-elle.

Un couple qui passait par là se retourna.

Mais Nella ne s'en aperçut même pas. Elle ne lui avait pas immédiatement couru après, elle ne l'avait pas pris dans ses bras, elle ne l'avait même pas giflé. Elle était restée immobile, déroutée par son propre égoïsme.

Elle reprit sa route, mais elle n'avait plus la force de courir. Malgré l'heure tardive, on distinguait encore le chapiteau à rayures blanches et rouges. Là, elle trouverait Pietro. Elle en était certaine. Alors elle le prendrait dans ses bras et le serrerait contre elle. Et elle le ramènerait chez eux.

Elle savait comment il devait se sentir. Seul. Abandonné. Désespéré. Il avait pris la voie du crime, comme elle, le jour où elle avait décidé de se prostituer. Et, le cœur serré, Nella fut obligée de reconnaître son aveuglement. Le docteur qui l'examinait sans être payé, le boucher qui offrait des morceaux de viande en échange d'un travail que son aide accomplissait déjà… Mais comment avait-elle pu être aussi stupide ? Avait-elle vraiment cru que le monde était devenu un lieu fréquenté par des saints ? Il y avait de sa part une profonde mauvaise foi à ne pas avoir vu que Pietro faisait tout cela pour elle. « Tu as fermé les yeux ! » se reprocha-t-elle avec férocité.

Elle s'arrêta une fois encore. Une nouvelle pensée s'était insinuée dans son esprit. Comme la pierre dévalant le flanc de la montagne provoque une avalanche, une pensée en entraînait maintenant mille autres. Et lui révélait la fausseté de sa vie tout entière.

Melo avait dit qu'Ippolito avait été lâche de se suicider. Et elle lui avait donné raison, parce que son mari l'avait laissée seule au milieu d'une mer déchaînée. Elle porta une main à son front. Elle avait l'impression d'exploser. Comment avait-elle pu juger Ippolito avec autant de vanité, autant de présomption ? Elle n'était pas mieux. Au contraire, elle avait fait la même chose que lui, mais avec un garçon qui ne savait encore rien de la vie. Pietro n'avait qu'elle. Et elle l'avait trahi.

À présent, Pietro était certainement désespéré, comme elle l'avait été alors. En colère, comme elle.

Et renfermé sur lui-même, comme elle. Mais quand elle s'était brisée, cette nuit-là dans l'auberge, il avait prouvé qu'il avait un cœur plus grand que le sien. Ses bras tout maigres l'avaient enlacée, accueillie, lui permettant de rester en un seul morceau.

Alors que lui, maintenant, il était seul.

Mais peut-être pas. Il y avait sûrement quelqu'un de mieux qu'elle.

Elle passa par l'arrière du cirque, sachant qu'elle y trouverait Melo. Marta était avec lui. Ils étaient assis sous une tente qui les protégeait de la pluie.

Le vieil homme ne dit pas un mot. Il se contenta de la regarder avec sérieux, car toute la détresse qu'elle éprouvait se lisait sur son visage.

« Marta… où est Pietro ? demanda Nella.

— Je ne sais pas, répondit la jeune fille avec une froideur qui surprit Melo. Pourquoi donc ? »

Marta avait eu l'air de se forcer pour poser cette question.

Nella crut s'écrouler.

Melo se leva pour s'approcher d'elle. Mais elle mit les mains en avant et recula en secouant la tête. Elle ne voulait pas qu'on la touche.

Le vieux s'arrêta.

« J'ai fait… quelque chose d'horrible », murmura Nella. Puis elle regarda Marta, une supplique dans les yeux. « Quand il viendra te voir… dis-lui de rentrer à la maison… dis-lui… que je l'attends… »

Marta ne répondit rien.

Nella tourna les talons et s'en alla d'un pas rapide.

« Il ne reviendra pas me voir, lâcha Marta à voix basse.

— Qu'est-ce que tu as fait ? » Melo la regarda. « Tu l'as laissé seul ? »

Marta se leva d'un bond et s'exclama d'une voix âpre, tout en s'éloignant : « Toi aussi, va te faire foutre ! »

Melo regarda en direction de Nella. Il la vit vaciller. Et puis s'effondrer. À genoux. Sur la terre que la pluie transformait en boue. Elle cachait son visage entre ses mains. Ses épaules tressautaient, secouées par des sanglots que, de là où il était, il ne pouvait entendre.

Le garçon s'est perdu, se dit-il.

Il voulut rejoindre Nella.

Cependant, à ce moment-là, il la vit se relever et se mettre à courir, tenant sa jupe pour ne pas trébucher. Et qui sait pourquoi, il eut l'impression de ne plus voir une femme, mais une fillette.

Un instant auparavant, Nella s'était abandonnée au désespoir.

Mais ensuite, elle avait relevé la tête. Elle était entourée de lucioles, que même la pluie n'avait pas éteintes. Alors, elle avait compris qu'elle avait un dernier espoir.

J'ai besoin d'aide, avait-elle pensé.

Et c'est avec cette idée en tête qu'elle s'était levée et remise à courir. Maintenant, elle repartait vraiment de là où elle avait laissé sa vie, des années auparavant. Mais cette fois-ci, elle n'aurait pas la présomption de le faire seule. Parce que, ce qui était en jeu, c'était la vie… de son fils.

Elle traversa le quartier Monti sans se soucier des passants qui lorgnaient ses jambes. Elle fila droit à la piazza di Spagna et se mit à grimper deux à deux les marches de la Trinità dei Monti. Quand elle arriva en haut, elle était pliée en deux, brisée par l'effort. Elle appuya les mains sur ses genoux, à bout de souffle.

Elle regarda vers la gauche.

« Allez, tu y es ! » s'encouragea-t-elle.

Elle parcourut les derniers mètres en traînant les pieds, les jambes courbaturées. Elle parvint à l'entrée de la villa Médicis.

À présent, il faisait presque nuit.

« Arrêtez-vous ! ordonna le planton devant l'Académie de France.

— Il faut que je voie le lieutenant Béras », expliqua Nella, le souffle court et les cheveux trempés collés sur le visage. Elle avait entendu dire que les haut gradés logeaient là.

« Il est tard, répliqua le planton avec un fort accent français.

— *Appelez-le immédiatement* !* s'exclama-t-elle. *C'est une affaire urgente* !*

— *Calmez-vous, madame**, ordonna le planton en empoignant son fusil d'ordonnance d'un air menaçant.

— *Appelez-le immédiatement* !* cria-t-elle à nouveau, encore plus fort, alors que les veines de son cou se gonflaient et que ses yeux semblaient vouloir sortir de leurs orbites.

— *Que se passe-t-il* ?* » s'enquit un militaire qui arrivait, attiré par les cris. Lui aussi était armé.

« *Je dois absolument voir le lieutenant Béras**, insista Nella à bout de forces, d'une voix implorante. *C'est une affaire urgente**…

— *Comment vous appelez-vous* ?* lui demanda le militaire.

— Nella Beltrame. »

Le militaire acquiesça et fit signe au planton de rester là avec elle. Il regagna la villa Médicis.

Peu après, le lieutenant Béras apparut. Décoiffé et la tunique mal boutonnée. Il était clairement descendu au pas de course. Il remarqua l'expression désespérée de Nella.

« *Madame**…

— Je vous en prie… aidez-moi… » La voix de Nella n'était plus qu'un souffle, et ses yeux violets s'emplissaient de larmes.

« Pas ici. Venez », dit Béras en la prenant doucement par le bras et en l'éloignant des regards indiscrets du planton et du soldat qui était allé le chercher.

Ils s'engagèrent sur la route qui menait en haut du Pincio.

Ils dépassèrent un vestige antique et sortirent du champ de vision des deux militaires. Là, Béras lâcha le bras de Nella. « Que se passe-t-il ? »

Elle ouvrit et referma la bouche, sans parvenir à émettre un son.

« Calmez-vous, madame… »

Comme un bouchon qui saute brusquement, le mutisme de Nella laissa place à un déluge d'émotions. Elle éclata dans des sanglots désespérés et posa la tête contre la poitrine de Béras.

Le lieutenant demeura raide, mal à l'aise. La dernière fois qu'ils s'étaient vus, il l'avait offensée avec son comportement. En tout cas, c'est ce qu'il avait cru, et cette pensée continuait à le tourmenter.

« Aidez-moi… je vous en prie…, commença-t-elle entre deux hoquets. Mon Pietro… mon fils… » Maintenant, ce mot sonnait de manière douce et sincère dans sa bouche. « Mon fils… je ne sais pas où il est… »

Lentement, avec délicatesse, Béras passa un bras autour des épaules de la jeune femme. Il perçut sa chaleur.

« Aidez-moi à le trouver…, sanglotait-elle, désespérée. Je crains… je crains qu'il ne se soit fourré dans quelque pétrin… »

Il leva son autre bras et la serra contre lui.

« Je suis une mère… » La voix de Nella, brisée par l'émotion et éraillée par la fatigue, vibrait de panique.

La jeune femme s'abandonnait totalement à l'étreinte de Béras.

« Je suis une mère… horrible !

— Non…, dit-il. Calmez-vous… je vous en prie… calmez-vous…

— Vous allez m'aider ? demanda-t-elle, la tête appuyée contre la poitrine du lieutenant.

— Bien sûr que je vais vous aider, *madame**, dit-il. Je ferais n'importe quoi pour… »

Il s'interrompit. Il avait déjà fait l'erreur une fois avec cette femme. Il ne pouvait lui dire que depuis qu'il l'avait rencontrée, il ne pensait à rien d'autre qu'à elle, et qu'il ferait tout pour elle. Il devait faire attention à ce qu'il disait. « Je ferais tout pour… votre fils… »

Elle releva la tête et le scruta, ses yeux violets rougis par les pleurs.

« Je m'en occupe », assura Béras. Mais, ensorcelé par le regard de Nella, il ne put résister. Son visage se baissa vers celui de la jeune femme. Irrésistiblement attiré par ses lèvres.

Elle ferma les yeux et accueillit son baiser. Et elle s'y abandonna. De tout son être. C'était un baiser comme elle n'en avait jamais donné à Ippolito. Comme elle n'en avait jamais donné durant toute sa vie d'erreurs. Un baiser salé de larmes, amer de désespoir et doux de passion.

Son premier véritable baiser.

Quand ils s'écartèrent, Nella le regarda.

« Henri, aide-moi, dit-elle avec un filet de voix, le visage strié de larmes. Je t'en prie, aide-moi. »

43

Août 1870
États pontificaux (Rome)

« Tu n'es plus mon fils. »

Pietro se leva de sa couche improvisée sous le ponte Mollo, la phrase de la comtesse en tête.

« Va te faire foutre, Pietro. Et ne remets plus jamais les pieds ici. »

Et ça, c'était la phrase de Marta.

Ces deux répliques brûlaient en lui, provoquant une souffrance sourde. D'un seul coup, il avait tout perdu. Il les avait perdues toutes les deux.

Et c'était entièrement sa faute.

Parce qu'il s'était aussi perdu lui-même.

Il s'étira. Il avait mal au dos et ses genoux étaient ankylosés. L'humidité du Tibre avait pénétré jusque dans ses os. Heureusement, il ne pleuvait plus. Et il faisait chaud. Une chaleur qui s'était installée du jour au lendemain. Lourde. Étouffante.

Mais Pietro était encore trempé des pieds à la tête.

Dès qu'il se mit à bouger, il entendit un clapotis qui provenait de ses chaussures. Il y avait de l'eau à l'intérieur. Il les enleva, les égoutta. Mais le cuir, comme ses chaussettes, était trempé à un point invraisemblable. Il remit le tout et reprit sa route.

Il ne savait pas encore où aller. Ni que faire.

Passant devant une échoppe d'où provenait une délicieuse odeur de pain tout juste sorti du four, il glissa une main dans sa poche. Mais il n'avait pas d'argent. Il avait tout laissé sur la table, quand il avait réagi avec colère aux paroles de la comtesse. Et elle, encore plus furieuse, lui avait jeté les pièces à la figure.

« Ce n'est pas de l'argent, c'est de la merde ! » avait-elle hurlé.

Pietro reconnut qu'elle avait raison. C'était de la merde.

Mais une merde qui t'a permis de guérir ! pensa-t-il aussitôt après, s'agrippant à nouveau à sa colère. Cette colère qui adoucissait la douleur brûlante qu'il ressentait, et qu'il ne voulait pas écouter. Car s'il l'avait fait, il se serait écroulé à terre, et aurait pleuré sans fin. Parce qu'il avait tout détruit. Parce qu'il avait eu la présomption de se croire homme, alors qu'il n'était qu'un gamin qui ne savait rien de la vie.

Et maintenant, ce qui lui restait, c'était une vie de merde.

Une condamnation.

Encore une fois, afin de ne plus devoir écouter ces pensées, il fouilla en lui jusqu'à ce que sa colère ressurgisse. C'était une bête féroce qu'il devait alimenter pour ne pas capituler.

« Je ne me rendrai jamais ! » gronda-t-il.

Il n'avait rien mangé depuis la veille. Son estomac gargouillait. Il était faible. L'espace d'un instant, il songea à retourner chez lui pour récupérer l'argent dont la comtesse ne voulait pas. Mais cette pensée ne dura qu'un instant. Il avait beau la détester, il se dit qu'elle pouvait en avoir besoin. La faim la pousserait peut-être à composer avec sa conscience et à s'en servir. Improbable, se dit-il. Elle était dure comme un diamant et froide comme la glace. En un éclair, elle avait anéanti tout ce qu'il y avait entre eux.

Le seul fait de lui avoir laissé cet argent prouvait qu'il ne la détestait pas réellement. Au contraire. Mais il s'était bercé d'illusions en imaginant qu'elle l'aimait autant que lui l'aimait.

Quand il sentit les larmes lui monter aux yeux, il se demanda comment réagir. Alors, croisant le chemin d'un grand costaud, il lui flanqua un coup d'épaule.

« Regarde où tu vas, couillon ! vitupéra l'homme.

— Va te faire foutre, connard ! » répliqua Pietro en sortant son couteau.

L'homme battit en retraite. « Fumier », grommela-t-il en s'éloignant.

Pietro eut l'espoir que le gars se retourne pour continuer la bagarre. Son sentiment de colère reprit le dessus. Chassa la douleur.

Mais il devait se procurer de quoi manger.

Le docteur lui revint à l'esprit. Cet homme avait empoché son argent et, si Melo n'était pas intervenu, il aurait laissé mourir la comtesse.

Pietro s'exclama : « Voleur ! »

C'était ça. Il allait récupérer son argent.

Il accéléra le pas et arriva bientôt à l'échoppe de l'Albanese.

« Tu me prêtes ton crochet ? » lança-t-il, sans même dire bonjour.

L'Albanese l'examina.

« Qu'est-ce que tu as fait ? demanda-t-il en le découvrant crasseux et trempé.

— Tu me le prêtes ? insista Pietro.

— Pour quoi faire ?

— Il faut que je récupère quelque chose.

— Je vais t'aider, proposa l'Albanese, je viens avec toi.

— Non. Je m'en occupe seul, trancha Pietro, sérieux.

— Pourquoi ?

— Parce que je dois apprendre à me débrouiller seul », répondit-il.

La vérité, c'était qu'il ne pouvait pas lui montrer qu'il s'introduisait chez le médecin qui les soignait, sa bande et lui. Mais en répondant, il se rendit compte qu'il y avait aussi autre chose qui le travaillait.

« L'autre jour, si tu n'avais pas été là… ce garde m'aurait tué…

— Tu débutes…, fit l'Albanese.

— Il faut que j'apprenne », l'interrompit Pietro d'un air résolu.

L'autre le dévisagea. Hocha la tête. Sourit.

« Bravo, Champion, dit-il avec fierté. » Puis il prit le crochet. « Ne l'abîme pas, recommanda-t-il, en tenant l'instrument dans ses mains. Tu te souviens de ma leçon ? Qu'est-ce qu'il faut faire ?

— Il faut chatouiller la chatte », répondit Pietro.

L'Albanese rit, satisfait, et lui remit le crochet.

Pietro sortit de l'échoppe et se dirigea vers le domicile du docteur.

Il était presque arrivé lorsqu'il aperçut le lieutenant français qui avait failli l'arrêter. Il se cacha derrière une charrette de fruits et légumes.

« Qu'est-ce que tu veux ? demanda le vendeur ambulant, craignant que le garçon ne lui vole quelque chose.

— Tais-toi ou je te tranche la gorge, siffla Pietro. Je m'en fous, de tes cochonneries. »

Le vendeur enfonça la tête dans les épaules, apeuré.

Pietro remarqua que désormais faire le truand lui venait naturellement.

Puis il se concentra à nouveau sur le lieutenant. À sa grande surprise, il le vit se diriger vers le sous-sol de la via di Panìco et frapper à la porte. Peu après, la comtesse ouvrit. Malgré ses yeux rougis – peut-être avait-elle pleuré –, elle sourit et prit le militaire dans ses bras. Et là, presque au milieu de la rue, ils s'embrassèrent. Puis la comtesse ferma la porte avec la clef, car elle n'avait toujours pas fait réparer la serrure. Et ils s'éloignèrent, main dans la main.

« Il ne t'a pas fallu beaucoup de temps pour m'oublier et te consoler, grogna Pietro, blessé et rageur.

— Comment ? dit le vendeur ambulant.

— Tais-toi ! » cria Pietro.

Il attendit que la comtesse et le lieutenant se soient éloignés, ensuite il sortit de sa cachette et se rendit via del Curato. Épiant par la fenêtre, il vit que la domestique prenait un panier et se mettait un fichu sur la tête. À l'évidence, elle se préparait à aller faire les courses. Quant au médecin, il faisait certainement sa tournée.

Pietro s'appuya contre un petit immeuble, un peu plus loin, et attendit que la bonne sorte. Il la vit tirer la porte derrière elle, sans la verrouiller. Tant mieux. Entrer serait plus facile.

Quand la ruelle fut déserte, il rejoignit l'entrée. Ses mains tremblaient sous le coup de la tension mais, après deux ou trois tentatives, la serrure céda. Pietro se glissa vite à l'intérieur et referma la porte. Il devait se dépêcher, car il ignorait combien de temps il avait devant lui.

Pour commencer, il alla dans la salle à manger. Il fouilla rapidement, sans rien trouver. Il ouvrit une porte. C'était la chambre de la bonne. Il s'engagea dans l'escalier conduisant à l'étage et pénétra dans la chambre du médecin. Il regarda dans les tiroirs, sous le lit, dans l'armoire. Rien. Il passa à la pièce suivante.

Elle était pleine de livres. Il y avait un bureau. Il ouvrit le premier tiroir. De la paperasse. Alors il tenta d'ouvrir le deuxième. Fermé à clef.

« Trouvé ! » s'exclama-t-il, triomphant.

Il força le tiroir avec son couteau, sans se soucier des traces qu'il laissait. La serrure céda. À l'intérieur, il découvrit un coffret en bois. Fermé lui aussi. Il le secoua. Un bruit de pièces provint de l'intérieur. Il s'apprêtait à le forcer lorsqu'il entendit la porte du rez-de-chaussée qui s'ouvrait. La domestique rentrait déjà.

La panique le gagna. Il était pris au piège.

Il ouvrit silencieusement la fenêtre du bureau et regarda à l'extérieur. Il y avait plus de quatre mètres de haut. Il se casserait la jambe, c'était sûr. Mais il remarqua une gouttière, sur le côté. Il glissa le petit coffret dans sa chemise, escalada la fenêtre et s'agrippa à la gouttière. Et il commença à descendre. Mais il avait à peine fait cinquante centimètres que la gouttière se détacha du mur. Heureusement, la ruelle était très étroite et la gouttière, dans sa chute, resta coincée contre le mur de l'immeuble d'en face. Elle soutint quelques instants le poids de Pietro, qui s'y accrochait de toutes ses forces, le cœur battant dans ses tempes, tellement il avait peur. Puis la gouttière commença à s'affaisser, avec un fracas de tôle froissée. La chute de Pietro fut ainsi ralentie.

« Qui est là ? » entendit-il crier à l'intérieur de la demeure.

Dès qu'il toucha terre, il se mit à courir comme un lièvre. Il rejoignit la berge du Tibre, descendit, se cacha derrière une haie de joncs, brisa le coffret avec une pierre et prit l'argent. Il le fourra dans sa poche. Il y avait bien plus qu'il n'avait donné au docteur.

« Le chien mange le chien… et le voleur dérobe le voleur ! » s'exclama-t-il en riant.

Il remonta la berge dans l'intention de retourner chez l'Albanese pour lui rendre son crochet. Mais en passant devant la via di Panìco, il s'arrêta. Il y avait encore quelque chose qu'il pouvait récupérer.

Il entra dans le sous-sol, certain que la comtesse se trouvait encore avec le lieutenant français. Il sentit son estomac se serrer. Il n'était plus chez lui. Il remarqua que les pièces avaient été ramassées et empilées sur la table. Il saisit son appareil photographique et la valise contenant tout le nécessaire pour développer les plaques, puis il quitta rapidement le garni, en refermant la porte derrière lui.

Un peu plus loin, au coin du vicolo del Curato, il y avait un attroupement. La bonne du docteur gesticulait. Elle était sûrement en train de raconter le cambriolage. Il vit ensuite arriver le médecin.

« Enculés », murmura-t-il ravi, et il rejoignit l'échoppe de l'Albanese.

« Tout s'est bien passé ? » lui demanda le scélérat.

Pietro acquiesça.

« Alors maintenant, réponds à la question que je t'ai posée tout à l'heure, reprit l'Albanese. Tu es arrivé ici trempé comme une soupe et puant comme un bouc. Qu'est-ce que tu as fait ? »

Pietro soutint son regard avant de répondre : « J'ai dormi sous le ponte Mollo. Je voulais faire comme toi. » Il sortit le couteau qu'il lui avait offert. « Mais moi, j'avais ça, alors j'ai réglé leur compte aux clochards. »

L'Albanese le regarda avec fierté. « Je ne t'ai jamais posé la question : tu as une maison ? une famille ? »

Pietro se rembrunit. « Laisse tomber. »

Le truand lui posa une main sur l'épaule.

« Si tu as fugué et que tu ne sais pas où aller… tu peux dormir ici. Dans mon bureau.

— C’est vrai ? demanda Pietro surpris, les yeux écarquillés.

— Oui, c’est vrai. » L’Albanese cligna de l’œil. « Comme ça, tu serviras de chien de garde pour ma boutique », et il se mit à rire. Pietro s’attendait à tout, sauf à ce geste. « J’accepte », dit-il.

L’autre sourit avec satisfaction.

« Alors comme ça, tu veux devenir comme moi, hein ?

— Oui. Dur comme toi.

— Et pourquoi ? » demanda-t-il, juste pour se l’entendre dire.

Parce que, quand je serai aussi dur que toi, je te baiserai, pensa Pietro. Maintenant, la colère avait pris possession de lui, comme un cancer. Toutefois, il répondit : « Parce que tu es le meilleur. » Et il le fixa. Oui, cette ordure allait payer. Lui, il n’avait plus rien. Ni personne. Il avait perdu la comtesse. Et Marta. Tout ce qui lui restait, c’était la vengeance.

« Va chercher tes affaires.

— Je n’ai rien. Juste mon appareil photo.

— Je vais dire à Ghiozzetto de préparer ta niche, plaisanta l’Albanese. Mais si tu restes ici, tu pues tellement que tu vas empester mon bureau. Viens, il faut que tu te laves. »

Il sortit et donna ses ordres à Ghiozzetto. Puis il posa une main sur le cou de Pietro, sans serrer, et dit : « On y va.

— Où ça ?

— Je te l’ai dit. Te laver. »

Ils passèrent par la piazza Navona.

« Regarde ! » L’Albanese indiqua l’autre extrémité de la place.

Pietro s’aperçut qu’elle était en partie inondée. Une mare de peut-être cinquante centimètres de profondeur s'étendait presque jusqu'à la fontaine des Quatre-Fleuves. Et dans cette eau, il y avait des dizaines de *botticelle*, comme on appelait les calèches à Rome.

« Moi aussi, j'ai fait ça tellement de fois, sourit l'Albanese en regardant des gosses qui couraient dans l'eau, riant et s'aspergeant.

— Quand est-ce que ça a été inondé ?

— Quand il commence à faire chaud, on fait toujours ça, expliqua-t-il. On obture les bouches d'égout et on fait sortir l'eau de la fontaine. Comme ça, les cercles en fer des calèches refroidissent et les chevaux boivent tranquillement. Le seul truc, c'est que les canassons chient aussi dedans. » Il se mit à rire. « Mais nous les gosses, on s'en fichait. On barbotait dans l'eau et la merde, et on s'amusait comme des fous. Et tu vois, rien n'a changé. »

Ils traversèrent la place en empruntant une passerelle en bois qui permettait de ne pas se mouiller dans la mare, puis ils tournèrent dans la via de' Canestrari. Ils franchirent une porte cochère vert foncé.

« Qu'est-ce qu'on fait ici ? demanda Pietro.

— C'est chez moi », répondit l'Albanese en montant l'escalier.

Arrivé en haut de l'immeuble, au quatrième étage, le truand sortit un trousseau de clefs.

« Ne l'écoute pas.

— Qui ça ? »

Il ouvrit la porte. « Mon père », répondit-il.

« Ah t'es rentré, fumier ! croassa une voix pleine d'aigreur. Il était temps ! Mô c'esse qu'j'vons t'sonner less cloches !

— Ne fais pas attention, il n'a plus toute sa tête, expliqua l'Albanese.

— Tins, prends c'te coup d'ceinture, *li mortacci tua* ! continua la voix du vieux. C'esse qu'j'vons t'fout' dans l'placard, hein !

— C’est vraiment… ton père ? fit Pietro, stupéfait.

— Ne crains rien. Il ne quitte plus son lit.

— Mais c’est celui qui… ?

— Qui manquait de me tuer sous ses coups ? » Il rit. « Lui en personne », et il rit à nouveau, mais avec un air mélancolique.

« Allez, viens. »

Il le conduisit dans une salle de bains équipée d’une baignoire et d’un cylindre en cuivre de soixante-dix centimètres de diamètre et aussi haut qu’un homme, avec un robinet. Il ouvrit le robinet et l’eau commença à remplir la baignoire.

« De l’eau chaude, sourit-il. Comme les gens chics.

— Hé, *fijo de ’na mignotta !* continuait à hurler le vieux. Vins là qu’j’te défonce ! Hé, bâtard !

— Lave-toi », dit l’Albanese à Pietro avant de quitter la salle de bains.

Puis Pietro entendit : « Salut, papa.

— Ah t’voilà don’, ducon ! T’peux t’préparer à pass’ l’arm’ à gauche, *li mortacci tua* !

— Tu veux manger quelque chose ?

— Mô c’esse ton cœur qu’j’vais bouffer, espèce d’enc’ ! »

Pietro se savonna dans l’eau chaude. Il se souvint du premier bain de sa vie, lors de sa dernière nuit à l’orphelinat, dans l’appartement du directeur. Et des bains à la villa Odìn. Depuis lors, autrement dit depuis des mois, cela ne lui était plus jamais arrivé.

Il entendit frapper à la porte. « Ne remets pas les cochonneries que tu avais sur le dos, autrement ça ne sert à rien, fit la voix de l’Albanese. Je te laisse des habits propres sur la poignée. Ça devrait t’aller. »

Pietro se sécha et prit les vêtements. Il était tellement maigre qu’ils étaient un peu trop larges pour lui, alors que la longueur était bonne.

L'Albanese l'attendait devant la porte.

Pietro n'en revenait pas. Cette ordure, qui lui avait raconté être devenu ce qu'il était à cause de son père, et avoir fugué pour ne pas être tué… s'occupait maintenant de son paternel.

« Ne pose aucune question, lui ordonna l'Albanese en ouvrant la porte, comme s'il avait lu dans ses pensées. Et n'en parle à personne. »

Ils descendirent l'escalier en silence et regagnèrent la boutique, toujours en silence.

Pietro nota que le scélérat avait une expression sombre.

Ils entrèrent dans le bureau. Un lit de camp avait été dressé dans un coin.

L'Albanese se dirigea vers le coffre-fort.

Pietro se décala légèrement. Vingt-sept à gauche… neuf à droite…

L'autre se retourna.

Mais Pietro, qui s'y attendait, regardait déjà ailleurs.

Il entendit le truand faire tourner la molette une troisième fois.

Maintenant, il connaissait deux numéros de la combinaison.

Il ne lui en manquait plus qu'un.

L'Albanese ouvrit la porte et prit de l'argent. Puis il referma. Il mit la main dans sa poche et en sortit le trousseau de clefs. Il en décrocha une de l'anneau, et la confia à Pietro. « Verrouille à fond. On se voit demain », lui recommanda-t-il. Il avait toujours un regard ténébreux.

Pietro hocha la tête.

Soudain, l'autre sourit. Et lui donna une tape dans le dos. « Nous deux, on sera bien ensemble, Champion ! » lança-t-il en partant.

C'était incroyable, pensa Pietro. La comtesse et Marta l'avaient chassé. Abandonné. Et qui s'occupait de lui ? Son pire ennemi. Qui venait de lui montrer qu'il avait un cœur. Et une âme. C'était absurde.

Pietro était troublé. Il ne savait plus que penser.

« Mais je te baiserai quand même », dit-il à voix basse, s'accrochant à sa haine tel un naufragé agrippant une épave dans une mer démontée.

44

Fin août 1870
États pontificaux (Rome)

« Le 15 juillet, Napoléon III a déclaré la guerre à la Prusse, annonça Ludovico dans la tanière des Loups.

— Et qu'est-ce qu'on en a à foutre ? » plaisanta l'un des vieux.

Melo avait réussi à réunir les Loups et le Comité, mais des opinions différentes continuaient de tourbillonner entre les deux groupes sur la manière de libérer Rome. « Laisse-le parler », dit-il. Mais il était distrait. Chaque fois qu'il mettait les pieds là, il pensait à Marta. À sa première Marta. Et à ce qu'il avait laissé derrière lui.

« On en a beaucoup à foutre, reprit Ludovico en montrant une feuille de papier. Voici la lettre que nos compagnons italiens nous ont envoyée. » Il toisa l'homme qui l'avait interrompu.

« Et toi, ils t'ont écrit ?

— Arrêtez, avec ces polémiques ! éclata Melo. Il faut vous le répéter combien de fois, que nous sommes tous du même bord ? »

Ludovico et l'homme continuaient à se regarder de travers.

« Lis ! ordonna Melo à Ludovico. Et vous autres, écoutez tous ! »

Marta, comme Melo, était distraite. Et en colère. Elle avait cru que Pietro reviendrait la voir au cirque. Pour s'expliquer. Pour lui dire ce qui se passait. Elle avait attendu. Mais en vain. Personne ne savait où il était. Il l'avait blessée. Il l'avait fait souffrir. Elle avait pleuré, cédé au désespoir. Et elle s'était aussi adressé des reproches. Mais maintenant, elle était arrivée à la conclusion que cet amour était une erreur. Et de tout son être, elle voulait se l'enlever de la tête. Pietro s'était révélé tel qu'il était vraiment : un animal asocial et plein de rage. Ce qu'il éprouvait n'était pas de l'amour. Il n'y avait pas d'amour entre eux. Simplement, Pietro n'était pas capable d'aimer qui que ce soit.

Ludovico avait ouvert la lettre et commencé à lire. « Frères romains, nous avons appris que, dans l'espoir d'obtenir l'appui militaire du roi Victor-Emmanuel II, l'empereur Napoléon III a promis au parlement italien de retirer ses troupes de Civitavecchia et de Viterbe, aux frontières des États pontificaux. Mais surtout, dès les premières batailles, la guerre franco-prussienne s'est très mal engagée pour les Français, il est donc certain que l'empereur aura besoin de tous ses hommes… » Ludovico regarda les patriotes autour de lui.

À présent, le silence régnait, souverain. L'attention était à son comble.

Marta aussi écoutait attentivement. Ému, Melo avait posé une main sur son épaule, et la serrait. Ludovico reprit sa lecture :

« Frères romains, les forces françaises vont quitter Rome ! Bientôt ! Très bientôt ! Et le royaume d'Italie va enfin se décider à intervenir ! »

Il y eut des murmures d'excitation dans la pièce.

Ludovico, gagné par l'émotion, la voix tremblante, conclut sa lecture avec emphase : « Le pape est seul ! »

Il y eut un instant de stupeur. Puis, comme s'ils s'étaient mis d'accord, tous les hommes s'exclamèrent à l'unisson : « Le pape est seul ! » Et, répétant cette expression et éclatant de rire, ils se donnèrent l'accolade les uns aux autres, bouleversés.

Dès que le silence fut revenu, l'homme qui s'était disputé avec Ludovico s'adressa à lui d'un ton respectueux : « Frère, je te présente mes excuses. Si je pouvais apprendre à me taire de temps en temps… » Il haussa les épaules. « Eh bien, j'éviterais de passer pour un con ! »

Il y eut un éclat de rire général.

Ludovico prit Marta dans ses bras, les yeux brûlants de passion. « On y est ! Ton drapeau tricolore va flotter sur Rome ! »

Marta le regarda. « C'est *notre* drapeau tricolore. »

« Rome libre ! Vive l'Italie ! » scanda l'assemblée.

Marta, sentant son cœur s'enflammer, se dit que ça, c'était un véritable amour. Un amour sincère. Qui ne la décevrait ni ne la trahirait jamais. « Rome libre ! » Et elle prit à son tour Ludovico dans ses bras. Puis, se dégageant de l'étreinte, elle lut clairement dans les yeux du garçon que ce sentiment d'amour qu'il lui avait avoué était intact. Elle détourna le regard, gênée.

« C'est le moment d'agir ! déclara Melo. Le moment… est venu… d'agir, répéta-t-il en détachant ses mots, afin qu'ils pénètrent dans tous les esprits. Mais nous ne reprendrons pas Rome en faisant la fête, même si mon cœur déborde de joie autant que le vôtre. C'est maintenant, plus que jamais, qu'il faut utiliser notre cervelle.

— Qu'est-ce que ça veut dire ? demanda Ludovico.

— Ça veut dire que maintenant il faut passer à l'action.

— Tu veux essayer de prendre Rome avant que le royaume d'Italie envoie ses troupes ? Avant qu'ils discutent la reddition ?… » Ludovico secoua la tête.

« Mon garçon, je ne sais pas encore ce que nous réserve l'avenir, l'interrompit Melo. Mais il faut que nous soyons prêts.

— Et comment, mon capitaine ? demanda l'un des Loups.

— Combien d'armes avons-nous ? lui demanda Melo.

— Chacun d'entre nous a un fusil…

— Nous avons donc… Combien ? Vingt, vingt-cinq fusils ? »

Il y eut des murmures.

« Et c'est avec vingt fusils… et des vieux, qui plus est… que nous allons mener notre guerre ? » Melo regarda l'assemblée.

« Si vraiment… et je n'ai aucune raison d'en douter… si vraiment les troupes régulières françaises s'apprêtent à laisser le pape dans la merde… »

Tout le monde rit.

« Eh bien, dans ce cas, qui restera ici ? reprit Melo. Les volontaires zouaves, qui comptent peut-être quatre bataillons… Des carabiniers étrangers, surtout des Allemands. Des gardes suisses, qui servent surtout pour le décor… »

Il y eut à nouveau des rires.

« Et peut-être la légion d'Antibes, poursuivit Melo. Sur combien de soldats italiens peut compter le commandant suprême des forces pontificales, Herman Kanzler ? Vous êtes-vous posé la question ? Il ne restera qu'une poignée de Français et d'Allemands, des étrangers habitués à traiter notre patrie comme leur chose. Depuis des siècles. »

Dans les yeux de tous, on lisait le poids de cette interminable domination, de ces vies passées à obéir, enchaînés.

« Avez-vous des doutes sur le parti que prendra le gros du peuple romain, quand le moment crucial sera venu ? lança Melo. Et qu'est-ce qu'on fera, alors ? Vous leur prêterez l'un de vos vingt fusils ? Vous tirerez chacun votre tour ? Ou ils devront descendre dans la rue avec les rouleaux à pâtisserie de leurs épouses ? » Il les fixa encore.

Marta admirait Melo. Quand il parlait, il faisait toujours des pauses au bon moment. Pour que l'on assimile ses paroles. Et pour que tout le monde arrive à la même conclusion que lui. Ainsi, cela ne sonnait pas comme un ordre.

« Les Français vont bientôt s'en aller ? reprit Melo. Alors, il faut agir vite. Ne voulez-vous pas les saluer comme il se doit ? » Il sourit. « Que diriez-vous de piocher un peu dans leurs fusils et leurs munitions afin de nous armer nous-mêmes, et d'armer les gens du peuple qui combattront avec nous ? »

Il y eut comme un rugissement. Puis les hourras remplirent la pièce.

« Faisons des groupes. De trois ou quatre personnes maximum, reprit Melo. Trouvons le moyen d'entrer dans les casernes, et surprenons les types pendant qu'ils font leurs bagages. En ce moment, leur vigilance est certainement minimale. Ils doivent se dire que c'est fini, le bon temps à Rome, la belle vie passée… à baiser nos femmes et à boire nos vins des Castelli. Ils se chient sûrement dessus parce qu'ils vont au front et que là c'est une vraie guerre, âpre, qui les attend. Contre un ennemi apparemment plus fort qu'eux. Ils doivent être occupés à écrire des lettres pathétiques et pleurnichardes à leurs mamans, leurs épouses ou leurs fiancées. Il faut aussi qu'ils disent au revoir à leurs maîtresses romaines. » Il sourit à nouveau, avec son air de chef. Déterminé. Dur. Féroce, même. « Allons prendre leurs fusils ! »

Les Loups et le Comité rugirent à nouveau. Mais leurs cris sonnaient maintenant de manière différente. C'étaient des cris de guerre. Et de guerriers. À présent, ils serraient les poings et savaient qu'ils risquaient la mort. Ils savaient que le moment était venu de prouver qu'il y avait quelque chose derrière leurs paroles. Et qu'ils étaient vraiment prêts à verser du sang pour leur idéal. Ils sentaient que l'Histoire commençait.

En un éclair, des groupes de trois ou quatre s'organisèrent. On décida des coups à faire. On identifia des cibles.

Et alors que les préparatifs battaient leur plein, on entendit quelqu'un dans l'escalier.

Tout le monde se tint sur ses gardes.

Un homme en queue-de-pie apparut, un haut-de-forme ridicule à la main. Cela ne semblait pas tant une tenue élégante qu'un uniforme.

« J'ai entendu votre programme, commença-t-il.

— Putain, t'es qui ? jeta un des Loups, brandissant son couteau.

— C'est bon, l'interrompit Melo, qui avait reconnu le nouveau venu.

— Je suis cocher et je possède un carrosse, expliqua l'homme. Combien de fusils pouvez-vous porter, chacun d'entre vous ? Et les caisses de munitions, ça pèse. Comment comptez-vous courir, avec une de ces caisses en main ? » Il haussa les épaules et sourit. « Mes quatre chevaux, eux, sont plus rapides que le vent. » Il s'inclina légèrement. « Si vous le voulez, mon carrosse est à votre disposition. Je m'appelle Paride. »

Melo s'approcha de lui. Quand Nella lui avait confié Bersagliere, cet homme était venu la chercher au cirque, parce qu'elle était trop faible pour rentrer à pied. Et Melo avait lu de la dévotion dans son regard. « Merci, Paride. » Il lui serra la main.

« Je n'avais pas compris que vous étiez un patriote.

— Peut-être que je ne l'avais pas compris non plus, sourit le cocher.

— Réfléchissez à un dépôt sur lequel faire main basse, ordonna Melo à ses hommes. Je veux une action rapide. Sept personnes. Vous entrez, vous raflez et vous remplissez le carrosse. Paride vous attendra dehors et prendra la fuite seul. Vous, vous vous disperserez en faisant assez de bazar pour que les Français vous pourchassent au lieu de le suivre, lui. Et que personne ne se fasse tuer ! » Il ajouta en souriant : « J'ai besoin de vous tous vivants pour le grand jour, c'est compris ?

— C'est compris ! » répondirent les hommes.

Tandis que les autres s'organisaient et faisaient des plans, Melo prit Verdi à l'écart.

« Marta... n'est plus venue ? lui demanda-t-il.

— *Ta* Marta ? fit Verdi.

— Ce n'est plus la mienne. »

Les yeux de Verdi disaient que cette Marta serait sienne pour toujours. Mais il se tut. En revanche, il finit par lâcher :

« Elle va mal. »

Le cœur de Melo s'arrêta. « Comment ça, elle va mal ? »

Verdi baissa les yeux. « Elle se meurt », murmura-t-il.

Melo sentit ses vieux genoux trembler. Oppressé, il chercha dans la pièce l'autre Marta, la plus jeune. Ayant vu comme elle et six hommes, parmi lesquels

Ludovico, serraient la main de Paride, il comprit qu'elle voulait faire partie de ce groupe.

« Toi, tu n'iras pas, dit-il en l'entraînant dans un coin de la pièce.

— Je vais avec eux, répliqua Marta.

— Non. C'est dangereux. Toi, tu n'y vas pas.

— Mais si, lança Marta, le visage dur.

— Non ! » s'exclama-t-il.

Il venait d'apprendre qu'il était en train de perdre la seule femme qu'il avait aimée. Il n'était pas disposé à la perdre elle aussi. La fille qui lui avait redonné vie. Sa fille.

« Quand tu m'as donné le drapeau, tu as dit que je devais lui faire honneur. Et maintenant, tu voudrais que je reste là à regarder ? » Marta le toisa, avec la fierté d'une femme adulte. « Alors pourquoi tu me l'as offert ? »

Melo ne put soutenir son regard.

« J'y vais », lâcha Marta, et elle rejoignit les autres dans l'escalier, après avoir pris un couteau dans la caisse des Loups.

Alors qu'elle s'approchait du carrosse, Paride l'accosta pour lui demander : « Comment va Pietro ? »

Les yeux de la jeune fille se mirent aussitôt à lancer des éclairs. « Je ne sais pas, répondit-elle sèchement. Et je n'ai pas envie de le savoir. »

Ludovico entendit cet échange.

Paride monta sur le siège du cocher et l'un des Loups, qui connaissait le dépôt de munitions à attaquer, s'assit à côté de lui. « Je m'appelle Paolo, coassa-t-il d'une voix rocailleuse. Mais mes amis m'appellent Rospo, le "Crapaud". » Il haussa les épaules.

« À cause de ma voix », rit-il.

Paride lui serra la main. « Enchanté, Rospo. »

Tous les autres se pressèrent à l'intérieur.

Ludovico ne quittait pas des yeux Marta.
« Comment ça va ?
— Bien, répondit-elle. On va leur montrer à qui ils ont affaire.
— Je voulais dire… » Il n'arrivait pas à trouver ses mots. « Enfin… comment tu vas, toi… comment va ta vie ?
— Tu m'as entendue parler avec Paride ? » Son ton était dur.
« Non…, bredouilla-t-il. Enfin si… Vous parliez fort. »
Elle le regarda droit dans les yeux. « Tu veux savoir comment va ma vie ? Ma vie va très bien. Et tu sais pourquoi ? Parce que c'est ça, ma vie. Ma vie, c'est libérer Rome. Me battre. » Elle le dévisagea. Puis, d'un ton plus doux, elle lui demanda : « Tu as peur ?
— Peut-être… »
Marta acquiesça. « Oui, moi aussi, peut-être. »
Tous deux se sourirent, puis se regardèrent en silence. Marta tendit la main et saisit celle de Ludovico, qu'elle serra.
« Enfin… pas besoin de “peut-être” ! corrigea-t-elle. J'ai une peur bleue.
— Oui, bleue, répéta Ludovico en hochant la tête.
— On va y arriver. » Mais cette affirmation ressemblait plutôt à une question.
« Restons ensemble », proposa-t-il.
Par la fenêtre, Marta observa les gens qui marchaient tranquillement, comme tous les jours, sans se douter qu'il y avait là deux jeunes gens qui s'apprêtaient à défier la mort. Et qui le faisaient pour eux aussi.
« On y est », annonça Rospo, assis près de Paride.
Le carrosse s'arrêta. Les quatre chevaux noirs piaffaient, nerveux, comme s'ils sentaient la tension des hommes.

« Attendez là, dit Rospo. Je vais jeter un œil. » Il descendit et se dirigea à pied vers un bâtiment bas et trapu. Au bout de quelques minutes, il revint et fit signe aux autres de sortir.

« Deux plantons devant le portail, rapporta Rospo. Et trois soldats dans la cour. Les autres sont au premier étage, dans le dortoir. D'ordinaire, ils sont une dizaine. Alors admettons qu'il y en ait sept en haut. Mais le capitaine Melo avait raison : les trois qui sont dans la cour ont la tête ailleurs. Une fois franchi le portail, il ne sera pas difficile de les mettre hors d'état de nuire. Le problème, c'est les plantons. On les neutralise, on entre, et vous vous occupez des trois dans la cour. Moi, je bloque la porte du premier étage, pour nous donner le temps de prendre ce dont nous avons besoin avant qu'ils ne la défoncent. Je ne sais pas s'ils ont des fusils dans le dortoir. Mais s'ils sont armés, ils pourraient tirer par les fenêtres. Alors traversez la cour rapidement et en zigzaguant. C'est compris ? »

Ses compagnons approuvèrent. On lisait la nervosité sur leurs visages.

« À deux, on s'approche de l'entrée, reprit Rospo. Les autres, vous nous suivez à distance, sans vous faire remarquer. » Il sourit. « Mais ne vous inquiétez pas, mon compagnon et moi, on va les distraire.

— Je viens avec toi », proposa Ludovico.

Rospo secoua la tête. « Mon garçon, sans vouloir te vexer, dans ce cas, on a plus besoin d'expérience que de courage. Il me faut un Loup. Tuer un homme, ce n'est pas facile. Et il faut être rapides. On ne peut pas se permettre d'hésitations. Excuse-moi. »

Ludovico rougit mais fit signe qu'il comprenait.

« Je viens avec toi », proposa un homme maigre, tout en nerfs. Malgré sa silhouette de fil de fer, il donnait une impression de force.

« On y va, Fil-di-Ferro, dit Rospo. Le coup de l'ivrogne.

— Parfait, fit l'autre.

— Toi, tu attends qu'on soit tous à l'intérieur, dit Rospo à Paride, et ensuite tu postes le carrosse devant l'entrée. »

Paride acquiesça.

Rospo et Fil-di-Ferro glissèrent des couteaux déjà ouverts dans leur ceinture, derrière leur dos. Puis Fil-di-Ferro passa un bras autour des épaules de Rospo et entonna une vilaine chanson, avançant vers le dépôt avec des jambes qui semblaient avoir du mal à le soutenir.

Les autres les suivaient de loin. Ils entendirent Rospo s'écrier :

« Mais tais-toi ! J'en peux plus ! »

Mais Fil-di-Ferro, naturellement, ne se tut pas.

Ludovico chercha la main de Marta, qu'il serra. Puis eux aussi sortirent les couteaux qu'ils avaient pris dans la tanière des Loups.

Marta n'avait jamais empoigné de couteau en pensant qu'elle pourrait l'utiliser pour tuer quelqu'un. Ludovico non plus.

« Maintenant, j'ai encore plus peur, murmura Marta.

— Moi aussi », souffla Ludovico.

Rospo et Fil-di-Ferro étaient arrivés devant les deux plantons.

« Arrêtez cet ivrogne ! s'exclama Rospo. Je vous en prie ! »

Les plantons se mirent à rire.

Et, à cet instant même, deux couteaux leur ôtèrent la vie.

Le reste de l'équipe se précipita à l'intérieur.

Fil-di-Ferro avait déjà poignardé un des soldats. En un éclair, les deux autres finirent dans une mare de sang, sans avoir poussé un cri d'alarme. Pendant ce temps, Rospo avait atteint la porte du premier étage, qu'il avait bloquée avec des meubles et tout ce qu'il avait pu trouver.

Ils commencèrent à vider le dépôt. Ils couraient sans trêve jusqu'au carrosse, chargés de fusils et de munitions, et ensuite revenaient se réapprovisionner.

Soudain, un coup de feu résonna. Puis un deuxième.

Fil-di-Ferro vacilla, fit tomber la caisse de munitions qu'il portait, et s'effondra à terre.

Rospo le secourut aussitôt. Il le souleva et le mit dans le carrosse. « Lui aussi, il faut que tu l'emmènes », dit-il à Paride. Puis il cria aux autres : « On s'en va ! »

Tous sortirent en courant, tandis que les coups de feu se multipliaient.

Le fouet de Paride claqua en l'air. Le carrosse démarra aussitôt.

Marta était terrorisée. Elle traversa la cour à toute allure, le bruit des tirs dans les oreilles. Mais elle n'avait pas encore atteint le portail qu'elle sentit un élancement brûlant à l'épaule. Elle poussa un cri.

Ludovico l'attrapa par la taille, et ils coururent à l'extérieur.

« Tu y arrives ?

— Partons ! Partons ! » dit Marta en serrant les dents. Ludovico la prit par la main et tous deux se mirent à courir, tandis qu'ils entendaient les cris des soldats français qui avaient réussi à défoncer la porte du dortoir, et qui se répandaient dans la rue.

« Venez par là, bande de couillons ! » leur cria Rospo.

Une rafale partit dans sa direction, mais Rospo avait déjà tourné au coin de la rue, se mettant à l'abri.

« Fumiers ! » lança un autre gars, dans la direction opposée.

Les soldats se tournèrent vers lui et firent feu.

« Allez vous faire foutre, enculés ! » hurla un troisième, derrière un platane, avant de partir en courant.

Les soldats lui tirèrent dessus.

« Couillons ! » brailla Rospo de l'angle où il se cachait.

« Venez me sucer ! » dit l'un des jeunes du Comité qui, prenant son courage à deux mains, provoquait les militaires avec des gestes obscènes.

Les soldats français ne savaient plus sur qui tirer. Finalement, ils décidèrent de poursuivre le jeune et de laisser les autres tranquilles.

Mais le garçon était rapide, et il se perdit dans les ruelles de Rome.

Il ne resta plus alors aux soldats qu'à regagner le dépôt pour ne pas le laisser sans surveillance. Ils arrivèrent à l'instant même où Rospo prenait ses jambes à son cou, après avoir volé trois autres fusils.

Pendant ce temps, Marta et Ludovico étaient arrivés assez loin pour pouvoir s'arrêter.

« Tu as mal ? demanda le jeune prince en regardant la tache de sang qu'elle avait sur sa robe, au niveau de l'épaule gauche.

— Allons au cirque ! » dit Marta. Puis elle secoua la tête.

« Non, nous mettrions tout le monde en danger…

— Allons chez moi », proposa alors Ludovico.

Il la couvrit de sa veste pour cacher le sang et se remit en route.

« Non ! Et ton père… ta famille ?

— Mon père ne s'en rendra même pas compte.

— Et ta mère ?

— Je n'ai pas de mère. » Le regard de Ludovico s'assombrit, et sa voix était rageuse. « Elle est partie avec un autre homme, il y a des années, quand j'étais petit. Et elle n'est jamais revenue.

— Je suis dés… »

Il eut un geste brusque de la main.

Marta se tut.

« Nous nous cacherons dans les écuries… Personne ne nous verra », assura Ludovico, et il repartit, tenant Marta par la main. « Tu y arrives ?

— Oui, dit Marta », sans réussir à le quitter des yeux.

Ils arrivèrent au palais des Chiodetti da Fibreno, dans la via dell'Orso, et gagnèrent les écuries par une entrée latérale.

« Allonge-toi là, dit Ludovico en indiquant à Marta la paille sur le sol. Je vais chercher quelque chose pour te désinfecter et te faire un pansement. Je reviens tout de suite. »

Lorsqu'elle se retrouva seule, Marta toucha la paille. Cette paille qu'elle avait appris à aimer avec Pietro. C'était leur lit. Leur première fois. Elle en prit une poignée et se mit à la triturer, jusqu'à la réduire en poussière.

Ludovico revint avec une bouteille de cognac et un tissu en lin. Il s'assit près d'elle. « Fais-moi voir », dit-il en lui enlevant la veste. La tache ne s'était pas beaucoup élargie. La robe était déchirée. « La balle d'un de ces salauds t'a éraflée », conclut-il. Puis il rougit. « Il faut… » Il s'interrompit, agitant les mains. « Il faut que tu déboutonnes ta robe. »

Marta vit comment il la regardait. Elle défit néanmoins ses deux premiers boutons et découvrit son épaule. Sa peau blanche et douce était rougie autour de la blessure.

Ludovico déchira le tissu de lin et en imbiba un morceau avec un peu de cognac. Il tamponna la blessure et la nettoya. « Ça fait mal ? »

Marta faillit lui répondre que oui, mais ensuite elle toucha machinalement la cicatrice de son poignet. Ça, oui, ça avait dû être de la douleur. De la vraie douleur. Et à l'époque, elle n'était qu'une fillette. Melo lui avait raconté qu'elle n'avait pas versé une larme. « Non, ça ne fait pas mal », répondit-elle.

Ludovico déchira des bandes de tissu et lui confectionna un pansement.

Puis il lui replaça la robe sur l'épaule, et la jeune fille se reboutonna.

« Écoute…, dit alors Ludovico. Je ne sais pas ce qui m'est passé par la tête, quand je t'ai raconté ce truc sur ma mère… La peur, peut-être… je ne savais plus ce que je disais… » Il esquissa un petit rire. « Mais ce n'est pas vrai. Oublie. Ma mère est simplement… morte quand j'étais petit… comme cela arrive souvent. »

Marta savait que ce n'était pas vrai. Mais elle hocha la tête. Elle ferait semblant d'y croire.

Ludovico la regardait droit dans les yeux. « Je m'excuse de t'avoir dit que je t'aimais, finit-il par lâcher. Je ne voulais pas te mettre mal à l'aise. »

Marta resta silencieuse. Elle ébaucha à peine un sourire.

Alors Ludovico se pencha vers elle et l'embrassa sur les lèvres.

Et Marta ne se déroba pas.

Mais ses lèvres ne lui brûlèrent pas autant que sous les baisers de Pietro.

45

Fin août 1870
États pontificaux (Rome)

« C’est le même truc que tu as utilisé pour le cheval que Sireno avait fouetté jusqu’au sang ?

— Bien sûr. Humains et chevaux ne sont pas tellement différents, répondit Melo, tout en badigeonnant la blessure de Marta avec l’onguent que lui avait conseillé Nella. Comme ça, ton poil repoussera bien », rit-il.

Marta rit avec lui. « Et Fil-di-Ferro ? »

Melo secoua la tête. « Il n’a pas survécu. » Il la regarda, sérieux. « Tu aurais pu mourir, tu t’en rends compte ? »

Elle lui fit signe que oui. Elle avait eu terriblement peur.

« Je suis fier de toi, dit-il en se mettant à faire son pansement.

— Et si je ne suis pas capable de recommencer ?

— Avec des “si” et des “mais”, on ne va nulle part. Inutile d’y penser maintenant. Tu verras ça le moment venu. Mais si tu n’étais pas en première ligne… » Il sourit. « Franchement, j’en serais heureux.

— Mais moi, je veux me battre pour Rome », affirma Marta, déterminée.

Melo hocha la tête. « Je sais. » Il noua le bandage. « Voilà, c'est fini. » Il la regarda et attendit qu'elle lève les yeux vers lui. « Et Pietro ? »

Le regard de Marta s'assombrit.

« Il ne m'intéresse plus.

— Menteuse.

— Je vais devenir la petite amie de Ludovico, répliqua-t-elle d'un ton de défi.

— Ah, on va avoir une princesse à la maison ! s'exclama Melo.

— Oui. Et alors ? poursuivit-elle avec entêtement.

— Une princesse malheureuse.

— Qu'est-ce que tu en sais ? éclata Marta. Tu es là tout seul avec tes chevaux, lança-t-elle, agressive. Qu'est-ce que tu connais de l'amour ? »

Il dodelina de la tête. « Tu as raison », murmura-t-il. Puis il se leva.

« Où vas-tu ? »

Mais il ne répondit rien et s'éloigna. Tête baissée, dos voûté.

Comme s'il portait un poids invisible sur les épaules.

Verdi lui avait dit qu'elle habitait toujours dans la même vieille maison. Elle l'avait choisie pour un motif très honorable. En 1848, le pape avait ordonné que le mur du ghetto juif soit abattu. Et quand la République romaine était née, l'année suivante, une des premières lois promulguées avait aboli la ségrégation des Juifs, leur donnant le même statut qu'à tous les autres habitants de Rome. Alors elle avait emménagé là, en plein ghetto, dans la via del Portico d'Ottavia, bien qu'elle ne fût pas juive. En fait, précisément pour cette raison.

Pour affirmer que les révolutionnaires qui avaient créé la République ne parlaient pas en vain.

Et elle habitait toujours là, bien que Pie IX, une fois la République tombée, eût décrété que les Juifs, même sans mur, devaient revenir vivre exclusivement dans le ghetto.

Elle, sa Marta à lui, était restée. Fidèle aux principes d'égalité pour lesquels elle avait lutté.

Et à présent elle se mourait, pensa Melo le cœur serré, pendant qu'il gravissait cet escalier qu'il avait gravi tant de fois par le passé.

Il s'arrêta devant la porte du petit appartement. Il fut tenté de partir. Mais il ne pouvait pas. Il frappa.

Un homme ouvrit la porte. Il était pâle. Éprouvé. Cheveux en bataille, il portait des lunettes épaisses et des vêtements modestes. Ses doigts étaient tachés d'encre et il tenait une plume à la main. Il ôta ses lunettes pour regarder Melo. Il ne lui demanda pas qui il était. Il semblait fatigué au point de ne plus même avoir la force de poser des questions.

Melo se présenta : « Je suis un vieil ami de votre femme. »

L'homme acquiesça lentement, comme s'il s'économisait aussi sur ce geste.

« J'ai appris que… qu'elle n'allait pas bien… »

Les yeux de l'homme s'embuèrent un instant. Ils exprimaient une douleur profonde et digne. « Comment vous appelez-vous ? »

Melo était sur le point de répondre, mais il s'interrompit. Il portait le même prénom que leur fils mort. En venant là, il n'y avait pas réfléchi. Mais maintenant, il se dit que cet homme, après avoir perdu son fils, était en train de perdre son épouse. Il ne pouvait pas lui faire ça. « Rinaldo, dit-il.

— Venez. Mais ne la fatiguez pas trop. » Il le conduisit à la chambre. Il passa la tête et annonça à sa femme, alitée : « Ton vieil ami Rinaldo est venu te voir. »

Quand Marta tourna son visage exsangue vers eux, ses yeux s'illuminèrent.

Melo, sans le vouloir, porta une main à sa poitrine.

« Salut… Rinaldo », dit Marta. Sa belle voix rauque avait perdu toute sa chaleur, toute sa sensualité.

Melo la fixait, incapable de détourner les yeux.

« Je vous laisse seuls », proposa le mari, retournant à son bureau couvert de feuilles écrites à la main, sans qu'aucun des deux soit capable de lui dire un mot. Comme s'il n'existait pas.

Melo connaissait bien cette pièce. Il y avait dormi. Il y avait fait l'amour.

Marta lui fit signe de s'asseoir sur le bord du lit.

« Ne t'inquiète pas, je ne suis pas contagieuse. » Elle rit doucement. « C'est une maladie rien qu'à moi, qui me ronge de l'intérieur…

— L'autre fois… quand nous nous sommes vus… » Melo avait du mal à parler. « Tu savais déjà ? »

Elle hocha la tête.

« Et pourquoi tu ne m'as rien dit ?

— Parce que j'aurais tout gâché, sourit-elle. Je pensais que c'étaient nos adieux… » Elle le regarda. « Alors que c'est aujourd'hui.

— Je reviendrai.

— Non. »

Melo tendit la main pour toucher la sienne.

« Non…, répéta-t-elle.

— Excuse-moi… »

Depuis leur rencontre, elle avait incroyablement maigri. La peau de son visage était tendue sur ses pommettes, et ses yeux enfoncés dans des trous noirs.

Ses lèvres décolorées à peine entrouvertes s'efforçaient de faire entrer un minimum d'air dans ses poumons.

Melo avait vu tellement de fois la mort. Il la connaissait. Et il savait qu'il ne restait pas beaucoup de temps à Marta.

« Mon mari va s'inquiéter, il va penser que tu me fatigues trop…, dit-elle. Il croit que moins je me fatigue… plus je resterai avec lui. C'est idiot, hein ?

— Non.

— Il vaut mieux que tu t'en ailles tout de suite, le pressa-t-elle. Avant de dire toi aussi quelque chose d'idiot… » Elle sourit et haleta. « Je voudrais rire mais… je n'y arrive pas. » Elle le regarda en inclinant son visage, sur lequel il n'y avait plus trace de sa beauté d'autrefois, rongée par la tumeur. « Merci… », murmura-t-elle.

Melo contracta les mâchoires et se leva. Il garda les yeux plongés dans ceux de Marta quelques instants encore, et puis il quitta la pièce. Craignant de s'effondrer sur le sol, il pressa le pas vers la sortie.

« Inutile de me raccompagner, dit-il au mari avec de l'urgence dans la voix. Ne vous inquiétez pas… Adieu.

— Adieu », fit le mari derrière ses lunettes épaisses.

Pendant que l'homme se levait pour rejoindre Marta dans la chambre, Melo ouvrit la porte et sortit. Mais il ne referma pas derrière lui. Honteux, il découvrit qu'il avait envie d'écouter ce qu'ils allaient se dire.

« C'est un brave homme, dit le mari.

— Oui.

— Et il ne s'appelle pas Rinaldo. »

Melo tressaillit.

« Comment tu le sais ? demanda Marta.

— J'ai remarqué la façon dont vous vous regardiez, expliqua l'homme de sa voix douce. Et maintenant, je sais pourquoi tu t'es obstinée à donner à notre fils ce prénom bizarre. »

Melo était agrippé à la poignée, les yeux fermés.

« Il s'appelle Melo, n'est-ce pas ? interrogea le mari.

— Oui, répondit Marta avant d'ajouter : Je suis désolée…

— Au contraire, moi ça me fait plaisir, dit-il d'un ton enjoué. Je t'aime de tout mon cœur, alors je suis heureux que tu aies pu le saluer. »

Melo referma la porte le plus doucement possible, tandis que ses yeux se remplissaient de larmes. Marta avait eu de la chance, se dit-il en descendant l'escalier, se tenant à la rampe pour ne pas tomber. Cet homme l'aimait vraiment. Il ne se serait jamais enfui comme lui l'avait fait.

Dans la rue, ses larmes coulèrent sans retenue, et il fut secoué de sanglots jusqu'à son retour au cirque.

Il trouva Marta et la conduisit derrière le chapiteau.

Elle le regardait, abasourdie. Le visage de Melo était dévasté par la douleur. « Qu'est-ce qui se passe ? lui demanda-t-elle, effrayée.

— Tu sais pourquoi je t'ai appelée Marta ? commença-t-il, la voix brisée par les pleurs. Parce que c'est le nom de la seule femme que j'ai aimée. » Il fit une pause et respira profondément, pour retenir ses sanglots. « Mais je l'ai quittée. Je suis parti. » Il serra fort les paupières afin d'arrêter ses larmes, et il grimaça. « Et maintenant, elle se meurt… »

Elle ne supportait pas de le voir ainsi.

« Si je ne l'avais pas quittée, reprit-il péniblement, en ce moment… c'est moi qui serais là, assis au bord de son lit, au lieu de son mari. Et je pourrais lui tenir… la main… jusqu'à… jusqu'à son dernier souffle. » Il s'arrêta et la regarda, les yeux remplis de larmes. Il l'attira contre lui, la serra fort. « Marta… lutte pour ton amour, lui murmura-t-il à l'oreille. Et même si tu devais perdre… au moins, tu n'auras pas cet enfer en toi… » Il la serra plus fort encore, et puis il l'écarta, la tenant par les épaules et la fixant droit dans les yeux. « Ne vis pas de regrets. » Il fit une pause vibrante de douleur. « N'abandonne jamais. Bats-toi. » Il lui caressa le visage. « L'amour, ça ne se gâche pas. »

Pietro avait pris des photographies tout l'après-midi. Ensuite, il les avait développées. Et à présent, l'Albanese les examinait.

« C'est de la merde, commenta-t-il.

— Non. C'est la réalité, rétorqua Pietro.

— Exact, acquiesça l'Albanese. Et c'est ce que je veux dire. C'est la réalité que j'ai fuie. » Il sourit. « De la merde à l'état pur. » Il recommença à observer les photos. Les pieds d'un mendiant, répugnants et couverts de plaies. Les mains d'une lavandière, crevassées presque jusqu'à l'os. Les yeux d'une prostituée, éteints et vides, auxquels même le maquillage ne parvenait pas à redonner vie. Deux gamins qui fouillaient dans les détritus. Puis les mêmes qui se disputaient des restes moisis. Des clochards sous un pont, entourés d'une nuée de mouches, comme s'ils étaient déjà des cadavres.

Il y avait un religieux vêtu de satin, bras dessus bras dessous avec un jeune garçon blond efféminé, le visage fardé. Et un groupe d'aristocrates, une moue dédaigneuse sur leur visage bien rasé, harcelés par une bande d'enfants qui quémandaient une pièce. Une femme en robe somptueuse couverte de bijoux qui, d'un air dégoûté et hautain, indiquait de ses mains gantées une miche de pain à une vendeuse ambulante en guenilles. Ensuite, la même femme prenait la miche, qu'elle lançait au milieu d'un groupe de miséreux. Puis elle riait, tandis que les gueux s'entre-tuaient pour ce morceau de pain.

« Il vaut mieux être de ce côté de la barricade, pas vrai ? commenta l'Albanese en agitant la photo des nobles.

— Il vaudrait mieux que ça, ça n'existe pas », dit Pietro en montrant ses portraits de misérables.

L'Albanese rit aux éclats. « Ah, les rêveurs ! s'exclama-t-il. Comment pourrait-on vivre sans les rêveurs ? »

Pietro s'assombrit.

« Allez, Champion, ne fais pas la tête. Dans la vie, il faut de la dérision, autrement on est vraiment foutu. » Il lui donna une tape dans le dos. « Allez, à table ! Regarde un peu cette merveille : soupe de haricots à la couenne, rôti de porc avec de la chicorée à la poêle et, s'il te reste encore de la place, tu pourras goûter ce chef-d'œuvre qu'est la *crostata* de ricotta de chèvre aux griottes, telle qu'on la fait dans le ghetto. »

Depuis qu'il le logeait dans son bureau, l'Albanese avait fait débarrasser tout le bazar qu'il y avait sur la table, et ils dînaient là chaque soir. Seuls tous les deux.

Ils s'assirent, et l'Albanese versa deux grosses louches dans le bol de Pietro. « Allez, mange », dit-il joyeusement.

Pietro plongea sa cuillère dans la soupe, forte, épicée et délicieuse.

« La sora Lella est imbattable », grogna l'Albanese la bouche pleine, éclaboussant sa barbe de l'épaisse soupe aux haricots.

Pietro le regarda. Il mangeait comme un animal. Il se comportait comme un animal. Il ne respectait rien. Il tuait les gens les yeux fermés. Il battait les femmes à mort. Et à côté de ça, avec lui, il était capable d'attentions qu'il n'avait pour personne d'autre.

« Si tu savais comme tu me fais plaisir, Champion », lança l'Albanese après deux verres de vin rouge des Castelli, ingurgités comme si c'était de l'eau. Il s'en versa un autre, qu'il but à nouveau cul sec. Il rota, déboucla la ceinture de son pantalon et s'avachit sur sa chaise.

Ce soir-là, Pietro l'observa plus attentivement, et il comprit quelque chose de pathétique : l'Albanese était seul. Il n'avait personne. C'était ça, sa terrible sentence. Le scélérat dînait avec lui chaque soir, autrement il aurait dû le faire avec son père, l'être méprisable qui l'avait bourré de coups de poing et de pied et qui maintenant, en proie à la démence, l'accablait d'insultes. Il n'avait personne d'autre.

« Ah ! s'exclama l'Albanese en descendant son quatrième verre de rouge. Tu sais pourquoi j'aime dîner avec toi, Champion ? dit-il, la voix légèrement empâtée. C'est parce que je peux boire autant que je veux ! » Il ricana. Le vin lui déliait la langue. « Alors que quand je mange avec mon père, je dois faire gaffe. » Il avala un cinquième verre. « Une fois… je me suis saoulé… » Il rota à nouveau. « Lui, il me hurlait toujours les mêmes conneries… tu l'as entendu… et… » Il se pencha vers Pietro, coudes posés sur la table, et il renversa le bol de soupe. « Merde ! jura-t-il. Qu'est-ce que je disais ? Ah oui… j'étais ivre mort… lui, il continuait de débiter ses conneries… et moi… » Il dodelina un moment du chef, les yeux troubles. « Et… j'ai eu l'impression de redevenir gosse. » Il rit. Puis redevint sérieux. « Et tu sais quoi ? J'ai eu peur de lui… comme à l'époque. » On aurait dit qu'il revoyait la scène, qu'il éprouvait les mêmes sensations qu'autrefois. « Et j'ai… presque pleuré. » Il eut un rire gras. Pourtant, son regard s'était embué. « Mais va te faire foutre ! » Il jeta rageusement son verre contre le mur, le faisant exploser en mille morceaux. Et il ravala ses larmes.

Pietro le fixait.

« Putain, qu'est-ce que tu regardes ? » lui lança l'Albanese. Maintenant, il était furieux. Il se leva et rattacha sa ceinture. « Je n'ai plus faim. » Il se dirigea vers la sortie. « N'oublie pas de fermer, chien de garde… » Puis il s'arrêta et revint sur ses pas. Il s'approcha du coffre-fort.

Pietro fit mine de manger sa soupe.

Vingt-sept à gauche. Neuf à droite. *Ne te retourne pas*, pria-t-il, tendu. Sept à gauche. *Tu es foutu !* s'exclama-t-il intérieurement.

Puis il replongea la tête dans son bol.

L'Albanese prit de l'argent et referma le coffre.

« N'oublie pas de fermer, chien de garde…, répéta-t-il.

— Tu me l'as déjà dit. »

Le truand lui fila une taloche sur le crâne. Puissante.

« Et alors ? Si j'ai envie de répéter ?

— Excuse-moi…

— Putain, c'est ça, excuse-toi », grommela-t-il.

Il ouvrit la porte de l'échoppe. « N'oublie pas de fermer, chien de garde ! » dit-il encore en se mettant à rire. Puis il pointa son index vers lui. « Demain, tu vas voir plus d'argent que tu en as jamais vu de ta vie ! » Et il disparut enfin dans la nuit.

Pietro alla fermer la porte à clef, avant de retourner à table. Mais il continuait à fixer le coffre-fort. Il finit par se lever et s'approcher.

Vingt-sept à gauche…

Pendant que la molette tournait, produisant un léger bruit d'engrenages qui s'enclenchaient, son cœur battait fort.

Neuf à droite…

Il retint son souffle.

Sept à gauche…

Clac !

C'est dans le silence le plus total qu'il ouvrit la porte. Il y avait de l'argent, des objets en or, les photographies des meurtres, et les quatre bagues de la comtesse.

« Foutu ! » répéta Pietro.

Il referma le coffre sans toucher à rien, puis alla se jeter sur son lit. Mais il ne put s'endormir. Désormais, sa vengeance était à portée de main.

Le lendemain, quand il ouvrit à l'Albanese et à Ghiozzetto, il n'avait pas sommeil. Il était encore surexcité.

« Le lieutenant à la tête de l'équipe d'enquêteurs formée par le cardinal Antonelli déclare être à un pas de l'arrestation des terroristes, annonça l'Albanese en agitant le journal du matin. Tu parles ! T'es à un pas de ma grosse bite, Français de merde ! » Et il rit en frottant le journal contre son entrejambe. « Ils sortent des conneries comme ça pour calmer les riches qui ne dorment plus tranquilles. » Il ricana encore. « Bon, on y va. Prends ta boîte magique », ordonna-t-il à Pietro.

Pietro chargea son appareil photographique sur son dos.

Ils rejoignirent le reste de la bande, et tous se dirigèrent vers une villa qui se trouvait sur l'Aventin.

Ils escaladèrent discrètement le mur d'enceinte et gagnèrent l'arrière de la villa, où donnaient les cuisines. Er Ciriola, celui qui portait le surnom des traîtres en puissance, brisa un carreau et ouvrit la porte. Tout le monde se précipita à l'intérieur.

Surpris, le cuisinier se retourna et saisit un long couteau.

« Frère, jette ça et il ne t'arrivera rien, lui dit l'Albanese.

— Je ne suis pas ton frère, salaud ! »

Le cuisinier se jeta sur lui. En un éclair, son tablier blanc se teinta de sang.

Les autres employés de cuisine levèrent les mains. Ils furent immédiatement bâillonnés et ligotés.

Ensuite, la bande envahit la villa. Deux domestiques et trois femmes de chambre furent neutralisés sans qu'on touche à un de leurs cheveux.

Le jardinier, occupé dehors à tailler la haie de buis, vit toute la scène. Il se mit à courir vers le portail.

L'Albanese se retourna vers Ghiozzetto, fou de rage.

« Tu avais dit que c'était son jour de congé !

— Ça… ça devait être le cas…, balbutia Ghiozzetto.

— Ferro, arrête-le ! » cria l'Albanese à l'un de ses hommes, qu'on appelait comme ça parce qu'il portait toujours sur lui un *ferro*, le nom que les Romains donnaient au pistolet.

Ferro brisa un carreau et visa froidement.

Le jardinier était presque arrivé au portail. Ferro tira.

L'homme, qui était en train de courir, écarta grand les bras avant de s'abattre lourdement sur le gravier.

Une voix résonna au premier étage.

« Qui est là ?

— C'est nous, maître Landolfi ! » ricana l'Albanese.

Le notaire se tenait en haut de l'escalier en robe de chambre, un fusil à la main. Il tira, ébréchant un meuble. Il avait aussi un pistolet. Un autre coup partit, pendant que les hommes de la bande se mettaient à l'abri.

L'Albanese, lui, monta trois marches, puis lança son couteau.

La lame s'enfonça dans la poitrine du notaire, qui bascula en arrière.

En un clin d'œil, l'Albanese le rejoignit. Il lui enleva le couteau de la poitrine et l'égorgea. « Le drapeau ! cria-t-il. Et toi, prends la photo ! Vite ! »

Pietro installa son appareil photo le plus rapidement possible et appuya sur le bouton, cadrant le visage de l'Albanese qui souriait près du drapeau italien et de la gorge tranchée de maître Landolfi.

« Dépêchons-nous », lança alors l'Albanese, en se dirigeant vers le bureau. Il repéra immédiatement le coffre-fort blindé. Il n'avait pas le temps de le forcer. « Due Ante, ordonna-t-il, jette-le par la fenêtre. Et prie pour qu'il se casse, sinon je te crève. »

Sans aucune difficulté apparente, Due Ante saisit le coffre et s'approcha de la fenêtre, que quelqu'un entre-temps avait ouverte. Poussant un cri bestial, il le souleva au-dessus de sa tête et le jeta dehors, de toutes ses forces. On entendit l'objet se fracasser à terre.

« On y va ! » dit l'Albanese.

Ils descendirent l'escalier en courant.

À ce moment-là, ils virent des soldats français pénétrer dans le jardin et s'élancer vers l'entrée de la villa.

Les hommes de la bande gagnèrent les cuisines au pas de course et sortirent. Le coffre s'était disloqué.

« Attrapez ce que vous pouvez, et décampons ! » cria l'Albanese.

Pietro était terrorisé. Il courut jusqu'au mur et l'escalada, sans lâcher son appareil photo. Puis il sauta de l'autre côté.

L'Albanese était près de lui. « File, Champion ! »

Les autres hommes atterrirent aussi dans la rue.

C'est alors que le premier tir retentit.

Er Ciriola se trouvait encore à califourchon sur le mur. Il hurla, avant de s'affaisser à terre.

« Chef, laissons-le ! s'écria Ghiozzetto, tandis que les autres prenaient la fuite. On n'y arrivera jamais, si on est obligés de le porter ! »

Mais l'Albanese revint sur ses pas.

« Je ne parlerai pas. Je le jure ! fit Er Ciriola avec un regard épouvanté.

— Non, tu ne parleras pas », confirma l'Albanese.

Et il l'acheva. Ensuite, il prit la fuite.

Pietro resta immobile une seconde de trop. Quand il se décida à partir, un homme apparut en haut du mur, le fusil pointé vers lui.

Il le reconnut aussitôt.

Et le lieutenant Béras le reconnut aussi.

Pietro décampa. Il avait toujours dans les yeux l'image du jardinier frappé dans le dos.

Le lieutenant Béras l'avait dans sa ligne de mire. C'était un coup facile.

Mais il ne tira pas.

Nella serra la main de Mamma Lucia, avant de se lever de son lit.

« Vous le retrouverez », assura la vieille femme.

Nella lui avait expliqué qu'il n'y avait aucune trace de Pietro. Et elle lui avait aussi avoué qu'elle était amoureuse. Pour la première fois de sa vie. Un sentiment bouleversant, qu'elle n'avait jamais ressenti pour Ippolito. Et elle lui avait dit que cet amour si merveilleux la déchirait. Parce qu'il est impossible de s'abandonner à une joie aussi intense, lorsqu'on éprouve une douleur plus intense encore.

« Vous le retrouverez, répéta Mamma Lucia. Vous êtes deux, maintenant. »

Nella, tête baissée, se dirigea vers la sortie du dortoir.

« Tu as vu que j'ai réussi à faire changer son matelas ? » lui lança sœur Alberta, souriante, un soupçon de gentillesse dans la voix.

Nella acquiesça. « Oui, merci... J'ai toujours su que tu étais quelqu'un de bien. » Et elle s'apprêta à sortir. Mais Alberta, toujours sourire aux lèvres, interrompit son mouvement.

« Non, c'est à moi de te remercier. À force de rester enfermé là-dedans, on finit par oublier ce qu'est vraiment la vie. Alors que toi, tu n'as jamais oublié comment Mamma Lucia s'occupait de nous tous.

— C'est quelqu'un de spécial.

— Oui, de vraiment spécial.

— J'y vais, lâcha Nella, qui n'avait aucune envie de bavarder.

— Mais où est-ce que tu habites, exactement ? » la retint encore sœur Alberta.

Nella la regarda, sourcils froncés.

La religieuse avait reçu une deuxième visite de frère Leone. Il lui avait dit qu'il avait besoin d'une adresse plus précise. Les indications qu'elle lui avait fournies étaient trop vagues. Et sœur Alberta était déterminée à aller jusqu'au bout. Mais Nella continuait à la dévisager, cherchant à percer le motif de cette requête. Cela lui paraissait suspect.

« Je peux venir te rendre visite un de ces jours ? » improvisa la sœur.

Nella songea qu'elle n'avait nulle envie de se retrouver avec cette fille dans les pattes. Surtout en ce moment.

« C'est une période..., commença-t-elle.

— Je t'en prie ! » Alberta, l'air mortifié, se mit à fixer le sol. « Je n'ai personne à qui parler, dit-elle tout bas. La vérité... c'est que je suis seule comme un chien. »

Nella eut l'impression d'être mise dos au mur. Et coincée dans une cage. « Via di Panìco, lâcha-t-elle à contrecœur. Tout au début, quand on vient du ponte Sant'Angelo. Tu fais quelques pas et, sur la droite, tu vois des marches qui mènent à un sous-sol. C'est là. » Elle vit le visage de la religieuse s'illuminer. Elle lui sourit. « D'accord… viens… »

Alberta la prit dans ses bras, et puis porta une main à son cœur.

« J'y vais », répéta Nella qui, cette fois, s'en alla pour de bon.

La religieuse attendit un moment. Puis elle aussi descendit l'escalier lustré de l'hospice et gagna la sortie.

« Où vas-tu ? lui demanda la sœur gardienne.

— À l'église, répondit-elle. À Santa Cunegonda. J'ai trouvé un nouveau confesseur qui apporte du réconfort à mon âme.

— Et qui est-ce ? s'enquit la gardienne qui, à l'exception de sa bure, ne différait en rien des autres concierges de Rome en matière de curiosité.

— Tu ne le connais pas, dit Alberta. C'est un franciscain.

— Mais qui ça ? insista l'autre. Ce ne serait pas par hasard celui qui est venu, il y a quelque temps, parce qu'il cherchait Mamma Lucia ?

— Oui, voilà, c'est lui.

— Frère… frère Leone, il s'appelle comme ça, n'est-ce pas ?

— Exact.

— Alors, cours ! De nos jours, c'est tellement rare, de trouver un bon confesseur ! Loué soit Jésus-Christ. »

Sœur Alberta avait maintenant l'adresse précise pour faire arrêter cette voleuse.

« Oui, qu'il soit loué ! » approuva-t-elle en partant.

Nella raccommodait une robe – une commande pour une femme du quartier –, quand on frappa à la porte.

Elle posa le vêtement sur la table, sourcils froncés. Elle n'attendait personne. Mais ensuite, son regard s'éclaira. C'était peut-être Pietro.

Elle courut à la porte et l'ouvrit d'un coup sec.

La lumière qu'elle avait dans les yeux s'éteignit.

« Je dérange ? »

Nella fit un pas en arrière. Puis elle s'efforça de sourire. Au fond, cette fille lui plaisait. « Non, viens, Marta. Entre. »

Elle n'avait pas encore refermé la porte que Marta lui demanda, un sentiment d'urgence dans la voix : « Il est rentré ? »

Nella secoua tristement la tête, tout en refermant la porte. « Non », dit-elle. Puis elle regarda un coin de la pièce.

« Enfin, si. Il est venu récupérer son appareil photo. Mais il a attendu que je ne sois pas à la maison, précisa-t-elle avec douleur. Entre donc. Tu veux quelque chose de chaud ?

— Non, merci », répondit Marta.

Voir Melo en proie à la douleur, le voir pleurer, l'avait profondément remuée. Il lui avait dit de lutter. Parce que autrement, un jour, elle éprouverait à son tour cette terrible douleur qui le déchirait. « Où peut-il être ? » demanda-t-elle, le cœur souffrant. Une souffrance qu'elle s'était entêtée à nier jusqu'alors.

Nella se laissa tomber sur sa chaise. Ses yeux se remplirent de larmes. « Dieu seul le sait. »

Marta eut la certitude que cette femme et elle partageaient la même douleur. Elle eut envie de pleurer à son tour. Mais elle se retint. « Qu'est-ce qu'il peut bien faire ? » Et à ce moment-là, elle se rendit compte que ni l'une ni l'autre n'avait prononcé son nom. Comme pour éviter d'avoir encore plus mal. « Ces derniers jours, il était bizarre… »

Avec un soupir, Nella désigna la pile de pièces sur la table. « Il a dit avoir gagné ça en un seul après-midi », expliqua-t-elle. Il y avait de la douleur et de la colère dans sa voix. Et aussi une immense inquiétude. « D'après toi, qu'est-ce qu'il fait ? » Elle secoua la tête. « Rien de bon. »

Marta aussi sentit la colère s'unir à sa douleur. « Il nous a trahies. »

Nella la dévisagea avec une expression bienveillante. « Je ne sais pas… », murmura-t-elle. Puis elle baissa ses yeux violets. « Mais ce qui est sûr, c'est que moi, je l'ai trahi. »

Et Marta, dans le silence qui suivit, dit lentement à voix basse, comme se parlant à elle-même. « Oui… moi aussi. »

46

Début septembre 1870
États pontificaux (Rome)

Maintenant, Leone Pompei savait exactement où trouver Nella Beltrame, la fausse comtesse, et l'orphelin qui vivait avec elle.

Mais il s'était aussi produit quelque chose d'inattendu, d'extraordinaire.

Cette religieuse délatrice, sœur Alberta, était laide, insignifiante, et elle avait devant elle une vie inutile. Elle débordait de rancœur et de frustration. Tout comme lui. Et en lui parlant, dans un certain sens, il était tombé amoureux d'elle. C'était son pendant féminin.

Il y avait donc eu un changement de programme dans son existence.

Il avait décidé d'expédier vite fait l'histoire avec Nella, avant de se consacrer à sœur Alberta. La nouvelle sœur Alberta. Celle qu'il devinait déjà. Il allait l'éduquer. La guider.

Ensemble, délirait-il, ils formeraient un couple hors du commun. Ils seraient unis dans le sang. Et dans le mal qui, désormais, le possédait.

Sœur Alberta, l'ange noir miraculeusement apparu dans sa vie, était son avenir radieux.

Ce matin-là, après avoir affûté son poignard, Leone se dirigea vers la via di Panìco, le cœur léger. Avec une pétillante sensation d'ivresse. Parce que ce n'était pas la fin, mais le début.

Parcourant la via dei Coronari, il souriait. Il bénit aussi deux vieilles femmes venues lui baiser la main.

La vie était extraordinaire. Et généreuse.

Arrivé à proximité de la via di Panìco, il enfonça son capuchon sur sa tête, afin de ne pas risquer d'être reconnu.

Il atteignit la porte indiquée par sœur Alberta. Tout correspondait. Les marches, le sous-sol. Il n'y avait pas la moindre erreur possible. Il s'apprêtait à traverser la rue lorsqu'il fut dépassé par un militaire en uniforme de zouave, qui le bouscula. Le militaire s'excusa, puis se dirigea droit vers le sous-sol.

Leone s'arrêta net. Il fit demi-tour, puis surveilla l'entrée du garni.

La porte s'ouvrit, et voilà que la comtesse apparut, misérablement vêtue. Mais toujours belle et désirable. Il en eut un coup au cœur.

Nella fit entrer le militaire et referma la porte.

Leone se tapit à nouveau dans l'ombre. Il caressa son poignard. Il devait patienter encore un peu. Il attendrait que le militaire s'en aille, puis la comtesse serait tout à lui.

Mais au bout d'une petite demi-heure, il sursauta en voyant surgir sœur Alberta au bout de la via di Panìco.

La religieuse marchait d'un pas hésitant. Elle accélérait. Puis ralentissait. S'arrêtait presque. On aurait dit qu'elle voulait retourner sur ses pas. Elle portait une main à sa poitrine, comme si son cœur battait trop fort. Ensuite elle se touchait les yeux. Et là, elle baissait brusquement la main, formait un poing et serrait les dents, prenant une expression rageuse. Et cette expression, une seconde plus tard, fondait comme de la cire près du feu, lui laissant dans les yeux un regard indécis. Effrayé. Tourmenté.

Leone comprit immédiatement ce qui lui arrivait. Il devina le combat intérieur qu'elle menait contre elle-même.

Finalement, sœur Alberta se décida. D'un pas las, tête basse, elle se dirigea vers le sous-sol, comme vaincue.

Leone eut l'impression de se reconnaître lorsqu'il avait été chassé par le préfet, à Novare. Il se revit, malheureux regagnant l'étable comme une bête de somme. Privé de volonté. Incapable de se rebeller. Incapable de rêver une autre vie. Résigné.

Il se dépêcha de traverser la rue. Il était temps de la sauver.

« Sœur Alberta ! » appela-t-il.

La religieuse se retourna, étonnée et comme prise en faute.

« Ma sœur, lança Leone en la rejoignant, quel plaisir de vous voir ! »

Elle avait l'air gêné. Prise en flagrant délit, elle ne pouvait nier la vérité. « J'ai fait une erreur », avoua-t-elle. Et elle commença à faire le signe de croix.

Mais Leone interrompit ce geste avant qu'elle ne puisse finir. « Non, vous n'avez pas fait d'erreur, dit-il d'un ton serein. Mais vous en auriez commis une si vous aviez fait ce que vous aviez l'intention de faire. »

La sœur riva les yeux au sol.

« Je… je ne voulais pas…, balbutia-t-elle. Je suis… je suis un être répu…

— Angélique, coupa Leone. Un être angélique. »

Elle leva les yeux, surprise. Et elle inclina la tête sur le côté, comme le font parfois les chiens lorsqu'ils entendent un bruit étrange.

Leone se mit à rire. « Vous êtes magnifique », assura-t-il.

Elle rougit.

« Je vais vous expliquer. Mais pas ici. » Il la prit par le bras.

Sœur Alberta ébaucha une imperceptible résistance.

Mais Leone savait qu'elle était encore trop faible pour se rebeller. Il sourit.

« N'ayez aucune crainte. Maintenant, je suis là.

— Vous… vous êtes là ? » Elle fronça les sourcils. « Dans quel sens ? Vous êtes là… pour quoi ?

— Pour m'occuper de vous. »

Leone perçut tout l'effet que ses mots avaient produit en elle. Ils avaient percé son écorce et pénétré jusqu'au cœur battant de cette âme solitaire. Ils lui avaient apporté une chaleur qu'elle n'avait certainement jamais éprouvée auparavant.

Elle le regardait.

Elle était merveilleusement laide, pensait Leone. Sa bouche laide était ouverte sous le coup de la surprise. Ses yeux laids étaient immobiles, semblables à ceux d'un animal empaillé. Ses traits disgracieux, adoucis par la chaleur qui l'avait brusquement envahie, exprimaient l'hébétude.

« Maintenant, je suis là, répéta Leone. Je suis là pour m'occuper de vous. »

Sœur Alberta ne put prononcer un mot. Elle fixait frère Leone, qui venait de lui dire ce qu'on ne lui avait jamais dit auparavant. Ce qu'elle avait attendu toute sa vie.

« Venez, lui dit le frère. Mettons-nous dans un coin où personne ne nous verra, et je vous expliquerai. »

Il atteignit la berge du Tibre voisine, et indiqua la partie ombragée sous le pont.

« Voilà, allons là-bas.

— Que voulez-vous faire ? réussit alors à articuler la religieuse.

— M'occuper de vous. Vous éduquer. Vous guider. »

La sœur le suivit docilement. Mais à mi-chemin de la descente de la berge, elle s'arrêta. « Je suis vierge », lâcha-t-elle. Mais ce n'était pas un non. Elle n'avait pas l'intention de s'opposer à ce qu'elle imaginait derrière l'expression « M'occuper de vous ».

Leone éprouva pour elle une immense vague de tendresse. Elle s'offrait déjà à lui. Spontanément. Sans qu'il ait rien demandé.

Sœur Alberta reprit la descente de la berge. Désormais, ses joues étaient empourprées par la honte, par le désir et par le rêve d'être une femme avec une vraie vie.

Quand ils arrivèrent sous le pont, elle resta plantée là, bras légèrement écartés, comme une merveilleuse martyre.

« Asseyez-vous », dit Leone en indiquant le renflement de travertin à la base de la première pile du pont.

Elle obéit.

Leone s'assit près d'elle. Il prit la main de la religieuse dans la sienne.

Elle frémit.

« Je sais ce que vous avez cru tout à l'heure, commença-t-il avec douceur, mais ce n'est pas ce qui va se passer. »

Le visage de sœur Alberta prit une expression humiliée, mortifiée.

Leone s'en aperçut. « Vous n'en êtes pas moins un ange que le destin m'a envoyé, reprit-il en lui pressant chaleureusement la main. Vous n'en êtes pas moins désirable. Vous n'en êtes pas moins la plus belle femme que la vie ait placée sur mon chemin. »

La religieuse ne savait que penser. C'était trop de mots magnifiques d'un seul coup. Mais c'était aussi un refus.

« Ce n'est pas ce qui va se passer… je veux dire pour le moment… parce que vous n'êtes pas encore prête, poursuivit-il. Voulez-vous que je vous guide ?… que je vous éduque ?… que je vous montre qui vous êtes vraiment ? »

Elle opina du chef.

« Très bien, reprit-il. Vous savez que deux natures opposées cohabitent en nous, que l'on définit comme le *bien* et le *mal.* »

Elle acquiesça à nouveau, ensorcelée. Perdue dans le regard magnétique de cet homme.

« Tout à l'heure, je vous ai observée. Vous étiez en train de mener une guerre. Et ce qui a gagné, c'est ce qu'on vous a enseigné au catéchisme, puis chez les sœurs et, en général, dans la société bien-pensante.

— Oui…, répondit Alberta. J'ai compris ce qu'était le bien et le mal. »

Il la regarda avec tendresse.

« Non. Vous avez obéi à ce qu'on vous a inculqué. Vous avez choisi un bien qui n'est pas le vôtre… et rejeté un mal qui n'en est pas un.

— Je ne comprends pas…

— Les deux natures en nous ne sont pas le bien et le mal, reprit-il. Ce sont simplement deux natures différentes, je dirais opposées, qui vivent ensemble et qui nous définissent, selon celle qui prend le dessus sur l'autre. »

Il lui serra encore la main. « Êtes-vous prête pour une révélation ? »

Sœur Alberta aurait voulu arrêter le temps. Au cours de ces quelques minutes, elle avait entendu les plus belles paroles qu'elle avait jamais imaginé entendre. À cet instant, elle aurait pu affirmer qu'elle était heureuse. Pour la première fois de sa vie.

« Je suis prête…

— Comment vous êtes-vous sentie, quand vous avez décidé de m'aider à découvrir où habitait Nella Beltrame ? demanda-t-il.

— Maintenant, je…

— Non ! l'interrompit-il aussitôt. Pas maintenant. Au moment où vous l'avez fait. »

Il la regarda droit dans les yeux. « Répondez honnêtement, si vous voulez vraiment entendre une révélation. »

Elle fixa le sol.

« Je me suis sentie bien.

— Et pourquoi ? N'ayez pas honte.

— Parce que Mamma Lucia n'arrêtait pas de me dire combien cette fille était extraordinaire, alors qu'à moi elle n'a même pas dit “C'est bien” une fois dans sa vie », commença-t-elle timidement.

Mais au fur et à mesure qu'elle parlait, la rancœur, l'animosité et la frustration colorèrent son récit de passion. « Parce qu'elle… elle était gentille aussi avec moi… Elle était gentille même si elle ne me voyait pas… parce que pour elle, comme pour tout le monde, j'étais transparente… Parce que… je la détestais. Et je voulais… la punir. » Elle s'interrompit, à bout de souffle. Effrayée par son fiel, jailli ainsi à haute voix. Elle regarda frère Leone.

« Vous me trouvez méprisable, n'est-ce pas ?

— Au contraire, sourit-il. Je vous trouve encore plus belle. »

Il lui pressa à nouveau la main.

« Et vous étiez heureuse, à ce moment-là ?

— Oui... », avoua la sœur, tête baissée.

Le visage de Leone s'illumina. « Et il y a quelques minutes, quand vous vous apprêtiez à l'avertir que vous l'aviez trahie... » Il lui souleva le menton, afin que leurs regards se croisent. « Tout à l'heure, là... vous étiez heureuse ? »

Les yeux de sœur Alberta s'embuèrent de larmes. Elle secoua la tête.

« Non, lâcha-t-elle d'une voix brisée. Mais c'était... juste...

— Non. C'était une erreur, trancha-t-il. Le bien et le mal n'existent pas. » Il la prit par les épaules. « Ce qui était bien pour vous, c'était d'accomplir une action que la société juge méprisable. Et alors ? » Il la scruta. « Voilà ce que vous êtes. »

Il attendit que ces mots pénètrent au plus profond de sœur Alberta, là où se nichait son âme noire et ankylosée.

« Et moi aussi, voilà ce que je suis.

— Vous... ?

— Moi, confirma-t-il avec un mouvement de tête. Mais j'ai fait beaucoup plus de chemin que vous. J'ai franchi la frontière... et je suis passé du côté du bonheur absolu. Là où j'ai rencontré mon âme noire. » Il la regarda, les yeux égarés dans son délire. « Et c'est là que je veux vous conduire. Avec moi. Dans le royaume du mal. »

La religieuse se figea brusquement, épouvantée. Elle lut la folie qui enflammait les yeux fiévreux de cet homme. Elle comprit ses flatteries. Ces paroles qu'elle avait toujours espéré entendre se réduisirent à l'instant en poussière. Elle se vit là, prête à souiller son corps avec ce frère. « Mais qui êtes-vous ? chuchota-t-elle. Satan ? » Elle se leva d'un bond.

Leone la retint. « Accepte ta vraie nature ! » s'exclama-t-il, possédé, comme dans un exorcisme inversé.

« Laissez-moi ! hurla-t-elle, terrorisée.

— Écoute-moi !

— Que Dieu me pardonne ! cria-t-elle encore.

— Dieu t'a créée telle que tu es ! Accepte-le !

— Laissez-moi ! Vous me dégoûtez !

— Silence, ne crie pas…

— Vous êtes un monstre !

— Je t'en prie, tais-toi ! »

Sœur Alberta se démenait.

C'est alors que Leone, en un éclair, se retrouva catapulté dans le passé, vers ce moment qui avait marqué le début. Sa naissance. « Tais-toi ! »

Maintenant, la religieuse pleurait.

Mais il ne la voyait plus. Ne l'entendait plus. Devant lui, il y avait son épouse.

« Luigia, je te préviens, tais-toi ! grogna-t-il, rouge écarlate et poings serrés. Je t'ordonne de te taire !

— Laissez-moi !

— Tais-toi ! » brailla Leone, et il la saisit par le cou, grinçant des dents et serrant de toutes ses forces.

« Satan… », murmura sœur Alberta.

Puis son corps s'affaissa.

Ce n'est qu'à cet instant que Leone retourna là où il se trouvait, sous le ponte Sant'Angelo. Il regarda ses mains, puis il regarda sœur Alberta, par terre. Il regarda le cadavre de cette religieuse laide et innocente.

Il tomba à genoux. Les yeux pleins de larmes.

Et il comprit qui il était devenu. Il en prit conscience. Il vomit.

Puis, lentement, il souleva le corps inerte de sœur Alberta et la traîna dans un coin à l'écart. Il la hissa sur la base de la pile. Il s'assit à côté et la serra contre lui.

Il lui couvrit une jambe qui sortait de sous sa tunique. Il la prit dans ses bras. Il posa la tête de la femme sur sa poitrine. Puis il commença doucement à se balancer. Comme pour la bercer.

Il demeura là, l'horreur de la prise de conscience dans ses yeux, sa tête, ses oreilles, son corps. Et dans son âme, s'il en avait une.

Tout ce qu'il avait cru savoir sur lui-même n'était qu'un mensonge qu'il s'était raconté.

Maintenant, il savait vraiment qui il était. Maintenant, il se voyait.

La chaleur estivale était insupportable. Mais rien n'était aussi insupportable qu'avoir conscience d'être un monstre.

La matinée s'écoula, l'après-midi vint. Leone continuait à bercer le cadavre, mais cela devenait plus difficile car, les heures passant, il s'était rigidifié. Il tenta de bouger la tête de sœur Alberta, en vain. Il tenta de bouger un de ses bras, en vain. Une de ses jambes, en vain. Elle était comme une statue.

Et malgré la chaleur écrasante, elle, elle était froide.

Puis vint le soir. Et la nuit.

Enfin, l'aube commença à pointer.

Leone se dégagea de l'étreinte maintenant rigide de sœur Alberta.

Il la porta près du grand fleuve. Il se pencha et l'embrassa sur les lèvres. Elles étaient froides. Dures.

Il la poussa dans l'eau et la regarda tandis que le courant l'emportait, puis l'entraînait vers les profondeurs.

Maintenant, Leone savait qui il était.

« Adieu », dit-il.

47

Début septembre 1870
États pontificaux (Rome)

L'Albanese montra à Pietro l'article de *L'Osservatore Romano* dans lequel on disait que l'équipe d'enquêteurs conduite par le lieutenant Béras avait identifié maître Landolfi comme une cible potentielle des terroristes.

L'article s'intitulait : « L'étau se resserre ».

Et ce matin-là, l'Albanese ne rit pas des journalistes. « Soit il sait vraiment ce qu'il fait, grogna-t-il, soit ce fumier de lieutenant a vraiment du cul. » Il était furieux.

Ghiozzetto, dans l'atelier de la via Margutta, se tenait tête basse. Sa lèvre fendue et son nez cassé racontaient toute la colère que l'Albanese avait déversée sur lui. Le jardinier n'aurait pas dû être là. Or, il y était. Et ils avaient été obligés de tirer. À partir de là, c'était comme s'ils avaient crié au monde entier qu'ils se trouvaient dans la villa.

Néanmoins, le butin était considérable. Dans le coffre du notaire, il y avait tellement de pièces d'or qu'on aurait dit une banque. Et la bande en avait emporté une grande partie.

Ghiozzetto n'en avait pas eu une seule. Cela avait été sa deuxième punition, après avoir été roué de coups pour son erreur.

« Pour le moment, on va se faire discrets, annonça l'Albanese à sa bande. Et si j'apprends que l'un de vous a dépensé… ou seulement montré… ne serait-ce qu'à sa salope… une de ces pièces d'or… » Il regarda ses hommes. « Vous savez ce qui vous attend. Cette planque n'est plus sûre, je vous ferai savoir où on se retrouvera. » Il se tourna vers le forgeron. « Incudine, fais semblant de bosser, au cas où les Français débarqueraient. » Il posa une main sur l'épaule de Pietro. « On y va, Champion. »

Pietro avait son appareil photographique avec lui.

« Je vais faire un tour pour prendre quelques photos, dit-il dès qu'ils eurent quitté la via Margutta et ses cochons.

— Toujours en train de prendre des photographies de merde ? plaisanta l'Albanese.

— Oui, toujours occupé à photographier la réalité, répliqua Pietro.

— Salut, rêveur ! »

Le scélérat cligna de l'œil, lui donna une pichenette sur la joue presque aussi forte qu'une claque, et s'en alla.

Pietro prit la direction opposée. Il n'avait pas envie de prendre de photos. Mais il ne voulait pas rester avec l'Albanese. Cette crevure lui embrouillait l'esprit. Il le détestait de tout son être. Mais parfois, il avait l'impression que ce n'était pas vrai. Et ça, il ne pouvait le supporter.

Et puis, quelque chose l'avait profondément remué.

Il avait en tête l'image du jardinier qui s'échappait, et puis qui ouvrait grand les bras, rattrapé par la balle de Ferro. Il avait été certain que cela allait lui arriver aussi, quand il fuyait la villa de maître Landolfi. Or, il était sain et sauf. *Parce que je cours comme un lièvre*, continuait-il à se répéter. Pour se convaincre. Mais il savait bien que personne ne courait plus vite qu'une balle.

C'était la deuxième fois qu'il avait frôlé la mort. La première fois, l'Albanese l'avait sauvé. Cette fois, il avait été sauvé parce que…

Parce que je cours comme un lièvre, se dit-il encore, obstinément, pour ne pas devoir accepter une réalité qui lui paraissait pourtant plus qu'évidente.

Mais la troisième fois, allait-il mourir? Sans doute. Il jouait avec la mort. Ce qui signifiait qu'il accordait peu de valeur à la vie. Quand il avait été adopté, puis quand ils étaient arrivés à Rome, il était au septième ciel. La vie lui semblait une aventure extraordinaire. Un mystère exaltant, tout à découvrir. Et maintenant, à la place, c'était de la merde.

Comme la merde qu'il photographiait. Ce qu'il appelait la réalité.

C'était comme s'il était dans chacune de ces photos.

Désormais, il était l'un de ces désespérés. Sans issue de secours.

Et il s'était condamné tout seul à cette merde.

Il se traîna à travers la ville, sans réaliser où il était, où il allait. Et puis, levant les yeux, il se rendit compte qu'il se trouvait près de la via di Panìco. Pas loin de ce qui avait été sa maison.

Il se sentit idiot, faible. La colère l'incita à faire demi-tour pour s'éloigner. Mais à ce moment-là, une main puissante s'abattit sur lui.

Le lieutenant Henri Béras lui serrait le bras. Et il le regardait droit dans les yeux, de son regard bleu. Sans dire un mot.

Pietro songea à sortir son couteau. Mais il avait l'appareil photo sur le dos. Il ne serait pas assez rapide.

Ils se dévisagèrent un moment en silence.

« Je ne sais pas pourquoi je ne t'arrête pas », dit enfin Henri.

Pietro ricana, insolent et dur. « Eh bien, moi si, je sais. »

Henri lui serra le bras plus fort et le secoua. « Ta mère est désespérée, s'exclama-t-il avec fougue. Tu ne comprends pas qu'elle finira par en mourir ? »

Pietro lui répondit avec un sourire mauvais, d'où suintait la rage. « Bizarre. J'avais l'impression qu'au contraire elle se consolait. »

Henri, instinctivement, le gifla. « Un peu de respect ! » Il plissa les yeux, furieux. « Ta mère ne pense qu'à toi ! » Puis il lui donna une bourrade en pleine poitrine. « Sois un homme ! »

Sous le choc, Pietro avait reculé d'un pas, mais il revint se planter juste devant Béras. « Je *suis* un homme, maintenant ! siffla-t-il entre ses dents.

— Non, jeta Henri d'une voix basse débordante de mépris. Tu n'es qu'un lâche. » Et il lui adressa un dernier regard avant de s'en aller.

Pietro demeura là. Immobile, frémissant. Blessé. Humilié.

C'était la deuxième fois que cet homme le graciait.

Et la colère qui le dévorait l'empêchait d'en éprouver de la gratitude.

Il s'apprêtait à regagner la tanière de l'Albanese. Mais il s'arrêta. Baissa la tête. La colère était-elle capable de lui boucher les oreilles ? Pouvait-elle l'empêcher de comprendre ce que le lieutenant venait de lui dire ?

« Ta mère est désespérée. Tu ne comprends pas qu'elle finira par en mourir ? »

Ta mère résonna dans la tête de Pietro.

« Ta mère ne pense qu'à toi ! »

Ta mère, pensa-t-il encore.

Une boule se forma dans sa gorge. Il se dit que cela l'affaiblissait. Mais peut-être était-ce le signe qu'il ne parvenait plus à s'accrocher à sa colère.

Ou qu'il n'en avait plus besoin.

« Sois un homme ! »

Pas un homme dans le sens où l'Albanese l'entendait.

Il fit demi-tour. La via di Panìco était là. Proche et lointaine à la fois. Plus cette boule grossissait, plus la colère l'abandonnait.

Il fit un premier pas. Lent. Pénible. Puis un deuxième. Un peu moins pénible. Et puis il se retrouva en train de courir.

« Comtesse ! cria-t-il, frappant furieusement à la porte du sous-sol. Ouvre, comtesse ! »

Nella ouvrit grand la porte. Ses yeux violets étaient à la fois rougis et scintillants. « Pietro ! » s'exclama-t-elle sans sa retenue habituelle, laissant libre cours à la joie, la surprise et l'émotion. « Pietro ! » Elle le prit dans ses bras. « Mon fils… mon fils… mon fils… », répéta-t-elle à l'infini, le serrant dans ses bras, l'embrassant et pleurant.

Pietro aussi pleurait et répétait : « Comtesse… comtesse… »

Nella, les yeux pleins de larmes – les premières de joie après des jours et des jours de pleurs –, éclata de rire. Elle prit le visage du garçon entre ses mains. « J'adore quand tu m'appelles "comtesse" », lui dit-elle avant de se remettre à pleurer.

— Tu sais ce que ça veut dire, pour moi, "comtesse", pas vrai ? interrogea Pietro.

— Oui…

— Et tu ne vas pas t'énerver, si je te le dis ?

— Non, je ne vais pas m'énerver…

— Ça veut dire…

— Je ne vais pas m'énerver, l'interrompit Nella, mais il n'est pas dit que je réagisse bien non plus ! Tu me connais… » Et elle rit à nouveau.

Pour la première fois depuis très longtemps, Pietro avait l'impression de respirer.

« Pour moi, "comtesse", ça veut dire… "comtesse", et il rit à son tour.

— Allez, entre, là on se donne en spectacle », dit Nella.

Et elle le conduisit à l'intérieur mais sans le lâcher, comme si elle avait peur de le perdre, comme elle l'aurait fait avec un chiot ayant encore besoin d'une laisse. Puis, une fois chez eux, elle le contempla et caressa cette mèche qu'elle aimait tant. « Tu es revenu », dit-elle.

Pietro riva les yeux au sol.

« Qu'est-ce qu'il y a ? demanda-t-elle, sur la défensive.

— Je… » Il leva les yeux vers elle. « Je ne peux pas rester. »

Pour Nella, ce fut un coup de poignard.

« Alors c'est vrai, murmura-t-elle d'une voix pleine de douleur.

— Quoi ?

— Henri… le lieutenant Béras… il m'a tout raconté. » Elle secoua la tête. « Dis-moi que ce n'est pas vrai. » Elle le prit par les épaules. « Je t'en prie, dis-moi que ce n'est pas vrai. »

Pietro fixa à nouveau le sol, fuyant son regard.

« Pourquoi tu me fais ça ? lança-t-elle. Comment peux-tu ?

— Tu ne comprends pas…

— Et précisément avec cet homme ! » La voix de Nella s'altérait. « Explique-moi au moins pourquoi. Comment peux-tu ? Comment peux-tu me faire ça ? »

Pietro la regarda. Il vit que ses yeux, à nouveau, étaient devenus sévères. Froids. Il s'apprêta à faire volte-face.

« Dis-moi que ce n'est pas vrai ! hurla Nella. Même si c'est un mensonge ! »

Pietro était à bout de forces. Il secoua la tête. « Tu n'as jamais eu confiance en moi, lâcha-t-il, affligé. Jamais. »

Elle perçut une douleur profonde dans la voix de Pietro. Elle se rendit compte aussi que sa propre dureté reprenait le dessus, s'emparant à nouveau d'elle. Et puis, en un éclair, elle se souvint des mots de Mamma Lucia : « Tu as dit à ce garçon que tu lui donneras tout le soutien dont il a besoin… quoi qu'il fasse ? » Elle attira Pietro contre elle. « Excuse-moi », murmura-t-elle en lui caressant les cheveux.

Pietro voulut s'écarter.

« Non, dit Nella en le retenant. Non », répéta-t-elle. Maintenant, elle savait ce qu'elle devait faire. Elle était prête. « D'accord », dit-elle. D'une voix douce et ferme. « Regarde-moi. » Elle attendit que Pietro lève les yeux vers elle. « Je suis là. Et je serai toujours là. Dis-moi simplement ce qu'il faut que je fasse. »

Pietro lut la sincérité dans son regard. « Me faire confiance. »

Nella acquiesça. « Je te fais confiance », déclara-t-elle avec la solennité d'un serment.

Pietro hocha la tête.

« Reviens à la maison.

— Je reviendrai », répondit Pietro.

Il lui fit un petit sourire. Puis il se dirigea vers la porte. L'ouvrit.

« J'ai compris ce que tu fais, avec tes photos », lança alors Nella.

La main sur la poignée, Pietro se retourna, surpris.

« Et maintenant, tu les aimes ? demanda-t-il, presque effrayé de sa question.

— Beaucoup, répondit-elle avec enthousiasme. Elles sont superbes. »

Il sentit une violente émotion exploser dans sa poitrine. Il revint sur ses pas en courant et l'embrassa. Puis il retourna à la porte mais, avant de sortir, s'arrêta. Il lui devait encore une dernière chose. « C'est ton lieutenant qui m'a aidé à revenir », dit-il. Puis il sourit. « Il me plaît. »

Enfin, il s'en alla. Léger.

La vie n'était pas forcément merdique.

Il s'agissait juste de choisir.

C'est de ce pas léger qu'il arriva à l'échoppe de l'Albanese.

« Alors ? Tu as pris des photos ?

— J'ai fait mieux que ça », répondit Pietro en riant.

Il posa son appareil photo et annonça : « J'ai quelque chose à faire. On se voit ce soir.

— Putain, qu'est-ce qui t'arrive, aujourd'hui ? »

Pietro sourit, sans répondre.

L'Albanese éclata de rire. « Ah ! J'ai compris. Y a de la chatte dans l'air ! Alors tu as ma bénédiction ! »

Pietro courut jusqu'au cirque.

« Où est Marta ? demanda-t-il à Melo.

— "Bonjour Melo, comment ça va ? Bien, mon garçon, merci. Et toi ? Moi aussi, je vais bien, Melo", plaisanta le vieux.

— Où est Marta ? répéta Pietro. Je vous en prie ! »

Melo sourit. Le garçon était peut-être revenu. Il avait une lumière différente dans les yeux.

« Où veux-tu qu'elle soit ? Chez les Loups, en train de faire la révolution.

— Merci ! » s'écria Pietro, qui courait déjà vers le quartier voisin de Monti.

Marta était devant la taverne des Loups quand elle le vit arriver.

« Je sais que pour le moment tu ne m'aimes pas, lui disait Ludovico. Mais ce n'est pas grave. Nous avons les mêmes idéaux, et je te protégerai toujours. Avec le temps, tu m'aimeras et… » Il s'interrompit. Lui aussi avait vu Pietro, immobile de l'autre côté de la petite place.

« Je suis désolée… », dit Marta. Elle aurait voulu lui parler, lui expliquer. Mais à ce moment-là, elle n'avait d'yeux que pour Pietro.

Elle se dirigea vers lui en essayant de ne pas courir. Mais c'était impossible. En un éclair, elle l'avait rejoint et embrassé, avec passion, et ses lèvres lui brûlèrent d'une manière merveilleuse.

« Excuse-moi…, lui dit-elle.

— Non, c'est à moi de m'excuser », fit Pietro.

Son cœur battait fort dans sa poitrine. Il avait l'impression d'être un mort tout juste ressuscité. Il éclata de rire.

Marta rit avec lui. Parce que la joie était tellement simple.

À ce moment-là, on entendit un roulement de tambours.

Marta et Pietro se retournèrent.

Dans la rue voisine, ils découvrirent un bataillon de soldats français en marche. Infanterie, cavalerie et artillerie.

« Qu'est-ce qui se passe ? interrogea Pietro.

— Tu n’es pas au courant ? s’exclama Marta. Les Français quittent Rome. Le pape est seul ! » Elle sourit. « Bientôt, Rome sera libre ! »

Pietro devint sérieux.

« Qu’est-ce que tu as ? » demanda Marta.

Pietro se dit qu’il n’avait plus le temps.

« Qu’est-ce que tu as ? répéta Marta.

— Je sais que je ne réponds jamais à tes questions, dit Pietro en lui prenant les mains.

— Mais… ?

— Il faut que vous soyez patientes.

— “Vous” ?

— Ma mère et toi.

— Tu l’as vue ?

— Oui.

— Ça me fait plaisir.

— Je t’expliquerai tout.

— Quand ça ? »

Pietro sourit. Il sentait à nouveau de la lumière en lui.

« Bientôt.

— Et tu m’expliqueras vraiment tout ?

— Il faut que tu aies confiance en moi.

— Ça, ça veut dire que tu vas encore disparaître. J’ai bien compris ?

— Je reviens bientôt.

— Dans ce cas, donne-moi au moins un autre baiser. »

Marta colla alors ses lèvres sur celles du garçon, en le serrant très fort.

« Fais-moi confiance », lança Pietro avant de partir en courant.

Marta le regarda disparaître. « Je t’aime, sale con », murmura-t-elle, un sourire sur ses lèvres humides.

48

Début septembre 1870
États pontificaux (Rome)

« Il est revenu », annonça Marta à Nella, sur le seuil du sous-sol.

Nella était radieuse.

« En fait, il n'est pas vraiment rentré. Mais il a dit qu'il le ferait bientôt.

— Il m'a dit la même chose », fit Marta. Mais une pensée la tourmentait. « Vous croyez… qu'il fait quelque chose de dangereux ?

— Oui, répondit Nella, avec de la peine dans le regard. Il est entré dans la bande d'un homme terrible.

— Terrible ?

— Oui. L'homme qui m'a battue, révéla-t-elle sans y aller par quatre chemins.

— Quoi ? dit Marta, incrédule et stupéfaite, les yeux écarquillés.

— Eh oui…

— Mais pourquoi ? » Marta avait presque crié.

Nella soupira, avant de finir par lâcher : « Il m'a demandé de lui faire confiance.

— À moi aussi, dit Marta, baissant les yeux.

— Et que lui as-tu répondu ? »

La jeune fille la regarda droit dans les yeux. « Que j'avais confiance en lui. »

Nella sourit. « Moi aussi. »

Nella et Marta demeurèrent silencieuses, là, sur le pas de la porte.

Sous le soleil brûlant qu'elles ne semblaient pas remarquer.

« Je prie Dieu pour qu'il ne lui arrive rien, ajouta ensuite Marta, avec un filet de voix.

— Oui.

— Mais… »

Il était tellement difficile d'attendre, comme Pietro le lui avait demandé…

« Mais pourquoi fait-il ça ? reprit-elle.

— Je ne sais pas », répondit Nella avec douceur.

Pour elle aussi, c'était difficile. Elle s'efforça de sourire. « Mais Pietro réussit toujours à me surprendre… »

Cette femme avait raison, se dit Marta. C'était pour cela qu'elle aimait Pietro. Parce qu'elle n'avait jamais rencontré quelqu'un comme lui.

Quand le silence qui était retombé entre elles se prolongea, Nella l'interrompit : « Il faut que je retourne à mon travail.

— Bien sûr.

— Alors au revoir », dit-elle sans quitter la jeune fille des yeux.

Marta aussi la fixait. On aurait dit que ni l'une ni l'autre n'avait envie de rester seule. Et en même temps, qu'elles ne pouvaient rester ensemble à frémir d'angoisse.

« Vas-y, dit Nella.

— J'y vais », et Marta acquiesça, en silence.

Nella aussi hocha silencieusement la tête.

Et tout à coup, sans qu'aucune des deux en ait pris l'initiative, elles tombèrent dans les bras l'une de l'autre. Et elles se serrèrent fort.

Puis Marta tourna les talons et partit. En toute hâte.

Profitant de son trajet de retour au cirque, elle se promena un peu dans les rues de Rome. Les troupes françaises avaient laissé derrière elles un sillage d'ordures qui s'ajoutaient à celles qui encombraient déjà les rues et empestaient l'air. On avait même vu des sangliers fouiller tranquillement dans les monceaux de déchets. Corneilles et mouettes se disputaient les restes dans des batailles aériennes qui laissaient les enfants sans voix. Marta était sidérée par le mélange de grandeur et de misère de cette ville, qui formait un décor à la fois merveilleux et révoltant. Et elle réalisait qu'aux yeux des Romains ces deux aspects étaient imbriqués l'un dans l'autre d'une manière tellement inextricable qu'ils ne pouvaient désormais plus les imaginer séparément.

Elle remarqua que les patrouilles, dans les rues, étaient plus nerveuses. Elle pouvait comprendre ces hommes : maintenant, ils étaient seuls. Ils savaient que leurs jours étaient comptés. *Qu'ils aillent se faire foutre !* se dit-elle. Ils étaient du mauvais côté.

Elle finit, lentement, par arriver au cirque. Elle était inquiète pour Pietro, et ne pouvait pas s'empêcher de penser à lui.

« Il est revenu », annonça-t-elle à Melo.

Le vieil écuyer continua à pelleter le crottin de l'écurie, sans lever les yeux. « Oui, je l'avais compris quand il est venu te chercher ici », fit-il de son ton bourru.

Marta fut vexée du peu d'attention qu'il lui accordait. Alors elle se rendit à la roulotte d'Armandina.

« Il est revenu, lui annonça-t-elle aussi.

— Oui, oui, je sais, sourit la Bella sans cesser de préparer les légumes pour le dîner. Melo me l'a dit.

— Mais alors tout le monde est au courant ! s'exclama Marta, agacée. Vous fourrez donc tous le nez dans mes affaires ! »

Armandina se mit à rire et pointa sa cuillère en bois vers elle.

« Hé, je te signale que c'est toi qui es venue me le dire !

— Mouais… mais tu aurais au moins pu faire semblant de ne pas le savoir », grommela Marta avec un air presque enfantin.

Armandina partit d'un grand éclat de rire.

« Si tu vas voir Melo pour lui reprocher de colporter des ragots sur toi, rappelle-lui donc de me rendre à temps la pièce de bœuf qu'il m'a empruntée.

— Mais je n'ai rien à dire à ce vioque, moi ! ni à toi, espèce de fouineuse ! »

Marta s'en alla, suivie des rires d'Armandina.

Évidemment, elle retourna auprès de Melo. « Pourquoi te sens-tu obligé de raconter ma vie à tout le cirque ? » l'agressa-t-elle.

Le vieil homme était assis en train de fumer.

« Arrête ça, lança-t-il, laconique.

— Non ! s'emporta Marta. Je veux savoir pourquoi.

— Parce que je suis heureux pour toi. »

Marta, gênée, ne trouva rien à répliquer.

Melo avait éteint son cigare et s'était levé.

« Allez, viens, dit-il.

— Où ça ? »

Elle faisait la tête. Mais c'était juste pour ne pas lâcher le morceau.

« Là-bas, dans le champ.

— Pour quoi faire ?

— Qu'est-ce que tu es casse-pieds ! maugréa Melo tout en prenant quelque chose derrière la porte de sa roulotte. Ça, c'est à toi, dit-il en lui tendant un fusil. Tu l'as volé aux Français, il te revient de droit.

— Qu'est-ce que… je dois en faire ? » demanda-t-elle, surprise et effrayée, avec un léger geste de recul.

Le long du canon, il y avait aussi un sabre-baïonnette.

« Mais prends-le, bordel de merde ! » s'exclama Melo, en lui mettant le fusil entre les mains. Il attrapa aussi une cartouchière. « Et tais-toi deux secondes. » Il se dirigea vers le champ. « Viens ! Ne reste pas les bras ballants ! » lui cria-t-il sans se retourner.

Marta le rejoignit. Et le suivit en silence.

Ils s'arrêtèrent devant deux planches en bois clouées ensemble et maintenues en position verticale par deux barres placées derrière en guise d'étai. Quelque chose d'horrible à regarder avait été cloué sur les planches. On aurait dit un épouvantail. Mais qui faisait peur pour de vrai. Au lieu de la tête en paille, il y avait un truc informe et sanguinolent.

« C'est un genou de bœuf », expliqua Melo.

Le reste de l'épouvantail était caché sous un vieux drap épais.

Soulevant ce drap, Melo dévoila une pièce de viande rouge, avec des os visibles.

« C'est du bœuf.

— Armandina… a dit… que tu devais le lui rendre… », balbutia Marta, honteuse de la stupidité de ses paroles.

Un liquide rouge dégoulinait de la pièce de bœuf.

« Ce n'est pas du sang, précisa Melo. C'est du jus de betterave que j'ai injecté à l'intérieur. » Puis il montra le fusil. « Commence à apprendre comment ça marche.

— Qu'est-ce que je dois en faire ? répéta Marta.

— Rien, j'espère. De tout mon cœur, répondit-il en la regardant. Mais si, le moment venu, tu devais descendre dans la rue… je serais plus tranquille si tu savais t'en servir.

— Mais pourquoi… le jus de betterave ?

— Parce que, quand tu frappes un homme, le sang gicle de partout », dit-il en la fixant.

Marta ferma les paupières et grimaça.

« Ouvre les yeux ! » ordonna-t-il.

Quand elle eut obéi, il poursuivit d'un ton grave : « S'il faut que tu sois impressionnée ou que tu aies peur, autant que ce soit maintenant. » Sa voix devint basse, presque douloureuse.

« J'ai vu trop de jeunes mourir juste après avoir tué leur premier ennemi. Ils restaient là, ahuris, et se prenaient une balle.

— Mais moi… » Marta était troublée. « Je ne veux tuer personne !

— Fantastique ! s'exclama Melo. Ça veut dire que tu ne te battras pas. » Il sourit et la prit dans ses bras. « Qu'est-ce que je suis heureux ! Merci, Marta.

— Non ! protesta-t-elle. Je n'ai pas dit que je ne voulais pas me battre !

— On y est, approuva-t-il. Maintenant j'ai compris », et il continua à hocher la tête. « Alors pour toi, se battre, cela veut juste dire mourir.

— Non, mais…

— Quand tu auras fini avec tes bêtises, on pourra commencer ? coupa-t-il. Tu veux apprendre ou non ?

— Oui…

— Dieu soit loué ! » Il lui prit le fusil des mains. « Alors, ça, c'est un Chassepot, un fusil à un coup qui se charge par la culasse, avec un mécanisme à verrou…

— Je n'ai rien compris…, se lamenta-t-elle.

— Ce n'est pas grave. Ce qui importe, c'est que tu apprennes à le charger, et que tu saches que tu peux tirer un seul coup à la fois. »

Il releva le levier de la culasse. « Il faut soulever cette petite poignée et puis la tirer en arrière avec force. » Il mit ses paroles à exécution, découvrant la culasse, puis prit une cartouche qu'il montra à Marta. « Elle est en carton. À l'intérieur, il y a de la poudre noire, une amorce et la balle. Il faut la mettre là. » Il inséra la cartouche dans la chambre. « Après, tu pousses en avant la poignée, et puis tu la fais tourner vers le bas, pour la remettre dans sa position initiale. À ce moment-là, l'arme est prête à tirer. Et ça, c'est la détente. » Il pointa le fusil vers la carcasse de bœuf et tira.

La déflagration fit sursauter Marta.

La balle frappa de plein fouet la pièce de viande, traversant le drap et faisant gicler le jus de betterave partout alentour.

« Maintenant, c'est ton tour », dit Melo.

Il plaça la cartouchière sur l'épaule de la jeune fille, lui remit le Chassepot et puis s'éloigna de deux pas, se baissant pour ramasser un caillou à terre.

Marta hésitait.

« Pan ! cria-t-il en lui lançant le caillou dessus. Morte ! » s'exclama-t-il.

Marta fit tourner la poignée et la tira en arrière.

« Jusqu'au bout ! Avec force, je t'ai dit. »

Elle tira avec détermination. La cartouche était fumante. D'une main tremblante, elle en inséra une autre. Elle poussa la poignée en avant. Mais celle-ci se coinça. Alors elle recommença : en arrière, puis en avant.

Un autre caillou de Melo l'atteignit. « Pan ! Morte ! »

Elle ferma la culasse et tourna la poignée. Puis elle pointa le fusil et tira. Elle ne s'attendait pas au recul et l’arme lui tomba des mains. La balle ne toucha pas la carcasse.

« Pan ! Morte ! » Un autre caillou. « Allez ! Dépêche-toi ! »

Marta répéta l’opération, cette fois-ci d’une manière moins hésitante.

« Et maintenant… seulement maintenant… tu peux prendre un peu ton temps, conseilla Melo. Vise là où la cible est le plus large.

« C’est-à-dire ?

— Le tronc. »

Marta visa, tira.

La balle frappa le genou de bœuf censé représenter la tête, le réduisant en bouillie.

« Tu l’as tué, dit Melo. Mais juste parce que tu as eu du pot. Recommence ! »

Marta rechargea, visa et atteignit le drap. Les éclaboussures arrivèrent presque jusqu’à elle.

« Tout de suite ! Recharge ! »

Marta s’exécuta, et atteignit à nouveau sa cible.

« Encore ! »

Marta rechargea et tira au moins vingt coups, touchant chaque fois la cible. Elle s’apprêtait à charger à nouveau quand Melo l’arrêta.

« Nettoie la chambre. Après quinze, au maximum vingt tirs, la chambre est trop encrassée, et tu risques que l’arme t’explose à la figure. Tu ouvres, tu tournes et tu nettoies. Il faut compter le nombre de tirs ! »

Marta reprit. Elle tira encore quinze fois, touchant toujours sa cible, et elle nettoya la chambre.

« Éloigne-toi, maintenant. » Il la fit reculer de cinq pas. Marta rechargea et tira. Dans le mille. Elle chargea et tira.

Dans le mille. Chaque fois, elle avait l'impression que la déflagration était moins assourdissante, et le recul moins puissant. Elle chargea.

« Compte tes coups ! »

Marta était essoufflée. Le fusil pesait lourd. Mais elle serra les dents et nettoya la chambre.

« Encore plus loin ! »

Elle recula encore de cinq pas. Elle chargea et tira. Dans le mille. Et ainsi de suite, de plus en plus vite. De plus en plus sûre d'elle-même. Et toujours dans le mille.

« Ça suffit ! »

Mais Marta avait déjà rechargé et fait feu.

Melo s'approcha d'elle et posa une main sur le fusil, l'abaissant. « Ça suffit, répéta-t-il doucement. Viens. » Il la conduisit jusqu'au drap, maintenant entièrement teinté de rouge. Il écarta le tissu. « Regarde. »

Criblée de balles, la pièce de bœuf dégoulinait de jus de betterave. Là où ils avaient été touchés, les os étaient brisés. La viande était couverte de véritables cratères.

« C'est aussi ce qui arrive à ta chair quand tu es touchée par une balle de plus de vingt grammes de plomb », fit observer Melo.

Marta pâlit. Désormais, ce n'était plus un jeu.

« Tu vises bien, continua-t-il avec fierté. Ça me réconforte. » Il lui ébouriffa les cheveux. Il y avait à présent de la douceur dans sa voix. Ce n'était plus le capitaine instruisant sa recrue. Maintenant, ils étaient redevenus eux-mêmes.

« Beaucoup de gens croient que les femmes ne visent pas aussi bien que les hommes. Mais souvent, c'est l'inverse.

— Et… ta Marta visait bien ? »

Le regard de Melo se voila et il sourit.

« Elle était infaillible.

— Encore plus que toi ? plaisanta Marta.

— Beaucoup plus », répondit-il avec sérieux.

Marta ne savait pas si elle pouvait lui poser cette question : « Et… elle a tué quelqu'un ?

— Oui. Des ennemis, expliqua-t-il sans hésitation. Mais après chaque bataille, je l'ai vue porter secours aux ennemis qu'elle avait blessés. Et je l'ai vue enterrer ceux qu'elle avait tués. »

Marta fut frappée par le ton admiratif des paroles de Melo. Ce n'était pas uniquement de l'amour. C'était une admiration sincère.

« Pourquoi ne parle-t-on pas autant d'elle que de toi ?

— Parce que c'est une femme.

— Et alors ? » Elle ne comprenait pas. Il eut un sourire sarcastique.

« Tu crois que, parce qu'ils sont révolutionnaires, ces hommes sont meilleurs que le reste de l'humanité ? Les préjugés restent les mêmes. Une femme vaut moins qu'un homme. Aucun d'eux ne pouvait accepter que Marta soit meilleure qu'eux. Et aucun n'a jamais soigné ou enterré un ennemi comme elle le faisait. Pire, ils la critiquaient pour ça.

— Et elle ?

— Elle, elle s'en fichait. Elle était libre, sourit Melo. Libre ici… » Il toucha la poitrine de Marta, à la hauteur du cœur. « Et là. » Il lui toucha la tempe.

« Pourquoi faisait-elle ça ? » Ce récit fascinait Marta.

« Parce que c'étaient des êtres humains. Elle croyait à l'égalité entre les hommes. Ils étaient ennemis sur le champ de bataille, mais ensuite ils redevenaient tous égaux.

— Et toi aussi, tu crois à l'égalité ?

— Oui. Aveuglément.

— Pourquoi ?

— Parce qu'elle me l'a appris. »

On lisait dans ses yeux combien il l'avait aimée.

« Elle m'a appris la charité, la compassion et la solidarité, poursuivit-il.

— Comme un curé », fit remarquer en riant Marta, qui regretta aussitôt sa plaisanterie.

Mais Melo rit avec elle.

« Oui, mais comme un *bon* curé.

— Et toi, tu ne l'as jamais fait ? Je veux dire soigner et…

— Si, je l'ai fait avec elle.

— Pour être auprès d'elle ?

— Non. Parce qu'elle m'a dit que si je ne le faisais pas, mes idéaux étaient… des choses vides. »

Marta ouvrit grand les yeux.

« C'est exactement ce que tu m'as dit !

— Eh oui », sourit Melo.

Marta était pleine d'admiration. Cette femme avait vraiment dû être une personne spéciale. « Je suis heureuse de porter son prénom », affirma-t-elle.

Melo lui flanqua une tape affectueuse sur la tête, avec rudesse.

Le silence s'installa.

Marta finit par le rompre. « Comment va-t-elle ? »

Les yeux de Melo se voilèrent de larmes. « Elle est morte. »

Marta eut du mal à assimiler la nouvelle. À cet instant, elle paraissait tellement vivante, là entre eux deux !

« Tu es allé à l'enterrement ?

— Non, sourit-il, mélancolique. J'avais déjà mis son mari assez mal à l'aise comme ça. Et elle n'aurait pas voulu. »

Marta le regarda. Son masque ridé ne laissait filtrer pratiquement aucune émotion. Il était le capitaine Melo, qui avait livré mille batailles. Mais celle-là était peut-être la plus dure qu'il ait jamais menée. Et il l'avait perdue. « Comment tu te sens ? »

Melo bondit en direction de la cible, sans répondre. Il détacha la pièce de bœuf et la chargea sur son dos, sans se soucier de tout le sang de betterave qui lui coulait dessus. « C'est l'heure de rapporter la viande à Armandina, sinon elle va m'étrangler, grommela-t-il en se dirigeant vers le cirque. Et on a déjà dit assez de conneries sentimentales pour aujourd'hui. »

En le suivant, Marta se dit qu'elle adorait vraiment ce vieux ronchon plein d'humanité. Elle avait cru que Pietro était extraordinairement différent des autres hommes, et le seul capable de la surprendre vraiment. Mais ce n'était pas vrai. Melo était fait du même bois.

Et de fait, c'étaient les deux hommes de sa vie.

Elle rejoignit Melo.

« Pietro est entré dans la bande d'un truand, mais il nous a dit, à sa mère et à moi, d'avoir confiance en lui, annonça-t-elle d'un trait.

— Et qu'est-ce que tu attends de moi ? » bougonna le vieux, revenant à son ton distant.

Le visage de Marta s'éclaira d'un sourire. Les leçons, c'était fini pour aujourd'hui.

« Rien, répondit-elle.

— Très bien », et il alla déposer la pièce de bœuf près du feu qu'Armandina avait allumé.

Le soir venu, tous les membres du cirque s'attablèrent pour dîner. Ils riaient, plaisantaient, chantaient et buvaient.

« *Verdammte Scheiße !* » s'exclama tout à coup Heinrich, le trapéziste autrichien. « Quoi être ce truc ? » fit-il en ôtant de sa bouche un morceau de viande. « *Blei !* » s'écria-t-il en jetant par terre un grain gris foncé, déformé.

« Mais qu'est-ce que tu as mis dans cette viande, Armandina ? » râla presque en même temps Andrej, le lanceur de couteaux polonais, à l'autre bout de la table. Lui aussi retira de sa bouche une boule sombre.

« *Putain* !* lui fit écho Françoise, la contorsionniste. *C'est quoi cette merde* ?* » Et elle lança sur Armandina la Bella une autre boule de plomb. « *Tu veux me tuer* ?* » gronda-t-elle en montrant le poing.

« Va te faire foutre, Armandina ! gémit Ascanio. Qu'est-ce que tu as foutu avec cette viande ? Tu veux casser les dents de tout le cirque ? » Et lui aussi jeta dans son assiette une balle de plomb.

« J'ai enlevé tout ce que j'ai pu ! Mais je ne pouvais pas y passer la journée ! se défendit Armandina. Faites pas chier !

— Putain de merde ! s'exclama le chef de famille des nains Musumeci, assis près de Marta, en crachant dans son assiette un autre plomb. Mais qu'est-ce qui lui est arrivé, à ce bœuf ? Il a fait la guerre ? »

Marta ne put retenir un éclat de rire. « Exactement ! »

49

10 septembre 1870
États pontificaux (Rome)

C'est maintenant ou jamais, s'était-il dit.

Vingt-sept à gauche… neuf à droite… sept à gauche… Maintenant ou jamais.

Clac.

La porte du coffre-fort s'ouvrit.

C'était bientôt l'aube.

Pietro prit les photographies qui montraient l'Albanese en train d'égorger ses victimes. Et les quatre bagues de la comtesse. Ses mains tremblaient. Il ne respirait plus. Il transpirait.

Ensuite, il attendit l'arrivée du scélérat.

« J'ai à faire », annonça-t-il dès qu'il lui eut ouvert la porte. Et il partit. Ses jambes devaient résister au désir de courir.

« Où tu vas, Champion ? lança l'Albanese derrière son dos.

— J'ai à faire », répéta Pietro, la gorge nouée.

Il arriva au bout du vicolo della Volpe et tourna dans la via dei Coronari. Il marchait en haletant, terrorisé à l'idée d'être rattrapé par l'Albanese.

C'est maintenant ou jamais.

Pietro n'avait pas prévu que le moment de la vengeance puisse arriver aussi vite. Du jour au lendemain. Mais à présent, il n'y avait plus de place pour les hésitations. Il n'était resté que trop longtemps accroché à sa colère. Une colère vaine, qui ne le menait nulle part. Qui ne servait qu'à mettre un bâillon sur sa douleur. Alors qu'il marchait, les bagues en poche et les photos sous sa chemise, il se rendit compte que, depuis qu'il s'était réconcilié avec Nella et Marta, quelque chose de fondamental avait changé en lui.

Mais, avançant ainsi à vive allure, il réalisa également qu'une étrange sensation lui tenaillait l'estomac. Accélérait sa respiration. En un éclair, l'angoisse avait pris possession de tout son être.

Il arriva sur la piazza di Pietra hors d'haleine, comme s'il avait couru.

Il s'arrêta et contempla l'incroyable palazzo della Borsa, dans la façade duquel avaient été intégrées onze impressionnantes colonnes romaines, très hautes.

Son objectif se trouvait juste en face. Il se tourna lentement. À l'entrée, deux gendarmes contrôlaient les entrées et les sorties, fusil en main. Ils étaient tendus. En alerte. Toute Rome était en ébullition.

Pietro sentit son cœur battre à toute allure.

Il toucha les photographies sous sa chemise.

Il suffisait d'entrer dans la gendarmerie, se dit-il, de sortir ces photos horribles, glaçantes, de les montrer, et de dire aux agents où vivait l'Albanese. L'assassin que tout le monde recherchait. Le terroriste.

Et pourtant, il n'arrivait pas à se décider. Et l'angoisse qui l'avait saisi ne donnait aucun signe d'apaisement.

Il se dit que lui-même risquait d'être impliqué. Il n'avait pas pensé à ça avant. C'était peut-être pour cette raison qu'il n'arrivait pas à se décider.

Alors il mit la main dans sa poche et en sortit une pièce. Il regarda alentour. Il fallait trouver un gamin qui fasse le travail à sa place. Trop jeune pour être soupçonné de complicité. Il recevrait tout au plus une paire de claques destinées à lui faire avouer qui lui avait confié les photos. Alors le gosse décrirait un jeune Romain comme il y en avait tant. Il ne pourrait rien dire d'autre.

Oui, c'était la solution.

Il repéra un groupe de gosses qui importunaient les passants en quémandant un peu de monnaie. Il se dirigea vers eux. Mais aussitôt, il ralentit. Puis s'arrêta. Son angoisse ne semblait pas vouloir se calmer.

Il regarda la gendarmerie. « C'est facile », chuchota-t-il pour s'encourager.

Il était à la fin de cette histoire. Pourquoi ne se décidait-il pas ? Oui, c'est vrai, il était arrivé là presque sans se rendre compte que le temps passait. Maintenant, le moment était venu de mettre sa vengeance à exécution et de rendre justice à la comtesse. Le moment était finalement arrivé de cueillir sa victoire.

Mais ses jambes n'avançaient pas.

Il songea alors qu'il n'avait plus besoin de courir. Il pouvait s'arrêter et savourer l'instant. Imaginer ce qui allait se produire.

La police pontificale arrêterait l'Albanese. Voilà ce qui allait se produire. C'était simple. Mais ensuite, il sursauta, il se rappela ce que lui avait répondu la comtesse lorsqu'il lui avait demandé pourquoi elle ne voulait pas dénoncer l'Albanese. « Si cet homme prospère depuis si longtemps, c'est sûrement qu'il corrompt aussi des policiers. »

Sa main alla à nouveau aux photos cachées sous sa chemise. C'était une preuve irréfutable. Mais de papier. Si elle finissait entre les mauvaises mains, il ne faudrait qu'un instant pour la faire disparaître. Il suffisait de la glisser dans un poêle, et le feu la dévorerait. Elle ne serait plus que cendre. Comme sa vengeance.

Il ne pouvait se fier qu'à un seul homme, se dit-il alors. Il avait lu où il logeait dans un des articles consacrés aux meurtres.

Le lieutenant Béras, le chef de l'équipe d'enquêteurs créée par le cardinal Antonelli, habitait dans la villa Médicis.

Lui, il était honnête. Et il aimait Nella.

Il prit la via del Corso jusqu'à la via dei Condotti, traversa la piazza di Spagna et gravit l'escalier de la Trinità dei Monti. Arrivé au sommet, il regarda cette ville qui était devenue la sienne. De là-haut, elle ne faisait pas peur, ce n'était plus comme dans les ruelles. Elle était simplement merveilleuse.

Et, sans l'Albanese en vadrouille, elle serait encore plus belle.

Il atteignit l'entrée du vaste palais. Là aussi, deux soldats français montaient la garde, armés. Partout à Rome, c'était l'alerte.

Pietro les regarda. Maintenant, il suffisait de demander le lieutenant Béras. Et là, il serait enfin libéré du poids qui avait manqué de l'étouffer.

Pourtant, il n'arrivait pas à bouger.

Une voix derrière lui le prit par surprise.

« Qu'est-ce que tu fais ici, mon garçon ? »

Il se retourna vivement.

Le lieutenant Béras le regardait. Mais il n'avait pas dans les yeux le mépris de l'autre fois. Il était sûrement au courant qu'il s'était réconcilié avec Nella.

Pietro porta une main à sa poitrine. Il sentit le papier des photos. Épais. Rigide. Il n'avait qu'à les glisser hors de sa chemise et à les lui donner.

« Je t'ai mal jugé, dit Henri. Tu n'es pas un lâche. »

Pietro le dévisageait, il sentait l'angoisse le dévorer de nouveau.

« Elle m'a dit qu'elle avait confiance en toi », reprit Henri.

Pietro resta silencieux.

« Mais je ne sais pas si elle a raison. » Henri s'approcha. « Alors, elle a raison, de te faire confiance ? Dis-moi ce que tu en penses. »

Pietro eut du mal à déglutir. Sa gorge semblait prise dans un étau. Il ne put qu'opiner du chef.

« Tôt ou tard, on l'attrapera, poursuivit Henri. L'étau se resserre. Mais si tu finis mouillé dans cette affaire, cette fois je ne pourrai rien faire pour te sauver. Tu comprends ? »

Pietro fit oui de la tête.

« Je sais qui est derrière tout ça, fit Henri en pinçant les lèvres. Et bientôt, j'en aurai les preuves. »

Dis-lui ! se dit Pietro. *Dis-lui maintenant ! Dis-lui que tu peux les fournir, les preuves !* Sa main alla à nouveau aux photos.

En un éclair, il imagina la scène. Le lieutenant Béras conduisait l'Albanese menotté sur la piazza del Popolo, où avait été monté l'échafaud. Mastro Titta, le bourreau de Rome, l'attendait, les bras croisés sur la poitrine. Près d'une guillotine. Le soleil faisait étinceler la lame qui allait couper la tête de l'Albanese. La foule lui lançait des insultes pendant qu'il montait les trois marches menant à l'échafaud. Maintenant qu'il était enchaîné, tout le monde était devenu courageux. Maintenant qu'il allait mourir, tous voulaient déverser sur lui la haine qu'ils avaient accumulée à force de souffrances, à cause de cette peur dans laquelle il les avait forcés à vivre.

Et Pietro était là, au premier rang. En train de profiter du spectacle. De jouir de sa vengeance. Et, débordant de rage, il lui cracherait dessus.

« Mon garçon… »

La voix du lieutenant Béras le ramena à la réalité.

« Oui ?

— Je t'ai demandé pourquoi tu étais ici. »

Mais cette rage, qui l'avait à la fois empoisonné et maintenu en vie, s'était évanouie. Depuis qu'il était retourné auprès de Nella et Marta, Pietro n'était plus le même.

« Alors ? »

Pietro regarda le lieutenant Béras. Et le mérite en revenait à cet homme.

« Je voulais vous dire… merci », lâcha-t-il. Et maintenant, s'il gardait la main sur ses photos, ce n'était plus pour les sortir de sous sa chemise, mais pour les protéger. L'angoisse qui l'avait dévoré jusqu'à cette minute s'apaisait enfin. Maintenant, il savait ce qu'il devait faire. Et surtout, ce qu'il ne devait pas faire.

« C'est tout, murmura-t-il. Je voulais juste vous remercier.

— C'est ta mère qui t'a dit de venir ? »

Pietro fit non de la tête.

Henri le dévisagea un instant en silence. Puis il acquiesça.

« Prouve-moi que je me suis trompé, finit-il par dire.

— Oui, monsieur… »

Henri le quitta pour regagner la villa Médicis.

Pietro était médusé par sa brusque découverte. Tous les jours, la vie le roulait dans la farine, défaisant tous ses plans. Tous les jours, elle lui apportait des surprises.

Il redescendit du Pincio et alla jusqu'à la piazza Barberini. Des femmes agenouillées autour de la fontaine lavaient le linge. Puis elles le faisaient sécher sur de grands étendoirs en bois qui encombraient une bonne partie de la place. Les plus jeunes de leurs enfants jouaient à se courir après entre les draps étendus au soleil. Pietro traversa la place et s'engagea dans une ruelle très raide, qui menait en haut de la colline du Quirinal. Il passa devant le majestueux palais qui avait été la résidence de Pie IX avant la République romaine et la fuite du pontife à Gaète, et puis descendit vers les forums. Il se fraya un passage au milieu des moutons qui paissaient dans les ruines de l'Empire, et dut se débarrasser, en lui jetant une pierre, d'un chien de berger qui cherchait à lui mordre les fesses.

Près du Colisée, il aperçut un journal abandonné sur un muret, feuilleté par la légère brise qui s'était levée et atténuait un peu la chaleur. Il en prit deux pages. Il ôta les photographies de sa chemise et les en enveloppa.

Maintenant, il savait que faire et ne pas faire. Parce que c'était la seule manière de ne pas s'enfoncer dans la fange.

Il se remit en route et rejoignit le cirque.

Quand Marta le vit, ses yeux brillèrent. Elle courut à sa rencontre et lui sauta au cou, le couvrant de baisers.

Pietro en oublia presque pourquoi il était venu. « Je t'aime », dit-il.

Et Marta vit qu'il avait des yeux limpides. Comme si le voile qui les avait embrumés avant sa fuite avait disparu. « Je t'aime, dit-elle à son tour. J'ai envie de faire l'amour. Tout de suite. »

Pietro la regarda. Il n'était pas venu pour faire l'amour. Cependant, il se rendit compte que son nouveau plan était dangereux. Juste, mais très dangereux. Il sourit, effrayé. Il prit la main de Marta et se dirigea vers l'écurie.

« Non ! » Marta l'arrêta en riant. « En ce moment, Melo y est.

— Où ça, alors ? »

Marta indiqua un coin avec des arbustes.

« Par là.

— C'est plein d'orties, rit Pietro quand ils eurent atteint les buissons.

— Et alors ?

— Et alors, elles vont nous écorcher vifs !

— Non », dit Marta qui, en un éclair, ôta sa robe.

Pietro contempla sa nudité. Ses petits seins aux mamelons roses, à la fois délicats comme des pétales de fleur et charnus comme de petites cerises que le soleil n'aurait pas encore rougies. Et son ventre parfait, légèrement arrondi, qui descendait jusqu'au duvet noir qui cachait son fruit le plus savoureux.

Marta étendit sa robe sur le sol. Puis elle enleva la chemise de Pietro, qu'elle mit également par terre, de manière à former une couche. « Tu vois ? sourit-elle, sans la moindre gêne à être totalement nue devant lui. Aucune ortie ne piquera mon amour. » Là, elle s'allongea et écarta les bras.

Pietro déposa le paquet de ses photos et enleva son pantalon.

Marta rit en voyant qu'il était déjà excité.

Pietro fut immédiatement sur elle, l'embrassant avec passion. Puis il tenta de pénétrer dans ce lieu chaud qu'il désirait de tout son être.

« Doucement, recommanda Marta qui, après s'être confiée à Armandina, voulait mettre en pratique les conseils de celle-ci. Avant, touche-moi avec tes doigts, jusqu'à ce que je sois mouillée. »

Pietro glissa la main entre les jambes de la jeune fille.

« Tu veux regarder ? demanda-t-elle.

— Oui… », répondit-il, le souffle court, avant de se pencher entre les jambes que Marta avait écartées pour l'accueillir.

Il tendit la main et caressa délicatement ces lèvres roses, fermées.

« Ici, murmura Marta en guidant son doigt là où Armandina lui avait expliqué. Ouvre-le doucement… », dit-elle, sentant le plaisir la gagner.

Pietro écarta les deux pétales de chair et vit quelque chose qui pouvait sembler un minuscule bourgeon rose. Il le toucha délicatement. Il sentit que Marta se cambrait. Alors il vint tout près et embrassa ce bourgeon.

Marta se cambra encore davantage.

Pietro sortit le bout de sa langue.

Marta frémit. Elle saisit la tête de Pietro qu'elle pressa contre elle, surprise de ce qui lui arrivait et qu'Armandina ne lui avait pas expliqué.

Pietro goûta sa chair. C'était une saveur qu'il n'aurait su définir. Salée, peut-être. Enfin non, peut-être pas, parce que c'était une sensation trop douce. Et plus Marta poussait la tête du garçon entre ses jambes, avec fureur, plus celui-ci était excité. Et il continua à l'embrasser, éprouvant le plaisir de Marta comme si c'était le sien.

Soudain, elle gémit. On aurait presque dit de la douleur. Elle pressa la tête de Pietro avec violence, l'étouffant. Puis ce gémissement fut suivi d'une espèce d'expiration, rauque et libératrice. Et son corps, après avoir été tendu à l'extrême, s'abandonna, comme mort.

Pietro comprit qu'il devait s'arrêter. Il resta là, les lèvres blotties dans cette chaleur visqueuse. Puis il leva la tête et regarda Marta. Les joues de la jeune fille étaient striées de larmes. « Pourquoi tu pleures ? » demanda-t-il.

« Viens là », fit Marta. Elle l'attira contre elle, puis l'aida à pénétrer dans ce nid encore vibrant de plaisir. Elle l'accueillit de tout son être, et accompagna les mouvements de bassin du garçon avec les siens, jusqu'à ce qu'elle sente ses poussées devenir plus frénétiques.

Là, elle lui planta les ongles dans le dos, comme un chat sauvage, et chuchota à son oreille, tandis qu'ils respiraient à l'unisson : « Je suis à toi…

— Je suis… à… toi ! » lui fit écho Pietro, alors que le plaisir explosait en lui, le faisant vibrer de la tête aux pieds. Lui troublant la vue. Il approcha les lèvres de l'épaule de Marta, dans le creux tendre près de son cou, et la mordit. Avec force. Comme s'il avait faim d'elle.

Elle poussa un cri.

« Oh non, excuse-moi ! » s'exclama-t-il, mortifié.

Elle vit son air effrayé et se mit à rire. Pietro était redevenu beau, irrésistible. Propre. Quand il se laissa tomber sur elle, Marta le serra dans ses bras, les joues à nouveau striées de larmes.

« Mais pourquoi tu pleures ? » lui demanda Pietro en s'écartant.

Elle lui adressa un regard et un sourire lumineux, tout en caressant sa mèche. « Parce que je suis heureuse. »

Radieux, ils restèrent ainsi à se contempler. Sans avoir besoin de parler.

Puis Pietro remarqua son paquet en papier journal. Et il revint à la réalité. Ce fut tellement brusque qu'il eut l'impression d'être tombé du toit d'une maison. Son regard ne s'assombrit pas. Mais il devint pensif.

« Qu'est-ce que tu as ? » demanda Marta.

Pietro prit le paquet.

« Tu peux me garder ça ?

— Qu'est-ce que c'est ?

— Tu ne peux pas… le savoir.

— Pourquoi ? »

Il secoua légèrement la tête. « Je t'en prie, ne m'en demande pas plus. »

Marta vit que les yeux de Pietro étaient toujours aussi limpides.

« D'accord, finit-elle par dire.

— Promets-moi de ne pas l'ouvrir. »

Elle fut tentée de lui demander à nouveau pourquoi. Mais elle se contenta de hocher la tête.

« Il est crucial que tu ne l'ouvres pas. Pour toi et pour nous. »

Elle acquiesça à nouveau.

Pietro était bien conscient de prendre un terrible risque. Si Marta voyait ces photos, elle serait horrifiée. Et elle ne le regarderait jamais plus comme elle le faisait en ce moment. Elle verrait le monstre qu'il avait failli devenir. « Tu me fais confiance ? »

Marta avait déjà répondu à cette question. Mais il avait besoin de l'entendre à nouveau.

« Oui.

— Et moi… je peux te faire confiance ? »

Marta sentit l'importance de cet instant. Elle sentit que leur amour serait fondé sur cette confiance réciproque. « Oui. Tu peux me faire confiance. Aveuglément. »

Pietro était ému. À cet instant-là, la merde était très loin de sa vie. Merveilleusement loin. « Ne dis rien à ma mère. » Et il ajouta : « C'est pour elle que je fais ça. »

Marta hocha la tête. Maintenant, avoir confiance était tellement facile. Son Pietro était revenu.

« Attention à ne pas le mouiller », dit le garçon en lui remettant le paquet.

Puis ils se rhabillèrent.

Pietro prit une profonde inspiration. Le plus difficile arrivait. « Si ce soir, je ne reviens pas le prendre… » Il s'interrompit.

Marta avait un regard attentif. Quelque chose n'allait pas dans ce début de phrase.

« Eh bien quoi… ?

— Si je ne reviens pas, donne-le au lieutenant Béras, reprit-il d'un trait. Ma mère t'expliquera où le trouver.

— Et pourquoi tu ne reviendrais pas ? » Les yeux de Marta s'emplissaient de larmes. Qui n'étaient plus des larmes de joie.

« Je reviendrai, assura Pietro. Mais si je ne revenais pas… toi, donne-les vite au lieutenant Béras, et dis-lui de protéger ma mère.

— Que se passe-t-il ? » Maintenant, elle pleurait sans retenue.

« Je te promets que je reviendrai », insista-t-il.

Il la serra fort dans ses bras, l'embrassa sur les lèvres, et puis s'enfuit.

Quand il atteignit le vicolo della Volpe, il se sentait calme. L'angoisse avait totalement disparu. Il avait promis à Marta de revenir. Mais il ne pouvait en avoir la certitude.

Il s'arrêta un instant devant l'échoppe, la main sur la poignée. Ce qu'il allait faire était juste, se répéta-t-il. C'était la seule façon de se sauver.

L'Albanese se trouvait dans son bureau avec Ghiozzetto.

« Va-t'en, lança Pietro à Ghiozzetto d'une voix ferme et décidée. Laisse-moi seul avec le patron.

— Tu es qui, pour me donner des ordres ? répliqua Ghiozzetto, agressif.

— Fous le camp, imbécile », dit l'Albanese.

Le sbire balafré enfonça la tête dans les épaules et sortit.

Pietro et l'Albanese se scrutèrent en silence.

« Vingt-sept à gauche, neuf à droite, sept à gauche », commença Pietro.

L'Albanese demeura un moment immobile. Puis il fit volte-face, tourna la poignée du coffre-fort, composa la combinaison et ouvrit. Puis il regarda à nouveau Pietro.

« Il manque les photos.

— C'est moi qui les ai prises. »

L'Albanese le fixa, impassible.

« Et quatre bagues.

— C'est moi qui les ai prises. »

L'autre ne bougea pas un muscle. Rien de ce qu'il pouvait penser ne se lisait dans ses yeux. Puis il parla. D'une voix plate, privée d'émotions. « Dis-moi pourquoi je ne devrais pas te tuer. » Pietro n'eut aucune hésitation. C'était le moment de jouer ses cartes. Et de découvrir si elles étaient bonnes. « Parce que si je ne rentre pas chez moi, ces photos finiront entre les mains du lieutenant français qui te traque. »

Le truand continuait à le dévisager, sans jamais détourner les yeux.

« Tu as dit toi-même qu'elles étaient une condamnation à mort. »

L'Albanese hocha imperceptiblement la tête. « Aujourd'hui oui, confirma-t-il de cette même voix inexpressive. Mais il suffira que je te tue quand Rome deviendra italienne. Alors ces photos n'auront plus aucune valeur. » Il sourit. On aurait dit une bête féroce dévoilant ses crocs pointus.

« Tu n'avais pas pensé à ça ?

— Si, j'y ai pensé, répondit Pietro, tout aussi calme que lui. Mais je ne crois pas que ça te dise tellement, de me tuer. »

Un soupçon d'émotion passa sur le visage de l'Albanese. Il serra les poings. « Tu n'as quand même pas cru que je m'étais vraiment attaché à toi ? » lança-t-il d'un ton méprisant.

Le garçon ne dit rien.

L'autre s'assit derrière son bureau. Et regarda Pietro. Son regard avait changé. Il était devenu humain.

« Tu m'as trahi, Champion.

— Oui. »

Et Pietro aurait voulu ajouter qu'au fond il en était désolé. Oui, malgré tout, il en était désolé.

« Et tout ça pour me voler quatre bagues dégueulasses, lâcha l'Albanese, une note d'amertume dans la voix.

— Non. C'est toi qui les as volées.

— À une putain d'arnaqueuse.

— Cette putain d'arnaqueuse ne les avait pas volées. C'était à elle.

— Comment tu le sais ?

— Parce que c'est ma mère. »

Pour la deuxième fois, une émotion glissa sur le visage impénétrable de l'Albanese.

« C'est une pouilleuse. Comment pouvait-elle avoir des bagues pareilles ?

— Ce n'est pas une pouilleuse. C'est une comtesse, affirma Pietro avec orgueil. Et avant toi, le royaume d'Italie de merde avait déjà essayé de les lui prendre. »

Le truand comprit alors que Pietro savait tout depuis le début. Qu'il l'avait approché exprès. Qu'il était entré dans sa bande exprès. Il se laissa aller contre le dossier de sa chaise. « Va-t'en », murmura-t-il en détournant les yeux.

Pietro fit demi-tour et se dirigea vers la porte. Mais au moment de l'ouvrir, il s'arrêta. Il n'était pas encore prêt. Non, pas encore. Il revint sur ses pas, mit la main dans sa poche et en sortit la bague en or avec une émeraude. Il la posa sur le bureau. « Celle-là, tu l'as payée. Elle est à toi. » Puis il prit le couteau que l'Albanese lui avait offert et le posa à côté. « Et ça, je n'en veux plus. » Enfin, il regagna la porte.

L'Albanese fixa le couteau et la bague qui étincelait devant lui. « Tu crois m'avoir mis à genoux ? » lança-t-il. Peut-être y avait-il un léger tremblement dans sa voix.

Pietro le regarda. Cet homme avait passé sa vie à souffrir. Depuis son enfance, quand son père le bourrait de coups, jusqu'au jour où il avait dû fuguer pour survivre. Depuis qu'il avait appris à tuer, jusqu'à ce qu'il commence à s'occuper de ce père handicapé et dément, dont il avait dû espérer être aimé, malgré tout. Mais s'il avait supporté la douleur d'être trahi par son père, il supporterait certainement sa trahison à lui. Simplement, conclut Pietro, il serait à nouveau seul. Plus seul qu'avant.

« Non, je ne t'ai pas mis à genoux, répondit-il. C'est toi le plus fort. »

Il partit et parcourut la via dei Coronari, sans bien réaliser encore ce qui venait de se passer. Ni ce qu'il avait été capable de faire. Mais, quand il ouvrit la porte du sous-sol de la via di Panìco, Pietro se rendit compte que ses mains et ses jambes tremblaient.

Nella leva le nez de sa couture et se mit brusquement debout.

Ses yeux violets étaient pleins de lumière.

« Tu es revenu ? demanda-t-elle, la voix vibrante d'espoir.

— Oui. »

Elle le prit dans ses bras puis se mit à tournoyer autour de lui, comme s'ils dansaient.

Ensuite, Pietro enfonça la main dans sa poche, et il posa les bagues sur la table.

Nella en eut le souffle coupé. Elle le regarda sans parvenir à formuler la question qu'elle avait en tête, sans voix sous le coup de la surprise.

« C'est uniquement pour ça que je l'ai fait, expliqua alors Pietro. Pour ça et pour tuer l'Albanese.

— Tu l'as tué ? s'écria-t-elle en portant les mains à sa bouche.

— Non. »

Nella le prit par les épaules. « Mon amour, ne le tue pas ! s'exclama-t-elle avec fougue. Ne le fais pas, je t'en prie, autrement tu vas devenir comme lui ! »

Pietro sourit. Avec douceur. Comme s'il se souriait à lui-même. Ou comme s'il revoyait toutes ces journées pendant lesquelles il avait été possédé par la haine. Pendant lesquelles il avait perdu de vue ce qui était juste et ce qui ne l'était pas. « Oui, comtesse, je sais, dit-il, heureux pour la première fois depuis très longtemps. Je l'ai enfin compris. »

Nella avait les joues striées de larmes.

« Tu pleures parce que tu es heureuse ? demanda-t-il.

— Oui », répondit-elle en riant.

Les deux femmes de sa vie se ressemblaient aussi en cela.

« Il faut que j'aille voir Marta, annonça Pietro. Mais je reviendrai vite. »

50

12-17 septembre 1870
États pontificaux (Rome)

« *Primo* : garantir l'inviolabilité des frontières des États pontificaux contre toute action de bandes armées qui tenteraient d'y faire irruption. » Ludovico, au milieu des Loups et des jeunes du Comité, lisait une dépêche qu'il avait réussi à se procurer. Sa voix vibrait d'indignation. Il avait les veines du cou gonflées et le visage écarlate. « *Secundo* : maintenir l'ordre et réprimer tout mouvement insurrectionnel dans les provinces contrôlées par les divisions qui sont sous vos ordres. » La colère lui fit grincer des dents. « *Tertio* : au cas où des mouvements insurrectionnels auraient lieu dans les États pontificaux, empêcher qu'ils s'étendent de l'autre côté des frontières ! » Il roula la dépêche en boule et la jeta par terre avec mépris. « Voilà ce qu'écrit le ministre de la guerre Govone au général Cadorna, commandant des troupes qui devraient libérer Rome ! » Il donna un coup de pied dans la boule de papier. « Ils veulent nous évincer ! Ils veulent nous empêcher d'être maîtres de notre destin. Nous empêcher de libérer notre ville ! La nôtre, bon Dieu ! » Il s'arrêta, essoufflé.

Marta le regarda avec admiration. C'était l'image même du patriote.

Un silence sinistre s'était abattu sur la pièce enfumée. Comme Ludovico, les jeunes et les Loups se sentaient trahis par cette dépêche. Ils étaient prêts pour la révolution. Ils avaient risqué leur vie pour s'armer en dérobant des fusils français. L'un des leurs, Fil-di-Ferro, était mort.

Melo rompit le silence.

« Elle date de quand, cette dépêche ?

— Qu'est-ce que ça peut faire ? lança Ludovico, toujours exaspéré.

— Elle date de quand ? répéta-t-il d'un ton autoritaire.

— Du 10 août, répondit sombrement le jeune homme.

— Alors elle est déjà ancienne, conclut-il.

— Mais elle indique que… » Ludovico s'emportait à nouveau.

« Tais-toi, mon garçon ! l'interrompit Melo. Quand je vous ai rassemblés, vous vous disputiez parce que les Loups vous accusaient de faire de la politique. Et vous, vous les accusiez de ne pas comprendre que les problèmes se réglaient grâce à la politique. »

Il regarda ces hommes qui formaient désormais un seul et même groupe, soudé par les actions militaires qu'ils avaient menées côte à côte.

« Cette dépêche est tout à fait sensée.

— Comment ça ? fit l'un des Loups.

— Ce que nous vivons est une guerre, mais aussi un moment politique, expliqua Melo. Il ne s'agit plus, comme autrefois, de prendre Rome, point final. Vous, vous ne pensez qu'à Rome, vous avez des œillères comme les chevaux qui tirent les carrosses. » Il les fixa. « Vous ne comprenez pas que nous sommes en train de créer une nation ? Après des siècles et des siècles ?

Nous devons être crédibles aux yeux de l'Europe. Nous ne pouvons pas risquer de passer pour un ramassis de brigands ! » Il regarda Ludovico. « Tu crois être le seul à avoir lu cette dépêche ? Avant toi... longtemps avant toi, peut-être le jour même où elle a été rédigée, cette dépêche a dû être lue... par les diplomates de toute l'Europe. Et par le pape lui-même. » D'un geste rageur, il ramassa la boule de papier, qu'il agita en l'air. « Qu'est-ce qu'elle dit ? Apprenez à lire entre les lignes, autrement vous resterez des imbéciles, un fusil volé à la main. Elle ne s'adresse pas seulement au général Cadorna. Elle est surtout destinée au pape. Et elle dit : "Lâche le morceau. Nous nous engageons à ne pas faire couler le sang. À ne pas laisser le champ libre aux voyous qui profiteraient de la situation, s'en prendraient aux religieuses et aux prêtres innocents, et mettraient la ville à sac. Mais si tu veux que tout se passe bien... lâche le morceau, sale chien !" »

Un murmure parcourut l'assemblée.

Ludovico, frappé par ces paroles, changea d'expression. « Mon capitaine, je te prie de m'excuser », dit-il.

Melo lui fit signe qu'il n'y avait aucun problème. « Mais le pape, ce sale chien, ne lâchera pas le morceau, reprit-il. Par orgueil. Pour sauver la face. L'année dernière, lors du concile œcuménique, il a promulgué le dogme de l'infaillibilité du plus grand serviteur de Dieu. Qu'est-ce que ça veut dire ? Qu'il ne se trompe jamais ! Voilà ce qu'il a décrété. Bizarre, non ? Il a dit ça au moment même où il aurait dû débarrasser le plancher, arrêter de jouer au pape roi et devenir ce qu'il est vraiment : un curé. Le curé de tout le monde. Vous comprenez ? »

Comment un homme presque analphabète, les mains toujours dans le crottin, pouvait-il interpréter aussi bien les faits ? se demandait Marta. Il y avait quelques minutes, elle avait éprouvé de l'admiration pour Ludovico. Mais l'intelligence du garçon n'était rien par rapport à celle de Melo.

« Moi aussi, j'ai mes sources », poursuivit le capitaine d'une voix posée. Il fit exprès de ne pas regarder Ludovico, afin qu'il n'y ait pas de malentendu, car il ne voulait pas en faire un défi personnel, une compétition à qui aurait les meilleures informations. « Et vous voulez savoir ce qui est drôle ? Ma source, c'est un curé ! » Il se mit à rire. Puis il redevint sérieux. « Mais un vrai curé, hein. De ceux que je respecte. Et il m'a dit que le 20 août le secrétaire d'État en personne, le cardinal Antonelli, a envoyé une requête aux gouvernements étrangers afin qu'ils s'opposent à la menace que représente le royaume d'Italie. Il m'a aussi dit que la plupart se sont contentés de ne pas répondre. Quant à ceux qui l'ont fait, ils ont simplement dit que cette affaire ne les concernait pas. » Il fixa ses hommes. « Pie IX est seul. Et pas simplement parce que les troupes françaises sont parties. Mais parce que c'est la fin d'une ère ! C'est-la-fin ! »

Il y eut des murmures.

« Alors… on va se battre ? demanda Rospo de sa voix rocailleuse. Moi, je veux venger Fil-di-Ferro.

— On va se battre, confirma Melo. Mais il n'y a pas de quoi être heureux. Il n'y a rien de réjouissant, dans une guerre. »

Puis il se tourna vers Paride, qui faisait désormais partie du groupe.

Le cocher hocha la tête. « Le capitaine m'a envoyé en mission hors de Rome, commença-t-il. Le pape – et je ne sais vraiment pas comment il fait – arrive à agir dans le plus grand secret. » Il ménagea une pause. « Car la guerre a déjà commencé. Même si ce n'est pas officiel…

elle a bel et bien commencé. Les forces italiennes ont franchi les frontières pontificales. »

Des murmures à la fois excités et surpris traversèrent l'assistance.

Et là, un homme manqua de tomber dans l'escalier, tant il avait hâte de communiquer la nouvelle qu'il apportait. « Le général Kanzler, commandant des forces pontificales, a déclaré l'état de siège ! »

On était le 12 septembre.

Il y eut un silence stupéfait.

Puis, rompant ce silence, Melo déclara d'une voix grave : « On va se battre. Et il y aura des morts, vous pouvez en être certains. »

Quelques jours plus tard, Rome avait totalement changé.

La tension était palpable dans les rues, dans tous les domaines, sur le visage des religieux comme des laïcs. Chacun avait ses raisons. Mais tous étaient unis dans la même peur d'un avenir qui n'allait pas tarder à devenir le présent.

Beaucoup de commerçants, en particulier ceux dont les activités lucratives pouvaient être sujettes au pillage, avaient fermé boutique et caché leurs plus précieuses marchandises. Ceux qui le pouvaient faisaient des provisions alimentaires. Les religieux ne se montraient plus dehors, à moins que ce ne soit indispensable, de peur d'être agressés par des têtes brûlées. Les églises, au lieu de servir de refuge aux malheureux, fermaient leurs portes la nuit. Les curés avaient fait disparaître l'or et l'argent qui étaient habituellement utilisés lors des offices. Certains avaient même décroché des tableaux et les avaient emmurés dans les sous-sols. Des vauriens affamés rôdaient dans les rues, attendant l'occasion d'accomplir tranquillement leurs méfaits.

Rome tout entière semblait paralysée.

Pietro errait à travers cette ville spectrale en prenant des dizaines et des dizaines de photos.

Des photos de vieillards en train de barricader leur porte, qu'ils laissaient pourtant toujours ouverte auparavant. Des tavernes désertes. Des fours où il n'y avait plus ni pain ni gâteaux. Des boucheries gardées par des amis ou des membres de la famille, armés. Et des enfants qui jouaient à la guerre avec des fusils en bois. Des hommes et des femmes qui flirtaient sans vergogne dans la rue, comme s'ils craignaient de bientôt ne plus pouvoir le faire. Des querelles entre miséreux, qui transformaient leur peur en colère et s'agressaient. Des prostituées qui fournissaient des prestations sexuelles à leurs clients sous la surveillance rapprochée de leurs maquereaux, couteau à la main.

L'ennemi n'était pas de l'autre côté des murs. L'ennemi était là, en ville. Et l'ennemi, c'était tout un chacun. Voilà ce que cherchait à montrer Pietro.

Ensuite, il photographia les soldats des forces pontificales.

Le regard perdu d'un jeune militaire qui craignait de mourir pour une ville qui n'était même pas la sienne. Un qui écrivait une lettre à sa mère, sa femme ou sa fiancée. Un autre qui affûtait la lame de sa baïonnette, le visage ruisselant de larmes. Un autre encore qui pointait son fusil vers le photographe, en lui intimant de partir.

Parce qu'en ce moment tout était dangereux. Même un garçon qui prenait des photos.

Après plusieurs journées de vagabondage dans cette ville qui n'était plus la Rome qu'il connaissait, Pietro montra ses photos à la comtesse.

Nella les observa attentivement. Et elle eut un sourire mélancolique. « Qu'est-ce que j'ai été bête ! Il m'a fallu tellement de temps pour comprendre ce que tu racontais ! Et je l'ai compris grâce à un écrivain français que je ne connaissais pas. » Son visage s'éclaira. « Viens, dit-elle en le prenant par la main, je veux que tu le lises toi aussi. Et je veux te présenter une personne qui, pour moi, a été… » Elle sourit. « Bref, mais ne fais pas attention à sa façon de parler, ni à ce qu'elle dit. Elle est bizarre. » Elle indiqua l'appareil photo. « Emmène aussi ton révélateur de vérité. »

En sortant, ils ne remarquèrent pas un franciscain au ventre proéminent qui, en les voyant, se tapit dans l'ombre et cala son capuchon sur sa tête pour ne pas être reconnu.

Arrivée l'Ospizio apostolico di San Michele a Ripa Grande, Nella s'arrêta. « C'est dans ce grand foutoir que j'ai grandi », annonça-t-elle.

Pietro sentit que ces lieux inspiraient de la crainte à la comtesse.

« Ça, c'est mon fils Pietro, dit Nella quand ils atteignirent le lit de Mamma Lucia. Et elle, c'est…

— Une vieille aveugle édentée, coupa la femme.

— Une vieille aveugle édentée et insupportable », compléta Nella.

Mamma Lucia se mit à rire.

Pietro vit comment la comtesse regardait cette clocharde. Et il saisit aussitôt le lien profond qu'il y avait entre elles.

« Enchanté, madame la vieille aveugle édentée, plaisanta-t-il.

— C'est bien ton fils, rit la vieille. Il est aussi con que toi. »

Pietro éprouva pour elle une sympathie immédiate.

« Elle s'appelle Mamma Lucia », expliqua Nella.

Pietro se dit qu'il était content d'être là. Et ensuite, quand Nella lui lut la préface des *Misérables*, assise au bord du lit de Mamma Lucia, il trouva remarquable que des mots puissent décrire la réalité qu'il voyait avec la même précision que des images.

« Maintenant, moi aussi j'ai compris mes photos, plaisanta-t-il.

— Ce garçon est moins vaniteux que toi, observa Mamma Lucia.

— Tu es une vioque pénible, horrible, dit Nella.

— Et toi, tu es susceptible, tu l'as toujours été, rit Mamma Lucia. Tiens, tu sais qu'Alberta a disparu ? » Elle ne l'avait jamais appelée « sœur Alberta ». Pour elle, ce n'était toujours qu'une des fillettes de l'orphelinat. « On ne la trouve nulle part. Imagine qu'elle se soit trouvé un petit ami, elle aussi ! Ce serait le comble ! » C'est alors seulement que Nella s'aperçut de l'absence d'Alberta. C'était quelqu'un d'invisible. Elle se sentit coupable. Et puis elle se dit, joyeuse : *Elle s'est enfuie. Elle a enfin réussi à trouver le courage de partir d'ici.* Elle sourit. Oui, c'était ce qu'elle espérait de tout son cœur.

« Au fond, c'était une brave fille, dit-elle.

— C'est ça, au fond du fond, alors, commenta Mamma Lucia.

— Je peux vous prendre en photo ? demanda Pietro à Mamma Lucia.

— Bien sûr ! » La vieille femme prit la pose en faisant la coquette. « Je suis bien coiffée ? »

Nella fit mine de lui arranger les cheveux. Juste pour lui faire plaisir.

Pietro cadra ce visage si profondément marqué par la vie, avec ses yeux de cire et son sourire édenté, et appuya sur le bouton.

« Ah, quelle foutue arnaque, la vie ! grommela Mamma Lucia. On fait une photo de moi, et je ne la verrai jamais ! »

Juste avant de partir, Pietro prit en photo le dortoir tout entier, avec ses poêles déglingués, ses rideaux accrochés entre les pensionnaires pour tenter de créer un minimum d'intimité, ses lits aux draps répugnants, ses couvertures pleines de trous, et les bonnes sœurs qui faisaient le service, bols et louches à la main.

« Mamma Lucia ne devrait pas mourir ici, dit Pietro lorsqu'ils quittèrent le dortoir D. On voit à quel point vous vous aimez. »

Nella haussa les épaules.

« Qu'est-ce qu'on peut faire ? Il n'y a pas de place chez nous.

— Maintenant, tu es riche. Et tu n'as plus à payer cette école de merde, rit-il.

— Crétin, j'ai envie de t'en coller une !

— Je ne te crois pas », sourit Pietro. Elle se contenta de secouer la tête.

Aussitôt en bas de l'escalier, Pietro lui demanda : « Je peux voir où tu vivais, toi ? »

Depuis qu'elle était revenue à Rome, Nella n'avait jamais traversé la cour séparant l'hospice de l'orphelinat. Elle n'était jamais allée voir l'endroit où elle avait été abandonnée par cette mère dont elle disait se fiche éperdument. Et qui pourtant avait ouvert une plaie qui ne se refermerait jamais. Comme pour Pietro. « Allons-y », dit-elle avec un frémissement dans la voix.

L'immense dortoir regorgeait de fillettes, la plupart crasseuses, des vêtements misérables sur le dos, et leur tapage faisait écho sur les murs, semblable à celui d'oiseaux en cage.

« Tu veux prendre une photo ? interrogea Nella, le cœur pris dans un étau.

— Non. C'est trop dégueulasse, ici, rétorqua Pietro, lui aussi le cœur en sang. Tu te souviens de Lino, mon ami… celui qui m'a offert le couteau ?

— Oui », confirma Nella. C'était le petit tuberculeux.

« Il est sûrement mort, lâcha Pietro, les yeux remplis de larmes. Tout seul. »

Elle ne dit rien. Parce qu'il n'y avait rien à dire. Et parce qu'elle avait appris par expérience que les propos de circonstance faisaient beaucoup plus mal que le silence.

« Et toi ? lui demanda-t-il en essuyant ses larmes. Tu veux que je te prenne en photo ?

— Non. C'est trop dégueulasse, ici », répondit-elle en utilisant les mêmes mots.

Quand le prince Stefano Chiodetti da Fibreno entra dans la chambre de son fils sans frapper, Ludovico n'eut pas le temps de cacher le fusil qu'il était occupé à nettoyer et huiler.

Il ne put que rester figé, interdit, à fixer son père.

« Un Chassepot français, observa Chiodetti d'une voix neutre. Tu t'es enrôlé dans les forces pontificales ? »

Ludovico ne dit rien.

Obéissant à sa nature impulsive, le prince lui arracha alors l'arme des mains. Avec violence.

Le garçon se leva d'un bond.

« Rends-le-moi !

— Ce n'est pas à toi ! lui cria le prince au visage.

— Rends-le-moi ! hurla Ludovico avec tout autant de fougue.

— Comment te permets-tu de parler ainsi à ton père ? » Chiodetti était furibond.

« C'est à moi, rends-le-moi, répéta le garçon.

— Voleur ! continua son père. Voleur ! Alors comme ça, tu faisais partie de ces voyous qui ont fait ce massacre à la caserne…

— Oui ! J'y étais ! s'exclama-t-il. Et j'en suis fier ! »

Le prince Chiodetti expulsa de l'air par ses narines, tel un taureau en furie. Puis il brandit le fusil en le tenant par le canon et, avec sa force extraordinaire, il le fracassa sur le sol, le brisant en deux et endommageant le carrelage en marbre vieux de plusieurs siècles. Il prit les deux morceaux et les jeta contre la poitrine de son fils. « Le voilà ! Reprends-le !

— Père ! » Ludovico, agressif, fit un pas vers son géniteur.

Le prince se planta devant lui. Il semblait avoir perdu la tête et être prêt à en venir aux mains.

Son fils, haletant, le scrutait avec un regard de feu.

Puis cet incendie s'atténua et le jeune homme, tournant le dos à son père, alla se poster à la fenêtre.

« Tu ne peux pas comprendre… tu ne sais pas que je…

— Que tu… quoi ? interrompit le père, une colère sourde dans la voix. Tu me crois aveugle ? Stupide ? Je savais bien que tu… mais j'ai cru que c'était des enfantillages. Alors que maintenant… maintenant ! » Il haussa à nouveau le ton. « Je sais très bien que tu frayes avec la populace. »

Sur ce, il rejoignit son fils, le saisit par l'épaule et le fit se retourner, pour le regarder droit dans les yeux.

« Mais tu ne déshonoreras plus le nom de notre maison ! Je t'ordonne…

— C'est moi qui déshonore notre nom ? s'emporta Ludovico en se dégageant de la prise de son père. Moi ? Pas toi ? Pas vous tous, les larbins du pape et…

— Tais-toi ! Ne t'avise pas !

— Oui, vous, des larbins ! renchérit-il. Vous ne vous intéressez qu'à vos affaires, à vos magouilles… Alors comme ça, je déshonore notre maison, alors que toi, tu es devenu pire qu'un marchand ? »

Chiodetti leva la main, prêt à le gifler.

« Ne fais pas ça, père », prévint Ludovico.

Il se retint. Son visage était devenu violet.

« Ta femme a bien fait de te quitter, jeta alors le garçon d'une voix basse et sifflante, sans dissimuler toute la rancœur qu'il couvait.

— Ne mentionne pas cette femme, gronda son père. Je ne veux pas que l'on parle de cette femme sous mon toit.

— *Cette femme*, comme tu dis… n'a pas pu devenir ma mère parce que tu es un homme odieux ! » Les yeux de Ludovico se remplissaient de larmes de rage. « La seule chose qui me fait de la peine, c'est qu'elle ne m'ait pas emmené avec elle, et qu'elle m'ait laissé ici ! Avec toi ! »

Le prince poussa alors un cri, telle une bête féroce. Et de toute sa puissance, il se jeta sur son fils. Il le bouscula et lui saisit un bras, qu'il tordit derrière son dos avec brutalité, le faisant gémir jusqu'à ce qu'il tombe à genoux.

« Casimiro ! hurla Chiodetti, comme fou. Casimiro ! »

Le majordome apparut et n'en crut pas ses yeux. « Monsieur… »

L'aristocrate maintenait son fils immobilisé sur le sol. Il était hors de lui. Les cheveux en bataille. Les commissures des lèvres baignées d'une écume blanche, comme les chevaux après un galop effréné. « Déchire ce drap ! » ordonna-t-il au majordome.

Celui-ci, pétrifié, ne bougeait pas.

« Déchire-le ! cria Chiodetti avec des yeux qui lui sortaient des orbites. Fais des bandes ! Tout de suite, ou je te tue ! »

Épouvanté, le majordome déchira le délicat drap de lin.

Le prince tordit aussi l'autre bras de son fils.

Ludovico tenta de se libérer, mais son père était plus fort que lui.

« Attache-lui les poignets ! » dit le prince au majordome.

Le domestique s'exécuta.

« Serre plus que ça, imbécile ! »

Le domestique serra davantage les nœuds.

Alors l'aristocrate poussa Ludovico face contre terre et lui lia les chevilles. Puis, d'une seule main, tant la furie et la folie de cet instant décuplaient ses forces, il souleva le garçon. Tel un boucher portant une pièce de bœuf, il le chargea sur son dos, et il se rendit au pas de charge à l'étage supérieur.

D'un coup de pied, il ouvrit la porte blindée de la pièce sans fenêtre où il gardait un coffre-fort contenant ses biens les plus précieux, et il jeta Ludovico par terre, comme un sac. Il pointa un doigt vers lui, d'une main tremblante. « Tu resteras ici, dit-il, trempé de sueur et la voix éraillée par l'effort. Aussi vrai que Dieu existe, tu resteras ici jusqu'à ce que toute cette affaire soit finie. »

Son fils le regardait, incrédule.

Le prince se dirigea vers la porte et prit dans son gilet une clef qu'il était le seul à posséder.

« Je te hais ! » hurla Ludovico.

L'aristocrate se tourna vers son fils. « Je ne te permettrai pas, à toi non plus, de déshonorer mon nom. »

Puis il sortit et ferma la porte blindée à clef.

Pietro avait passé une journée et demie à développer ses dernières photographies et à les organiser dans l'ordre qui lui semblait le meilleur. Comme si chacune d'entre elles était un mot et que, toutes ensemble, elles formaient une pensée.

À présent, Nella les examinait avec fierté, s'enchantant des détails qu'il avait réussi à saisir et à mettre en évidence. Ces images racontaient une histoire incroyable, comme un roman.

Et pendant ce temps, Pietro la regardait elle, heureux de ce soutien.

Mais quelque chose manquait, se dit-il. Il y avait quelqu'un d'autre qui devait les voir. Quelqu'un d'autre à qui il devait les montrer.

Il ramassa ses photos et sortit.

« Je ne crois pas que le prince souhaite des visites en ce moment, prévint le majordome.

— Je vous en prie…

— Qui est-ce ? » fit la voix de l'aristocrate depuis l'intérieur de la maison.

Pietro fut surpris de son ton presque vulgaire.

« C'est ce garçon, monsieur…, répondit le majordome.

— Quel garçon ?

— Le… le garçon photographe… »

Un long silence s'ensuivit.

« Fais-le entrer », dit enfin Chiodetti da Fibreno.

Le majordome conduisit Pietro jusqu'au bureau du prince.

Pietro fut frappé par l'état de la pièce. Elle semblait avoir été traversée par un ouragan. Livres, papiers et objets éparpillés sur le sol. Un fauteuil renversé, avec un bras cassé.

Loin de sembler à l'origine de cet ouragan, le prince était à l'image de la pièce. Ébouriffé, débraillé, la robe de chambre nouée de travers. Il avait une lueur indéchiffrable dans les yeux, à mi-chemin entre la lumière artificielle du verre et celle de la braise pas encore totalement éteinte. Il fixait quelque chose par terre.

« Que veux-tu ? » lança-t-il à Pietro sans le regarder. Sa voix aussi était marquée par le passage de l'ouragan. Elle était à la fois lasse et tendue. Brisée et courroucée.

« Je suis venu m'excuser, répondit-il.

— De quoi ? » Son ton était distant. Mais aussi agressif.

Pietro pénétra dans le bureau et se planta devant lui. « La première fois que nous nous sommes rencontrés, je vous ai dit que j'étais un cul-terreux. Et c'était vrai. »

Le prince releva la tête et se concentra sur lui.

« Je vous dois tout, reprit le jeune homme. Grâce à vous, j'ai trouvé ma voie. » Ce fut à son tour de river les yeux au sol. « Et tout ce que je vous ai donné en échange, cela a été… des insultes, un manque de respect. » Là, il redressa la tête.

Chiodetti le fixait. Quelque chose avait changé dans son regard. On n'y lisait aucune surprise. On aurait plutôt dit qu'il poursuivait une idée qui se glissait entre les mots de ce garçon.

« C'est ça dont je voulais m'excuser », conclut Pietro.

Le prince hocha légèrement la tête.

« Vous aviez raison de dire que, quand on grandit dans la fange, on n'arrive à rien voir d'autre, reprit le garçon. Et peut-être que vous, qui avez grandi dans la beauté, vous n'arrivez à rien voir d'autre. Moi, je vois la laideur, et vous la beauté.

— Elles existent toutes les deux, il n'y a aucun doute, murmura alors l'aristocrate, parlant tellement bas qu'il ne semblait pas tant discuter que donner voix à une de ses pensées. Et peut-être que moi… que moi, je ne suis qu'un vieil homme qui n'arrive pas à accepter que le monde change. »

Il se tourna et se dirigea vers la fenêtre.

Pietro le voyait réfléchi dans la vitre. Et il comprit que cet homme ne regardait rien. Ou peut-être regardait-il seulement à l'intérieur de lui-même. Le garçon se sentit de trop.

« Toi aussi, tu es un de ces révolutionnaires ? demanda le prince.

— Non, monsieur, répondit-il. Moi, je suis juste photographe. » Chiodetti posa la paume de sa main ouverte sur la vitre.

Comme s'il voulait toucher le monde là-dehors, mais ne le pouvait pas.

« Avec tes photographies, tu es peut-être plus révolutionnaire que tous les autres mis ensemble. » Il se retourna et le regarda.

« Ou peut-être es-tu seulement plus honnête… et plus sincère… que nous tous.

— Vous voulez voir les dernières photos que j'ai prises, monsieur ?

— Non, répondit-il. Pas maintenant. »

Un cri rageur résonna dans la demeure. Rauque.

Pietro tressaillit. « Qu'est-ce qui se passe ? » On aurait dit la voix de Ludovico.

« Rien, dit le prince, blafard. Va, maintenant. »

Le garçon resta immobile tandis qu'un autre cri retentissait, provenant du haut de l'escalier. Oui, c'était bien la voix de Ludovico. « Monsieur… »

L'aristocrate le rejoignit. Il lui posa la main sur l'épaule et insista : « Va-t'en, mon garçon. » Mais c'était comme s'il ne le voyait plus.

Il l'abandonna là, sans un mot de plus, et sortit de la pièce.

Pietro l'entendit monter l'escalier, une marche à la fois, lentement, comme traînant derrière lui un poids terrible. Il était mal à l'aise. Il gagna la porte du palais et partit.

Entre-temps, le prince avait pris la clef de la porte blindée et l'avait insérée dans la serrure. Il ouvrit la porte et entra.

Ludovico avait brisé les assiettes qu'on lui avait apportées pour le dîner et le petit déjeuner contre les murs de la pièce. Il n'était plus attaché. Et il avait renversé le pot de chambre. Sa chemise était déchirée, ses cheveux en bataille.

« Ta mère est partie à cause de ma folle jalousie, se mit à raconter le prince. J'avais comme perdu la tête… sans qu'elle y soit pour rien. C'était quelqu'un de bien. Et… et pas moi. » Il prit une profonde respiration. Au cours de toutes ces années, il n'en avait jamais parlé à personne. Y compris à lui-même. « Peut-être que son incroyable beauté était trop pour moi… Ça m'obsédait… Je ne sais pas… je n'ai jamais compris comment cela avait pu se produire… » Il regarda son fils. « Mais ça s'est passé comme avec toi. J'ai perdu la tête… Enfin non, c'était pire. Parce que c'était une femme. Je l'ai attachée et je l'ai enfermée là-dedans… comme je l'ai fait avec toi. » Il s'arrêta. « Elle a réussi à s'échapper. Elle était persuadée que j'allais la tuer… et elle avait peut-être raison. » Il fit une pause. « Une forme de folie circule dans notre famille… Mon grand-père, lui, a tué son épouse. Mais l'affaire a été passée sous silence… Et moi, j'ai certainement ce sang maudit dans les veines. » Il regarda Ludovico avec des yeux pleins de douleur. « Comment est-ce qu'un père… comment est-ce que j'ai pu te faire ça ? » Il secoua la tête. « Ta mère ne s'est pas enfuie avec un autre. J'ai inventé ça parce que… c'était plus simple de passer pour un cocu que pour un fou. En réalité, elle a fui parce qu'elle avait peur de mourir… »

Le cœur de Ludovico était devenu dur comme la pierre, peut-être simplement pour ne pas se briser.

« Tes fautes ne justifient pas la sienne. Elle n'est jamais revenue voir comment j'allais, dit-il froidement.

— Elle est revenue une fois, précisa le prince. Ou plutôt… elle est presque revenue.

— Presque ?

— Elle en a manifesté l'intention à un ami commun qui, cependant, l'a avertie de l'histoire que j'avais inventée pour expliquer sa disparition. Il faut que tu comprennes… Ta mère a du sang royal dans les veines. Et la rumeur que j'avais fait circuler… à savoir qu'elle avait fui avec un palefrenier… était une ignominie trop grave, aux yeux de notre monde.

— Plus grave que de renoncer à son fils ? » Ludovico exsudait douleur et colère, ce que son calme apparent ne dissimulait pas.

« Plus grave que de prétendre qu'un fils n'a pas besoin de sa mère ? »

L'aristocrate ne répondit pas.

« Si tous les deux, vous représentez l'essence de ce que ça signifie, être noble… eh bien, je suis heureux de souiller cette lignée. »

L'autre baissa la tête.

« Je suis libre ? » demanda Ludovico d'un ton qui mettait une distance insurmontable entre son père et lui.

Le prince acquiesça. « Tu es libre. »

Le garçon le dépassa, descendit l'escalier et quitta la maison.

Quand il entendit le bruit sourd de la porte du palais qui claquait, Chiodetti da Fibreno se laissa tomber à genoux, et il porta les mains à ses oreilles, comme s'il ne voulait plus entendre les paroles qu'il venait de prononcer.

Pietro rentra chez lui décontenancé.

Et pour la deuxième fois en deux jours, il ne remarqua pas le franciscain tapi dans l'ombre.

Il n'aurait pu imaginer que ce religieux tenait, glissé sous sa bure, le poignard d'un capitaine sauvagement assassiné.

Il ne vit pas son regard fiévreux.

Il n'aurait pu savoir que ce frère était possédé par une folie qu'il regardait désormais droit dans les yeux. Et à laquelle il n'aurait jamais la force de désobéir.

51

18 septembre 1870
États pontificaux (Rome)

Il y avait des jours que Leone Pompei n'arrivait pas à se décider. Il était resté tapi devant le sous-sol de la via di Panìco, occupé à mener une guerre qu'il savait perdue d'avance.

Parce que ce n'était plus lui qui décidait.

Ce jour où, sous le ponte Sant'Angelo, il avait tué sœur Alberta, Leone avait compris. Il avait serré la main de la mort, et il avait craint qu'elle ne l'emporte. Mais en réalité, elle avait fait de lui son instrument. Son esclave.

Maintenant, lui ordonna la mort.

Et Leone, comme un pantin, quitta son lit, à l'hôtellerie de la paroisse du prieur Franco. Il glissa le poignard sous sa bure et sortit, tête baissée.

« Vous allez à votre rendez-vous ? lui demanda le prieur.

— Oui, répondit-il. Je vais à mon rendez-vous.

— Je ne peux même pas imaginer l'émotion qui doit être la vôtre. Et quel honneur, à un moment aussi dramatique pour la ville sainte !

— Oui.

— Vous reviendrez ?

— Non. » Leone secoua la tête. « Je ne reviendrai pas. »

Le prieur Franco le prit dans ses bras.

« Loué soit Jésus-Christ, alors !

— Oui… qu'il soit loué à jamais. »

« C'est remarquable, dit Henri en examinant les photos que Nella lui avait montrées.

— Elles sont magnifiques, n'est-ce pas ? fit-elle avec fierté.

— Oui », répondit-il, mais avec une certaine distraction.

Pietro crut à un manque d'intérêt de sa part et reprit ses clichés.

« Excusez-moi…

— Pas du tout, elles sont magnifiques, insista Henri, je suis sincère. Mais… j'étais venu pour autre chose.

— Que se passe-t-il ? demanda Nella, remarquant son ton sérieux.

— Promets-moi de ne pas sortir de chez toi, la pressa le lieutenant avec une expression inquiète. La situation est en train de dégénérer. Moi-même, je suis venu ici avec quatre soldats, qui m'attendent dehors. Cette guerre imminente… » Il secoua la tête. « Il y a des exaltés partout. Des gens qui ne savent pas ce qu'ils font. Ils ne cherchent qu'un prétexte pour donner libre cours à leur nature animale, lâcha-t-il plein de mépris. Promets-moi de ne pas sortir. »

Il s'apprêtait à prendre les mains de Nella dans les siennes mais, en présence de Pietro, il se retint.

« Je vous attends dans la rue, lança Pietro. Quoi qu'il en soit, c'est ça qui a fait d'eux des animaux », ajouta-t-il en agitant ses photos. Sur quoi il sortit, les laissant seuls.

« Ton fils fait de la philosophie sociale », commenta Henri avec un brin de sarcasme superflu.

Nella voyait bien comme il était tendu. Elle se rendait compte qu'il devait se préparer pour une guerre qu'il ne considérait même pas comme la sienne. Pourtant, elle ne parvint pas à se taire. « Un grand écrivain, un de tes compatriotes, a dit : "Tant qu'il y aura sur la terre ignorance et misère… des photographies comme celles-ci ne seront peut-être pas inutiles." »

Henri ouvrit grand les yeux.

« Tu connais… Victor Hugo ?

— Tu me demandes ça parce que je suis une misérable couturière, ou simplement parce que je suis une femme ? dit-elle, piquée.

— Non, non… ce n'est pas ce que je voulais dire. » Il lui sourit.

« C'est juste que… » Il secoua la tête. « Chez moi, je n'ai jamais pu le mentionner, et… bon, un jour, il faudra que je te parle de lui. » Il sourit. « Toutefois, il a dit : "des livres de la nature de celui-ci", pas des photographies.

— Je sais. Mais c'est pareil. » Elle haussa les épaules. « Dans les deux cas, ce sont des armes plus affûtées que les vôtres. Et qui ne font pas couler le sang. »

Henri accusa le coup. La bataille était imminente, il était très tendu. De plus, la pression d'une grande partie de l'opinion publique romaine se faisait sentir.

« Je t'en prie, ne me dis pas à ton tour que je suis du mauvais côté…, lâcha-t-il, découragé.

— Si, dit justement Nella, tu es du mauvais côté. »

Il eut un geste d'agacement.

« Et les autres aussi, ajouta-t-elle. Parce qu'il n'y a jamais de bon côté, dans une guerre.

— Nella, vous êtes une famille de philosophes, et tu fais de beaux discours. Mais ce ne sont que de beaux discours, commenta Henri, qu'à l'évidence cette conversation commençait à énerver. Moi, je suis un soldat. Et les soldats ne font pas que la guerre. » Son visage s'enflamma. « Qui est allé secourir la population d'Albano, il y a trois ans ? Qui a enterré tous ceux qui étaient morts du choléra ? Nous, les zouaves.

— Tu confirmes ce que je viens de dire, répliqua-t-elle avec calme. C'était une très bonne action. Et en effet, ce n'était pas une guerre.

— Et comment nous a-t-on remerciés ? » La voix d'Henri vibrait d'indignation. « Avec une bombe dans la caserne Serristori. Quelques mois plus tard. Je ne l'oublierai jamais, car parmi les vingt-trois zouaves qui y ont trouvé la mort, il y avait un de mes amis. » Il serra les poings, de la douleur et de la colère dans les yeux. « *Terroristes de merde* !*

— Des terroristes ? réagit-elle. Non, Henri. Ce sont des gens comme vous. Des gens qui croient en la guerre.

— Il faut que j'y aille, coupa-t-il, irrité. Tu parles d'un monde qui n'existe pas et qui n'existera jamais. » Il fit demi-tour. « Il faut que j'y aille.

— Ne te fais pas tuer, l'interrompit Nella. Ce serait idiot. »

Henri se retourna d'un bond, torse bombé.

« Comment ça ? L'honneur, c'est idiot ?

— L'honneur, non, répliqua-t-elle d'un ton calme mais ferme. Mais ça, c'est de l'orgueil.

— Il faut que j'y aille.

— Tu te répètes. »

Le lieutenant se dirigea vers la porte. La tournure que cette visite avait prise lui déplaisait. Cependant, la tension du moment était trop forte.

« Ne te fais pas tuer, dit Nella.

— Toi aussi, tu te répètes », répliqua-t-il sombrement.

Elle parla alors avec son cœur. « C'est parce que je veux que tu reviennes. »

Il resta un instant immobile. Puis il sortit. Sans dire un mot.

« J'aurais voulu faire l'amour avec toi au moins une fois », murmura Nella dès qu'elle se retrouva seule.

Blottie dans l'ombre, la mort riait.

Puis, quand le lieutenant français partit et que le gosse rentra, elle lui ordonna de frapper à la porte du sous-sol.

Et en attendant qu'on ouvre, elle l'obligea à sortir de sous sa bure le poignard du capitaine Lonigro.

Pietro ouvrit.

D'un coup de pied, le franciscain le bouscula et entra. Il poussa la porte de la main pour la refermer derrière lui.

« Qui êtes-vous ? » fit Nella, alarmée.

Le franciscain ôta son capuchon, révélant son visage laid, ses quelques cheveux sur la tête, noirs comme les plumes d'un corbeau atteint de la teigne, et la peau grasse de son crâne parsemée de plaques rouges.

« Vous ? » s'exclama Nella.

Pietro le reconnut aussi, et sa main alla immédiatement à son couteau.

Mais la mort fut plus rapide, elle saisit Nella, l'attira contre elle et pointa le poignard sur sa gorge.

Pietro interrompit son geste. « Laisse-la, gros tas de merde ! »

La mort sourit. Presque avec bienveillance. « Je ne suis plus ce lâche que tu as fait fuir, lui dit-elle d'une voix froide, privée d'émotions. J'ai tué beaucoup de gens pour arriver jusqu'ici. »

Nella avait les yeux dilatés par la terreur.

« Laisse-la ! » répéta Pietro.

La mort rit en dévisageant le garçon. « Tu penses être en position de me donner des ordres ? » Elle poussa plus fort le poignard sur la gorge de Nella.

Pietro ne savait que faire.

« Vous vous souvenez de ce que m'a dit le gosse, comtesse ? demanda la mort qui parlait calmement, comme si elle s'amusait. "Ne fais plus jamais ça, connard, ou je te crève." » Et elle rit encore. D'un rire mauvais. « Et vous, qu'est-ce que vous avez répondu, quand j'ai protesté ? »

Nella était pétrifiée par l'horreur.

« Répétez-le, comtesse, dit la mort de sa voix terrifiante. Il faut que ça sorte, sinon je vais vous trancher la gorge, et c'est moi qui ferai sortir ces mots, à mains nues.

— Que… vous étiez… un porc », bredouilla Nella.
Pietro se sentait impuissant.

« Laisse-la et bats-toi ! vociféra-t-il.

— Ne sois pas si pressé. » Le ricanement de la mort résonna dans le sous-sol. « On se battra… si j'en ai envie. Et si on se bat, tu ne t'en sortiras pas. » La mort fixa Pietro droit dans les yeux. « Tu es prêt à mourir ? »

Le garçon vit que le regard de cet homme n'était plus le même que lors de leur première rencontre. L'Albanese lui avait appris à reconnaître les yeux de qui était capable de tuer comme si de rien n'était. Et ce type avait ces yeux-là.

« Sauve-toi, Pietro ! s'écria Nella. Sauve-toi !

— Je ne t'abandonnerai jamais ! » s'exclama-t-il.

La mort se mit à rire.

« Bravo, c'est comme ça que meurt un homme, un vrai !

— Sauve-toi ! Pietro, je t'en prie… », l'implora Nella.

La mort pressa encore plus fort la lame contre son cou, jusqu'à l'écorcher légèrement, juste assez pour qu'une goutte de sang perle. Et elle sourit, tout en regardant le garçon. « Pars, lui dit-elle. Mais quand tu seras sur le pas de la porte, ne te retourne pas… parce que autrement tu ne pourras jamais oublier l'image de ce beau cou blanc qui se colore de sang… l'image de sa gorge tranchée. » Elle ricana férocement.

« Et c'est toi qui l'auras tuée, en fuyant. Tu ne sauras jamais si, en restant, tu aurais pu la sauver… mais ce qui est sûr, c'est que tu sauras que c'est toi qui l'as condamnée à mort.

— Ce n'est pas vrai, Pietro ! hurla Nella en remuant, ce qui enfonça davantage la lame dans son cou. Il va nous tuer tous les deux ! Sauve-toi ! »

La mort relâcha la pression de la lame. « Tu vois comme elle t'aime ? » dit-elle à Pietro. C'était un divertissement inattendu.

« Qu'est-ce que c'est émouvant ! Regarde-la. Pour te sauver, elle est prête à se trancher la gorge toute seule. » Elle soupira. « C'est extraordinaire, l'amour. »

« Il nous tuera de toute façon, Pietro ! cria encore Nella. Fuis, je t'en supplie ! C'est un fou ! Tu ne vois pas ?

— Laisse-la, je t'en prie…, murmura le garçon.

— Demande-le à genoux.

— Ne fais pas ça, Pietro… »

Il s'agenouilla.

« Laisse-la, je t'en prie…

— Tu me supplies une arme à la main ? » La mort prenait grand plaisir à ce jeu. « Il y a quelque chose qui cloche, quand quelqu'un te supplie en pointant un couteau vers toi. Tu comprends ça, pas vrai ? »

Pietro jeta son couteau à terre.

« Bravo, mon petit, rit la mort.

— Pietro… je t'en conjure… va-t'en…, pleurait la comtesse.

— Et maintenant, voyons si tu l'aimes autant qu'elle t'aime. Tu l'as vue ? Elle était prête à se suicider pour toi. Et toi ? Serais-tu prêt à en faire autant ?

— Non, Pietro ! » Nella n'était plus qu'une boule de désespoir.

« Que… qu'est-ce que… je dois faire ? » La voix de Pietro tremblait.

« Viens ici, répondit la mort. Prends sa place.

— Non ! » cria Nella, ce qui rapprocha à nouveau son cou de la lame.

Mais la mort se tenait prête. Elle éloigna simplement son poignard et attrapa Nella par les cheveux, avec violence. « Viens par là ! » dit-elle à Pietro.

Celui-ci se leva.

« Non… Pietro… non…, pleurait Nella.

— D'après toi, quand tu seras à sa place, elle s'enfuira ?

— Non, répondit Pietro sans hésiter.

— C'est ce que je pense moi aussi », ricana la mort.

Le garçon fit un premier pas. Il était en proie à une forte nausée.

« Non… Pietro…

— Bravo, viens. »

Pietro s'approcha suffisamment pour être à portée du poignard. Sa vue était brouillée.

La mort le saisit avec la main qui avait lâché les cheveux de Nella, et elle pointa le couteau vers la gorge du garçon, prévenant toute tentative désespérée de sa mère. « Faites un pas en arrière, comtesse. »

Elle obéit.

« C'est à vous de choisir votre destin », ricana la mort.

Pietro sentait la lame appuyée contre son cou. Mais, dès qu'il esquissait un mouvement, la pression du poignard se relâchait.

Nella le regardait.

« Je vous en prie…

— Que de prières, dans cette maison ! » La mort sourit, ravie.

« Dites-moi donc : “Je vous en prie, porc.” Allez.

— Je vous en prie… porc… »

La mort souriait toujours. Cependant, il n’y avait plus de joie dans ses yeux.

« Ça commence à devenir répétitif, lâcha-t-elle.

— Je vous en prie…

— Il n’y a plus qu’une nouveauté à essayer. » La joie revint alors dans ses yeux. « Maintenant, je vais trancher la gorge du gosse. Lui, je m’en fiche. » Elle approcha les lèvres de l’oreille de Pietro. « Dans ce drame, tu n’es qu’un figurant. Le personnage principal, c’est elle. » Elle regarda Nella. « Alors, je disais… maintenant, je vais trancher la gorge du gosse…

— Non !

— Tais-toi ! »

Nella se tut. Elle ne voyait pratiquement plus ni cet homme ni Pietro, tant les larmes noyaient son regard.

« Ensuite, vous aurez deux options, continua la mort. Soit vous vous jetterez furieusement sur moi… ce que je considère comme très probable… et alors, vous vous ferez tuer avec une certaine facilité. Soit vous essayerez de sortir… pour qu’on m’arrête, pas pour vous sauver. Et alors, je vous poignarderai dans le dos pendant que vous chercherez à ouvrir la porte.

— Non ! » et Nella se jeta sur lui.

Henri Béras était presque arrivé à la caserne, où les préparatifs pour le lendemain battaient leur plein, lorsqu’il s’arrêta.

Les quatre soldats qui l’escortaient s’arrêtèrent aussitôt.

« Allez-y, j'arrive tout de suite, leur dit-il.
— Monsieur… nous…
— C'est un ordre ! » Henri frappa de la main son pistolet et son poignard d'ordonnance. « Je peux me défendre seul. Il ne m'arrivera rien. »
Les soldats le regardèrent un instant. Puis ils firent le salut militaire et se dirigèrent vers la caserne.
Il n'avait pas cessé d'y penser depuis qu'il avait quitté le logis de Nella. Il était bête. Il était sur le point d'aller se battre. Et tout ce qu'il était capable de faire, c'était de se disputer avec elle ?
« Ne te fais pas tuer », lui avait-elle recommandé, inquiète.
Pouvait-il le lui garantir ? Non.
Mais, si cela se produisait, pouvait-il se permettre de laisser la femme de sa vie avec le souvenir d'un soldat orgueilleux et stupide ?
« Tu l'aimes…, murmura-t-il en retournant sur ses pas, secouant la tête. Tu dis que tu l'aimes, et tu ne l'as même pas embrassée une dernière fois. »
Il se mit à courir. À son retour à la caserne, il recevrait un sacré savon. Il avait déjà eu du mal à obtenir la permission d'aller la voir. Et, comme un idiot, il avait gâché cette occasion. Mais maintenant, il n'avait pas l'intention de renoncer à y remédier.
Il ne la quitterait pas sans lui donner au moins un baiser.
Il ne prendrait pas le risque de mourir sans le goût de ses lèvres sur la bouche.
Quand il dépassa en courant le ponte Sant'Angelo, il riait.
Nella était là. Ses lèvres étaient là. Il n'y avait pas de discours à faire. Elle le regarderait et elle comprendrait. Elle jetterait les bras autour de son cou et s'abandonnerait à son baiser.

Et lui, il promettrait de ne pas se faire tuer. Même sans être certain de pouvoir honorer cette promesse. Mais il le ferait quand même, parce que c'était ainsi que se comportait un homme qui aimait une femme.

Il courait tellement vite que la via di Panìco glissait sous les semelles de ses bottes, comme si elle était enduite d'huile.

Il descendit les trois marches et s'apprêta à frapper.

Mais la porte était entrebâillée. La colère lui vint en pensant que n'importe quel voyou pouvait entrer. Il avait dit mille fois à Nella de faire réparer cette maudite serrure.

En poussant la porte, il ne pensait qu'à la saveur des lèvres de Nella.

« Non ! » hurlait la jeune femme en se jetant sur un moine qui tenait un poignard contre le cou de Pietro.

Le frère donna un coup de pied à Nella au niveau du ventre, la repoussant en arrière et la faisant chuter. Et il allait trancher la gorge du garçon, lorsqu'il vit Henri qui faisait irruption dans le garni.

« Ne bouge pas ! » lui intima le frère en pointant son poignard contre son otage, qu'il tenait de l'autre main.

À ce moment-là, Pietro lui flanqua un coup de coude dans le côté droit, là où l'Albanese lui avait appris qu'il y avait le foie.

Leone lâcha un instant sa prise, mais il lui aurait suffi de tendre le bras pour l'attraper à nouveau.

Maintenant, il savait que la comtesse et le gosse ne seraient pas les derniers, comme il l'avait cru. La mort n'abandonnerait jamais. Du moins, pas avant que quelqu'un ne l'arrête.

Or c'est lui, Leone Pompei, qui arrêta un instant le bras de la mort tendu vers le garçon, assez longtemps pour que Pietro puisse s'éloigner et laisser la mort seule au milieu de la pièce.

« Je t'ai baisée, salope ! » hurla Leone.

Henri avait sorti son pistolet. Il visa et tira, sans hésiter.

La mort poussa un cri de rage quand la balle pénétra dans sa poitrine, lui brisa une côte, et puis se blottit un instant dans son cœur noir avant de perforer son poumon gauche.

« Tu as perdu, murmura Leone Pompei, tandis qu'il sentait ses jambes céder. Tu as… perdu… », répéta-t-il en s'affaissant sur le sol.

Et il se sentit heureux.

« C'est moi… qui… ai gagné », balbutia-t-il tandis qu'il sentait la mort lui lâcher la main.

Pour la première fois de sa vie, Leone Pompei avait gagné.

« Je ne… suis pas… un raté…, murmura-t-il avec le peu de forces qui lui restaient. Je… t'ai… vaincue… »

Et il eut un rire, tout en crachant un flot de sang.

52

Nuit du 19 au 20 septembre 1870
États pontificaux (Rome)

« Ils sont là ! »

En un éclair, ces mots avaient été sur les lèvres de tout le monde, à Rome.

« Ils sont là ! »

Et, bien qu'ils aient été chuchotés, dans l'âme de chacun, ils résonnaient comme une exclamation. Un cri.

« Les Italiens sont là ! »

Les informations et les rumeurs circulaient à toute allure.

Les troupes du royaume d'Italie avaient encerclé Rome. Et elles campaient à quelques centaines de mètres à peine des murs. Elles avaient déployé leur artillerie de l'autre côté de la Porta San Lorenzo, de la Porta San Giovanni, de la Porta Maggiore, de la Porta San Pancrazio, de la Porta del Popolo et de la Porta Pia, sur la via Nomentana, où était amassé le gros des forces militaires. Le quartier général aux ordres du général Cadorna se trouvait dans la villa Albani, à cinq cents mètres de la Porta Pia.

« L'heure est venue ! »

« L'heure est venue ! » Cette expression résonnait partout, alors que le soleil se couchait sur la Ville éternelle.

« L'heure est venue ! »

« Il faut que j'y aille », dit Pietro.

Son regard était rivé au sol, où l'on devinait encore l'ombre du sang de Leone Pompei, que la serpillière passée frénétiquement par Nella n'avait pas entièrement effacée.

Puis il observa le cou de la comtesse, immaculé, à l'exception d'une marque rouge, là où la lame du poignard lui avait égratigné la peau.

Ils n'avaient presque pas parlé, depuis cet instant.

« Fais attention », murmura Nella. Et son regard aussi se porta vers la tache indélébile sur le sol. Vers ce signe de mort. Mais aussi de vie. Parce qu'ils en avaient réchappé, alors qu'ils avaient pourtant perdu tout espoir.

— Et toi… qu'est-ce que tu vas faire ? lui demanda Pietro, son appareil photo sur l'épaule.

— T'attendre », répondit-elle.

Il savait que non seulement elle l'attendrait, mais qu'elle attendrait aussi le lieutenant Béras.

Ils se regardèrent un long moment.

« Travaille bien, lui dit-elle, une note d'orgueil dans la voix.

— Oui », fit-il en se dirigeant vers la porte.

Il s'arrêta sur le seuil. Se retourna. Ils n'avaient plus parlé de Leone, et pourtant, la terreur qu'il avait eue de la perdre ne le quittait pas. Et chaque fois qu'il la voyait, il se disait qu'elle était là. Vivante. « Ferme bien. Et n'ouvre à personne », lui dit-il.

Nella se mit à rire. Elle adorait son fils.

« Tu vas faire la guerre, et c'est moi qui dois faire attention ?

— Moi, je ne fais aucune guerre.

— Je sais », approuva-t-elle.

La guerre de Pietro était la seule qui valait la peine d'être menée, se disait-elle. La guerre de la vérité. Et des faits. Mais elle ne dit rien, parce que Pietro le savait déjà. Et parce que maintenant il avait compris, sans le moindre doute possible, qu'elle le soutenait de tout son cœur. « Vas-y… »

Pietro sourit, puis sortit. Il faisait déjà noir.

Cette nuit était cruciale pour tout le monde. Cela se sentait dans l'air.

C'était impressionnant : un royaume qui avait duré un millénaire était sur le point de céder le pas à un autre, qui n'avait que dix ans.

Et c'était justement ça qui rendait ce moment historique.

Pietro déambula dans une ville fantôme.

Personne ne circulait dans les rues. Les fenêtres étaient barricadées. Et pourtant, dans ce silence spectral, il avait l'impression d'entendre les Romains retenir leur respiration derrière leurs volets clos. En écoutant bien, on pouvait entendre comme des roulements de tambours. Ce n'était autre que le cœur des habitants qui battait la chamade, dans l'attente d'un nouveau monde.

Quand il parvint à proximité de la Porta Pia, les rues désertes laissèrent place à des voies encombrées par les troupes pontificales.

Elles le regardèrent passer sans l'arrêter.

Ce n'est qu'à quelques mètres de la porte qu'un soldat lui intima de s'arrêter, le fusil pointé et les yeux écarquillés. On lisait sur son visage la tension avant une bataille qu'il savait perdue d'avance, mais qu'en tant que militaire il avait le devoir de livrer. Et cette tension et cette peur n'attendaient rien d'autre qu'un garçon inoffensif pour se transformer en colère.

Le soldat se précipita vers lui et leva la crosse de son fusil pour le frapper, tout en l'insultant en français.

« *Calme-toi, soldat* !* » retentit une voix avec autorité.

Le lieutenant Béras se plaça devant le soldat et répéta, d'une voix basse mais encore plus autoritaire : « *Calme-toi**. »

Le soldat regarda d'abord son supérieur, puis ce garçon grand et maigre. « *Pardonnez-moi** », dit-il au lieutenant, mais il était évident qu'il s'adressait à Pietro. Il abaissa son arme et rentra dans le rang.

« Que fais-tu ici, mon garçon ? demanda Henri.

— Je veux sortir pour photographier aussi l'armée italienne.

— Tu veux dire que tu imaginais qu'on allait t'ouvrir les portes, avec l'ennemi là-dehors ? » Henri eut une espèce de rire. « Et dans ton esprit, on te faisait aussi la révérence, ou ça se faisait d'une manière plus… informelle ? »

Pietro se rendit compte de l'absurdité de ce qu'il avait pensé faire.

« Je suis vraiment bête, lâcha-t-il.

— Ta mère sait que tu es ici ? »

Le garçon hocha la tête.

« Elle n'a pas essayé de te retenir ?

— J'imagine qu'elle aurait voulu… mais elle ne l'a pas fait.

— C'est vraiment quelqu'un… d'exceptionnel », dit Henri, avec la même admiration qu'il avait lue dans les yeux de Pietro.

Celui-ci acquiesça encore.

« Maintenant, rends-moi un service : débarrasse le plancher », lança Henri.

Pietro le regarda. « Vous m'avez sauvé la vie deux fois. Je risque de finir par vous trouver sympathique… même si vous êtes français. »

Le lieutenant sourit.

« *Fais attention à toi**, recommanda-t-il.

— Vous aussi, répliqua Pietro. Ma mère vous attend. »

Henri resta immobile, regardant le jeune homme s'éloigner de son pas souple de petite frappe. Mais son esprit revint rapidement à Nella. Il n'avait pas un instant cessé de penser à elle, depuis qu'il avait tué cet assassin fou. Même bouleversée, elle n'avait pu retenir une de ces répliques dont elle avait le secret : « Tout le monde craint que tu te fasses tuer… et c'est à nous que ça a failli arriver ! » avait-elle plaisanté avant d'éclater en sanglots, et que ses jambes ne cèdent. Henri l'avait saisie par la taille et soutenue. Alors, elle avait lancé à Pietro : « Ça ne t'arrive donc jamais d'obéir ? Quand je te dis de t'enfuir, tu t'enfuis ! » Et ce garçon, qu'Henri avait mal jugé, avait répliqué avec fierté : « Je ne t'abandonnerai jamais. » Puis Nella avait attiré son fils contre elle. Et ils étaient restés ainsi, silencieux, avec à leurs pieds un cadavre finissant de se vider de son sang. Enfin, la jeune femme avait regardé Henri, souri à nouveau, et puis lancé encore une de ses répliques : « Je retire tout ce que j'ai dit à propos des militaires. Je remercie Dieu que tu sois un soldat et que tu vises aussi bien. » Ensuite, elle l'avait embrassé.

Et maintenant, alors que l'ennemi se trouvait de l'autre côté des murs, Henri frôla ses lèvres du doigt. Comme pour toucher ce baiser. En espérant que ce ne serait pas le dernier.

« Lieutenant Béras ! » La voix du major Fernand de Troussures le ramena à la réalité. « Je veux que vous alliez à Saint-Pierre et que vous représentiez les zouaves auprès de Sa Sainteté.

— Mais c'est ici qu'a lieu la bataille, mon commandant ! s'exclama spontanément Henri.

— Vous serez auprès du pape au moment le plus difficile pour lui, argua le major de Troussures. Nul ne doit oublier les zouaves lors de cette journée. Vous nous représenterez aux yeux du monde.

— Mais, mon commandant…

— Lieutenant Béras, je vous en prie, ne m'obligez pas à vous hurler que c'est un ordre », dit Troussures, sévère et droit comme un I.

Il fixa Henri avant d'ajouter, d'un ton posé et plein de noblesse : « Gardons au moins notre dignité, lors de cette journée de défaite. » Il plaça une main sur son épaule. « Il ne nous reste rien d'autre. »

Béras fit le salut militaire. « Oui, mon commandant. »

Au cirque Callari, tout le monde était prêt, réuni sous le chapiteau.

Chacun avait un fusil en main.

On n'attendait que l'ordre de Melo pour partir au combat.

Melo, sur sa chaise déglinguée près de l'écurie, arrêta de fumer son cigare et l'éteignit, avant de se lever. « On y va », lança-t-il à Marta qui se tenait à côté de lui, étonnamment silencieuse.

Elle se leva. Elle aussi avait son Chassepot français à la main.

« Rappelle-toi que tu sais bien l'utiliser, lui recommanda Melo. N'hésite pas. »

Elle hocha la tête. Elle avait la gorge nouée, la langue pâteuse, et ses lèvres sèches restaient collées.

« Mais dis quelque chose ! protesta Melo. Cela me fait drôle, de ne pas t'entendre, toi le moulin à paroles.

— Qu'est-ce que… je dois dire ?

— Que tu ne feras pas de bêtises, répondit-il avec sérieux.

— Je ne ferai pas… de bêtises.

— Bien. Alors, allons-y. On nous attend. L'heure est venue. »

Marta le suivit en silence.

Quand Melo entra sous le chapiteau, il y eut un murmure. Tout le monde était là, à la fois les Italiens qui allaient se battre et les autres.

« On est prêts ? »

Les Italiens levèrent leurs fusils en l'air, sans rien dire.

Melo acquiesça avec satisfaction.

« Alors, en route.

— Attendez ! » intervint Ascanio, qui arrivait juste derrière Melo.

Lui ne participerait pas à la bataille. Il était trop âgé. « Vous ne pouvez pas y aller comme ça. » Il les observa. « Mais qui êtes-vous ? Je vous regarde, et je ne sais pas qui vous êtes. »

Melo et les autres ne voyaient pas ce qu'il voulait dire.

« Je veux vous voir en costumes ! s'exclama alors le directeur. Allez à vos roulottes et habillez-vous comme si vous deviez faire le spectacle.

— Qu'est-ce que tu racontes, Ascanio ? » fit Melo au nom de tous les autres.

Le vieil homme leva le menton avec fierté. « Que tout le monde sache que le cirque Callari est italien ! » s'exclama-t-il avec emphase. Puis il brandit un poing en l'air. « Nous nous sommes cachés pendant trop longtemps ! Et maintenant, dépêchez-vous ! »

Il y eut un instant de silence puis, enthousiasmés par l'idée d'Ascanio, les membres de la troupe finirent tous par quitter le chapiteau.

« Tu es le meilleur imprésario du monde », sourit Melo.

Ascanio lui donna l'accolade.

« Arrange-toi pour revenir en un seul morceau, recommanda-t-il. Et prends un cheval.

— Je ne monte plus.

— Tête de mule ! s'exclama le patron. Prends un cheval !

— Non. »

Ascanio renonça et secoua la tête, découragé.

« Armandina, dit Melo à l'adresse de la Bella, qui avait un fusil à l'épaule. C'est toi qui prendras le cheval. Le gros de l'armée italienne campe devant la Porta Pia. Ils vont sans doute attaquer là. Mais je ne peux pas en être sûr. Alors tu feras l'estafette. Tu feras la navette d'une porte à l'autre. Comme ça, tu pourras nous avertir quand ils abattront le mur.

— D'accord. Je vais seller un cheval. »

Pendant ce temps, les autres revenaient avec leurs costumes bariolés.

« Qu'aucun d'entre vous ne se fasse tuer ! prévint Ascanio. Si une seule balle vient abîmer votre costume, j'irai jusque dans l'au-delà pour vous le faire payer ! »

Toute l'assistance éclata de rire.

Même ceux qui n'étaient pas italiens s'étaient changés.

« Putain, vous faites quoi, vous ? » s'exclama Ascanio en les voyant arriver.

Heinrich, le trapéziste autrichien, s'avança. Ses trois compagnons d'acrobatie se tenaient avec lui. Un autre Autrichien, un Serbe et un Espagnol. Chacun d'entre eux portait un rouleau de cordes en bandoulière.

Cela faisait partie de leur costume. C'était ainsi qu'ils apparaissaient en scène.

« Moi pas pouvoir laisser camarades seuls… moi peut-être rien à foutre de l'Italie… mais beaucoup à foutre de mes frères…

— Et qu'est-ce que tu veux ? demanda Ascanio.

— Un fusil.

— Moi aussi vouloir fusil », renchérit Andrej, le lanceur de couteaux polonais.

Et de même Dimitri, qui était russe. Et Françoise, la contorsionniste française. Et Bernhard, le jongleur allemand.

Le chapiteau se colora d'émotion.

Marta comprit ce que voulait dire Melo lorsqu'il disait qu'ils formaient une famille. Et elle fut triste de ne jamais avoir réussi à en faire partie.

« Allons-y, dit Melo. Vous trouverez des fusils là où les autres nous attendent. » Et il sortit, suivi de son armée bigarrée.

Sireno fut le seul à rester avec Ascanio.

« Tu n'y vas pas ? lui demanda le vieux directeur.

— J'ai l'épaule mal en point, à cause de ma chute.

— Espèce de lâche. »

Ascanio cracha par terre avant de sortir à son tour. Il voulait admirer le régiment Callari partant à la guerre.

Juste devant le chapiteau, Melo était tombé sur Armandina, qui tenait deux chevaux sellés.

« Qu'est-ce que tu vas en faire, de deux chevaux ?

— Il y en a un pour toi, rétorqua la Bella.

— Moi, je ne monte plus.

— Arrête un peu, avec ces conneries.

— Non.

— Mais si. » Armandina lui tint tête. « Tu le feras, parce que tes hommes ont besoin du capitaine Melo et pas d'un vieux aux jambes tordues qui ne tient pratiquement plus debout. Tu le feras pour eux. »

« Espèce d'enc' ! C'esse qu'tu vas goûter d'ma ceinture ! »

L'Albanese était assis au bord du lit de son père dément et invalide. Il tenait à la main son premier couteau, celui qu'il avait offert à Pietro, et il l'examinait pendant que son père lui hurlait des insultes aux oreilles.

Il avait passé la journée à affûter la lame de son poignard et à charger les deux pistolets que Ferro lui avait procurés.

Désormais, il avait les deux pistolets glissés dans sa ceinture, derrière son dos, son poignard dans un étui, et les poches de son pantalon remplies de balles.

« Bâtard ! Fils de pute ! J'vais t'arracher l'cœur par le cul ! »

Pietro l'avait mis à genoux, bien que le truand n'en eût rien laissé paraître, pour ne pas lui donner cette satisfaction.

Il avait eu l'illusion de ne plus être seul. Mais ce n'était pas vrai.

Il avait vu tout de suite que ce gosse avait quelque chose de spécial. Quelque chose de plus que les autres.

Et maintenant, il savait qu'il avait même quelque chose de plus que lui-même.

Il l'avait battu. Voilà pourquoi c'était un champion.

Il regarda son père, qui bavait tout en l'insultant. Il sortit de sa poche un mouchoir, avec lequel il lui essuya le menton et les lèvres.

Le vieux essaya de le mordre.

L'Albanese l'ignora et remit le mouchoir dans sa poche.

Oui, le gosse l'avait mis à genoux.

Mais il s'était relevé. Parce qu'il était l'Albanese. Le plus fort de tous. Parce que lui, il n'avait besoin de personne.

« Père, finit-il par dire, tous les jours, je risque de mourir. Mais la mort ne m'a jamais fait peur. » Il le regarda. « Et ça, je te le dois. C'est toi qui m'as appris à être aussi fort.

— Fumier ! C'te fois, tu vas l'payer !

— Aujourd'hui, je ne sais pas ce qui m'a pris. J'espère que ça ne va pas me porter malheur. » Et il eut un rire. « Mais je voulais te dire une chose. »

Il souleva son premier couteau, l'arme avec laquelle il avait tué un homme pour la première fois.

« Maudit soit l'jour où qu't'es né ! »

L'Albanese ouvrit la lame. « Si je ne devais pas revenir… personne ne s'occupera de toi. Et tu mourras de soif et de faim dans ce lit, en bavant et en te chiant dessus. » Il lui posa une main sur la poitrine.

L'autre tenta de la repousser. Mais il était faible. Ce n'était plus qu'un squelette. Seule sa rage bestiale le maintenait en vie.

« Je te laisse ce couteau, reprit l'Albanese. Si demain je ne reviens pas, n'attends pas de mourir de faim et de soif… tranche-toi les veines. C'est une mort douce… » Il posa le couteau sur le drap. « Essaie d'avoir un peu de dignité, au moins une fois dans ta vie. Essaie d'être un homme.

— Mô c'esse qu't'es l'fils l'plus dégueu du monde !

— Toi aussi, tu es un père de merde, dit-il lentement.

— D'la ceinture ! Voilà c'qu'y faut, à quèqu'un com' toi ! D'la ceinture !

— Tu as compris ce que je t'ai dit ? cria brusquement son fils. Putain, tu as compris ou pas ? »

Les yeux du père, qui d'ordinaire fixaient toujours le vide, semblèrent se focaliser sur lui un instant.

L'Albanese eut l'impression qu'il l'entendait. Qu'il comprenait. Il se pencha vers lui et lui donna l'accolade. Comme il ne l'avait jamais fait.

Son père lui mordit l'oreille. « D'la ceinture ! » beugla-t-il. Ses yeux étaient déjà repartis dans ce monde horrible où ils habitaient, perdus.

Le truand se leva. Le regarda. En silence. Sans haine. Sans ressentiment. Il l'imagina plus jeune. Comme autrefois. Quand il était assez fort pour faire mal à un jeune garçon. Pour lui faire peur.

« Si je ne reviens pas… tue-toi », recommanda-t-il d'un ton presque affectueux.

Et il quitta l'appartement.

Pietro avait voulu prendre quelques photos des soldats pontificaux. Mais cela aurait été des clichés sans âme. Puis il avait pensé montrer Rome déserte, plongée dans la nuit. Mais là aussi, cela lui avait paru insipide.

Alors, il avait longé les murs d'enceinte de la ville. Et il s'était rendu compte qu'il n'arriverait jamais à les escalader. Ils faisaient plus de six mètres de haut.

Il s'était arrêté. Il avait ressenti un vide dans son cœur. Non parce qu'il ne trouvait pas de photos à prendre.

Non, il s'agissait de Marta. C'était elle qui provoquait cette béance. Il fallait qu'il la voie.

Il avait pris le chemin de la tanière des Loups. Elle était certainement là.

Il lui recommanderait de faire attention. Mais à quoi bon ? Pouvait-on vraiment faire attention à une balle ? Il se mit à courir. Soudain, il avait été saisi par la peur de la perdre. Il fallait qu'il la voie. Qu'il l'embrasse. Qu'il lui dise qu'il l'aimait.

Quand il atteignit la place de la taverne, Marta n'était pas là.

Tout le monde regardait dans une seule et même direction, bouche bée.

Pietro se retourna, et lui aussi écarquilla les yeux.

Une troupe hétéroclite et absurde approchait. Les réverbères à gaz faisaient briller comme des étoiles les paillettes des capes, les costumes moulants en satin, et le maquillage des clowns, avec leurs faux nez et leurs bouches énormes qui riaient même lorsqu'ils étaient sérieux.

Et à leur tête, il y avait Melo, torse bombé, sur un cheval noir.

« Qu'est-ce que c'est que cette bouffonnerie ? interrogea l'un des Loups lorsque la troupe les eut rejoints sur la place où ils étaient réunis.

— Tu ne verras jamais quelque chose de plus sérieux que ça », lui dit Melo.

Marta alla retrouver Pietro.

« C'est extraordinaire, non ? dit-elle.

— C'est… incroyable… oui. » Il éclata de rire.

« Il n'y a pas de quoi rire », dit-elle avec sérieux.

Alors Pietro les regarda avec les yeux de Marta. Il ne vit plus des clowns, des nains, des maillots de trapéziste, des tenues de serpent, des capes de magicien. Et il comprit que ce n'était pas un méli-mélo de couleurs – rouge, jaune, vert, or et bleu –, mais un uniforme. Leur uniforme.

« Excuse-moi, dit-il à Marta. Ils sont… Vous êtes magnifiques.

— Oui, c'est aussi ce que je pense, confirma-t-elle avec fierté.

— Donnez un fusil à chacun de ces soldats ! » commanda Melo.

En un éclair, le cirque Callari au grand complet fut armé.

« Ça, ce sont de vrais frères, déclara Melo tout fort, du haut de son cheval. Et ils sont prêts à mourir l'un pour l'autre. Regardez-les. Et essayez d'être comme eux, quand la bataille commencera. »

Pendant un instant, nul ne souffla mot. Puis les Loups comme les jeunes du Comité se mêlèrent à cette troupe chamarrée, leurs vêtements anonymes diluant cette extraordinaire tache de couleur.

Seul Ludovico resta à l'écart. Il avait le visage marqué par les nuits passées dans la cachette humide des Loups, après s'être enfui de chez lui. Il était sale, fatigué et éprouvé par ce qui s'était passé avec son père. Ses yeux étaient fiévreux, et il serrait son fusil comme un naufragé.

« On y va ! » ordonna Melo. Puis, voyant Paride sur le siège de son carrosse, il lui cria : « Tu as mis les munitions à l'intérieur ?

— Oui, mon capitaine, répondit le cocher.

— Bien. Alors partons.

— Attendez ! » s'écria une voix féminine.

Tous se retournèrent, et ils virent d'autres femmes du cirque arriver, des plus âgées comme des gamines trop jeunes pour la guerre. Elles portaient des réserves d'eau, du bois pour allumer du feu et des sacs.

« Dieu nous en préserve, dit Mme Musumeci qui avançait péniblement sur ses courtes jambes de naine, mais si besoin est, nous nous occuperons des blessés. Et je ne parle pas que des nôtres. Je parle de tous les soldats italiens. »

Son mari, dans son ridicule costume de clown, la regarda avec amour et fierté.

« Paride ! ordonna Melo. Toi, tu transporteras les blessés du champ de bataille à l'infirmerie. Et que Dieu bénisse les femmes !

— Que Dieu bénisse les femmes ! firent-ils tous en chœur.

— À la Porta Pia ! » hurla Melo.

L'absurde bataillon se mit en marche de façon ordonnée.

« Arrêtons-nous là », annonça un peu plus tard le vieux capitaine.

Ils se trouvaient dans une ruelle sombre, à une centaine de pas de la porte. Ils pouvaient voir les troupes pontificales sans être vus.

Pietro et Marta avaient marché jusque-là en silence, sans échanger un mot, main dans la main. Ils se mirent à l'écart. Et s'embrassèrent.

« Tu n'as pas envie d'être à notre côté ? lui demanda Marta.

— Je serai avec vous, répondit-il. Mais aussi avec les Français. Et si je le peux, aussi avec les Italiens.

— Qu'est-ce que ça veut dire ? Tu ne peux être que d'un côté ou de l'autre. Autrement, ça n'a pas de sens.

— Si, ça a un sens. Moi, je prendrai des photos de tout et de tous. Je veux documenter cette bataille.

— Et… ça sert à quoi ?

— Quand tout sera fini, expliqua-t-il, tous ceux qui n'étaient pas ici… bref… tous ceux-là devront se fier à ce qu'ils entendent…

— Et alors ?

— Tu es sûre qu'ils entendront la vérité ? Pas moi. On affirme qu'il n'y a pas de misère à Rome. Et pourtant, ça je peux le démentir, parce que je l'ai photographiée. »

Il fit une pause. Il savait ce qu'il voulait dire, mais avait du mal à trouver les mots justes. « Celui qui gagne raconte toujours… ce qui l'arrange. Ce n'est pas vrai ? Et il dira que c'est la vérité… » Il caressa son appareil photo. « Mais la vérité, elle ne sera que dans mes photos. Tu comprends ? Elles, elles ne mentiront pas. »

Ces paroles frappèrent Marta. Oui, la mère de Pietro avait raison. Il avait vraiment le don pour surprendre. Avec sa sensibilité. Avec son cœur. Et avec son cerveau, qui raisonnait de manière indépendante.

Toutefois, il interpréta mal ce regard.

« Je suis désolé. Je sais que je te déçois.

— Mais non ! s'exclama-t-elle. Tu ne me déçois pas du tout ! » Et elle se dit que Pietro lui avait mieux fait comprendre ce que lui avait dit Melo à propos de sa Marta. Les vainqueurs l'avaient exclue de la légende. Mais, à l'époque de la Révolution romaine, s'il y avait eu quelqu'un comme Pietro, la mémoire de Marta n'aurait jamais été perdue. Personne n'aurait pu faire comme si elle n'avait pas existé. « Toi, tu serais capable de photographier une révolutionnaire qui se bat le fusil à la main, dit-elle. Et cette même révolutionnaire qui, à la fin de la bataille, soigne ses ennemis. »

Pietro la regarda sans comprendre. « Qu'est-ce que tu racontes ? »

Marta l'embrassa. « Que je suis fière de toi, mon amour. »

Henri Béras arriva, sombre, à Saint-Pierre.

Le major de Troussures l'avait humilié en l'éloignant du champ de bataille. Il l'avait dégradé au rang de nounou du pape.

C'est d'une humeur massacrante qu'il se présenta au capitaine de la garde suisse et lui annonça qu'il avait un message personnel pour le cardinal Antonelli.

Il fut aussitôt amené en présence du cardinal, à qui il remit le message du major.

Le secrétaire d'État brisa le sceau et lut. Puis il regarda Henri. « Le major vous fait un grand honneur », lui dit-il.

Henri demeura impassible.

« Vous auriez préféré vous battre, n'est-ce pas ? sourit le cardinal.

— Je suis un soldat, Votre Excellence.

— Peut-être ne comprenez-vous pas l'importance du rôle qui vous a été confié, poursuivit Antonelli d'un ton de reproche. Vous représentez la loyauté de l'ensemble du corps des zouaves envers Sa Sainteté, dans un moment tout à fait critique et dramatique. Un moment où il serait plus facile de lui tourner le dos. Soyez digne de la mission qui vous a été confiée.

— Oui, Votre Excellence, dit Henri en baissant la tête. Je vous demande pardon pour mon arrogance et mon étroitesse d'esprit.

— Vous n'avez pas été arrogant ni étroit d'esprit, lieutenant, fit Antonelli d'un ton plus indulgent. Juste impulsif.

— Alors je vous demande pardon pour mon… impulsivité.

— Si vous n'étiez pas impulsif, vous ne seriez ni jeune ni un bon soldat, répliqua le cardinal. Mais aujourd'hui, aux yeux du monde, être auprès du pape, c'est comme être sur le champ de bataille. Et j'oserais dire que c'est même plus. »

Il lui tendit la main pour qu'il y pose un baiser.

Henri embrassa l'anneau épiscopal.

« Lieutenant Béras, je vais vous faire escorter dans l'antichambre des appartements papaux, dit Antonelli en le congédiant. C'est là, à deux pas de Sa Sainteté le pape Pie IX, que vous livrerez votre guerre. »

Henri fut conduit par deux gardes suisses dans les méandres du palais, entre les marbres resplendissants, les tableaux de crucifixion et de visions mystiques, les sculptures d'immense valeur, et une myriade d'objets en or qui reflétaient et multipliaient la lumière des lampes.

On lui indiqua un fauteuil. Il s'assit et attendit. Il ne savait même pas quoi. Il tendit l'oreille. Le silence était absolu. Il se demanda s'il entendrait le vacarme des canons et des tirs.

Le colonel des gardes de la sécurité du pape lui annonça : « Lieutenant, je dois vous demander de me remettre vos armes. » Henri le regarda.

« Comme un ennemi ?

— Non, lieutenant. Comme quiconque n'est pas l'un de mes hommes.

— Vous êtes un soldat, fit Henri en se levant. Et vous savez ce que cela signifie, pour un soldat, être privé de ses armes.

— Je suis un soldat chargé de protéger Sa Sainteté. C'est mon travail, répondit le colonel. On m'a rapporté que vous étiez là pour témoigner de la loyauté du corps des zouaves. »

Henri le fixa.

« Lieutenant, je réagirais comme vous, si nos rôles étaient inversés, dit alors le colonel. Mais répondez-moi sincèrement. Si nos rôles étaient inversés, que feriez-vous à ma place ? »

Henri ôta de son étui le pistolet d'ordonnance avec lequel il avait tué Leone Pompei, et le lui remit.

Le colonel le remercia d'un signe de tête et s'apprêta à faire demi-tour.

« Attendez », ajouta Henri. Il se pencha et lui donna aussi le poignard qu'il avait caché dans sa botte droite. « Maintenant, c'est à vous de me répondre avec sincérité. » Il le dévisagea. « Si nos rôles étaient inversés, que devrais-je me dire si je n'avais pas remarqué un poignard caché à l'endroit le plus évident ? »

Le colonel se raidit, vexé. Mais cela ne dura qu'un instant. « Ce que je me dis, sans avoir besoin d'inverser les rôles, c'est que j'ai devant moi un vrai soldat, loyal, qui mérite tout mon respect. Quant à moi, je sais que je me suis ridiculisé. » Puis, avec grande dignité, il fit volte-face et disparut dans la salle voisine.

Henri se rassit dans son fauteuil. Et il regarda droit devant lui. Il ne voyait ni les ors ni les marbres. Il ne pensait qu'à la fatalité qui l'avait amené à revenir sur ses pas et à courir auprès de Nella pour s'excuser de son comportement. Paradoxalement, il devait se réjouir d'avoir été insensible, mal élevé et obtus avec elle. S'il s'était comporté décemment, Nella et le garçon auraient été assassinés.

C'était incroyable comme on pouvait se réjouir d'une erreur.

Il laissa son esprit repasser les événements. Pas le moment même où il était intervenu, ce n'était pas un bon souvenir. Tuer un homme, aussi fou ou abominable fût-il, n'était pas quelque chose dont un bon soldat pouvait se réjouir. Mais il se rappela l'instant où il avait décidé de retourner chez Nella. Il se souvint de sa course. Et de la joie qu'il éprouvait en traversant le ponte Sant'Angelo à l'idée de l'embrasser. Parce qu'il avait compris qu'il n'aurait risqué pour rien au monde de mourir à la guerre sans la saveur de ses lèvres sur la bouche.

Il se souvint qu'il avait l'intention de lui promettre qu'il ne se ferait pas tuer. Tout en se sachant incapable de tenir cette promesse avec certitude. Mais il l'aurait fait, parce que c'était ainsi que se comportait un homme avec la femme qu'il aimait.

Et là, assis sur ce fauteuil dans les appartements papaux, il se rendit compte qu'au contraire il aurait pu lui faire cette promesse avec certitude.

Et toi aussi, tu es en sécurité chez toi, mon amour.

Alors il rit tout bas. Parce que la vie était merveilleuse. Et aussi une sacrée arnaque.

Nella ne tenait pas en place. Elle se sentait comme un animal en cage. Elle marchait de long en large dans la pièce, sans jamais poser le pied sur la tache de sang lavée par terre.

Elle regarda le journal qu'elle avait acheté après avoir aperçu un titre terrifiant : « Religieuse retrouvée morte dans les eaux du Tibre ». Le cadavre s'était pris dans un filet de pêche devant l'Ospizio apostolico di San Michele a Ripa Grande.

« Tu es rentrée chez toi, même morte », soupira Nella.

L'article expliquait que, d'après les premières constatations, les médecins supposaient que la bonne sœur – bien que le cadavre soit très abîmé, étant resté longtemps dans l'eau et exposé à la voracité des rats, des poissons et des corbeaux – avait été assassinée. Étranglée.

« Tu n'avais pas fui, Alberta », dit Nella, le cœur en peine.

Toutefois, même cette pensée terrible ne suffisait pas à la distraire.

Son fils risquait de se prendre une balle.

Son homme risquait de se prendre une balle.

Et on lui demandait de rester à la maison, porte close.

Non. Elle ne survivrait pas, là dans sa cage.

Mais elle ne pouvait pas aller voir son fils. Ni son homme.

Puis, tout à coup, elle comprit qu'il y avait quelque chose qu'elle pouvait faire.

Elle sortit.

Elle courut dans la nuit noire qui approchait à pas de géant de ce nouveau jour que tout le monde attendait – ceux qui vaincraient comme ceux qui perdraient. Parce que ces derniers aussi étaient enfermés dans la cage d'une vie suspendue. Et, comme Nella, ils ne supportaient plus de rester immobiles.

Elle courut à travers la ville déserte jusqu'à atteindre le cirque.

Elle regarda. Il avait l'air abandonné.

« Il y a quelqu'un ? » cria-t-elle.

Mais nul ne répondit.

Elle se rendit alors à l'écurie. Dès qu'elle entra, Bersagliere hennit de joie.

« Je suis là », lui dit Nella en l'embrassant.

Le cheval frotta le museau contre son épaule. Souffla fort par les naseaux. Et lui mordit les cheveux avec délicatesse.

« Je vais te faire une beauté, Bersagliere, dit-elle. Pour toi aussi, ça va être un jour spécial. » Elle trouva une selle et commença à la lui mettre sur le dos.

« Qui es-tu ? » fit une voix derrière elle.

Nella se retourna. Elle ne se souvenait pas de son nom. Mais elle savait qui c'était : l'homme qui fouettait les chevaux.

« Ah ! C'est toi ! s'exclama Sireno.

— Je suis venue récupérer mon cheval, dit-elle.

— Les chevaux qui sont ici appartiennent au cirque, fit l'homme en avançant vers elle d'un air menaçant. Voleuse !

— Ce cheval est à moi !

— Tu m'as ridiculisé. » Sireno s'approcha lentement, sans se presser. « Et je vais te le faire payer. Maintenant nous sommes seuls. Toi et moi, sale putain. »

À cet instant, on entendit un sifflement, puis un claquement.

Sireno hurla, cambrant le dos. Un coup de fouet venait de déchirer sa chemise.

« Ce cheval est à elle ! » lança Ascanio d'un ton impérieux, un long fouet à la main.

Sireno grinça des dents et leva un poing vers lui.

Ascanio fit claquer son fouet, touchant Sireno au bras. Sa chemise se déchira à nouveau et se teinta de rouge. « Voilà, tu es payé de la monnaie de ta pièce. » Et pour la troisième fois, il fit claquer son fouet, atteignant le jeune homme aux jambes. Le tissu de son pantalon fut déchiré à son tour.

Sireno hurla et tomba au sol.

« C'est le seul langage que tu comprends, grogna Ascanio.

— Grand-père…, gémit Sireno, qui avait perdu le peu de courage qu'il avait.

— Ne me rappelle pas que nous avons le même sang, poursuivit le vieux. Selle immédiatement *son* cheval, ordonna-t-il.

— Non », intervint Nella.

La vie avait recommencé à l'entraîner dans son flot impétueux. Là où on risquait de se fracasser contre un rocher. De tomber dans une cascade. De se noyer dans un tourbillon. Mais c'était la vie. Et elle se sentait heureuse. « Je le selle toute seule. Je n'ai pas confiance en lui. »

Ascanio approuva. « Sage décision. Ce lâche serait capable de mal serrer la sangle pour que vous vous rompiez le cou. »

Nella lui adressa un geste de gratitude, puis elle harnacha Bersagliere.

Sireno s'était traîné dans un coin, on aurait dit un animal léchant ses plaies.

Quand elle eut fini, Nella souleva sa jupe et sauta en selle.

Ascanio l'observait en souriant.

« J'espère que vous ferez bon usage de ce splendide animal, lui dit-il.

— Le meilleur possible », assura-t-elle.

Et elle donna un coup de talon à Bersagliere.

« Je déteste ce que je vais faire, se lamenta Marta.

— Pourquoi ? Qu'est-ce que tu vas faire ?

— Viens. » Elle le prit par la main.

Quand ils avaient arrêté de s'embrasser, Pietro lui avait raconté qu'il avait voulu sortir par la Porta Pia, comme un imbécile, parce qu'il souhaitait photographier les préparatifs dans le camp italien. Il lui avait dit en riant qu'il avait même imaginé escalader les murs, mais qu'il se serait fracassé au sol. Puis il avait haussé les épaules et dit : « Dommage… ce n'est pas possible. »

Mais, bien qu'il ait plaisanté à ce sujet, Marta avait saisi combien il était déçu.

« Où allons-nous ? » demanda Pietro.

Marta ne répondit rien. Elle le guida auprès de quatre hommes musclés en maillot, avec des vêtements moulants et des rouleaux de corde en bandoulière. « Heinrich, dit-elle au plus costaud des quatre. Pietro veut escalader l'enceinte et descendre de l'autre côté. Mais il ne peut pas y arriver seul. »

Heinrich sourit.

« Tu veux que nous aider lui ?

— Oui, répondit Marta.

— Jeu dangereux, vouloir aller autre côté, dit Heinrich avec sérieux.

— Oui, confirma-t-elle, le cœur lourd.

— Et toi, garçon maigre, avoir couilles pour jeu dangereux ? » demanda Heinrich à Pietro.

Celui-ci ne s'y attendait pas. Il regarda Marta et lut l'inquiétude dans ses yeux. Et la peur. Et pourtant, elle était prête à l'aider. « Je déteste ce que je vais faire », dit-il à son tour. Puis il la prit dans ses bras et l'embrassa.

« Oh là ! intervint Heinrich en poussant un gros soupir. Nous attendre que vous faire enfant, ou bien nous aller ? »

Marta se mit à rire. Mais cela ne dura qu'un instant. Puis l'inquiétude recommença à flotter dans son regard.

« Allons-y. » Le cœur de Pietro battait fort. Il savait qu'il devait se dépêcher ou le courage finirait par lui manquer.

« Admets au moins que ce que tu vas faire, c'est une bêtise, lui dit Marta.

— Tout va bien se passer, répondit-il.

— Non ! Je veux t'entendre dire que ce que tu vas faire, c'est une connerie !

— C'est une connerie, reconnut-il.

— Garçon maigre mais pas totalement débile », plaisanta Heinrich.

Ils atteignirent un coin isolé le long des murs, loin des regards des troupes pontificales. Les réverbères avaient été obscurcis pour ne pas donner d'avantage à l'ennemi.

Pietro avait son appareil photo avec lui.

Heinrich examina l'enceinte. Puis il s'adressa à ses trois amis musclés. « Tour », lança-t-il.

Un des trapézistes, trapu et massif, se plaça près du mur les bras tendus, prenant appui sur les briques.

Heinrich ôta à Pietro son appareil photo.

« J'en ai besoin !

— Toi silence. »

Un autre trapéziste souleva Pietro comme un fétu de paille et grimpa sur les épaules de son camarade. Le troisième trapéziste escalada les deux premiers, puis se fit passer Pietro, comme un paquet. Il le mit sur ses épaules, attendit qu'Heinrich arrive, et le lui fila.

Heinrich hissa Pietro dans les airs et l'assit en haut des murs.

« Pas bouger », ordonna-t-il.

Le trapéziste en dessous de lui enleva son rouleau de corde et le lui tendit. Heinrich noua une extrémité de la corde à un créneau et déroula la corde de l'autre côté de l'enceinte, jusqu'à ce qu'il l'entende toucher terre. Puis il lia un bout de sa propre corde au même créneau et la fit descendre de leur côté, à l'intérieur des murs. « Toi savoir descendre corde ? »

Pietro fit oui de la tête.

« Mais mon appareil photo...

— Toi silence, toi casse-couilles, coupa Heinrich. Maintenant question importante. » Il lui palpa les bras. « Garçon maigre sait aussi monter corde ? Toi faiblard.

— J'y arriverai, assura Pietro.

— Alors, quand toi fini, toi revenir ici et trouver corde..., commença à expliquer le trapéziste.

— Mais mon app...

— Maintenant, moi foutre poing dans ta gueule, si toi pas silence et écouter.

— Excuse-moi...

— Quand toi revenir, avant de monter corde, toi attacher appareil photo à ton corps avec corde et monter. Puis toi t'accrocher à autre corde et descendre. » Il regarda Pietro. « Avec appareil photo de mes deux.

— Merci, mais...

— Moi pas savoir si tuer ennemis. Mais moi sûrement tuer toi. Descends ! »

Pietro descendit. Puis il regarda vers le haut. Il vit qu'Heinrich faisait remonter la corde, y attachait l'appareil photo et le lui faisait descendre.

« Merci, chuchota Pietro. Et dis à Marta que je l'aime.

— Toi aller te faire foutre », rétorqua Heinrich avant de disparaître.

Pietro détacha l'appareil photo et se mit à marcher dans le noir, vers là où il apercevait des feux.

En un éclair, à une cinquantaine de pas du campement, il se retrouva une baïonnette pointée entre les omoplates. « Qui va là ? » Il y avait de la tension dans la voix de la sentinelle.

« Je suis… photographe… », répondit Pietro d'une voix tremblante.

Une autre sentinelle lui saisit un bras et le lui tordit derrière le dos. « Avance », dit-elle en le poussant vers le campement.

« Capitaine Buttafuochi ! dit la sentinelle en continuant à tordre le bras de Pietro. On a chopé un espion.

— Je ne suis pas un espion ! protesta le garçon. Je suis photographe.

— Photographe ? s'étonna le capitaine Buttafuochi, commandant de batterie du septième régiment d'artillerie. Et qu'est-ce que tu fiches là ?

— Je veux… documenter la bataille.

— C'est une réponse tellement idiote que je te crois, fit le capitaine Buttafuochi. Laissez-le », ordonna-t-il aux deux sentinelles. Puis, à la lumière tremblotante des feux, il examina le jeune homme. « Tu te rends compte que ta bravade aurait pu te valoir une balle dans le crâne ?

— Maintenant… oui », répondit-il.

Le capitaine Buttafuochi se mit à rire.

« Mets-toi dans un coin et ne casse pas les pieds, mon garçon, recommanda-t-il avant de recommencer à examiner des cartes avec ses lieutenants.

— Je peux vous prendre en photo ? » demanda Pietro.

Le capitaine Buttafuochi le regarda. Il n'en revenait pas. Ce gosse était vraiment déterminé.

« Comment tu as fait pour arriver ici ?

— J'ai escaladé le mur, mon capitaine.

— Tu veux dire que tu étais à Rome ?

— Oui, mon capitaine. »

Buttafuochi se mit à rire.

« Et comment tu as fait ? Tu sais voler ?

— Non, mon capitaine, ce sont les trapézistes du cirque Callari qui m'ont aidé. »

Les soldats autour d'eux s'esclaffèrent.

« Mon garçon…, fit Buttafuochi, si je n'avais pas une guerre à mener, je passerais bien la nuit à écouter tes conneries.

— Mais c'est vrai, mon capitaine, insista Pietro. Tout le cirque Callari est prêt à se battre avec vous. Et aussi les Loups, avec le capitaine Melo. Et les jeunes du Comité de libération. Ils sont armés de fusils qu'ils ont volés aux Français, et…

— Je le connais, le cirque Callari, intervint un soldat. Ils sont célèbres pour leurs numéros équestres. Je les ai vus à Ivrée, quand j'étais gosse.

— Et moi, j'ai entendu parler du capitaine Melo, dit un autre. Il a fait la Révolution romaine. »

Buttafuochi regarda Pietro sous un autre jour.

« Et ils sont combien, ces gens ?

— Peut-être une centaine.

— Cent fusils dans le dos des soldats pontificaux, ça pourrait être utile, dit le capitaine.

— S'ils savent s'en servir, glissa un de ses lieutenants.

— S'ils savent s'en servir, répéta le capitaine en hochant la tête. Et où se trouvent-ils ?

— Un peu derrière la Porta Pia, répondit Pietro.

— Et pourquoi la Porta Pia ?

— Parce que le capitaine Melo est persuadé que c'est là que vous allez attaquer. »

Le capitaine Buttafuochi regarda ses hommes. « Si c'est ce qu'il pense… les autres doivent penser comme lui. » Il fit signe à un soldat. « Va voir le général Cadorna à la villa Albani, et confirme-lui qu'une manœuvre de diversion est indispensable. Répète-lui ce que nous a raconté ce garçon… et rassure-le en lui disant qu'il me paraît digne de foi. Il faut qu'ils commencent par bombarder la Porta San Lorenzo, la Porta Maggiore et la Porta San Giovanni. Ensuite, nous passerons à l'action. »

Le soldat fit le salut militaire et partit en courant.

« Merci, mon garçon, dit le capitaine Buttafuochi à Pietro.

— Maintenant, je peux vous prendre en photo ?

— Mais c'est un cauchemar ! s'exclama le capitaine. Bon, vas-y.

— Il faut vous placer près du feu. Il n'y a pas beaucoup de lumière.

— Tu veux aussi qu'on te fasse une risette, ou ça te va si on fait semblant d'être des militaires avec une putain de guerre au cul ? »

Les soldats se gaussèrent.

« Des militaires avec une putain de guerre au cul, ce serait parfait », répondit Pietro.

Les soldats rirent encore plus fort. Et le capitaine aussi.

Pietro installa l'appareil et prit sa photo.

« On est libres ? lui demanda Buttafuochi.

— Oui, mon capitaine. Merci, mon capitaine », sourit Pietro, satisfait.

Ensuite il s'éloigna de quelques pas et prit d'autres photos : les mains noires de poudre des artilleurs, les marmites dans lesquelles cuisait une bouillie épaisse, et un homme qui astiquait un canon.

Enfin, il alla s'asseoir à l'écart.

« Je t'ai entendu, mon garçon », fit un jeune homme de vingt-cinq ans environ, en s'approchant de lui. Sa moustache et ses cheveux étaient noirs et bouclés. « Je suis écrivain et journaliste, j'accompagne les troupes de Sa Majesté, expliqua-t-il. Je vais faire le récit glorieux de cette bataille historique. » Il lui tendit la main. « Je m'appelle Edmondo De Amicis. »

Pietro lui serra la main. Pourtant, il ressentit une antipathie immédiate à son égard.

« Et comment savez-vous qu'elle sera glorieuse, cette bataille ? demanda-t-il.

— Parce que j'écrirai qu'elle a été glorieuse. C'est simple », répondit l'autre.

Pietro comprit pourquoi il l'avait tout de suite pris en grippe.

« Et toi, pourquoi prends-tu des photographies ?

— Parce que, si quelqu'un écrit que la bataille a été glorieuse et que ce n'est pas vraiment le cas… mes photos le démentiront. »

De Amicis se raidit.

« Ne déforme pas mes paroles, petit présomptueux.

— Je ne déforme rien du tout. C'est vous qui avez dit qu'elle sera glorieuse, parce que c'est ce que vous écrirez.

— Tu es un imbécile, lança De Amicis, dépité. N'essaie pas de me prendre en photo.

— Ça ne me serait même pas venu à l'esprit, monsieur », fit Pietro en soutenant son regard.

Edmondo De Amicis s'éloigna.

Pendant ce temps, un gradé s'approcha du capitaine Buttafuochi et le salua, en se présentant.

« Capitaine Giacomo Segre, commandant de la cinquième batterie du neuvième régiment.

— Parlez, capitaine. »

Pietro le regarda. Il avait un visage beau et intelligent, auquel les lueurs du feu donnaient un aspect dramatique. Pietro installa son appareil photo et se prépara à appuyer sur le bouton.

« Directive du général Cadorna, dit le capitaine Segre. Comme vous le savez, le pape a menacé d'excommunier quiconque donnera l'ordre de bombarder la ville sainte.

— Oui, soupira le capitaine Buttafuochi qui, comme tout le monde ici, était catholique. Il faut qu'il nous mette des bâtons dans les roues jusqu'au bout.

— Je me suis permis de suggérer au général Cadorna de me concéder l'honneur de donner l'ordre de bombarder. Et le général me l'a accordé. »

Le capitaine Segre se tenait fièrement, torse bombé.

Pietro le prit en photo.

« Ainsi moi et moi seul, Giacomo Segre, vous ordonne officiellement, devant témoins, de bombarder la Porta Pia, déclara le capitaine. Et maintenant, vous voudrez bien m'excuser, mais je dois transmettre cet ordre à tous les autres commandants d'artillerie.

— Mais pourquoi prenez-vous sur vos épaules le poids de cette excommunication ? » l'arrêta Buttafuochi.

Le visage intelligent du capitaine Segre s'éclaira d'un beau sourire.

Pietro le prit en photo.

« Parce que je ne serai pas excommunié, répondit-il. Je suis juif. »

Les soldats se mirent à rire. Et quelqu'un s'écria : « Prends ça dans le cul, Pie IX ! »

Pietro se dit que c'était une histoire magnifique. Tout le monde riait. Seul Edmondo De Amicis demeurait sérieux.

Puis le capitaine Segre s'éloigna sous les applaudissements des soldats. Il devait faire le tour de toutes les portes de la ville qui seraient les cibles de l'artillerie italienne.

« Il va être temps de partir, dit le capitaine Buttafuochi à Pietro quand l'aube commença à pointer. Au nom du roi, je te remercie. »

Pietro sourit et rejoignit l'endroit du mur où il était descendu. La corde était là.

Il entendit des ordres provenir du campement.

« Chargez ! commandait une voix.

— Chargé ! répondait le chœur des artilleurs.

— Levez !

— Levé !

— Pointez !

— Pointé ! »

Pietro prit la corde et attacha l'appareil photo à son corps.

« Ils attaquent ! » De l'autre côté de la Porta Pia, quelqu'un lançait l'alerte.

Pietro saisit la corde et prit son élan pour grimper.

Et là, il roula à terre. La corde tomba comme un serpent mort. Le haut de la corde avait cassé net.

Quelqu'un l'avait coupée.

« Ils attaquent ! » hurlèrent les sentinelles qui défendaient la Porta Pia.

Ce cri parvint jusqu'à la ruelle où étaient cachés les hommes commandés par Melo. Tout le monde se leva.

« Tenons-nous prêts ! » hurla Melo à sa troupe en montant à cheval.

À ce moment-là, au bout de la ruelle, on entendit un hennissement et un bruit de sabots.

Tous se retournèrent. Ils virent approcher un cheval blanc lancé au galop. En selle, une femme qui montait jambes découvertes, comme un homme. Et ses jambes étaient magnifiques.

Nella fit arrêter Bersagliere près de Melo. Elle lui sourit. « Descendez donc, lui dit-elle. Voilà le cheval qui convient à un capitaine. »

Melo la dévisagea.

« Pourquoi ?

— Il s'appelle Bersagliere, plaisanta-t-elle. Avec un nom comme ça, je ne vais certainement pas le laisser paresser à l'écurie aujourd'hui. Ce serait lui faire un trop grand tort. »

Elle descendit d'un bond et tendit les rênes à Melo.

Le vieux capitaine saisit l'importance de ce geste. Et de ce moment. Il avait juré qu'il ne remonterait plus jamais à cheval. Or, il avait déjà violé ce serment. Alors, autant monter sur le dos du plus beau cheval qui, ce jour-là, foulerait le champ de bataille. Il descendit de son hongre et, avant d'enfourcher Bersagliere, il murmura à Nella : « Vous avez remarqué qu'ils vous regardent tous bouche bée ? Et vous avez senti leur émotion, quand ils vous ont vue arriver… jambes nues ? » Il prit les rênes et monta sur Bersagliere. « Quel numéro sensationnel vous auriez fait, sur la piste du cirque Callari ! »

Nella éclata de rire et s'écarta.

Melo se retourna. « Musumeci ! Viens là ! » ordonna-t-il.

Le nain s'avança péniblement jusqu'à lui.

Melo le saisit par le poignet et le souleva à côté du bougre. « Mets le pied à l'étrier, lui dit-il à voix basse. Vite, je n'en peux plus de te porter. »

Musumeci père glissa un de ses pieds difformes dans l'étrier.

« Mais non, l'autre, bordel de merde ! » jura Melo.

Musumeci père changea de pied.

« Et maintenant allez, en selle », fit Melo en l'aidant.

Les jambes du nain pendouillaient dans le vide, comme celles d'un enfant assis dans une chaise haute.

« Alors, qui vient raccourcir ses étriers ? s'écria Melo. Vous n'avez pas remarqué que c'était un nain ? Il faut vraiment tout vous dire ? »

Des hommes se placèrent de chaque côté pour raccourcir les étriers.

Musumeci père y posa les pieds.

Tout le monde contemplait ce nain habillé en clown.

Sentant leurs regards posés sur lui, Musumeci leva son fusil en l'air et s'écria : « Avant, j'étais un nain ! Aujourd'hui, je suis un géant ! »

Et, au lieu de rire, la troupe applaudit à tout rompre.

« Maintenant ça suffit ! ordonna Melo. Tenons-nous prêts ! »

Le silence tomba. Chacun prit son fusil. Les confidences de dernière heure, les au revoir et les embrassades avaient occupé toute la nuit. Il n'y avait plus rien à dire. Le moment de se battre était venu.

Seul Ludovico n'avait pas encore dit ce qu'il avait à dire. Il prit Marta par la main. « Je peux te parler ? » lui demanda-t-il.

Comme tout le monde, Marta était tendue. Concentrée. Mais elle comprit que pour Ludovico c'était vital. Elle le suivit un peu à l'écart du groupe.

Il était pâle. Il avait les yeux enfoncés dans les orbites. « Je te souhaite tout le bonheur du monde », lui dit-il.

Marta le regardait. Elle ne voyait pas où il voulait en venir.

« Je t'aime », continua Ludovico.

Marta, gênée, se tourna vers le groupe.

« Non, fit-il en prenant les mains de la jeune fille dans les siennes. Je ne te demande rien. Ne t'en fais pas. » Il sourit, et pourtant il n'y avait aucune lumière dans ses yeux. Ils semblaient habités par la folie. Et aussi aveugles. Comme s'ils brûlaient tout en étant éteints. Il serra les mains de Marta entre les siennes. « Je voulais juste te le dire, reprit-il. Et je voulais te dire que Pietro est quelqu'un de spécial. Je l'admire. Vraiment. » Il fit une pause. « Entre nous deux, tu as choisi le bon. » À nouveau, il eut ce sourire éteint. « Et je vous souhaite vraiment d'être heureux. »

Marta était profondément mal à l'aise.

« Mais je dois te demander une faveur, poursuivit-il. Il faut que tu fasses quelque chose pour moi. Tu es la personne au monde en qui j'ai le plus confiance.

— Dis-moi… »

Il sortit de sa poche une montre en or. Il la lui tendit.

« S'il m'arrivait quelque chose… donne-la à mon père.

— Il ne t'arrivera ri… »

Il lui posa son index sur les lèvres, avec délicatesse, pour la faire taire. « Dis-lui… que c'est la chose la plus précieuse que j'aie jamais possédée. »

Il caressa cet objet tandis que ses yeux, un instant, reprenaient vie. Il ouvrit le clapet, fixa un moment la montre, et puis le referma vite. « Il faut que tu lui dises… que tu lui dises qu'il n'y a rien au monde qui ait plus compté pour moi que cette montre. » Il la lui remit avant de s'en aller précipitamment, se plaçant en colonne avec les autres, tête baissée.

Marta resta abasourdie, la montre à la main. Elle craignait d'avoir compris ce qu'il y avait dans la tête de Ludovico. Mais elle n'avait aucun moyen de l'en empêcher.

« Ils attaquent ! » entendit-on hurler de nouveau près de la Porta Pia.

Et alors, un rugissement assourdissant fit trembler l'air et vibrer la terre.

53

20 septembre 1870, 5 h 10 et heures suivantes
États pontificaux (Rome)

Quand la canonnade éclata, Pietro fut saisi de panique. Il regarda encore une fois le mur, là où la corde n'était plus. Comme si elle avait pu réapparaître.

Puis il revint sur ses pas, vers le camp italien. Alors qu'il courait, d'autres coups de canon firent trembler l'air. La terre vibrait sous ses pieds.

« Tu ne peux pas rester là, mon garçon ! lui cria un jeune gradé.

— Je… je ne sais pas où aller… », bredouilla Pietro. Mais sa voix fut couverte par le fracas d'un autre coup de canon.

« Tu ne peux pas rester là ! lui cria à son tour le capitaine Buttafuochi.

— Et je vais où ? dit Pietro, les yeux écarquillés.

— Mets-toi en sécurité ! Sauve-toi ! » hurla Buttafuochi.

Autre coup de canon.

Les oreilles de Pietro bourdonnaient. « Non ! Je veux photographier la bataille ! » lança-t-il, retrouvant le courage qu'il avait perdu.

Le capitaine Buttafuochi le rejoignit, le saisit par le col et le secoua. « Pousse-toi de là ! » beugla-t-il.

Pietro manqua de tomber à terre. Il resta un instant immobile, avant de s'éloigner.

Il se posta derrière la ligne des canons et prit une première photo. On voyait les canons, les artilleurs et, au fond, les murs de Rome. Mais c'était une photo que n'importe qui aurait pu prendre, se dit-il. Alors il ramassa son appareil photo et avança jusqu'à se retrouver au niveau de la rangée de canons. Il cadra et appuya sur le bouton.

Mais ce n'était pas assez. Il n'y avait rien de dramatique, dans ces clichés.

Il regarda les murs. Et les canons. Entre les murs et les canons, il y avait un espace désert. « C'est là que je dois être ! » s'exclama-t-il. Il se mit à courir.

« Où il va, celui-là ? s'exclama un des artilleurs.

— Arrête ! » crièrent d'autres soldats.

Le capitaine Buttafuochi le suivait du regard.

Pietro courut jusqu'à se retrouver à mi-chemin entre les canons et les murs. Là, il dressa son trépied. Et se glissa sous le tissu noir.

« Feu ! »

Pietro cadra les bouches des canons qui s'enflammaient.

« Feu ! »

Il prit une autre photo.

« Qu'est-ce qu'il fait, cet imbécile ? s'exclama le capitaine Buttafuochi. Il va se faire tuer ! » Pourtant, on lisait de l'admiration dans son regard.

« Feu ! »

Pietro appuya à nouveau sur le bouton. À chaque coup de canon, la terre tremblait. Et faisait vibrer l'appareil photo. Mais il entendit aussi des sifflements. Près de lui, la terre prit vie. Après chaque sifflement, il se produisait une déflagration sourde, et un nuage de poussière s'élevait dans l'air.

Le capitaine Buttafuochi le regardait. Les artilleurs le regardaient. Le camp tout entier.

« Feu ! »

Pietro tourna son appareil et cadra les tireurs d'élite pontificaux, perchés entre les créneaux. Il vit un soldat pointer son arme vers lui.

Il prit sa photo juste avant que l'autre ne tire.

L'instant d'après, la balle l'atteignit.

« Mais qu'est-ce qu'on fait là ? s'exclama Ludovico, les mains serrées sur son Chassepot. Allons nous battre !

— Garde ton calme », dit Melo. Il en avait trop vu, des soldats qui trépignaient pour aller se battre et qui, par leurs bravades, faisaient tuer leurs camarades. « Tu ne bougeras que lorsque je t'en donnerai l'ordre !

— Ils attaquent ! Qu'est-ce qu'on attend ? hurla le prince.

— On attend que l'artillerie finisse son travail ! » Melo descendit de cheval et secoua le jeune homme par les épaules. « Regarde-moi, mon garçon ! Si nous attaquons maintenant, ça ne sert à rien. Nous sommes cent à tout casser. Eux, ils sont plusieurs milliers. Ils nous écraseront comme des cafards.

— Espèce de lâche ! » jeta Ludovico, avec un regard de feu.

Melo lui flanqua une claque. « C'est toi, le lâche, qui veux faire mourir tes frères ! Quand les Italiens chargeront, nous chargerons nous aussi. Mais jusqu'à ce moment-là, je ne veux pas que tu bouges. C'est clair ?

— Oui… » Ludovico eut l'air de se calmer.

« C'est clair ? lui cria Melo au visage.

— Oui, mon capitaine. »

Melo le laissa et remonta sur le dos de Bersagliere. « Que personne ne fasse de conneries avant que je vous en donne l'ordre ! » cria-t-il à ses hommes. Parfois, rester immobile était plus difficile qu'agir. Il le savait bien. « Vous aurez tout le temps pour vous faire tuer, ne craignez rien ! »

Marta regarda Ludovico. Il était incontrôlable. Elle porta la main à la montre qu'il lui avait donnée. Puis elle s'approcha de lui. « Garde ton calme », lui dit-elle.

Ludovico la fixa longuement.

Mais Marta eut la certitude qu'il ne la voyait pas.

Alors elle s'éloigna et déambula parmi cet étrange fouillis de combattants, prêts à participer à la libération de Rome.

« Tu as vu Pietro ? demanda-t-elle à Françoise.

— Non, lui répondit la contorsionniste, dans son costume de serpent.

— Tu as vu Pietro ? demanda-t-elle à Musumeci père.

— C'est la première fois que je vois autant de personnes de haut en bas, plaisanta le nain dans son costume de clown, perché sur son cheval.

— Tu l'as vu ?

— Non. »

Marta posa la question à tout le monde. Mais personne ne l'avait vu. Pourquoi n'était-il pas rentré ? Elle sentit l'anxiété la gagner. Et plus elle restait là, prisonnière de cette ruelle, plus elle se sentait en cage. Elle comprit ce qu'éprouvait Ludovico.

Alors, elle se décida. Elle se faufila hors de la ruelle et courut près de l'enceinte, là où ils avaient attaché les cordes. Mais celles-ci n'y étaient plus. Comment était-ce possible ?

Elle revint en courant dans la rue et alla voir Heinrich.

« Les cordes ne sont plus là, lui dit-elle d'une voix brisée.

— Comment ça, cordes plus là ? demanda le trapéziste.

— Elles n'y sont plus ! Elles n'y sont plus ! s'écria-t-elle.

— Calme ! Moi pas comprendre si toi faire folle.

— Excuse-moi, Heinrich… »

Les yeux et l'âme de Marta étaient dévorés par l'angoisse. Mais elle tenta de garder son calme.

« Pietro n'est pas revenu. Je suis allée voir. Les cordes ne sont plus là…

— Patrouille de ronde trouver cordes », fit-il, pensif.

Marta lui saisit le bras.

« Il faut que tu m'aides à monter sur le mur.

— Ah ! Toi idiote comme garçon maigre. » Heinrich secoua la tête. « Parfaits ensemble. »

Marta lui serra le bras encore plus fort. « Aide-moi ! Je t'en prie ! »

Heinrich la regarda. Mais il n'y avait aucune surprise dans son regard. Lui, il risquait sa vie tous les soirs. Et si, tous les soirs, il en ressortait vivant, il le devait à ses compagnons et à leurs prises. Parce que, eux, ils ne se lâchaient jamais. Même au risque d'être précipités ensemble dans le vide.

« Aller ! » et il fit signe aux trois autres trapézistes. « Laisser fusils. »

Tous, y compris Marta, remirent leurs armes à ceux qui restaient dans la ruelle. Puis ils rejoignirent l'enceinte.

« Vite », recommanda Heinrich.

En un éclair, Marta se retrouva à califourchon en haut du mur. Elle voyait le campement italien, les tentes des commandants, le feu qui sortait des bouches des canons, et puis…

Pietro était étendu au sol, face contre terre. À mi-chemin entre les canons et les murs. Sur la terre de personne. Il ne bougeait pas.

« Nooon ! » hurla Marta, sa voix se brisant en même temps que son cœur.

« Pietro est revenu ? » demanda Nella à Melo. On lui avait raconté ce qu'il avait fait.

Melo fit signe que non.

Après avoir amené Bersagliere, Nella était restée dans la ruelle, avec tous les autres. Et elle avait assisté aussi à la scène qu'avait faite Ludovico. « Mais pourquoi les jeunes ont-ils tellement envie de se faire tuer ? »

Melo secoua la tête.

« Parce qu'ils ne savent pas encore ce que c'est, la mort.

— Pietro sait très bien ce que c'est, la mort ! » s'exclama Nella, furieuse.

Melo n'ajouta rien. Il aurait voulu dire qu'il fallait devenir vieux et fragile comme lui pour comprendre vraiment ce qu'était la mort. Il ne suffisait pas de la regarder en face. Mais il resta silencieux. Parce que cette femme n'avait pas besoin de rhétorique. Et il ne lui dit pas non plus que Pietro reviendrait. Parce qu'il n'était pas sûr qu'il reviendrait. Et cette femme n'avait pas besoin d'entendre des conneries. Il la regarda, c'est tout.

Nella, peu à peu, comprit que s'en prendre à Melo n'avait aucun sens. Il n'y était pour rien.

Elle s'éloigna et atteignit le coin de la ruelle d'où on apercevait la Porta Pia. Elle scruta les troupes. À la recherche de Pietro. Et d'Henri. Mais elle ne parvenait à voir ni l'un ni l'autre. Elle se sentait à nouveau en cage.

« Pourquoi n'allez-vous pas à l'infirmerie ? lui suggéra Melo, qui l'avait rejointe. On aura besoin d'une personne comme vous. »

Nella hocha lentement la tête. Elle fit demi-tour et se dirigea vers l'infirmerie, qui avait été installée dans un entrepôt, deux rues plus loin.

On n'avait pas eu besoin de défoncer la porte. Le propriétaire avait vu les femmes en train d'improviser une infirmerie dans la rue. « Venez », avait-il lancé à Mme Musumeci en ouvrant les portes de son entrepôt, alors qu'il l'avait solidement barricadé contre les pillards. « C'est le moment de décider de quel côté on est, avait-il dit. On ne peut pas vivre que de peur. »

Juste devant l'entrepôt, Nella reconnut le carrosse qui, autrefois, avait été le sien. Et à côté, Paride.

« Que fais-tu ici ? lui demanda-t-elle.

— Comtesse ! s'exclama le cocher, dont le visage s'éclaira.

— Que fais-tu ici ?

— Je donne un coup de main, comme tout le monde.

— Tu donnes un coup de main au royaume d'Italie ? Qui t'a tout pris ?

— Comtesse… » Paride était gêné. « Je sais ce que vous pensez… mais c'est à vous qu'ils ont tout pris, pas à moi. »

Nella le regarda.

« Tu as toujours été un patriote ?

— Au fond de moi, oui, répondit-il en rougissant.

— Mais alors, pourquoi es-tu devenu un fuyard, recherché par la police ?

— Je suis un serviteur fidèle, madame la comtesse. »

Nella le regarda droit dans les yeux.

« Merci, Paride.

— À votre service, madame la comtesse. Travailler pour vous est un honneur.

— Tu n'es plus à mon service », plaisanta Nella.

Paride ne lui dit pas qu'il serait toujours à son service.

Ils se dévisagèrent encore un instant.

« Nous avons vécu tellement de vies ensemble ! N'est-ce pas, Paride ? »

Le cocher approuva.

Nella pivota et entra dans l'infirmerie.

C'était un entrepôt à grains, au plafond voûté. On avait étendu par terre, de façon bien ordonnée, des couvertures. On avait allumé des feux et mis de l'eau à bouillir. Il y avait des bandes de tissu et des bistouris, pour humains et animaux, fournis par le cirque Callari. Trois tables avaient été alignées dans un coin. Ce seraient les tables d'opération. Les femmes s'étaient aussi mises à cuisiner.

« Bienvenue, dit Mme Musumeci à Nella.

— Je suis là pour donner un coup de main, expliqua Nella. Si c'est utile.

— C'est utile, confirma-t-elle. Vous savez couper et coudre ?

— Et vous ? Vous savez le faire ?

— Oui. »

Nella ne remarqua qu'à ce moment-là un escabeau à trois marches, près des tables.

« Je suis naine, rit Mme Musumeci. Vous ne vous en étiez pas rendu compte ? »

Cette femme plaisait à Nella.

« J'ai vu votre mari. Il se tient tout fier sur son cheval.

— C'est un clown, rit Mme Musumeci. Mais il fera son devoir, ajouta-t-elle avec sérieux. Alors, vous êtes capable de découper et de coudre ?

— Je suis couturière.

— Je parle de corps. Qui saignent.

— Le sang ne m'impressionne pas », répondit Nella.

« Aide-moi à descendre ! cria Marta à Heinrich.

— Toi venir, fit Heinrich en tendant vers elle ses bras musclés, prêt à la porter et à la faire descendre.

— Non, de l'autre côté », dit Marta. Elle indiqua le camp italien d'un air déterminé. « Là-bas !

— Quoi ? s'exclama le trapéziste. Garçon mort ! Toi voir ?

— Heinrich, bordel de merde ! »

Le trapéziste, grommelant en allemand, fixa une corde aux créneaux et la lança de l'autre côté de l'enceinte. Puis il attacha le deuxième rouleau et déroula la corde à l'intérieur des murs. « Deux dernières cordes, gamine. »

Mais Marta descendait déjà et, en un éclair, elle toucha le sol.

« *Scheiße* », jura Heinrich en la regardant s'éloigner.

Marta, les yeux brouillés de larmes et le cœur lui battant dans les tempes, courut vers Pietro, immobile au sol. « Non…, murmurait-elle, le souffle coupé. Non… »

« Ne tirez pas ! ordonna le capitaine Buttafuochi à deux fusiliers qui l'avaient déjà dans leur ligne de mire. Qui est cette fille ? cria-t-il en donnant un coup de pied dans un caillou. C'est quoi, cet endroit qui pullule d'imbéciles ? Elle va se faire tuer aussi ! » Marta n'était plus qu'à quelques pas de Pietro. Devant elle, derrière elle, la terre explosait, frappée par les balles des tireurs d'élite, postés en haut de l'enceinte. Elle entendait le sifflement des projectiles qui l'effleuraient.

« Pietro ! » hurla-t-elle, désespérée, se jetant par terre près de lui.

Pietro tourna brusquement la tête.

« Qu'est-ce que tu fais ici ?

— Tu es blessé ? demanda Marta, qui l'avait cru mort.

— Qu'est-ce que tu fais ici ?
— Mais réponds ! cria Marta. Tu es blessé ?
— Non. La balle a touché le trépied.
— Et alors, qu'est-ce que tu fais par terre ? »

Les balles continuaient à siffler dans l'air.

« Je me chie dessus !
— Moi aussi… maintenant. »

« Le photographe n'est pas mort ! s'écria un des artilleurs.
— La fille non plus ! » lança un autre.

Le capitaine Buttafuochi empoigna un fusil, qu'il frappa violemment contre le sol. « Enfer et damnation ! Mais on est en guerre ! » hurla-t-il, furieux, parce qu'il savait déjà l'ordre qu'il allait donner. Il mit la main sur l'estafette du camp.

« Ripolli, tu cours plus vite que tout le monde. Es-tu capable d'aller jusqu'à eux et de les ramener ?
— Oui, mon capitaine ! » répondit promptement le soldat Ripolli.

Traverser les lignes ennemies en évitant les balles, c'était sa spécialité. Depuis qu'il était enfant, il aimait courir. Chaque fois, il savait qu'il risquait de tomber sur un tireur plus rapide que lui. Mais, tant que ce jour n'arrivait pas, il continuerait à courir pour sa patrie.

Si Cadorna apprenait qu'il avait fait cette connerie, pensa le capitaine Buttafuochi, il le ferait fusiller. Et il aurait raison. « Gratte-papier ! s'exclama-t-il à l'adresse d'Edmondo De Amicis. Si tu écris une ligne sur cette histoire, je te coupe la langue ! » Puis il posa la main sur l'épaule du soldat Ripolli, qu'il serra. « Ne te fais pas tuer, autrement tu me fourres dans le pétrin. »

L'estafette sourit.

« Ne vous en faites pas, mon capitaine.

— Vas-y, lui dit Buttafuochi. Fusiliers ! Feu de couverture pour Ripolli. Rabaissez le caquet de ces petits coqs sur les murs. Maintenant ! »

Dix fusiliers pointèrent leurs armes et commencèrent à tirer.

Pendant ce temps, Ripolli courait comme le vent. Il rejoignit les deux jeunes gens et les arracha au sol. « Vite ! Vite ! » cria-t-il.

Marta et Pietro le suivirent sans hésiter.

« Cessez le feu ! commanda le capitaine dès qu'ils furent hors de danger. Bravo, Ripolli », dit-il à l'estafette. Et là, il gifla Pietro. Puis il pointa un doigt vers Marta. « Toi, tu y échappes parce que tu es une femme ! Mais maintenant, foutez le camp ! »

Marta et Pietro se regardèrent.

« Nous sommes vivants ! » Pietro éclata de rire.

« Mais quel con ! lui jeta Marta au visage, avant de le prendre dans ses bras.

— Comment tu as fait pour arriver jusqu'ici ? demanda Pietro. Les cordes…

— Heinrich en a mis deux autres, l'interrompit Marta. Mais ce sont les dernières. Dépêche-toi, avant qu'ils ne les coupent aussi. »

Elle lui prit la main et le conduisit près de l'enceinte, hors de portée des tireurs du pape.

Pietro portait son appareil photo. La balle avait frappé le support, brisant un des pieds au milieu, d'un coup net.

Ils retrouvèrent la corde.

« Monte », dit Pietro.

Marta essaya de se hisser, mais elle dut abandonner aussitôt.

« Je n'y arrive pas…

— Je passe d'abord, décida Pietro, et puis je te fais monter. » Il accrocha l'appareil photo à son corps avant de grimper à la corde. Puis il fit descendre l'appareil de l'autre côté des murs. Ensuite, il lança la corde à Marta. « Attache-la autour de ta taille. »

Marta enroula la corde autour de sa taille et la noua.

« Et maintenant ?

— Maintenant, je te fais monter », fit Pietro.

Et il se mit à la tirer de toutes ses forces. Il la souleva à peine d'un mètre, avant que ses bras ne cèdent. Lui non plus n'y arrivait pas.

« Bon, je redescends…

— Toi te pousser ! » intervint une voix.

En un éclair, Heinrich se retrouva à côté de lui. « Bras trop maigrichons. » Il se pencha vers Marta. « Moi faire. Toi pas bouger. » Ses bras musclés la hissèrent jusqu'en haut. Il l'attrapa et, tout aussi facilement, la fit descendre de l'autre côté. Il regarda Pietro.

« Quoi être mot italien… *fretuquet*, c'est ça ?

— Freluquet, corrigea Pietro. Merci.

— Moi faire pour Marta, pas pour toi », précisa Heinrich.

Après avoir dénoué la corde donnant sur l'extérieur des murs, il descendit comme une plume.

Pietro le suivit.

Il n'avait pas encore touché terre qu'une balle vint ébrécher les briques antiques. Et très rapidement, d'autres tirs suivirent.

Devant eux se dressaient cinq soldats pontificaux, en train de recharger leurs fusils en toute hâte.

Heinrich avait une blessure superficielle à la cuisse droite.

Aucun d'eux n'avait de fusil. Ils étaient désarmés.

Mais à ce moment-là, on entendit un autre tir, à gauche des soldats. L'un d'eux s'écroula, touché.

Aussitôt après, Ludovico surgit de la ruelle. Il avait trois fusils en main. Il jeta à terre celui qui était déchargé et visa à nouveau. Il tira et toucha un autre garde.

Mais entre-temps, les trois derniers soldats avaient rechargé leurs fusils, et ils les pointaient vers lui.

Un tir venu de l'arrière abattit l'un d'eux.

Ludovico saisit son dernier fusil et visa un des deux soldats restants, distraits par l'assaillant dans leur dos. Il tira et toucha sa cible.

Le dernier garde laissa tomber son fusil à terre et leva les mains.

C'est alors que sortit de derrière un arbre l'Albanese, un pistolet à la main. Il s'approcha du soldat. « Aujourd'hui, on ne fait pas de prisonniers », dit-il. Il lui posa le pistolet sur le front et tira.

La tête du soldat explosa.

L'Albanese regarda Pietro. « Je t'ai sauvé les miches, Champion », dit-il, une grimace sur le visage. Puis il fit demi-tour et partit.

Ludovico n'hésita qu'un instant avant de courir à sa suite.

« Ludovico ! » cria Marta.

Mais le garçon ne se retourna pas. Il rejoignit l'Albanese.

« Qu'est-ce que tu veux ? lui demanda le scélérat.

— Je viens avec toi.

— Moi, je joue en solo.

— Je viens avec toi, répéta-t-il.

— Gamin, moi je ne joue pas à la régulière. »

Ludovico avait les mâchoires contractées, les narines dilatées. Et dans les yeux, une lumière qui semblait de la braise. « Et moi, je ne joue pas du tout. »

Henri n'avait pas dormi. Il était resté assis dans son fauteuil toute la nuit. Immobile.

Mais il s'était levé d'un bond, comme s'il avait des ressorts à la place des jambes, lorsqu'il avait entendu le premier coup de canon.

« Sa Sainteté va dire la messe dans sa chapelle privée, comme tous les matins, l'informa le colonel. Vous pouvez venir aussi. »

Ainsi Henri écouta-t-il la messe avec le cardinal Antonelli, Giuseppe Berardi, Costantino Patrizi et Lucien Bonaparte, le neveu de Napoléon III. Et avec eux, il y avait tous les ambassadeurs accrédités auprès du Saint-Siège, à l'exception de l'Autrichien Trauttmansdorff qui, avait-il entendu dire, était en vacances.

Dans la chapelle, on respirait une odeur d'encens.

Le fracas des canonnades arrivait à peine.

Ni l'ostensoir ni aucun des objets sacrés ne tremblait.

Mais Henri savait que là-bas dehors, en revanche, la terre était secouée.

Le pape dit la messe. Il paraissait calme. Puis il en écouta une autre.

Henri trépignait. Mais il ne pouvait rien faire, à part se coltiner les litanies en latin. Il était pieds et poings liés.

Il était neuf heures lorsque le pape entra dans sa bibliothèque privée, suivi d'une cohorte d'ambassadeurs.

Henri aussi fut invité à entrer. Mais on lui dit de rester à l'écart. Et de ne pas s'asseoir.

Là, le fracas des canons parvenait distinctement.

« Les ennemis sont en train d'ouvrir une brèche entre la Porta Pia et la Porta Salaria, lui murmura le colonel. Le combat ne va pas tarder. »

Et moi, je n'y serai pas, se dit Henri, frémissant. Et puis, il songea que Nella ne le savait pas. Elle allait s'inquiéter et souffrir pour rien.

« Je peux vous demander une faveur ? » demanda-t-il au colonel.

Celui-ci acquiesça.

« Pourriez-vous envoyer un serviteur chez une personne qui est en peine pour moi, afin de l'avertir que… je ne cours pas de danger ? »

Le colonel le dévisagea.

« Vous alliez dire : "que malheureusement je ne cours pas de danger", c'est cela ?

— Je suis soldat, pas ambassadeur. »

Le colonel sourit. « Venez. »

Henri le suivit hors de la bibliothèque.

« Voilà, dit le colonel en lui montrant un encrier, une plume et une feuille de papier. Écrivez votre message et l'adresse. »

Henri trempa la plume dans l'encrier. Il n'écrivit que quelques mots. « Je ne risque rien. Je ne prendrai pas part à la bataille. Ne t'inquiète pas pour moi. » Il remit la lettre au colonel. « Ce n'est pas loin d'ici. De l'autre côté du ponte Sant'Angelo. Dans la via di Panìco. Premier sous-sol à droite. »

Le colonel prit la lettre. « Regagnez votre poste. »

Henri retourna dans la bibliothèque privée.

Le pape racontait des anecdotes du passé. Il évoquait l'époque où, pendant la Révolution romaine, vingt ans plus tôt, il avait été obligé de s'exiler à Gaète.

Les canonnades continuaient à faire trembler Saint-Pierre.

Tout ça n'intéressait pas Henri. À cet instant, le passé ne comptait pas. Il n'y avait que le présent. Les souvenirs de ce vieillard ne le concernaient pas. Il n'était pas fait pour la politique.

Au bout d'un long moment, le pape raconta : « Hier, je suis allé dans la maison où a été condamné Jésus-Christ. J'ai eu bien du mal à gravir la Scala Santa…

et pourtant, j'avais de l'aide. Mais j'ai fini par y arriver. *C'est l'escalier qu'a monté Notre-Seigneur pour être condamné*, me disais-je en montant… » Il fit une pause. « Et je pensais : *Demain, peut-être que moi aussi je serai condamné par les catholiques d'Italie.* »

Henri ne supportait pas toutes ces palabres. Comme si vingt-huit marches pouvaient suffire à faire de la Scala Santa la maison de Pilate à Jérusalem. Parce que c'était là-bas, et pas à Rome, que Jésus-Christ avait été condamné. Il eut un geste d'impatience. Et de toute façon, pensa-t-il, il ne suffisait pas de gravir vingt-huit marches pour se comparer au Christ.

« *Filii matris meae pugnaverunt contra me*, déclama Pie IX avec emphase. Il me faut beaucoup de force… que Dieu me la donne ! *Deo gratias* », conclut-il.

Henri scruta le visage des ambassadeurs. À leurs regards vides, il conclut qu'ils n'avaient pas compris grand-chose à la citation du pape. Un peu par ignorance, un peu parce qu'ils avaient certainement l'esprit obnubilé par les événements politiques en cours. Mais lui, il avait été éduqué dans un collège catholique. On l'avait gavé de latin comme les producteurs de *foie gras** le faisaient avec les oies. Par conséquent, il savait parfaitement d'où venait la citation du pontife. Du Cantique des cantiques. Il secoua la tête, observant ces idiots d'ambassadeurs. « Les fils de ma mère se sont irrités contre moi », traduisit-il mentalement. Et « les fils de ma mère », évidemment, c'étaient « mes frères ». Mais personne, là-dedans, ne semblait connaître la suite de la citation. « Les fils de ma mère se sont irrités contre moi ; ils m'ont fait gardienne des vignes, mais ma vigne à moi, je ne l'ai pas gardée. » Il fixa Pie IX, cherchant à comprendre. Le pontife, à l'évidence, ne pouvait pas ne pas connaître le reste de la citation. Ces propos n'étaient pas qu'une lamentation. C'était aussi un aveu. Il avouait ne pas avoir su garder sa vigne.

S'il en était ainsi, alors Pie IX méritait le respect, se dit Henri.

À ce moment-là, le colonel revint dans la bibliothèque privée.

À l'exception d'Henri, nul ne lui accorda un regard.

« La personne à qui vous avez envoyé le message n'était pas chez elle, lui apprit-il.

— Ce n'est pas possible…

— Et pourtant si, affirma-t-il. La porte était ouverte. Le serviteur a dit que des vauriens avaient pénétré à l'intérieur.

— Comment ça ?

— Heureusement, je l'avais fait accompagner par deux soldats, qui les ont mis en fuite. »

Henri sentit la terreur le submerger : qu'était-il arrivé à Nella ? Il serra les poings et ses jambes se mirent à remuer, obéissant à son cœur.

« Ne bougez pas d'ici, ordonna le colonel d'un ton dur et autoritaire. Pour aucun motif. »

Quand Pietro, Marta, Heinrich et les trois trapézistes regagnèrent la ruelle, Armandina venait d'arriver.

« Ils bombardent aussi la Porta San Giovanni, les trois arcs de la Porta San Lorenzo, et la Porta Maggiore, annonça la Bella à Melo.

— C'est ici qu'ils vont attaquer, intervint Pietro. Le reste, c'est de la diversion. »

Melo hocha la tête.

« J'ai appris que tu avais fait une sacrée connerie.

— Et je la referais », rétorqua Pietro avec orgueil.

Melo le fixa droit dans les yeux. « Tu es sûr ? »

Pietro baissa la tête. « Non… »

Melo vit qu'Heinrich était blessé.

« Comment tu vas, pourri d'Autrichien ?

— Ça être rien. Mais moi avoir peur Ascanio. Costume cassé. »

On se mit à rire autour de lui.

« Fais-toi soigner et reviens », lui dit Melo. Puis, se tournant vers Pietro : « Vas-y aussi. Ta mère est là. Dis-lui que tu es sain et sauf. Elle est inquiète. »

Pietro acquiesça.

« Ils ne vont pas entrer par la porte. Ils bombardent trente mètres plus loin. » Il tendit le bras. « Vers la Porta Salaria.

— Écoutez ! cria Melo. Faisons en sorte qu'ils nous trouvent là où ils vont enfoncer le mur. Mais déplaçons-nous en restant loin de l'ennemi. Et essayons de ne pas nous faire remarquer. » Il regarda son armée multicolore. À la lueur du soleil, paillettes et costumes étincelaient. « Enfin, façon de parler », acheva-t-il en riant.

Ses hommes rirent avec lui.

« Vous, allez avec Heinrich, lança Melo aux trois acrobates. Et toi aussi, Marta. Accompagne le garçon auprès de sa mère. »

Il donna un coup de talon à Bersagliere et partit, suivi de ses hommes.

Pietro, Marta, Heinrich et les trapézistes prirent la direction opposée. Ils marchaient en silence, conscients du danger auquel ils venaient d'échapper.

Pietro aperçut une branche par terre, relativement droite. Il la ramassa.

« Heinrich, tu me donnerais un bout de ta corde ? demanda-t-il à l'acrobate.

— Quoi vouloir faire ? »

Pietro posa la branche près du pied brisé de son appareil photo.

« Je vais m'en servir pour attacher ça ici, et ainsi réparer mon appareil.

— Toi casse-couilles », lança Heinrich en lui tendant la corde.

Pietro lia la branche au trépied. L'appareil n'était pas en parfait équilibre, mais cela ferait l'affaire.

« Heinrich, une dernière faveur. Je ne peux pas aller à l'infirmerie. Dis à ma mère que je vais bien.

— Mais quel con ! s'exclama Marta, écarlate, dès qu'elle comprit ce que Pietro avait en tête. Connard ! Connard ! Ça ne t'a pas suffi, ce qui t'est déjà arrivé ? »

Elle lui donna un coup de poing en pleine poitrine.

Heinrich et les autres trapézistes s'éloignèrent.

« Qu'est-ce que tu veux faire ? cria-t-elle, enragée.

— Je suis photographe, répondit Pietro.

— Ça ne t'a pas suffi ? » cria-t-elle encore tandis que sa voix se brisait, et elle se remit à le frapper en pleine poitrine.

Pietro encaissa les coups de poing sans broncher.

« Ça ne t'a pas suffi ? » dit-elle plus doucement. Elle le fixait, mais ce qu'elle voyait, c'était toujours son amoureux étendu sur le sol. Mort.

« D'accord », dit Pietro. Il la regarda en silence. Puis, d'une voix calme, il dit : « Alors toi, tu jettes ce fusil par terre, et tu rentres au cirque. »

Cela prit Marta au dépourvu. Comme si Pietro, à son tour, lui avait donné un coup de poing en pleine poitrine. Juste là où il fallait. « Je ne peux pas… », murmura-t-elle.

Pietro sourit. « Moi non plus. »

Il se retourna et courut vers la guerre.

Le salon du palais de la via dell'Orso regorgeait de la fine fleur de la noblesse romaine fidèle à Pie IX.

Le prince Stefano Chiodetti da Fibreno avait accepté d'héberger cette réunion.

Depuis le début, ces aristocrates s'étaient dit que la guerre ne devait pas interférer avec leurs affaires. Ni la guerre ni la capitulation de Rome, que tout le monde estimait désormais inéluctable.

À chaque coup de canon, les cristaux en forme de gouttes d'eau du grand lustre remuaient et tintaient.

« Il n'est pas dit que ce soit un mal, l'arrivée de ces Savoie », disait le marquis Alfonso Lepri Campigli.

Le prince Chiodetti écoutait, à l'écart. Cela faisait des jours qu'il n'avait aucune nouvelle de son fils. Il avait demandé aux forces pontificales de l'aider, mais elles étaient occupées à préparer le combat, le moment était critique. Alors il avait payé des mercenaires pour aller fouiller le Caffè Perilli, où il savait depuis toujours que Ludovico et ses camarades se retrouvaient. Mais rien. Ludovico semblait s'être évaporé dans le néant.

« Au fond, nous qui avons accès aux finances de Sa Sainteté, poursuivit le marquis, nous sommes bien conscients que la papauté est sur la paille. Ou du moins, que Rome est sur la paille, et la bourse du Vatican bien fermée. »

Le prince Chiodetti avait toujours cru que cette passion de Ludovico n'était qu'un enfantillage. Aussi l'avait-il laissé faire.

« Je n'ai pas grande estime… pour ne pas dire aucune… pour cette dynastie des Savoie, intervint le comte *di baldacchino*[1] Gasparo Delli Colli. En ce qui me concerne, au fond de moi, ils ne seront jamais mes souverains…

1. Influente catégorie de la noblesse romaine qui, dans la hiérarchie, vient juste après la noblesse pontificale et les princes (note de la traductrice).

— Bien sûr que non ! s'exclama le baron Di Pietrasecca. L'Histoire parle pour eux ! » Il mit la main devant sa bouche. « Mais je préfère ne pas en dire plus… De toute façon, vous le savez aussi bien que moi. »

Le prince Chiodetti commença à remuer dans son fauteuil. Combien de fois avait-il entendu ces discours ? Pour être honnête, il devait reconnaître qu'il en avait tenu de semblables lui aussi, et des centaines de fois. Mais maintenant, son esprit était tout à Ludovico. Il avait eu tort de le laisser faire, quand il avait cru que ce n'était qu'un enfantillage. Et il avait eu tort encore, quelques jours auparavant, quand il avait compris que ce n'en était pas du tout un. Quand il l'avait surpris en train de nettoyer un Chassepot volé au cours d'une attaque à caractère terroriste, la terreur de le perdre l'avait submergé. Et il était à nouveau devenu fou. Comme avec son épouse.

« Je disais que je ne reconnaîtrai jamais en mon cœur ces Savoie, reprit le comte *di baldacchino* Gasparo Delli Colli. Mais je sais où le marquis veut en venir, lorsqu'il évoque la faillite financière de notre cité bien-aimée. » Il écarta les bras d'un air grandiloquent, mais quand même pas trop pour ne pas déformer sa veste. « Et où veut-il nous mener ? Au fait que, si ces Savoie veulent faire de notre ville la capitale de leur royaume, il faudra qu'ils déboursent une belle somme pour en redresser les finances. Il leur faudra faire des travaux, depuis les égouts jusqu'aux toits, construire des immeubles et peut-être des quartiers entiers, acquérir des terrains sur lesquels bâtir, assurer les approvisionnements… Ils auront besoin de tout, de leur bouche à leur noble fessier. »

Le prince Chiodetti se dit qu'il était incapable d'aimer. Qu'il avait peur d'aimer. Qu'il était lâche. Qu'il avait fait souffrir les deux personnes les plus importantes de sa vie. La peur de les perdre l'avait aveuglé. Et, au lieu de leur avouer son amour, il s'était transformé en monstre. Un monstre qui, pour ne pas les perdre, les avait retenus prisonniers. Les avait traités comme des objets. Non, il ne savait pas aimer, même lorsqu'il aimait de tout son cœur. Au fond de lui, quelque chose n'allait pas.

« Et qui leur procurera tout cela ? se mit à rire le duc Alessio d'Attignano. C'est nous !

— C'est nous ! répétèrent en chœur les autres nobles.

— Prince, dit le marquis Alfonso Lepri Campigli, faites ouvrir une autre bouteille de champagne, que nous levions notre verre aux affaires que nous ferons en tant que fidèles et loyaux sujets du royaume d'Italie ! »

Le prince Chiodetti le regarda. Puis regarda tous les autres.

Un coup de canon fit à nouveau tinter le lustre.

Il se vit réfléchi en eux. Et éprouva le même mépris qu'avait éprouvé Ludovico à son égard, lorsqu'il l'accusait de ne penser qu'à son argent. Il les vit et se vit lui-même avec les yeux de son fils.

« Alors, prince ? Vous voulez nous faire mourir de soif ? » lança le duc Alessio d'Attignano.

Les photographies de Pietro lui revinrent aussi à l'esprit. Ces photos qui l'avaient horrifié. Comme elles auraient horrifié toutes les personnes présentes. Des photos qui parlaient de misère et de souffrance. Que lui et ses semblables s'obstinaient à nier. Comme si le seul fait de les nier pouvait les faire disparaître. Ou les rendre irréelles.

« Allez, prince, et votre sens de l'hospitalité ? »

Le prince Chiodetti se leva lentement. Il les dévisagea à nouveau, l'un après l'autre, tandis que son précieux lustre, secoué par les bombardements, recommençait à jouer sa lugubre musique de cristal.

Il avait trahi son fils. Et ce qu'il lui avait appris. En dépit de sa masse imposante, il s'était révélé une misérable petite enveloppe vide. Comme chacun de ces hypocrites qui se tenaient devant lui.

« Prince, maintenant ça suffit, cette plaisanterie ! Nous voulons du champagne !

— Vous êtes en train de parler affaires... » La voix du prince était si basse et caverneuse que tout le monde se tut afin de pouvoir l'entendre.

« Qu'est-ce qu'il dit ? » murmura quelqu'un.

La rage rendait Chiodetti livide. Rage contre lui-même, avant tout.

« Vous parlez affaires ! éclata-t-il. Et pendant ce temps, là-dehors, les gens meurent ! »

Les aristocrates en furent abasourdis.

« Vous êtes devenu bien sensible, prince ! » plaisanta Lepri Campigli.

Tout le monde se mit à rire.

Chiodetti sentit qu'il perdait à nouveau la tête. Mais cette fois, pour une bonne raison.

Il n'essaya pas de se retenir. Et, quand il saisit le marquis par la cravate, il sut qu'il ne le regretterait pas. Pour la première fois de sa vie, il était honnête, comme son fils adoré. Il souleva pratiquement le noble de terre. Et manqua de le pendre avec sa cravate, si élégante. « Tout le monde dehors ! » beugla-t-il.

Fuyant comme des lapins, les aristocrates évacuèrent le palais, promettant duels et défis pour sauver la face mais, en réalité, terrorisés par ce qu'ils voyaient dans les yeux du maître de maison.

Le prince resta immobile quelques instants. Haletant. Puis il remarqua une canne que quelqu'un avait oubliée. Encore frémissant de colère, il brisa en deux ce morceau de bois qui avait peut-être deux siècles.

« Monsieur ? » fit craintivement le majordome, apparaissant sur le seuil du salon, comme c'était son devoir.

Le prince Chiodetti passa devant lui sans lui adresser un signe.

Il gagna rapidement son bureau. Et il caressa, sur la table, les deux photos – prises par lui-même – qu'il contemplait depuis des jours. Elles étaient côte à côte.

La photo de son épouse. Et celle de Ludovico.

« Pleure, prince », se dit-il à voix haute.

Mais il ne savait pas pleurer. Il ne l'avait jamais fait.

Et même maintenant qu'il les avait perdus tous les deux, aucune larme ne lui vint.

Pietro avait atteint l'enceinte là où était amassé le gros de l'armée pontificale.

L'artillerie italienne avait ouvert une brèche à trente mètres.

Il y eut un dernier coup de canon, assourdissant.

Puis un silence irréel s'abattit, rompu uniquement par les craquements que produisaient les briques instables de terre cuite lorsqu'elles finissaient par se détacher et par tomber sur les décombres.

Du côté italien, un cri résonna dans le silence : « Chargez ! »

Il fut suivi d'un autre ordre, tout aussi péremptoire, crié du côté de l'armée pontificale : « Pointez ! »

Un instant, tout parut immobile.

Et puis l'enfer se déchaîna.

« Feu ! »

Les fusiliers zouaves déclenchèrent une rafale meurtrière.

Derrière eux, Pietro prit une photo.

Il vit tomber des soldats italiens.

« Maintenant ! » entendit-il hurler derrière lui.

Il se retourna et découvrit Melo, sur le dos de Bersagliere, qui s'élançait fusil en avant sur le flanc gauche de l'armée pontificale. Derrière lui, des clowns, des acrobates, des contorsionnistes, des lanceurs de couteaux, des cracheurs de feu, des équilibristes, des jongleurs et un nain à cheval.

Et devant tout ce monde, fière et merveilleuse, Marta. Sa Marta.

Il plaça son appareil et prit cette scène incroyable en photo.

Surpris par cette attaque, de nombreux fusiliers tardèrent à recharger. D'autres cessèrent de pointer leur arme en direction de la brèche et ripostèrent au feu de cette étrange armée.

Pendant ce temps, les Italiens gagnaient du terrain sans subir de pertes.

Pietro vit un zouave touché s'écrouler à terre. Il sursauta. Mais non, ce n'était pas le lieutenant Béras. Depuis les premières lueurs de ce jour historique, il le cherchait parmi les soldats.

Il voulait le prendre en photo. Pour qu'il reste au moins cela à la comtesse, s'il mourait. Mais il ne l'avait pas trouvé.

« Chargez ! » ordonna le major de Troussures à la cavalerie. Et il pointa son sabre vers le régiment du capitaine Melo, qui devenait une épine dangereuse dans le flanc de ses troupes.

La cavalerie chargea. La terre vibrait sous les sabots d'un nombre impressionnant de chevaux.

« Dispersion ! » cria Melo. C'étaient les instructions qu'il leur avait données avant l'attaque. Frapper et se cacher. Ne jamais devenir une cible. Ils n'étaient pas en mesure de soutenir un affrontement. C'était la seule stratégie possible.

« Partez ! Partez ! » murmura Pietro.

Les jeunes du Comité, les Loups et la troupe bariolée du cirque se dispersèrent en un éclair.

« Fuis ! » hurla Pietro à pleins poumons.

Marta, elle, se tenait debout sur un monceau de décombres. Son fusil pointé sur la cavalerie qui, maintenant, n'avançait plus que vers elle.

Alors, suivant la même impulsion qui l'avait poussé à vouloir photographier le lieutenant Béras, Pietro se glissa sous le tissu noir et se prépara à la prendre en photo. Pour qu'il lui reste au moins cela, si elle mourait.

Il appuya sur le bouton au moment même où Marta tirait et faisait un pas en arrière, poussée par le recul de son arme.

Pietro vit un Français tomber sous le coup.

Marta aussi savait qu'elle l'avait tué. Et elle resta là, pétrifiée, sans fuir, sans recharger. Les yeux écarquillés.

« Non ! » cria Pietro.

Marta était perdue.

Mais à ce moment-là, Bersagliere coupa la route aux cavaliers français et, galopant plus vite qu'eux, il fut le premier auprès de Marta. Melo la saisit au vol, sans arrêter le cheval, l'arrachant littéralement du sol, et il la mit en travers de la selle.

En un éclair, ils avaient disparu.

La cavalerie française s'arrêta. Il n'y avait plus d'ennemis.

« Qu'est-ce que je t'avais dit ? hurla Melo, toujours au galop. Il faut que j'en voie encore combien, des idiots qui meurent parce qu'ils ont atteint leur cible ? »

Il arrêta le cheval.

« File à l'infirmerie, dit-il à Marta en la déposant brusquement au sol.

— Je l'ai... tué..., murmura Marta.

— File à l'infirmerie. Tu ne peux pas te battre, trancha-t-il avec dureté.

— Non ! cria-t-elle, les joues striées de larmes.

— Si !

— Non ! » Et Marta s'enfuit vers le champ de bataille, chargeant son Chassepot tout en courant.

« Malédiction ! » s'exclama Melo.

Mais elle ne s'arrêta pas.

Quand elle parvint près de la brèche, les régiments italiens d'infanterie avaient franchi le mur, étaient entrés dans Rome, et ils se battaient à l'arme blanche contre leurs ennemis.

Elle se jeta à plat ventre derrière un muret, et visa.

« Arrête ! lui lança Pietro en la rejoignant. Si tu rates, tu tues un des nôtres.

— Des nôtres ?

— Des vôtres, je veux dire. »

Ils se regardèrent dans les yeux. En l'espace de quelques heures, tous deux avaient redouté la mort de l'autre.

Pietro eut du mal à écarter la main de Marta de son fusil. Il la serra dans la sienne. Marta, mâchoires contractées, respirait bruyamment. Puis, peu à peu, sa main se détendit. Et elle aussi parvint à serrer celle de Pietro.

Tout autour d'eux, on entendait des tirs, des chocs acier contre acier, et des cris. De colère. De douleur. De peur. De courage.

Puis le regard de Pietro se focalisa sur l'un des combattants.

« Qu'est-ce que tu regardes ? » demanda Marta.

Pietro prit son appareil photo et se glissa sous le tissu.

Marta vit que l'objectif était dirigé vers un homme à l'air féroce et à la barbe noire et hirsute. Même à cette distance, on devinait des cicatrices sous sa barbe.

L'Albanese se battait comme un fauve, avec un long poignard. Il jeta à terre un cavalier qui était resté isolé loin de son régiment.

Pietro le photographia au moment où l'Albanese lui enfonçait son poignard dans la gorge, le sang de l'ennemi giclant sur son visage.

« C'est l'homme qui nous a sauvés, tout à l'heure, fit Marta.

— Oui, confirma Pietro en sortant la tête de sous le tissu.

— Qui est-ce ? »

À cet instant, l'Albanese l'aperçut.

« Tu me prends en photo, Champion ? lui cria-t-il, le visage couvert de sang.

— Oui », répondit Pietro.

L'Albanese se mit à rire, tout en saisissant le sabre de son ennemi et en le brandissant dans les airs. « Prends-en une autre comme ça ! »

Pietro appuya sur le bouton.

L'Albanese frappa un ennemi en pleine poitrine avec le sabre.

L'homme tomba sur le sol, presque coupé en deux.

« Tu vois, Champion ? rit l'Albanese. Pour finir, d'une manière ou d'une autre, tes photos vont faire de moi un héros ! » Il s'élança sur un autre ennemi qui l'attaquait, la baïonnette attachée au fusil. Il esquiva la charge comme un toréro et le frappa dans le dos. Puis il pointa le sabre vers Pietro. « J'en veux une copie ! N'oublie pas ! » Après quoi, il replongea dans la mêlée.

« Ludovico est avec lui », observa Marta, voyant le jeune prince suivre le scélérat dans cette orgie de mort qu'est le combat au corps à corps.

Le regard de Pietro était indéchiffrable.

« Qui est-ce ? lui demanda à nouveau Marta. Il me fait peur.

— Oui… il fait peur…

— C'est un ami à toi ? Pourquoi t'appelle-t-il Champion ? »

Pietro ne répondit rien.

« Dis-moi qui c'est.

— L'homme qui a massacré ma mère. »

Henri n'avait pas cessé un instant de penser à Nella. Où était-elle ? Où avait-elle pu aller ? Était-elle en sécurité ?

Le colonel le fixait. Il devinait que le lieutenant projetait de partir. Son regard servait à le retenir. Pour qu'il ne perde pas son honneur.

Le pontife parlait toujours. C'était un fleuve en crue.

Henri se disait qu'il faisait ça pour éviter de devoir supporter le silence. Et pour couvrir, avec ses paroles, le vacarme des canonnades. Il parlait de Jules César et du Rubicon lorsqu'un officier fit irruption. L'urgence se lisait dans ses yeux.

« Lieutenant-colonel Filippo di Carpegna. »

Tout le monde se tourna vers lui.

Le pape lui adressa un signe.

« Il faut que je parle en privé à Sa Sainteté. »

Les ambassadeurs, les cardinaux, Henri et tous ceux qui se trouvaient dans la pièce sortirent, sans que Pie IX ait besoin de le leur demander.

Ils attendirent dans l'antichambre, tous silencieux.

Une horloge marqua neuf heures et demie.

Puis la porte de la bibliothèque privée fut ouverte par le lieutenant-colonel qui repartait.

Tous les autres regagnèrent la pièce.

Le pape Pie IX se tenait debout, les yeux humides.

Mais Henri se dit qu'il avait l'air beaucoup plus présent à lui-même qu'auparavant, lorsque le temps était suspendu.

« Je viens de donner l'ordre de capituler », annonça-t-il.

Tous baissèrent instinctivement la tête, comme pour un deuil.

« On ne pourrait plus se défendre sans faire couler beaucoup de sang, poursuivit-il. Ce que je ne veux pas. »

Henri, comme tout le monde, fut remué par ces paroles, prononcées avec tant de dignité. Après l'avoir détesté, il se mit à admirer Pie IX.

« Je libère mes soldats du serment d'allégeance qu'ils ont prêté, afin de leur rendre la liberté », ajouta solennellement le pape.

Henri sentit que ses jambes lui commandaient à nouveau de partir.

Le colonel croisa son regard. Et il hocha la tête.

Henri n'attendait rien d'autre. Il tourna les talons et s'en alla tandis que le pontife expliquait : « Pour les conditions de la capitulation, il faudra voir le général Kanzler. C'est avec lui que vous devrez négocier… »

Mais Henri descendait déjà l'escalier en courant, sortait du Vatican et se dirigeait vers l'appartement de Nella. C'était fini. La guerre était finie. Maintenant, il n'avait plus qu'à la retrouver. Elle, la femme qu'il aimait.

Quand il arriva, le sous-sol de la via di Panìco était vide.

Henri sortit et regarda alentour. Il n'arrivait pas à réfléchir.

Puis il eut un espoir. Il la trouverait certainement à la Porta Pia, se dit-il. Elle avait dû y aller afin de convaincre son fils de ne pas risquer sa vie pour des photos. Et, un peu honteux, il songea : *Peut-être voulait-elle aussi me voir.*

Il se lança dans une course effrénée. Il était libre. *La guerre est finie*, se disait-il. Et il ne savait pas si sa joie était plus forte que sa douleur de ne pas y avoir participé. Mais rien, aucune pensée, ne pouvait ralentir sa course.

Lorsqu'il parvint à deux pâtés de maisons de la Porta Pia, il se rendit compte que l'on se battait encore. Il entendait des coups de feu et des hurlements. Évidemment, se dit-il. Il fallait du temps pour que la dépêche du pape arrive jusqu'au champ de bataille. En attendant, il y aurait encore bien d'autres morts.

Il accéléra. Il allait annoncer la nouvelle au major de Troussures.

Il n'avait pas pu se battre. Mais il pourrait au moins faire cesser rapidement cette guerre, qui était déjà terminée.

« Tu cours où comme ça, petit Français ? »

Un groupe d'hommes se campa devant lui. Armés de couteaux et de bâtons. Clairement des voyous. Celui qui avait parlé avait une grosse cicatrice violacée qui déformait sa lèvre inférieure. Il faisait penser à un poisson qui aurait réussi, après avoir mordu à l'hameçon, à l'arracher de sa bouche.

Henri se retourna.

« Qu'est-ce qu'il y a, petit Français ? » demanda un autre membre du groupe qui, entre-temps, avait pris position derrière lui, coupant sa retraite. C'était un type énorme. Une véritable armoire à glace. « Tu voulais t'échapper ? »

« Bravo, Due Ante, lui lança le bandit au visage de poisson.

— À ton service, Ghiozzetto », rit Due Ante en esquissant une révérence.

Ce n'est qu'à cet instant qu'Henri se rendit compte qu'il était désarmé. Dans son empressement à courir à la recherche de Nella, il n'avait pas récupéré ses armes.

Les deux groupes avancèrent lentement, le serrant dans un étau.

« Tu crois en Dieu, petit Français ? ricana Ghiozzetto. Car le moment est venu de dire ta dernière prière. »

Tous les voyous se mirent à rire.

Henri se rendit compte qu'il n'avait aucune échappatoire. Comme c'était absurde de mourir comme ça, à quelques pas du champ de bataille ! pensa-t-il.

Marta avait un zouave isolé dans son viseur.

Pietro se tenait près d'elle et la regardait sans dire un mot.

Autour d'eux, on luttait. Les morts et les blessés se vidaient de leur sang dans les décombres, piétinés par les combattants. Marta observa le zouave. Il était jeune. Ses yeux étaient grands ouverts sur la mêlée. Sur les sabres, sur les baïonnettes, sur les poignards qui tourbillonnaient dans les airs. Il avait fait un pas en arrière. Mais il ne fuyait pas. Il demeurait là, immobile, devant l'horreur.

Marta l'avait dans son viseur. Elle était le doigt sur la détente. Il suffisait d'une petite pression et l'ennemi serait mort. Elle ne pouvait pas le manquer.

Puis, brusquement, elle abaissa son arme.

« Quelle merde, la guerre ! » murmura-t-elle, les yeux humides.

Elle regarda Pietro. Et secoua lentement la tête.

Quand ses yeux se portèrent à nouveau vers le jeune zouave, celui-ci était à terre, dans une position bizarre, au milieu d'une mare de sang absorbée avidement par les décombres sur lesquels il était mort.

« Quelle merde... », répéta-t-elle. Puis elle se leva d'un bond, saisit son fusil par le canon et le lança de toutes ses forces vers la mêlée des combattants, en hurlant. De douleur, pas de rage.

« Baisse-toi ! » fit Pietro, lui prenant la main et l'obligeant à rester au sol, à l'abri, près de lui.

Ils demeurèrent là, immobiles, les yeux dans les yeux.

Pietro savait bien ce que Marta avait dans le cœur. Le même sentiment qu'il avait éprouvé lorsqu'il avait décidé de ne pas faire tuer l'Albanese, en le dénonçant. Le sentiment de paix douloureuse de celui qui a dit non à la part la plus noire de l'être humain.

L'Albanese ne comptait plus le nombre d'hommes qu'il avait tués ou laissés blessés à terre. Pour les autres, c'étaient des ennemis. Pour lui, ce n'était que le moyen d'arriver là où il voulait arriver. Son plan, après que Pietro l'avait mis dos au mur, n'avait pas changé.

Il s'agissait d'affaires. Uniquement d'affaires.

Aucun idéal. Aucune connerie sentimentale.

Et c'est pour cela qu'il se battait à présent au côté des Italiens, poignard dans une main et sabre dans l'autre. Parce qu'il avait misé sur eux. Parce qu'il savait qu'ils allaient gagner. Et, de quelque manière que ce soit, il était déterminé à monter sur le char des vainqueurs. Et à être considéré comme un héros.

Il eut un rire. Parce que lui, il savait bien qu'il n'était qu'un simple assassin.

Le meilleur de tous. Le plus fort. Mais un assassin.

« Jeune homme ! Recule ! cria-t-il au garçon qui, depuis le matin, était accroché à ses basques.

— Non ! lança Ludovico en pénétrant davantage encore dans la mêlée.

— C'est pas une bagarre de collégiens ! lui dit l'Albanese en poignardant un homme dans le dos. Et il n'y a aucun honneur, dans toute cette merde ! »

Mais Ludovico ne l'écoutait pas. Il distribuait des coups de sabre comme une furie, sans se soucier de se défendre.

Soudain, l'Albanese se souvint de ce jeune costaud. Il l'avait chassé de l'atelier d'Incudine, dans la via Margutta, lorsqu'il s'était pointé avec les autres damoiselles du Comité. C'était celui dont il avait sali le costume. Le fils à papa. Mais à cet instant, il ne se battait pas comme une damoiselle.

« C'est un truc d'adultes ! s'exclama-t-il. Fous le camp ! Avec tout le fric que tu as, ça rime à quoi, ces conneries ?

— Je me battrai jusqu'au bout ! gronda Ludovico.

— C'est des conneries ! Va-t'en ! Ils vont finir par te tuer ! »

Ludovico se retourna pour le dévisager, le regard en feu. Sa chemise était déchirée, trempée de sueur. Et tachée de sang. Le sien et celui des ennemis qu'il avait tués. Il fixa l'Albanese, immobile, torse bombé et sabre baissé. « Je n'ai pas peur de mourir ! »

Le poignard de l'Albanese fendit l'air en direction de sa gorge.

Ludovico ne cilla même pas.

Mais le coup n'était pas pour lui. Il était pour le soldat ennemi, derrière son dos, qui s'apprêtait à le tuer avec une baïonnette. La pointe du poignard de l'Albanese s'enfonça dans l'œil de l'homme.

Le militaire hurla de douleur et porta les mains à son œil pour essayer d'enlever le poignard, laissant tomber sa baïonnette.

L'Albanese, avec froideur, lança de son sabre un terrible fendant. Il lui trancha net un bras, à partir du poignet, et puis la lame, continuant sa course, alla l'égorger.

L'homme tomba à terre, noyé dans son propre sang.

Ludovico se pencha, arracha le poignard de l'œil du cadavre et le rendit à l'Albanese. « Merci », lui dit-il.

Mais l'Albanese vit qu'il n'y avait nulle gratitude dans son regard. Il n'avait fait que retarder ce que ce garçon recherchait. « Tu veux te faire tuer? lui cria-t-il avec rage. Eh bien, vas-y, couillon ! »

Pietro et Marta avaient assisté à la scène entre Ludovico et l'Albanese. Ils avaient tressailli. Ils avaient tremblé.

Et maintenant, eux aussi savaient. Avec certitude.

Pietro, toujours par terre, se glissa sous le tissu de son appareil photo.

Il cadra Ludovico.

Il le vit lever son sabre contre un homme devant lui. Et il vit l'homme sortir son pistolet. Et tirer.

Presque sans s'en apercevoir, il appuya sur le bouton au moment même où l'impact projetait Ludovico en arrière. Le garçon avait les bras grands ouverts. Son sabre volait dans les airs. Son visage était tourné vers l'appareil photo. Son cou était tordu d'une manière anormale. Et ses lèvres écartées. Comme s'il riait.

« Ludovico ! » hurla Marta en le voyant tomber. Elle se leva.

Pietro la plaqua au sol. « J'y vais ! » Il se lança dans la mêlée, saisit les bras de Ludovico et se mit à le traîner. « Tiens bon ! »

À ce moment-là, l'Albanese apparut près de lui. « Dépêche-toi, Champion ! cria-t-il. Je te couvre ! » Et, à grands coups de sabre, il l'escorta jusqu'aux décombres où Marta les attendait.

Pietro s'arrêta, haletant.

Une tache rouge s'élargissait sur la poitrine de Ludovico.

Pietro et l'Albanese se regardèrent sans un mot, sans un geste. Mais dans leurs regards à tous les deux, on lisait qu'ils savaient parfaitement que Ludovico avait trouvé ce qu'il cherchait.

Ludovico déplaça son regard, désormais exempt de haine et de désespoir, sur Marta.

« La montre… pour… mon père… », murmura-t-il.

Henri se mit en garde, les poings dirigés vers ses agresseurs. Au moins, il vendrait chèrement sa peau.

Les bandits ricanèrent.

Le premier qui s'élança sur lui fut Ghiozzetto. Henri, entraîné au combat, esquiva l'attaque, saisit la main de son adversaire, s'emparant de son long couteau, et lui asséna un coup de pied qui le fit tomber plus loin. Ensuite il se retourna d'un bond et transperça Due Ante, qui s'était jeté sur lui avec la maladresse d'un gorille. Le géant cracha un caillot de sang et s'affaissa sur le sol avec un bruit sourd.

Là, Henri se retrouva encerclé par quatre hommes.

Et il sut qu'il allait mourir. Sans gloire.

Mais c'est alors que la rue se mit à trembler. Un tonnerre de sabots et de fer s'abattit sur le pavé.

Quand les truands se retournèrent, il était déjà trop tard.

Henri sauta sur le côté, se plaquant contre le mur d'un palais.

Les quatre chevaux noirs et le carrosse renversèrent la bande. Roues et sabots écrasèrent des os, tranchèrent des bras, firent exploser des têtes, et mirent des organes internes en bouillie.

Puis le carrosse s'arrêta.

« Courez ! » cria Paride à Henri, qui s'était écarté juste à temps.

Quelques bandits étaient encore debout.

Henri ramassa un bâton à terre et frappa deux d'entre eux, qui entravaient sa route. Puis il rattrapa le carrosse et y grimpa au vol, tandis que le véhicule repartait à tombeau ouvert.

Le fracas des roues et des sabots ne put couvrir les hurlements des blessés.

« Qui êtes-vous ? cria Henri, agrippé au marchepied arrière du véhicule.

— Ça n'a pas d'importance ! répondit le cocher.

— Vous m'avez sauvé la vie ! »

Mais Paride ne dit rien. Il tourna dans un chemin de terre, puis un autre et, après un bref trajet, s'arrêta devant un entrepôt.

« Venez, dit Paride à Henri en le prenant par le bras.

— Où sommes-nous ? »

Dès qu'il arriva à l'intérieur, Henri vit des femmes. Et des bandes de tissu, des bistouris et de l'eau qui bouillait. Une infirmerie.

« Je ne suis pas blessé, dit-il.

— Attachez-le ! » ordonna Paride.

En un éclair, quatre femmes l'immobilisèrent et, profitant de sa stupeur, lui lièrent pieds et poings. Puis elles le firent asseoir sur une chaise et l'attachèrent avec d'autres cordes encore.

« Vous êtes notre prisonnier, monsieur, expliqua Paride.

— Non ! » s'exclama Henri en remuant. Mais les nœuds étaient solides. « Non, écoutez-moi… c'est fini ! La guerre est finie ! Le pape a donné l'ordre de se rendre… je l'ai entendu de mes propres oreilles ! Croyez-moi ! »

Paride secoua la tête. Il indiqua la direction de la Porta Pia.

« Là-bas, on tire et on se bat. Ça ne m'a pas l'air fini.

— Je vous dis que le pape a donné l'ordre de se rendre ! Et j'allais prévenir le major de Troussures ! »

Paride hésita un instant.

« Vous avez… une dépêche officielle ?

— Non ! Non… mais j'ai entendu le pape ! J'y étais !

— Monsieur, le major machin-chose ne peut pas suspendre la bataille juste parce que vous le lui dites. Vous en êtes conscient, non ? » dit Paride.

Henri se rendit compte que cet homme avait raison. « On ne pourrait plus se défendre sans faire couler beaucoup de sang », avait dit Pie IX. Et pourtant, beaucoup de sang innocent allait encore couler avant qu'arrivent les dépêches, qu'elles soient vérifiées, et que l'on hisse le drapeau blanc. Non, le major de Troussures n'ordonnerait jamais de cesser le feu. Même si Henri donnait sa parole. Il s'abandonna sur sa chaise.

« Laissez-moi au moins aller me battre.

— Vous êtes un ennemi, dit Paride. Je ne peux pas vous laisser partir. »

Henri acquiesça, lentement. Et puis resta tête basse.

De derrière une des portes de l'entrepôt, Nella l'épiait. Elle voyait toute la peine qu'il éprouvait. Mais lui, il ne pouvait connaître la sienne.

À un moment donné, elle s'était sentie en cage, même là, à l'infirmerie. Elle avait été obligée de sortir. Et elle s'était approchée du champ de bataille. Elle avait reconnu Pietro, de l'autre côté. Grâce à Dieu, il était vivant. Mais Henri devait être au milieu de cette mêlée. Peut-être déjà à terre. Piétiné par ses camarades. Elle avait vu deux zouaves mourir. Et elle n'avait pas pu le supporter. Non, elle ne pouvait pas rester là non plus. C'était une cage bien pire encore. Elle avait fait demi-tour pour retourner à l'entrepôt. Mais elle s'était arrêtée en route. Elle avait besoin de marcher. De respirer. Alors elle s'était éloignée du champ de bataille. Elle voulait trouver un endroit d'où l'on n'entendrait plus les tirs et les hurlements. Ou, du moins, d'où on les entendrait moins. Parce que chaque tir tuait Pietro ou Henri. Chaquc hurlement était celui de Pietro ou d'Henri.

Et puis, alors qu'elle marchait au hasard, mains sur les oreilles, elle l'avait vu. Lui. Henri. Qui courait dans sa direction. Elle n'en croyait pas ses yeux. C'était impossible. Tout simplement impossible.

Elle avait éclaté de rire.

Mais alors, un groupe de voyous lui avait barré la route. Elle avait reconnu le sbire de l'Albanese, le balafré, celui qui avait voulu la violer. Et puis un autre groupe était arrivé. Henri était perdu.

Elle ne savait pas comment elle avait réussi à ne pas hurler et à ne pas céder au désespoir. Au contraire, elle avait trouvé la lucidité de courir à l'infirmerie et d'envoyer Paride à son secours.

Et Paride l'avait sauvé.

Et maintenant, elle ne permettrait plus à Henri de mourir.

Elle resta là à l'épier. Elle ne pouvait pas se montrer. Il ne lui aurait jamais pardonné, s'il avait deviné qu'elle était derrière sa capture. Et elle le comprenait. C'était un soldat, or elle avait fait de lui un cheval estropié.

Non, elle ne pourrait jamais le lui avouer. Mais là, cachée comme une traîtresse, Nella se dit qu'elle le referait. Cent fois. Mille. Et elle songea qu'elle était assez forte pour garder ce secret en elle toute sa vie.

Parce que l'homme qu'elle aimait était vivant.

Et c'était la seule chose qui comptait.

Pietro se trouvait auprès de Ludovico. Seul.

« La montre… pour… mon père… », avait dit le jeune prince à Marta.

« Qu'est-ce que ça veut dire ? avait demandé Pietro à la jeune fille.

— Je sais. Il faut que j'aille voir son père », avait-elle répondu.

Pietro lui avait donné l'adresse de la via dell'Orso. Marta avait posé la main sur la poitrine de Ludovico et s'était penchée vers lui. « Ne meurs pas », lui avait-elle murmuré. Puis elle était partie en courant.

« Ne meurs pas… », répéta Pietro à Ludovico, tenant sa main dans la sienne, pendant qu'autour d'eux la bataille faisait rage.

Ludovico était pâle comme un linge. Il respirait difficilement.

Pietro regarda dans la direction où Marta avait disparu.

Et soudain, il aperçut un drapeau blanc que l'on hissait sur une villa, derrière la brèche.

« Ne meurs pas, dit-il encore, mais avec davantage d'énergie. La guerre est finie ! »

Il regarda les soldats qui continuaient à se battre.

« La guerre est finie ! » s'écria-t-il.

Mais, dans le fracas des armes, nul ne l'entendit.

« Ils se rendent ! » cria un soldat italien, tendant le bras vers le drapeau blanc qu'il voyait flotter devant lui.

Un ennemi lui tira dessus à bout portant.

« Non ! » hurla Pietro.

« Drapeau blanc ! » lança un sergent italien.

Quelques fantassins ne s'arrêtaient toujours pas. « Drapeau blanc ! » D'autres soldats italiens levèrent leurs armes vers le ciel. « Drapeau blanc ! »

Mais les troupes papales continuaient à tirer. Sur des soldats sans défense. Aucun de leurs commandants n'avait encore donné l'ordre de cesser le feu.

« Espèces de lâches ! rugit Pietro en voyant tomber encore quatre soldats italiens. Espèces de lâches ! » Il saisit son appareil photo et cadra pour qu'on distingue clairement le drapeau blanc et les troupes pontificales qui continuaient à tirer.

Et puis, finalement, même les commandants au service du pape ordonnèrent de cesser le feu. Avec un retard coupable.

Le silence tomba. Il semblait irréel, après tout ce vacarme.

Les deux forces ennemies se regardaient. Les soldats encore dans la mêlée s'éloignaient. Ils abandonnaient l'adversaire qu'ils étaient en train d'essayer de tuer, et rejoignaient leurs camarades.

« Jetez vos armes ! » ordonna le capitaine Buttafuochi.

Pietro fut heureux de voir qu'il était vivant.

Les troupes pontificales jetèrent fusils et sabres au sol.

Une voix désespérée résonna dans le silence.

« Ludovico ! »

Pietro vit le prince Stefano Chiodetti da Fibreno courir entre les ruines, les cadavres et les blessés. Plus loin, on apercevait sa calèche. Marta le conduisait auprès de son fils.

« Ludovico ! cria encore le prince, se jetant à genoux près du corps de son enfant. Ludovico… parle-moi ! »

Pietro s'écarta. Il croisa le regard de Marta.

Celle-ci se baissa rapidement et mit la montre en or dans la main de Ludovico. « Donne-la toi-même », lui murmura-t-elle à l'oreille.

« Ludovico… parle-moi… » Le prince Chiodetti avait le visage déformé par la douleur.

Ludovico fit d'énormes efforts pour se concentrer sur son père.

« Pardonne-moi…, dit le prince. Je t'aime, mon fils. Je t'ai toujours aimé…

— Je sais… », fit Ludovico.

Il y avait aussi peu de souffle dans sa faible voix que de vie dans son corps. Il sourit. Il y avait même du sang entre ses dents bien blanches. Il tendit la montre à son père. « Ça a… été… le plus… le plus beau… jour… de ma vie. »

Le prince reconnut aussitôt la montre. Il ouvrit le clapet.

« À Ludovico…, lut-il à voix basse. Pur comme je ne le serai jamais.

— Le jour… le plus beau de ma vie…

— Pardonne-moi, répéta le prince Chiodetti. Je t'adore, mon fils.

— Je l'ai… toujours su…

— Ludovico… »

Son fils eut un sourire distant. La mort le tirait à elle. « Je ne saurai… jamais… ce qu'on éprouve… en entrant dans le Quirinal… en tant… qu'Italien… » Et il mourut avec un sourire mélancolique.

Le prince Chiodetti ne hurla pas. Il s'effondra simplement sur le corps de son fils, appuyant le visage contre sa poitrine, contre cette blessure qui l'avait emporté pour toujours.

Quand il releva la tête, son visage était rouge de sang.

Mais les larmes qu'il versait le lavaient lentement, dessinant des filets plus clairs.

Paride s'arrêta quelque part où personne ne pourrait voir le passager descendant de son carrosse.

Quand la reddition officielle avait été annoncée, Henri lui avait dit : « Fais-moi au moins prisonnier de l'armée ennemie, et non d'une troupe de braves femmes. Tu le dois à mon honneur. »

Et Paride l'avait emmené là.

Henri descendit et regarda le cocher avec considération et gratitude. Puis il alla rejoindre le corps des zouaves. Parce que là était sa place.

Ce n'est qu'alors que Nella sortit à découvert, faisant mine d'arriver d'une autre direction. Comme si elle n'était au courant de rien.

« *C'est fini** », lui lança Henri.

Nella le lut sur ses lèvres. « Oui, c'est fini », répéta-t-elle doucement.

Puis elle rejoignit Pietro.

« Regarde-la », lui dit Pietro en montrant le champ de bataille.

Marta se trouvait près d'un ennemi blessé, auquel elle faisait un bandage pour arrêter une hémorragie.

Pietro prit son appareil photo et s'approcha. Il appuya sur le bouton.

Marta l'entendit et se retourna.

Melo aussi était arrivé, sur Bersagliere.

« C'était ça dont tu me parlais, hier ? lui demanda Pietro.

— Non, sourit Marta avec tristesse. Ça, je l'ai simplement appris grâce à quelqu'un de meilleur que moi. » Et elle regarda Melo.

Le capitaine descendit de cheval. Il avait les yeux humides.

« Merci, lui dit Marta. Je suis fière de porter son prénom. »

Melo tourna les talons et se dirigea vers Nella, pour lui rendre Bersagliere. Mais surtout pour ne pas se mettre à pleurer devant Marta.

« Au Quirinal ! s'écria quelqu'un. Au Quirinal ! »

Un instant après, tout le monde clamait : « Au Quirinal ! Au Quirinal ! »

Les prisonniers se retrouvèrent à regarder le gros des troupes italiennes, les vainqueurs, qui se mettaient en rang et commençaient à marcher vers cet objectif dont ils avaient rêvé. C'était toujours tout droit. Impossible de se tromper.

En marchant, ils entonnèrent le *Canto degli Italiani* – ou *Fratelli d'Italia*, comme on disait plus souvent –, l'hymne qui avait été composé par un jeune patriote, Goffredo Mameli, en 1847. Certes, cela ne valait pas l'aria d'un grand compositeur d'opéra italien, mais chacun chantait de tout son cœur. Parce que ce jeune homme l'avait écrit alors qu'il n'avait que vingt ans, combattant et mourant à Rome, justement, alors qu'il défendait la République. C'était l'un d'eux. C'était un frère. Et aucun chant n'aurait pu être plus beau et émouvant que celui-là.

« Tu n'y vas pas ? » demanda Henri pendant que les soldats italiens s'éloignaient.

Nella l'avait rejoint. « Tu sais bien que je n'en ai rien à faire, de ces idioties. » Elle le regarda. « Ce qui m'intéresse, c'est toi. »

Henri sourit.

« S'il n'y avait pas tant de regards indiscrets, ni ces brutes qui pointent leurs fusils vers nous… je t'embrasserais.

— Je sais, tu es un soldat et tu ne peux pas le faire, acquiesça Nella.

— Exact.

— Moi, en revanche, je ne suis qu'une femme », rit-elle. Alors elle le saisit par la nuque et l'embrassa avec passion.

« Madame, reculez ! » ordonna le sergent responsable de la garde des prisonniers. Et puis, méprisant, il ajouta : « C'est un ennemi. »

Nella le fixa avec tout autant de mépris.

« *Trou du cul**.

— Qu'est-ce que ça veut dire ? demanda le sergent à ses soldats.

— Je ne sais pas. Mais ce qui est sûr, c'est que ce n'est pas un compliment », plaisanta l'un d'eux.

Les autres soldats rirent de concert. Un rire simple, cristallin. Avec lequel ils célébraient, plus que la victoire, la joie d'être vivants.

« Dc l'ordre ! » dit le sergent.

Mais les soldats riaient toujours.

« Sergent, cette femme est française, dit un soldat.

— Pour elle, ce n'est pas un ennemi, ajouta un autre.

— Va-t'en avant qu'ils ne t'arrêtent », murmura Henri à Nella, les yeux étincelants de joie.

Nella lui sourit et s'éloigna. Elle rejoignit Pietro, Marta et Melo, qui se trouvaient près du prince Chiodetti.

Melo lui tendit les rênes de Bersagliere.

« Non, mon capitaine, dit Nella. Allez défiler avec les vainqueurs. Tous les deux. Vous l'avez mérité. »

Melo monta à cheval. « Marta, allons-y. Toi aussi, tu l'as mérité », lui dit-il.

Alors, le prince Chiodetti da Fibreno, encore secoué par les sanglots – il répandait tellement de larmes qu'on aurait dit qu'il pleurait tout ce qu'il n'avait pas réussi à pleurer durant sa vie entière –, passa les bras sous le corps de son fils mort et le souleva, sans aucun effort. « On y va », murmura-t-il.

Tout le monde se retourna pour le regarder.

Mais le prince ne vit personne. Il ne regardait que Ludovico.

« Tu entreras au Quirinal, mon fils ! rugit-il. Tu y entreras, nom de Dieu ! » Et il se mit en rang avec les troupes italiennes.

« Il faut que j'y aille aussi…, dit Pietro à Nella, ramassant son appareil photo. Je suis désolé… »

Nella lui caressa la joue. « Bien sûr, que tu dois y aller. »

Pietro partit en courant. Il dépassa les troupes et se plaça parmi la foule en liesse qui s'amassait déjà au bord de la route.

Il prit une photo du drapeau tricolore qui ouvrait la marche.

Et une de Cadorna, droit comme un I et couvert de médailles.

La foule lui lançait des pétales de fleurs.

« Ils le traitent comme un pape ! » s'exclama un homme du peuple, près de Pietro.

Tout le monde se mit à rire.

« Quand l'pape claqu'… y en a un aut' qu'y paraît ! » lui fit écho un voisin.

Nouveaux éclats de rire.

« Champion, tu me tires le portrait, à moi aussi ? » L'Albanese prenait la pose, poignard dans une main et sabre dans l'autre, levé vers le ciel en signe de victoire. Il était couvert de sang.

Les gens du peuple qui le connaissaient se reculèrent, apeurés. Pietro prit la photo.

« On verra bien le sang ? demanda l'Albanese.

— On le verra », confirma Pietro.

Puis il prit une photo du capitaine Melo, sur le dos de Bersagliere, suivi par les gens du cirque, hommes et femmes.

Et une de Marta, qui avait compris que la guerre, quel que soit le bout par lequel on la prenne, c'était toujours de la merde.

Et puis une du prince Chiodetti qui avançait, imposant, le visage strié de larmes et de sang, portant dans ses bras son fils mort.

« Traître ! » lui siffla un noble à l'oreille, mais tout doucement, pour ne pas risquer d'être lynché par la foule.

Pietro photographia le prince qui arrachait les insignes de famille du revers de sa veste pour les jeter avec mépris au visage de l'autre aristocrate.

Il photographia la foule qui applaudissait ce geste.

Et puis le noble qui filait comme un rat.

Le prince Chiodetti ne sentait pas le poids du corps de Ludovico. Il se disait juste que, pour la première fois de sa vie, sa force avait un sens. Pour la première fois de sa vie, elle était au service de l'amour, non pas de la violence. Et il était reconnaissant à ces larmes qui lui jaillissaient des yeux sans jamais se tarir, lui brouillant la vue : grâce à son fils et à son sacrifice, lui aussi avait appris à être un homme meilleur.

Quand il atteignit la porte d'entrée du Quirinal, gardée par des soldats italiens, il n'attendit même pas que ceux-ci lui barrent le passage. « Essayez donc de m'arrêter, si vous le pouvez », leur lança-t-il avec autorité.

Les gardes s'écartèrent.

Le prince ne fit qu'une brève pause sous la porte voûtée.

« Tu y es, Ludovico, dit-il doucement. Tu es au Quirinal. »

Pietro le prit en photo.

Et le prince Stefano Chiodetti da Fibreno entra dans le palais.

« Vive l'Italie ! » cria-t-il à pleins poumons.

Parce que c'était cela qu'aurait voulu son fils.

54

21 septembre 1870
Royaume d'Italie (Rome)

C'était l'aube.

Dominés par la coupole de Michel-Ange, sept mille soldats de tous corps étaient rassemblés place Saint-Pierre, entre les colonnades du Bernin. Tournée vers la ville, une batterie de six canons se trouvait devant l'obélisque. Une autre batterie ainsi qu'un escadron de dragons étaient groupés au pied de l'escalier menant à la basilique. D'autres dragons stationnaient au milieu de la place, à pied, les rênes de leurs chevaux en main. Les fantassins étaient un peu plus loin. Les artilleurs avaient déjà attelé à leurs montures les canons et les caisses des batteries. De nombreux officiers étaient réunis entre l'obélisque et les deux bras de la colonnade. D'autres groupes étaient éparpillés çà et là sur la place. Tout devant, il y avait les chasseurs pontificaux.

À l'abri, on avait allumé des feux pour faire la tambouille.

Les zouaves, dans leur uniforme gris créé exprès pour le climat torride de Rome, se tenaient devant la colonnade de gauche – en regardant la basilique –, derrière la fontaine.

Henri était parmi eux. Depuis la nuit.

Le major Fernand de Troussures et le colonel Allet aussi.

Depuis que les premières lueurs avaient commencé à dissiper l'obscurité de cette nuit d'encre, tous les yeux étaient tournés vers le côté droit de la basilique.

Puis une voix, une autre et une autre encore s'élevèrent des rangs des sept mille vaincus : « Le pape ! Le pape ! »

Le colonel Allet cria aux zouaves : « *Mes enfants ! Vive Pie IX* ! »* Il y eut un grand tumulte, soldats et officiers rompirent les rangs et se pressèrent comme ils purent sous l'obélisque, se poussant les uns les autres.

« Vive Pie IX ! Vive le pape roi ! » s'écrièrent nombre d'entre eux, la voix brisée par l'émotion, cédant à la tension et se mettant à pleurer.

Le pape Giovanni Maria Mastai Ferretti apparut sur le balcon et écarta les bras, accueillant tous les soldats dans cette accolade.

L'armée, qu'il avait lui-même dissoute et libérée de son serment de fidélité quelques heures plus tôt, l'acclama. Peut-être plus fidèle qu'elle ne l'avait jamais été.

Le pape eut l'air ébranlé par tant d'amour.

Peut-être se disait-il que tout était fini.

Il rassembla tout son courage et, d'une voix forte et claire, dans un silence religieux, il lança : « Que Dieu bénisse mes fidèles enfants ! » Il leva la main et traça un signe de croix en l'air.

Beaucoup de militaires s'agenouillèrent.

Un zouave hongrois s'exclama : « *Éljen !* » Et il tira l'épée de son fourreau. Ses compagnons d'armes, comme d'un commun accord, sortirent simultanément leurs épées, dans un retentissant cliquetis d'acier. Des milliers de lames brillèrent au soleil.

Le pape porta les mains à sa poitrine, comme pour dire qu'il les garderait tous en son cœur. Pour toujours. Et là, fondant en larmes, il quitta précipitamment le balcon et se retira dans les appartements pontificaux, ne résistant plus à l'émotion.

Dès que Pie IX eut disparu, des imprécations contre les ennemis s'élevèrent vers le ciel, tellement passionnées et brûlantes qu'Henri se dit qu'elles finiraient par blesser les cieux.

Le major de Troussures donna l'ordre aux zouaves de se préparer à abandonner la ville sainte.

Le colonel Allet se plaça à la tête de ses hommes.

Avançant en rang, les zouaves entonnèrent leur chant de prédilection, celui des Croisés de Cathelineau.

Le lieutenant Béras s'unit à ce chant, jusqu'à ce qu'ils arrivent au ponte Sant'Angelo. Là, il alla trouver le colonel Allet et le major de Troussures. « Je souhaiterais m'entretenir avec vous, mon colonel », dit-il.

Allet lui fit signe de parler.

« J'aimerais obtenir la permission de m'absenter et de vous rejoindre plus tard, expliqua Henri. J'ai des questions personnelles à régler. »

Le colonel Allet s'apprêtait déjà à refuser cette requête lorsque le major de Troussures intervint. « Mon colonel, vous avez devant vous le lieutenant Henri Béras, qui a dignement représenté notre corps auprès de Sa Sainteté Pie IX au cours des heures dramatiques d'hier. Et je peux vous assurer que j'ai dû recourir à toute mon autorité pour l'éloigner du champ de bataille. »

Le colonel Allet reconsidéra la question. « Alors allez-y, lieutenant Béras, lui dit-il. Mais ayez au moins la décence de vous placer en queue de cortège et de vous éloigner en toute discrétion. » Il sourit. Un sourire las, de militaire. « Vous imaginez bien que nombre de vos compagnons, après avoir été en poste dix ans à Rome, voudraient aussi pouvoir régler… leurs questions personnelles. »

Henri se mit au garde-à-vous. « Je vous en suis infiniment reconnaissant. »

Allet fit demi-tour et partit se replacer à la tête des zouaves.

« Merci, mon commandant, dit Henri.

— Saluez la dame de ma part », dit Troussures avec un sourire bienveillant, avant de s'éloigner à son tour.

« Je ne peux plus habiter ici », dit Nella, dans son sous-sol.

La tache du sang de Leone Pompei sur le sol, tenace, lui rappelait chaque seconde de l'horreur qu'elle avait vécue.

Pietro n'était pas là. Il avait passé la nuit au cirque, à développer avec Marta la myriade de photos qu'il avait prises.

« Non, répéta Nella. Je ne peux plus habiter ici. »

Elle sortit. De l'autre côté du pont, on entendait marcher les troupes pontificales, qui abandonnaient la ville sainte.

Elle ne savait pas ce qui allait se passer pour Henri et elle.

Mais au moins, il était vivant, sourit-elle.

On déménage, se dit-elle avec enthousiasme. Et elle se mit en route.

Depuis les premières heures de la matinée, les rues de Rome étaient bondées. Pendant la nuit, les Romains n'avaient pas beaucoup dormi. Il y avait eu des fêtes partout. Dont une incroyable au Colisée, lui avait-on raconté. Les gens se pressaient, électrisés, dans les avenues, les ruelles et les places.

Chacun sentait sur ses épaules le poids de la journée historique de la veille. C'était quelque chose d'énorme. Peut-être même d'inimaginable.

Par conséquent, personne ne parvenait à rester chez soi. Tout le monde voulait être témoin de ce changement d'époque.

Tout comme Nella qui ne savait pas ce qui allait advenir d'Henri et elle, les Romains ne savaient pas ce qui allait advenir d'eux et du royaume d'Italie. C'est peut-être pour cela que la plupart des gens qui erraient en ville avaient une expression indéchiffrable sur le visage, quelque part entre la joie de l'espoir et la peur de la déception. Comme si un grand point d'interrogation était dessiné dans les yeux de tous.

Quand elle parvint devant l'Ospizio apostolico di San Michele a Ripa Grande, Nella s'arrêta pour regarder vers le Tibre, là où avait été retrouvé le corps de sœur Alberta. Elle aussi avait été emportée par les événements. Plus personne n'enquêterait sur son meurtre. On l'oublierait. Et, contemplant les eaux du fleuve qui coulaient paresseusement, Nella se dit, avec un léger sentiment de culpabilité, qu'elle aussi oublierait Alberta. Parce que cette fille n'avait jamais compté. Ni pour elle ni pour personne d'autre.

Nella franchit la porte d'entrée et gravit l'escalier poli par des siècles de chaussures.

Elle parvint au dortoir D et rejoignit le lit de Mamma Lucia.

La vieille femme n'eut pas besoin de demander qui était assis au bord du lit. Elle la reconnut aussitôt.

« Tu l'avais déjà quand tu étais enfant, dit-elle.

— Quoi ?

— Cette odeur de talc. » Nella lui prit la main.

« Il faut que je te dise quelque chose…

— Ne me dis pas toi aussi que nous sommes devenus italiens, je t'en prie ! s'exclama Mamma Lucia. Depuis hier, ils n'arrêtent pas de le seriner. Excités comme s'ils étaient en chaleur. Comme s'ils savaient ce qu'ils disaient ! Et comme si ça voulait vraiment dire quelque chose ! »

Nella se mit à rire.

« Tu as vraiment un caractère de merde.

— Si ce n'est pas cette connerie que tu voulais me dire… alors vas-y.

— Je déménage.

— J'espère que ce sera mieux que le taudis où tu m'as raconté que tu habitais, bougonna la vieille.

— Oui. Je veux une belle maison, sourit Nella. Vaste et lumineuse. Qui ne soit pas inondée chaque fois que le Tibre se met à pleurer.

— Et où tu vas trouver l'argent ? »

Nella pensa aux bagues que Pietro avait récupérées.

« J'ai touché un héritage.

— De qui ?

— Du royaume d'Italie.

— Et comment ça se fait ?

— Mon mari a donné sa vie pour eux. »

Mamma Lucia garda un instant le silence. Les coins de sa bouche s'abaissèrent. « Je n'ai encore jamais vu de royaume se souvenir de ses morts. » Elle secoua la tête. « Et je parie que celui-ci n'est pas différent des autres… Bref, tu essaies de m'entuber. Mais la vérité, je m'en fous. De toute façon, ça n'existe pas. »

Nella se mit à rire.

« Ce que je voulais te dire…

— Encore ? soupira la vieille.

— C'est que dans cette maison… tu y viendras, toi aussi.

— Et pourquoi… ? fit-elle, décontenancée.
— Parce que j'aime bien entendre tes conneries. »
Mamma Lucia pinça les lèvres. Et ses yeux de cire devinrent très légèrement humides. Elle remua un doigt en l'air.

« J'accepte à une seule condition, dit-elle de son ton habituel, mais avec un léger tremblement dans la voix. Que de ta nouvelle maison, il y ait une belle vue. »

Nella éclata de rire.

« Mais tu es aveugle !

— Et ça te fait rire, imbécile ? bougonna la vieille qui, une fois passé le moment d'émotion, était redevenue celle de toujours. Je suis aveugle, pas sourde. Tu me décriras la vue, et moi je l'imaginerai. Alors il faut que ce soit une belle vue. »

Nella serra sa main squelettique. « Je te décrirai un panorama différent tous les jours, dit-elle avec douceur. Comme ça, tu pourras voyager. »

Mamma Lucia approuva, satisfaite.

« Paris aussi ?

— Oui, Paris aussi.

— Et Vienne ?

— Oui.

— Et Berlin ?

— Oui…

— Et Prague ?

— Ça suffit ! » s'exclama Nella.

Mamma Lucia éclata de rire. « J'ai gagné ! fit-elle, satisfaite. Je savais bien que tu te lasserais avant moi ! Je t'ai eue ! »

L'aube avait cédé la place au jour depuis peu, Pietro et Marta examinaient les photos qu'ils avaient passé la nuit à développer.

Il y en avait beaucoup. Chacune racontait une chose qu'ils avaient vécue et qui les avait fait pleurer. Toutes leur rappelaient les hurlements et le vacarme des canons. Et elles disaient aussi que cette interminable journée était finie.

Que le monde avait changé.

« Espèce d'idiot ! » s'exclama Marta quand elle eut en main la photo que Pietro avait prise des canons italiens. Ils paraissaient tellement réels que le feu sortant de leurs bouches semblait pouvoir brûler le papier sur lequel ils étaient imprimés. « Tu te rends compte ? »

Pietro sourit.

« Tu veux dire que tu n'aimes pas ma photo ?

— Je l'aime beaucoup, reconnut Marta. Mais tu restes un idiot. »

Pietro se mit à rire. Puis il ramassa les photos qui représentaient l'Albanese. Il les avait toutes tirées en deux exemplaires.

« Je n'arrive pas à le détester », avoua-t-il à Marta. Dans son cœur, il n'y avait plus trace de cette rage qui l'avait à la fois maintenu en vie et poussé vers la mort.

Elle le prit dans ses bras. Pietro, cette nuit-là, lui avait tout raconté. Il avait promis de le faire, et il ne voulait plus qu'il y ait de secrets entre eux. Puis ils étaient restés silencieux, sans rien dire.

« Je te dégoûte, hein ? demanda alors Pietro.

— Non, pas du tout », répondit-elle.

Il était resté pur, même au milieu de cette merde.

« Mais je n'ai pas été capable d'être à tes côtés, ajouta-t-elle.

— Je ne te l'ai pas permis, dit Pietro, dont le regard se troubla. Je n'ai pas uniquement vu l'obscurité… je l'ai aussi touchée. »

Marta le regarda droit dans les yeux. Il était tellement beau.

« Je ne sais pas comment j'ai réussi à m'en sortir, murmura-t-il.

— Tu es fait de lumière, dit-elle. L'obscurité ne peut pas l'emporter en toi. »

Il sourit. « Comme toi… quand tu as dit que la guerre était une merde et que tu n'as pas tué ce zouave. »

Le regard de Marta s'assombrit. Elle s'écarta de Pietro. « Mais j'ai tué un homme, dit-elle avec douleur. Je l'ai encore devant les yeux. Et ici. » Elle se donna un coup de poing dans l'estomac. Presque à en avoir mal.

Pietro l'attira contre lui et la serra fort, sans rien dire. Parce qu'il savait que Marta devrait apprendre à vivre avec ce monstre-là dans sa tête, comme lui-même tentait de le faire avec le sien.

« Il est tard », dit-il en se levant.

Marta acquiesça. Elle savait où il allait.

Pietro prit les photos de l'Albanese et partit.

« Tu vois, Champion ? lui avait dit le truand. Pour finir, d'une manière ou d'une autre, tes photos vont faire de moi un héros ! »

Pietro eut un petit rire et accéléra le pas.

Ce matin-là à dix heures, un fonctionnaire du royaume d'Italie allait recevoir au nom du roi, dans un salon du Quirinal, les citoyens romains ayant œuvré à la libération de Rome.

Pietro arriva dans le vicolo della Volpe alors qu'il n'était pas encore huit heures.

Il s'approcha de l'échoppe. La porte était entrebâillée.

« Alors, Ghiozzetto, qu'est-ce que tu en dis ? entendit-il l'Albanese demander.

— Patron, je n'ai jamais vu personne d'aussi élégant. »

Les voix provenaient du bureau.

« Si seulement j'avais les photos que Champion a prises ! soupira l'Albanese. Tu sais où j'irais ? Au paradis. Direct.

— Ce merdeux t'a déjà trahi une fois, patron…

— Tu es idiot, Ghiozzetto. Tu ne vois jamais plus loin que le bout de ton nez, répliqua l'autre avec dureté. C'est pour ça que tu resteras toujours un chien enragé. Parce que tu vaux que dalle ! »

Pietro écoutait, une main sur la poignée de la porte.

« Qu'est-ce que j'ai dit de mal, patron ? se lamenta Ghiozzetto.

— *Toi*, tu serais capable de me poignarder.

— Jamais, patron !

— Non, c'est vrai. Tu es trop lâche, rit le scélérat. Mais tu serais capable de me faire poignarder par quelqu'un qui aurait un minimum de couilles.

— Jamais ! »

L'Albanese eut un rire. Un rire débordant de mépris.

Pietro était là-dehors. Et il écoutait.

« Ce gosse aurait pu me condamner à mort ! s'écria l'Albanese. Au lieu de ça, il est venu ici pour m'affronter. En me regardant dans les yeux. Comme un homme, un vrai. Et en sachant que c'était lui qui risquait de mourir. » Il émit un borborygme de dégoût avant d'ajouter : « Mais comment tu peux comprendre ça… vermine ?

— Pourquoi tu t'en prends à moi, patron ? pleurnicha l'homme de main. Moi je suis là… alors que ce morpion, lui, n'y est pas. »

Pietro entendit claquer une gifle. Suivie du gémissement de Ghiozzetto.

« Il s'appelle Champion, je te l'ai déjà dit. »

Pietro sentit une telle émotion l'envahir qu'il dut s'appuyer au chambranle.

« N'empêche, je suis là et pas lui.

— C’est exactement ça qui ne va pas, dans ma vie, murmura l’Albanese. Tu es là et pas lui. »

Puis il éclata de rire.

Et Pietro sentit que c’était un rire qui faisait mal.

« Redresse mon nœud papillon, et après on y va », fit l’Albanese.

Pietro frappa à la porte.

« Dépêche-toi avec le nœud papillon, et va voir qui c’est. »

Pietro laissa les photos par terre, à l’entrée de l’échoppe, et s’éloigna rapidement.

« Patron, regarde ! » entendit-il Ghiozzetto crier.

Le garçon tourna dans la via dei Coronari et s’appuya contre le mur crevassé d’un immeuble.

Un instant plus tard, il entendit la voix de l’Albanese.

« Je le savais, Champion ! »

Et il reconnut son éclat de rire sonore. Un rire étonnamment joyeux.

Henri arpentait nerveusement la via di Panìco depuis plus d’une demi-heure.

Quand il vit enfin arriver Nella, il courut vers elle comme un fou, la saisit par les épaules et la secoua avec force. « Mais tu n’es jamais chez toi ? s’écria-t-il. Où étais-tu ? Où étais-tu ? » On percevait dans sa voix toute sa colère de ne pas l’avoir trouvée plus tôt. Et toute l’anxiété suscitée par cette attente. Ainsi que sa joie irrépressible de la revoir.

Puis il la serra tellement fort qu’elle en eut la respiration coupée. Il avait les yeux fermés, paupières hermétiquement closes afin de ne pas laisser échapper la moindre larme. Et il l’embrassa, là, dans la rue. Avec une passion qu’il n’avait jamais mise dans aucun baiser.

Quand il l’eut lâchée, Nella le regarda droit dans les yeux.

« C'est ton dernier baiser ? C'est ça ?

— Quoi ?

— Tu t'en vas et tu ne reviendras pas. C'est ça, n'est-ce pas ?

— Non… je… » Henri s'interrompit.

« Tu ne sais pas comment me le dire ? » demanda-t-elle.

Et elle essaya de rester bien droite. Parce qu'elle avait peur de se briser.

Il la regardait en silence. L'air éperdu.

« Tu ne sais pas comment me le dire ? répéta-t-elle.

— N… non…, balbutia-t-il.

— Eh bien, il n'y a qu'un moyen, fit-elle, cherchant désespérément son ancienne cuirasse afin de se protéger de ses propres paroles : Dis-le, et qu'on en finisse.

— Je… » Henri regarda ses merveilleux yeux violets, et c'est en eux qu'il trouva les mots qu'il n'arrivait pas à dire. « Je… je t'aime.

— Mais… ? »

Nella ne voulait pas se faire avoir. Bien qu'elle ait ressenti un coup au cœur. Ou plutôt, précisément pour cette raison.

« Mais… ?

— Et je veux… t'épouser. »

Ayant enfin dit ce qu'il avait sur le cœur, Henri sembla s'affaisser.

Nella sentit le sol se dérober sous ses pieds. Elle s'agrippa au bras du lieutenant.

« Tu parles… sérieusement ?

— Grand Dieu, bien sûr que je parle sérieusement ! s'exclama Henri qui, libéré du poids de cette déclaration, semblait soudain revigoré. Comment peux-tu douter que je t'aime ?

— Je… je…

— Et comment peux-tu douter que je veuille t'épouser ? » Henri était comme un fleuve en crue.

Nella se mit à rire. De peur. De joie. D'amour. « Prends-moi dans tes bras », dit-elle.

Henri la serra très fort. « Mais… »

Elle s'écarta d'un bond. « Je savais bien qu'il y avait un "mais" », dit-elle doucement. Mais à présent, elle avait passé la frontière. Elle n'arriverait plus à retrouver son personnage de glace. Maintenant, elle n'était plus qu'une femme qui attendait la sentence que ce « mais » laissait présager.

Il lui caressa le visage.

Elle l'esquiva. « Mais… ? » Que ce coup au cœur arrive vite.

« Mais je suis un soldat, poursuivit-il.

— Et alors ? » Là, elle explosa : « Ne m'oblige pas à t'arracher chaque mot de la bouche, je t'en prie !

— Nous retournons en France, à Toulon, expliqua-t-il. Je ne sais pas où je serai envoyé ensuite. Mais quelle que soit ma destination, je veux que tu me rejoignes et que nous nous mariions. »

Nella le fixait maintenant en silence.

« C'est mon devoir de soldat.

— Je déménage…, murmura-t-elle de but en blanc.

— Quel rapport ?

— J'essaie d'apporter… » Elle regarda Henri avec une infinie douceur puis, toujours avec cette même douceur, elle lui caressa la joue. « Ton devoir de soldat est de servir ta patrie…

— Oui. Exact. Si je ne le faisais pas, je serais un déserteur.

— Et mon devoir de mère, c'est de m'occuper de mon fils.

— Emmène-le aussi ! » s'exclama-t-il.

Elle secoua la tête. « Sa vie est ici, désormais. Je ne prétends pas que tu comprennes… » Le monde s'écroulait sur elle. « Il… il a déjà vécu trop de vies pour son âge. Et je dois lui apporter de la stabilité. » Elle le regarda. « Je n'ai jamais eu personne. Je sais ce que c'est. » Elle se souvint qu'elle s'était juré de donner à Pietro les possibilités qu'elle n'avait pas eues.

« Mon devoir de mère… c'est d'être à son côté.

— J'aurais préféré mourir hier… plutôt que d'entendre ces paroles, dit-il avec une douleur qui le brisait en deux.

— Moi aussi, j'aurais préféré mourir… plutôt que de te les dire. »

Le lieutenant resta immobile, les yeux dans le vide.

« Henri, tu m'as appris ce qu'est l'amour », dit Nella.

Il la regardait, fixe comme une statue.

« Je t'aimerai pour toujours », dit-elle. Là, elle se retourna et partit.

L'Albanese pénétra fièrement dans le palais du Quirinal.

Il avait pris à la gorge le meilleur tailleur du quartier, un Abruzzais qui semblait un homme des cavernes avec des mains de fée, afin qu'il lui fournisse le plus bel habit de cérémonie qu'il avait à sa disposition.

L'homme avait obéi en tremblant.

C'était un costume en tissu très fin. La veste noire était fermée par deux rangées de boutons brillants. Le revers en pointe était en soie. Les pans en forme de queue d'hirondelle ondulaient avec souplesse par-derrière. Il y avait deux liserés en gros-grain sur l'extérieur des jambes de pantalon. Le gilet blanc était en piqué de coton. La chemise aussi était blanche, avec un plastron fermé par des boutons bijoux ronds, et un col diplomatique, replié vers le bas devant seulement et formant deux petites pointes rigides. Les manchettes étaient fermées par des boutons dorés. Le nœud papillon était en piqué de coton blanc, comme le gilet. Ses souliers vernis noirs scintillaient au soleil. Le tailleur avait laissé dépasser de la pochette un mouchoir blanc en batiste de lin très fin.

Et, après des années et des années, l'Albanese avait fini par se raser, laissant voir sa peau claire martyrisée par les cicatrices.

Quand on l'introduisit dans la salle où étaient regroupés les prétendants à une reconnaissance, il fut surpris. Elle était bondée. Il y avait des membres de la petite noblesse, que les hautes autorités du Royaume n'auraient jamais reçus à titre privé, des bourgeois aux mains de velours qui n'avaient jamais touché une arme, et un flot de gens du peuple à la recherche d'une récompense leur permettant de se remplir le ventre.

Les examinant un à un, l'Albanese eut la certitude qu'aucun d'entre eux n'avait participé à la bataille.

« Et ce serait moi, l'escroc ! plaisanta-t-il.

— Que dites-vous, monsieur ? » lui demanda un voisin. L'Albanese le toisa et, d'un air théâtral, se mit à le renifler.

L'homme sentait la charcuterie et le fromage. « Je disais, reprit-il, que vous avez dû vous battre valeureusement. » Il pinça la grosse joue rouge du type.

« Et qui vous a donné le plus de fil à retordre ? Les saucisses ou le pecorino ?

— J'étais à la Porta Pia, monsieur, fit le charcutier en gonflant le torse.

— Moi aussi. Et je ne me souviens pas de toi, lâcha l'Albanese. Tu as encore le temps de partir avant que je te pourrisse devant tout le monde », menaça-t-il d'une voix basse et caverneuse.

Le charcutier le regarda mieux.

« Mais tu… vous êtes… ?

— Bravo. Tu m'as reconnu même sans la barbe. » Il lui sourit.

« Alors, tu fais quoi ? Tu restes ou tu pars ? »

Le charcutier enfonça la tête dans les épaules et se dirigea vers la sortie.

L'un après l'autre, l'Albanese renvoya au moins une vingtaine d'imposteurs chez eux. Puis, planté devant un jeune homme qui affirmait être médecin et refusait de s'en aller, il finit par empoigner sa cravate.

« Menteur ! » lui grogna-t-il au visage.

« Monsieur ! » intervint rapidement un soldat.

Surgit alors, juste derrière lui, le secrétaire du fonctionnaire qui devait recevoir les requêtes et les évaluer. « Les comportements de ce genre ne sont pas tolérés ! » s'exclama-t-il d'une petite voix stridente.

L'Albanese abandonna le jeune homme et se dirigea vers le secrétaire, qui recula d'un pas.

« Vous ne tolérez pas mes comportements…

— Exactement », fit le secrétaire en jetant un coup d'œil vers le soldat, qui s'approcha.

L'Albanese n'accorda pas un regard au militaire. Il se concentra sur le secrétaire.

« Au contraire, vous devriez me remercier, lança-t-il. Parce que je vous aide à démasquer tous ces… escrocs ! hurla-t-il à l'adresse de la foule des prétendants. Ces parasites ! Ces sangsues ! Ces vautours !

— Monsieur, calmez-vous, sinon…, commença le soldat.

— Hier, j'étais couvert de sang, comme si c'était moi qu'on avait égorgé, poursuivit l'Albanese. Mais c'était du sang ennemi. » Il fixa le militaire. « Hier, moi j'ai risqué ma vie, comme toi. Et ça ne me plaît pas, de voir aujourd'hui cet endroit rempli de héros qui ont passé la journée à trembler, enfermés chez eux. Et qui viennent aujourd'hui réclamer un prix ! »

Ses paroles firent de l'effet sur le soldat.

Mais le secrétaire n'était pas disposé à céder. Lui n'était pas soldat. Et il ne pouvait pas comprendre certaines choses.

« Que se passe-t-il ? » intervint alors le fonctionnaire, passant la tête par la porte de son bureau. La mission qui lui avait été confiée ne l'amusait en rien. Ce n'était que de la politique.

« Monsieur, cet homme est un sauvage ! » piailla le secrétaire.

L'Albanese examina le fonctionnaire. Il savait déchiffrer les êtres humains, c'était ce qui lui avait permis de survivre. Et il devina aussitôt que ce fonctionnaire était un homme. Un homme prêté à la bureaucratie, mais qui avait peut-être un passé de combattant.

Le fonctionnaire fit un pas en avant. On entendit sur le marbre du salon un bruit sec : c'était sa jambe de bois.

L'Albanese se dit qu'il l'avait bien jaugé. Voilà pourquoi il avait été prêté à la bureaucratie. Cette mutilation, c'était la marque indélébile qu'une bataille avait laissée sur lui.

« Monsieur, dit-il en le rejoignant. Vous me voyez ici aujourd'hui, tiré à quatre épingles… » Il savait que sa tenue était ridicule aux yeux d'un combattant. « J'ai loué ce costume, car je ne possède pas de vêtements comme celui-ci. » Il toucha l'étoffe presque avec mépris. Comme si porter une queue-de-pie l'agaçait. Comme si elle était doublée d'orties. « Mais j'imaginais que, par respect… »

Le fonctionnaire attendit que l'Albanese se place devant lui. Sans reculer. Sans céder en rien. « Pourquoi faites-vous tout ce tapage ? »

L'Albanese fit mine de retenir sa colère, et puis de laisser éclater son dédain.

« Il n'y a pas un gars ici que j'ai vu se battre hier !

— Baissez le ton », lui intima le fonctionnaire. Pourtant, ses yeux indiquaient qu'il pensait comme lui. « Ce n'est pas à vous d'en juger, poursuivit-il. Et il reste encore à prouver que vous y étiez, vous. »

L'Albanese lui tendit les photographies qu'il tenait en main.

« Qu'est-ce que c'est ? demanda l'autre sans les regarder.

— Vous voulez une preuve ? La voilà ! »

Ils se fixèrent un instant en silence. En apparence, ils mesuraient leurs forces respectives, mais en réalité, ils se reconnaissaient l'un l'autre.

Alors le fonctionnaire prit les photos et les examina. Quand il releva les yeux sur l'Albanese, il lui dit avec respect : « Venez, je vous prie. » Sa jambe de bois martela le marbre jusqu'à son bureau.

L'Albanese le suivit.

« Monsieur..., fit la petite voix stridente du secrétaire.

— Ferme ! »

La porte se referma.

« Asseyez-vous », dit le fonctionnaire. Il le regarda. « Sur les cent personnes avant vous, savez-vous combien ont combattu hier ?

— Zéro. »

L'autre hocha la tête.

« Et sur ces cent personnes, savez-vous combien ont œuvré, avant la journée d'hier, pour la réussite de notre entreprise ?

— Zéro.

— Et à combien de ces cent personnes ai-je donné une récompense ?

— Zéro.

— Faux. Presque à la moitié. Et vous savez pourquoi ? » Il fit une grimace. « Parce que c'est ce qu'exige la politique.

— Ce n'est pas juste.

— Non. Ce n'est pas juste. Mais ce sont les ordres. » Là, il se pencha vers l'Albanese. « Mais j'ai aussi reçu l'ordre… et ça, je le fais avec grand plaisir… de donner des médailles en fer-blanc, si vous voyez ce que je veux dire. Sans aucune valeur aux yeux de Sa Majesté. » Puis il regarda les photographies. « C'est vraiment une belle invention. Cela prouve votre comportement héroïque. Vous devriez remercier le photographe.

— J'ai fait plus que ça. Je lui ai sauvé les miches. »

Le fonctionnaire eut un rire, content d'entendre ce langage de soldat. « Mais surtout, cela me permet d'avoir l'honneur de faire ce que je ne croyais pas possible aujourd'hui. » Il se leva et se dirigea vers un coffret en bois sur lequel étaient gravées les armes des Savoie. Il l'ouvrit, prit quelque chose à l'intérieur et se retourna. « Levez-vous », dit-il d'un ton solennel.

L'Albanese s'exécuta.

L'autre s'approcha. S'arrêta devant lui. « Au nom et pour le compte de Sa Majesté le roi d'Italie Victor-Emmanuel II de Savoie, je vous confère la médaille d'or de la valeur militaire pour votre conduite héroïque sur le champ de bataille le 20 septembre de l'an 1870, et pour avoir contribué d'une manière déterminante à la réalisation du rêve de millions d'Italiens… et, si vous le permettez, j'ajouterais du mien aussi… de libérer Rome. » Puis, toujours aussi solennel, il épingla l'insigne sur la veste de l'Albanese. Ensuite, il retourna s'asseoir et prit un registre.

« Comment vous appelez-vous ?

— On me connaît sous le nom de l'Albanese. »

L'autre écrivit.

« Avez-vous des comptes en suspens avec la justice ?

— Pas avec la justice du royaume d'Italie, monsieur. Je n'ai jamais quitté Rome. »

Le fonctionnaire éclata de rire.

« Quoi qu'il en soit, toutes les poursuites sont abandonnées. Vous êtes un citoyen dont le Royaume peut être fier.

— Merci, monsieur, sourit l'Albanese.

— C'est moi qui dois vous remercier. Vous donnez un sens à toute cette inutilité. À l'avenir, ces parasites avec leurs médailles en fer-blanc ne seront même pas reçus par mon secrétaire. Mais celle-là... », et il indiqua la médaille d'or, « celle-là vous ouvrira les portes du bureau du roi. Et Sa Majesté vous demandera comment vous voulez être récompensé. Argent, titres nobiliaires, terrains, propriétés... » Il inclina la tête. « Mais n'exagérez pas, hein ! rit-il. Et quand vous vous présenterez à Sa Majesté... trouvez-vous un nom. Je veux dire un prénom et un patronyme. » Il se leva. « Entre nous, vous pouvez aussi vous en inventer un flambant neuf. On vous fournira des papiers d'identité signés par le roi d'Italie en personne. J'imagine que vous appréciez à sa juste valeur l'occasion extraordinaire que vous vous êtes créée par votre courage.

— Oui, monsieur, dit l'Albanese, presque sans voix, tant cela dépassait tout ce qu'il avait pu espérer.

— Je garde les photos. Il faudra que je les montre à Sa Majesté pour justifier votre médaille d'or. » Il fit le tour de la table et donna l'accolade à l'Albanese. « Venez, je vous raccompagne. »

Ils sortirent ensemble du bureau et traversèrent le salon sous le regard abasourdi de toute l'assemblée.

Arrivé devant la porte d'entrée du Quirinal, le fonctionnaire ordonna d'un ton martial : « Haie d'honneur ! Gaaarde-à-vous ! »

Les plantons se mirent immédiatement au garde-à-vous.

« Présentez… armes ! » scanda-t-il encore.

Les soldats présentèrent les armes pour rendre honneur.

« Médaille d'or de la valeur militaire ! annonça-t-il avant de faire le salut réglementaire à l'Albanese. C'est un honneur pour moi, monsieur ! »

L'Albanese s'éloigna, radieux.

Il atteignit le parapet de travertin au fond de la place.

De là, il surplombait les toits, les rues et les palais de Rome.

« Tu es à moi », dit-il.

Il caressa la décoration épinglée à sa poitrine.

À partir de cet instant, il n'y avait plus aucun obstacle.

« Maintenant, tu es à moi », répéta-t-il en regardant Rome.

55

21 septembre 1870
Royaume d'Italie (Rome)

Nella était pliée en deux par la douleur.

Quand Pietro rentra, il la trouva en train de pleurer, désespérée.

« Qu'est-ce qui se passe ? demanda-t-il, inquiet.

— Rien…

— Mais si, je le vois. »

Nella le regarda, les yeux rougis. « Viens là », dit-elle. Et elle le serra dans ses bras. Fort. Malgré cette souffrance déchirante, elle savait qu'elle l'aimait. De tout son cœur. Et qu'elle lutterait pour lui.

« Pourquoi tu ne me dis pas ce que tu as ? insista Pietro.

— Je n'ai rien, je t'assure.

— Moi, quand j'étais… quand je faisais… » Pietro butait sur les mots. « Bref, quand je faisais ces horreurs… tu me demandais ce que j'avais, et je te répondais toujours de cette façon. Que je n'avais rien. Et toi, tu te mettais en colère. Parce que je te repoussais. Parce que je ne te permettais pas de m'approcher… Alors pourquoi tu fais la même chose ? »

Nella le dévisagea, avant d'éclater tout à coup en sanglots.

« Parle-moi… je t'en prie…

— Ce n'est rien, sanglota-t-elle. Ça va passer…

— Ça va passer, répéta Pietro. Qu'est-ce que c'est bête, cette expression ! »

Elle lui prit la main.

« Excuse-moi… mon poulain.

— Cela faisait longtemps que tu ne m'avais pas appelé comme ça.

— Nous sommes pareils, toi et moi, sourit-elle entre ses larmes. Il y a des choses que nous sommes incapables de dire. Moi je suis la comtesse, et toi le poulain. » Elle eut un rire.

« Mais nous savons ce que ça veut dire, n'est-ce pas ?

— Oui… maman. »

Nella sanglota plus fort encore. Tout en riant. Elle le prit dans ses bras.

« Tu mets de la morve sur ma chemise », plaisanta Pietro.

Elle le repoussa en riant. « J'ai à peine fini d'être comtesse…, fit-elle d'une voix brisée. Laisse-moi être une mère normale, vilain casse-pieds de… de… de fils. »

Pietro s'assit auprès d'elle.

« Montre-moi tes photographies », dit-elle.

Il la regarda. « Dis-moi ce qui t'arrive. »

Elle riva les yeux au sol. Puis caressa la jambe de son fils.

« Tu es amoureux de Marta? lui demanda-t-elle enfin.

— Oui », répondit-il, et son visage s'éclaira.

Elle releva la tête. « Tu imagines ce que tu éprouverais si tu la perdais ? »

Pietro devint brusquement sérieux. Une expression adulte apparut sur son visage. « C'est donc ça ? »

Nella acquiesça, en essayant de retenir ses larmes.

« Oui, c'est ça.

— Salaud ! » Pietro se leva d'un bond, furieux.

Elle lui prit la main.

« Non, dit-elle, non…

— Non ? » Il était écarlate. « Qu'il crève !

— Ne dis pas ça…

— Qu'il crève ! » s'écria-t-il.

Nella baissa à nouveau la tête. Elle ne pouvait pas lui en dire plus. Elle ne pouvait pas lui expliquer. Elle l'aurait blessé à mort.

Elle garderait la vérité pour elle.

Henri avait rejoint son bataillon.

Il avait couru jusqu'à ne plus sentir ses jambes, espérant ainsi effacer la douleur qui lui mordait la poitrine.

Mais non, rien ne pouvait l'apaiser.

Cependant, après plus d'une heure de marche, la colère commençait maintenant à lui monter à la tête. Et peut-être était-ce un bon antidote.

Il était remonté contre Nella. Furieux.

Comment pouvait-elle ne pas comprendre qu'il n'avait pas le choix ? Il était soldat. Il avait prêté serment. Il n'aurait pas seulement été un déserteur aux yeux de la France. Il aurait aussi souillé le nom de son frère, de son père, de son grand-père et de tous ceux qui étaient morts pour la patrie. Il aurait déshonoré sa famille. Il aurait renié les valeurs qu'il s'était imposé de respecter. Nella devait accepter.

Parce que c'était comme ça. C'était comme ça, un point c'est tout.

« Régiment ! Halte ! » ordonna un sergent.

Les troupes s'arrêtèrent.

« Que se passe-t-il, mon lieutenant ? demanda un des zouaves.

— Je n'en ai pas la moindre idée », répondit Henri. Mais il aurait voulu dire qu'il s'en fichait éperdument.

« Rassemblement ! En colonnes ! »

Les soldats se disposèrent en rangs, par bataillons, l'arme contre la poitrine.

« À droite… droite ! »

Comme un seul homme, tous les zouaves se tournèrent vers la droite.

« Fixe ! »

Les soldats frappèrent le sol du pied, le faisant trembler.

« Repos ! »

Les zouaves avancèrent le pied droit et posèrent le fusil à terre en le tenant par le canon, bras gauche derrière le dos.

« Zouaves ! » lança alors le colonel Allet, bien droit sur son cheval.

Le silence était absolu. Même les oiseaux s'étaient tus.

« Je vous transmets les adieux du général de Courten, dit le colonel d'une voix de stentor, et je m'associe pleinement aux éloges qu'il vous adresse, et que vous avez amplement mérités. »

Henri remarqua qu'on était en train d'installer une planche sur deux tréteaux.

Le drapeau des zouaves flottait derrière le colonel.

« Nous regagnons la patrie, continua Allet. Et si quelque chose peut atténuer la douleur de notre séparation, c'est le souvenir de ces dix ans que nous avons passés ensemble. »

De nombreux soldats avaient les yeux humides. Ils étaient arrivés jeunes garçons, ils repartaient hommes. Et vaincus.

« Des temps meilleurs resplendiront pour vous ! » Derrière son emphase, le colonel était ému. « Quant à moi, j'applaudirai de loin vos succès, et mon cœur sera toujours avec vous. Si j'ai fait quelque chose de bien, c'est auprès de vous que je viens chercher ma récompense. Et elle sera pleine et entière si je vis dans votre souvenir. »

Les militaires frappèrent plusieurs fois le sol avec leurs fusils.

« Adieu, messieurs ! » Le colonel contempla ses hommes en silence. « Le sort nous sépare, mais un même sentiment nous unira pour toujours : le dévouement et la foi en la cause que nous avons servie ensemble ! »

« *Éljen !* » cria le chœur des zouaves.

On passa le drapeau au colonel Allet. Il le laissa flotter un instant avant de le poser. Là, il sortit son poignard et en découpa un petit morceau. Il le montra à sa troupe. « Pour ne pas oublier ! » s'exclama-t-il en mettant le bout de tissu dans la poche de sa veste d'uniforme. Sur son cœur.

Ensuite, le major de Troussures fit signe aux hommes de se mettre en rang devant la table improvisée.

De l'autre côté du tréteau était assis un sergent, absorbé par sa tâche consistant à découper des petits morceaux de drapeau et à les distribuer aux soldats qui, tour à tour, se présentaient devant lui.

« Pour ne pas oublier », disait-il à chacun d'entre eux.

Henri faisait la queue, comme tout le monde.

« Pour ne pas oublier », dit le sergent au soldat devant lui.

Henri songea que ça lui rappelait quand le curé donnait l'hostie de la communion. Son tour arriva.

« Pour ne pas oublier.

— Amen », répondit-il avant d'aller se mettre dans un coin.

De là où il se trouvait, on voyait encore Rome.

« Un même sentiment nous unira pour toujours : le dévouement et la foi en la cause que nous avons servie ensemble », avait dit le colonel. Cela avait ému les soldats.

Mais Henri, qui n'arrivait pas à quitter la Ville éternelle des yeux, sentait que pour lui il n'en allait pas ainsi. Il y avait là-bas quelque chose de plus fort que la cause honorable à laquelle Allet avait fait allusion.

Pour lui, quitter Rome était plus douloureux que pour tous les autres zouaves. Beaucoup plus douloureux. Il en était persuadé.

Nella était restée immobile un temps infini, cette photographie serrée contre sa poitrine.

Elle ne s'était pas rendu compte que Pietro l'avait photographiée pendant qu'elle embrassait Henri.

Et elle était restée ainsi, la photo contre la poitrine, sans plus verser une larme. Mais son cœur saignait.

Enfin, alors que Pietro était occupé à ranger par ordre chronologique tous les clichés qui documentaient la prise de la Porta Pia, elle s'était levée.

« Je vais nous chercher un nouveau logement », avait-elle annoncé en sortant.

Elle revint une heure plus tard. « J'ai trouvé ! lança-t-elle, radieuse. Il est magnifique. »

Pietro sourit.

« Il est vaste et lumineux. » Elle eut un rire. « En revanche, il y a un tas de marches. » Elle s'approcha de Pietro.

« Et toi ? Tu as fini ?

— Oui, répondit-il avec fierté, une main sur ses photos. Et ça, c'est la vérité. »

Nella caressa la mèche de son front. « Bravo », sourit-elle. Puis elle hésita. « Il y a quelque chose que je ne t'ai pas dit… »

Pietro la regarda.

« Une personne va venir habiter avec nous.

— Qui ça ?

— Une vieille clocharde, pénible et ronchonne.

— Mamma Lucia ?

— À l'orphelinat, elle était comme une mère pour moi.

— Alors, c'est ma grand-mère ! rit Pietro.

— Oui… c'est ta grand-mère. »

À ce moment-là, on entendit un grand vacarme dans la rue.

Pietro se leva pour aller voir.

« Que se passe-t-il ? lui demanda Nella quand il revint.

— Des soldats italiens, expliqua-t-il. Ils vont au cirque. Ils ont vu la troupe se battre à leurs côtés, et maintenant… ils vont tous au spectacle. » Il la regarda. « Ça t'embête, si j'y vais aussi ? »

Nella se leva. « Je viens avec toi », dit-elle.

Pietro prit son appareil photo.

« Marta finira par être jalouse de cette fiancée-là ! » plaisanta Nella.

Puis ils sortirent et se mêlèrent au flot des soldats. Plus ils approchaient du cirque, plus il y avait de militaires. Et les Romains s'ajoutaient au cortège, comme Nella et Pietro.

Quand ils arrivèrent, il y avait une file interminable pour entrer.

« Viens », fit Pietro, prenant Nella par la main et l'entraînant vers l'arrière du chapiteau, où était située l'entrée des artistes.

En passant devant la baraque d'Alina, où des dizaines de soldats s'amassaient, Pietro lui cria : « Qu'est-ce que tu vois dans mon avenir, gros laideron ? »

Sans hésiter, Marta lui répondit : « L'amour ! »

Le cœur de Nella se serra un instant. Mais en arrivant à l'écurie, elle sut ce qui pourrait la soulager.

Ascanio se trouvait avec Melo. « Nous n'arriverons pas à faire entrer tout le monde, lui disait-il. Il va falloir des représentations supplémentaires. »

Melo se mit à rire. « Je te l'avais dit, que tu étais le meilleur imprésario du monde ! Ils sont ici parce que tu as créé le régiment Callari ! La chose la plus stupide, ridicule et héroïque que j'aie jamais vue ! »

Ascanio jubilait. « Oui, je dois avouer que les affaires marchent bien. »

Quand Melo aperçut Nella et Pietro, il sourit.

« Vous voulez voir le spectacle ? Venez ! » Et il fit un geste pour les accompagner vers l'entrée des artistes.

« Melo, attendez, l'interrompit Nella. Elle est toujours valable, votre invitation à faire un numéro d'acrobatie à cheval ?

— Seulement si vous montrez vos belles jambes », répondit-il en riant.

Elle rit à son tour. « D'accord. Affaire conclue. »

Bersagliere, sentant l'odeur de la comtesse dans l'air, se mit à piaffer.

Melo l'indiqua.

« Il vous attend.

— Je vais le préparer, dit-elle, heureuse.

— Et moi, je vais te regarder ! s'exclama Pietro. Enfin, te photographier !

— Armandina ! cria Melo. On a besoin d'un costume !

— Pour qui ? fit la Bella, sortant la tête de sa roulotte.

— Pour la mère de Pietro.

— J'arrive ! » s'exclama Armandina.

Un instant plus tard, elle apparut avec un costume argenté, entièrement brodé de paillettes.

« Mais c'est le tien ! s'étonna Melo. Tu ne l'as jamais prêté à personne ! »

Armandina fit un clin d'œil à Nella. « J'attendais la bonne occasion ! »

L'Albanese se pavanait dans le quartier.

« C'est une médaille d'or ! répétait-il à tous ceux qu'il rencontrait. Une médaille de la valeur militaire ! »

Ghiozzetto le suivait, le visage sombre.

« Qu'est-ce que tu as ? finit par lui demander l'Albanese. Tu as l'air d'un croque-mort à un enterrement.

— Due Ante a été tué par ce Français. Et les autres, si tu les avais vus… Ferro et Incudine aussi. C'était impressionnant. Têtes broyées, jambes tranchées, boyaux…

— Qu'ils reposent en paix, grommela-t-il.

— Grugno et Padella ont les genoux brisés. Ils devront marcher avec des béquilles toute leur vie.

— Et tout ça pourquoi ? fit l'Albanese, en s'arrêtant.

— Parce que ce carrosse…

— Non ! Ce n'est pas le carrosse ! Ce qui s'est passé, c'est que vous avez voulu en faire à votre tête. Alors que vous n'en avez pas, de tête ! Vous pensiez pouvoir vous balader tranquillement alors qu'une bataille cruciale était en cours. » Il toucha sa médaille. « Une bataille qui aurait pu changer votre vie. Mais aucun d'entre vous n'avait de couilles. Je n'ai pas raison ? »

Ghiozzetto enfonça la tête dans les épaules. « Il n'y a plus de bande, patron. »

L'autre le saisit par le col.

« Et qu'est-ce que tu veux que ça me fasse ? Tu me casses les pieds, lui siffla-t-il au visage. Des ratés et des animaux comme vous, on en trouve à tous les coins de Rome.

— J'ai toujours été avec toi, patron…

— Comme n'importe quel chien à qui on jette un truc à manger, lâcha-t-il en le secouant. Juste pour ça. Comme un chien galeux qui, tout seul, n'est même pas foutu de trouver un os à ronger.

— Patron…

— Il n'y a plus de bande ? Je m'en fous. Moi, je vais être reçu par le roi.

— Et moi, je te resterai fidèle.

— Tu ne m'as jamais été fidèle. Je te l'ai déjà dit une fois », dit l'Albanese, soudain calme. Il lui lâcha le col. « Moi, je sais qui tu es, Ghiozzetto. Et tu le sais aussi. »

Le sbire baissa la tête.

« Tu me fais de la peine », jeta le chef. Mais sans son mépris habituel. Sa peine était réelle. « Je t'ai toujours fait avancer à coups de pied au cul. C'est le seul langage que tu comprends. Et c'est uniquement par peur que tu es resté avec moi. »

Ghiozzetto le regarda, surpris par ce ton.

« Je suis désolé, conclut l'Albanese, posant une main sur son épaule et rajustant le col par lequel il l'avait secoué.

— De quoi, patron ? »

L'autre le fixa.

« À l'occasion, je te donnerai un coup de main », fit-il. À sa façon, il avait un regard compréhensif. « Mais maintenant, va-t'en.

— Je t'attends… à la boutique… » La voix du sbire tremblait.

« Non. Va-t'en. Je ne veux plus t'avoir dans les pattes. »

Ghiozzetto resta immobile. Il ne savait que penser. Ni que faire.

« Ne m'oblige pas à te chasser à coups de pierres, là devant tout le monde », dit l'Albanese. Avec une espèce de douceur.

Ghiozzetto n'arrivait pas à bouger.

L'autre le bouscula. « Va-t'en. »

Ghiozzetto fit demi-tour et se mit à marcher. Il s'éloignait. Sans avoir la moindre idée d'où aller.

L'Albanese devinait comment il se sentait. Ça avait été un bon chien. Bien que lui-même ne lui ait jamais tourné le dos, car il savait qu'il ne pouvait pas lui faire confiance. Mais au fond, ça avait été un bon chien. Et il était désolé de devoir le chasser.

Mais, à un moment donné, tous les chemins se séparent.

Ghiozzetto se retourna. Il avait un regard perdu. Il remarqua que son chef le fixait. Il esquissa un timide au revoir de la main.

L'Albanese avait fait bien pire que cela, au cours de sa vie de violence. Et il était sincèrement désolé pour Ghiozzetto. Mais c'était la vie. Il ne faisait pas de ristourne pour les gars dans son genre.

« À boire pour tout le monde ! » s'exclama-t-il en arrivant au Caffè delle Arti.

Pietro prenait de merveilleuses photographies à l'intérieur du cirque. « Dommage qu'il n'y ait pas le son, dit-il à Marta qui, après avoir abandonné sa tenue de voyante, l'avait rejoint. Un jour, quelqu'un l'inventera. »

Marta se mit à rire.

« C'est impossible !

— Tu paries ? » dit Pietro en prenant une autre photo.

Il s'était placé près de l'entrée des artistes, afin de pouvoir cadrer à la fois le spectacle et le public. Un public presque entièrement composé de soldats. Des dizaines de drapeaux tricolores flottaient dans les gradins. C'était la fête.

« Voilà, maintenant la guerre est vraiment finie », murmura Marta.

À ce moment-là, dans sa tenue de clown, montant un énorme frison, Musumeci père fit son entrée.

Quand ils le reconnurent, tous les soldats rassemblés explosèrent en un même rugissement, plus puissant que le bruit des canons, qui résonnait encore dans leurs oreilles.

Musumeci brandissait un sabre d'une taille démesurée, qui le faisait paraître encore plus petit.

Tout le monde se mit à rire.

Le nain remercia, puis il tenta de remettre le sabre dans son fourreau. Mais l'arme était tellement longue que ses petits bras n'y arrivaient pas. Musumeci se mit debout sur sa selle. Mais même ainsi, impossible de ranger l'arme.

Le public riait. C'était un clown.

Mais un clown qui avait risqué sa vie avec eux.

Musumeci fit un bond en l'air et pointa le sabre vers son fourreau. Mais il rata l'ouverture et l'arme alla se planter dans le sol, arrachant le nain à la selle de son cheval qui, lui, poursuivit sa course.

Éclats de rire des soldats, applaudissements.

Pietro photographiait tout.

Musumeci resta un instant agrippé à la poignée de son sabre, avant de s'écrouler au sol. Face contre terre. Bras en croix.

Autre rugissement du public.

Puis le nain, traînant derrière lui ce sabre tellement long qu'il labourait la piste, courut maladroitement sur ses jambes tordues jusqu'à son cheval. Il voulut remonter en selle, mais eut déjà grand-peine à atteindre l'étrier. Il s'agrippa à celui-ci et perdit l'équilibre. Le cheval repartit et se mit à traîner en rond Musumeci, qui poussait des hurlements ridicules. Le nain finit par lâcher prise, et il se retrouva à nouveau face contre terre.

C'est alors qu'Heinrich entra en piste – il avait déjà reçu sa ration d'applaudissements plus tôt – avec ses trois compagnons. Il souleva Musumeci et le lança à un des autres acrobates, comme s'il s'agissait d'un sac.

Musumeci vola dans les airs en faisant mouliner son sabre.

Le trapéziste l'attrapa et le lança aussitôt à un autre. Celui-ci le jeta à son tour vers le quatrième qui, au milieu des éclats de rire du public, le jeta à Heinrich. Et là, Heinrich le lança sur le cheval.

Musumeci atterrit parfaitement en selle, mais tourné vers le derrière de l'animal.

Rires à gorge déployée, photographies.

Faisant mine d'être beaucoup plus empoté qu'il ne l'était, le nain finit par se remettre dans le bon sens. Ensuite, il regarda son sabre. Puis le public. Puis le fourreau. Et puis le public encore. Enfin, il brisa le sabre, l'écourtant comme un poignard. Et là, tout simplement, il le rangea dans le fourreau.

De vifs applaudissements s'ensuivirent, tout le public étant persuadé que le numéro était terminé.

Or, voilà qu'un fusil apparut dans la main de Musumeci, surgi de nulle part. Semblable à celui qu'il avait utilisé pendant la bataille.

Le public se tut.

C'est dans le silence que le nain s'approcha des spectateurs, fusil pointé en avant.

Il y eut de petits rires. Mais nerveux. Et quand on le vit mettre une balle dans l'arme, quelqu'un s'écria : « Hé ! Ho ! Tu fais quoi, là ? »

À ce moment-là, Musumeci, après avoir laissé errer son fusil sur le public, comme s'il cherchait sa cible, tira.

Certains hurlèrent. Certains se baissèrent. Certains poussèrent des jurons.

Mais tout ce qui sortit du canon, ce furent des confettis. Des confettis verts, blancs et rouges.

« Vive l'Italie ! s'écria Musumeci.

— Vive l'Italie ! » reprit toute l'assistance, soulagée.

Et c'est sur ce cri que Nella fit son entrée, dans la tenue moulante d'Armandina, qui adhérait à son corps et dévoilait ses longues jambes. Sur le dos de Bersagliere, elle brandissait un drapeau tricolore, radieuse.

« Oh, ma jolie ! s'exclama un soldat. Si on m'avait dit que c'était toi, l'Italie, cela ferait dix ans que je serais venu à Rome ! »

Tout le monde rit en applaudissant Nella qui voltigeait, gracieuse, sur Bersagliere, tandis que Pietro la photographiait, souriant et heureux avec les autres.

Le soleil était presque couché lorsque l'Albanese sortit du Caffè delle Arti. Sa tête lui tournait légèrement. Il tenait bien le vin, mais ce jour-là, il avait vraiment beaucoup trinqué. Peut-être trop, se dit-il joyeusement.

« Et alors ? s'exclama-t-il en haussant les épaules. On ne vit qu'une fois ! »

Il était entouré de gens qui continuaient à le fêter. Et dans les yeux de nombre d'entre eux, il ne lisait plus la peur qu'il avait toujours inspirée et cherché à inspirer.

Il découvrit qu'il aimait être vu sous un autre éclairage. Être considéré comme un héros.

Puis il aperçut Ghiozzetto. Celui-ci le fixait avec un regard débordant de haine.

« Viens là ! lui cria-t-il, débonnaire. Trinque avec moi ! »

Peut-être avait-il vraiment trop bu, réalisa-t-il avec un temps de retard.

Parce que Ghiozzetto fit un signe. Comme s'il disait…

« Maintenant », murmura l'Albanese, déchiffrant ce signe.

Et à cet instant, il perçut une vive douleur dans le dos. Il y eut un bruit d'os, tandis que ses côtes s'espaçaient, laissant passer une lame.

« Maintenant… », murmura-t-il, tombant à genoux et scrutant Ghiozzetto.

Il sentit le sang lui monter à la bouche, se mêler à sa respiration.

Poumons…, se dit-il. *Cœur…*

Puis, tandis que tout devenait noir et qu'il s'écroulait au sol, il serra dans sa main la médaille d'or de la valeur militaire. Et il ne bougea plus.

La foule, maintenant muette, s'était écartée et formait un cercle.

Au centre de ce cercle, il n'y avait que le cadavre de l'Albanese et un jeune homme au visage grêlé et aux petits yeux de serpent, un poignard ensanglanté à la main.

« C'est moi le plus fort ! » hurla l'assassin.

Pietro et Nella rentraient chez eux.

Nella était heureuse. Voltiger sur Bersagliere devant la foule en liesse lui avait donné un sentiment de liberté. Et cela l'avait un peu libérée, pour un temps, du poids qui affligeait son cœur.

Ils avançaient côte à côte, souriants, lorsqu'ils aperçurent un attroupement sur la place au bout de la via dei Coronari.

« L'Albanese a été tué ! » cria quelqu'un.

Nella saisit instinctivement la main de Pietro. « On s'en va !

— Non ! fit Pietro en courant vers l'attroupement.

— Pietro ! » hurla-t-elle, avant de le suivre.

Le garçon se fraya un chemin parmi la foule et découvrit l'Albanese étendu par terre, son sang coulant sur les pavés.

« À partir d'aujourd'hui, ici c'est moi qui commande ! » braillait un garçon au visage de fouine, la peau couverte de pustules et de trous, avec des yeux si petits qu'on avait du mal à dire où ils regardaient.

Près de lui, il y avait Ghiozzetto.

« Je suis Vipera ! cria le jeune, brandissant en l'air son poignard dégoulinant de sang. Et à partir d'aujourd'hui, c'est à moi que vous devez le respect ! »

Pietro posa son appareil photo et appuya sur le bouton.

Nul ne se souciait de lui, pas même l'assassin.

Vipera se servit de son pied pour retourner le corps de l'Albanese.

Pietro vit qu'il s'était coupé la barbe. Il photographia les cicatrices qui marquaient sa peau. Et sa main qui serrait quelque chose.

Vipera écarta les doigts du cadavre.

Pietro photographia l'insigne.

Vipera arracha la médaille d'or de la valeur militaire et l'épingla à sa veste crasseuse. « C'est moi le plus fort ! »

Non, tu n'es pas le plus fort, pensa Pietro avec colère. *Tu l'as poignardé dans le dos, avec l'aide d'un traître. Si tu l'avais affronté à visage découvert, il t'aurait bouffé tout cru.*

« On s’en va, Pietro, lui dit Nella en le tirant par la manche. Si cet animal se rend compte que tu l’as pris en photo, il va te tuer aussi. »

Il se tourna vers elle, les yeux pleins de larmes.

Il lut la surprise dans le regard de Nella.

« Je suis désolé, excuse-moi », dit-il. Mais il n’arrivait décidément pas à le haïr.

« On s’en va », lui répéta-t-elle.

Mais, après quelques pas, Pietro s’arrêta.

« J’ai un truc à faire.

— Quoi ?

— Je dois le faire… », dit-il en s’engageant dans la via dei Coronari.

Nella le rattrapa.

« Je viens avec toi.

— Non…

— Je viens avec toi », insista-t-elle.

Ils arrivèrent à l’échoppe dans le vicolo della Volpe.

Nella sentit un frisson lui parcourir l’échine.

« Attends là, dit Pietro.

— Qu’est-ce que tu vas faire ? »

Il ne répondit pas. Il se servit du couteau de Lino pour forcer la serrure. Il entra et se dirigea vers le bureau de l’Albanese. Il savait où chercher.

« Qu’est-ce que c’est ? lui demanda Nella quand il revint avec un étrange outil en main.

— Un crochet », et il se dirigea vers la piazza Navona.

« Et c’est pour quoi faire ?

— Ouvrir une porte.

— Quelle porte ? »

Entre-temps, ils étaient arrivés à l’autre bout de la place.

Pietro tourna à gauche, dans la via de’ Canestrari, et s’arrêta devant la porte d’un immeuble. Elle était ouverte. Il monta l’escalier, suivi de Nella.

« Où allons-nous ? »

Pietro ne répondit rien.

« C'est quelle porte ?

— Celle-ci, dit-il enfin en se mettant à trafiquer la serrure.

— Qui habite là ? Où sommes-nous ?

— On est chez l'Albanese », répondit-il.

Il alla droit à la chambre du père. Maintenant que son fils n'était plus là, personne ne s'occuperait de ce vieil infirme dément.

Pietro n'avait aucune idée de ce qu'il ferait. Mais il avait le sentiment qu'il le devait à l'Albanese.

Il ouvrit la porte et s'arrêta net. Il écarta immédiatement les bras pour bloquer Nella.

« N'entre pas, dit-il.

— Pourquoi ? »

Quand on le voyait ainsi, il semblait impossible que ce misérable tas d'os ait pu concevoir l'Albanese. Qu'il ait pu en faire le monstre qu'il était devenu. Il semblait impossible qu'une chose aussi fragile et menue ait pu terroriser un scélérat comme lui.

Pietro regardait ce vieillard allongé sur son lit, dont la bouche ouverte découvrait de petites dents jaunes et pourries. Un filet de bave coulait le long de son menton. Ses yeux étaient clos. On aurait dit qu'il dormait.

Mais ses draps étaient imbibés de sang.

Le vieil homme avait les veines des poignets tranchées.

Il tenait en main le premier couteau de l'Albanese.

Le couteau avec lequel l'Albanese avait tué un homme pour la première fois.

Le couteau qu'il avait offert à Pietro.

« Pourquoi je ne peux pas entrer ? » demanda Nella, derrière lui.

Pietro fit volte-face et la repoussa en arrière.

Il referma la porte.

« Parce qu'il n'y a personne. »

Il faisait noir quand ils arrivèrent à la via di Panìco.

Le corps de l'Albanese avait été emporté.

Le cadavre de Vipera aussi, lynché par un groupe de soldats italiens qui l'avaient vu arracher la médaille d'or de la valeur militaire et s'étaient jetés sur lui.

En traversant la place, Pietro avait remarqué Ghiozzetto, assis par terre dans un coin, qui pleurait, les mains dans les cheveux.

« Judas ! lui avait-il crié, furieux. Va te pendre ! »

Nella l'avait tiré par le bras et entraîné plus loin.

Dès qu'ils tournèrent dans la via di Panìco, Nella aperçut un homme devant leur sous-sol. C'était un civil, en costume marron. Il se tenait immobile, de dos, un sac à la main.

Nella ralentit et sentit le souffle se bloquer dans sa gorge.

« Qu'est-ce qu'il y a ? demanda Pietro alarmé, en portant la main à son couteau.

— C'est inutile, dit-elle. Rentre à la maison. »

À ce moment-là, le civil se retourna.

Pietro le regarda, baissa les yeux et regagna leur logis.

Nella était restée quelques pas en arrière. Immobile.

Henri ne bougeait pas non plus.

Puis Nella le vit avancer. Elle l'attendit.

Il ne dit mot. Il lui prit la main.

Elle aussi demeura silencieuse.

Ils marchèrent lentement, main dans la main, sans se regarder, jusqu'au milieu du ponte Sant'Angelo.

Alors Henri s'arrêta et lui lâcha la main.

Il posa son sac en jute sur le parapet de travertin.

Il en sortit son uniforme, qu'il lança par-dessus le parapet. L'uniforme gris tomba dans le Tibre. Puis il prit sa chemise, sa ceinture et ses chaussures, qu'il jeta aussi.

On entendit leur impact dans l'eau. Puis il lança son poignard d'ordonnance, son pistolet et son épée. Trois bruits sourds dans le fleuve. Enfin, il laissa tomber le sac.

Nella le regardait, sans oser rêver.

Ensuite, il sortit quelque chose de la poche de sa veste. Il se mit à tourner et retourner entre ses doigts un petit morceau d'étoffe sommairement découpé.

Nella ne savait pas ce que c'était. Mais elle devina, à la manière dont Henri le fixait, que c'était ce qu'il avait de plus précieux, et ce dont il avait le plus de mal à se séparer.

Henri serra le bout d'étoffe dans son poing, puis il tendit le bras au-dessus du parapet, retourna sa main et l'ouvrit, laissant tomber le lambeau.

Le fragment du drapeau des zouaves voleta dans l'air comme un papillon privé de vie.

Ils restèrent encore ainsi, côte à côte, en silence.

« Je t'en ai voulu, quand tu n'as pas compris ce qu'était mon devoir de soldat, finit par dire Henri doucement. Mais ensuite, j'ai compris. »

Nella n'osait rien demander.

Il se tourna vers elle. Prit ses mains dans les siennes. La regarda. Il avait une expression sereine. Il semblait plus jeune. Comme si on lui avait ôté un poids des épaules.

« Tu m'as fait découvrir un devoir plus important », dit-il.

Nella avait l'impression de se noyer dans ses yeux.

Il l'attira contre lui. Ou elle se jeta dans ses bras.

Et puis, s'embrassant, ils retrouvèrent sur les lèvres de l'autre ce qu'ils croyaient avoir perdu pour toujours.

56

Fin septembre 1870
Royaume d'Italie (Rome)

Tous les membres du cirque étaient maculés de peinture. Mais le travail était fini.

Ils se regroupèrent à une cinquantaine de pas du chapiteau afin d'apprécier l'effet général. Tous ensemble. Comme ils avaient combattu tous ensemble à la Porta Pia.

« Magnifique ! s'exclama Ascanio.

— Magnifique ! » lui firent écho de nombreuses voix.

Marta et Melo se tenaient côte à côte.

« Pour nous, ça a toujours été comme ça, dit Melo en souriant, son cigare puant le tabac fort entre les lèvres. Mais c'était seulement dans notre cœur, alors que maintenant, tout le monde peut voir le véritable cirque Callari.

— C'est splendide », murmura Marta.

Le chapiteau n'avait plus ses rayures rouges et blanches. Une rayure rouge sur deux avait été recouverte de peinture verte. Ainsi, maintenant, le chapiteau avait des rayures vertes, blanches et rouges. Et puis à nouveau vertes, blanches et rouges. Et ainsi de suite, sur toute la circonférence.

Il était tricolore. Comme le drapeau de l'Italie.

« Le vert est quand même trop sombre, fit remarquer Musumeci père.

— Parce qu'il y a du rouge dessous, rétorqua Ascanio. Rouge comme le sang qui a été versé. Et le vert restera sombre tant que nous n'aurons pas oublié le sang.

— Ascanio, tu serais capable de vendre du sable dans le désert, plaisanta Melo en indiquant les pots vides. C'est sombre parce que la peinture est finie et qu'on a mis une seule couche. Sors ton fric et achète d'autres pots. Et tu verras qu'avec une deuxième couche le vert deviendra comme celui de notre drapeau. Le sang, tu parles !

— Mon explication était beaucoup plus poétique, protesta Ascanio.

— Pour ne pas payer, tu serais même capable de devenir poète ! » s'exclama Musumeci père.

Toute la troupe éclata de rire.

Ascanio fit mine d'être vexé. Avant de rire avec les autres.

« Puisque c'est toi qui as commencé à casser les couilles, sale nain fouineur, sors donc la calèche, et va acheter de la peinture. » Il prit de l'argent, qu'il lui remit.

Musumeci s'éloigna en riant.

« Maintenant, au travail ! annonça Ascanio. Dès que la peinture est sèche, on démonte et on part. Toute l'Italie parle du régiment Callari. On va enfin pouvoir remplir nos caisses comme il faut.

— C'est caisses à toi, pas à nous ! » railla Heinrich.

Ascanio pointa un doigt vers lui.

« Je vous avais prévenus. Quiconque déchire son costume le rembourse. Et toi, non seulement tu l'as déchiré, mais tu l'as aussi taché de sang. Alors maintenant, tu payes.

— Ascanio..., se lamenta Heinrich, au milieu d'un éclat de rire général.

— Et tu n'es même pas italien, maudit Teuton ! » lui lança Ascanio.

On rit encore plus fort.

« Vive l'Italie !

— Allez, commencez à faire vos bagages ! Préparez les caisses ! » ordonna Ascanio en s'éloignant.

Passant près de Melo, il siffla : « Tu peux vraiment jamais fermer ton clapet, toi ?

— Ça m'a échappé...

— C'est ça, comme un pet », grommela le vieil imprésario.

Puis il regarda Marta. Il posa une main sur son épaule et sourit, en homme franc et au grand cœur qu'il était.

« Alors comme ça, tu restes ici ? Melo me l'a dit...

— Oui... » Marta avait une expression mélancolique. « Je suis désolée, Ascanio. Vous m'avez sauvée et élevée...

— Non, non ! l'interrompit Ascanio, un doigt en l'air. C'est ce sombre individu qui t'a sauvée et élevée. » Et il indiqua Melo. « Moi, je t'ai juste vêtue et nourrie. Mais tu connais la première règle du cirque Callari, non ?

— Laquelle ?

— Eh bien, expliqua-t-il avec sérieux, quand une personne qui n'a pas fait gagner d'argent au cirque, mais qui a été entretenue, décide de nous abandonner, elle est tenue de rembourser la somme qui a été déboursée pour elle au cours de ces années. Bon, je vais faire les comptes. Tu es restée plus de dix ans avec nous. Tu as de la chance, tu t'en tires bien parce que je vais déduire du total l'argent que tu nous as rapporté avec ton numéro de voyante. » Il secoua la tête. « Mais ça va quand même faire une somme rondelette… j'espère que tu peux te le permettre. »

Marta écarquilla les yeux. « Je… je n'ai pas d'argent… » Elle se tourna vers Melo, qui secouait tristement la tête.

« C'est embêtant, fit Ascanio. Très embêtant…

— Je… je…

— Ça suffit ! lança Ascanio, s'impatientant. Si tu n'as pas d'argent, il faudra que tu soldes ton compte d'une autre manière. Et là-dessus, je ne transige pas ! »

Marta n'en revenait pas.

« Co… comment ? bredouilla-t-elle.

— En me donnant au moins deux bisous, rit Ascanio. Un sur chaque joue. »

Melo éclata de rire.

« Tu es vraiment idiote, fillette !

— Toi, je te déteste ! » Marta se défoula sur Melo en le frappant à l'épaule. Puis elle prit Ascanio dans ses bras et l'embrassa.

« Prends soin de toi, fillette, lui dit Ascanio, cessant de plaisanter. Et rappelle-toi que notre cirque, c'est ta maison. Tu y seras toujours la bienvenue. À tout moment. »

Marta sentit les larmes lui monter aux yeux.

Ascanio lui donna une chiquenaude et s'en alla à pas lents, sur ses vieilles jambes chancelantes, pour remonter dans sa roulotte.

« Quelle blague débile ! lâcha Marta dès qu'ils se retrouvèrent seuls. Vous êtes vraiment deux vieux imbéciles ! » Elle faisait mine d'être en colère pour mieux refouler ses larmes.

Melo eut un petit rire. « Armandina a dit que si tu t'aventurais à partir sans aller l'embrasser aussi, elle viendrait te sonner les cloches. » Il la prit par la peau du cou. « Avance, idiote. » Et il rit à nouveau.

Dès que Marta, accompagnée de Melo, entra dans la roulotte de la Bella, et dès qu'elle la vit, elle éclata en sanglots, sans plus réussir à retenir ses larmes.

Armandina sourit, pleine de tendresse.

« Tu dors encore ici cette nuit, tu sais ! C'est demain qu'il faudra me dire au revoir et pleurer.

— Oui, mais... » Marta s'interrompit et regarda la roulotte où, d'aussi loin qu'elle se souvenait, elle avait vécu.

Melo et Armandina éprouvaient la même émotion.

« Pourquoi tu pleures ? lui demanda la petite Lidia.

— Tu vas me manquer, gamine. » Marta la prit dans ses bras. « Sois gentille avec ta maman, hein ! »

Lidia hocha la tête.

Marta la regarda. L'enfant était heureuse. Comme elle ne l'aurait sans doute jamais été si elle n'avait pas été ramassée dans la rue. Et elle était en bonne santé, avec un beau teint rose. Marta se rappela le jour où elle avait découvert qu'elle-même n'était pas née dans le cirque, et qu'elle aussi avait été « prélevée ». Elle avait l'impression que cela s'était produit mille ans auparavant. Mille vies auparavant.

Elle embrassa la petite Lidia, puis la reposa.

« N'oublie jamais que tu as de la chance, lui dit-elle.

— Bon, il faut que j'aille préparer les chevaux pour demain, intervint Melo.

— Je viens avec toi, proposa aussitôt Marta.

— À ce soir », sourit Armandina.

Ma dernière nuit, pensa Marta, avec du vague à l'âme.

Puis elle courut afin de rattraper Melo, qui ne l'avait pas attendue.

Ils marchèrent en silence jusqu'à l'écurie.

Melo alla d'abord voir Bersagliere. « Toi aussi, nous devons te dire au revoir. Et merci. » Il le caressa. Le cheval frotta son museau contre lui.

Marta fixait Melo.

Le vieil homme, sans attendre qu'elle lui demande quoi que ce soit, se retourna et lui dit, en la prenant par les épaules : « Ma maison, c'est la route, tu le sais. Je te l'ai toujours dit. »

« Je ne peux plus prendre votre appartement, commença Nella.

— Pourquoi ça ? demanda le propriétaire.

— Nous sommes plus nombreux que prévu. »

Nella haussa les épaules. Tout était allé très vite. Au début, il n'y avait que Pietro et elle. Puis s'était ajoutée Mamma Lucia. Ensuite, Henri était revenu dans ses bras, et pour rien au monde elle ne se serait séparée de lui. Elle ne pouvait imaginer vivre sans lui, ne pas partager son lit. Et enfin, Marta. Le cirque Callari partait, mais la jeune fille restait. Pour Pietro. Parce que sa nouvelle vie était à Rome, avec lui. Parce qu'ils construiraient leur avenir ensemble. Et Nella ne la laisserait pas seule à ce moment crucial de sa vie.

Soudain, ils étaient devenus une tribu.

Le propriétaire fronça les sourcils. Il avait un visage avenant, avec un nez en patate, un sourire contagieux et une voix profonde, qui faisait vibrer l'air autour de lui quand il parlait.

De la via delle Zoccolette, où ils se trouvaient, Nella leva les yeux vers l'appartement au quatrième étage, avec vue sur le Tibre.

« Cela me déchire le cœur, soupira-t-elle. Mais maintenant, nous sommes cinq. Et mon fils a besoin d'un atelier, ajouta-t-elle fièrement. Il est photographe.

— Y aurait une solution, fit alors l'homme. Toujours dans c'te rue, mais plus bas, au coin d'la via dei Pettinari. J'y possède un p'tit immeuble. Votre fils pourrait installer son atelier photographique au rez-de-chaussée. Et vous habiteriez les deux étages au-d'ssus. Y a sept pièces, en plus de la salle à manger et d'un grand salon. »

Nella secoua la tête. Les bijoux que Pietro avait récupérés leur permettraient de vivre, bien sûr. Mais ils ne pouvaient pas dépenser une fortune. Il fallait investir cet argent pour aider Pietro dans son nouveau métier. Et puis, elle aussi avait de grands projets. Elle allait ouvrir un atelier de mode. Ça suffisait, les chaussettes et les caleçons à raccommoder. Maintenant, elle pourrait se consacrer à la création de vêtements. Et de vêtements de luxe, comme elle en faisait autrefois à la villa Odìn.

« Non, monsieur Cordi, dit-elle. Je ne peux pas me le permettre. Je n'ose même pas imaginer le prix.

— J'ai entendu parler d'vot' rej'ton, fit alors Alberto Cordi. C'est un genre de héros d'la Porta Pia, qu'y paraît. Vous savez qui m'l'a dit ? Le prince Stefano Chiodetti da Fibreno, l'aut' soir.

— C'est lui qui a appris à Pietro à prendre des photos ! Vous le connaissez ? s'étonna Nella.

— Rome, c'est qu'un village, m'dame ! sourit-il. J'étais allé le voir pour lui présenter mes condoléances. » Il passa la main dans ses cheveux noirs. « Vous savez comment je suis dev'nu c'que j'suis ? »

Nella ne connaissait pas son histoire. Mais elle savait bien qui c'était.

À Rome, aucun acteur n'était plus célèbre qu'Alberto Cordi. Et on disait que jamais personne ne serait meilleur que lui. Le public faisait la queue pour l'applaudir au théâtre. Les Romains ne l'admiraient pas seulement pour son talent. Ils le considéraient comme l'un des leurs. Ils aimaient ses personnages, qui incarnaient souvent les pires défauts de l'être humain : Cordi les tournait en ridicule, et pourtant il finissait par faire surgir leur cœur, dont ils avaient oublié l'existence. Lui, il avait un cœur pour tous ses personnages, et pour la ville de Rome tout entière.

« Mon père était musicien, raconta Alberto Cordi, il jouait du tuba. J'suis un enfant d'la balle. C'esse qu'j'en ai bouffé, d'l'art ! plus qu'du pain ! » Il eut un éclat de rire dévastateur. « J'ai commencé avec les marionnettes. Plus bas, ça exist' pas. Et quand j'suis arrivé en haut, j'me suis juré d'donner un coup d'main aux jeunes qu'avaient l'art dans l'sang. Et comment j'pouvais faire ça ? En leur filant du pain ! » Il rit à nouveau, faisant vibrer l'air. « Au début, l'art, ça t'donne rien à bouffer, hein. Et ça s'trouve, les jeunes pleins d'talent, y z'arrêtent. Y laissent tomber. Pour pouvoir bouffer, j'veux dire. » Il sourit. « Très chère, moi, l'art j'peux pas l'donner. Mais l'pain, si. »

Nella sourit. Elle aurait pu l'écouter pendant des heures.

« Allez, prenez-la, c'te baraque, hein, fit Alberto Cordi.

— Mais je vous assure, je ne peux pas la payer.

— Mais si, qu'vous pouvez la payer.

— Non.

— Et gnagnana et gnagnana ! s'exclama l'acteur, faisant passer sa voix de sa note la plus grave jusqu'à l'aigu, avec la virtuosité d'un musicien. C'esse qu'vous z'avez rien pigé, là. Moi, les artistes comme vot'e fils, j'leur file du pain. Qu'ce soit du pain en farine ou en atelier photo, c'est toujours d'pain, non ? » Il avait des yeux pleins d'humanité. « L'appart' du quatrième, vous pouviez l'payer ou pas ?

— Oui, mais…

— Et alors ? Moi, la baraque d'la via delle Zoccolette, j'vous la fais au même prix », l'interrompit Alberto Cordi.

Nella n'en croyait pas ses oreilles. Et elle n'arrivait pas à articuler un mot.

« Mais on va faire un pacte, ajouta-t-il en levant l'index en l'air, tendant tellement le doigt que celui-ci s'arqua un peu en arrière. Et faites gaffe que si vous respectez pas c'te condition, j'vous déloge à grands coups d'pied dans l'derrière.

— Quelle condition ?

— Vous d'vez raconter partout qu'vous payez l'triple. Y s'mettront à calculer c'que vous z'avez en poche et c'que j'ai moi, mais ça, on s'en fout, hein. J'ai une réputation à défendre. Vous savez c'qu'on dit d'moi, non ?

— Que vous êtes… » Nella était gênée. « Que vous êtes avare ?

— C'est ça, qu'suis près d'mes sous. Et ça doit rester comme ça dans la légende populaire. Si on apprenait à quel prix j'vous laisse la baraque… pff, ce s'rait la fin ! Si Alberto Cordi l'est plus radin… sur quoi y baveront, les Romains ? »

Nella éclata de rire.

« Que Dieu vous bénisse ! s'écria-t-elle.

— Mais qu'esse t'as une voix perçante, ma fille ! C'esse pô une voix, c'esse une épingle ! »

Elle rit à nouveau.

« Allez, amène tes affaires, *bella mia*… Et qu'ça saute, avant qu'j'change d'avis », plaisanta-t-il.

En partant, Nella croisa le valet de l'acteur, qui allait trouver son maître d'un air craintif.

« Mô qu'esse tu veux ? » l'agressa aussitôt Cordi avec sa grosse voix.

Nella s'arrêta pour les observer.

« Il faut acheter de la viande… il n'y en a plus.

— Encore ? Mais qu'esse qu'vous bouffez ! »

Le domestique enfonça la tête dans les épaules, comme s'il craignait des coups de bâton, ce qui pourtant ne lui était jamais arrivé.

« Au moins tu t'fais faire une ardoise, hein ! Allez, tire-toi ! » Il le chassa, faisant mine de lui donner un coup de pied dans les fesses. « T'vas voir, j'vais t'faire marcher avec des godasses trop serrées, moi ! Hé ho, bouge-toi ! J'vais t'faire ronger des coquilles de noix, moi, et bouffer des orties ! »

Tandis que le valet s'en allait en courant, le dos courbé, Nella se mit à rire. C'était toute une mise en scène. Quel plaisir c'était, de les regarder ! Elle vit que Cordi l'avait remarquée. Elle lui fit au revoir de la main.

« Mô t'es encore là, toi ? Hé ho, tire-toi aussi ! »

Nella partit en riant.

En milieu d'après-midi, elle avait déjà apporté ses maigres biens dans le petit immeuble. Alberto Cordi le lui louait meublé. Il y avait des meubles luisants, des canapés recouverts de velours, des miroirs partout, des tableaux, des tapis. Un vrai chez-soi.

Et elle avait aussi trouvé un domicile pour son Bersagliere adoré, qui serait accueilli à titre gracieux dans les écuries de l'acteur.

Puis, accompagnée de Pietro et d'Henri, elle s'était rendue à l'Ospizio apostolico di San Michele a Ripa Grande et avait fait monter Mamma Lucia dans le carrosse que Paride avait mis à leur disposition.

Sur une portière du carrosse, il y avait des impacts de balles.

Quand Nella récupéra les dix volumes des *Misérables*, Henri se mit à les contempler, émerveillé. Une fois installés chez eux, elle le trouva en train de tourner et retourner ces livres entre ses mains, le regard rêveur.

Il lui sourit. « C'est après avoir lu Hugo que j'ai voulu devenir éditeur », rappela-t-il. Il touchait ces livres comme s'ils étaient vivants. Comme si c'était un trésor d'une valeur inestimable. « C'était mon rêve… et j'y ai renoncé. Quelle bêtise ! »

Nella voyait la passion briller dans ses yeux.

« Victor Hugo est l'un des plus grands écrivains au monde. » Henri souleva un des dix volumes. « Et ça, c'est le signe que je t'étais destiné. Combien de clochardes possèdent des livres ? Et quelle probabilité y a-t-il pour qu'une clocharde lise, justement, du Victor Hugo ? »

Nella ne croyait pas aux signes, néanmoins elle acquiesça.

« Parfois, on dirait que le destin complote comme un maquereau, plaisanta Henri. Sur tous les livres qu'il y a dans le monde… tomber justement sur celui-ci ! Mon préféré ! » s'exclama-t-il. Puis il attira Nella à lui et l'embrassa.

Entre-temps, Pietro était apparu sur le pas de la porte, tenant Marta par la main. Il se retourna aussitôt, gêné.

« Partons, lui dit-il.

— Attends, mon garçon, l'arrêta Henri.

— Vous parlez de quoi ? croassa Mamma Lucia depuis sa chambre. Moi aussi, je veux entendre !

— Mais tu es une véritable pustule ! éclata Nella.

— Pourquoi tu m'as amenée ici, si c'est pour que je reste seule comme un chien ? Dans ce cas, j'étais mieux à l'hospice ! »

Nella secoua la tête et se leva.

« On arrive, vieille sorcière !

— J'ai une nouvelle à t'annoncer, mon garçon, dit Henri à Pietro tandis qu'ils se dirigeaient vers la chambre de Mamma Lucia.

— Je vous écoute, monsieur, fit Pietro.

— Mais d'abord, une chose. Tu te souviens un peu du français ?

— Oui, monsieur.

— *Et alors, tutoie-moi, s'il te plaît**. » Pietro fronça les sourcils.

« Qu'est-ce que ça veut dire, *tutoie* ?

— Que tu dois le tutoyer, lui expliqua Nella tandis qu'ils entraient dans la chambre de Mamma Lucia.

— Pour toi, je suis Henri, pas "monsieur".

— D'accord, sourit Pietro.

— Vous en faites, des chichis, grommela Mamma Lucia. Moi, par contre, il faut m'appeler Votre Excellence Mamma Lucia, mon garçon. »

Tout le monde se mit à rire.

Mamma Lucia renifla l'air.

« Et cette nouvelle odeur, qui c'est ?

— C'est ma fiancée, Marta, Votre Excellence Mamma Lucia, répondit Pietro.

— Je t'ai déjà cerné, mon garçon, commenta la vieille femme. Tu te crois plus malin et plus drôle que tout le monde, c'est ça ? Mais je vais t'en faire voir de toutes les couleurs, crois-moi ! bougonna-t-elle. J'en ai déjà eu une comme toi entre les mains, il y a quelques années. Une certaine comtesse… »

Nella s'assit près d'elle et lui prit la main.

Mamma Lucia la retira.

« Bon Dieu, qu'est-ce que tu peux être collante, une vraie glu ! Ça va être une torture, d'habiter ici !

— Mais quelle horrible vioque ! lâcha Nella en se levant.

— Voilà, merci, laisse donc la place à cette nouvelle odeur, qui est si agréable. » Mamma Lucia tapota sur son lit. « Alors, tu t'appelles comment ? Marta ?

— C'est ça, Marta », répondit Pietro.

La jeune fille s'assit au bord du lit.

Mamma Lucia lui posa une main sur la jambe.

« Tu es jolie ?

— Très jolie, répondit Pietro.

— Et elle est aussi muette ?

— Non…

— Alors laisse-la parler ! » Mamma Lucia donna une tape sur la jambe de Marta. « Tu te rends compte que tu as atterri chez des fous à lier, hein ?

— Oui, dit Marta en riant doucement.

— Tu peux encore t'enfuir. Réfléchis bien.

— Ça me plaît, d'être parmi ces fous.

— Et alors, tu es fichue, ma fille. Ça veut dire que tu es folle toi aussi, soupira la vieille. Si j'ai bien compris, tu dormiras ici avec nous.

— Oui, on partagera une chambre, intervint Pietro.

— Ça, pas question ! lança Nella, soudain tendue. Vous n'êtes que deux enfants et…

— Et ils ont déjà fait l'amour, l'interrompit Mamma Lucia. Cette fille a un parfum de femme. » Elle pointa le doigt vers là où elle imaginait que se trouvait Nella. « Sale bigote ! lui jeta-t-elle. Tu veux qu'ils soient obligés de faire la plus belle chose du monde en secret ?

— Mais ils ne sont pas mariés…, répliqua faiblement Nella.

— Ah ! s'exclama Mamma Lucia. Alors toi et ton beau lieutenant, vous dormirez dans deux chambres séparées ?

— Tu es insupportable.

— Et toi, hypocrite », répliqua Mamma Lucia liquidant l'affaire. Puis elle tendit les bras autant que possible afin d'attirer Marta à elle, et l'embrassa sur le front. « Bienvenue dans la famille, mon enfant. »

Marta rougit.

Nella se serra contre Henri.

« Cela dit, je ne suis plus lieutenant, précisa Henri.

— Tu voudrais juste qu'on dise que t'es beau ? ronchonna Mamma Lucia. Ça, tu peux oublier. »

Henri se mit à rire. « Non. Mais… » Il s'interrompit. Comment une guerre pouvait-elle apporter dans son sillage tellement de bien ? Comment pouvait-elle, en aussi peu de temps, changer le destin d'un homme ? Il n'était plus lieutenant des zouaves. Il ne serait plus jamais soldat. Il ne ferait plus ses choix en pensant aux morts de sa glorieuse famille. « J'ai décidé de devenir éditeur », annonça-t-il.

Nella écarquilla les yeux. Il ne le lui avait même pas dit.

« Encore un fou », murmura Mamma Lucia. Mais elle souriait.

« Et le premier livre que je publierai, poursuivit Henri, ce sera le livre de tes photographies, Pietro. »

Le lendemain, Marta apporta toutes ses affaires dans la via delle Zoccolette.

Elle observa avec une certaine appréhension le lit où elle allait dormir avec Pietro. Il était tellement large. Et tellement haut.

« Qu'est-ce qu'il y a ? interrogea Pietro.

— J'espère que je ne vais pas tomber, sourit-elle.

— Impossible. Je te tiendrai toujours dans mes bras. »

Marta se mit à rire.

« Si Mamma Lucia t'entend, elle va dire que tu es de la vraie glu.

— Non, je suis bien pire ! » Et il rit à son tour.

Ils se regardèrent en silence.

« Tu as peur ? demanda-t-il.

— Un peu. Mais ça ne pourra pas être pire que la Porta Pia, hein ? »

Ils se sourirent. Leurs vies s'étaient transformées à une vitesse extraordinaire. Par moments, ils avaient presque l'impression de devoir courir derrière.

Puis Marta, le cœur lourd, annonça : « Je vais dire au revoir.

— Tu l'as déjà fait. » Pietro lisait la peine dans son regard.

« Il s'agit de mon père. »

Elle n'avait jamais dit ça à personne. Elle ne l'avait avoué qu'à elle-même et à la mer. C'était à Rimini. Une nuit, mille ans auparavant.

« Je viens avec toi, proposa-t-il.

— Non.

— Pourquoi ?

— Pietro, il s'agit de mon père », répéta-t-elle.

Puis elle franchit la porte de sa nouvelle vie et tourna à gauche, en direction de son ancienne existence.

Quand elle arriva, le grand chapiteau tricolore avait déjà été démonté, et les roulottes chargées.

L'un après l'autre, tous vinrent donner une chaleureuse accolade à Marta : Heinrich, Françoise, toute la famille Musumeci… En l'embrassant, Armandina lui répéta : « On se voit l'année prochaine. »

Le dernier, naturellement, ce fut Melo.

Le vieil homme la serra dans ses bras sans dire un mot.

Marta respira avidement l'odeur de cigare qui émanait de lui, comme si elle voulait la conserver au moins un peu dans ses poumons. Elle se demandait comment elle allait faire, sans lui. Mais elle ne dit rien non plus.

Enfin, Melo lui caressa les cheveux, et puis il monta sur le siège de sa roulotte. Il émit un son à l'adresse des chevaux de trait et secoua leurs brides, et il partit, sans plus adresser un regard à Marta.

Elle demeura immobile.

Il ne restait plus dans le champ que l'herbe écrasée, les trous des poteaux, les cendres des feux, et la trace des bandages des roues.

Les premières pluies emporteraient tout cela.

Les roulottes, arrivées sur une route à mi-chemin entre la campagne et la ville, tournaient l'une après l'autre, et disparaissaient de sa vue.

Il n'y en avait plus que deux quand Marta se dit qu'elle ferait mieux de partir. Afin de ne pas garder dans les yeux cette image de Rome sans le cirque Callari.

Or, elle resta là. Et au fond d'elle-même, elle savait qu'elle resterait là longtemps, même après leur disparition, à regarder ce terrible vide dans sa vie.

Mais, dès que la dernière roulotte eut tourné, elle aperçut là-bas au fond, immobile au milieu du néant, une silhouette sombre.

Un épais nuage de fumée lui enveloppait la tête.

Le cœur de Marta cessa de battre un instant, avant de se mettre à palpiter comme celui d'un cheval au galop. Elle savait parfaitement quelle odeur avait cette fumée répugnante. Parce qu'elle l'avait encore dans les narines. Pénétrante, agaçante, cette odeur piquait les yeux et faisait larmoyer.

Mais en ce moment, ce n'était pas la fumée qui remplissait ses yeux de larmes. Elle était trop loin.

Marta aurait voulu courir, mais elle ne parvint pas à bouger.

Et quand Melo la rejoignit, elle ne sut que dire.

Il secoua la tête.

« Qu… quoi ? » balbutia-t-elle.

Il eut un geste d'agacement. « Le moment est venu d'en finir avec ces conneries que notre maison, c'est la route », bougonna-t-il.

Il n'ajouta pas que notre maison, c'est là où se trouve notre cœur. Il ne lui dit pas non plus qu'il en avait déjà perdu une, de Marta. Et qu'il n'avait aucune intention d'en perdre une deuxième. Parce que, en fin de compte on n'est jamais trop âgé pour apprendre quelque chose.

« Ne reste pas plantée là, lui dit-il avec rudesse, comme s'il ne s'était rien passé d'exceptionnel. Tu croyais vraiment que j'allais te laisser entre les mains de ce garçon sans vous surveiller ? » Il sortit de sa poche le rouleau de billets qu'il lui avait remis le jour où il l'avait laissée sur la place principale de Ravenne, quand il lui avait donné la possibilité de s'en aller et de faire sa vie hors du cirque.

« Je ne savais pas quoi en faire, de tout ce fric. Maintenant, par contre, il tombe à pic. Allez, viens, on va chercher un logement.

— Moi, je sais déjà où tu vas habiter, sourit-elle.

— Ce n'est pas toi qui décides, trancha Melo. L'argent est à moi, c'est moi qui décide.

— Non, pas cette fois. Il y a une chambre pour toi dans le petit immeuble où nous vivons tous. Tu habiteras là, avec nous.

— Qui ça, nous ?

— Pietro, sa mère, l'ex-lieutenant français, Mamma Lucia et moi.

— C'est qui, Mamma Lucia ? Elle est mignonne, au moins ?

— Pas tellement, rit Marta. Et c'est la seule personne de ma connaissance qui ait un caractère pire que le tien.

— Ah, elle me plaît déjà, alors. »

Melo fit quelques pas, l'air absorbé. Puis il s'arrêta.

« Je n'aime pas l'idée de vivre aux crochets de tous ces gens-là.

— Tu ne vivras aux crochets de personne, dit-elle joyeusement. J'ai un tas de projets pour ton argent. Avant tout, tu vas acheter des meubles pour l'atelier de Pietro. Ensuite, tu lui offriras le plus bel appareil photo qu'on trouvera sur le marché.

— Il va falloir que j'entretienne le morveux ?

— Oui. Jusqu'à ce qu'il devienne célèbre.

— Quand les poules auront des dents, quoi ! s'exclama-t-il.

— Arrête de ronchonner, espèce d'ours mal léché. »

Marta se mit à rire et glissa la main dans celle de Melo, comme elle avait toujours désiré le faire.

« Si j'arrêtais de ronchonner… je ne saurais plus quoi dire. »

57

29 septembre 1870
Royaume d'Italie (Rome)

Tout le monde essayait de faire endosser un costume élégant à Pietro, mais il refusait obstinément d'enlever ses misérables vêtements de tous les jours, que ce soit son pantalon délavé ou sa chemise aux coudes élimés.

« Ça, c'est ce que je suis, répéta-t-il avec orgueil. Pas un dandy.

— Tu es un grand présomptueux », commenta le prince Chiodetti, qui était venu exprès lui apporter ce costume dans leur nouveau logis de la via delle Zoccolette.

Puis le prince sourit.

« Mais ça, je te l'ai déjà dit une fois. Et les faits m'ont donné tort. » Il écarta les bras. « Peut-être que je me trompe aujourd'hui encore.

— Et toi ? » demanda Nella à Marta.

Émerveillée, la jeune fille contemplait la robe magnifique qui l'attendait, bien mise en valeur sur un canapé du salon. Broderies, dentelles, jupe en soie. « Moi aussi, c'est ça que je suis », dit-elle en indiquant la robe simple qu'elle portait. Et puis elle ajouta en riant : « Malheureusement ! »

Melo portait le costume marron de sa jeunesse, bien qu'il fût désormais démodé et trop grand pour lui. C'est Marta qui le lui avait demandé. Parce que cela lui rappelait la splendide soirée où il l'avait emmenée au cirque, pour lui faire découvrir la magie du spectacle. Et, comme ce soir-là, Melo s'était rasé et coiffé.

Henri ne portait pas d'uniforme de cérémonie, mais un costume bourgeois ordinaire. Comme tout Français digne de ce nom, il était fascinant, et d'une élégance impeccable.

Jusqu'au dernier instant, Nella avait hésité. Elle possédait une belle robe. Mais c'était celle de la comtesse. Et elle ne voulait plus être comtesse. Toutefois, ses autres vêtements étaient ceux d'une domestique. Elle avait fini par se décider à acheter une nouvelle robe. Mais pas trop élégante. Sobre, bourgeoise. Même ainsi, elle était tellement belle que la plupart des hommes auraient certainement du mal à la quitter des yeux.

Mamma Lucia, parce qu'on avait conclu qu'elle ne devait pas rater l'événement non plus, était sur un fauteuil roulant offert par le prince Chiodetti. On l'avait coiffée et maquillée.

« Tu es très belle, grand-mère, lui dit Pietro.

— Si tu m'appelles encore une fois "grand-mère", je t'en file une ! grogna-t-elle. "Grand-mère", c'est pour les vioques. Et les vioques, elles sont à deux doigts de la mort. » Elle fit le signe des cornes pour conjurer le mauvais sort. « Et vlan ! »

Paride les attendait tous dans la rue. Au début, il avait pensé faire reboucher les trous que les balles avaient faits dans sa portière. Mais ensuite, il s'était aperçu que le nombre de ses clients avait augmenté, justement, grâce à ces impacts. Les gens aimaient être vus dans le célèbre carrosse qui avait été à la Porta Pia. Alors il avait repoussé les opérations de réparation.

« Pietro, viens en calèche, à côté de moi, dit le prince Chiodetti quand ils furent dehors.

— Mais avec Marta, dit Pietro.

— Bien sûr, avec Marta », approuva le prince en poussant un soupir.

Puis ce fut le départ. La calèche ouverte du prince et le carrosse criblé de balles de Paride.

Il était six heures du soir et, devant le palais de la via dell'Orso, un grand nombre de civils, de toutes classes sociales, étaient déjà rassemblés, ainsi que des militaires et des fonctionnaires.

« Qu'est-ce qu'ils font là ?... demanda Pietro, abasourdi.

— Ils sont tous ici pour toi, mon garçon, répondit le prince.

— Et pour Ludovico.

— Et pour Ludovico, oui.

— Mais ils sont nombreux... »

Le prince se mit à rire, les yeux toujours brillants. « Tu croyais qu'un Chiodetti da Fibreno pouvait organiser un événement en sourdine ? » Il lui donna une claque sur la jambe.

« Les nobles sont des m'as-tu-vu égocentriques, tu ne t'en étais pas encore rendu compte ?

— Mais ils sont vraiment... nombreux ! » répéta Pietro, tétanisé.

Le prince rit de plus belle.

« Je parie qu'au fond de toi, maintenant, tu regrettes de ne pas avoir enfilé ton beau costume.

— Non ! répliqua le garçon avec sérieux.

— Mais ris, Pietro ! s'exclama Marta, radieuse.

— Écoute-la ! approuva l'aristocrate. Ris, mon garçon, c'est la fête ! »

Quand le carrosse arriva, la foule se fendit en deux pour le laisser passer. Et les gens se mirent à applaudir.

« Mets-toi debout, cul-terreux, dit le prince en souriant. Ils sont pour toi, ces applaudissements. Accepte-les et dis merci. »

Pietro s'enfonça dans son siège.

« Debout ! » l'incita Marta, en le pinçant très fort.

Il se leva d'un bond, se tenant à la portière.

« Souris ! » lui lança Chiodetti.

Pietro, le visage écarlate, sourit.

Marta éclata de rire.

« Tu as l'air complètement idiot !

— Toi aussi, va te faire voir », grogna le garçon.

Puis les deux véhicules pénétrèrent dans la cour et s'arrêtèrent.

Les applaudissements continuaient.

Le prince s'adressa à la foule : « Venez, mes amis ! » invitant tout le monde.

Les premiers à entrer furent quelques membres du Comité provisoire du gouvernement de Rome et sa province qui, après avoir visionné le matériel le matin même, avaient officiellement endossé la manifestation organisée par le prince Stefano Chiodetti da Fibreno.

Le président Michelangelo Caetani, duc de Sermoneta, avançait en tête. Derrière lui, le duc Francesco Sforza Cesarini, le prince Baldassare Odescalchi, Emanuele Ruspoli de la famille des princes Ruspoli, le prince Francesco Pallavicini, Ignazio Boncompagni Ludovisi des princes de Piombino, maître Biagio Placidi, Vincenzo Tittoni qui, expulsé de Rome en 1860, venait d'y faire son retour, et Augusto Castellani, le grand orfèvre romain, qui avait œuvré pour la patrie. Tous des membres du comité qui dirigeait provisoirement la ville, qui désormais n'était plus sainte.

Derrière eux, les autorités militaires, en ordre derrière le général Cadorna.

Puis la noblesse romaine. La riche bourgeoisie. Les Loups, qui se serrèrent aussitôt autour du capitaine Melo. Les jeunes du Comité de libération, les camarades de Ludovico. Et enfin, grand nombre de simples artisans et de gens du peuple, auxquels on avait permis d'entrer.

« Il ne manque qu'eux », dit Marta en s'approchant de Melo.

Il sourit, mélancolique.

« Le cirque Callari est toujours avec nous, ne l'oublie jamais. C'est notre famille, dit-il. Et maintenant, arrête de me tourner autour. Reste avec le garçon. Il a besoin de toi.

— Tu ne l'appelleras jamais Pietro ?

— Quand tu arrêteras de me casser les couilles, rétorqua-t-il. Autrement dit… sûrement jamais. »

Marta se mit à rire et rejoignit Pietro. Elle lui serra le bras.

« Tu es raide comme un balai.

— J'ai encore plus peur qu'à la Porta Pia », murmura-t-il. Après avoir rougi sous les applaudissements, il était maintenant très pâle.

« Rappelle-toi que personne ici n'a une aussi belle mèche, lui murmura Nella. Dis bonjour poliment à tout le monde et ne dis pas de gros mots.

— Entrez donc ! lança le prince, ouvrant le chemin à travers le palais. Je déclare officiellement l'exposition ouverte ! »

Dans la première salle étaient exposées les photographies que Pietro avait prises quand on ne parlait pas encore de guerre. Et pourtant, on aurait dit une guerre.

C'étaient les photos de la misère de Rome. Et de ses miséreux. Des photos crues, impitoyables. Réalistes.

La deuxième, en revanche, était consacrée aux heures précédant la bataille. Les rues désertes. La troupe colorée et hétéroclite du cirque. Les forces pontificales en attente. Et puis le camp italien, qui se préparait à lancer l'attaque. Le regard perdu des jeunes soldats qui priaient pour manquer le rendez-vous avec la mort. Leurs larmes sur la lettre qu'ils écrivaient, espérant que ce ne serait pas la dernière. Et le capitaine Giacomo Segre qui donnait l'ordre de bombarder Rome afin d'épargner l'excommunication à ses camarades catholiques.

La troisième salle était consacrée au début de la guerre. Les bouches des canons qui crachaient du feu. La vieille enceinte décrépie qui se fissurait. Les tireurs pontificaux tapis entre les créneaux.

La quatrième s'ouvrait sur une photo montrant la brèche béante dans le mur, avec les briques qui s'effondraient, et cette immobilité qui avait précédé l'enfer. On avait l'impression d'entendre ce silence étrange qui avait duré à la fois un instant et une éternité. Les autres photographies, en revanche, racontaient les corps à corps. Les tirs en rafale des fusiliers zouaves contre la charge italienne. Les sabres et les baïonnettes qui étincelaient au soleil. Melo chargeant sur Bersagliere, suivi de ses hommes. Marta, seule et intrépide, qui tirait sur la cavalerie ennemie. Les uniformes ensanglantés. Le regard de verre des morts. Le regard de peur et de courage des vivants. La furie de l'Albanese.

Et puis naturellement, isolée des autres, placée sur un chevalet au milieu de la pièce, avec une couronne de fleurs, la photographie de la mort de Ludovico. Il avait les bras écartés. Le corps projeté en arrière par l'impact de la balle. Le visage bizarrement tourné vers l'objectif de l'appareil. Et cette grimace. Et le sabre qui volait dans les airs.

« Elle est floue », commenta Chiodetti, derrière Pietro.

Le garçon se retourna.

« Je plaisante, le rassura le prince. Pour cette photographie, je ne bénirai jamais assez ton obstination. Si tu m'avais écouté, aujourd'hui je ne l'aurais pas. » Il caressa le visage de Ludovico. Et une larme glissa de son œil. « Ça, c'est la vérité, comme tu dis, conclut-il avec sérieux. Et en même temps, c'est la beauté, comme moi, je le dis. »

Entre la quatrième et la cinquième salle, posée sur un chevalet près duquel tout le monde devait passer, afin qu'il soit impossible de la manquer, il y avait la photo avec les soldats italiens qui levaient les mains en signe de victoire, le drapeau blanc bien en évidence, alors que les troupes pontificales continuaient à tirer.

« En tant que soldat, ça me fait honte », dit Henri, sombre, quand il arriva à côté. Il avait entendu des rumeurs à ce sujet, et n'avait pas voulu y croire. Or, maintenant il le voyait : cette image en noir et blanc était le déshonneur même.

« Tu n'es plus soldat, murmura Nella.

— Alors, ça me fait honte en tant qu'ex-soldat », lâcha-t-il, et il resta immobile à fixer ce cliché, jusqu'à ce que les autres visiteurs les poussent en avant.

Dans la cinquième et dernière salle, il y avait les images de la reddition.

Pietro n'avait pas voulu exposer la photo de la comtesse et d'Henri qui s'embrassaient, car elle leur aurait causé des problèmes.

Et il y avait encore l'avancée des troupes italiennes à l'intérieur de Rome, le drapeau tricolore en tête, entre deux haies de foule en liesse.

« Tu as vu, ça a été une bataille glorieuse ! » dit une voix.

Pietro se retrouva avec Edmondo De Amicis devant lui.

« Ça dépend du point de vue, commenta le garçon.

— Il n'y a qu'un seul point de vue, affirma l'écrivain, inflexible.

— Non. Et c'est pour ça que je fais de la photographie. »

Edmondo De Amicis fit mine de ne pas saisir son intention polémique. Il sourit aussi aimablement que possible.

« Je ne suis sur aucune de ces photos, fit-il remarquer.

— C'est vous qui me l'avez demandé. »

De Amicis avait maintenant compris l'erreur qu'il avait commise en ne misant pas sur cet excellent cheval. Il s'était exclu lui-même de cette exposition historique. Il tenta de plaisanter : « Et tu obéis à tout ce qu'on te dit ?

— Non, sourit Pietro. Seulement quand ce sont de bons conseils. »

Edmondo De Amicis, comprenant que la conversation était mal engagée, s'éloigna.

« Qui est-ce ? demanda Marta.

— Ma mère m'a interdit de dire des gros mots », plaisanta Pietro.

Et puis il y avait les photos de Cadorna auquel le peuple lançait des pétales de fleurs, comme si c'était le nouveau pape. Et l'Albanese dans sa pose guerrière, couvert de sang. Et Melo à la tête de sa troupe. Et le prince Chiodetti qui arrachait ses insignes et les jetait, tout en tenant son fils mort dans les bras. Et enfin, le prince encore, droit et solennel, qui franchissait la porte du Quirinal avec Ludovico.

Ensuite, dans le couloir qui conduisait au salon, il y avait les photos du spectacle, au cirque. Les soldats en liesse. Les drapeaux. Musumeci père. Et Nella. Magnifique. Tous les hommes regardaient ses jambes. Et les femmes tiraient leurs époux par la manche.

La dernière photo était celle de l'Albanese assassiné, avec sa queue-de-pie ensanglantée et sa main crispée sur la médaille d'or de la valeur militaire.

« Je te le devais », sourit Pietro.

Et ce n'est qu'à ce moment-là, en arrivant au salon, qu'il se rendit compte que les gens se limitaient tout juste à quelques chuchotements.

« Ça ne leur a pas plu ? demanda-t-il au prince.

— Attends, tu vas voir, répondit l'aristocrate. Mets-toi là, à côté de moi. »

Il le prit par le bras et ils se postèrent à la fin du parcours d'exposition.

Dès qu'invités et visiteurs furent arrivés au bout, il y eut un tonnerre d'applaudissements, qui n'avaient plus rien à voir avec ceux, polis, qui l'avaient accueilli devant le palais. Ces applaudissements-là venaient du cœur. Beaucoup de gens criaient : « Bravo ! Bravo ! » Et d'autres s'exclamaient, avec une vigueur renouvelée : « Vive l'Italie ! » Nombre d'entre eux avaient les yeux brillants d'émotion. Et tous, après avoir donné l'accolade de rigueur au prince Chiodetti pour lui présenter leurs condoléances, voulaient serrer la main de Pietro. Les gens voulaient tous lui dire ne serait-ce qu'un mot, et leurs voix s'enchevêtraient.

« Cette fois encore, c'est toi qui avais raison, lui murmura le prince à l'oreille, en riant. Personne ne remarque que tu es habillé comme un cul-terreux ! »

Pietro le regarda.

« Merci. Rien de tout cela n'aurait été possible sans vous.

— Eh bien, j'espère que tu t'en souviendras quand tu seras riche et encore plus célèbre qu'aujourd'hui, plaisanta le prince.

— Moi aussi je suis là, le fou ! s'exclama un homme en uniforme.

— Capitaine Buttafuochi ! » Pietro, heureux, le prit dans ses bras.

« Je n'aurais pas parié un centime sur ta vie, reprit le militaire en secouant la tête. Et maintenant... regarde un peu le bordel que tu as foutu ! » Il se mit à rire. « Tu mériterais une décoration, mon garçon ! »

Il le prit par les épaules et le secoua avec l'enthousiasme d'un camarade, comme il l'aurait fait avec un frère d'armes. Puis il laissa la place à tous ceux qui poussaient pour toucher le jeune prodige.

Quand tout le monde eut fini de le féliciter, le prince fit servir des rafraîchissements dignes de son titre.

« Ça va vous ruiner, cette bacchanale », plaisanta un invité.

Chiodetti ne répondit pas que, maintenant que Ludovico était mort, il ne savait que faire de tout son argent. Il évita de mettre la personne mal à l'aise et se contenta d'un sourire de circonstance. Et puis, au fond, cette réponse n'aurait pas été totalement vraie. Certes, il ne pourrait jamais dédommager son épouse pour ce qu'elle avait subi, mais il avait décidé de lui faire une donation considérable. De la part de Ludovico.

Un autre homme s'approcha de lui. Le prince le reconnut aussitôt. C'était l'aristocrate qui l'avait traité de traître alors qu'il se dirigeait vers le Quirinal. L'homme lui tendait quelque chose.

« J'ai récupéré vos insignes, dit-il avec un air contrit et onctueux. Je vous les rends en m'excusant pour mes paroles.

— Je n'ai besoin ni de vous ni d'une épingle pour savoir qui je suis, lança le prince avec dédain. Quittez immédiatement ma demeure », ajouta-t-il.

Le noble posa les insignes sur un meuble et s'en alla.

Le prince le regarda se faufiler comme un rat parmi l'assistance. La ville se remplissait déjà de gens qui retournaient leur veste et de lâches qui tentaient de grimper sur le char des vainqueurs.

« Je ne pensais pas que vous étiez de ce bord, vint lui dire le duc Francesco Sforza Cesarini, membre du comité qui dirigeait provisoirement Rome. Mais ces photographies prouvent que je me trompais. J'apprécierais que vous apportiez votre contribution aux décisions concernant la future capitale de l'Italie.

— Vous êtes très généreux, monsieur le duc, répondit le prince. Mais je n'ai aucun mérite. »

Lui ne monterait pas sur le char des vainqueurs en exploitant la mort de Ludovico. « C'est mon fils qui a donné sa vie pour l'Italie. C'est lui qui est entré au Quirinal. Moi, je n'ai fait que ce qui était juste. »

Nella avait poussé le fauteuil de Mamma Lucia de salle en salle à travers la foule, en lui décrivant minutieusement chaque photographie. À présent, elles se trouvaient devant Pietro.

« Mon garçon, tu m'as profondément déçue, lui lança la vieille.

— Qu'est-ce que j'ai fait ?

— Il n'y a pas la photo que tu as prise à l'hospice.

— Mais si ! protesta-t-il. Elle est dans la première salle. »

Mamma Lucia se tourna vers Nella.

« Et pourquoi tu ne me l'as pas dit ?

— Parce que… j'étais trop émue, répondit Nella. Et je ne voulais pas pleurer. Je suis maquillée.

— Mais quelle imbécile ! éclata Mamma Lucia. Ramène-moi là-bas immédiatement, et décris-moi cette photo dans ses moindres détails !

— Je peux le faire ? proposa Marta.

— Ça vaut mieux, grommela la vieille. Celle-ci serait capable de me reprocher, pendant le peu de vie qui me reste, d'avoir fait couler son maquillage. Tu imagines ! »

Tandis que Marta se frayait un chemin parmi les visiteurs, remontant le courant, Nella prit Pietro dans ses bras. « Je suis… » Elle s'interrompit. « J'ai horreur de l'expression “fière de toi”. Il n'y a pas un autre moyen de dire ça ? »

Pietro l'embrassa. « Je t'aime », murmura-t-il.

Nella s'agrippa à ses épaules, et pressa fort les doigts dans son dos.

« Tu me fais mal… »

Quand elle relâcha cette rude étreinte, elle avait les yeux pleins de larmes. Et un regard furieux. « Ça coule, c'est ça ? »

Henri se mit à rire et essuya le maquillage qui dégoulinait avec son mouchoir. « Tu es superbe. » Puis, entendant un homme qui félicitait Pietro, il se hâta d'intervenir : « Un livre va être imprimé avec ces photographies, et d'autres encore. Si cela vous intéresse, vous pouvez me donner votre nom et votre adresse… » Il sortit de sa poche un crayon et un carnet déjà rempli de noms. « … Ainsi, je ferai en sorte que vous puissiez l'acquérir. »

Nella s'approcha de Pietro et lui glissa à mi-voix : « Tout le monde imagine les éditeurs comme des espèces de mécènes. Mais regarde-le ! Il est pire que le pire des marchands. Je ne sais pas combien de dizaines de copies il a déjà placées. » Elle se mit à rire. « N'oublie pas de demander un pourcentage ! »

Pendant ce temps, Marta avait laissé Mamma Lucia dans son fauteuil près de la photo qui la représentait. C'est la vieille femme qui l'avait exigé. Si elle ne pouvait pas voir les visiteurs, avait-elle expliqué, eux pouvaient la voir. « De toute ma vie, je n'ai jamais eu une telle importance. Laisse-moi profiter de ma gloire. »

Retournant vers le salon où avait lieu la réception, Marta remarqua Melo qui, seul, contemplait une photographie. Elle s'approcha de lui.

Le vieil écuyer regardait la photo qui la représentait agenouillée près d'un ennemi blessé, occupée à le secourir.

« C'est ma préférée, dit-il.

— La mienne aussi, renchérit Marta.

— J'ai entendu dire que tout le monde voulait l'acheter.

— Elle n'est pas à vendre. Pietro sait qu'elle est pour toi. »

Melo la regarda.

« Tu es magnifique, sur cette photo.

— Elle est magnifique, corrigea Marta. Je sais qui tu vois.

— Non, tu ne sais pas, sourit-il, passant un bras autour de ses épaules. Je vous vois toutes les deux. Et vous êtes magnifiques toutes les deux. »

Puis il ôta son bras et recommença à fixer la photographie.

Marta s'éloigna. Qui sait tout ce qu'il était en train de dire à sa première Marta ? Et tout ce qu'il était en train de lui dire, à elle.

Elle était presque arrivée dans le salon quand les jeunes du Comité de libération l'entourèrent.

« Nous savons ce que Ludovico nous dirait, en ce moment, commença l'un d'eux. Aujourd'hui, le risque, c'est que des puissants se partagent Rome. Alors nous devons continuer à veiller. En tant que Comité de libération et en tant que patriotes, nous avons décidé de nous lancer dans la politique. » Il la fixa en silence.

« Vas-y, continue, le pressa un autre jeune homme.

— Alors… voilà… Nous voudrions te demander de te joindre à nous, poursuivit-il en rougissant. Il faut que les femmes se fassent entendre. Tu as commencé, avant quiconque, à construire le monde nouveau qui nous attend. Cette photo où tu aides un ennemi blessé… elle est incroyable. Les femmes doivent participer à la vie politique. Parce qu'elles savent faire la guerre. Mais surtout, parce qu'elles savent inventer la paix.

— Je… » Marta était totalement prise de court par cette requête. « Je… je ne suis… pas capable…

— Je t'en prie ! lâcha-t-il.

— Marta, nous avons besoin de toi ! s'exclama un autre.

— Cette photo deviendra notre manifeste, ajouta un troisième. Un manifeste pour la paix.

— Je… » Marta rentra la tête dans les épaules. « Il faut que je réfléchisse », murmura-t-elle, fuyant presque.

« J'ai un truc incroyable à te raconter ! lui lança Pietro quand il la retrouva, en l'entraînant dans un coin.

— Moi aussi, dit-elle, l'air abasourdi.

— Qu'est-ce qui s'est passé ? demanda Pietro, inquiet.

— Commence…

— Non, toi, commence. »

Entre-temps, Nella et Henri, ne voyant plus Mamma Lucia avec Marta, s'étaient approchés pour demander où se trouvait la vieille femme.

Les deux jeunes gens ne remarquèrent pas leur présence.

« Toi… » Marta n'arrivait pas à démêler l'écheveau qu'elle avait dans la tête.

« Moi ?

— Toi… tu serais contre…

— Mais qu'est-ce que tu as, Marta ? Parle !

— Toi, tu serais contre le fait que je fasse de la politique ? Comme un homme ?

— De la politique ? répéta Pietro, les yeux écarquillés.

— Mais non… je disais ça comme ça…, regretta-t-elle aussitôt.

— Ce serait fantastique ! s'écria le garçon. Fantastique !

— Tu es sérieux ? » Marta était toujours étonnée par ses réactions, tellement loin de tout conformisme.

« Ce serait fantastique, Marta ! répéta-t-il en l'enlaçant avec fougue. Tu es libre ! Et ces gens ont besoin de liberté pour inventer quelque chose de nouveau, et de bien. Tu les as vus ? Qu'est-ce qu'ils sont coincés ! Toi, tu vas les secouer, ils en ont besoin. »

Marta le regarda, souriante.

« Comment tu fais pour être comme ça ?

— Comme quoi ? »

Elle caressa sa mèche. « Comme ça », dit-elle simplement. Elle se perdit quelques instants dans les yeux de ce garçon qu'elle aimait à la folie, et qui était plus adulte que la plupart des hommes qu'elle avait rencontrés.

« Et toi ? Que devais-tu me dire ?

— Moi ? Rien… une connerie, répondit Pietro, heureux.

— Je t'avais recommandé de surveiller ton langage, intervint Nella. Il va falloir reprendre les leçons de savoir-vivre, plaisanta-t-elle. Au fait, nous aussi on peut savoir ce que c'est, cette… bêtise ?

— Une femme, se mit à raconter Pietro, un genre de duchesse, ou… bref, une amie du prince veut acheter deux photos de l'exposition… » Il baissa la voix. « Mais j'ai pensé que je pourrais les lui offrir. Elle a dit qu'elle voudrait que je photographie toute sa famille…

— Toi, tu n'offres rien du tout ! bondit Marta. Tu vas te les faire payer, et cher, encore ! » Elle lui pointa l'index devant le visage. « Si tu les lui offres, elles finiront à la poubelle, une fois l'émotion du moment passée. Ces gens mesurent la valeur de ce qu'ils possèdent à l'aune du prix qu'ils payent. Dis-moi qui c'est, et je m'occuperai de discuter du prix. Et toi, tu signes les photos. » Elle déplaça son index vers Henri. « *Toutoamoa*, ou je ne sais quoi, ça vaut aussi pour moi ?

— Évidemment, répondit Henri.

— Bon. Alors toi, tu t'engageras à imprimer le nom de cette femme dans le livre, sous les photos qu'elle achètera. En bien gros, hein, recommanda-t-elle sans cesser d'agiter son doigt en l'air. Tu imagines combien de bouquins elle va acheter, pour pouvoir frimer en ville ? »

Pendant un moment, ils restèrent tous silencieux.

Puis Nella déclara : « Je crois que tu feras une excellente femme politique.

— Oui, je le crois aussi, dit Henri en regardant Marta. Et *tutoie-moi*, ça vaut aussi pour moi, madame la sénatrice ? »

Ils riaient tous quand le prince fit signe à Pietro.

« Je reviens tout de suite », dit le garçon en s'éloignant.

« Je veux te présenter un ami, quelqu'un de très important, commença le prince. À part tous ses titres de noblesse, Michelangelo Caetani est le président du Comité provisoire.

— Très honoré, monsieur », salua poliment Pietro.

Cet homme avait un visage avenant, pensa-t-il. Il avait d'épais sourcils blancs, froncés sur un air intelligent et réfléchi.

« Toutes mes félicitations, Beltrame, dit Caetani. À en juger par votre excellent travail, on entendra encore beaucoup parler de vous.

— Merci, monsieur. »

Stefano Chiodetti da Fibreno avait posé une main sur l'épaule de Pietro, pas tant pour revendiquer sa découverte que pour manifester son affection et lui communiquer qu'il n'était pas seul.

Caetani sortit de sa poche une cocarde tricolore. « Permettez-moi, au nom du royaume d'Italie, de vous décerner cette distinction, afin de vous exprimer notre reconnaissance. » Il tendit la main vers la veste de Pietro.

Mais, instinctivement, celui-ci recula d'un pas.

Caetani s'étonna.

« Que se passe-t-il ?

— Sauf votre respect, monsieur… et sans vouloir vous offenser… » Au fond de son cœur, Pietro savait ce qu'il avait à faire. « Si vous me mettez cette cocarde… eh bien, à partir de maintenant, plus personne ne pourra jamais dire avec certitude si je photographie la vérité ou bien… quelque chose qu'il m'a été imposé… enfin, demandé… de photographier. »

Caetani abaissa lentement la cocarde. Admiratif.

« Je t'avais dit que c'était un présomptueux, dit le prince en riant. Un présomptueux… honnête. » Et il cligna de l'œil à l'intention de Pietro.

« Cependant, si vous le permettez, enchaîna aussitôt le garçon, si vous voulez parler de politique et récompenser une véritable patriote… qui le mérite beaucoup plus que moi et que beaucoup d'autres… vous pouvez épingler la cocarde tricolore sur la poitrine de cette jeune fille », et il indiqua Marta.

Caetani chaussa ses lunettes.

« Je la reconnais. C'est la jeune fille de la photographie, qui soigne pieusement les blessés…

— Et c'est aussi celle qui pointe son fusil, toute seule, contre la charge de la cavalerie ennemie, ajouta Pietro avec fierté.

— Appelez-la, je vous prie », dit Caetani.

Pietro fit signe à Marta de les rejoindre.

« Comment vous appelez-vous, mademoiselle ? lui demanda Caetani.

— Marta.

— Marta comment ? » demanda Caetani.

À ce moment-là, elle se rendit compte qu'elle ne connaissait pas son patronyme. Même s'il était écrit sur les faux papiers avec lesquels elle avait circulé jusqu'à ce jour, elle ne savait pas lire. Elle hésita.

« Marforio », intervint Melo, qui approchait.

Caetani fit un bref geste de remerciement, avant de reprendre d'un ton solennel : « Marta Marforio, je vous décerne la cocarde tricolore du royaume d'Italie, à la fois pour vos mérites militaires et pour vos mérites civils. » Mais au moment de lui épingler la cocarde, ses mains s'arrêtèrent, hésitantes. « Je n'ai jamais décoré une femme, dit-il à l'adresse du prince. D'habitude, j'accroche… là. » Et il indiqua sa propre poitrine.

« Je ne sais pas si c'est l'endroit adéquat…

— Vous voulez que je le fasse ? proposa Pietro en souriant.

— Vous m'ôteriez un grand poids, Beltrame », répondit Caetani, soulagé.

Pietro épingla la cocarde sur Marta, sans hésitation.

« Vous vous intéressez à la politique ? lui demanda le président.

— Oui, monsieur.

— Bien que vous soyez… une femme ? murmura Caetani.

— Personne ne s'est scandalisé quand j'avais un fusil en main et que je tirais sur l'ennemi, affirma-t-elle avec fierté. Ça aussi, je crois que c'est un rôle… masculin, n'est-ce pas ? »

Caetani la fixa de ses yeux intelligents et sourit. « Ceci n'est qu'une reconnaissance formelle, mais elle a valeur de promesse. À partir de maintenant, vous êtes officiellement invitée à participer aux consultations politiques du gouvernement italien à Rome. » Il la dévisagea. « Vous allez nous donner du fil à retordre, mademoiselle Marforio. » Puis il prit congé.

Le prince saisit par l'épaule Pietro qui, aux anges, contemplait Marta.

« Tu auras le temps de conter fleurette plus tard. Maintenant, il faut que tu fasses un petit discours. Tout le monde s'y attend.

— Un discours ? Jamais de la vie !

— Vas-y, ne te fais pas prier ! » l'exhorta le prince.

Marta et Melo restèrent seuls.

Marta toucha la cocarde.

« Je la jetterai, comme tu l'as fait avec la médaille de Mazzini, dit-elle.

— Non, répliqua Melo. Ma médaille, ce n'était qu'un morceau de fer-blanc. Toi, en revanche, on t'a offert la possibilité de faire entendre ta voix. Cette cocarde, ce n'est pas une coquille vide. Ou, du moins, tu peux faire en sorte qu'elle ne le soit pas. »

Marta observa un instant la cocarde. Elle n'arrivait pas encore à réfléchir. Mais elle avait un nom de famille, maintenant. Pour la première fois de sa vie. Elle leva les yeux vers Melo. « Marforio, c'était son nom, c'est ça ? Le nom de ta Marta ? »

Le vieux sourit et secoua la tête. « Non. C'est le mien. »

Marta sortit de sa poche la carte d'identité que Melo lui avait fait faire, quand ils étaient arrivés à Rome.

« C'est ce qu'il y a d'écrit, là ? demanda-t-elle.

— Oui.

— Il faut que j'apprenne à lire. »

Puis elle regarda Melo. Maintenant, elle avait vraiment un père.

Pendant que Pietro rejoignait l'endroit d'où il devait parler, Nella et Henri s'approchèrent à leur tour.

Nella vit les yeux humides de Marta. Et la cocarde. Elle sourit.

« Et Mamma Lucia ? lui demanda-t-elle.

— Je n'ai pas réussi à l'arracher à sa photo. »

« Merci d'être venus ! lança le prince de sa voix puissante. Même si ce n'est qu'une formalité, je sais que nous avons tous envie d'entendre la voix de ce jeune talent, maintenant qu'il nous a fait partager son regard. »

Tout le public du salon applaudit, puis se tut.

« C'est à toi, mon garçon, lui murmura le prince.

— Je ne sais pas quoi dire…

— Mais si, tu le sais très bien.

— Non… je vous assure…

— Alors, dis ce que tu voudrais que disent tes photos. »

Chiodetti lui laissa la place.

Pietro balaya la salle du regard. Tout le monde attendait.

« Eh bien… mes photographies parlent pour moi, lâcha-t-il avant de se tourner vers le prince, qui se tenait près de lui.

— Tu ne vas pas t'en tirer à si bon compte, mon garçon. » Pietro se remit à fixer le public en silence.

Il se demanda ce qu'ils avaient vu, dans ses photographies. Ce qu'ils avaient regardé. Et il se demanda ce que signifiait pour eux ce moment historique. S'ils le vivaient vraiment comme l'occasion d'un nouveau départ, avec de nouvelles règles.

Et à cet instant, les mots lui vinrent aux lèvres, dictés par son cœur.

« Ces jours-ci… j'ai vu un peuple. » Il s'arrêta. Respira à fond. « Mais à quoi cela vous aura-t-il servi, d'avoir uni l'Italie, si ensuite vous ne faites rien pour son peuple ? » Il les regarda. Peut-être ses paroles étaient-elles aussi dérangeantes que ses photos. Alors oui, pensa-t-il, voilà ce qu'il fallait dire, c'étaient les mots justes. « À quoi cela vous aura-t-il servi, d'avoir uni l'Italie, si ensuite vous ne faites rien… si nous ne faisons rien… pour le peuple ? répéta-t-il. Si avec le roi, comme avec le pape, les derniers restent toujours des malheureux invisibles… abandonnés à leur misère et à leur ignorance… » Il sentit la passion qu'il avait mise dans ses photos lui monter à la gorge. « S'il en est ainsi… » Il se laissa emporter par son ardeur. « Eh bien alors… nous ne serons pas vraiment devenus un peuple, et la libération de Rome aura servi à que dalle, bordel ! »

Dans le silence général, on entendit une petite toux forcée.

Pietro se tourna vers l'origine de ce bruit, et il découvrit sa mère, la comtesse, qui lui faisait les gros yeux.

« Excusez-moi, j'avais promis de ne pas dire de gros mots, se corrigea-t-il alors en riant. Je voulais dire… “à rien”. » Il haussa les épaules. « Mais c'est la même chose, non ? »

Note de l'auteur

D'un point de vue technique, pour que Pietro puisse prendre des séquences de photos telles que je les décris, il aurait encore fallu attendre quelques années.

Mais, pour être sincère, je n'avais pas le cœur à couper les ailes de sa créativité (ni de la mienne).

J'espère que le lecteur me pardonnera cette inexactitude.

Le royaume d'Italie, par l'intermédiaire du Comité provisoire du gouvernement de Rome et sa province, dont le président était Michelangelo Caetani, duc de Sermoneta, proclama le droit des Romains à choisir le gouvernement qu'ils souhaitaient.

Ainsi, comme cela avait été fait dans les autres provinces italiennes, un référendum populaire fut organisé pour entériner la réunification déjà advenue de Rome au royaume d'Italie.

La formule à laquelle les citoyens pouvaient répondre par oui ou non était : « Nous voulons être unis au royaume d'Italie sous la monarchie constitutionnelle du roi Victor-Emmanuel II et de ses successeurs. »

Le vote eut lieu le dimanche 2 octobre.

Les résultats du dépouillement furent communiqués le lendemain, lundi 3 octobre.

À Rome, on compta 40 785 oui contre 46 non.

Au total, il y eut dans la province 77 520 oui contre 857 non.

Dans l'ensemble du territoire annexé, il y eut 133 681 oui contre 1 507 non.

Le gouvernement annonça en grande pompe la victoire écrasante du oui.

Toutefois, pour ceux qui voulaient voir au-delà de la propagande, ces résultats n'étaient pas aussi surprenants qu'on le clamait partout, puisque l'Église avait vivement recommandé à ses fidèles de ne pas aller voter.

Le personnel politique – ainsi sans doute que l'Église, *a posteriori* – se rendit compte que cette incitation à l'abstention n'avait pas été judicieuse du tout, puisqu'elle permit au gouvernement italien de revendiquer l'éclatante victoire du oui en laissant dans l'ombre le nombre des abstentionnistes.

Rome était destinée à devenir la capitale du royaume d'Italie.

Mais cela ne signifiait pas que Rome était déjà véritablement unie au reste de l'Italie.

Remerciements

Pour l'amour dont j'ai été entouré et la patience dont ils ont toujours fait preuve, je remercie mon épouse Elisa, Emma, Pinola, Rev, Eva et Amélie.

Pour plus d'information :

#lisez engagé !

www.lisez.com

Imprimé sur du papier issu de forêts gérées durablement.

Imprimé en France par

MAURY IMPRIMEUR
à Malesherbes (Loiret)
en janvier 2024

POCKET - 92 avenue de France, 75013 PARIS

N° d'impression : 275361
S32745/06